KB061091

한국학 연구

나남출판

한국학 연구

趙芝薰 전집 8

NANAM
나남출판

일러두기

1. 조지훈 전집 제 8 권《한국학 연구》는, 수시로 발표했던 길고 짧은 학술저작들을 대별하여 '국어국문학 논고', '민속학 논고', '한국사상 논고'로 묶고, 여기에 기간서(旣刊書)《멋의 연구》를 함께 묶었다.

2. 표기 및 구두점은 되도록 기간서대로 따랐다. 다만, 외래어 표기는 1986년에 개정된 외래어 표기법에 따랐다.

3. 장제(章題) 및 장의 분류는, 기간서와 연재물인 경우는 그대로 살리고 기타의 것은 유사성이 있는 것들끼리 묶어서 정리하였다.

4. 이 책에서 사용한 문양은 '백제 금동 용봉 봉래산 향로'(百濟 金銅龍鳳蓬萊山香爐)에 있는 봉황의 형상이다.

조지훈 전집 서문

지훈(芝薰) 조동탁(趙東卓, 1920~1968)은 소월(素月)과 영랑(永郎)에서 비롯하여 서정주(徐廷柱)와 유치환(柳致環)을 거쳐 청록파(靑鹿派)에 이르는 한국 현대시의 주류를 완성함으로써 20세기의 전반기와 후반기를 연결해 준 큰 시인이다. 한국 현대문학사에서 지훈이 차지하는 위치는 어느 누구도 훼손하지 못할 만큼 확고부동하다.

문학사에서 지훈의 평가가 나날이 높아가는 것을 지켜보며 기뻐해 마지 않으면서도, 아직도 한국 근대정신사에 마땅히 마련되어야 할 지훈의 위치는 그 자리를 바로 찾지 못하고 있는 것이나 아닌가 하는 걱정이 없지 않다. 매천(梅泉) 황현(黃玹)과 만해(萬海) 한용운(韓龍雲)을 이어 지훈은 지조를 목숨처럼 중히 여기는 지사의 전형을 보여 주었다. 서대문 감옥에서 옥사한 일송(一松) 김동삼(金東三)의 시신을 만해가 거두어 장례를 치를 때 심우장(尋牛莊)에 참례(參禮)한 것이 열일곱(1937년)이었으니 지훈이 뜻을 세운 시기가 얼마나 일렀던가를 알 수 있다.

지훈은 민속학과 역사학을 두 기둥으로 하는 한국문화사를 스스로 자신의 전공이라고 여기었다. 우리는 한국학의 토대를 마련한 지훈의 학문을 정확하게 인식해야 한다. 조부 조인석(趙寅錫)과 부친 조헌영(趙憲泳)으로부터 한학과 절의(節義)를 배워 체득하였고, 혜화전문과 월정사에서 익힌 불경과 참선 또한 평생토록 연찬하였다. 여기에 조선어학회의 큰사전 원고를 정리하면서 자연스럽게 익힌 국어학 지식이 더해져서 형성된 지훈의 학문적 바탕은 현대교육만 받은 사람들로서는 감히 짐작하기조차 어려울 만큼 넓고 깊었다.

지훈은 6·25 동란중에 조부가 스스로 목숨을 끊고 부친과 매부가 납북되고 아우가 세상을 뜨는 비극을 겪었다. 《지조론》에 나타나는 추상 같은 질책은 민족 전체의 생존을 위해 도저히 참을 수 없어 터뜨린 장렬한 양심의 절규였다. 일찍이 오대산 월정사 외전강사(外典講師) 시절 지훈은 일제가 싱가포르 함락을 축하하는 행렬을 주지에게 강요한다는 말을 듣고 종일 통음하다 피를 토한 적도 있었다. 자유당의 독재와 공화당의 찬탈에 아부하는 지식인의 세태는 지훈을 한 시대의 가장 격렬한 비판자로 만들고 말았다. 이 나라 지식인 사회를 모독한 박정희 대통령의 진해 발언에 대해 이는 학자와 학생과 기자를 버리고 정치를 하려 드는 어리석은 짓이라고 비판한 지훈은 그로 인해 정치교수로 몰렸고 늘 사직서를 지니고 다녔다. 지훈은 언제고 진리와 허위, 정의와 불의를 준엄하게 판별하였고 나아갈 때와 물러날 때를 엄격하게 구별하여 과감하게 행동하였다.

지훈은 근면하면서 여유 있고 정직하면서 관대하고 근엄하면서 소탈한 현대의 선비였다. 매천이 절명(絶命)의 순간에도 '창공을 비추는 촛불'(輝輝風燭照蒼天)로 자신의 죽음을 표현하였듯이 지훈은 나라 잃은 시대에도 "태초에 멋이 있었다"는 신념을 지니고 초연한 기품을 잃지 않았다. 지훈에게 멋은 저항과 죽음의 자리에서도 지녀야 할 삶의 척도이었다. 호탕한 멋과 준엄한 원칙 위에 재능과 교양과 인품이 조화를 이룬 대인을 우리는 아마 다시 보지 못할지도 모른다. 이른바 근대교육에는 사람을 왜소하게 만드는 면이 있기 때문이다. 지훈의 기백은 산악을 무너뜨릴 만했고 지훈의 변론은 강물을 터놓을 만했다. 역사를 논하는 지훈의 시각은 통찰력과 비판력을 두루 갖추고 있었다. 다정하고 자상한 스승이었기에 지훈은 불의에 맞서 학생들이 일어서면 누구보다도 앞에 나아가 학생들을 격려하였다. 지훈은 제자들과 함께 술을 마시고 서로 속마음을 털어놓기도 했고 손을 맞잡고 한숨을 쉬기도 했다. 위기와 동요의 시대인 20세기 후반기에 소용돌이치는 역사의 상처를 지훈은 자신의 상처로 겪어냈다.

　지훈은 항상 현실을 토대로 하여 사물을 구체적으로 파악하려 하였고 멋을 척도로 하여 인간을 전체적으로 포착하려 하였다. 지훈은 전체가 부분의 집합보다 큰 인물이었다. 지훈의 면모를 알기 위해서는 그의 전체상을 살펴볼 필요가 있다. 한국의 현대사를 연구하려는 사람은 반드시 먼저 한국현대정신사의 지형을 이해해야 한다. 우리는 지훈의 전집이 한국현대정신사의 지도를 완성하는 데 기여하리라고 확신하고, 지훈이 걸은 자취를 따르려는 사람들뿐 아니라 지훈을 비판하고 극복하려는 사람들에게도 지훈의 전모를 객관적으로 인식할 수 있게 해야 한다고 생각하여 오래 전에 절판된 지훈의 전집을 새롭게 편찬하기로 하였다. 이 전집은 세대를 넘어 오래 읽히도록 편집에 공을 들이었고, 연구자의 자료가 되도록 판본들을 일일이 대조하여 결정본을 확정하였고 1973년판 전집에 누락된 논설들과 한시들을 찾

8 ·──

아 수록하였다.

　전집 출판의 어려운 일을 맡아 주신 나남출판 조상호 사장의 특별한 뜻에 충심으로 경의를 표하며 1973년판 전집의 판권을 선선히 넘겨주신 일지사 김성재 사장의 후의에 감사드린다. 교정에 수고하신 나남출판 편집부 여러분의 노고에 깊은 사의를 표하는 바이다.

1996년 2월
편 집 위 원

趙芝薰 전집 8

한국학 연구

차 례

· 일러두기 4

· 조지훈 전집 서문 5

국어국문학 논고

한국 민속학 논고

한국 사상 논고

멋의 연구

국어국문학 논고

신라 가요 연구 논고(論攷)

1. 나가(羅歌) 성립 연대고(年代考)

《삼국유사》(三國遺事) 소재의 14수 가요는 신라 문학의 유주(遺珠)로서 귀중한 가치를 지닐 뿐 아니라, 우리 시가의 원류로서, 우리말로 창작된 시가형식의 바탕과 변천의 전거(典據)로서 중대한 의의를 지닌다.

유사소재(遺事所載) 가요는 가망미상분(歌亡未詳分)까지 합하면 총계 25수이나, 가명(歌名)만 전하고 가사(歌詞) 미전(未傳)의 것이 9수요 2수는 원시(原詩)가 없는 한역가(漢譯歌)이므로, 우리말 가요는 14수뿐이다.

이들 가요보다 연대적으로 오랜 것으로 되어 있는 실명(失名) 여인의 〈공무도하가〉(公無渡河歌, 箜篌引-麗玉)와 유리왕(琉璃王)의 〈황조가〉(黃鳥歌)가 있으나, 그 원가(原歌)는 알 길 없고 후세에 한역된 것만이 전할 따름이다.

그러므로 만일 일연(一然)이 이들 가요를 수재(收載)하지 않았던들 우리는 나대가요(羅代歌謠)의 전형을 나말여초(羅末麗初)의 사람인 균여(均如)의 〈보현십원가〉(普賢十願歌)에서 찾을 수밖에 없었을 것이다.

18

균여는 신라 신덕왕(神德王) 6년(서기 917)에 나서 고려 광종(光宗) 24년(서기 973)에 입적(入寂)하였다. 그의 소작(所作)〈보현십원가〉 11수가 혁연정(赫連挺) 소편(所編)의《균여전》(均如傳)에 전하는바, 그 노래들의 형식과 가형(歌形)이 나대 가요와 다름이 없을 뿐 아니라, 그것을 작자나 편자가 다 사뇌(詞腦)라 지칭하였다.

물론 유사소재(遺事所載)의 가요는 11수에 불과하므로, 그 최고(最古)의 것이라야 〈서동요〉(薯童謠)가 28대 진평왕(眞平王) 때의 것으로 서기로 6세기경의 노래이다. 그러나《삼국유사》에 가망미상분(歌亡未詳分)으로 가명(歌名)만 전하는 9수 속에는 〈물계자가〉(勿稽子歌)가 내해왕(奈解王) 때 것으로 밝혀져 있으니, 이는 2세기 말 3세기 초의 것이 된다. 그뿐 아니라,《삼국사기》(三國史記)와《삼국유사》에는 유리왕(儒理王) 때 도솔가(兜率歌)를 제정했다는 기록이 있다. 유리왕대는 1세기 초엽이다.

是年民俗歡康 始製兜率歌 此歌樂之始也(三國史記 儒理尼師今 五年)
始作兜率歌 有嗟辭詞腦格(三國遺事 第三 弩禮王)

이러한 역사적 사실을 종합 검토하여 우리는 다음과 같은 몇 가지 전제를 도출할 수 있다.

첫째,《삼국유사》에 수록된 가요는 찬자(撰者) 일연의 취의(趣意)에 적합하고 채록이 가능했던 전대 가요의 일반(一斑)에 불과한 것이요, 거기에 수재(收載)된 최고(最古)의 것으로써 곧 신라 가요 성립 연대를 삼을 수는 없다는 사실이다. 왜 그러냐 하면,《삼국유사》소재 최고(最古) 가요는 〈서동요〉(薯童謠)로서 서기 6세기 말경의 것인데,《삼국유사》에는 그 이전의 것으로 비록 가사는 전하지 않으나마 작자가 분명한 가명(歌名)이 나타나 있고, 또 노례왕(유리왕) 때 "始作兜率歌"했다는 기록이 있으니, 우리가 어떤 문자 형태로서의 표기를 전제하지 않는 가요의 제정을 생각할 수 없는 이상, 이는 마땅히 기재가요(記載歌謠)였으리라고 추정하지 않을 수 없기 때문이다. 이 연대에 대해서는 뒤에 재고찰하려니와, 이 기록은 우선 기재가요의 성립이 유사소재 현존 최고 가요의 연대인 6·7세기경을 훨씬 거슬러 올라간다는 사실을 밝혀 주는 것임에는 틀림없다. 1)

둘째, 그러면 고문헌이 전하는 가요명, 또는 모든 가요는 애초부터 이두식(吏讀式) 차자(借字)로 표기된 가요문학이라 볼 수 있는가 하는 문제이다. 물론 우리 선민(先民)이 지어서 부른 고가(古歌)는 그것이 한시(漢詩)가 아닌 한, 우리말 고어로 지어졌다 해서 애초부터 문자로 표기되었다는 것을 믿을 수는 없다. 왜 그러냐 하면, 원래 가요라는 것은 언어의 발생과 함께 비롯되는 것으로 문자의 발견보다 훨씬 오랜 옛날에 시작되어 장구한 세월을 구비(口碑)로 전승되어 오다가 문자를 발견함으로써 그 일부분이 비로소 기재문학으로 정착되기도 하고 또 구송문학(口誦文學) 그대로 흐르기도 하는 것이다. 그러므로, 우리는 이러한 문자로 기재되지 않은 구비전승의 선문학(先文學)으로서의 가악(歌樂)과 문자로 기재되고 작가에 의하여 창작된 참 의미의 가요문학을 구별해야 되는 것이다.

《삼국사기》 유리왕 5년조의 "始製兜率歌 此歌樂之始也"라는 구의 '가락지시야'(歌樂之始也)라는 말의 뜻은, 마땅히 국가소정가악(國家所定歌樂)의 시(始)란 뜻으로 봐야 한다. 이때 가악(歌樂)이 처음 시작되었다면, 그 전의 신라인은 말 못하는 벙어리로서 노래하고 춤추고 두드릴 줄 모르는 종족이 되기 때문이다. 그러므로, 신라 가악의 시(始)는 육부육촌(六部六村) 시대 훨씬 이전으로 거슬러 올라가지 않을 수 없는 것이다.

---

1) 도솔가(兜率歌)를 처음 제정한 노례왕(弩禮王)은 신라 제3대 임금이요, 그 연대는 《삼국사기》에 의하면 유리왕(儒理王 : 노례왕) 5년 곧 서기 28년의 일로 되어 있다.

　이런 뜻에서 본다면, 우리는《삼국유사》소재 가요를 포함한 일체의 고가(古歌)를 다음 여섯 가지로 대별할 수 있을 것이다.

　⑴ 작자불명이요, 구비(口碑)로도 실전(失傳)되고 가명(歌名)만 전하
　　는 것.
　⑵ 작자는 알려졌으나, 구비로도 실전되고 가명만 남은 것.
　⑶ 작자불명이나, 구비로 전승되고 기재되지는 않은 가명.
　⑷ 작자는 알려져 있고 구비로도 전승되나, 기재되지는 않은 가명.
　⑸ 작자는 불명이나, 기재·정착된 가요.
　⑹ 작자도 분명하고, 기재·정착된 가요.

　이 중에서 ⑴·⑵·⑶·⑷는 구송문학(口誦文學)의 범주에 들지 않을 수 없다. 물론, 그 중에는 자연발생한 작자미상의 구송문학과, 작자는 있으나 기재된 적이 없는 구송문학과, 구송문학과 창작문학이 기재·정착되었다가 망실된 것의 구별이 있겠으나, 오늘에 그것을 가징(可徵)할 수 없는 이상, 구송문학에 한데 몰아넣지 않을 수 없는 것이다. 그리고 보면, 나머지 ⑸와 ⑹이 참 의미의 가요문학이 된다. 그것은 이두식 차자로 기재·정착된 구송문학과 이두식 차자로 표현된 창작시가의 두 가지로 이루어졌다. 우리 고가의 가장 오래 된 모습을 수록하여 보여 준《삼국유사》의 가요도 두 가지가 아울러진 것이다.

　《삼국유사》소재 가요 중 가장 연대가 오랜 축에 드는〈서동요〉와 〈풍요〉(風謠)와 〈헌화가〉(獻花歌)는 분명히 구송문학의 이두식 기재·정착이다. 〈풍요〉는 작자불명의 민요요, 〈서동요〉는, 작자는 백제 무왕(武王)으로 되어 있어도 동요로 구전된 참요(讖謠)며, 〈헌화가〉는 실명노인작(失名老人作)으로 역시 구전가요다. 이것들은 유행한 연대, 또는 제작된 연대가 현존의 것 중에는 가장 오랜 시기의 것일 뿐 아니라, 형식적으로도 가장 단순한 4구체(句體)로 되어 있다.

나대 가요는 4구체가 기본이 되어 발달되었다. 이 4구체는 나대 가요뿐 아니라, 우리 고대 가요의 공통된 기본 형식이니, 실명여인 (失名女人)의 〈공무도하가(공후인)〉도 유리왕의 〈황조가〉도 다 4구체요, 전래의 민요와 동요도 가장 단순한 것은 4구체다(후렴이 붙은 것은 2구체도 있다. 예 : 〈쾌지나 칭칭나네〉).

公無渡河 公竟渡河 墮河而死 將奈公河
(임하 그 물 건너지 마소, 그예 임은 건너시네.
물에 빠저 싀오시니, 어저 임을 어이하리)

— 〈公無渡河歌〉

翩翩黃鳥 雌雄相依 念我之獨 其誰與歸
(날고나는 꾀꼬리여, 암수 서로 부르놋다.
외로와라 이 내 몸여, 눌과 함께 돌아갈꼬.

— 〈黃鳥歌〉

임오던 길에는 잔풀이 도올고,
임잡던 술잔엔 녹이 슬어 가안다.

— 〈양산도〉

무운경 새재야 물박달 나아무
홍두깨 방망이로 다넘어 가안다.

— 〈아리랑〉

새야새야 포란새야, 녹디낭케 앉지마라,
녹디꽃이 너얼찌면, 청포장사 울미간다.

— 경산(慶山)지방 민요

비야비야 오지마라, 우리셍이 시집간다.
가마문에 비들치고, 나홍치매 어룽진다.

— 동래(東萊)지방 민요

이 4구체가 8구체로, 다시 10구체로 발달되었다. 《삼국유사》 소재 가요에 의하면, 이 삼체(三體)는 시기적으로 후세까지 혼용되었으나 그 형식 발달의 순서인즉, 가장 단순한 4구체에서 8구체·10구체의 순으로 발달되었다는 것이 자못 자명한 바 있다(《삼국유사》 소재 가요의 형식에는 이 삼체밖에 안 보이지만, 전래 민요와 동요에 6구체가 많은 것으로 보아, 신라 가요에도 6구체 형식이 있었을 가능성이 있다).

고대가요의 기본형식인 4구체에서 그 4구체를 중첩하여 8구체를 이루고, 그 8구체에 다시 낙구(落句) 이구(二句)를 더 붙임으로써 10구체를 이루어, 10구체는 나가형식(羅歌形式)의 완성된 대표적 형식이 되었다.[2]

현존 나가(羅歌) 중에는 4구체로 된 것이 4수 있는바, 그 4수 중 작자가 분명한 것은 월명사(月明師) 〈도솔가〉(兜率歌)가 1수뿐인 것으로 보아 이 형식이 가장 초기의 것으로, 구전가요가 기재(記載)된 것이 주로 이 4구체이고, 창작가요에는 이 4구체가 차츰 드물게 사용되었을 것으로 안다. 현존 나가(羅歌) 중 8구체는 〈모죽지랑가〉(慕竹旨郎歌)와 〈처용가〉(處容歌) 2수인데, 전자(前者)가 8세기 전후, 후자(後者)가 9세기 말의 작인 것으로 미루어 보아, 이 8구체는 4구체 쇠퇴 후 10구체 완성 전에 씌어지기 시작해서 10구체가 완성된 뒤에도 존재한 형식임을 알 수 있으나, 나가(羅歌) 형식으로 창작된 가장 후기작인 〈균여가〉(均如歌) 11수가 모두 10구체인 것을 보면, 10구체 형식 완성 후에는 4구체나 8구체가 드물게 사용되었던 것임을 알 수 있다.

현존 나가(羅歌) 25수 중 10구체가(□體歌)는 19수로서 〈혜성가〉

---

2) 여요(麗謠)의 여음(餘音), 경기체(景幾體)의 후렴구(後斂句), 시조(時調)의 종장(終章)이 모두 이 낙구(落句)의 변모 발달된 것이다. 이것은 또 신문학(新文學)의 창가(唱歌)와 초기시(初期詩)의 후렴 및 간투반복구(間投反復句)에 잔영(殘影)을 남겼다.

(彗星歌, 579~632)・〈원왕생가〉(願往生歌, 661~681) 2수를 제외한 16
수는 모두 8세기 중엽 이후의 것이다.

(1) 4구체 : 〈서동요〉(A. D. 600년 전), 〈풍요〉(635), 〈헌화가〉(702~
   737), 〈도솔가〉(760).
(2) 8구체 : 〈모죽지랑가〉(692~702), 〈처용가〉(879)
(3) 10구체 : 〈혜성가〉(579~632), 〈원왕생가〉(661~681), 〈원가〉(怨
   歌, 737), 〈제망매가〉(祭亡妹歌, 742~765), 〈안민가〉(安民歌, 742
   ~765), 〈찬기파랑가〉(讚耆婆郎歌, 742~765), 〈도천수관음가〉(禱
   千手觀音歌, 742~765), 〈우적가〉(遇賊歌, 785~798), 〈균여가〉11
   수(967년 전).

현존 10구체 중 가장 오랜 연대의 것인 〈혜성가〉로써 추정한다면,
10구체의 형성시기는 대략 6세기 말 7세기 초가 된다.

이로써 10구체 형성의 시기를 삼는 것은 속단의 혐(嫌)이 없지 않
지만, 그 연대가 이보다 더 빨랐다 해도 6세기 초보다 더 많이 소급
(遡及)될 수는 없을 것이다. 《삼국유사》 소재 14수 중 승려(僧侶)의
작이 6수요, 국선(國仙)・화랑(花郎)의 작이 2수이며, 〈서동요〉〈헌
화가〉〈원가〉〈처용가〉를 제한 10수는 작자로나 내용으로나 불교적
색채와 관계가 있는바, 승려는 물론, 국선과 화랑도의 성립 발달도
불교를 떠나 생각할 수 없다면, 우리는 신라 가요의 발달과 작가 계
급의 성립에 불교의 전래를 생각지 않을 수 없을 것이다. 신라에 불
교가 처음 들어온 것은 눌지왕(訥祇王) 원년 서기 417년에 묵호자(墨
胡子)가 고구려(高句麗)로부터 옴으로써 시작된다. 처음에는 고유 신
앙과 알력되다가 이차돈(異次頓)의 순교 후 불교가 정식으로 홍통(弘
通)된 것은 법흥왕(法興王) 15년 서기 528년의 일이다. 그러므로 처
음 불교가 들어온 5세기 초두는 신라 가요문학의 여명기요, 신라의
문화는 6세기 초중엽인 법흥왕 전후에 비로소 개화하기 시작했으므

24

로 신라 가요의 완성된 형식으로서의 10구체는 아무리 빨라도 6세기
초 이전에는 어려웠을 것이기에 말이다. 이러한 관점에서, 필자는 10
구체 형성시기를 6세기 중엽 이후로 보는 것이다.

6세기 벽두(劈頭)는 신라사에서 상고(上古)와 중고(中古)의 분수령
이었으니, 《삼국유사》 '왕력'(王曆)에는 지증왕(재위 500~514) 때까
지를 상고, 그 다음 임금 법흥왕(재위 514~540) 때부터를 중고로 갈
라 놓았다. 이 시기의 중요한 사실을 초기(抄記)하면 다음과 같다.

    定國號新羅及王號 — 智證王 4年(503)
    頒律令始制百官公服 — 法興王 7年(520)
    始行佛法 — 法興王 15年(528)
    始建年號(建元) — 法興王 23年(536)
    始命居柒夫等撰國史 — 眞興王 6年(545)
    巡幸北漢山拓定封疆 — 眞興王 16年(555)
    始奉源花 — 眞興王 37年(576)
    圓光法師入陳求法 — 眞平王 11年(589)

셋째, 가장 중요한 문제로서 신라의 가요문학 — 문자로 기재하고
문자로 창작된 시가문학은 어느 때부터 시작되었는가 하는 문제가 남
는다.

우리는 앞에서 선문학(先文學)과 다른 의미의 문학의 한계가 문자
로써의 기재·정착 여부에 있음을 말하였다. 따라서, 문자의 발생이
구비문학을 기재·정착시키고, 그것이 곧 창작문학의 형식 생성에
공헌하였음을 신라 가요 형식의 발달한 자취를 더듬어 살펴보았다.
그러면, 신라에 문자가 언제 발생하였는가, 그것을 우리는 정확하게
말할 수는 없다. 그보다도 한자의 음훈(音訓)을 차자(借字)하여 나언
(羅言)을 표기한 이른바 이두를 언제부터 사용하였는가 하는 문제가
더 중요하다. 이 문제를 밝혀 줄 전거(典據)는 오직 전게한바, 《삼국

사기》 유리왕 5년조의 "始製兜率歌此歌樂之始也"와 《삼국유사》의 권
삼(卷三) 노례왕조(弩禮王條)의 동 내용의 기사뿐이다. 이제, 이를 검
토해보려 한다.

"始製兜率歌"는 비로소 노래를 제정했다는 뜻이니, 그것은 문자로
써의 표기를 전제로 하지 않으면 안 된다. 그렇지 않다면 '시제'(始
製)의 두 문자가 무의미하고 허황하다. 또, "此歌樂之始也"란 말은
앞에서 '국가소정가악'(國家所定歌樂)의 시(始)란 뜻으로 봐야 한다고
했다. 그렇게 안 본다면, 이때 처음 가락이 있었다는 망발이 된다.
이 두 가지 뜻을 아울러서 본다면, 그 당시까지 자연발생적인 민요가
구전가악(口傳歌樂)으로만 있던 것을 국가에서 새로 가악(歌樂)을 제
정하여 기재하기 시작했다는 말로 해석된다. 다시 말하면, '도솔가'의
제정이 이두식 문자로 가요를 제작 표기한 비롯이 되고, 동시에 그것
은 종래의 구전가요의 기재·정착을 시작한 계기가 된다는 말이 된
다. 바꿔 말하면, 이두식 표기방식의 발단은 이 시기에서 시작된다고
보지 않을 수 없다는 말이다.[3]

이와 같이, 유리왕(儒理王) 5년조의 시제도솔가(始製兜率歌) 기사
가 이두식 표기의 시작을 명백히 시사하면서도, 우리가 곧 승인할 수
없는 중대한 난관은 그 역사적 배경문제이다. 유리왕 5년은 서기 28
년에 해당하니 1세기 초두요 동한(東漢) 광무제(光武帝)의 건무(建
武) 4년이다. 이때에 벌써 신라가 한문을 받아들여 이두와 같은 차자
(借字)로나마 독특한 언어표기를 시험할 만큼 문화가 깨였을까 하는
의문이다. 유리왕은 신라의 제3대 왕으로 시조(始祖) 혁거세(赫居

---

3) 설총(薛聰)이 나음(羅音)으로 구경(九經)을 훈해(訓解)하고 이두(吏讀)를
  지었다는 시기는 7세기 말의 일이므로, 이는 그가 이두식 표기의 체계를 세우
  고 완성시켰다는 말이요, 오래 전에 이미 한자(漢字)가 들어왔으므로 이런 이
  두식 표기방법의 발생을 상상할 수 있는데다가 실제로도 이런 표기법이 설총
  전에 있은 이상, 이두를 설총이 만들었다는 설은 수긍할 수가 없다.

26

世)의 손자에 해당된다. 이 시기는 신라사상(新羅史上) 거의 전사시대(前史時代)에 속하는 것이다. 더구나 유리왕 5년은 중국의 '신(新)'의 황제 왕망(王莽)이 고문(古文)을 고쳐 육서(六書)를 만든 지 18년째 되는 해인 것이다. 한자가 일부 상류층에 전래했다는 것은 몰라도 이두식 표기가 발생할 수 있는 시기로는 너무 이른 것이라 하지 않을 수 없다. 그러면 어떻게 되는가.

필자는 이 유리왕 5년조의 기사는 제 14 대 유례왕(儒禮王) 때 기사가 착오(錯誤) 혼입(混入)된 것이라고 단정한다. 유리왕과 유례왕은 동명이인(同名異人)이다. 《삼국사기》에 나타난 신라 제 3 대 유리왕은 《삼국유사》에는 제 3 대 노례왕(弩禮王)으로 표기되었고, 그 노례왕은 유례왕이라고 쓰기도 했다는 증거가 《삼국유사》의 동조(同條)에 있다.

　　　朴弩禮尼叱今　一作儒禮王　初王與妹夫脫解讓位

제 14 대 유례왕은 서기 284년에 즉위하여 298년까지 재위한 임금이다. 유례왕 2년은 진수(陳壽)의 《삼국지》(三國志)가 완성된 해요, 백제가 박사(博士) 왕인(王仁)을 일본에 보내어 천자문(千字文)과 논어(論語)를 가르침으로써 한자를 전하던 해니, 이때가 되면 신라에도 이두식 표기가 발생할 가능성이 있는 것이다. 유례왕 원년은 위비서(魏祕書) 손영(孫英)이 반음(反音)을 시작한 지 66년째 되는 해이다.

유리왕 때 육부(六部)의 호(號)를 개정하고 육부에 중국식 사성(賜姓)을 했다는 것도 마땅히 이 유례왕조(儒禮王條)에 들어야 할 기사이다. 유례왕 다음 임금, 기림왕(基臨王) 때 국호를 신라(新羅)라 완정(完定)한 사실을 보면, 이 유례왕 시대 전후가 한문화 시기에 들기 시작하던 무렵인 듯하기 때문이다. 중국식 사성이나 한문식 국호는 제 3 대 유리왕대 일로서는 있기 어려운 일임으로써이다. 4)

국호를 신라로 정하여 '新者 德業日新, 羅者 綱羅四方之民'이라는 한문식 부회(附會)를 한 것이 이때의 일이라는 것이다. 그러나, 이 국호의 완정(完定)은 《삼국사기》에는 지증왕 4년(503)의 일로 되어 있고, 일연도 '或系智證法興之世'라고 의심을 남겨 두었다. 그러나, 육부 사성까지 지증·법흥지세(智證·法興之世)로 강하(降下)시킬 수는 없다. 지증·법흥지세가 되면, 육부는 계보상으로만 남고 이미 소멸하였을 것이기 때문이다. 어쨌든 이러한 혼동은 유례왕 때와 지증왕 때가 신라 문화의 한문화 수용의 전환기였다는 사실을 보여 준다.

필자는 이때를 시제도솔가(始製兜率歌)하여 국정가악(國定歌樂)이 시작된 시기로 보고, 그것으로써 이두식 표기의 발단과 신라 가요문학의 발아기(發芽期)로 보려 한다.5)

---

4) 중국식 사성(賜姓)의 기록도 《삼국사기》와 《삼국유사》가 약간 다르다. 《삼국사기》에는 "儒理王 九年春改六部之名 仍賜姓 楊山部爲及梁部 姓李 高墟部爲沙梁部 姓崔 大樹部爲漸梁部 姓孫 干珍部爲本彼部 姓鄭 加利部爲漢祇部 姓裵 明活部爲習地部 姓薛"이라고 되어 있는데, 《삼국유사》 혁거세왕조에는 "閼川楊山村……是爲及梁部 李氏祖 突山高墟村……是爲沙梁部 鄭氏祖 茂山大樹村……是爲漸梁部 孫氏之祖 觜山珍支村……是爲本彼部 崔氏祖 金山加利村……是爲漢祇部 裵氏祖 明活山高耶村…是爲習比部 薛氏祖'라 해서 沙梁部의 崔와 本彼部의 鄭이 바뀌어 있다. 이것은 《삼국유사》가 잘못이다 (후장참조). 이로써 고기록의 착오의 일례를 볼 수 있다.

5) 이두식 표기의 발단을 이 시기에 잡는 것도 좀 빠른 느낌이 있으나, 그렇다 해서 함부로 지증·법흥의 세(世)까지 끌어내릴 수는 없다. 사회 발달 상태로 봐서 신라가 자리가 잡힌 것은 내물왕(奈勿王, 재위 356~402) 때로서 고구려에 불교가 처음 들어온 소수림왕(小獸林王) 2년(372)은 내물왕 17년이요, 백제가 박사 고흥(高興)을 시켜 문자기사(文字記事)를 처음 했다는 근초고왕(近肖古王) 30년(375)은 내물왕 20년이다. 삼국 중 후진국인 신라의 불교는 고구려보다 149년이 늦고, 문자 기사는 거칠부(居漆夫)의 국사(國史) 수찬(修撰)이 백제의 고흥보다 170년이 늦으며, 진흥왕(眞興王) 순수비(巡狩碑)는 광개토왕비(廣開土王碑)보다 164년이 늦다. 그러나, 백제 고흥의 기사와 신라 거칠부의 국사 수찬은 한문으로 한 것일 것이다. 그렇다면 이두식 표기

이 시기는 주로 민요의 기재 정착이 시험되었을 뿐, 새로운 가요형식의 생성은 서서히 진행되어 작가계급의 성립과 함께 창작가요의 형성을 완성한 것은 불교가 홍통(弘通)된 법흥왕 15년(A. D. 528) 이후, 곧 6세기 초에서 7세기 초에 이르는 사이였으리라고 본다.

법흥왕 다음 임금인 진흥왕의 순수비가 지금도 남아 있고, 진흥왕의 다음다음 임금〔그 중간, 진지왕(眞智王)은 4년 재위〕 진평왕(眞平王) 때의 〈혜성가〉가 현존하는 10구체 가요의 최고(最古)의 것으로 남아 있다. 〈혜성가〉가 제작된 것은 579~632년, 곧 6세기 말 7세기 초의 것임을 보면 이 현존하는 최고의 10구체는 전체적으로 봐도 10구체형의 초기의 것이 된다. 또, 현존하는 최고의 이두(吏讀) 가요인 〈서동요〉가 이 시기 것임을 보면, 당시에도 민요의 단순한 4구체와 창작시가의 10구체가 병행한 것을 알 수 있다.[6]

는 그 전에 이미 있을 수 있는 것이다. 이런 것을 참작할 때, 신라는 유례왕대 3세기 말에서 내물왕대 4세기 말에 이르는 사이, 서투르나마 무슨 표기법이 생겼으리라 보는 것이다. 그것은 백제 고흥의 한문 기사와 비슷한 시기로 조금 앞서는 것이다. 이것이 한문 외에는 글로 생각지 않은 김부식(金富軾)의 눈에는 무문자시대(無文字時代)로 보였을 것이다.

6) 〈혜성가〉의 제작연대를 어윤적(魚允廸)의 《동사연표》(東史年表)에는 진평왕 45년조에 '融天下大師作彗星歌 鄕歌之傳始此'라 해서 서기 623년의 일로 명기해 놓았으나, 《삼국사기》에도 《삼국유사》에도 없는 것을 무엇에 근거함인지 알 수 없다. 이름도 '融天下大師'로 되어 있다. 다만, '鄕歌之傳始此'라 해서 그보다 앞선 〈서동요〉를 밀어 두고 〈혜성가〉를 최고(最古)의 것으로 본 것은 옳다. 향가를 단순한 4구체 민요와 구별하여 사용한 일례다. 혹은 〈서동요〉를 백제 무왕(武王) 작이라 하여 신라 향가에서 제외함인지도 모른다.

2. 나가명의고(羅歌名義考)

이두식 차자로 표기한 신라 가요는 대개 향가(鄕歌)와 사뇌가(詞腦歌)와 도솔가(兜率歌)라는 세 가지 이름으로 불려져 왔다. 이 세 가지 명칭은, 신라 가요의 모습을 오늘 우리에게 보여 준 유일한 전거(典據)인 《삼국유사》의 저자 일연(一然)도 사뇌가·도솔가를 향가로 통칭하였고, 현대 학자들도 향가와 사뇌가를 동일 명칭의 이사(異寫)로 보고,[7] 사뇌가와 도솔가도 막연히 같은 것으로 인정할 뿐, 이 삼자의 관계와 범위에 대하여 아무런 의의(疑義)도 삽(揷)하지 않고 있다. 이 삼자의 관계와 범위와 개념이 해명되기 전에는 그 정확한 원의(原義)를 알 수가 없는 것이다.

> 王曰 旣卜緣僧 雖用鄕歌可也 明乃作兜率歌賦之 (三國遺事 卷五 月明師)
>
> 明又嘗爲亡妹營齋作鄕歌祭之 (三國遺事 卷五 月明師)

앞의 것은 도솔가를 향가라 한 예요, 뒤의 것은 사뇌가를 향가라 한 예가 된다.

향가와 사뇌가와 도솔가는 그 개념이 서로 다르기 때문에 명칭이 다르고, 그 내포(內包)의 범위가 대소의 관계에 있기 때문에 명칭이 상통하며, 그 관계의 한계가 모호해짐으로써 의의(意義)가 막연해진 것이다.

---

7) 정인보·양주동 두 분이 설을 제기·주장하였고, 이혜구 씨도 양 씨 설을 이끌어 사뇌를 동토(東土)의 노래로 해(解)하였다. 이하 사뇌가·도솔가 항에서 자세히 소개 비판할 것이다.

1) 향가(鄕歌)

향가는 한시(漢詩)·범패(梵唄) 등 외국의 가요에 대한 '동방(東方) 고유의 노래'라는 뜻으로 불려진 명칭이다. 마치 음악에서 외래악을 당악(唐樂)·송악(宋樂)이라 함에 대하여 국악을 향악(鄕樂)이라 하듯이, 또는 한약에서 외래약을 당재(唐材)라 하고 국산약을 초재(草材) 또는 향약(鄕藥)이라 하듯이, 시가에서 한문 아닌 국어, 곧 향언(鄕言)으로 지어진 것을 향가라고 부른 것이다. 그러므로, 사뇌가나 도솔가란 말에, 향가란 뜻이나 동토의 노래란 뜻이 본디 있는 것은 아니다.

明奏云 臣僧但屬於國仙之徒 只解鄕歌 不閑聲梵 (三國遺事 卷五 月明師)
(詞腦歌·兜率歌項에서 다시 言及할 것이다.)

이와 같이 향가는 한시나 범패에 대한 국풍(國風)이란 뜻이므로, 우리 민족이 우리말로 지은 노래면 모두 향가라 할 수 있으니, 고구려·백제·신라의 노래가 다 향가요, 고려와 근조선(近朝鮮)과 현대의 시가까지도 광의의 향가라 할 수 있다. 그러므로, 우리말로 지어진 노래면 그것이 한역된 노래이거나, 이두로 표기된 노래이거나, 국문으로 지어졌거나 다 향가요, 노래의 내용이 샤머니즘(巫)이거나, 풍류도(국선)거나, 불교(승려)거나 다 향찬(鄕讚)인 것이다. 그러므로, 유독 신라 가요만을 향가라 하고 이두식 표기 가요만을 향가라 하고, 찬불(讚佛)의 노래만을 향찬이라 해야 할 까닭이 없는 것이다.

이두식 차자로 표기된 신라 가요만을 향가라고 부르게 된 것은, 그것을 수재(收載)하여 오늘에 남겨 준 일연의 용례를 좇아 신라 가요를 다른 시대의 가요와 구별하는 편의로운 대명사로 삼은 까닭이다. 그

러나, 이 향가란 말에는 한문 본위 사상이 들어 있다. 김부식도《삼
국사기》에서 향가라는 말을 썼듯이, 일연도 당시의 풍습대로 그저
한시와 구별하려는 뜻으로 썼을 것이다. 일본 학자들이 이를 그냥 습
용(襲用)한 것은 은연중 일문본위(日文本位)의 개념에 우합(偶合)되
었겠지만, 우리가 스스로 향가를 자칭한다는 것은 우습고 어색함을
면하지 못한다. 국문을 언문(諺文)이라 한 것과 마찬가지로, 향가란
말은 이를테면 쌍말노래라는 자비감(自卑感)이 들어 있기 때문이다.
그러므로, 향가라는 명칭은 마땅히 신라 가요 또는 나가(羅歌)라고
약칭할 일이다.

   어쨌든 신라 가요란 뜻으로서의 향가는 나대(羅代)의 국풍(國風)으
로 서민의 풍요(風謠)와 무격(巫覡)의 신가(神歌 — 呪歌)와 승려의 향
찬, 묘정(廟廷)의 아송(雅頌 — 儀禮歌)을 포함하는 일대총칭(一大總
稱)임을 알 것이다.

   2) 사뇌가(詞腦歌)

   사뇌가는 신라가요(향가)의 한 형식이다. 신라의 가요는 크게 나누
어 사뇌가(사뇌), 도솔가, 불찬가(향찬)로 삼대별할 수 있는바, 이것
들은 구비로 전승된 민요(동요)·가악(무곡)·신가(무가)의 신라적 형
성이 발달 분화되어 이루어진 창작가요이다. 이 세 가지 이명(異名)
의 가요문학은 내용 면의 분화 발달에 붙인 명칭이요, 형식적으로는
어느 것이나 다 전래의 가요형식을 계승하여 발달되었기 때문에 서로
넘나들었고 뚜렷한 구별이 없었던 것이다. 더구나 사뇌가의 10구체
전형(典型)이 완성되면서부터는 도솔가나 불찬가도 10구체 형식을 전
용하게 되어 한 가지 사뇌가에 포섭 합류됨으로써 소멸되고 말았던
것 같다. 그러므로, 사뇌가는 신라 가요문학 최초의 발달된 형식이
요, 최후의 잔존한 통일형식이었던 것이다.

현존하는 신라의 가악명을 볼 것 같으면 거개(擧皆)가 한문으로 되어 있고 나어(羅語)로 표기된 것은 극히 소수인바, 주목되는 것은, 한문으로 된 가악명(歌樂名)은 무가(巫歌) 1종, 악(樂)이 8종, 곡(曲)이 7종, 인(引)이 2종, 사(詞)가 1종, 요(謠)가 2종, 가(歌)가 26종으로 다양함에 반하여 나어로 된 것은 사내(思內)가 붙은 것이 4종, 가(歌)도 사내(思內)도 붙지 않고 그냥 지명으로만 된 것이 4종이 있다 (〈표 1〉 참조).

특히 주목되는 것은 이렇게 '가'도 '사내'도 붙지 않은 것은 모두 지명으로만 된 가명(歌名)이어서 거기에는 사내 또는 가(歌)·악(樂) 등의 명칭이 생략되었음을 알 수 있다는 사실이다. 또, 한문으로 된 가악명 중에도 지명 밑에 가·악 등의 명칭이 붙은 것이 다수 있는 것을 보면, 이 '가·악·곡' 등의 나어(羅語) 원형은 사내(思內) 또는 사뇌(詞腦)였으리라는 점이다. 〈사내기물악〉(思內奇物樂) 〈신열악〉(辛熱樂) 〈미지악〉(美智樂) 〈치술령곡〉(鵄述嶺曲) 〈동경곡〉(東京曲) 〈방등산곡〉(方登山曲) 〈양산가〉(陽山歌) 〈동경가〉(東京歌) 〈이견대가〉(利見臺歌) 〈목주가〉(木州歌)가 그 실례이다. 또, 단순히 지명만으로만 된 가악명도 그 가제(歌題:지명) 아래 사내 또는 가악의 명칭이 생략되었음을 알 수 있으니, 이는 ○○사내 또는 ○○악의 약(略)인 것이다. 余那山·長漢城·內智·白實·祀中 등이 그 예이다.[8]

---

8) 사내기물악은 기물현악(奇物縣樂)이니 기물은 '감물'(甘物)·'금물'(今勿)의 이사(異寫)이다.

開寧郡 古甘文小國也…領縣四御侮縣本今勿縣 一云陰達 (三國史記 卷三十四 地理 一)

淸風縣 本高句麗 沙熱伊縣 (三國史記 卷三十五 地理 二)

신열(辛熱)은 사내·사뇌와 같은 가악의 범칭으로 볼 수도 있으나, 상신열무(上辛熱舞) 하신열무(下辛熱舞)가 있는 것을 보면 신열은 지명이다.

丹密縣 本武冬彌知·一云曷冬彌知 (三國史記 卷 三十四 地理 一)

〈표 1〉

가악명	작자	창작 연대	출전
會樂及辛熱樂		儒理王代	三國史記 樂志
突阿樂		脫解王代	〃
枝兒樂		婆沙王代	〃
思內一作詩腦樂		奈解王代	〃
勿稽子歌		奈密王代	三國遺事 卷五 勿稽子
笳舞		〃	三國史記 樂志
玗述領曲		訥祇王代	增補 文獻備考 樂考
憂息樂	訥祇王	〃	三國史記 樂志
碓樂	百結先生	慈悲王代	〃
怛忉歌		炤智王代	增補 文獻備考 樂考
竽引	川上郁皆子	智大路王代	三國史記 樂志
美智樂		法興王代	〃
徒領樂		法興王代	〃
捺絃引	淡水	眞平王代	〃
實兮歌	實兮	〃	三國史記 列傳八 實兮
奚論歌		〃	三國史記 列傳七 奚論
怨詞	天宮女	〃	東國輿地勝覽 卷二十一 慶州 東京雜記
薯童謠	百濟 武王	〃	三國遺事 卷三 武王
彗星歌	融天師	〃	三國遺事 卷五 融天師
風謠		善德王代	三國遺事 卷四 良志使錫
陽山歌		太宗王代	三國史記 列傳七 金歆運
無㝵歌	元曉	〃	三國遺事 卷四 元曉
願往生歌	廣德	文武王代	三國遺事 卷五 廣德嚴莊
慕竹旨郎歌	得烏	孝昭王代	三國遺事 卷三 竹旨郎
獻花歌	失名老人	聖德王代	三國遺事 卷二 水路夫人
怨歌	信忠	孝成王代	三國遺事 卷五 信忠掛冠
兜率歌	月明師	景德王代	三國遺事 卷五 月明師
爲亡妹營齋歌	〃	〃	〃

가 악 명	작 자	창작 연대	출 전
安民歌	忠談師	〃	三國遺事 卷二 景德王
讚耆婆郎歌	〃	〃	〃
禱千手觀音歌	希明	〃	三國遺事 卷三 千手大悲
散花歌	月明師	〃	三國遺事 卷五 月明師
遇賊歌	釋永才	元聖王代	三國遺事 卷五 永才遇賊
身空詞腦歌	元聖王	〃	三國遺事 卷二 元聖大王
鸚鵡歌	興德王	興德王代	三國遺事 卷二 興德王
玄琴抱曲	邀元郎等	景文王代	三國遺事 卷二 景文大王
大道曲		〃	〃
問君曲		〃	〃
處容歌	處容	憲康王代	三國遺事 卷二 處容郎
繁花曲		景哀王代	增補 文獻備考 樂考
亡國哀歌	神會	敬順王代	三國遺事 卷二 金傅大王
普賢十願歌 十一首	均如	高麗 光宗王代	均如傳
'思內奇物樂' 原郎徒作也		연대미상	三國史記 樂志
'內知'日上郡樂也		〃	〃
'白實'押梁郡樂也		〃	〃
'德思內'河西郡樂也		〃	〃
'石南思內'道同伐郡 樂也		〃	〃
'祀中'北隈郡樂也		〃	〃
東京曲		〃	高麗史 樂志
東京歌		〃	〃
利見臺歌		〃	〃
木州歌		〃	〃
余那山		〃	〃
長漢城		〃	〃
方登山曲		〃	〃

이상의 일람표를 보면, 곡(曲)과 인(引)은 현금·가야금 등의 악곡 또는 병창곡(倂唱曲) 같고, 악(樂) 또는 무(舞)는 집단음악·가면무 등 가무악(歌舞樂) 같으며, 가(歌) 및 요(謠)가 비로소 창악(唱樂) 내 지 시가(詩歌)인 것 같다.

전게의 가악명 중에 사뇌가로 밝혀진 것은 가사도 전하지 않은 〈 신공사뇌가〉(身空詞腦歌) 하나뿐이다. 그러나, 《삼국유사》에는 〈찬 기파랑가〉가 '찬기파랑사뇌가'로 되어 있고,[9] 노례왕대의 "시작도솔 가"(始作兜率歌) 기사에 "유차사사뇌격"(有嗟辭詞腦格)이란 구(句)를 찾을 수 있다. 이로써 보면 사내(思內)·시뇌(詩惱)·사뇌(詞腦)는 동일어의 이사(異寫)로서, 신라어에 노래 또는 소리를 뜻하는 말임을 알 수 있다. 덕사내(德思內)는 하서군가요(河西郡歌謠), 석남사내(石 南思內)는 도동벌지방(道同伐郡) 가요란 뜻으로, 요즘 남도소리·서 도소리 하듯이 지명 밑에 노래 또는 소리를 붙인 것이요, 시뇌악(詩 惱樂)을 그냥 사내(思內)라고도 하는 것으로 봐서 그냥 시뇌(詩惱)라 고 해도 무방할 것이니 '詩惱樂'의 '樂'자는 연문(衍文)인 것이다. 따 라서 사뇌도 마찬가지다.[10] 사뇌 두 자가 이미 소리(소래)라는 말인 이상, 사뇌가는 겹말임을 알 것이다. 이런 '관해(觀海)구경'식 겹말 은 우리말에 흔히 있는 것으로, 사뇌가도 한자식 아어(雅語)로 접어 봐 줄 일이다.

그러면 사뇌의 뜻은 무엇인가? 그 어원은 무엇인가 하는 문제가 대두되지 않을 수 없다. 《균여전》의 주(註)가 사뇌를 '意精於詞故云

---

9) 王曰 朕嘗聞 師讚耆婆郞詞腦歌 其意甚高 是其果乎 對曰然 王曰 然則爲朕作 理安民歌 (三國遺事 卷三 景德王)
10) 사뇌가를 단(單)히 사뇌라고 쓴 것은 《균여전》(均如傳) 중에 실례가 있다.
　師之外學 尤閑於詞腦 意精於詞故云腦也…夫詞腦者 世人戲樂之具 願歌者 菩薩修行之樞 (第七 歌行化世分)
　十一首之鄕歌 詞淸句麗 其爲作也 號稱詞腦 (第八 釋歌現德分)

腦'라고 한 것은, 신라를 '德業日新 綱羅四方之民'이라고 해(解)하는 것처럼 원의(原義)를 몰각한 한자식 부회(附會)이므로 족히 괘치(掛齒)할 것이 못 된다.

이 사뇌가의 원의(原義)에 대하여 현대 학자들은 대개 이를 향가라는 말의 이두식 기사(記寫)라 보았다.

이러한 견해의 선구는 정인보(鄭寅普) 씨 설이다. 그는 사뇌의 '詞'를 음독(音讀)하여 '스'로 읽고 '腦'를 훈독(訓讀)하여 '굴'로 읽음으로써 '詞腦歌'를 '스굴노래'〔향가〕라 하였다.11) 이는 본래 소박한 견해로서 사뇌 두 자의 음훈(音訓)이 우연히 '향'(鄕)의 현대어 '시골'과 합치되었을 뿐, 향의 현훈(現訓) '시골'의 고어 원형은 스ᄀᆞᄫᆞᆯ이요, 사뇌의 두 음절 첫소리는 스·ᄅᆞ(ᄂᆞ)로 봐야 할 것이므로 이는 어원학적으로 무리한 견해다.

　　스ᄀᆞᄫᆞᆯ 군마를 이길씨〔克彼鄕兵〕 (龍歌 三十五章)

　　싀골바틀 한ᄀᆞ믈에 ᄒᆞ야〔鄕田同井〕 (正俗諺解 十二)

　　鄕 스굴향(字會 中 八)

〔이와 같이 스ᄀᆞᄫᆞᆯ → 스굴 → 싀골 → 시골로 운전(韻傳)되었다. 사뇌의 뇌를 현대어 '골'로 읽을 수는 없다〕

이보다는 한걸음 나아가 학문적 천착(穿鑿)을 시(試)함으로써 사뇌가가 향가의 뜻임을 밝히고자 한 것은 양주동(梁柱東) 씨 설이다. 그는 사뇌(詞腦)를 사내(思內)·시뇌(詩惱)의 동일어 이사(異寫)로 보고 전계한 사내의 용례, 곧 사내기물12)·덕사내·석남사내가 지명의

────────────

11) 鄭寅普, "朝鮮文學源流草本," 《朝鮮語文研究》(延專文科研究室).

12) 사내기물의 기물은 감문·금물의 이사로 곰〔검, 곰, 엄, 신(神), 웅(熊), 모(母)〕의 차자다.

　　開寧郡 古甘文小國也…領縣四 御侮縣 本今勿縣一云陰達 (三國史記 卷三十四 地理 一)

아래나 위에 붙어서 쓰인 데 착안하여 그것을 지명과 관련된 말로 인정하고, 사내곡택(思內曲宅)13) · 사뇌야(詞腦野)14) · 서나벌(徐那伐)〔(徐羅伐 · 徐耶伐)〕15) 등의 지명 · 국명을 일련의 말로 간주하여 이를 '시니벌'이라 해독함으로써 다음과 같은 결론을 도출하였다.16)

양주동 설에 의하면 시니벌(詞腦野 · 徐那伐 · 徐羅伐 · 徐耶伐)은 시〔東〕, 니〔川〕, 벌〔原〕이라는 것이다. 바꿔 말하면, 시니벌의 원의는 '東川 · 東土'이기 때문에 사뇌가는 동토 · 동방의 노래란 뜻이 되고, 그 시니벌이 특정된 지명 · 국명으로 고정되어 고유명사가 되었으니, 국호가 '시니벌'이기 때문에 사뇌가는 신라의 노래가 되고, 또 시니란 일소부락(一小部落)에서 발생하여, 흥륭(興隆)하여 칭호를 시벌〔徐伐-東京〕이라 바꾼 뒤에 그 시니를 소향(小鄕)으로 간주하였기 때문에, 시니는 향(鄕)의 의(義)로 전(轉)했으므로 사뇌가는 향가의 뜻이 된다는 것이다.

---

13) 思內曲宅(三國遺事 卷一 辰韓, 羅京三十五金入宅). 양주동 씨는 이를 '시내구비ㅅ집'〔계곡택(溪曲宅)〕이라 읽었으나 이는 '사랫골집'이다(후장 참조).

14) 楊山下蘿井傍 異氣如電光垂也 … 有一紫卵 剖其卵得童男 形儀端美 驚異之沿

於東泉 東泉寺在詞腦野北

15) 양주동 씨는 사뇌야(詞腦野)를 '시니벌'이라 읽고, 신라의 국호 서나벌(徐那伐)과 동어로 본 다음, 이 곳을 신라의 발상지로 보았다.

號居西干 時年十三 國號徐那伐 (三國史記 新羅本紀)

國號曰 徐耶伐 或云斯羅 或云斯盧 或云新羅 (三國史記 地理志)

檀君據朝鮮地域 爲王 故尸羅 高禮 南北沃沮 東北夫餘 濊與貊 皆檀君之壽也 (帝王韻記 卷下)

國號徐那伐 又徐伐 今俗訓京字云徐伐 以此故也 或云斯羅 又斯盧 初王生於鷄林 故或云鷄林國

16) "詞腦歌釋註序說"(《文章》 제2권 6호)이란 논문으로 발표했고, 그의 저서 《고가연구》(古歌研究)에 수록되었다.

서설(序說) 제3장에 이 사뇌가(詞腦歌) 문제를 다루었다.

38

이를 요약하면, '시니'는 무릇 세 가지 뜻이 있다. 첫째, '동천·동토', 둘째, '국호·서울', 셋째, '향·속'의 뜻이 있어, '사뇌가'(詞腦歌) 삼자(三字)가 동방 고유의 노래, 신라의 노래, 시골의 노래의 세 가지 뜻을 남김없이 다 지니는 셈이 된다. 일견하여 빈틈없는 논리 같으나 욕심이 좀 지나칠 뿐 아니라, 자세히 분석하면 그의 견해는 다음과 같은 무리와 난점과 견강(牽强)과 오착(誤錯)이 섞여 있다.

첫째, 사내(思內)를 지명과 관련된 말로 인정한 것이 잘못이다. 사내가 지명과 붙어서 사용된 것은 모두 가악명의 경우이므로, 이는 지명과 관련된 말이 아니라 가요와 관련된 말이기 때문이다. 만일 사내가 지명과 관련된 것이라면 '덕사내'(德思內)·'석남사내'(石南思內)는 '德별'·'石南골' 또는 '덕동'(德東)·'석남향'(石南鄕)의 뜻이 아니면, '덕덕'·'석남석남'의 첩사(疊寫)가 되지 않을 수 없을 것이다. 양주동 씨는 이 사내를 지명에 관련된 것만으로 오인했기 때문에 이 불행한 선입견은 사내기물악의 해설에 방황하고 당착(撞着)하였다. 그가 말한 "동방·향 이의(二義) 중 하자(何者)임을 취변(驟辨)ㅎ지 못할 예는 사내기물악의 사내다"라고 비명을 올렸다. 그는 말하기를 기물〔감문(甘文)·기문(己汶)·금물(今勿)〕은 상기물(上奇物) 하기물(下奇物)로 나누었는데, 사내기물을 '동기물'(東奇物)로 해(解)하면 감문〔개령(開寧)〕에 해당하나 '향기물'(鄕奇物)로 해하면 '금물'〔어모(禦侮)〕에 해당한다고 해서,[17] 같은 말 ― 기물과 금물을 동(東)·향(鄕) 이의(二義)로 분류하였다.

그러나 이 '사내기물악'의 경우, 사내는 상(上)의 뜻이니,[18] 사내

---

[17] 양주동, 《古歌研究》序說 三, 詞腦歌 46面.

[18] 상(上)의 고훈(古訓)은 '수리'이다. 단옷날을 '수릿날'이라 하는 것은 상날의 뜻이요, 시월 상달은 '수리달'의 뜻이다. 시월과 오월은 소도제천절(蘇塗祭天節)이기 때문이다.

上忽一云車忽 (三國史記 地理志)

기물악은 상기물악(上奇物樂)이 되어서 비록 '원랑도작야'(原郞徒作也)로 나타나 있으나, 악명(樂名)인즉《삼국사기》'악지'(樂志) 소재의 우륵(于勒) 소작(所作) 12곡(曲) 중의 상기물악(上奇物樂)과 동명의 악곡이다. 다시 말하면, 상기물악은 차자법으로 기사하면 사내기물 사뇌(사내)가 될 것이란 말이다.

이와 같이 사내가 상(上)·고(高)의 의(義)로 쓰인 것은 사내의 원의(原義)가 본래 천신(天神)과 부락수호신(部落守護神)을 제(祭)지내는 민간신앙과 결부된 말로서, 상·고의 뜻이기 때문이다. 사내는 수리 또는 사래다.[19]

그러면, 이 '상·고'의 의(義)인 '사내'가 가락명에 쓰인 것은 무슨 때문인가. 사내의 원의가 가악(歌樂)으로 변성되기까지에는 물론 고대인이 시가의 신비 영험, 곧 주력(呪力)을 믿었기 때문이기도 하겠지만, 이 사내가 붙은 가악명은 구경(究竟) 그 지방의 신악(神樂 – 무악·가면무악·농악)이기 때문이다. 가창을 오늘도 소리(판소리)라 해서 노래(놀애)와 구별하는 것은 이러한 전통에서 유래하는 것이다. 사내는 곧, 수리·소리로서 성음(聲音)이란 뜻의 '소리'와 동출일원(同出一源)의 말이다. 언령신앙(言靈信仰)이란 말이다.

車城縣 本高句麗上(一作車)忽縣 (三國史記 地理志)

沙羅, 思內, 沙於, 駟盧, 沙里, 新良, 草川, 新禮, 新芦, 徐羅, 所羅, 蘇來, 逍遙, 所利, 秀羅, 述川, 首龍, 修理, 辛來, 實於, 實惠, 失號, 甑, 時利, 所乙, 鼎, 戌, 炭等, 域內到處에 있는 'ᄉᆞᆯ'계 지명의 원의는 모두 다上·高의 의이다(졸고, "신라국호 연구논고,"《고대 오십주년 기념논문집》참조).

19) 평안도 지방에서는 지금도 부락제를 '높은 데' 제(祭)지낸다고 해서 산신당(山神堂)〔국사당(國師堂)〕같은 것을 '높은 데'라 한다 — 현상윤(玄相允) 씨 담(談).

스래〔京場里〕(沃溝)

한사래〔大位洞〕(沃溝)

둘째, 양주동 씨가 이 사내의 현음(現音)에 집착하고 이 사내에서 '동토·동방'의 뜻을 추출하는 데 급급하여 사내(思內)·사뇌(詞腦)·시뇌(詩惱)는 물론, 신라 국호의 제종차자(諸種借字) — 사라(斯羅)·사로(斯盧)·신라(新羅)·시라(尸羅)·서야벌(徐耶伐) 등을 모두 식너벌로 읽은 것이 무리다.

신라 국호 음사(音寫)에 차자된 11종[20] 중 서벌(徐伐)을 제한 10종의 둘째 음절의 첫소리를 현음에 준해서 분류하면, 'ㄹ'행음(行音)으로 된 것이 '라'(羅)·'량'(良)·'로'(盧) 3자로서 8종, 'ㄴ'행음이 '나'(那) 1자로서 1종, 'ㅇ'행음이 '야'(耶) 1자로서 1종이다. 이렇게 10종 중, 8종의 절대 다수가 'ㄹ'행음일 뿐 아니라, 지금도 신라 국호는 '서라벌'이라 불려지는데 양주동 씨만이 이를 식너벌이라 읽어, 일종 기례(記例) 밖에 없는 서나벌(徐那伐)에 원형을 두고 있다. 그러나, 이 나(那)나 야(耶)도 'ㄹ'행음의 차자임은 가락(駕洛)이 가나(駕那)·가야(伽倻)·구야(狗邪)·가라(加羅)·가량(加良)으로도 표기되어 나(那)·야(倻)·야(邪)의 현 'ㅇ'행음이 'ㄹ'행음으로 차자된 것을 보아도 알 수 있다.

고구려(高句麗) 5부(部)의 하나인 '순노'(順奴)의 '노'가 현음은 'ㄴ'행음이지만, '순루'(順婁)·'순나'(順那)로도 표기된 것을 보면 노(奴)가 ㄹ음(音)임을 알 수 있는 것이다. 더구나 '사내'의 '내'(內)나 '내'의 '천'(川)이 이두에서는 'ㄹ'행음으로 쓰여진 예도 있다.[21]

이로써 보면 신라 국호의 원음형(原音形)은 '스르볼'[서라벌(徐羅

---

20) 徐羅伐, 徐那伐, 徐耶伐, 斯羅, 斯盧, 新羅, 新盧, 新良, 尸羅, 薛羅, 徐伐 (鷄林, 鷄貴, 矩矩吒䃜說羅) (전게 "신라국호 연구논고" 참조)

21) 思內〔바리〕　　　　　　(吏讀集成)
思內如可〔바리다가〕　　(吏讀集成)
泗川〔사래〕　　　　　　(英陽 新泗洞)
東泉寺在詞腦野北　　　(三國遺事 新羅始祖)

伐)·사로국(斯盧國)]이다. 따라서, 양주동 씨가 '시니벌'이라고 읽은
'사뇌야'(詞腦野)는 '사래들'이다. 사래들은 곧 신전(神田)이 있는 들
이란 뜻이니, 이 사래들은 위토답(位土畓)·제수답(祭需畓)이란 뜻으
로 현존하는 말이요, 또 이 사래들은 역내도처(域內到處)에 사래논이
없이도 지명으로는 남아 있다.

　　사래〔泗川〕　　〔英陽〕
　*사천동(泗川洞)과 신구동(新邱洞)을 합해서 신사동(新泗洞)이 되었
　　으나 사래와 새골이라는 구동명(舊洞名)은 그대로 남아 있다.

　　사래〔沙伐〕　　〔尙州〕
　*이 사래는 사벌면(沙伐面)에 있다. 사벌면은 옛 사벌국(沙伐國)이
　　요, 사벌은 사량벌(沙梁伐)의 약(略)이니 서벌(徐伐)과 같다. 이 사
　　벌국을 법흥왕(法興王) 때 상주(上州)라고 고쳤다가 경덕왕(景德王)
　　때 상주(尙州)로 개칭했다.

　　'사래들': 사래논 또는 사래밭이 있는 들
　　'사래논': 묘지기나 마름이 보수로 부쳐 먹는 논, 도지 없이 부쳐
　　　　　　　먹는 논. (큰사전 1520면)
　　스래〔京場里〕　　〔沃溝〕
　　한사래〔大位洞〕　〔沃溝〕

　이와 같이 현존어로 있는 사래들이란 말을 버리고 시니벌이란 서
투른 말을 찾을 까닭이 없는 것이다. 더구나 양주동 씨는 이 사뇌야
(詞腦野)를 시니벌이라 읽음으로써 신라 건국의 발상지를 문헌에도
없는 동천원(東川原)이란 막연한 곳에 비정(比定)하였으나, 신라는
실로 변진(弁辰) 12국의 하나인 사로국의 고지(故地)에서 발상한 나
라요, 진한(辰韓) 육촌(六村)의 하나인 사량부(沙梁部)에서 발전된
나라이다. 인하여 사량부〔고허촌(高墟村)〕는 왕경(王京) ― 徐伐(서
벌) ― 이 되고 소벌(蘇伐) 씨 ― 사량부(沙梁部) 씨 ― 는 신라 건국의

42

중심이 된 것이니, 어원적으로 봐서 그것은 현금(現今) 경주시(慶州市) 사정리(沙正里) 일대에 비정된다. 사정리는 '식볼'로 사량부(고허) 소벌의 유흔(遺痕)이 남아 있기 때문이다.

上忽 一云車忽 (三國史記 地理志)
車城縣 本高句麗上 (一作車) 忽縣 (三國史記 地理志)
突山 高墟村長曰 蘇伐都利 … 是爲沙梁部 (三國遺事 赫居世王)
高墟部爲沙梁部 姓崔 (三國史記 儒理王 九年條)
尙州 沾解王時 取沙伐國爲州 法興王十一年 梁普通六年 初置軍主
爲上州 … 景德王十六年 改名尙州 今因之 (三國史記 地理志 一)
Soromoto(高竿聳木) ― 손진태(孫晋泰) 씨는 "蘇塗考"(《民俗學》四卷 四號 "朝鮮民族文化硏究")에 백조고길(白鳥庫吉)의 설을 인용하였다.

이로써 보면 우리말 상(上)의 고훈(古訓)이 '수리'·'소로'임을 알 것이요, 그것이 만(滿)·몽어(蒙語)로 고(高)·용(聳)의 뜻과 통함을 알 것이다. 또, 돌산 고허촌은 사량부·소벌의 한역이니, 그것은 수리뫼〔돌산 - 솟을 뫼〕·소로벌〔고허촌·사량부〕이요, 때문에 최(높을 뫼) 씨가 되었으니 아무리 이사(異寫)로 바뀌어도 높다는 뜻, 곧 상국(上國)·고국(高國)의 뜻은 변하지 않았음을 알 것이다. 또, 사벌국(沙伐國)은 소벌(蘇伐)과 동계(同系) 지명으로 그 현음(現音)이 사래인 것을 봐서 소벌이 사량부의 이칭(異稱), 서벌(徐伐)이 서라벌(徐羅伐)의 약(略)인 것과 마찬가지로 사벌도 사량벌의 약임을 알 수 있는데다가, 그 사벌을 사래라 부르니 사량벌의 원음형이 사래벌임을 알 수 있는 것이다. 그런데, 그 사벌을 상주(上州)로 고쳤다가 상주(尙州)로 개칭한 것을 보면 지명 변동의 이면에 그 원의형(原義形)의 유흔(遺痕)은 자못 부동(不動)의 것임을 알 수 있다.

이상으로써 우리는 신라 국호의 원음형이 '스ᄅ볼'형(形) 곧 '수리 벌·소로벌'임을 단정할 수 있으며, 따라서 그 원의(原義)가 상국(上國)·동국(東國)의 뜻임이 무의(無疑)한 것을 알 것이다.

신라 국호의 이와 같은 원의형은 고대의 민간신앙인 소도숭배(蘇塗崇拜)에서 연유하는 것으로서, 신라의 발상 기반인 사로국(斯盧國)은 삼한(三韓)의 소도국(蘇塗國)에 지나지 않는 것이다. 22)

이러한 소도 숭배는 광명신숭배(光明神崇拜 : 태양숭배)·동방 숭배〔"국동상제지"(國東上祭之) — 위지(魏志) 고구려 조〕·웅계(雄鷄) 신앙〔계림(鷄林) —《삼국유사》김알지(金閼智)〕과 상통됨으로써, 본디

---

22) 常以五月下種訖 祭鬼神 群聚歌舞飲酒 晝夜無休 其舞 數十人 俱起相隨
踏地低昂 手足相應 節奏有似鐸舞 十月農功畢 亦復如之 信鬼神 國邑各立
一人 主祭天神 名之天君 又諸國各有別邑 名之爲蘇塗 立大木 縣鈴鼓 事鬼神
(三國志 魏志 東夷傳)

《후한서》(後漢書) '동이전'(東夷傳) '한조'(韓條)에도 동(同)내용의 기사가 있다(전게 "신라국호 연구논고" 참조).

소도숭배는 대목(大木)을 세우고〔Soromoto : 용목(聳木)〕, 거기에 방울과 북을 달아 귀신을 섬기는 풍속, 오월 수릿날〔단오(端午)〕과 시월 상달〔개천절(開天節)〕이 그 제천행사의 시기라는 것이다. 이것은 지금도 고속(古俗)으로 남아 있다. '群聚歌舞'니 '數十人 俱起相隨' 등은 현존하는 가면무와 농악에서 그 유풍(遺風)을 볼 수 있다.

소도는 소로(Soro)의 전(轉)이다. 우리말에 흔히 있는 바람→바담, 보디(菩提)→보리식의 ㄷㄹ호전(互轉)에 의한 와사(訛寫)로서 그 원음형은 '소로'다. 《삼국유사》에는 '是爲沙梁部 梁讀云道 或作涿 亦音道'라고 주(註)함으로써, 당시에도 '스ᄅ'와 '스ᄃ'의 호전이 있었음을 보이고 있다.

위지 동이전에 보면 삼한에는 각기 소도라는 별읍(別邑)을 두었다 했는데, 삼한 제국명(諸國名) 중에는 삼한의 종주국인 마한(馬韓)에 '신소도국'(臣蘇塗國) 하나가 있을 뿐, 그냥 '소도국'은 없고 그 유음인 '斯盧·駟盧·捷盧·速盧…國'이 있을 따름이니, 소도는 곧 앞에 지적한 음운전와(音韻轉訛)에 의한 변칭이요, 이 '소로國'들이 결국 소도국(蘇塗國)에 비정되지 않을 수 없는 것이다.

44

'상국(上國)·고국(高國)'의 뜻으로서의 '서라벌'은 '동국(東國)·신국
(新國)', '신국(神國)·영국(靈國)'의 뜻으로 전(轉)했던 것이요, 사로
·서라벌이나 사내·사뇌야는 애초부터 시니〔東川‑東土〕의 뜻은 없
었던 것이다. 그러므로, 이러한 원의로 봐서 이들 신라 국호 차자와
동음인 '사내(思內)·사뇌(詞腦)'는 '상(上)·고(高)'와 '신(神)·영
(靈)'의 뜻으로 통하므로, '사내', 또는 '사뇌가'는 신악(神樂)·무가
(巫歌)·주가(呪歌)의 뜻임을 알 수 있다.[23]

결론을 말한다면, 사내나 사뇌가의 원의는 신가(무가)요 기원에 쓰
이는 주가는 제전행사(祭典行事)에 군취가무(群聚歌舞)할 때 부르는
향토 민요였던 것이다. 사뇌가가 주가(呪歌)에서 원류함이 명백한 것
은《삼국유사》소재의 현존 나가(羅歌) 거개(擧皆)가, 이러한 주가
적 성격을 띠고 있음을 보아도 알 것이다. 물론 일연(一然)의 호상
(好尙)이 그런 것만 뽑았다고 해석할 수 있으나, 이 주가적 성격은
사뇌가의 공통된 바탕임에는 틀림없다. 그러므로, 사뇌는 집단가악
에서 출발하여 서정가·서사가·찬가로 분화 발달된 뒤에도, 이 원
형질은 지속되었던 것이다.[24] 이와 같이 사뇌가는 신가(神歌)·주가

---

23) 태양은 흰빛으로 상징되고, 우리의 백의(白衣) 애착도 구경 백(白) 샤먼의 의
장(儀裝) 관습에서 온 것이다. 이러한 신앙은 높은 곳 또는 동쪽이 신의 주거
처로 믿어진 것이니, 이 때문에 동쪽〔동천(東川)·동천(東泉)〕은 제전행사의
터가 되고 소로단(壇)〔소도(蘇塗)―서낭당〕의 소재지도 이와 관련된다.
德思內(河西郡樂也)와 石南思內(道東伐郡樂也)는 하서군과 석남군의 신악
(농악)이요, '사내기물악'은 '상기물악'으로서 개령군(開寧郡) 신악이다.
원시시대에는 농악이 곧 신악이기 때문에 각지의 신악은 그 특색을 지님으로
써 향악(鄕樂)이 되었을 것이다.
24) 〈서동요〉는 주술로서 '가보세 가보세〔甲午〕 을미적 을미적〔乙未〕 병신되면
〔丙申〕 못가나니'식 참요(讖謠)요, 〈혜성가〉〈원가〉〈도솔가〉〈제망매가〉
〈도천수관음가〉〈우적가〉〈처용가〉는 그대로 주가(呪歌)요, 〈헌화가〉〈원
왕생가〉〈안민가〉는 주가적(呪歌的)이다.
〈모죽지랑가〉는 만가(輓歌), 〈찬기파랑가〉는 송가(頌歌)로 주가적 성격이 덜

(呪歌)로 '수리노래' 또는 '사래노래'로서, '소리' 또는 '시라위'(시나위)
다. '사뇌격'(詞腦格)은 '사래노래격(格)' 또는 '수리노래조(調)'란 뜻이
니, 곧 현존하는 '시나위가락'이다. 바꿔 말하면 시나위가락은 사뇌격
으로 신가(무가·주가) 조(調) 란 말이다.

'시나위가락'이란 현재에도 남아 있는 말이긴 하지만, 이미 잘 쓰이
지는 않는 말로서, 그 정확한 원의는 모르게 된 말이다. 게일(Gale)

하나, 그 심정의 바탕은 마찬가지다.

第三十武王名璋…小名薯童…聞新羅眞平王 第三公主 善花 一作善化 美艶無
雙 剃髮來京師…乃作謠誘群童而唱之云…童謠滿京 達於宮禁 百官極諫 竄流
公主於遠方…因此隨行潛通焉…乃信童謠之驗 (三國遺事 卷二 武王)

有彗星犯心大星 郎徒疑之 欲罷其行 時天師作歌歌之 星怪卽滅 日本兵還國
(三國遺事 卷五 融天師 彗星歌)

孝成王潛邸時 與賢士信忠 圍碁於宮庭栢樹下 嘗謂曰 他日若忘卿有如栢樹
信忠興拜 隔數月 王卽位賞功臣 忘忠而不第之 忠怨而作歌 帖於栢樹 樹忽黃
悴 王怪使審之 得歌獻之 大驚曰…乃召之 賜爵祿 栢樹乃蘇 (三國遺事 卷五
信忠掛冠)

景德王 十九年 庚子 四月朔 二日並現 挾旬不滅 日官奏請緣僧作散花功德則
可禳…時有月明師…明奏云 臣僧但屬於國仙之徒 只解鄕歌 不閑聲梵 王曰旣
卜緣僧 雖用鄕歌可也 明乃作兜率歌賦之 其詞曰…旣而日怪卽滅 (三國遺事
卷五 月明師 兜率歌)

明又嘗爲亡妹營齋 作鄕歌祭之 忽有驚颷吹紙錢 飛去向西而沒…羅人尙鄕歌
者尙矣 蓋詩頌之類歟 故往往能感動天地鬼神者非一 (三國遺事 卷三 芬皇寺
千手大悲 盲兒得眼)

釋永才性滑稽 不累於物 善鄕歌 暮歲將隱于南岳 至大峴嶺 遇賊六十餘人 將
加害 才臨刀無懼色 怡然當之 賊怪而聞其名 曰永才 賊素聞其名 乃命□□□
作歌…賊感其意 贈之綾二端 才笑而前謝曰…乃投之地 賊又感其言 皆釋劍投
戈 落髮爲徒 (三國遺事 卷五 永才遇賊)

名曰處容 王以美女妻之 欲留其意 又賜級干職 其妻甚美 疫神欽慕之 變無
(爲)人 夜之其家 竊與之宿 處容自外至其家 見寢有二人 乃唱歌作舞而退 歌
曰…時神現形 跪於前曰 吾美公之妻 今犯之矣 公不見怒 感而美之 誓今已後
見畵公之形容不入其門矣 (三國遺事 卷二 處容郎)

의 《한영사전》(韓英辭典), 조선총독부 편《조선어사전》, 문세영(文世榮)·이윤재(李允宰) 씨 사전이나, 한글학회의《큰사전》에도 이 말은 들어 있지 않다. 뿐만 아니라, 국악인들 사이에도 이 말에 대한 해설이 구구한 듯하다. 다만, '시나위가락'이 어떤 곡이나 장단에 대한 특수명칭이 아니고, 어떤 종류의 음악에 대한 일반명칭, 곧 범칭이라는 것과, 그것이 정악(正樂)의 대칭으로서 정악보다 지체가 떨어진다고 생각한 것만은 공통된 듯하다.

이혜구(李惠求) 씨 조사〔"시나위와 사뇌에 관한 시고(試考),"《국어국문학》8집〕에 의하면, 시나위가락은 다음과 같은 여러 가지 해설이 있다.

첫째, 모악사장(某樂師長)이 지룡구옹(池龍九翁)의 해금(奚琴)을 비평하여 "시나위나 할 줄 알지 정악(正樂)을 어떻게 한단 말이냐"라고 한 것.

둘째, 가야금 산조(散調)를 시나위라고 하는데, 백낙준(白樂俊)이 거문고 산조 비난 이유가 거문고는 정악이나 타는 악기지 산조를 거문고로 타는 것은 거문고를 망신시킨다고 해서, 시나위는 정악 하는 사람이 기피한다는 것.

셋째, 시나위를 '신방곡'이라고 하는데, 정원섭(丁元燮) 옹이 "신방곡은 신방구진 것"이라 했다는 것.

넷째, 시나위인 신방곡을 '神房曲'이라고 한자(漢字)로 쓴 것을 봤는데, 신방곡이란 무악(巫樂)의 뜻이라는 것.

다섯째, 한성준(韓成俊) 옹은 시나위곡이니 시나위 장단이 따로 있는 것이 아니라고 단언하고, 살풀이 같은 것이 말하자면 시나위라고 했다는 것.

이혜구 씨는 이와 같은 조사자료를 종합한 결론으로서 시나위를 외래음악의 정악(正樂)에 대한 토속음악, 또는 당악(唐樂)에 대한 향악(鄉樂)의 뜻이라 하였다. 그리하여, 이 시나위를 '사내·사뇌'에 의

(擬) 하여 '사내·사뇌'가 '시내→시나이→시나위'로 와전(訛轉) 하였다고 하고 사내·사뇌의 뜻은 양주동 씨의 사내에 대한 설로 대신할 수 있다 하였다.

'시나위'가 사내·사뇌와 동어(同語)라는 것과, 그것이 외래음악에 대한 향악, 즉 고유악이라는 데 대해서 우리는 의의(疑義)를 가지지 않는다. 그러나, '시나위·사내·사뇌'의 어의가 향악·향가란 견해는 앞에서 양주동 씨의 설에 대한 비판과 반박을 그대로 이혜구 설에도 적용할 수 있게 된다.

필자의 견해에 의하면 '시나위·사내'는 '신악·무악'이기 때문에 오히려 이혜구 씨가 전게 논문에서 제시한바, '시나위'의 한역인 '신방곡'을 시나위의 원의로 취하고자 한다. 실제로도 시나위의 예로서 이혜구 씨가 제시한 것은 굿거리·살풀이 등의 무악(巫樂)으로, 또 경상도지방에서는 무당소리나 나뭇군노래〔초가(樵歌)〕 같은 청승맞고 구슬프게 휘어져 넘는 가락을 시나위 가락이라 부른다. 다시 말하면, 시나위 가락은 외래음악, 주로 당(唐)·송악(宋樂)이나 영산회상(靈山會相) 같은 불교음악이 들어오기 전에, 이 민족이 전승해 온 전통적 율조로서, 이른바 외래악 정악(正樂)과 구별되었던 것이니, 결국 무악(巫樂)도 그 전통적 가락으로 불려졌던 것이다. 다만, 고대의 가락이 주로 신악(神樂)으로 발단되었기 때문에 가악(歌樂)의 범칭이 무악으로 되었을 뿐이다.

• 고유의 가락 巫樂(시나위)·俗樂	시나위 ― 굿거리, 살풀이 (시나위) ― 가야금 산조 (시나위) ― 사설가요(辭說歌謠)	시나위
• 외래음악 (正樂·雅樂)	거문고·가얏고 순정조(純正調) 묘정(廟廷)·제례악(祭禮樂 - 佛敎樂) 가사(歌辭)·시조	정악(正樂)

48

이와 같은 관계일 것이란 말이다. 불교악(佛敎樂) 중에도 기악(器樂) 아닌 창악(唱樂)은 고유의 가락과 습합(褶合)했기 때문에 속악조(俗樂調) 곧 시나위가 있을 것이다.

끝으로 '사내·사뇌'의 원의에 '향'의 뜻이 없는 예증을 하나만 더 들겠다.

양주동 씨는 '사내'·'시니'가 '향'(鄕)의 의(義)로 전(轉)하여 사용되던 것이 중고(中古)에 폐어화(廢語化)하였다고 했으나, 시니가 향의 의(義)로 쓰인 예를 명시하지 못했으므로, 이는 자가설(自家說)을 합리화하기 위한 억측에 지나지 않는다. 사내(思內)를 향의 뜻이라 해 놓고, 증거가 없으니 폐어화했다고 미봉한 것이다. '싀골·스굴'〔鄕〕의 원형은 스ᄀ볼인데, 스ᄀ볼이 향의 의라 해서 시니벌도 향의 의가 될 까닭이 없다. 악명(樂名) '덕사내'(德思內)·'석남사내'(石南思內)의 사내를 단순한 지명 '금천향'(今川鄕), '생천향'(生川鄕)의 지명과 막연히 결부시켜 '思內'〔시니〕가 '鄕'의 의(義)로 전(轉)했다고 억단(臆斷)한다면, 무엇보다도 다음과 같은 커다란 모순을 해결할 수 없게 된다.

'서울'의 고어 '셔볼'은 '서벌'(徐伐)에서 오고 서벌은 구경(究竟) 서라벌(徐羅伐)의 준말인데, '徐羅伐'을 '시니벌'이라 읽고 그 준말 '시니'가 '시골'의 뜻으로 전(轉)했다 한다면, 같은 '시니벌'에서 '시니'는 '시골'〔鄕〕, '시벌'은 '서울'〔京〕이라는, 정히 대척(對蹠)되는 두 개의 단어가 생겼다는 결론에 이르지 않을 수 없기 때문이다. '서라벌=徐羅伐'에서 '서울'이라는 의전(意轉)의 근거는 있으나, '시골'이란 뜻의 근거는 없는 것이다.

　　國號徐羅伐 又徐伐 今俗訓京字云徐伐 以此故也.

서라벌은 앞에서도 지적한 바와 같이 사로국(斯盧國)·사량부(沙梁部)가 발전되어 육촌의 중심세력이 되어 신라를 세웠기 때문에 그 부

(部) · 촌명(村名)이 국명이 되고 그 중심지역이 서울이 된 것이다. 중심지역 · 발상지역이 서울이 되면서 거기서 '시골'이란 뜻이 나올 수가 없는 것이다.

이상으로써 '思內 · 詩惱 · 詞腦'는 'ᄉᆞᄅ · 시레 · 스레'로 '수리 · 소로'〔상(上) · 고(高) · 신(神) · 영(靈)〕의 뜻이요, '詞腦野'는 'ᄉᆞ리벌' 곧 사래들〔神山坪〕의 뜻이며, '徐羅伐 · 斯盧國'은 'ᄉᆞᄅ벌 · 소로벌'〔上國 · 高國〕 곧 '소도국'(蘇塗國)의 뜻이라는 것을 알 수 있다. 따라서, '사뇌가'는 'ᄉᆞ리노래'로서 '신가 · 무가 · 주가'의 뜻임을 알 것이다.

3) 도솔가(兜率歌)

도솔가는 신라 가요의 한 분야로 사뇌가(詞腦歌)의 한 형태이다. 현존하는 신라 가악명(歌樂名)에 보이는 도솔가는 유리왕대(儒理王代)의 '始製兜率歌 此歌樂之始也'라는 가사 미상의 〈도솔가〉와, 경덕왕대(景德王代) 일괴(日怪)를 멸하기 위하여 월명사를 시켜서 지은 〈도솔가〉의 두 편뿐이다. 그러나, '始製兜率歌'라 했으니 그때부터 도솔가라는 가요가 생겨서 뒤에도 그런 도솔가가 많이 지어졌다는 말이 아닐 수 없으므로, 이 도솔가는 《삼국유사》에 수록이 되지 않고 또 도솔가 형식이 사뇌가 형식과 같기 때문에 《삼국유사》에는 그 구별이 안 되었다뿐이지, 이 도솔가가 신라 가요 속에 적지 않게 자리를 차지하고 있으리라는 것을 짐작할 수 있다.

도솔가는 고유 가악(歌)의 범칭으로서는 사뇌가 속에 포함되지만, 기재가요 · 창작가요의 형식으로서는 사뇌가에 앞섰던 것 같다. 다시 말하면, 사뇌가는 도솔가 이전에 있던 구비전승의 사내(思內) 또는 민요와, 도솔가 이후의 10구체 형식의 창작시가를 아울러서 통칭하고 있어, 사뇌가는 엄밀히 말해서 이 두 가지를 구별해야 하는데, 도솔가는 정(正)히 사뇌가의 이 양의(兩義)가 발달 계기되는 중

간에 끼여든 것으로서, 그것은 구비가요와 창작시가를 매개한 교량
이요, 중간적 절충형식이기도 하였다. 도솔가는 기재가요로서 구비
가요를 정착시켰고, 창작가요로서 10구체 사뇌가의 생성을 자극하였
던 것이다. 그러므로, 도솔가는 전(前) 사뇌가인 구비가요보다는 뒤늦
게 나왔으나, 후(後) 사뇌가인 10구체 창작시가보다는 앞섰던 것이다.
《삼국유사》권일(卷一) 제삼(第三) 노례왕조(奴禮王條)의 '始作兜率
歌 有嗟辭詞腦格'이란 구절이 이 사실을 증거한다.[25]

처음으로 도솔가를 지었는데 사뇌격(詞腦格)이 있었다 했으니, 도
솔가 이전에 사뇌가가 있었다는 말이요, 그것이 가악의 시(始)라 했
으니, 그 전에 있는 사뇌격은 구전가요, 기재가요·창작가요·국
정가요(國定歌謠)로서는 그 도솔가가 비롯이란 말로 해석해야겠기에
말이다.

일연이 이렇게 도솔가에 차사사뇌격(嗟辭詞腦格)이 있었다고 분명
히 주(註)한 것은, 도솔가가 그 한자(漢字) 차자로 말미암아 오해되
기 쉬운 불교신앙으로서의 도솔가가 아니요, 사뇌의 일종임을 밝히
기 위함이었겠지만, 이는 어쨌든지 앞의 해석과 같은 중요한 문제의
해결을 시사해 주는 것이 아닐 수 없다.

또, 도솔가는 내용 면으로도 전사뇌(前詞腦)와 후사뇌(後詞腦)의
중간형식을 보여 준다. 다시 말하면, 도솔가는 상고(上古)의 순연(純
然)한 종교적 의식의 축사서사(祝詞敍事)와 근고(近古)의 서정시가의
중간형식으로서 그 가악(歌樂)의 형식이 집단적인 구형(舊型)을 전승

---

25) 최남선(崔南善) 씨는 이 차사사뇌격(嗟辭詞腦格)을 둘로 나누어 차사격을 송
   축체(頌祝體), 사뇌격을 표백체(表白體)라 해석하였으나 (權相老《朝鮮文學
   史》33면), 차사격이란 독립된 용례가 없으므로, 차사사뇌격은 한 덩어리로
   봐서 영탄조의 시나위가락으로 된 것이 있었다라는 뜻으로 해할 일이다. 최남
   선 씨는 아마 사뇌를 사뢴다(아뢴다)는 뜻으로 본 듯. 그래서 표백이라는 백
   (白)자를 쓴 것 같다. 도솔가는 씨가 지적한 송축과 표백의 양의를 지니기는
   하였으나 어의로는 도리어 사뇌가 송축이요 차사가 표백인 것이다.

하였으나, 현저하게 즉생활적(卽生活的) · 서정적 경향을 띠었으리라
는 점이다. 도솔가가 사뇌가와 구별되는 점이 여기에 있는 것이다.
즉, 현존한 유일의 도솔가인 월명사 〈도솔가〉가 8세기 말(760)의 것
이면서 4구체로 씌어졌고, 현존한 사뇌가 중 도솔가로 보이는 〈안민
가〉(742~765)와 〈혜성가〉(579~632)가 10구체로 씌어진 것을 보면,
도솔가의 형식은 전후(前後) 사뇌가의 각 형식을 공용(共用)한 줄 알
것이며, 따라서 형식적으로 도솔가는 사뇌가와 구별될 것이 없음을
알 수 있다.[26]

  그러면, 도솔가는 사뇌가와 무엇이 다르며, 어째서 생겼는가.

  사뇌(詞腦)가 무가(서사 · 송축)와 민요〔서정 · 차사(嗟辭)〕의 양면을
지녔던 것이 창작시가로 기울어지자, 차츰 후자의 면이 심화되어 개
인 서정가요화되어 갔으므로, 도솔가는 전자의 면을 계승함으로써
주가의 치리적(治理的) 면과 민속환강(民俗歡康) · 시화연풍(時和年豊)
을 구가(謳歌)하고 임금의 어진 정사(政事)를 칭송하고 풍간(諷諫)하
는 성격이 나타난 것이다. 도솔가는 이러한 치리의 면이 강함으로써
정치와 결부된 아송(雅頌)의 남상(濫觴)이라 할 수 있다. 도솔가의
발생계기와 그 후의 전개가 이것을 말하고 있다. 다시 말하면, 도솔
가는 무가(巫歌) · 향찬(鄕讚)의 서사(敍事)와 민요 · 주요(呪謠)의 종
합적 중간형식으로서 주가(呪歌) · 아송(雅頌)이었다.

  이와 같은 사실은 도솔가의 어원에 대하여 암시하는 바 있다. 다시
말하면, 도솔가는, 내포는 '다솔놀애'〔치리가(治理歌) · 안민가〕요, 외

---

[26] 朕嘗聞 師讚耆婆郎詞腦歌 其意甚高 是其果乎 對曰然 王曰然則爲朕作理安
  民
  歌 僧應時奉勅歌呈之…安民歌曰…(三國遺事 卷二 景德王 忠談師 表訓大德)
  有彗星犯心大星 郎徒疑之 欲罷其行 時天師作歌歌之星怪卽滅 日本兵還國
  (三國遺事 卷五 融天師 彗星歌 眞平王代)
  이 노래는 제작 동기가 월명사 〈도솔가〉와 같은 천변(天變)이다.

연(外延)은 '두레소리'[집단가·회악(會樂)]다. 도솔가의 원의는 '다술놀애'에 불외(不外)한다는 말이다.

　도솔가 제정 동기는 '민속환강'이니, 곧 '국태민안'(國泰民安)을 송축한 것이다. '兜率'은 우리말 'ᄃᆞᄉᆞ리'[치리(治理)·안강(安康)]에 불교 이십팔천(二十八天)의 하나인 '도솔천'(兜率天)의 범어(梵語) 원의인 '환희·묘족(妙足)·지족(知足)' 등의 뜻이 어울린 것이다.27)

　이 도솔가의 원의에 대하여 정인보 씨는 'ᄃᆞᆺ타'— 곧 환희의 노래28)라 하였고, 양주동 씨는 'ᄃᆞᆺ놀애'[터ㅅ놀애·국가] 또는 '두리·도리'라는, 동방속악(東方俗樂)에 후렴으로 사용되는 전통적 문구 '둥둥다리·다롱디리'의 다리·디리와 동일한 것으로 해(解)하는 두 견해를 제출하고, 어느 하나를 취하지 않아 의심을 남겼다.29)

---

27)　是年民俗歡康 始製兜率歌 (三國史記 新羅本紀 儒理尼斯今)

　　天安郡 本東西 兜率之地 高麗太祖十三年合爲天安府 成宗改歡州 (新增東國與地勝覽 卷 十五)

　　만흔民이 다ᄉᆞ라 便安ᄒᆞ며[兆民乂安] (上院寺 勸善文)

　　집의 살음이 다슨故로 다ᄉᆞ림을 可히 구의에 옴기ᄂᆞ니 [居家理故治可移於官] (小學諺解 卷 二)

　　'두레'는 집단(集團)이란 말의 현존어이다. 이웃끼리 집단이 되어, 오늘은 이 집 일을 함께 하고 내일은 저 집 일을 하는 식으로, 손바꿈 힘모으는 일을 두레짠다고 한다. 그래서, '두레논(매기)'·'두레삼(삼기)'이란 말이 농촌에 있다. 이로써 회악(會樂)은 두레소리임을 알 것이니, 저 회소곡(會蘇曲)도 두레소리다. 한 사람이 앞서서 먹이면, 중인(衆人)이 후렴구(쾌지나칭칭 혹은 강강술래)를 합창하는 것은 고풍으로, 현존하는 민속이다. 회소는 지(知)·회(會)의 뜻으로 '아소'가 금지사(禁止詞) '아소'에 차자되었다는 양주동 설이나 들으소[청(聽)]의 뜻이라고 보는 필자 설이 다 양립될 수 있다. 남도 민요에는 "아서라 말아라 네가 그리 말아라"와 "어화 청춘 벗님네야 이 내 말슴 들어 보소"가 다 관용되기 때문이다.

　　후고(後考)를 기다린다.

28)　정인보, "조선문학원류초본,"《조선어문연구》.

29)　양주동,《고가연구》, 14~15면.

그러나, 도솔가가 반드시 환희의 노래가 아니요, 텃놀애 곧 도가 (都歌)가 되기에는 그 뜻이 너무 넓고, 국가(國歌)가 되기에는 그 뜻 이 너무 다채할 뿐 아니라 부분적이다. 또, 후렴구 '둥둥다리'나 '다 롱디리'는 상필(想必)컨대 도솔가 이전에 있던 전통적 사설(辭說)이 다. 그렇다면 '始製兜率歌'라는 시제(始製)의 시(始)에 사뇌나 고가요 (古歌謠)에 구별될 의의(意義)가 없지 않은가. 도솔가는 그 발생동기 나 전개내용이 앞서 지적한 바와 같이 치리(治理)의 면이 두드러져 있으므로, 필자는 정인보 씨나 양주동 씨의 한두 설을 다 취하지 않 는다.

이혜구 씨는 이 도솔가를 '도솔푸리→도살푸리'라 하여 현재어 살풀 이의 원형으로 보았다(전게 "시나위와 사뇌에 관한 시고,"《국어국문학》 제 8 집).

살풀이가 시나위이므로 도솔가가 사뇌격을 가졌다는 해설에도 맞 고, 또 현존한 도솔가는 대개 일괴(日怪)와 성괴(星怪) 등을 소멸시 키기 위한 양재적(禳災的) 성격이 강한 것이 사실이므로, 이 견해는 내용적으로 근리(近理)한 바가 있다. 그러나, '兜率歌'의 '率歌' 두 자 는 살푸리(살풀이)라고 음훈(音訓)으로 읽을 수 있지만 '도살푸리'의 '도'가 무엇인지는 밝히지 않았다. '큰살푸리'란 뜻으로 '도(都)살푸리' 인가. 국가에서 처음으로 가악(歌樂)을 제정하면서 무악(巫樂)에 있 는 살풀이를 그 이름으로 가져올 것 같지는 않다. 좀더 합당한 아어 (雅語)가 있었을 것이다. 이 점이 도솔가를 '다술놀애', 곧 '치리가(治 理歌)'로 보는 소이연(所以然)의 하나이다. 나라와 백성을 다스리는 것[치(治)]이나 천재지변을 다스리는 것[이(理)]이 다스림이요, 질서 화·정상화가 곧 다스림이기 때문이다. 30)

---

30) 이 다스린다[治]는 말의 어원에 대하여 안재홍(安在鴻) 씨는 신라의 부락회의 (部落會議) 화백(和白)이 '함자'(諴字)로 표기된 것을 이끌어, 함은 '함언'(諴 言) 곧 다사뢴[표백(表白)]다는 뜻으로 해(解)하여, '다스리'는 화백에서 모든

도솔가에는 두 가지가 있다. 그 하나는 앞에서 논한 도솔가로서 유리왕대 '始製兜率歌' 했다는 그 도솔가요, 다른 하나는 불교가 들어온 후에 생긴 미륵신앙가(彌勒信仰歌)로서 도솔가이다. 31)

앞의 도솔가는 불교가 들어오기 전에 있었던 도솔가이니 차자가 도솔가로 되었다 뿐이지 이는 우리말이요, 처음에는 미륵신앙과 관계가 없었다. 그러나, 후세에는 미륵신앙의 현세적(現世的) 성격과 도솔가의 양재적(禳災的) 성격이 합일되어 전자의 도솔가에도 미륵신앙이 들어왔던 것이다. 월명사 〈도솔가〉가 그 예증이 된다.

월명사 〈도솔가〉를 흔히 미륵신앙으로 보지만, 필자는 월명사 〈도솔가〉도 고유의 도솔가로 보고 〈산화가〉(散花歌) ― 장가(長歌) ― 가 도리어 순정미륵신앙(純正彌勒信仰)의 도솔가라고 본다. 일연도 여기에 대해서 일침을 놓은 바 있다. 32)

今俗謂此爲散花歌 誤矣 宜云兜率歌 別有散花歌文多不載
(三國遺事 卷 五 月明師 兜率歌)

사람이 발언하여〔함언〕만장일치제로 결정하는 그 제도에서 나온 것이라는 재미있는 설을 제기하였다. ("신민주주의와 신민족주의")
참고로 소개하거니와 이는 다술놀애・두레소리〔회악〕란 점과 관련된다.

31) 도솔천(兜率天)은 욕계육천(欲界六天) 중 제사(第四)로서, 미륵보살(彌勒菩薩)의 생처인 미륵정토(彌勒淨土). 若有人受持讀誦 卽往兜率天上 彌勒菩薩所 (法華經 勸發品)

32) 김동욱(金東旭) 씨는 신라 가요의 불교적 색채에 너무 집착하여 불교 수입 이전의 고유적 면모와 그 불교와의 습합관계 과정은 보지 않고 현존한 가요를 중심으로 해서 나가(羅歌)를 범찬(梵讚)・한찬(漢讚)・화찬(和讚)에 대한 향찬〔나찬(羅讚)〕으로 보고 싶어한다. 씨의 "兜率歌小考"(서울대학교 논문집 《인문사회과학》 제6집)에서는, 유리왕대 도솔가에는 일언의 논급도 없이 도솔가란 명칭을 월명사 〈도솔가〉에 전용하였다. 해가(該歌)의 '산화'(散花)와 '미륵좌주'(彌勒座主)의 구로써 문학 그대로의 도솔가 ― 미륵신앙 가요로 다룬 것은 물론이다.

첫째, 이 〈도솔가〉는 지어진 계기가 왕명으로 되었고, 둘째, 지어진 목적이 일괴(日怪)를 멸하기 위한 양재적 성격이 고유의 도솔가와 같으며, 셋째, 그 형식이 4구체로 되어 있어 10구체 사뇌 형식 이전의 도솔가의 초기 형식을 밟고 있다. 뿐만 아니라, 일연이 유리왕대 도솔가를 불교가요 도솔가와 구별하기 위하여 차사사뇌격(嗟辭詞腦格)이 있었다고 밝혀 놓았듯이, 이 월명사 〈도솔가〉도 미륵신앙의 향찬(鄕讚)으로서의 도솔가가 아님을 밝혀서, 이것이 산화가(散花歌)가 아님을 지적함으로써 월명사 〈도솔가〉가 고유의 도솔가임을 밝혀 놓았다고 볼 것이다. 그러므로, 월명사 〈도솔가〉는 짧은 산화가로서 도솔가 곧 '다슬놀애'요, 산화가는 긴 도솔가(향찬)로서 미륵신앙을 바탕으로 한 불교가요 도솔가로 봐야 할 것이다.

이와 같이 도솔가는 두 가지 뜻이 있지만, 불교의 도솔가는 훨씬 뒤에 생긴 향찬으로서 도솔가요, 도솔가의 주체와 제일의(第一義)는 일반 도솔가 곧 다슬놀애의 차자로서 도솔가에 두지 않으면 안 된다. 우리는 변한 뒤의 것에 근거하여 고유의 것을 끄집어 내리는 것만으로 과학적인 긍지를 삼아선 안 되고, 변한 뒤의 것에서 그 오리지낼 리티를 찾는 데 먼저 심안(心眼)을 기울이지 않으면 안 되는 것이다.

여기에 향가가 우리 민족의 노래의 총칭으로서의 광의의 향가와 신라 가요의 대명사로서의 협의의 향가의 두 뜻이 있듯이, 또는 사뇌가가 구전민요로서 도솔가 이전의 사뇌가와 창작시가로서 도솔가 이후의 사뇌가의 양의(兩義)가 있듯이, 도솔가 또는 치리가(治理歌)로서의 고유의 도솔가와 불교 향찬으로서의 사뇌가의 일종인 도솔가의 두 가지가 있음을 간과해서는 안 된다. 그리고, 후자 ― 불교의 도솔가는 향찬에 들어갈 성질의 것이기 때문에 도솔가의 일의적(一義的)인 것을 치리가로서의 도솔가, 차자로서의 도솔가에 있음을 강조해 둔다.

4) 불찬가(佛讚歌)〔무가(巫歌)―향찬(鄕讚)〕

향찬은 신라 가요의 한 형태로서 가장 뒤늦게 생성된 분야다. 그러나 그 원류는 원시사내(原始思內)의 무악(巫樂)에서 비롯된 서사가요(敍事歌謠)이다. 사내(가악)가 사뇌가와 도솔가로 분화되어 서정가(抒情歌)·의례가(儀禮歌)로 각기 기울어져 단가형(短歌形)을 형성하자, 무가(巫歌)는 신악(神樂)으로서 사설조 축사로 신화·전설을 서사(敍事)하는 장가형(長歌形)으로 잔존하였을 것은, 오늘의 무가(巫歌)로써 짐작할 수 있다. 이러한 무가가 불교의 전래로 말미암아 신불습합(神佛習合)이 되고 나중에는 불찬가로서 향찬이 되고 말았던 것이다. 그런, 이 불찬가도 후세에는 차츰 한문화하여 향찬이 한찬(漢讚)으로 바꾸어짐으로써 거의 소멸되었으니, 저 〈균여가〉(均如歌) 같은 것은 아마 향찬으로서의 최후기의 작품이었을 것이다.

이 향찬적 형태는 근조선(近朝鮮)에 들어와 근조선의 가요형식에 따른 가사체(歌辭體)로 그 전통적 명맥을 계승하였을 따름이다.[33]

이 향찬은 10구체 사뇌가의 형성과 함께 이루어져 발달된 듯하다. 그러므로, 향찬의 형식도 사뇌가·도솔가와 다를 게 없었으나, 다만 향찬에는 4구체나 6구체나 8구체는 없었을 것 같고, 그 거개(擧皆)가 완성된 사뇌가의 10구체의 연가형식(連歌形式)이 아니었던가 한다. 균여의 〈보현십원가〉가 그 대표적 전형을 보여 준다고 믿는다. 〈원왕생가〉〈도천수관음가〉〈제망매가〉도 향찬적 일면이 있으나, 이는 그 주조(主調)가 더 많이 서정적 표백의 주가(呪歌)적 성격에 있었고, 작가(作歌)의 동기가 일반적 찬불보다는 구체적 기원이 앞서 있기 때문이다.

---

33) 주로 민가에 탁발(托鉢)하는 동령승(動鈴僧)들의 염불타령 회심곡(回心曲), 경허선사(鏡虛禪師)의 참선곡(參禪曲) 등이 그 잔영(殘影)이다.

3. 나가분류고(羅歌分類考)

현존하는 신라 가요를 자세히 분석 검토하고, 고문헌의 기록과 현존민요 속악(俗樂)을 이와 대조함으로써, 우리는 인멸(湮滅)되고 붕괴된 나대(羅代) 가요체계의 원형을 어느 정도 추정, 복원할 수 있다고 믿는다. 이 난사업(難事業)을 위하여 필자는 "나가성립 연대고"(羅歌成立 年代考)와 "나가 명의고"(羅歌 名義考)에서 신라 가요의 원류와 발달과정에 대한 역사적 고찰을 시(試)함으로써 그 형태의 분화와 형식의 전개를 헤쳐 보았고, 현존 가요의 유형적 분류와 개별내용적 분류의 바탕을 찾았으며, 그것들의 종합으로서 나대 가요가 후세 가요에 미친 계통적 영향에 대하여 시사하였다. 그리고, 그것은 언제나 기발표(旣發表)된 여러 학자의 연구를 치밀하게 소개, 검토, 비판함으로써 자가견(自家見)을 세우는 바탕을 삼아 왔다.

이제, 필자는 신라가요를 다음 몇 갈래에 분류함으로써 총정리에 들어가려 한다. 전게 2종 논고에서 이미 자세히 고찰, 논급한 바이므로 여기서는 설명의 중복을 피하고 도표로서 설명에 대신하려 한다. 미심한 점은 전게 졸고 "나가성립 연대고"와 "나가 명의고"를 참조하기 바란다.

신라가요의 체계 모색을 위한 분류적 고찰은 우선 다음 다섯 가지로 족할 것이다.

(1) 형태적 분류(나가 장르의 분화형성)
(2) 형식적 분류(나가 형식의 발달전개)
(3) 유형별 분류(현존 나가의 장르 또는 제작동기별 분류)
(4) 작가별 분류(현존 나가의 작가계층별 분류)
(5) 내용적 분류〔현존 나가의 음영내용별(吟詠內容別) 분류〕

58

⑹ 계통적 분류(나가의 전후계통과 그에 연결된 우리 가요의 계통
분류)

1) 형태적 분류

사뇌가를 전사뇌·후사뇌로 나누어 전자를 민요조의 기재가요 및
창작가요, 후자를 8구체·10구체의 창작시가로 본 것과, 도솔가를
전도솔가·후도솔가로 나누어 전자를 주가(呪歌)·의례가(儀禮歌)로
서의 치리가(治理歌)로, 후자를 불찬가 곧 향찬으로 봄으로써 종래
불교식 도솔가로 보아 온 월명사〈도솔가〉를 전자에 넣고, 종래 사
뇌가로 보아 온 그의〈산화가〉(歌詞不傳 長歌)를 불교식 도솔가(향
찬)로 바꾸어 보는 것은 나의 지론이다.

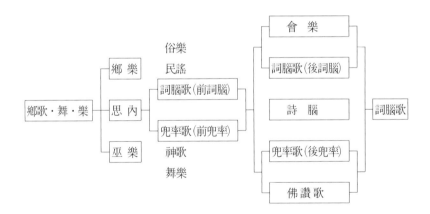

2) 형식적 분류

우리 민요의 집단 가창(歌唱)의 기본 형식이 2구체 또는 후렴구(중
창구)를 넣어 3구체이므로, 이를 고가요(古歌謠)의 가장 단순한 형식
으로 본 것과, 4구체를 민요적 전사뇌(前詞腦)의 기본 형식으로 보

아, 5구체·6구체가의 존재 가능성을 현존 민요로 유사 설정하는 것은 나의 주장이다.

이러한 2구체·4구체·6구체·8구체·10구체의 단시형(短詩形) 발달과는 별계(別系)로, 고대 찬가(讚歌) 또는 서사시적 형식으로 사설체 — 장가체 — 연가체의 발달이 있었다고 보는 것도 필자의 견해다.

會樂體 →	民謠體 ──────────→		詩歌體
2구체 →	4구체 (2구체 + 2구체)	8구체 (4구체 + 4구체)	10구체 〔팔구체 + 낙구(이구)〕
2구체 + 후렴 = 3구체	4구체 + 후렴구 = 5구체 → 6구체	사뇌가 도솔가	사뇌가 도솔가 불찬가
辭說體 →	長歌體 ──────────→		連歌體

3) 유형별 분류

'詞腦歌'를 '사래놀애'(수리·소로놀애)로 읽어 곧 신가(神歌)·주가(呪歌)로 본 것과, '兜率歌'를 '다술놀애'로 읽어 치리가(治理歌) 곧 '이국안민(理國安民)의 노래'로 본 것은 필자의 지론(持論)이요, 도솔가와 불찬가를 구별하여 월명사 〈도솔가〉와 〈안민가〉〈혜성가〉를 고유의 도솔가에 넣고, 〈산화가〉를 불찬에 넣은 것은 필자의 사견(私見)이다.

〈모죽지랑가〉를 조가(弔歌)에 넣은 것은, 그것이 가의(歌意)로 봐서 죽지랑 사후에 득오(得烏)가 읊은 추모가(追慕歌) 같기 때문이다. 양주동 씨는 죽지랑 생전의 사모가로 해하였지만, 이 노래의 말구(末句) "蓬次叱巷中宿尸夜音有叱下是"의 "蓬次叱巷", 곧 '다봇구렁'을 '다봇마을'이라 하여 동리(洞里) 이름으로 본 것은 아무래도 미심(未審)

하다. '蓬巷'(다봇굴헝)은 졸견에는 '호리'(蒿里), 곧 무덤이다. 다시 말하면, "郞也慕理尸心未 行乎尸道尸 蓬次叱巷中宿尸夜音有叱下是"의 가의(歌意)는 '임 그리는 마음이 임을 찾아 무덤가에 하룻밤을 새우리라'는 뜻이다. 봉항(蓬巷)이 마을이름이라는 것은 무리(無理)하고, 또 존경하는 이의 사는 곳을 봉항이라 할 리도 만무하니, 이 봉항은 그 글자와 꼭같은 뜻인 호리〔다봇마을〕로 보면, 호리는 무덤의 뜻이니까 무덤을 다복쑥 우거진 구렁이란 뜻의 아어(雅語)로 쓴 것이라 보는 것이 타당하다. 더구나 그 앞의 구, '目煙廻於尸七史伊衣 逢烏支惡知作乎下是'에서 눈 돌릴 사이에 만나게 되리라는 말은 '임은 돌아가셔도 저도 죽으면 임을 뵈올 날이 멀지 않다'는 뜻으로 볼 것이니, '悲不幾時'라는 '슬픔도 몇 날 아니라'는 말은 제문(祭文)이나 만가(輓歌)의 관용구이기 때문이다. 이 노래를 이렇게 죽지랑 사후의 추모가로 보면, 전편의 대의는 다음과 같다.

지난 봄 생각하매 내 설움 그지없다.
아름다우시던 그 모습 주름이 지단 말가.
눈 깜짝할 사이에 만나뵙게 되올 것을.
임 그리는 마음, 임을 찾아 무덤가에 하룻밤을 새우리라.

〈원가〉의 현존 가사는 8구체이나 후구망(後句亡)이라는 단서가 붙어 있을 뿐 아니라, 가사의 구성으로나 대의(大意)로 보아도 후구 2구가 있는 10구체가 분명하므로 10구체에 넣었다.

이로써 현존 나가(〈균여가〉를 합하여)는 사뇌가가 11수, 도솔가가 3수, 불찬가가 11수요, 4구체가 3수, 8구체가 2수, 10구체가 19수이다. 이 정도로써도 나대 가요의 내용적 또는 형식적 추이의 세(勢)를 짐작할 수 있을 것이다.

사뇌가 〔스러놀애〕 주 가 서 정 가	〈서동요〉(진평왕대 : 600 前) 〈풍요〉(선덕왕 : 635) 〈헌화가〉(성덕왕대 : 702~731)	4 구체
	〈모죽지랑가〉(효소왕대 : 692~702) 〈처용가〉(헌강왕 : 879)	8 구체
	〈원왕생가〉(문무왕대 : 661~681) 〈원가〉(효성왕 : 737) 〈찬기파랑가〉(경덕왕대 : 742~765) 〈제망매가〉(경덕왕대 : 742~765) 〈도천수관음가〉(경덕왕대 : 742~765) 〈우적가〉(원성왕대 : 785~798)	10 구체
도 솔 가 〔다솔놀애〕 치 리 가 의 식 가	〈도솔가〉(경덕왕대 : 760)	4 구체
	〈안민가〉(경덕왕대 : 742~765) 〈혜성가〉(진평왕대 : 579~632)	10 구체
불 찬 가 찬 가 서 사 가	〈보현십원가〉 11 수 ― 散花歌 ; 長歌	10 구체

4) 작가별 분류

처용(處容)은 전설상 용왕의 자(子)이므로, 서동〔백제 무왕의 아시 (兒時) 별명〕과 함께 왕자에 넣었다.

> 東海龍喜 乃率七子現於駕前 讚德獻舞奏樂 其一子隨駕入京 輔佐王政 名曰處容 (三國遺事 卷 二 處容卿)

국선(國仙)은 신불습합(神佛習合)의 신라 국교(國敎)였다. 고대의 선도(仙道), 풍월도(風月道)로서 화랑도(花郎道)와 넘나드는 것으로, 오늘 무교의 원류이다. 이것이 불교와 합해서 승려를 자칭하였던 것 을 알 수 있다.

臣僧但屬於國仙之徒 只解鄉歌 不閑聲梵
(三國遺事 卷五 月明師 兜率歌)

　그러나 일연은 국선과 승려의 구별을 하여, 국선은 이름 밑에 '사'
(師)를 붙이고 승려는 이름 위에 '석'(釋)자를 관(冠)하였다. 월명사
·융천사·충담사〔3인이 다 도솔가(다솔놀애) 작자〕는 전자의 예요,
석양지, 석 영재, 석 원광, 석 보양, 석 혜숙, 석 진표 등은 후자의
예다(석은 석가모니의 석).

　〈원왕생가〉의 작자에 대해서는 두 가지 설이 있다. 그 하나는 광
덕(廣德)의 처라고 보는 견해이니, 양주동 씨가 이 설을 취했고,[34]
다른 하나는 광덕이가 작자라는 견해이니, 권상로 씨가 이 설을 제시
하였다.[35] 여기서는 후자를 취했음을 밝혀 둔다.

　이와 같은 두 가지 견해의 대립은 《삼국유사》 권오(卷五) '광덕엄
장조'(廣德嚴莊條)에 있는 "其婦乃芬皇寺之婢 盖十九應身之一 德嘗
有歌云"의 구두점을 어디에 찍느냐에 따라서 문의(文意)가 달라진 데
원인이 있다. 양주동 씨는 "其婦(광덕의 처) 乃芬皇寺之婢 盖十九應
身之一德 嘗有歌云"이라고 떼어 읽었기 때문에 '其婦, 곧 광덕의 처
는 十九應身의 一德이라, 일찌기 노래를 지었으되 …'의 뜻이 되고,
권상로 씨는 "盖十九應身之一 德嘗有歌云"이라고 읽었기 때문에 '十
九應身의 一이라 德(광덕)이 일찌기 노래를 지었으되…'의 뜻이 된

---

34) 양주동 씨는 《고가연구》(498면)에서, "본가는 사문(沙門) 광덕(廣德)의 처가
　그의 간절한 불교신앙을 달〔月〕에 기(寄)하여 읊은 노래"라고 하였다. 소창진
　평(小倉進平) 씨도 "향가급이두연구(鄕歌及吏讀研究)"(202면)에서, "본향가
　는 광덕의 처가 엄장(嚴莊)을 간언한 노래라고 볼 것이겠다"라고 하였다. 작
　가(作歌)의 동기는 다르게 봤으나, 광덕 처 작이라는 데는 공통하다.
35) 권상로(權相老) 씨는 《조선문학사》(59면)에서 "이 노래는 광덕이 일찌기 지어
　서 부르던 노래라고 한다"라 하여 가명조차 '광덕서원가'(廣德西願歌)라 명명
　하였다. 김동욱(金東旭) 씨도 〈원왕생가〉의 작자가 광덕임을 지적하고 광덕
　처로 작자로 보는 것을 구두(句讀)의 착오에서 오는 부당한 견해라 하였다.

것이다('각주 35'에 인용한 것이 바로 그 증거이다). 이 두 가지 견해는 문리(文理)로 보나 불교사상으로 보나 후자가 합당하다.

양주동 씨는 자가설을 고지(固持)하기 위하여 〈원왕생가〉의 말구(末句) '사십팔대원운운'(四十八大願云云)을 아미타불(阿彌陀佛)의 사십팔대원 중 제삼십오원(第三十五願)인 '영리여신원'(永離女身願)을 가리킨 것이라 하였지만,[36] 정토종(淨土宗)의 교리를 아는 사람이면 그 사십팔대원의 핵심이 제십팔원(第十八願)인 '염불왕생원'(念佛往生願)에 있다는 것을 알 수 있을 뿐 아니라, 일체 중생을 모두 다 서방극락(西方極樂) — 미타정토(彌陀淨土) — 에 왕생(往生)시키겠다는 서원(誓願)인 '염불왕생원'을 이 노래의 '사십팔대원운운'의 대의로 잡아야만 가의(歌意)가 선명해진다. 다시 말하면, 일체 중생을 다 극락왕생을 시키겠다면서 이 몸을 버려 두고 사십팔대원을 이루시지야 않겠지, 또는 이루시면 어쩌나 하는 안타까운 마음의 표현이다.

그러므로, 〈원왕생가〉는 광덕 처의 작(作)이 아니고 광덕의 작이 되지 않을 수 없으니, 이로써 현존 나가에 여류의 작(作)은 희명(希明)의 〈도천수관음가〉 한 편만 남게 된 것이 서운하나, 도리 없는 일이다. 〈원왕생가〉가 매우 여성적인 노래인 것은 사실이나, 이는 정토신앙의 타력본원(他力本願)에의 귀의(歸依)〔나무(南無)〕가 말미암은 바일 것이다.

또, 광덕을 신도에 넣은 것은 그가 대처(帶妻)했기 때문에 편의상 그렇게 하였지만, 그가 또한 승려이었던 것은 다음이 증명한다.

文武王代　有沙門名廣德嚴莊二人友善…德隱居…蒲鞋爲業　挾妻子而居 (三國遺事 卷五 廣德嚴莊)

사문은 승려의 칭이다. 이로써 나대에 벌써 승려의 대처가 있었던

---

36) 양주동, "관음신앙과 향가,"《대한불교》52호.

64

증거를 삼을 수 있다. 더구나 그들이 원효대사(元曉大師)를 따르던
이인 것은 시사가 깊은 바 있다.

莊愧赧而退　便詣元曉法師處…曉作錚觀法誘之…一意修觀亦得西昇　（三
國遺事　卷五　廣德嚴莊）

이로써 현존 나가의 작자는 왕자·화랑 등 상류가 2인에 3수, 국
선·승려가 6인에 18수, 신도·평민이 4인에 4수임을 알 수 있다.
이 사실은 나가의 작가가 각계각층에 광범히 참가되어 있음을 보여
주면서도 그 중심적 작가계급은 국선·승려층으로서, 이들이 압도적
다수를 점하고 있다는 것을 알 수 있다. 이 사실은 나가의 주조(主
潮)가 주술적·불교적 색채로 물들어 있었음을 보여 준다.

왕 자	서 동	〈서 동 요〉	1 수
	처 용	〈처 용 가〉	1 수
화 랑	득 오	〈모죽지랑가〉	1 수
국 선	융 천 사	〈혜 성 가〉	1 수
	월 명 사	〈도솔가〉〈제망매가〉	2 수
	충 담 사	〈찬기파랑가〉〈안민가〉	2 수
승 려	석 양 지	〈풍 요〉	1 수
	석 영 재	〈우 적 가〉	2 수
	석 균 여	〈보현십원가〉	11 수
신 도	신 충	〈원 가〉	1 수
	광 덕	〈원왕생가〉	1 수
	희 명	〈도천수관음가〉	1 수
평 민	실명노인	〈헌 화 가〉	1 수

5) 내용적 분류

'동요(童謠)·민요(民謠)·풍요(諷謠)'가 2수, '주가(呪歌)·감계가 (鑑戒歌)'가 5수, '원가(願歌)·사모가(思慕歌)'가 4수, '찬가(讚歌)· 헌가(獻歌)'가 13수이다. 또, *표를 한 것은 모두 주력(呪力)·신통 (神通)·감이(感異)의 설화가 따른 것으로, 각종 내용에 공통한 이들 주가적 성격의 발원본색이 얼마나 후세에까지 뿌리 깊게 계승되었는 가를 보여 주는 것이라 하겠다.

구 분	작품명	작품 수
동요(童謠)	〈서동요〉* ― 참요(讖謠)	1수
민요(民謠)	〈풍요〉	1수
풍요(諷謠)	〈처용가〉*	1수
주가(呪歌)	〈혜성가〉* 〈도솔가〉* 〈원가〉*	3수
감계가(鑑戒歌)	〈안민가〉 〈우적가〉*	2수
원가(願歌)	〈원왕생가〉* 〈도천수관음가〉*	2수
사모가(思慕歌)	〈모죽지랑가〉 〈제망매가〉*	2수
찬가(讚歌)	〈찬기파랑가〉 〈보현십원가〉 11수	2수(12수)
헌가(獻歌)	〈헌화가〉	1수

6) 계통적 분류

향가는 나가로서 범패(梵唄)·한시(漢詩)에 대한 우리 고대 가요의 총칭 ― 그것은 사내(思內)라는 이름으로 가(歌)·무(舞)·악(樂)이 미분(未分)된 것이었다. 그것은 서사적인 면과 서정적인 면이 합일된 것으로, 이것이 분화되어 전자는 무가(巫歌)로, 후자는 민요로 되고, 이 두 가지를 종합 절충하여 제정한 중간형식이 주가(呪歌) 아송(雅 頌)으로서의 도솔가이다. 민요적인 것에서 사뇌가가 전개되고, 무가

66

적인 것에서 이른바 향찬 곧 불찬가가 이루어져, 이로써 신라 가요의 삼체(三體)가 형성되었다. 10구체 사뇌가의 성립으로 도솔가와 불찬가는 기능·목적·내용의 면에서는 그대로 존속되었으나, 형식 면에서는 사뇌가에 합류 통일되어, 여기에 사뇌가 일체(一體)만이 신라 가요의 범칭으로 성립되었다. 무가 ― 서사시 ― 사뇌가의 선이 고려 가요에 연결되었다. 조선에 들어서서는 여민락(與民樂)·용비어천가(龍飛御天歌) 등이 도솔가를 계승하였다. 무가 ― 불찬가 ― 경기체(景幾體)의 선이 가사(歌辭)에 연결되었고, 민요 ― 사뇌가 ― 여요(麗謠)의 선이 시조에 닿았다. 타령(打令)·창극조(唱劇調)가 전자의, 엇시조(旕時調)·장시조(長時調)가 후자의 선을 받아 전개되었다. 이 세 가지 선은 신문학 초창기에 각기 개화가사 ―창가(唱歌) ― 신시(新詩)로 발전되었다.

　이로써 우리 가요 전통의 맥락(脈絡)과 계보(系譜)는 자못 요연(瞭然)해진 셈이다.

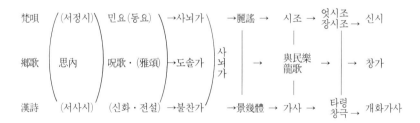

신라 국호(國號) 연구 논고
─ 신라원의고(新羅原義攷)

1. 문헌에 나타난 신라 국호

고사(古史)에 의하면, 신라의 국호는 대개 서라벌(徐羅伐)·서나벌(徐耶伐)·서야벌(徐耶伐)·사라(斯羅)·사로(斯盧)·신라(新羅)·신량(新良)·설라(薛羅)·신로(新盧)·시라(尸羅)·서벌(徐伐)·계림(鷄林)·계귀(鷄貴)·구구타예설라(矩矩吒䃜說羅) 등의 다양한 기사법(記寫法)으로 나타나 있다. [1]

─────────────

[1] 《위서》(魏書)의 '제기'(帝紀)에는 '사라'(斯羅)로 기사되었으나 동서(同書)의 '고구려전'에는 '섭라'(涉羅)라는 기록이 보이는바, 섭라가 신라 국명의 이사(異寫)인지는 속단할 수 없지만, 그것이 신라의 유음(類音) 국명임에는 틀림없으므로 한 참고 삼아 인용해 둔다.

　"正始中世祖(宣武) 於東堂引見其使芮悉弗悉弗進曰高麗係誠天極累葉純誠地
．．．．．．
産土毛無愆王貢但黃金出自夫餘珂則涉羅所産今夫餘爲勿吉所逐涉羅爲百濟所
．
幷(魏書 高句麗傳)"

더구나 '아즉섭라소산'(珂則涉羅所産)의 구는 신라의 산옥(産玉)과 일치되는 것이요, '섭라위백제소병'(涉羅爲百濟所幷)의 구는 실제로는 신라가 백제에 병합된 바는 아니라 하더라도 삼국 중 후진국으로서 양서소재(梁書所載)의 '斯羅其國小不能自通使聘普通二年王募名秦始使使隨百濟奉獻方物'과 통하는

　먼저 국내의 고문헌에서 신라 국호 표기의 예를 찾으면 적어도 11종의 이례(異例)가 있음을 알 수 있으니, 그 11종의 표기례(表記例)는 전게의 14종 중 '서라벌·서나벌·서야벌·사라·사로·신라·시라·서벌·계림·계귀·구구타예설라'가 그것이다.

> 號居西干時年十三國號徐那伐 (三國史記 新羅本紀)
>
> 國號曰 "徐耶伐或云斯羅或云斯盧或云新羅脫解王九年始林有鷄怪更名鷄林因以爲國號" (三國史記 地理志)
>
> 九年春三月王夜聞金城西始林樹間有鷄鳴聲…改始林名鷄林因以爲國號 (三國史記 脫解尼師今)
>
> 檀君據朝鮮之域爲王故尸羅高禮南北沃沮東北扶餘濊與貊皆檀君之壽也 (帝王韻記 卷下)
>
> 國號徐羅伐 又徐伐今俗訓京字云徐伐以此故也或云斯羅 又斯盧初王生於鷄井故或云鷄林 (三國遺事 赫居世王)
>
> 竟未有能復鷄貴與唐室者…天竺人呼海東云矩矩吒䃜說羅 矩矩吒言鷄也䃜說羅言貴也 (三國遺事 歸竺諸師)

　이 밖에 '계림'의 원명(原名)인 '시림'(始林)과 '구림'(鳩林), '서벌'의 이사(異寫)인 '동경'(東京)과 '금성'(金城)이 신라의 별칭으로 사용된 흔적(痕跡)이 있다.

　　永平三年庚申八月四日瓠公夜行月城西里見大光明於 始林中 一作鳩林

　　점으로 봐서 더욱 그러하다. 북사(北史)의 동이전(東夷傳)에도 동내용의 '섭라' 기사가 보인다. 이로써 보면 섭라는 신라의 이사인 듯도 하나, 여기서는 논외에 둔다.
　　同四年 三月 壬戌百濟倭赤土迦羅舍國並遣使者貢方物(隋書 煬帝紀).

…… 亦有白鷄鳴於樹下 (三國遺事 金閼智)

禪師俗姓金氏東京御里人也級干當勒之子 (斷俗寺 神行禪師碑)

按新羅始祖 …… 國號徐耶伐 …… 初赫居世二十一年築宮城號金城
(三國史記 地理志)

이로써 '始林 - 鳩林 - 鷄林'의 관계는 김알지(金閼智) 탄생연기(誕生緣起)로써 계괴고사(鷄怪故事)가 부회(附會)되어 그 기사(記寫)의 차자(借字)는 비록 달라졌으나 원음(原音) '시불'에는 변동 없음을 알 것이니, 이 3종명은 구경(究竟) '徐伐'의 이사에 불외(不外)함을 알 수 있다.[2] 또, '徐伐 - 東京 - 金城'의 관계는 '서벌'이 '서라벌'의 약어요, '동경'의 훈음이 '시불'인 것과 '금성'의 훈이 '쇠잣'으로 '소로잣 → 쇠잣'의 음전(音轉)임을 볼 때, 이 3종명의 동출일원(同出一源)임도 명료하다고 할 수 있다.[3] 그러므로 이 '시림·구림', '동경·금성'의 4종 별칭은 비록 국호는 아니라고 할지라도 국호로서의 '계림'과 '서벌'의 고구(考究)에 좋은 단서가 되는 것이다. 그리고, 또 하나 주목해야 할 것은 '구구타예설라'와 '계귀'의 두 가지 이름이다. 전자는 천

---

2) '시림(始林)·구림(鳩林)·계림(鷄林)'은 현 '계림'의 동역이명(同域異名)으로 그 원음은 '시불'이다. '시'(始)는 음차(音借)에 김 씨 시조의 의(義)를 부회한 것이요, '구(鳩)·계(鷄)'는 모두 훈차(訓借)로 그 훈이 '시'[조(鳥)]로 통한 증좌(證左)며 림(林)[수풀]은 모두 통훈차(通訓借)이다.

3) '동'(東)의 고훈(古訓)은 '시'니 '동풍'은 현어로도 '샛바람'이다.
"東風謂之沙"(星湖僿說 卷上)
금성(金城)은 혁거세 때 축영(築營)으로 斯羅城[스르잣]인 듯. 이것이 음전되어 '소로잣 → 솔잣' 또는 '쇠잣'이 되었을 것이니 'ᄀᆞᄅᆞ'[강(江)]-'개'[포(浦)], 'ᄂᆞᄅᆞ'[진(津)]-'내'[천(川)]와 동철(同綴)이다.
金橋謂西川之橋俗訛呼云松橋 (三國遺事 阿道注)
省良縣今金良部曲 (三國史記 地理志)

축인(天竺人)이 신라를 호칭한 것이요, 후자는 전자의 실의(實義)를 한문으로 역한 것인데, 이 이름이 천축을 여행한 사람의 전록(傳錄)에 의하여 알려졌거나,《삼국유사》에 '계귀'를 신라의 칭호로 습용(襲用)한 예가 있다 해도4) 이는 신라 국호 표기의 다른 용례와는 전연 별계(別系)의 것으로 그 원의해명(原義解明)에는 직접 관계가 없다는 점이다. 그러나 '구구타예설라'와 그 역어(譯語) '계귀'는 구경 전게의 계림전설과 관련되는 또는 그 바탕이 되는 신라의 '웅계숭배'(雄鷄崇拜)가 피토(彼土)에 전해져서 생긴 이름인 듯하므로 김알지 탄생신화 및 거기서 유래한바 '계림'이라는 국호의 의의를 고구(考究)함에는 좋은 참고자료가 된다는 것을 지적할 수 있다.

다음으로 외국의 고사(古史)에서 신라 국호 표기의 예를 찾으면 대개 7종을 들 수 있다. 그 7종의 표기례는 전게의 14종 중 사라(斯羅), 시라(尸羅), 신로(新盧), 설라(薛羅), 신량(新良), 계귀, 구구타예설라가 그것이다.

魏時曰 '新盧' 宋時曰 '新羅' 或曰 '斯羅' (梁書 南史)

新羅 (宋書, 南齊書, 陳書, 北齊書, 周書, 舊唐書, 新唐書)

永平元年三月己亥斯羅阿陁比羅 …… (魏書)

新羅國在高麗東南 …… 或稱斯羅 (隋書)

有留者遂爲新羅亦曰斯羅 (北史)

太元四年 …… 自稱大將軍大都督秦王分遣官司徵兵於鮮卑烏丸 高句麗

---

4) 구구타예설라(矩矩吒䃈說羅)는 파리어(巴利語) Kukutaissara의 음역(音譯)이다. 이 말이 계귀(鷄貴)란 뜻이라고《삼국유사》'귀축제사조'(歸竺諸師條)〔전출(前出)〕에 밝혀져 있다.《삼국유사》의 이 조는 구법고승전(求法高僧傳)의 인용으로 대당서역구법고승전(大唐西域求法高僧傳)과 자구(字句)의 이동(異同)은 있으나 같은 뜻의 주(註)가 붙어 있다.

百濟及薛羅休忍等諸國 (晋書補遺 載記)

新良國主貢進御調八十一艘 (古事記 下)

斯羅無道不畏天皇 (日本書記 卷 十九)

出鷄貴之東境 …… 西方喚高麗爲矩矩吒瑿說羅 (大唐西域求法高僧傳
阿離耶跋摩)

중국의 역사에 신라에 관한 기록이 독립된 항목으로서 최초로 나
타난 양서(梁書)에는 '신로·신라·사라'의 3종이 보이고, 수서(隋書)
·북사(北史)에는 '신라·사라'의 2종이 보이며, 송서(宋書)·남제서
(南齊書)·진서(陳書)·북제서(北齊書)·주서(周書)·구당서(舊唐書)
·신당서(新唐書)에는 대체로 '신라'만이 보이는 데 비해서, 위서(魏
書)에는 '사라'만이 보이고, 남사(南史)에는 양서의 기록이 그대로 인
용되어 '신로·신라·사라'의 3종이 나타나 있고 진서보유(晋書補遺)
에는 '설라' 1종이 보인다. 그리고, 일본서기(日本書記)에는 통칭 '신
라'로 되어 있으나 '사라'로 기사되기도 하였으니, 이는 백제측 기록
에 의한 것이다.

이상에 인례(引例)한바 내외의 고문헌에 나타난 신라 국호의 14종
표기법은 그 원의해명의 단서를 잡기 위하여 다음 몇 가지 판단을 필
요로 하지 않을 수 없다.

첫째, 이상에 보이는 신라 국호 표기례를 별칭까지 포함해서 음차
와 훈차의 면으로 양대분(兩大分)하면 전자 계로서 '서라벌·서나벌·
서야벌·사라·사로·신라·신량·신로·설라·시라·서벌'의 11종
이요, 후자 계가 '동경·시림·구림·계림·계귀'의 5종이다.

둘째, 이 음(晋)·의(義) 양계의 접촉점이요 변성(變成)의 계기점
이 되는 것은 '서벌'과 '동경'의 2종이니, '서벌'은 '서라벌·서야벌·서
나벌'의 약어요, '동경'은 '서벌'과 동어훈차(同語訓借)로 '시림·구림

·계림·계귀'의 연기(緣起)가 이에 결부한 것이다. '금성'은 전자 계의 방계(傍系), '구구타예설라'는 후자 계의 방계이다.

셋째, 변성된 훈차(訓借) ― 유의(類義) ― 계의 5종을 제외하고 나면 나머지 11종의 유음(類音)은 구경에 있어 동일어의 이두표기로 볼 것이요, 어느 것이나 다 한자(漢字)의 의미로는 해석될 수 없다는 점이다.

이상의 논거로써 본고는 신라 국호 표기례의 11종 유음을 통하여 그 원의(原義)를 파악하고 아울러 거기서 변성된 5종 유의(類義)의 기조(基調)를 해명하고자 한다.

2. 신라 국호에 대한 제설(諸說)

대범(大凡) 16·7종에 미치는 다양으로 표기된 신라의 국호는 그 원의(原義) 해석에서도 또한 구구불일(區區不一)하다. 이제, 그 중요한 것 몇 가지를 열거한다면 우리는 재래의 설에서 두 가지, 현대학자의 설에서 두 가지를 들 수 있다.

먼저 재래의 설 중에서 가장 널리 알려져 있는 것은 신라를 '덕업일신'(德業日新)의 '신'(新)과 '강라사방'(綱羅四方)의 '라'(羅)를 합친 것이라 하는 설이다.

> 丁卯年是國號曰新羅新者德業日新羅者綱羅四方之民云或系智證法興之世 (三國遺事 王曆基臨尼叱今)

'신라'(新羅)는 신라 국호 기사(記寫)의 여러 가지 용례 중의 1종인 바, 그 유음들이 모두 두 음절의 첫소리가 'ㅅ'과 'ㄹ'이란 점으로 공통되는 것만 보아도 '신라'는 어떤 원어의 음차자(音借字)일 따름이요, '신'이나 '라'의 한자의(漢字義)를 취한 것이 아님은 명백하다. 다만, 그 어떤 원어의 사음(寫音)에 채용된 차자(借字) 중 신라의 한자의가 국호로서 권위〔한학적(漢學的)〕가 뛰어났기 때문에 이것으로 국호를 삼았을 가능성이 있다는 것은 인정할 수 있고, 또 실제에 있어서도 신라는 그 다양한 차종차자(此種借字)의 대표로 관용되어 왔지만, 그 용례의 다수로써 곧 그대로 차자 신라의 부차적 의의를 원의로 차각해서는 안 된다. 이런 의미에서 신라는 그 원의의 고구(考究)에는 가장 위험한 차자라 할 수 있다.

다음으로, 재래의 설의 일방(一方)을 대표하는 고학자(古學者)의 설로 일부 현대학자의 설과도 통하는 설은 '신라'를 '신국'(新國) 곧 '새나라'의 의로 해석하는 설이다.

> 鎭書謹案新羅史宣帝五鳳元年六部人推尊赫居世爲君長稱以斯盧居于金城盖斯盧斯羅……皆云新國者也東語新曰斯伊國曰羅盧羅音相類斯新義則同也 (海東繹史續)

여기서 의아(疑訝)되는 바는 '신왈사이'(新曰斯伊)가 '신'임은 무의(無疑)하지만 '국왈라'(國曰羅)의 '羅'가 음독(音讀)으로 '라'인지 의독(義讀)으로 '벌'〔원(原)〕인지가 미상(未詳)하다는 점이다. 만일 전자 곧 음독한 '라'라면 우리말에 '나라'를 단지 '라'라고 한 예가 확실하지 않고 차라리 '羅'를 '벌일 라'의 '벌'로 읽는다면 '새벌' 곧 '신국'(新國)의 뜻으로 해석할 수 있으나, 이렇게 되면 '新羅'만은 '새벌'로 읽을 수 있어도 '斯盧·新盧·新良' 따위까지 모두 '새벌'로 읽을 수는 없는 것이다. 그러므로 新羅의 '羅'도 '로(盧)·량(良)·야(耶)·나(那)'와 함께 음독하여야 할 것이다. '라·로'가 음상사(音相似)하기 때문에 '신라'가 '사라' 등으로 변와(變訛)된 것이라고 할 수는 없으니, 신라의 국호 원형은 '신라'가 아니요 '사로국' 또는 그와 동음동의인 '서라벌'이며 '國'과 '伐'은 동일음 '벌'[原]의 차자이기 때문이다. 만일 신라의 '라'를 만주어에 토지를 뜻하는 '나'(乙)를 예로 들어[5] 땅이나 나라의 뜻으로 해석하면 이 설로는 가장 유력한 논거가 되겠으나, 그보다도 '서라벌→서벌'의 변성관계(變成關係)에서 보는 신라 국호와 동계(同系)의 국명·지명의 원의는 이 신국(新國)·신토(新土)설을 강력하게 부인하고 있다. 이에 대해서는 다음 절에 축차(逐次) 논급하려 한다.

현대학자의 설(說) 중에 가장 대표적인 것은 전몽수(田蒙秀)·양주동(梁柱東) 양씨의 설일 것이다. 전몽수 씨는 신라의 원의를 고구함에 있어 그 원음형을 '서라벌'이라고 보고 이를 '실애벌'이라 해독함으로써 '서라벌'의 어의를 '곡천원(谷川原)' 곧 '산곡(山谷)에 있는 나라'라고 결론지었다.[6] 다시 말하면, 전몽수 씨는 '신라·사로·사량' 따위를 모두 '실애'의 음사(音寫)라 보고 그 '실애'를 '곡간(谷間)의 계천(溪川)'이라 해의(解義)하였으니, 그의 이러한 논거는 대개 '실애'의 '실'을 '곡'(谷)의 고훈(古訓)으로, '애'를 '개'[포(浦)]의 전음(轉音)으로 보는 데서 출발하였다. 이와 같은 논거에서 그는 전자 '실'의 용례로 '한실'[대곡(大谷)]·'밤실'[율곡(栗谷)] 등의 지명을 인증(引證)하였으며, '애'의 본말은 '개'이지만 'ㄹ'음 아래이기 때문에 'ㄱ'이 탈락된 것으로 보고 '개울'·'개천'의 '개'가 원형이라 하고 '실애'의 원형으로 '실개'(絲浦今蔚州谷浦也)라는《삼국유사》황룡사장육조(皇龍寺丈六條)를 인용하였다. 이와 같은 씨의 견해는 '서라벌'은 '곡천원'의 뜻이요, '계'(溪)의 현어(現語) '시내'는 '실개→실애→시내'의 순서로 음전된 것이라는 결론을 도출하게 되었다.[7] 신라의 원음형을 '서라벌'에 두고 그 원의를 음독에서 찾은 것은 먼저 타당한 근거에서 출발되었고, 또 그 음독도 원음형에 가깝게 한 것은 인정할 수 있으나, 그 원의의 해명에 있어서는 엄청난 경정(逕庭)이 있다고 하지 않을 수 없다. '곡'(谷)의 고훈이 '실'이라는 것은 틀림없는 일이요, 'ㄹ'음 아래서 'ㄱ'의 탈락현상도 날개〔익(翼)〕가 '날애' 곧 '나래'로 변전(變轉)하는 예도 찾을 수 있으므로, 이 두 단어의 별개의 해설로는 일단의 긍정이 되지만, 과연 '계'의 현어 '시내'가 씨의 설대로 '실개→실애→시내'의 순으로 성립되었는가 하는 문제와[8], '서라벌'의 제종차자(諸種借字)가 이러한 두 단어의 합성으로써 군색(窘塞)한 설명을 필요로 하느냐 하는 문제에 이르러서는 곧 수긍되지 않는 것이다. 더구나 신라의 원의해명에 있어 중요한 열쇠가 되는 그 발상지는 엄연히 '사로국·사양부·서라벌'이라는 동일지역이요 '사포'(沙浦)가 아니라는 점에 우리는 먼저 착안해야 되는 것임을 생각할 때, 전 씨의 설은 무리한 천착과 부질없는 부회(附會)에 지나지 않는다고 하겠다. 또 하나는 '경'(京)의 훈 '서울'이 '싀블→셔블→서울'의 순서로 음전된 것이요, 그 '싀블'은 '徐伐'로 기사(記寫)되고 그 '徐伐'은 '徐羅伐'의 'ㄹ'음 탈락현상임은 고문헌에 명료한 일련의 증거가 있는데도 불구하고,[9] 전몽수 씨는 《삼국유사》에 '徐伐'이 '셔블'의 표사(表寫)임을 말했어도 '新羅·斯盧'는 도저히 '셔블'이라 읽을 수 없다고 해서, 이

를 '협곡'(峽谷)이라 하고 '계'(溪)의 훈 '시내'를 '실내' 곧 '곡천'(谷川)에서 온 것이라 하였다.

8) 김용국(金龍國) 씨는 "조선동리명소고"(朝鮮洞里名小考)(《춘추》4권 8호)에서 현존 동리명 중 '천'(川)자와 '포'(浦)자가 붙은 동명 중에는 '천'을 '개'로, '포'를 '내'로 읽는 곳이 하나도 없음을 지적하고 '실개 → 실애 → 시내' 설을 부인한 다음 '개'〔포〕와 '내'〔천〕는 원래부터 이음발전(異音發展)한 것이라고 하였다.

9) 國號徐羅伐又徐伐 今俗訓京 字云徐伐以此故也 (三國遺事 赫居世王)
셔봀使者롤꺼리샤 [憚京使者] (龍飛御天歌 十九)

'서벌→서울'설을 가벼이 부정하였다.10) 이는 대개 '서라벌'을 '곡천원'으로 해독하는 씨의 논조를 위해서는 부득이한 일이라 하겠으나, '서벌'과 '서울'의 관계는 그렇게 쉽사리 부정될 것이 아니니, 이에 대해선 후장에서 다시 언급하기로 한다.

양주동 씨도 신라의 원의 해명에 있어 그 원음형을 '서라벌'이라 보았으나, 씨는 그 '서라벌'을 '시너벌'이라 해독하고 그 어의를 '동천원'(東川原) 곧 '동쪽 땅에 있는 나라'라고 하였다.11) 양주동 씨는 '斯羅·斯盧·新羅·尸羅' 등을 모두 '시너'의 음사(音寫)로 보고 그 '시너'의 '시'는 '동'(東)의 고훈, '너'는 '천(川)·토(土)·방(方)'의 의(義)라 하여 '시'의 용례로 '샛ㅂ롬'〔동풍(東風)〕·'새쪽'〔동방(東方)〕의 현존어를 인증하였고, '시너'의 '너'는 내〔천〕의 원의로부터 지방(地方)의 의로 전(轉)한, 흔히 지방에 '양'(壤) 자로 기사되는 고어라 하여, '故國川王 國川亦曰國壤'이라는 《삼국유사》'왕력'(王曆)을 인용하였다. 또, 이와 같은 씨의 견해는 '서라벌'을 '동천원·동토'의 뜻으로 논단하였을 뿐 아니라, '계'(溪)의 훈 '시내'도 그 원의는 '동천'(東川)으로 '원'(園)을 '동산'(東山)이라 훈(訓)함과 일치한다는 결론에 도달하였다.12) 그리하여, 씨는 '시너'란 일어(一語)를 삼단(三段)에 나누어, 첫째, '동토(東土)·동천(東川)'을 뜻하는 보통명사, 둘째, 특정 지명·국명으로 고정된 고유명사, 셋째, 그로부터 의전(義轉)된 '부곡(部曲)·향(鄕)'의 의로서의 보통 급(及) 고유명사가 있다 하고, 그 '시너'는 '시골'(시골)과 마찬가지로 '동토'의 의에서 '향'의 의로 전(轉)한 것인데 중고(中古)에 폐어화(廢語化)하고, '시골'만이 '향'의 훈으로 유존(遺存)된 것이라 하여, '사로·신라'의 동어이사(同語異寫)

---

10) 전몽수, 전게 논문.

11) 양주동, "사뇌가석주(詞腦歌釋註) 서설(序說)," 《문장》 2권 6호.
   양주동, 《조선고가연구》(朝鮮古歌研究) 서설(序說) 사뇌가(詞腦歌).

12) 仝 전게서(前揭書)

인 ‘사뇌’(詞腦)도 ‘시니’로 읽은 다음, 거기는 ‘동토고유(東土固有)의 노래’와 ‘향가’(鄕歌)라는 두 뜻이 있다고 하였으며, 신라 건국의 발상지도 ‘동천원’이라는 작은 부락에서 비롯된 것이라고 추단(推斷)하였다.13)

양주동 씨가 신라의 원음형을 ‘서라벌’에 두고 그 원의를 음독에서 찾은 것은 전몽수 씨의 경우와 마찬가지로 당연한 출발이었으나, 그 원음형의 음독을 ‘시니벌’이라 하고 따라서 그 원의를 ‘동천원’이라 본 것은 수긍할 수 없는 많은 난점이 있다. 첫째, ‘徐羅伐’을 ‘시니벌’로 읽어야 하느냐의 문제이다. 신라 국호 음사에 차자된 11종 중 ‘서벌’을 제하고 나머지 10종의 둘째 음절 첫소리를 현음(現音)에 준해서 분류해 보면 ‘ㄴ’행음(行音)이 ‘나’(那) 일자(一字)로서 1종, ‘ㅇ’행음이 ‘야’(耶) 일자로서 1종이다. 그러나, 고구려 오부(五部)의 하나인 ‘순노(順奴)’가 ‘순루(順婁)·순나(順那)’로,14) ‘가락(駕洛)’이 ‘가나(駕那)·가라(加羅)·가량(加良)·가야(伽倻)·구야(狗邪)’로도 기사된 것을 보면,15) ‘나(那)·야(耶)’가 다 ‘ㄹ’행음으로 차자된 것을 알 수 있다. 이로써 보면, ‘서라벌’의 원음형은 각 음절의 첫소리가 ‘ㅅ·ㄹ·ㅂ’으로 일관된 차자로 가졌다고 하겠다. 양주동 씨가 사뇌가 역주의 첫 착수로 그 어원고구를 시작함에 있어 ‘사뇌’(詞腦)와 ‘사로’(斯盧)를 동격으로 본 것은 좋았으나, 신라의 원의를 먼저 그 국호의 차자례

---

13) 동 전게서
14) 신채호(申采浩) 씨는 ‘조선사연구초(朝鮮史硏究草)’에서 이 ‘순노(順奴)·순루(順婁)·순나(順那)’를 ‘동부(東部)’라 해함에 몽고에 ‘동(東)’을 ‘준라’라 한다고 하였다.
15) ‘가락(駕洛)·가야(伽耶)·가나(呵囉)’(三國遺事), ‘가락(伽洛)·가야(伽耶)·가야(加耶)·가량(加良)·가라(加羅)’(三國史記), ‘가야산(伽耶山)’(慶尙道地理 星州牧), ‘가락(駕洛)·가야(伽耶)·가나(駕那)·가라(加羅)·가라(駕羅)’(我邦疆域考 弁辰), ‘구야(狗邪)’(魏志) 등의 기록이 보인다. ‘구야’의 ‘야(邪)’는 ‘야(耶)’의 본자(本字)이다.

(借字例)에 중점을 두지 않고 '사로'보다는 '사뇌'와의 유연(類緣)이 더 깊은 '사내'(思內)에 더 중점을 두어 그 현음 '늬'에 집착함으로써 '내 (內)・내(乃)・내(奈)・나(那)・뇌(惱)・노(奴)' 등을 인례(引例)하여 '詞腦・思內' 내지 '斯羅・新羅'를 모두 '식늬'로 읽었다는 것은 실수가 아니면 안 된다. 물론 'ㄴ'과 'ㄹ'은 음운이 상통하므로 '식늬'란 음독 이 불가능한 것은 아니지만, '서라벌'의 '라(羅)'음은 'ㄴ'행음 차자가 아니요 도리어 'ㄹ'행음이라는 예증을 우리는 손쉽게 잡을 수 있기 때 문이다. 더구나 씨가 '늬'음으로서 인용한 '內・乃・奈・那・奴・惱' 따위는 모두 받침 아래서 'ㄴ'행음으로 발음되는 것이기 때문에 기실 그 원음은 '리'로 볼 수 있는 것들이다.

　　　國內州一云不耐或云尉郡邑城 (三國史記 地理 四)

　　　谷城郡本百濟欲乃郡 (三國史記 地理 三)

　　　帶方州六縣……軍那本屈奈 (三國史記 地理 四)

　　　貫那于台彌儒桓那于台菸支留 (三國史記 高句麗本紀)

　　　黑壤郡本高句麗今勿奴郡 (三國史記 地理 二)

　　　穀壤縣仍本高句麗伐奴縣 (三國史記 地理 二)

　　　故國川王國川亦曰國壤 (三國遺事 王曆)

　이로써 보면 '천'(川)의 원음도 'ᄀᆞᄅᆞ'[강(江)]・'ᄂᆞᄅᆞ'[진(津)]의 'ㄹ'에서 보는 바와 같이 'ㄹ'행음이나 두음(頭音)과 받침 아래서만 'ㄴ' 또는 'ㄹ→ㄴ'행음으로 발음된 듯하다. 16) '내(內)・뇌(惱)・뇌(腦)・ 천(川)'자도 '리'로 읽을 수 있는 논거도 명확하게 나타나 있다.

────────────

16) 신채호 씨는 "조선사연구초"에서 '라'는 '천'(川)의 의라 하였다. 참고삼아 지 적해 둔다.

使內〔바리〕 (吏讀集成)

使內如可〔바리다가〕 (吏讀集成)

泗川〔사래〕 (英陽新泗洞)

東泉寺在詞腦野北 (三國遺事 新羅始祖)

思內一云詩惱樂 (三國史記 樂志)

　이상으로써 우선 '徐羅伐'을 '시니블'이라고 음독하는 것부터 가까운 것을 버리고 먼 것을 취하는 견강(牽强)의 무리가 있는 것이다.

　둘째, 양주동 씨는 '시니'가 '향'(鄕)의 의로 전하여 사용되던 것이 중고에 폐어화하였다고 했는데, '시니'가 '향'의 의로 쓰인 예는 명시되지 않았으니 하나의 억측에 불외하게 되었다. '싀골・스굴'〔향(鄕)〕의 원형은 '스ᄀᆞ볼'[17]인데, '스ᄀᆞ볼'이 '향'의 의라 해서 '시니블'도 '향'의 의라고 할 까닭이 뚜렷하지 않기 때문이다. '덕사내(德思內)'・'석남사내(石南思內)'의 '사내(思內)'와 '금천향(今川鄕)'・'생천향(生川鄕)'의 '향'과 결부시켜 '사내' 곧 '시니'가 '향'의 의임을 주장하였으나, '사내'의 용례는 대개 가악명(歌樂名)에 쓰였으니, 지명 아래 '사내'를 붙임으로써 남도소리, 서도소리 하는 유의 '○○지방 가악'의 뜻으로 썼음을 볼 때 '사내'・'시니'에도 '향'의 의를 따로 찾을 수는 없는 것이다.

德思內 河西郡樂也

石南思內 道同伐郡樂也 (三國史記 樂志)

　'시니'가 '향'의 의로 전함을 억단하다면, 다음과 같은 커다란 모순에 봉착하는 난점이 있다. '서울'의 고어 '서블'은 '徐伐'에서 오고 '徐

---

17)　스ᄀᆞᄫᆞᆯ軍馬를 이길쎠 (克彼鄕兵) (龍飛御天歌 三十五)

伐'은 구경 '徐羅伐'의 준말인데, '徐羅伐'을 '식니벌'이라고 읽고 그 '식니'가 '시골'의 의로 전하였다고 한다면, 같은 '식니벌'에서 '식니' 는 '시골'[향], '식벌'은 '서울'[경]이라는 정히 대차(對遮)되는 두 개 의 단어가 생겼다는 결론에 이르기 때문이다. 이로써 보면 '서라벌'에 는 '서울'이라는 의전(意轉)의 근거는 있으나 '시골'이라는 뜻은 없다 는 것을 알 수 있다.

셋째, 양주동 씨는 '徐羅伐'을 '식니벌'이라 읽고 그것을 '동천원'이 라고 해하였기 때문에, 신라 건국의 발상지를 '동천원'이라는 막연한 곳에 추정했으나, 신라의 발상지는 '동천원'이라는, 고사(古史)에도 보이지 않는 막연한 곳이 아니요, 실로 변진십이국(弁辰十二國)의 하 나인 '사로국'(斯盧國)의 고지(故地)에서 발상한 나라며, 진한육촌(辰 韓六村)의 하나인 '사량부'(沙梁部)에서 발전된 나라이다. 인하여 사 량부[고허(高墟)]는 왕경(王京)이 되고 소벌(蘇伐) ― 사량부 ― 씨는 신라 건국의 중심이 된 것이니, 어원적으로 봐서 그것은 현금(現今) 경주시(慶州市) 사정리(沙正里) 일대에 비정된다. 사정리(沙正里)는 스벌로 사량부(고허) 소벌의 유흔(遺痕)이 남아 있기 때문이다. 더 자세히 캐 보려면 그 발상지역은 문헌에도 보이는 '사뇌야'(詞腦野) 부근에서 찾을지언정 '동천원'이라는 막연한 곳에 추정할 수는 없는 것이다. 이에 대해서는 다시 논급하기로 한다.

3. 지명에 보이는 '新羅' 유음(類音)

앞의 이장(二章)에서 필자는 신라 국호 표기의 다양성을 예거(例 擧)하고, 그 원의의 구명을 위해서는 먼저 그 유음의 해부에 착안할 것을 지적한 다음, 이에 대한 제설을 비판함으로써 그러한 유음의 원 음형 '서라벌(徐羅伐)'의 각음절의 첫소리는 'ㅅ·ㄹ·ㅂ'이라는 것을 제시하였다. 이제, '新羅'의 원음형과 동계(同系)의 지명을 냉정히 해부하여 그 원의를 구명하기 위해서, 필자는 2·3의 예로써 속단하는 부회의 기(譏)를 피하고자 우선 '新羅'의 원음형 '徐羅伐'에 'ᄉᆞᄅᆞ벌'이란 이름을 붙여 사용하기로 한다.

우리의 고금문헌과 현존하는 우리말 지명 속에서 주로 이 'ᄉᆞᄅᆞ벌·ᄉᆞᄅᆞ'계의 국명·지명을 조사함으로써 다음 장에 논급할 그 표기례의 변화법칙과 동어이사(同語異寫)의 원의 해명의 기초를 삼으면 다음과 같다.

먼저, 신라 국호의 원형인 'ᄉᆞᄅᆞ벌'계의 국명을 고문헌에서 찾으면, '사로국(斯盧國)'·'사로국(馴盧國)'·'사량벌(沙梁伐)'·'소라국(召羅國)'·'속로불사국(速盧不斯國)' 등이 있다.

斯盧國 (弁辰十二國의 하나, 新羅가 여기서 비롯됨) (魏志)

馴盧國 (馬韓五十餘國의 하나, 뒤에 沙尸良縣·沙羅縣·新良縣-黎陽) ('魏志', '郡縣沿革表', '三國史記')

沙梁伐(一云沙伐沾解王時取沙伐國爲州 景德王改名尙州) (三國史記 地理志)

召羅國(安東府界內府東北一百二十里有春陽廢縣南十里有召羅國舊址) (旅庵全書 卷六)

速盧不斯國 (魏志)

다음, 'ᄉᆞᄅᆞ'계의 산명·지명을 《동국여지승람》(東國輿地勝覽)에서 찾으면 엄청난 숫자에 달한다.

沙 羅(洪川·咸安)·沙羅岳(濟州)
紗羅鄉(海南)·紗羅池(星州)

舍羅縣(慶州)

沙梁伐(尙州)・沙梁部曲(水原)

沙良村部曲(機長)・沙良渚處(槐山)

沙於鄕(寶城)・沙於谷部曲(光陽)

沙里院(鳳山)・沙里驛(慶州)

簑衣島(熊川)

新　良(洪州)

新羅峴(奉化)

新蘆驛(黃州)

新禮院(新昌)

新路嶺(三水)

所羅山(楊州)・所羅洞嶺(三水)

所耶江(星州)・所耶川(聞慶)→살내・숫골다리(所耶橋)

召羅縣(黃澗・林川)・召羅部曲(安東・順天)

所也院(慶州・仁同)

松羅驛(淸河)・松羅灘(尙州)

所利山峴(沃川)

所里山(安州)・所里島(順天)

所衣山(加平)

所伊山(沔川・興陽・鳳山・伊川・丹陽・文義・黃澗・醴泉・鐵原・金化・星州)

召爾院(茂州)・召爾津(錦山・茂朱)

召伊山(黃澗)

率伊山城(淸道)

率已山城(淸道)

蘇來山(仁川)

秀羅山(孟山)

修理山(廣州・果川・安山)

首爾忽(通津)

述尒忽(坡州)

愁伊島(仁川)

愁訖島(南陽)

愁歇院(稷山)

就利山(公州)

乘利院(榮川)

失號嶺(碧潼)

施利驛(端川·利城)

施　里(利城)

時　利(利城)

辛尒山縣(宜寧)

辛來峯(平海)

實於山縣(務安)

實惠山(密陽)

　이 밖에도 《동국여지승람》에는 이 '스ᄅ'계의 전음(轉音)·약음(略音)이 무수히 있으니, '수리'로 해독해야 할 '거현(車峴)·거홀(車忽)·거성(車城)·거첩(車帖)·거의원(車衣院)' 등 '거'계 지명이 32종, '취산(鷲山)·취령(鷲嶺)·취성(鷲城)·취암(鷲岩)' 등 '취'계 지명이 24종이 있으며, '스ᄅ'의 전음으로 '시루'의 훈차인 '증'(甑)계가 '증산(甑山)·증원(甑院)' 등 24종이 있다. 이 밖에도 '치술령'(鵄述嶺 — 慶州)[18]은 '수리재', '속리산'(俗離山)[19]은 '소리뫼'로 읽을 것이요, '상'(上)의 고훈(古訓)이 '수리'[20]이니, '상곡(上谷)·상홀(上忽)·상주

---

18) '치'(鵄)의 훈은 '수리', '술'(述)의 음은 '술'이니, '치술'은 '술'의 훈음중차(訓音重借)이다.

19) '속리(俗離)'는 '소리'의 음차이다. 이에 대해서는 이병도(李丙燾) 씨도 "고려삼소(高麗三蘇)의 재고찰(再考察)"〔《조선일보》(朝鮮日報) 강진(康辰) 6·16〕에서 지적하였다.

(上州)·상산(上山)' 등 '수리'의 훈차 '상'(上) 계가 64종이나 된다. '스르'의 약음 '솔'의 훈차 '송'(松) 계가 '송산(松山)·송현(松峴)·송악 (松岳)' 등 127종이 있고, '솔'의 음차인 '소을(所乙)·소흘(所訖)' 등 이 10종이 있으며, '스르'의 약음 '술'의 음차인 '술'(戌) 계가 3종, '스 블'의 전음 '수불'의 훈차인 '주'(酒) 계[21]가 13종이 있다. '성량현'(省良 縣)과 '성산'(省山)도 각기 '소라'와 '솔뫼'요, [22] '정산(鼎山)'[솟뫼]은 '소로뫼→솔뫼→솟뫼'로 변전된 것이며, '탄산(炭山)'[숫뫼]은 '수리뫼 →술뫼→숫뫼'로 변전된 것이라 볼 것이다. 이 밖에 '소산(所山)·소 산(蘇山)·우산(牛山)' 등도 대개 '소로뫼·솔뫼'의 약음 '소뫼'이니, 문헌에 증거가 있다. [23] 이렇게 찾아 들어가면, 이 계통의 지명은 우 리나라 지명[산천(山川)·군현(郡縣)·역원(驛院)·사사(寺祠)·봉수 (烽燧)] 중 빈도에 있어서 일류로 굴지(屈指)될 수 있는 다수임을 알 것이다. 그와 같은 다수의 빈도를 가진 이 계통의 지명은 그 근원에 있어서 어떤 공통점을 가졌는가, 이의 해명이 곧 신라원의(新羅原義) 의 초점이 될 것은 자명한 일이다. 그러나, 그보다도 먼저 우리가 간 파할 것은, 이렇게 많은 유음지명은 '식너블'이나 '식벌'이 아닌 'ㅅ'+ 'ㄹ'형이 그 기본형임을 보이는 점이다. 따라서, 그 원의도 '동천원(東 川原)'[또는 곡천원(谷川原)]·'신국(新國)'의 의(義)가 아닌 별개의 것 이리라는 사실이다.

---

[20] 上忽一云車忽(三國史記 地理志), 車城縣本高句麗上(一作車) 忽縣(三國史記 地理志)

[21] 양주동 씨는 '술'[주(酒)]의 나어(羅語)가 '수블·수볼'임을 '각간'(角干 — 뿔 한)을 '주다'(酒多 — 수블한)으로 설명한 것으로써 알 수 있다 하였다. '酒多 後云角干'(三國史記 祇摩尼師今), '酒曰酥孛'(鷄林類事)

[22] 省峴俗號所乙峴是也(文獻備考 卷7), 省솔○如梳省馬省之省 (吏讀便覽)

[23] 方言呼省爲所所或作蘇……所又轉爲所乙(文獻備考 卷七)

　다음으로, 현존지명에서 이 '스ᄅ'계 지명을 찾아보면 이 또한 상당한 수에 오르는데, 그 거개(擧皆)가 '사래'요, 그 전음이 약간 있다. 더구나 주목할 것은 그 지명들이 전게한 고지명(古地名)의 유서(由緒)와 관계가 있지 않으면 그 현 한자명이 모두 차등(此等) 산천명과 한 근원에서 나온 전의(轉義)를 알려 주는 의역(意譯)들이라는 점이다.[24]

　　사래〔泗川〕(英陽)
　　사래〔沙伐〕(尙州)
　　스래〔京場里〕(沃溝)[25]
　　한사래〔大位洞〕(沃溝)
　　사랑이〔沙村里〕(南原)
　　사오랭이〔沙村洞〕(任實)
　　수레골〔水落山〕(楊州)
　　살내 (聞慶) 시루봉, 숫골다리(所耶橋) 併存

　여기 인용된 지명들이 음으로서는 '스ᄅ'계의 전음임이 무의(無疑)하지만 그 한역자(漢譯字)의 다기(多岐)에 의아(疑訝)하기 쉬우나, 이들 용례는 실로 신라 원의(原義)의 해명에 가장 중요한 논거가 된다는 사실을 지적한다. '수리재'〔거(車)·취(鷲)·상(上)〕와 '시루봉'〔증(甑)〕을 가장 보편형으로 하는 지명이 근역도처(槿域到處)에 현존

---

24) 문헌에 이 '스ᄅ'계의 고지명(古地名)을 가진 고을에는 어디나 다 현 우리말 지명에 '사래'계가 잔존(殘存)한다. 尙州(沙伐)의 '사래', 淸道〔蘇山 ― 솔이 산(率已山)〕의 '사래'가 그 일례이다.

25) 김용국(金龍國) 씨가 전게 논문에서 졸고(拙稿) "신라의 원의와 사뇌가에 대하여"(《춘추》 4권 1호)에 언급한 다음, 필자의 연구를 위하여 특히 지적해 준 자료이다.

86

하는 것은 앞의 예로도 알겠거니와 그것들은 언제나 그 마을의 '주산'(主山) 또는 '고봉'(高峯)에 해당하는 것임을 알 수 있다. 이에 비해서 현존지명 중 '스르'계 지명으로 가장 많이 산견(散見)되는 '사래'는 그 이름의 유래가 거개가 고대 '신역'(神域)·'신전'(神田)의 잔형인 '신림'(神林)·'위토'(位土 — 祭需畓) 등이 있음으로 해서 생긴 이름이란 것이 주목에 값한다.26) 적어도 필자가 조사한 '사래'계 지명은 이 원칙에서 벗어남이 없었다. 특히 '沙伐'의 '사래'는 그 '사벌'이 '사량벌(沙梁伐)'의 약음인 것으로 봐서 그 원형 '사량벌'의 '스르'가 이 '사래'와 상통한 근거를 볼 수 있으며, '사래'의 변형 '스래'를 '경장리'(京場里)라 함에서 보는 바와 같이 이 '스르 - 사라(斯羅)'가 '경'(京)의 의로 쓰인 예는 '서라벌'의 약음 '서벌'이 '경'의 원어가 되는 동시에 '서라'(徐羅)가 또한 '경'의 원어가 되는 다른 근거를 보이는 것이다. '스불'과 '스르'는 동출일원이기 때문에 '경'으로 의전됨을 이로써 알 수 있다. '한사래'〔대위동(大位洞)〕는 '위토'(位土)의 '位'가 있는 점에서 앞의 '사래'와 동조(同調)요, '사랑이'·'사오랭이'의 '사촌'(沙村)은 '사벌'(沙伐)·'새벌'의 의(義)인데 음이 또한 '사래'와 통하는 것이다.

이상으로써 '서라벌'의 원의와 '徐伐 = 斯盧'의 관계 및 '徐伐 = 斯盧 =京'의 관계는 그 단서와 윤곽을 약출(略出)한 바 있거니와, 필자는 앞에 인용한 이들 고금지명의 상호관계를 분석함으로써 '신라'의 원음형인 '서라벌'의 변화법칙과 원의의 전성근거(轉成根據)를 파악하려고 한다.

---

26) 《조선말 큰사전》(미간분)에는 '사래들'을 '사래논 또는 사래밭이 있는 들'이라 하고 '사래'에는 '사래논'을 '사래 묘지기나 마름이 보수(報酬)로 부쳐 먹는 논, 도지 없이 부쳐 먹는 논'이라 주석(註釋)되어 있다.
지금 남아 있는 '사래'에는 '사래논'·'사래밭'은 없이 이름만 남은 것이 많지만, 자세히 알아보면 그 지명에는 반드시 '사래들'이 있은 자취가 남아 있다.

4. 신라 국호 표기의 변화

신라 국호의 원음형(原音形)은 앞에서 누언(累言)한 바와 같이 '스
ᄅ벌'〔斯盧國·徐羅伐〕이다. '스ᄅ벌'의 '벌'이 탈락한 것이 '스ᄅ'〔斯
羅·斯盧·新羅……〕요, 'ᄅ'가 탈락한 것이 '스벌'〔徐伐·沙閥·蘇
伐……〕이다.

國號徐羅伐又徐伐 (三國遺事 赫居世王)
沙梁伐一云沙伐 (三國史記 地理志)
二曰突山高墟村長曰蘇伐都利……是爲沙梁部
蘇山縣本率已山·縣 (三國史記 地理志 一)
東平縣本大甑縣[27] (三國史記 地理志 一)

그러므로, 전장(前章)에서 열거한 '스ᄅ'계 지명은 어느 것이나 다
신라 국호의 차자로 혼용될 수 있는 성질의 것이니, 신라의 발상지는
'사로국'(斯盧國)인데 뒤에 '사량부'라고도 기사되었고, 마한의 일국인
'사로국'(馴盧國)은 뒤에 '신량(新良)·사라(沙羅)'로 개명되었으며,
그 '신량'은 신라 국호의 차자로 사용되었기 때문이다(1장 참조). 이
로써 보건대, 그 다양한 기사의 기저에는 일관하는 원음형이 있음을
알 수 있으며, 그러한 불변의 원음형은 원의(原義)의 불변성의 기초
가 됨을 알 수 있는 것이다. 그 원의에 대해서는 다음 장에 밝히겠거
니와 그보다 앞서 신라 국호 표기의 변화하는 법칙을 찾음으로써 본

---

27) '동'(東)의 고훈은 '시'요, '평'(平)은 고지명(古地名)에 '평'(坪)으로 통하는
바 '평'(坪)의 훈은 '벌'이다. '증'(甑)의 훈은 '시루'니, '시루벌'이 줄어서 '새
벌'이 된 예다.

론의 기초로서의 총정리에 들고자 한다.

　신라의 원음형 '亽른블'은 '亽른'와 '亽블' 양계(兩系)에 대분되고, 그 중간에 '른블'계가 위치한다. 이제, 이 양계의 지명 기사(記寫)에 차자된 한자를 편의상 현 속음을 표준하여 이두법으로 분류하면 다음 과 같다(※ ' '표는 신라 국호로 표기된 것 또는 그와 직접 관계 있는 지 명이다).

　　　■ '亽른'系
　　　• 사라系: '斯羅'・沙羅・紗羅・舍羅・舍那28)・沙良・沙也29)・'沙梁'
　　　• 사래系: 詞腦・思內・泗川・沙川・薩川
　　　• 사리系: 沙於30)
　　　• 사로系: '斯盧'・馴盧
　　　• 사리系: 沙里
　　　• 새라系: '新羅'・新良'
　　　• 새래系: 草川31)・東萊
　　　• 새례系: 新禮
　　　• 새로系: '新盧'・新蘆・新路
　　　• 서라系: '徐羅'・'徐耶'・'徐那'
　　　• 서래系: 西川
　　　• 서로系: (捷盧)32)
　　　• 소라系: 召羅・所羅・所耶・所也・松羅・㙜下

28) '사나(舍那)'는 '亽른'의 음차, 사명(寺名)에 사나가 많은 것은 亽른의 차자 에 '비로사나(毘盧舍那)'의 '사나'를 부회한 것이다.

29) 知良闍尸也〔알아세라〕(請佛往世歌)

30) 통음차(通音借) '러'

31) '초'(草)의 고훈은 '새'다. '萬理 橋ㅅ西 녀러 호새지비로소니.'〔萬里橋西一草 堂〕(杜詩諺解 七)

32) 마한의 일국, 'ㅅ・ㅊ'호전(互轉)의 예, '첩로'(捷盧)는 '서로'(棲盧)의 오(誤) 인지도 모른다.

- 소래系 : 蘇來
- 소로系 : 逍遙(素倫・索倫・蘇塗) 33)
- 소리系 : 所利・所里・所伊・所衣・召爾・率已・率伊・俗離・(楚離) 34)
- 수라系 : 秀羅・水洛・水落
- 수래系 : 述川
- 수로系 : 首龍
- 수리系 : 修理・述爾・首爾・首泥・愁伊・車衣・鷲山・鵄述・上山・就利35)
- 스래系 : 京場・大位
- 스리系 : 乘利
- 시라系 : '尸羅'
- 시래系 : 匙川・辛來・絲外・絲川36)・失乃37)
- 시러系 : 實於
- 시례系 : 實惠
- 시로系 : 失號 시ㅁ (城)
- 시루系 : 甄山
- 시리系 : 時利・施利・施里

---

33) '소륜(素倫)・삭륜(索倫)'은 공히 '소론'(Soln), 만몽어(滿蒙語)의 음사 '소도'(蘇塗)는 '소로'의 전와(轉訛). (후장 참조)
34) 마한의 일국, 'ㅅ・ㅊ'호전의 예 '소리'의 별사(別寫)다.
35) 'ㅅ・ㅊ'호전의 예. '취(鷲)'훈 와차(訛借)다.
36) '사천'(絲川)은 《동국여지승람》에 의하면 동래(東萊)에 있다. 동래의 지명 동래는 '시리', '사천'의 훈도 '시래'다. '東萊本居柒山郡'(三國史記 地理志 一)을 보면 '거칠산'(居柒山)은 '살뫼'인데, 동래에는 '내산'(萊山)도 있으니, '스ㄹ뫼'와 그 약음 '술뫼'가 공존했을 뿐 아니라 '동래'의 훈 '시리'가 거기서 유래한 바 그 원형임을 보여 준다.
37) '薩川谷……方言聲轉今爲失乃'(世宗實錄 地理 慶尙 晋州)

■ ‘스르’의 略音·轉音系〔주 38)·39)·40) 참조〕
• 솔 系：所乙·所訖·松·省
• 솟 系：鼎山·聳山·突山·湧州38)·所叱達·所叱堂
• 술 系：戌山39)·匙山·酒城院·愁歇·愁訖
• 숫 系：炭山〔주 38) 참조〕·雄城

■ ‘스’ 系
• 사 系：沙峴·私峴·泗州·斜院
• 새 系：草院·鳥嶺·新川·薪城山40)
• 서 系：西州·瑞城
• 소 系：所山·蘇山·召浦·小川·牛山
• 수 系：愁州·水山·遂州·隋城·守山·隨川·藪川·燧院
• 시 系：匙山·屎山

■ ‘르’ 系〔주 41)·42)·43)·44) 참조〕
• 라 系：梁山·羅峴·洛山寺
• 래 系：來山·萊山〔주 36) 참조〕·牢山·磊城山
• 러 系：礪山
• 로 系：魯山·盧山·爐山·緣山·遼山41)
• 루 系：淚坪

<hr>

38) ‘築炭項關門今湧州’(三國史記 地理志 二). ‘탄산’(炭山)은 ‘숫뫼’로 볼 것인데 ‘湧州’로 개칭되었으니 ‘용’의 훈 ‘솟’으로 봐서 ‘炭山’〔숫뫼〕도 동의임을 알 것이다.
39) ‘戌城縣本高句麗首尒忽’(三國史記 地理志 二)를 보면 ‘술산’(戌山 — 술뫼)가 ‘수리뫼’의 약임은 무의(無疑)하다.
40) ‘초’(草)·‘조’(鳥)·‘신’(薪)·‘신’(新)의 훈은 공히 ‘싀’이다.
41) ‘요산’(遼山)은 ‘수산’(遂山)이니, ‘스뫼’·‘르뫼’공존형이다(《동국여지승람》 참조).

• 리 系 : 利山[42] · 蘿山[43] · 理州[44] · 梨嶺院

■ '르불' 系[45]
• 라벌 系 : 洛平
• 라불 系 : 蘿蔔
• 라불 系 : 蘿坪部曲
• 루불 系 : 涙坪
• 리발 系 : 離鉢山

■ '스불' 系
• 사발 系 : 沙巴乙
• 사벌 系 : 沙伐 [46] · 沙火 · 沙坪 · 沙平
• 사불 系 : 沙伏忽 [47]
• 사불 系 : 沙弗國 · 四佛山 · 沙邑 · 沙阜院
• 새벌 系 : 新別 · 新平 · 柴院
• 새불 系 : '鳩林' · '鷄林'
• 서벌 系 : '徐伐'
• 서불 系 : 西火
• 소벌 系 : '蘇伐' · 鼎足山
• 시불 系 : '始林'

---

42) '利山縣本所利山縣'(三國史記 地理志 一). 소산(蘇山 ― 소뫼)이 솔이산(率已山 ― 소리뫼)의 약임에 반(反)해서 이산(利山 ― 리뫼)는 '소리뫼'의 다른 약음형이 무의(無疑) 하다.

43) '살산'(薩山 ― 리뫼)는 양양(襄陽)에 있으니, 유명한 '낙산사'(洛山寺)도 이에 유래한 '르뫼'의 차자일 것이다.

44) '이주'(理州)는 '이산'(理山)에 있으니, '르뫼'의 변형 '리뫼'에서 유래한 이름이다.

45) 소뫼〔소산(蘇山)〕가 '스르'의 약, '리뫼'〔이산(利山)〕가 '스르'의 약이요, '스르'나 '스불'이 '스불'이 '스르불'의 약이듯이 '르불'도 '스르불'의 약이다.

이상의 분류를 종합하여 그 변화법칙을 체계 세우면, 다음과 같은
일목요연한 도표를 만들 수 있을 것이다.

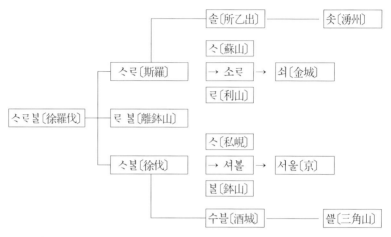

(※ 괄호내의 한자는 그 음을 기사한 문헌상의 일례이다.)

'ᄉ볼계'도 'ᄉ'와 '볼'의 양계로 나눌 수 있으나, 'ᄉ'계는 'ᄉᄅ'계의
'ᄉ'지명과 같은 것이요, '볼'계는 그 지명에 있어서 'ᄉᄅ'계 전(全)지
명을 압도하는 다수로써 개별의 계통을 세우고 있기 때문에, 번잡을
피하여 여기서는 열거를 생략하였다.

이 'ᄉᄅ'계 지명 전체 속에서 가장 빈도가 높은 것은 'ᄉᄅ - 솔'계
와 '수리 - 술'계이니,[49] 'ᄉᄅ볼'의 원의해명은 이 두 계의 지명에 먼
저 착안해야 할 것은 당연의 세(勢)라고 할 것이다.

---

49) 《동국여지승람》에 의하여 이 'ᄉᄅ계' 지명 중에서 '소·ᄅ계' 지명을 대강 집계
하면 227처, '수·ᄅ계' 지명이 153처가 보인다. 이 숫자는 본고의 분류표에
인용한 지명만을 섭렵한 것이요, 지명상호간의 관계를 구명하여 통계한다면
훨씬 많은 숫자를 보일 것이다.

5. 신라 국호의 원의(原義)

서상(敍上)한 바 4단의 전개로써 이제 신라의 원의를 구명할 계제에 도달하였다. 신라 국호 표기의 다양성은 그 원음형이 '스르블' 곧 'ㅅ'+'ㄹ'+'ㅂ'형이니, 앞에서 필자가 이를 '스르블'이란 막연한 기사로 표시해 온 것은 1, 2의 예로써 속단을 피하고, 그러한 유음(類音)을 객관적으로 고찰하려는 의도에서 취한 편의적 방법이었다. 그 '스르블'의 복잡한 분기(分岐)에 불구하고 동일한 의취(意趣)를 지닌 것은 특히 3, 4에서 간득할 수 있었거니와, 그 원음형과 원의형을 구극적(究極的)으로 말한다면 다음과 같다.

'스르블'의 원음형은 '소로벌' 또는 '수리벌'이다. '스르블'계의 지명에서 빈도가 가장 많은 것이 '소+ㄹ'형과 '수+ㄹ'형이니, '스르블'의 제1차적 분화(分化)인 '스르'·'르블'·'스블'과 제2차적 분화인 'ㅅ'·'ㄹ'·'블', 제1차적 전화(轉化)인 '술'(솔)·'쇠' 내지 '수볼'·'서울', 제2차적 전화인 'ㅅ'(솟)·'쌜'은 그 이면의 공약음(公約音)이 '소로→솔'·'수리→술'로써 대표되어 있다('4.'의 도표 참조).

'스르블'의 원의형은 '상국'(上國)·'고국'(高國)이다. '스르블'계 지명에서 원음형으로 대표되는 '소로벌'과 '수리벌'은 그 '소로'나 '수리'가 다 '상'·'고'의 의(意)이요, 또 '스르블'의 약형이 모두 상·고의 의(義)로 나타나 있기 때문이다.

上忽一云車忽 (三國史記 地理志)

車城縣本高句麗上(一作車)忽縣 (三國史記 地理志)

Soromoto(高竿·聳木) (蒙古語)[50]

---

50) 손진태(孫晋泰) 씨는 그 "소도고"(蘇塗考) (《민속학》4권 4호·《조선민족문

突山高墟村長曰蘇伐都利……是爲沙梁部 (三國遺事 赫居世王)

尙州沾解王時取沙伐國爲州法興王十一年梁普通六年初置軍主爲上州
(三國史記 地理志)

　이로써 '상·고'의 고훈(古訓)이 '소로·수리'임을 알 것이니, 여기
서 주목할 것은 '스ㄹ블'이 '상국'(上國)의 의(義)임을 증거하는 두 가
지 사실이다. '사벌국'(沙伐國)은 '사불국'(沙弗國)이라고도 기사된 것
으로, '사량벌'(沙梁伐)의 이형(異形)(前註)인데, 그 '사벌'을 '상주'(上
州)로 고치고 다시 '상주'(尙州)로 개명한 것은 자형의 변화에 불구하
고, 그 원의인 '상국'은 변하지 않았다는 점이다. 또, 이 '사벌'은 원
형인 '沙梁伐'과 동사(同寫)인 '沙梁部'는 '돌산고허촌'(突山高墟村)으
로 번역되었으나, '突山'은 '숫뫼', '高墟'는 '소로벌'의 훈차에 불외(不
外)하다는 점이다. 그러므로, '사량부'는 '사량촌(沙梁村)'〔소로벌〕이
'사량부'로 된 것이요, '사량촌'의 촌장은 소벌도리(蘇伐都利)인 것이
다. 특히 이 '突山高墟村長蘇伐都利'는 완전히 동어이사(同語異寫)
요, 소벌도리는 직명으로서의 보통명사를 고유명사화한 데 지나지
않는다. '都利'는 '도리'니 장로(長老)의 의(意)로 볼 것이다.
　'스ㄹ블'의 약형 '소로·수리'와 '스블·소벌'이 '상·고'의 뜻임은 위
의 예로도 알 수 있거니와, '스ㄹ블'의 다른 이형 'ㅅ'·'ㄹ' 등이 다
'상·고'의 의임을 밝히는 예증도 있다('4.' 참조)

盧山縣本百濟突山縣

利山縣本所利山縣 (三國史記 地理志 一)

화연구》)에서 '소도'는 용목(聳木)·고간(高竿)을 의미하는 몽고어 Soromoto
및 만주어 삭마(索摩)·삭막(索莫) Somo 등과 동원(同源)이며, So, Soro,
Sor는 모두 용·고의 의(意)리라는 일본 언어학자 백조고길(白鳥庫吉) 씨의
설을 인용하였다.

梨嶺院(高城)

萊山(東萊)

蘇山縣本率已山縣 (三國史記 地理志 二)

戌城縣本高句麗首尒忽縣 (三國史記 地理志 二)

峰城縣本高句麗述尒忽縣 (三國史記 地理志 二)

築炭項關門今湧州 (三國史記 地理志 二)

　다음으로 ‘ᄉᆞᆯᄇᆞᆯ’의 ‘ᄇᆞᆯ’에 대해서 약기(略記)하고자 한다. 이 ‘ᄇᆞᆯ’
은 고지명에 ‘벌(伐)·불(弗)·발(發)·화(火)·원(原)·평(坪)·평
(平)·임(林)·사(沙)·국(國)’등으로 기사되었으니 그 원형은 ‘ᄇᆞᆰ’이
다.[51]　고지명(古地名)에 ‘백(白)·박(朴)·벽(碧)·복(卜)·복(伏)·
복(福)’또는 ‘부리(夫里)·부여(夫餘)·불이(不而)·불내(不耐)·비류
(沸流)·부어(夫於)·비리(比利)·비열(比列)·비리(非里)·비리(卑
離)’등으로도 나타나니, 그 원의는 ‘원(原)·토(土)·국(國)·화
(火)·광(光)·명(明)’이다.

과 같은 체계로 변전된 것이다.[52]　‘ᄉᆞᆯᄇᆞᆯ’의 ‘ᄇᆞᆯ’ 또한 ‘광명’과 ‘국토’

---

51)　최남선(崔南善) 씨는 “불함문화론”(不咸文化論)(朝鮮及朝鮮民族 第一輯)에
　　서 현어(現語) 밝다의 ‘밝’의 원형이 ‘ᄇᆞᆰ’인데, 그의 고의(古義)는 ‘신(神)·천
　　(天)·일(日)’이라 하였다. 씨는 동래(東來)한 상고족(上古族)을 ‘ᄇᆞᆰ족·백족
　　(白族)’이라 부른다.
52)　양주동 씨는 ‘하늘’[天]의 원어는 ‘한ᄇᆞᆯ’[대광명(大光明)·대국원(大國原)]로
　　‘한ᄇᆞᆯ ― 한ᄇᆞᆯ ― 한올 ― 하늘’로 전음된 것이라 하고 ‘ᄇᆞᆯ’의 원형을 ‘ᄇᆞᆰ’으로 봤

의 뜻에서 벗어나지 않는다. 신화학(神話學) 또는 민속학상으로 많은 공통점이 있어서 '부여족'(扶餘族)이리라는 추단을 받는 '은족'(殷族)에 있어서도 '붉'은 촌락의 뜻이라 하는바, 이는 은의 도읍 '훋'〔복〕이 바로 촌락의 뜻인 점으로써53) 알 수 있으며, 금(金)의 수도 '백성(白城)'이나 백제가 모두 붉재〔백성(白城)〕로 전연 동철(同綴)이다. 이로써 국명, 지명의 민속기원설은 더 한층 힘을 얻을 수 있겠다.

이상으로써 신라 국호 원음형 '서라벌·사로국'은 '상국·고국'의 뜻임을 단언할 수 있다. 이 '소로·수리'는 '상·고'의 의(義)에서 일전(一轉)하여 '동(東)·신(新)' 또는 '신(神)·영(靈)'의 의로도 쓰였으니, 이제 남은 문제는 '소로벌·수리벌'이 어째서 '상국(上國)·고국(高國)·동국(東國)·신국(新國)·신국(神國)·영국(靈國)'의 의로 쓰이게 되었느냐 하는 문제와, 거기서 다시 '경'(京)·'성'(城)의 의가 나온 까닭을 해명하는 문제만이 남아 있다.

6. 신라 국호의 기저(基底) 관념

'상국·고국'의 의로서 '소로벌·수리불'의 발생 기반은 먼저 고대인의 신앙과 그에 결부된 제정일치(祭政一致) 시대의 부락 내지 도시의 발전형태에서 파악되어야 할 것이다.

신라가 삼한 시대의 변진(弁辰)의 일국인 사로국의 고지에서 발상

다. 이는 최남선 씨 설을 지지하고 그에 근거한 듯하다.
53) 소천탁치(小川琢治) 씨는 "지나역사지리연구속집"(支那歷史地理硏究續集)에서 Sven Hedin 씨 보고에 의하여 '은(殷)'의 도읍지 '박(亳)'(Bag)의 어원이 '촌락(村落)·동산(東山)'을 의미한다는 것을 지적하였다. '亳'은 '붉'의 전(轉)으로, 그 어의가 우리말 '불'〔불＝리(里)〕과 일치한다〔신강성준갈리어(新疆省準噶里語)에 '촌락·동산'을 '복'이라 함〕.

한 것은 그 국호로도 알 수 있거니와, 역사상 신라 건국 이전인 삼한 시대의 신앙의 기조는 지금 우리가 볼 수 있는 문헌으로 다음 두 가 지를 중요한 자(者)로 들 수 있다.

常以五月田竟祭鬼神盡夜酒會群聚歌舞舞輒數十人相隨蹋地爲節十月農 功畢亦復如之諸國邑各以一人主祭天神號爲天君又立蘇塗建大木以懸鈴 鼓事鬼神 (後漢書 東夷傳 韓)

常以五月下種訖祭鬼神群聚歌舞飲酒晝夜無休其舞數十人俱起相隨踏地 低昂手足相應節奏有似鐸舞十月農功畢亦復如之信鬼神國邑各立一人主 祭天神名之天君又諸國各有別邑名之爲蘇塗立大木懸鈴鼓事鬼神 (三國 志 魏志)

이 양서(兩書)의 기록은 자구(字句)의 이동(異同)은 약간 있으나 내용은 전연 동취(同趣)이다. 이 두 기록에서 우리가 간취할 수 있는 것은 다음의 제점(諸點)이다.

첫째, 삼한(三韓)의 각국에서는 '천신'(天神)을 섬기는데, 한 사람 의 주제자(主祭者)를 뽑아 '천군'(天君)이라 한다는 것.

둘째, 삼한의 각국에는 '소도'(蘇塗)라는 별읍을 두는데, '소도'는 큰 나무를 세우고 방울과 북을 달아 이것으로써 귀신을 섬긴다는 것.

셋째, 부락적(국가적) 제천행사는 5월과 10월이라는 것.

이것을 다시 정리하면, 주제자 '천군'은 '무'(巫)로서 부락의 장을 겸한 제정일치 시대의 군장(君長)이요, '소도'는 동북아세아 민족에 현존하는 입간민속(立杆民俗)이요, 그 신역(神域)을 중심으로 하는 부락국가며 5월과 10월이 소도제천절이 된 것은 농업국가로서의 면 모를 보인다는 사실이다. 다시 말하면, '천군'은 현재에도 '당굴'이란 이름으로 불리는 '무'(Shaman)[54]요, '소도'는 '솟대'라고 불리는 '신

간'(神竿 ― Soromoto) (前註)이며, '5월'과 '10월'은 '수릿날' 또는 '상ㅅ
달'[55]로 불리는 제천절이다.

　이 삼자 중 '천군'은 본고와 직접 관계가 없는 것이므로 이를 논외
에 두고, 신라 국호의 기저 관념에 중요한 논거가 되는 '소도'에 대해
서 논급하고자 한다.

　고문헌에 보이는 '소도'는 '立大木 …… 事鬼神' 한다고 했으므로 그
것이 입간민속(立竿民俗)의 원형임은 알 수 있으나, 그 이상 자세한
내용은 알 수 없다. 다만, 현존하는 만몽(滿蒙) 제민족의 무속을 비
교연구하면, 이 '소도민속'이 '누석(累石)·입목'을 포함한 '신단수적
(神壇樹的) 명칭'의 총칭인 듯한바, 우리 민속에 현존하는 '솟대·장
승·서낭당'은 모두 이 '소도민속'의 분화 발전된 것이라 본다.

---

54) 최남선 씨는 "불함문화론"(不咸文化論) (전게)에서 '단군'(檀君)을 위지(魏志)
의 '천군'(天君)과 동어로 보고, 이는 토이기어(土耳其語)·몽고어에 '천'(天)
을 의미하는 Tangri, Tengeri의 유어라 하고, 현재 우리말에 '무당'을 '당
굴'(Tangur)이라 하는 것도 이의 음사(音寫)라 하였다(알타이 어의 Tengara,
'천·천신·제천자'를 의미한다. '야구트' 어에는 Tangara, '폴리네시아' 어에는
Tangaloa, Tangaroa, '바빌론'에서는 Dingir). 성탕(成湯)을 '천을'(天乙)이
라 하는 것도 그 난생신화(卵生神話)에 의해서 '천을'을 '현조'(玄鳥) 곧 '제비'
로 보지만, 졸견(拙見)에는 '천을' 또한 Tenger의 음사라 본다.

55) '俗爲端午爲車衣'(三國遺事 卷二 文武王)
　五月五日에 아으 수릿날 아츰 藥은 (樂學軌範 動動)
　이로써 '단오'를 '수릿날'이라 함을 알겠거니와, 홍석모(洪錫謨)는 "동국세시
기"(東國歲時記)에서 '端午俗名戌衣戌衣者東語車也是日採艾葉爛搗入粳米粉
發綠色打而作餻象車輪形食之故謂之戌衣'라 해서 수레바퀴 같은 떡을 먹는다
해서 수릿날이라 한다 했고, 김매정(金邁淳)은 "열양세시기"(洌陽歲時記)에
서 '國人稱端午水瀨日謂投飯水瀨享屈三閭也'라는 고증으로 본말 전도의 설명
을 붙였으나 '수릿날'은 '상날'이요, '개천절'이 든 '시월'을 '상ㅅ달'이라 함은
'수리달'의 뜻이니, 오월과 시월이 모두 소도제천절이기 때문이다. 소도가 '상
·고'의 뜻인 일례증(一例證)이다.

三韓諸國邑各以一人主祭天神……又立蘇塗建大木……事鬼神 (後漢書 東夷傳 韓)

國家起自遼藩有設竿祭天之禮又總祀社稷諸神祇於靜室名曰堂子 (嘯亭 雜錄)

堂子所以祀土穀而諸神祔焉中植神杆以爲社主諸王亦皆有陪祭之位 (天 咫偶聞)

女眞堂子立杆木祀天 (滿洲源流考)

　우리 민속에 잔존하는 입간민속 중 가장 중요한 자(者)는 '솟대'[조간(鳥杆)]·서낭대[선왕간(仙王竿)]·성줏대[성조간(城造竿)]·별신ㅅ대[별신(別神)]·영동ㅅ대[풍간(風竿)]·볏가릿대[화간(禾竿)]의 6종이다. 이 6종 중에 '신라' 국호와 어원적으로 가장 가까울 뿐 아니라 역내 도처에 입간민속으로 가장 보편한 형식은 '솟대'이다. '솟대'는 장간(長竿)에 목조조형(木造鳥形)을 붙여 세우는 것으로, '솔ㅅ대'·'설ㅅ대'·'섯대'·'화줏대'[화주간(華柱竿)]·'표줏대'[표주간(標柱竿)]·'거릿대'[가리간(街里竿)]·'수살막이' 등의 이명(異名)이 있다. 부락의 수호신으로 그 위치는 읍촌(邑村) 동구(洞口) 경계의 노방조산(路傍造山)에 있으니, 무(巫)의 표시로도 쓰이고, 초사자(初仕者)의 자랑으로도 세웠으나, 그 원본신앙은 천신숭배에 있다. 이 '솟대'의 어원에 대한 손진태 씨의 입론은 지당한 바 있으나 완벽은 아니었다.56) 씨는 '솟대'를 '솟[용(湧)]대' 즉 '용목(聳木)'으로서의 '솟을대'의 뜻이라 하고, 몽고어 Soro, Somo가 다 '용·고'의 뜻임을 인증(引證)하였으며, "흠정만주원류고"(欽定滿洲源流考)에서 '按……建大木之與滿洲立竿祭祀之儀相合滿洲語神竿索摩與蘇塗音亦相近'을 인용하며 방증(傍證)으로 삼았다. 그러나, 손진태 씨는 '솟대'의 어원고증

---

56) 손진태, "소도고"(전게).

에 있어서 '솟'이 바로 '소로'(Soro)의 약음전형(略音轉形)인 '소로→솔→솥→솟'의 변천임은 보지 못하였다('4.' 참조). '솟대'와 '소도'의 현속음 '소도'가 음이 비슷하다 해서 '소도'가 그대로 '솟대'의 음사라고 보는것은 타당하지 않은 견해이다. 필자는 '소도'를 마땅히 '소로'로 읽어야 할 것을 믿는바, '소로'의 '로'가 음운상 관계 즉 'ㄷ'·'ㄹ' 호전에 의한 와사(訛寫)로 인하여 '소도'가 되고 '소도'(蘇塗)로 차자하게 된 것이라 본다. 'ㄹ'음이 'ㄷ'음으로, 변하는 예는 혀 짧은 사람이 바람을 바담이라 하고 불가(佛家)에서 보데(菩提—Bodhi)를 '보리'라고 읽는 것만 보아도 족할 것이다.

是爲沙梁部(梁讀云道或作涿赤音首) (三國遺事 赫居世王)

여기 보이는 '량(梁)·ㄹ'의 '도(道)·ㄷ'음 전화도 그 일례이니 이 '사량부'는 원음형은 '스르불'이지만 '사로국(斯盧國)·사로국(馴盧國)'이 실상은 한 '소도국'에 불외함을 알 것이다. 후한서나 위지 동이전의 기록을 보면, 삼한에는 각기 '소도'라는 별읍(別邑)을 두었다 하는데, 삼한 제국명 중에는 삼한의 종주국인 마한에 '신소도국'(臣蘇塗國) 하나가 있을 뿐 그냥 '소도국'은 없고, 그 유음인 '사로(斯盧)·사로(馴盧)·첩로(捷盧)·속로(速盧)……國'이 있을 따름이다. 그것들이 '소도'의 원음 Soro에 통하니, 그것은 소도국에 비정될 수가 있는 것이다. 더구나 소도제천절인 '시월'을 '상(上)ㅅ달'이라고 하는 것은 시월이 '소로달·수리달'이기 때문이요, 오월 단오를 '수릿날'이라 함도 '상(上)날' 곧 소도일이기 때문이다.

또 하나 참고로 적어 두는 것은, 퉁구스계의 일파인 삭륜족(索倫族 —Solon)이 동방에서 온 신라의 후예로 자칭한다는 사실이다.[57] '솔론'이란 말은 몽고어 '솔롱고쓰'라 하니, 인종적으로는 어떻든지 간에

---

57) 홍기문(洪起文), "대산잡기장"(袋山雜記帳), 《朝鮮日報》 丁丑 10月.

'신라'와 '삭륜'(索倫)의 어원적 동일은 이 설화만으로도 충분히 헤아릴 수 있을 것이다. 그 까닭이 반드시 같은 소도입간민속에 있을 것이란 말이다.

'솟대'는 '소로대' 즉 '용목·입목'이란 뜻으로, '소로대 → 솑대 → 솟대'의 순서로 음전된 것이니, '소로대·소도간'은 동계민속(同系民俗)인 만주의 '소륜간'(素倫竿), 몽고의 '삭륜간'(索倫竿)과 유음이사(類音異寫)이다.

그러면, '聳高'의 의(意)인 '소로'가 신성의 의로 통한 것은 무슨 때문인가. 입목 '소로대'는 신간(神竿)이기 때문이다. '상·고'의 의가 '신(神)·영(靈)'의 의로 전하는 근거는 천신숭배에 있으니, 지고지대의(至高至大) '하늘'은 상고인에게는 고산과 용목을 통하여 신앙되었고, 그것은 신의 거주처요 또한 그대로 신의 상징이기도 하였다. 그러므로, 부락의 주산(主山)·고봉(高峰)은 '소로뫼 ― 시루봉'이요, '솟대'는 바로 삼한의 소도제의인 '설단입목'(設壇立木) 또는 '식수제천'(植樹祭天) 의식의 잔영에 불외하는 것이다. 신채호 씨는 '소도'를 '신단'(神壇)으로 보고 '수두'라고 음독하였으나, 소도를 신단으로 봄에는 이의가 없으나, '수두'라 음독하는 논거는 밝히지 않았다.[58]

이와 같이 '소로불'〔사로국(斯盧國)〕은 '소도'의 제단이 있는 곳이니, 고대에는 이 '소로' 또는 '소로뫼'를 중심으로 부락이 성장되고 단결된 것이다. 그 유속(遺俗)으로서 지금도 우리는 산촌의 수호신인 '서낭당'〔산신당(山神堂)·국사당(國師堂)〕을 중심으로 동민(洞民)의 정신적 연결과 일체감 속에 사는 것을 볼 수 있다. 애급(埃及)의 고대 도시가 사원(寺院) 중심으로 발달된 것과 마찬가지다. '소로벌'의 약음 '셔블'이 '서울'〔京〕의 뜻으로 전한 것은 이러한 의미에서 해석될 수 있는 것이다.

---

58) 신채호, 《조선사》.

스래〔京場里〕〔沃溝〕,　사래〔沙伐〕〔尙州〕,　한사래〔大位洞〕〔沃溝〕

强首中原京沙梁人也……〔三國史記 列傳 六〕

崔致遠字孤雲一云海雲王京沙梁部人也 〔三國史記 列傳 六〕

‘소로’는 한편으로 ‘진산’〔鎭山〕의 의가 있기 때문에 ‘성’〔城〕의 의로
도 전한다. ‘금성〔金城〕’〔소라잣 — 쇠재〕이 그 일례다.

二十一年築京城號曰金城 〔三國史記 一 始祖〕

四十八年秋七月…城主東所據戰死之築高墟城 〔三國史記 四 眞平王〕

오늘의 ‘솟대’나 ‘서낭대’의 위치도 대개 동구 고개나 조산〔造山〕에
있으니, 고대의 ‘성’은 이러한 신앙적 의의를 동반했을 것이다. 고려
의 ‘삼소’〔三蘇〕라는 것도 구경 ‘삼소도산〔三蘇塗山〕·삼소산〔三蘇山〕
·삼소〔三蘇〕’의 의에 지나지 않을 것이니, 도참사상〔圖讖思想〕과 결
부된 바 ‘삼진산’〔三鎭山〕 또는 ‘삼신산’〔三神山〕의 의일 것이며, ‘성’의
왜훈〔倭訓〕 ‘シロ’도 이 ‘소로·수리’와 동원일 것이라 본다.
　신라의 왜훈 シラギ는 바로 신라성〔新羅城〕의 뜻이다. シラ는 물론
사로〔斯盧〕, 신량〔新良〕 따위 ‘소로’의 음사요 ギ는 성의 나훈〔羅訓〕
음사다. 성의 훈은 ‘재’니 재의 나어는 지〔支〕, 지〔只〕로 이것의 음전
이 ギ가 된 것이 무의〔無疑〕하다. 우리의 음운과 방언에도 지와 기는
혼동된다.

闕支 闕城郡 本闕支郡 景德之改名 今江城縣 〔三國史記地理志〕

奴斯只〔德城〕

結城〔ユッキ〕.

　이로서 シラギ는 사라현(舍羅峴)과 동어임을 알 것이다. シラギ―
신라성은 바로 경주 금성이다. ㄴ릭〔진(津)〕가 내〔천(川)〕가 된 것과
같이 스릭가 쇠가 된 것이다.

　‘소로·수리’의 서상(敍上)한 바 수호신적 의의가 ‘주산(主山)·진
산(鎭山)·신산(神山)’의 면에서 ‘성’(城)·‘경’(京)의 의전을 낳은 반
면에, 농업신(農業神)적 의의로서 ‘태양·광명·화(火)·웅계(雄鷄)’
의 면에서 ‘신’(新)·‘동’(東)의 의로 전함을 또한 볼 수 있는 것이다.

　본디 우리 선민(先民)은 북방에서 동남으로 여러 차례 이동 파급
(波及)하여 왔음은, ‘남’(南)의 고어가 ‘앏’으로 ‘전’(前)의 훈과 동일한
것이라든지, 백의민속 백산(白山)숭배 등 여러 가지 점에서 남북고선
민(南北古先民)이 같은 신앙습속을 가졌던 것임을 알 수 있다. 북방
에서 수렵과 목축을 업으로 삼던 시대에도 태양숭배가 있었던 것을
보면, 태양숭배를 농업의 기원과 일치시키는 서구의 방법론은 동북
아세아 문화연구에 반드시 부합하는 것은 아니다. 그러나, 삼한의 반
도의 동남에 위치하여 수전농업(水田農業)이 일찍 발달되었고, 이 수
전농업이 정주집단농업(定住集團農業)의 발달을 촉구하였으며, 이와
같은 농업의 발달은 태양숭배의 농도를 더한 바 있는 것 같다. 오늘
의 농촌형태도 서북의 산촌적(散村的)인 데 반해서 동남의 집촌적(集
村的)이요, 그보다도 ‘농악’의 발달을 보면 서북이 아주 미약한 데 반
해서 동남은 성숙하다. 따라서, 삼한의 제천행사의 가무(歌舞)는 오
늘 남도농악이 가지는 형식으로 그 원형을 짐작할 수 있다. 농악은
이런 의미에서 고대신악(古代神樂)의 일종이기 때문이다.

　신라에는 일신숭배(日神崇拜)의 농도가 훨씬 짙은 바 있으니, ‘배
일월신’(拜日月神)의 기록59)이라든지 ‘연오랑(延烏郞)·세오녀(細烏
女)’의 전설60)의 관념이 이에서 연유한다. 이러한 광명숭배 곧 일신

---

59)　‘新羅每正月旦拜日月神’(北史 隋書)
　　‘廣州俗是日相慶拜日月神’(東國歲時記 元旦)

숭배는 '계신숭배'(鷄神崇拜)[61] 곧 '계명주술'(鷄鳴呪術)을 동반한다. 다시 말하면, '김알지'(金閼智)의 탄생연기인 시림(始林) 계괴(鷄怪)도 신화학적으로는 일종의 '웅계주술'(雄鷄呪術)로 볼 것이다. 일광으로서 사기(邪氣)와 암흑에 대한 Potent Counter-Power를 삼는 것은 널리 제민족간에 있는 신앙이지만, 벽사(辟邪)와 광명의 상징인 그 일광을 오게 하는 것은 새벽을 부르는 닭이기 때문에, 닭은 광명숭배의 주술로서 중요한 의의를 가지고 있는 것이다. 김알지전설의 '백계명어수하'(白鷄鳴於樹下)도 제의에 사용된 서상(瑞祥)으로서의 주술로 볼 것이다. 일본의 신화에 '천조대신'(天照大神)이 소잔명존(素盞鳴尊)의 폭행에 화가 나서 '천암호'(天岩戶)에 숨었을 때 그 앞에서 '상세장명조'(常世長鳴鳥)를 울게 했다고[62] 하는데, 본거선장(本居宣長)은 '상세지장명조계야'(常世之長鳴鳥鷄也)라 해서 닭으로 해석했고 현대의 신화학자도 이 설을 지지한다.[63] 신화는 일본 '천조대신'의 은신(隱身) 곧 일식(日蝕)의 경괴(驚怪)를 기록한 것이다. 삼국유사의 연오랑과 세오녀 전설도 이러한 일식전설이다. 〔전주(前註)〕

이로써 우리는 신라 국호로서의 '계림'(鷄林)의 기저 관념을 고구(考究)하였다. 즉 '계림'은 원명이 '시림'(始林)이니 '시벌'로서 '서벌'(徐伐)과 동음인데, 이 웅계신앙으로서 원의가 약간 변전되었으나, 그 근본관념에 있어서 본래 이러한 관념이 내포되고 수반함을 알 수 있으며, '계귀'(鷄貴)의 별칭이 또한 이에서 유래함을 알 수 있다.

광명숭배는 결국 태양숭배이므로 '시붉'〔(신명(新明)·서(曙))〕과 '동

---

60) '是時日月無光日者奏云日月之精降在我國今去日本故致斯怪王遣使 …… 依其言而祭之然後日月如舊 …… 祭天所名 迎日縣'(三國遺事 卷一)

61) 손진태, "중화민족의 웅계신앙(雄鷄信仰)과 그 전설,"《조선민족문화연구》참조.

62) 고사기(古事記).

63) 송촌무웅(松村武雄),《신화학론고》(神話學論考) 21頁.

방'을 숭경(崇敬) 하게 된다.

十月國中大會迎隧神還於國東上祭之 (三國志 魏志 東夷傳)

그러므로, '소로블'의 약차(略借) 로 신라의 별칭인 '동경'〔시벌〕이라든지, 신라 국호의 대표로서 '신라'가 '신토·신국'의 부차적 의의를 띠게 된 것도 그 까닭이 이것이다.

이제 서상한바 신라 국호 발생과 전화의 기저 관념을 종합 정리하며 체계를 세우면, 다음과 같은 도표를 얻을 수 있을 것이다.

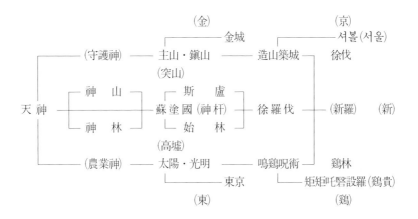

7. 신라 국호에 나타난 신라 건국

우리는 앞에서 신라의 원음형 '스ㄹ벌'임을 지적하고 그 원의가 상
고(上高)의 훈 '수리'임을 밝혔으며, 사로국(斯盧國)·사량부(沙梁部)
·고허촌(高墟村)·소벌(蘇伐)이 전연 동음의 이사임을 논증하였다.
이 사실은 곧 부락국가로서의 신라의 육촌 중의 하나인 사량부의 이
름이 통일국가인 신라의 국호가 되었다는 사실을 발견할 수가 있는
것이다. 다시 말하면, 신라 육촌이 통일 건국될 때의 정치적 중심이
사량군(沙梁郡) 곧 소벌에 있었기 때문에 사량벌(沙梁伐) 고허(高墟)
는 인하여 왕경(王京)이 된 것이라고 추측하기에 어렵지 않다. 더구
나 통합신라의 첫 임금이요 신라의 시조가 된 혁거세는 고허촌장 소
벌공(蘇伐公)의 사위로 보여진다는 사실에서 더욱 그러하다.

> 前漢地節元年壬子三月朔 六部祖各率子弟 俱會於閼川岸上 議曰 我輩
> 上無君主… 蓋覓有德人爲之君主… 立邦設都乎 (遺事 赫居世條)
> 高墟村長蘇伐公望楊山 麓蘿井傍林間有馬跪而嘶則往觀之忽不見馬只
> 有大卵剖之有嬰兒出焉… 及年十餘歲… 至是立爲君焉 (三國史記 新
> 羅本紀)
> 楊山下蘿井傍異氣如電光垂地… 尋檢之有一紫卵… 剖其卵得童男形儀
> 端美浴於東泉東泉寺在詞腦野北 (三國遺事 赫居世條)

이상을 종합 연구할 때 다음과 같은 사실을 엿볼 수 있다. 첫째,
육부촌장이 각기 자제를 데리고 모여 통일된 나라를 만들고 한 임금
을 섬기기로 했으니 이는 전통적인 부락회의지만 여기서 주목할 것은
'각솔자제'(各率子弟)의 넉 자다. 둘째, 이 부락회의 십여년 전에 고

허촌장 소벌공이 양산록(楊山麓)을 바라보니 이기(異氣)가 뻗혀 있어 가 보니 큰 알이 있었고 그 알에서 나온 아기가 혁거세로서 자라서 십여세가 되어 이에 이르러 임금이 되었다는 것이니 이것은 전통적 천자난생설화(天子卵生說話)를 윤색 부회한 것이지만 여기서는 그것을 발견한 사람이 소벌공이라는 데 주의해야 한다. 이것은 곧 육부의 자제 속에서 소벌공이 혁거세를 골라 사위를 삼고 통합신라 초대왕을 만들었다는 것에 지나지 않는다. 혁거세의 비(妃) 알영부인(閼英夫人)은 사량부 출신으로 소벌공의 딸이다. 이에 인하여 사량부는 육부 중에서 왕경이 되고 그 이름 사라벌이 그대로 국호가 된 것이다. 따라서 이 신라의 건국신화와 국호의 원의는 다음의 사실을 암시하는 바 있다.

(1) 부락국가가 합쳐서 통일국가가 된 것.

(2) 회의로서의 선거가 표면에 나타났으나 이면(裡面)에 숨은 것은 역시 사량부(사로국)의 세력팽창에 의한 자주통일인 것.

(3) 국왕은 무(巫)의 세습으로 되고 그 세습은 선거추대의 형식을 밟은 것 등이다.

— 高大五十周年紀念論文集 —

신라의 원의(原義)와 사뇌가(詞腦歌)에 대하여
— 주로 상고민속(上古民俗)과의 관련에 대한 일고찰

1. 신라의 원의

고사(古史)에 의하면, 신라의 국호는 서라벌(徐羅伐), 서나벌(徐那伐), 서야벌(徐耶伐), 사로(斯盧), 사라(斯羅), 시라(尸羅), 신로(新盧), 신라(新羅), 신량(新良), 서벌(徐伐), 시림(始林), 구림(鳩林), 계림(鷄林)의 여러 가지 이름으로 나타나 있다.

王都長三千七十五步廣三千一百十八步三十五里六部國號曰　徐耶伐或
云斯羅或云斯盧或云新羅 (三國史記 地理志)
國號徐羅罰又徐伐 (今俗訓京字云徐伐以此故也)　或云斯羅又斯盧初王
生於鷄林故或云鷄林國 (三國遺事 赫居世王條)
魏時曰新盧宋時曰新羅或曰斯羅 (梁書 南史)
號居西干時年十三國號徐那伐 (三國史記 新羅本紀)
九年春三月王夜聞金城西始林樹間有鷄鳴聲……改始林名鷄林因以爲國
號 (三國史記 脫解尼師今條)
八月四日瓠公夜行月城西里見大光明於始林中 (一作鳩林)
　　　　　　　　　　　　　　　　　　　(三國遺事 金閼智條)
新良國主貢進御調八十一艘 (古事記 下卷)

尸羅高禮南北沃沮東北扶餘 (帝王韻記 卷下)

이와 같이 구구불일(區區不一)한 신라의 국호는 그 원의의 해명에
있어서도 역시 한결같지 않으니, 이제 그 중요한 것을 열거하면 아래
와 같다.

첫째, 신라는 덕업일신(德業日新)의 신(新)과 강라사방(綱羅四方)
의 라(羅)에서 온 것이라 하는 한학자(漢學者) 류의 해석이니, 오늘날
이에 귀를 기울이는 이는 없을 것이므로 족히 논난할 것이 못 된다.

둘째, 新을 '새', 羅를 '벌'이라 읽어 신국(新國)〔새벌〕의 의로 해하
는 것이니, '新羅'를 새벌로 읽음은 용혹무괴(容或無怪)라 이를 수 있
으나, '斯盧·新盧·新良'을 모두 새벌로 읽음에는 곧 수긍할 수 없
다. 그러므로, 신라의 라도 로(盧)·량(良)·야(耶)·나(那)와 함께
동일음의 취자(取字)로 보고 이를 음독(音讀)하여야 할 것이니 라
(羅)와 로(盧)가 음상사(音相似)하기 때문에 新羅·斯盧 등으로 변와
(變訛)된 것이라 함은 타당한 설이라 할 수 없다.

鎭書謹案新羅史宣帝五鳳元年六部人推尊赫居世爲君長稱以斯盧居于金
城盖斯盧斯羅……皆云新國者也東語新曰斯伊國曰羅， 盧羅音相類斯新
義則同也…… (海東歷史續韓鎭書)

그러므로, 필자는 여기서는 이 두 설에 대하여는 이를 논외로 두
고, 양주동(梁柱東)·전몽수(田蒙秀) 두 분 선배의 설을 조두(俎頭)에
올려 이에 대한 사견(私見)을 베풀고자 한다.

양주동 씨는 "사뇌가석주서설"(詞腦歌釋註序說)[1]이란 논문에서, 향
가의 원칭과 원의를 밝혀 그 원칭을 사뇌가(詞腦歌)라 하고, 사뇌가
의 원의는 '싀ᄂᆞᆺ노래'라 하여 동토고유(東土固有)의 노래임을 의미

---

1) 양주동, "詞腦歌釋註序說,"《文章》 2권 10호.

한다 하고 그 '시니'는 동(東)〔새〕·천(川)〔내〕·동부동토(東部東土)
의 의(義)라 해서 사뇌(詞腦)·동천(東川)·순노(順奴)〔고구려 오부
중의 동부〕·사라(斯羅)·사로(斯盧)·신라(新羅)·시라(尸羅)는 모
두 '시니'로 해독할 것이라 하였다. 사뇌가(詞腦歌) 즉 신라가(新羅歌)
즉 동토가(東土歌) 즉 향가(鄕歌)란 뜻이다. 그리하여, 시니란 일어
(一語)를 삼단에 나누었으니, 첫째, 동토동천(東土東川)을 뜻하는 보
통명사, 둘째, 특정지명·국명으로 고정된 고유명사, 셋째, 그로부
터 의전(義轉)된 부곡향(部曲鄕)의 의로서의 보통 급(及) 고유명사가
그것이다. 그러므로, '시니'는 '시골(시골)'과 마찬가지로 동토의 의
(意)에서 '향(鄕)'의 의로 전한 것인데 중고(中古)에 폐어화(廢語化)하
고, 시골만이 향(鄕)의 훈(訓)으로 유존된 것이라 한다. 이상이 양주
동 씨 설의 골자인바, 씨에 의하면 신라는 시니, 서라벌은 시니불이
니, 이 둘은 같은 것으로 그 건국의 발상지가 동촌원(東川原)인데 그
동천원이라는 작은 부락에서 비롯되어 큰 나라가 된 것이기 때문이라
는 데까지 이르게 되었다.

전몽수(田蒙秀) 씨는 "신라의 명의(名義)"[2]에서, 신라(新羅)·사로
(斯盧)·신량(新良)·사뇌(詞腦)·사내(思內)·시뇌(詩惱)를 모두 '실
애'라 읽고 곡간(谷間)의 의로 해하였으니, 곡의 고훈(古訓)이 '실'이
기 때문이라 하여 지명에서 한실〔대곡(大谷)〕, 밤실〔율곡(栗谷)〕 등
을 인증하고, '애'는 개〔천포(川浦)〕의 의로 ㄹ음 아래이기 때문에
'ㄱ'이 탈락된 것이니, '개천'·'개울'의 '개'가 그것이라 하고, 실개〔사
포(絲浦) — 今蔚州谷浦也〕라는 《삼국유사》황룡사장육조'(皇龍寺丈六
條)를 인용하였으니, 씨에 의하면 계(溪)의 현어 시내는 실개 — 실애
— 시내의 순서로 음전(音轉)된 것이라 한다. 그러므로, 전몽수 씨 설
을 요약하면, 신라 즉 서라벌은 '실애벌' 즉 곡천원(谷川原), 다시 말

---

2) 전몽수, "新羅의 名義,"《한글》8권 4호.

하면 산곡(山谷)에 있는 나라라는 말이 된다.

　이제 이 양설을 보건대, 양주동 씨는 부회(附會)로 인한 음독왜곡의 혐(嫌)이 있고, 전몽수 씨는 음독은 원음에 가깝게 하였으나 그 원의에 있어서는 엄청난 경정(逕庭)이 있다고 생각한다.

　필자는 이것들을 '스ᄅ' 또는 '소로벌'이라 읽는다. 斯羅·斯盧·新盧·新良·尸羅는 스ᄅ(소로), 徐那伐·徐羅伐·徐野伐은 스ᄅ벌(소로벌), 徐伐·蘇伐·沙伐·始林·鳩林·鷄林은 스ᄅ벌에서 ᄅ음이 탈락된 것이니 스벌이다. 이 스ᄅ벌의 원의에 의해서는 다음 항에서 자세히 논급하겠거니와, 먼저 차등 라(羅)·나(那) 따위의 차자(借字)를 스ᄅ벌로 해독할 것임을 밝혀야 할 것이다.

　라(羅)·로(盧) 두 자는 원래 '라'행음이므로 논외에 두거니와, 량(良)·야(耶)·야(邪)·나(那)가 다 '라'에 통하여 그 차자 됨은 다음에서 명백하다.

　　ᄀᄅ, 駕洛·加羅·伽耶·狗邪·加良
　　스ᄅ벌, 徐羅伐·徐那伐·徐耶伐
　　스ᄅ, 斯盧·新良·新羅·斯羅
　　加瑟羅, 加西良 ⎫
　　大　良, 大　耶 ⎪
　　安　羅, 安　邪 ⎬　(丹齋 朝鮮史研究草)
　　邁　羅, 邁　盧 ⎪
　　樂　浪, 平　那 ⎭
　　順那, 順奴, 順婁 (蒙語東云 준라 — 丹齋[3])
　　沙尸良縣一云沙羅 (郡縣沿革表)

---

3) 신채호, 《조선사연구초》 五頁.

112

新良縣本百濟沙尸良縣景德王改名今黎陽 (三國史記 地理志)

爲有唯良置〔하이신지라두〕

爲良爲遣〔하라 하고〕

除良〔더러〕(吏讀集成)

여기서 우리는 야(耶)·야(邪)·량(良)은 물론 나(那)·노(奴)까지도 '라'행음의 차자로 쓰였음을 볼 수 있거니와, 내(內)·뇌(腦)·뇌(惱)·천(川)까지도 '라'행음으로 읽어야 할 것임을 다음에서 알 수 있다.

思內一云詩惱樂奈解王時作也

思內奇物樂原郎徒作也 (三國史記 樂志)

大王誠知窮達之變故有身空詞腦歌 (三國遺事 二 元聖大王條)

楊山下蘿井傍……有一紫卵剖其卵得童男…… 浴於東泉東泉寺在詞腦野北 (三國遺事 新羅始祖條)

使內〔바리〕

使內如可〔바리다가〕

泗川〔사래〕(慶北英陽新泗洞)

泗川坪〔사래들〕(同上)

사내(思內)·시뇌(詩惱)가 동일어의 이사(異寫)임은 의심할 여지가 없거니와, 이것은 모두 '사래'로 읽어야 할 것인데, 양주동 씨는 '시니'로 읽고, 나아가서 '斯盧·新良·新羅'까지 시니로 읽은 것은 대개 씨의 논조를 위하여서는 부득이한 일이겠지만 아무래도 부회(附會)의 감이 없을 수 없다. 내(內)자는 고음이 '뇌'일지라도 이두에서

‘안·읍·내’ 따위 밖에 ‘라’행음으로도 쓰였으며, 더우기 신라의 원의의 열쇠가 되는 사뇌야(詞腦野)는 양 씨의 해독대로 시니벌이 아니라 실로 ‘사래벌’ 즉 ‘사래들’이라 보지 않으면 안 된다. 그러므로, 그 사뇌(詞腦)와 동어인 사내(思內)·시뇌(詩惱)도 마찬가지로 ‘사래’라 읽어야 할 것이다. 필자는 진작 여기에 착안하여 오던 중, 이번 나어(羅語)의 고구(考究)는 아무래도 그 중심 강역(彊域)이던 경북 일대의 방언과 지명에서 얻음이 있으리라는 신념 아래 고향[경북 영양(英陽) 주곡(注谷)]으로 가는 중로(中路)에서 우연히 사래까지 간다는 노파를 만나게 되어 소기의 수확과 함께 나의 신라 원의(原義) 소로벌 설은 한 자신을 얻게 되었다. ‘사래’라는 동리에는 ‘사래들’이란 들이 있고, 그 사래를 한문으로는 신사동(新泗洞)이라고 부른다는 것을 그 노파에게서 들었다. 사래에 사래들이 있는 것은 이미 예상한 바이지만, 사래를 신사(新泗)라고 쓴다는 데는 의아하지 않을 수 없었으나, 돌아와 고노(古老)에게 물으니, 사래는 몇 해 전까지도 사천동(泗川洞)으로 따로 있던 마을이 얼마 전에 새골[신구(新邱)]과 합동되어 이름이 신사동으로 되었다는 것이다. 문제는 간단히 해결되었다. 경주에 사뇌야(詞腦野)가 아직 남아 있다면 그것은 양주동 씨가 말하는 ‘시니벌’이 아니요 전몽수 씨가 말하는 ‘실애벌’도 아닐 것이요 오직 이 ‘사래ㅅ들’일 것이며, 또 ‘사래ㅅ들’이라야 할 것이다. 사뇌(詞腦)와 사천(泗川)은 동어 사래의 이사(異寫)에 지나지 않을 것이기 때문이다. 사뇌야와 사내악(思內樂)의 뜻은 다음 밝히겠거니와, 이 사래와 상통한 지명·산명은 지금도 허다히 볼 수 있으나, 필자는 현존지명에서 일찍이 시니벌이라든지 실애벌이란 음과 뜻을 가진 지명은 듣고 본 적이 없다. 사래와 사래ㅅ들이란 지명과 단어가 아직도 엄연히 남아 있고, 더욱 신라의 일명이요 그 태반으로서의 ‘斯盧國’[사로벌]이 그 음이 이 사래에 상통하지 않는가. 사로국·서라벌을 시니벌로 읽는 것은 너무나 가까운 곳에 어둡고 먼 곳에 밝은 셈이

114

다. 서울의 고어 서볼이 서벌(徐伐)에서 온 것임은 밝은 사실로, 서벌은 결국 서라벌(徐羅伐)의 준말인데, 서라벌을 시니벌이라 읽고 그 시니가 시골의 의(義)로 전(轉)하였다 하면 같은 시니벌에서 시니는 시골[향(鄉)], 시벌은 경(京)의 의로 정(正)히 대척(對蹠)되는 두 개의 단어가 생긴 셈이 되니 이 어찌 모순이 아닌가. 전몽수 씨는 《삼국유사》에 서벌이 서볼의 표사(表寫)임을 말하여도 新羅・斯盧는 도저히 서볼이라 읽을 수 없다고 하였으니,[4] 대개 서벌과 서울(서볼)의 관계를 부정하는 태도라 볼 수 있으나, 서벌이 경(京)의 원어 됨은 다시 밝히겠거니와 먼저 이 '사래들'의 원의 즉 나아가서 서라벌의 원의를 밝히지 않으면 안 된다.

'사래들'은 그다지 벽어(僻語)라 할 수 없으니, 영남(嶺南)서는 흔히 쓰는 말로, 묘지기나 산지기가 그 보수(報酬)로 부쳐 먹는 논밭을 사래논・사래밭이라 하고 그 보수로 주는 쌀을 사래쌀이라고 한다. 편찬중의 《조선어대사전》(朝鮮語大辭典) 속에도, 물론 빠지지 않고 들어 있다.

> 사래들 : 사래논・사래밭이 있는 들.
> 사래논 : 묘지기나 마름이 보수(報酬)로 부쳐 먹는 논. 도지 없이 부쳐
>   먹는 논.
> 사래쌀 : 묘지기나 마름에게 보수로 주는 쌀
>
> (編纂中 朝鮮語大辭典)
>
> 사래 : 墓番又は舍音の報酬として, 耕作せしむる田畑
>
> (總督府 朝鮮語辭典)

여기서 신라의 원의는 다시 한걸음 밝아 온다. 그러면, 사래들의 진의(眞意)는 무엇인가. 필자는 이를 동방신도(東方神道)의 주재인

---

4) 전몽수, 전게 논문.

농업신이요 태양신인 '한붉'에 제(祭)지내는 신곡(神穀)을 재배하는 신전(神田)이라고 본다. 그것이 차츰 변하여 묘지기가 신곡을 가꾸어 제사지낸 다음 그 나머지는 먹게 되고, 여기서 전(轉)하여 나중에는 마름의 보수로 주는 논밭도 사래논·사래밭이라 이르게 된 것인 줄 안다. 물론 지금 남아 있는 사래들에는 사래논·사래밭은 없이 이름만 남은 것이 있을 것이지만 사래들이란 사래논이나 밭이 있기 때문에 생긴 들 이름이요, 마을 이름이 사래가 된 것은 사래들이 있기 때문이다. 그러면, 다시 사래는 무엇인가? 이 사래들과 신라의 원의를 밝히기로 한다.

대저 상고의 문화를 고구(考究)함에는 고문화 제계열의 엄밀한 관계를 먼저 구명하지 않으면 안 될 것이니, 사학(史學)·고고학(考古學)·민속학(民俗學)·언어학(言語學) 등의 강력한 통일제휴(統一提携)가 필요하다고 생각한다. 필자는 이 사래와 신라의 원의를 밝히기 위하여 먼저 졸고 "조선민간신앙연원고"(朝鮮民間信仰淵源考)에서 소도고(蘇塗考)의 일절(一節)을 줄거리만 뽑아 그대로 인용하고자 하는 바, 문장이 연락되지 않는 곳은 미리 양해하기 바란다.

2. 소도고(蘇塗考)

우리는 입간민속(立竿民俗)의 가장 중요한 것으로서 솟대, 별신ㅅ대, 서낭ㅅ대, 영동ㅅ대, 볏가리ㅅ대, 성주ㅅ대의 육종(六種)을 들 수 있다. 이 입간민속의 기원은 현재 그 분포의 지역과 고문헌에 의하여 유구한 상고의 유속임을 찰지(察知)할 수 있다. 《후한서》(後漢書)에 '三韓諸國邑各以一人主祭天神號爲天君又立蘇塗建大木以懸鈴鼓事鬼神'이라 있고, 《삼국지》(三國志)에도 위의 뜻과 같은 말이 있으니, 이로써 삼한에 이미 입간제천(立竿祭天)의 의식이 전하여 있었

116

음을 밝히 알 수 있으며, "소정잡록"(嘯亭雜錄)에 '國家起自遼藩有設
竿祭天之禮又總祀社稷諸神祇於靜室名曰堂子'와, "천지우문"(天咫偶
聞)의 '堂子所以祀土穀而諸神祔焉中植神杆以爲社主諸王亦皆有陪祭
之位'와, "만주원류고"(滿洲源流考)의 '女眞堂子立杆木祀天'의 제구(諸
句)로써 이 입간민속은 그 연원이 이미 오랜 것과, 현재 차등각지(此
等各地)의 민속에 이 고문헌과 합치되는 민속이 잔존해 있으니 그 분
포의 지역이 넓음으로써 그 연원의 오램도 가히 추측할 수 있다.

솟 대

솟대는 장간(長竿)에 목조조형(木造鳥形)을 붙여 세우고 이를 솟대
혹은 솔ㅅ대라 부르는 것인데, 설ㅅ대·섯대·화줏대[화주간(華柱
竿)]·표줏대[표주간(標柱竿)]·거릿대[가리간(街里杆)]·수살막이
[수살방(水殺防)] 등의 이명(異名)이 있다. 그 기능은 대개 이정표
또는 부락의 수호신이요, 그 위치를 읍촌·동구·경계·노방(路傍)에
두었으니, 후세에는 무(巫)의 표치(標幟), 초사자(初仕者)의 자랑으
로도 세웠으나, 그 고유 신앙은 역시 하늘 숭배에 있다. 이 솟대의
어원에 있어서 손진태 씨의 견해는 지당한 설인 줄 안다. 손진태 씨는
솟대를 솟[용(湧)]대 즉 용목(聳木)으로서 솟대·소슬ㅅ대의 뜻이라
하고, 몽어(蒙語)의 Soro·Somo가 다 용(聳)·고(高)의 의(意)임을
인증하고, "흠정만주원류고"(欽定滿洲源流考)에서 '按……建大木之與
滿洲立竿祭祀之儀相合滿洲語稱神竿索摩與蘇塗音亦相近'을 방증으로
삼았는바[5] 필자도 전연 동감이다. 그러나, 여기서 생각할 것은 솟대
와 소도[蘇塗]가 음이 비슷하다 해서 솟대의 음사(音寫)가 소도요,
소도가 곧 솟대라 보는 것은 타당하지 않은 견해니, 선배학자 사이에
는 아직 이를 몰각 혼동하는 느낌이 있다. 솟대가 소도의 유속(遺俗)

---

5) 손진태, "소도고"(蘇塗考), 《민속학》 四之四.

임은 틀림없으나, 소도 유속이 반드시 솟대[조간(鳥杆)]에 국한된 것
이라고 볼 수도 없고, 또 솟대의 원어가 바로 소도라고 해서는 당치
않은 오류를 범할 것이다. 필자는 소도를 마땅히 '소로'로 읽을 것임
을 확신한다. 소로의 로가 음운상관계 즉 'ㄷㄹ'호전에 의한 와사(訛
寫)로 인하여 '소도'가 되고 蘇塗로 취자(取字)하게 된 것이니, '소로'
와 '소도'가 직접 상통된 실례는 다시 인증하겠거니와, 현금(現今)의
솟대는 실로 소로(Soro)대 즉 용목입목(聳木立木)이란 뜻으로, 이 소
로대가 소로대 — 솔ㅅ대(소릿대) — 솟대의 순서로 음전된 것이다. 그
러므로, 솟대의 원어는 소로대요, 소도는 '소로'의 와사(訛寫)에 불외
한다. 소도간(小島竿)은 만주의 소륜간(素倫竿) 또는 몽고의 삭륜간
(索倫竿)과 동음이사요 전연 동계(同系)의 민속일 것이다. 그러면,
'소로'는 무슨 뜻인가? 물론 몽어의 용고(聳高)의 의일 것이나, 이 용
고의 의에서 신성의 의로 통하였으니, 용목 '소로대'는 곧 신간(神杆)
이기 때문이다. 고(高)의 의가 신성(神聖)이 된 데는 천신숭배를 생
각지 않을 수 없다. 지고지대의 하늘 또는 그것의 인격화된 신은 항
시 상고인에게는 고산(高山)과 용목(聳木)을 통하여 신앙되고 있었으
니, 그것은 신의 거주소요 또한 그대로 신의 상징이기 때문이다. 그
러므로, 지금 솟대[조간(鳥杆)]는 삼한의 소도제의(蘇塗祭儀)와 마찬
가지로 상고의 고산에 설단입목(設壇立木) 또는 식수(植樹)하고 제천
하던 의식의 간이화에 불과하니, 고산제천(高山祭天)과 입용목(立聳
木) — 건대목(建大木) — 제천은 전연 동계(同系)의 신앙사상일 뿐이
다. 그러므로, 필자는 소도[소로]를 누석입목(累石立木)을 포함한 신
단수적(神檀樹的) 명칭의 총칭으로 보고, 지금의 서낭·장승·솟대는
모두 이 소도민속의 분화 발전된 것이라 믿는다. 고(故) 단재(丹齋)
신채호(申采浩) 선생은 소도를 신단(神壇)으로 보고, 단군(壇君)은 소
도의 의역(意譯)이라 하고, 다시 소도를 '수두'라 읽었으나[6] 소도를
신단으로 본 것은 수긍되나 '수두'라고 읽는 것은 어디에 근거를 둔

118

것인지 알 수 없다. 졸건(拙見)에는 소도는 아무래도 '소로'의 와사에 불외(不外)한다. 그러므로, 신산(神山)은 '소로뫼'니 고산의 뜻이요, 신간(神杆)은 '소로대'니 용목의 뜻이다. 이제, 여지승람(與地勝覽)에서 이 신산 '소로뫼'를 몇 개 찾아보면 아래와 같다(괄호내의 지명은 여러 개 중에서 하나씩만 든다).

蘇來山(仁川) 所衣山(加平) 所利山(沃川) 所伊山(伊川) 所乙山(鎭川) 所乙麽山(瑞興) 所羅山(楊州) 所里山(安州) 所訖山(南海) 召爾院(茂州) 率己山城(淸道) 秀羅山(孟山) 松岳(江華) 松峴(尙州) 松山(德源) 修理山(廣州) 鷲山(淸風) 鷲峰山(韓山) 述爾忽(坡州) 戌山(杆城) 戌城(通津) 酒岩(平壤) 酒嶺(淮陽) 就利山(公州) 酒城院(靑山) 首爾忽(通津) 車衣峴(懷仁) 車峴(天安) 車城(水原) 車岾(河東) 鵄述嶺(慶州) 酒登院(盈德)

위에 보인 것이 모두 '소로뫼'의 뜻임은 분명하니, 이 밖에도 이병도(李丙燾) 씨가 지적한 보은(報恩) 속리산(俗離山)〔소리뫼〕도 그것이요,7) 필자는 또 증산(甑山)〔시루뫼〕도 또한 소로뫼의 변와(變訛)라보며, 가라시조(伽羅始祖) 김수로왕(金首路王)의 수로도 소로라고 보는바, 수로왕은 그 성(姓)인 김(金)자가 곰〔신(神)〕의 차자이므로 검수리임금〔신봉왕(神峰王)〕의 의에 불외한다. 《삼국유사》에는 '駕羅建國神話中龜何龜何首其現也'운운으로 수로에 관련시켰으나, 요컨대이를 세구(細究)하면 남방계통 민속인 구점(龜占)에 의하여 국왕 즉'소로제단'의 사제자(司祭者)를 결정한 것을 신화화한 것임을 알 수있으니, 수로왕은 곧 이 구복(龜卜)에 의하여 선출된 신봉왕(神峰王)이라 보아야 할 것이다. 그 선출된 장소가 바로 '소로단' 앞이었을 것

6) 신채호, "조선사"(《조선일보》 소재).
7) 이병도(李丙燾), "고려삼소(高麗三蘇)의 재고찰,"《조선일보》庚辰 六月 十六日.

이요, 봉정촬토(峰頂撮土)라든지 도무(蹈舞)는 신의(神意)를 받으려는 제의의 하나이었을 것이다. 그러므로, 수로왕은 곧 고왕(高王)이요 신왕천왕(神王天王)이며, 소로 숭배의 제천자 무(巫)였음을 알 수 있다.

> 開闢之後此地未有邦國之號亦無君臣之稱…所居北龜旨有殊常聲氣呼喚衆庶二三百人集會於此…皇天所以命我者御是處惟新家邦…爲玆故降矣儞等須掘峰頂撮土歌之云龜何龜何首其現也若不現也燔灼而喫也以之蹈舞…有紫繩自天垂而着地…始現故諱首露……
>
> (三國遺事 卷二 駕洛國記)

이 밖에 탄산(炭山)〔숯뫼〕과 정산(鼎山)〔솟뫼〕이 모두 이 소로뫼의 차자임에 틀림없다. 《삼국유사》 권이(卷二) 문무왕조(文武王條)의 '속위단오위거의'(俗爲端午爲車衣)의 거의(車衣)는 물론 '수리'의 차자인데, 홍석모(洪錫謨)가 《동국세시기》(東國歲時記)에서 '端午俗名戌衣戌衣者東語車也是日採艾葉爛搗入粳米粉發綠色打而作餻象車輪形食之故謂之戌衣'라 한 것이라든지 김매정(金邁淳)의 《열양세시기》(洌陽歲時記)에 '國人稱端午水瀨日謂投飯水瀨享屈三閭也'의 고증이 본말전도의 설명임은 양주동 씨가 이미 지적한 바이지만, 양주동 씨는 다시 《삼국사기》 '지리지'의 상성(上城)을 거성(車城)이라 함으로써 상(上)의 고훈(古訓)이 수리임을 말했으니,[8] 필자는 이 수리〔상(上)〕가 곧 몽어 소로〔고(高)〕와 동원어(同源語)라고 본다. 단오를 수릿날이라 함은 소로날〔소도일(蘇塗日)〕이며, 십월을 상ㅅ달이라 하는 것도 곧 수릿달 또는 소로달일 것이니, 대개 소도절(蘇塗節)의 의에 불외(不外)할 것이다. 소로대를 세우고 군취가무하여 제천하던 날이라고 믿는다. 삼한의 소도속(蘇塗俗)이 5월과 10월이 그 제기(祭期)였으니, 오월경종필(五月耕種畢)하고 입목사귀신(立木事鬼神)하던 때가

---

8) 양주동(梁柱東), "동동석주"(動動釋註)(《동아일보》 소재).

120

대개 모심기가 끝나는 단오 무렵에 있었던 것이라 보여진다. 10월 농
공필역여지(農功畢亦如之)라 했으니 10월과 5월은 함께 소도절이다.

三韓俗重鬼神常以五月耕種畢群聚歌舞以祭神十月農功畢亦如之(晉書)
馬韓常以五月田竟祭鬼神晝會聚歌舞…十月農功畢亦如之 (後漢書)

(此項未完서낭ㅅ其他全部省略)

이상에서 필자는 신라의 원의를 말하기 전에 그 골자인 소도 숭배
에 대하여 미리 언급하였다. 일언이폐지(一言而蔽之)하면 신라의 원
명 사로국(斯盧國)은 곧 소도국(蘇塗國)인 것이다. 이미 필자는 소도
가 소로임을 논단하였거니와, '소로'가 '소도'로 변한 예증은 다음에서
밝히 볼 수 있다.

二曰突山高墟村長曰蘇伐都利…是爲沙梁部 (梁讀云道或作涿亦音道)
三曰茂山大樹村長曰俱禮馬…是爲漸梁(一作涿)部……(三國遺事 赫居
世王條)

위에 보이는 바 사량부(沙梁部)는 사로국과 동역동명(同域同名)이
니 바로 소로〔蘇塗〕의 차자다. 그런데, 그 '로'〔梁〕를 '도'(道·塗)라
고도 읽는다 하지 않는가. 혀 짧은 사람은 바람을 바담이라 하고 불
가(佛家)에서는 보뎨(菩提, Bodhi)를 보리라고 읽나니, 다 음운이 호
전(互轉)될 조건이 있기 때문이다. 'ㄷㄹ'의 상통례(相通例)는 번잡을
피하여 약(略)하거니와, 신라의 모태인 사량부·사로국은 바로 삼한
의 일국인 사로국이니, 이 사로국이 곧 소도국인 것이다.

馬韓列國各立列邑建蘇塗……又云五十四國中有臣蘇塗一國 (三國志 三
韓條)

이라 하고, 마한 열국명(列國名) 속에는 신소도국(臣蘇塗國) 일국은
있으되 그냥 소도국은 하나도 보이지 않는다. 그것은 '소도'의 원음이
'소로'이기 때문이다. 그러면, 소로국이란 국명은 있는가. 이제 삼한
국명과 그 시대에 가까운 국명 가운데서 소로숭배에 좇아 생긴 이름
을 몇 개 찾아보기로 한다.

> 斯盧國(弁韓一國. 後에 新羅가 여기서 비롯되어 獨立함)
> 馴盧國(馬韓一國. 後에 新良縣·沙羅縣 ― 黎陽)
> 召羅國(安東府界內府東北一百二十里有春陽廢縣南十里有召羅國舊址)
> (旅庵全書 卷六 二十二)
> 沙梁伐一云沙伐(沾解王時取沙伐國爲州景德王改名尙州)
> (三國史記 地理志)
> 臣蘇塗國(馬韓一國. 신소로벌. 大蘇塗國 ― 丹齋)
> 棲盧國(馬韓一國)

이 밖에 속로불사국(速盧不斯國) (마한일국), 변진독로국(弁辰瀆盧
國)도 모두 소로벌 즉 소도국의 전와(轉訛)인 줄 생각한다. 이와 같
이 소로 숭배하는 나라는 소로벌 밖에 소로재·소로뫼는 지금도 수없
이 많은 것이다〔소도고인례(蘇塗考引例) 참조〕. 이상으로 원음(原音)
소로(Soro)에서 소라〔召羅·所羅〕·사로〔斯盧〕·사래〔詞腦〕·서라〔徐
羅〕·시라〔尸羅·新良〕·시로〔新盧〕·사라〔斯羅〕·시루〔甑〕·수리
〔車鷺, 修理〕·술〔酒, 戌〕·수라〔秀羅〕·소리〔所里, 召爾, 所衣·所利〕
·솔〔松, 所乙·所訖〕의 여러 갈래로 음전됨을 알 것이다.
이와 같이 차등(此等) 소로계의 산명·지명이 바로 상고제천 민속
소도숭배의 유속으로 그와 전연 동계(同系)인 만주·몽고의 Soro간
(竿)의 Soro와 동어임은 이상에서 누누히 언급하였는바, 거성(車城)
을 상성(上城)이라 하고 소도절 시월을 상ㅅ달(수릿달)이라 하고 또
한 소도절인 단오를 수릿날이라 하는 것으로 이들 관계는 십분 밝아

122

졌다 볼 수 있거니와, 신라의 사량부·서라벌·서야벌의 스로 또한
이 상고(上高)의 뜻임을 아래에 보여 단지 음상사(音相似)에 의한 부
회가 아님을 밝혀 둔다.

> 尙州　沾解王時取沙伐國爲州法興王十一年梁普通六年初置軍主爲上州
> ……景德王十六年改名尙州今因之 (三國史記 地理志)
> 二曰 突山高墟村長曰蘇伐都利……是爲沙梁部…… (三國遺事)

　고허촌장(高墟村長)과 소벌도리(蘇伐都利)는 꼭 같은 말이니, 고허
는 소로벌 즉 소벌이요, 도리는 파리어(巴利語) 장로(長老) Thera에
서 온 것일 것이니, 모례(毛禮)〔터러 또는 더리〕와 마찬가지다.
　서벌이 서라벌·서야벌의 약어 즉 서라벌의 라가 탈락된 것임은
다음 글로써 밝히 알 수 있다.

> 國號徐羅伐又徐伐(今俗訓京字云徐伐以此故也) (三國遺事 赫居世條)
> 沙梁伐一云沙伐…… (三國史記 地理志)
> 二曰高墟村長曰蘇伐都利……是爲沙梁部
> 率已山縣 蘇山縣(今淸道)
> 東平縣本大甑縣 景德王改名今田之 (三國史記 地理志)
> (※ 東平은 새벌이니, 大甑縣의 시루벌에서 ㄹ음이 탈락된 것임을 알
> 수 있다.)

　위에 보이는 바와 같이 섭을(소벌)은 '소로벌'의 '로'음(音)이 탈락
된 것인데, 그러면 서벌(徐伐)이 어째서 경(京)의 훈으로 되었는가도
좀 생각해 보고자 한다. 이도 상고(上古)의 민속을 떠나서는 해석할
수 없는 일이다. 소로불은 소로의 제단이 있는 곳이니, 상고에는 이

소로 또는 밝뫼〔백산(白山)〕를 중심으로 부락이 성장 또는 단결된 것이다. 그 유속(遺俗)으로서 지금도 우리는 산촌의 수호신인 '서낭당'〔성황당(城隍堂)〕을 중심으로 동민(洞民)의 정신적 연결 내지 일체감 속에 살고 있는 것을 볼 수 있다. 애급(埃及)의 도시가 사원 중심으로 발달된 것과 마찬가지다. 소로 제단이 있는 곳이 모두 서울은 아니지만, 소로의 제단이 있고 제사장〔巫〕이 있는 곳이 경(京)이 되는 것이 극히 타당하지 않는가.

　　強首 中原京沙梁人也……

　　崔致遠字孤雲一云海雲王京沙梁部人也…(三國史記 列傳 第六)

그 다음 신라의 화훈(和訓) シラギ의 シラ는 물론 사로・신량 따위의 소로의 음사(音寫)요 ギ는 성(城)의 의(義)니, 재의 나어(羅語) 지(支)・지(只)의 음전(音轉)일 것이다. 원래 우리 방언에도 '지'와 '기'는 혼동된다.

　　闕支 闕城郡本闕支郡景德王改名今江城縣 (三國史記 地理志)

　　奴斯只(儒城)

　　結城(ユワキ)

이로써 シラギ는 사라현(舍羅峴)과 동어(同語)임을 알 것이다. 경주(慶州)의 금성(金城)이라는 것도 졸견(拙見)에는 소로재의 변와(變訛) '쇠재'다. ㄱ롬〔江〕가 개〔浦〕가 되고 ㄴ룩〔津〕가 내〔川〕가 된 것과 같이, '소로'가 쇠〔金, 鐵〕가 된 것인 줄 안다. 고려의 삼소(三蘇)라는 것도 결국 삼소(도)산〔三蘇(塗)山〕— 삼소산(三蘇山) — 삼소(三蘇)의 경로로 준 것에 지나지 않으니, 즉 삼진산(三鎭山) 또는 삼신

124

산(三神山)의 의(意)일 것이다.

양주동 씨는 서라벌을 시니벌[동천원(東川原)]이라고 읽기 때문에 신라 건국의 발상지를 동천원이라는 막연한 곳에 추정했으나,[9] 졸견에는 신라가 부락국가에서 통일 건국될 때 그 중심은 역시 소벌(사량부)에 있다고 보고, 혁거세는 고허촌장 소벌공의 아들로 추정된다. 인하여 사량벌(고허)은 왕경(王京)이 되고 다시 국호가 된 데 지나지 않을 것이다.

前漢地節元年壬子三月朔六部祖各率子弟俱會於閼川岸上議曰　我輩上無君主覓蓋有德人爲之君主……立邦設都乎　(三國遺事 赫居世條)
高墟村長蘇伐功望楊山麓蘿井傍林間有馬跪而嘶則往觀之忽不見馬只有大卵剖之有嬰兒出焉……及年十餘歲……至是立爲君焉
　　　　　　　　　　　　　(三國史記 新羅本紀)
楊山下蘿井傍異氣如電光垂地……尋檢之有一紫卵……剖其卵得童男形儀端美浴於東泉(東泉寺在詞腦野北)

이상을 종합 고구(考究)할 때 다음과 같은 엄연한 사실을 엿볼 수 있다. 육부촌장이 각기 자제를 데리고 모여 통일된 나라를 만들고 한 임금을 섬기기로 했으니, 이는 전통적인 부락회다. 여기서 주목할 것은 '각솔자제'(各率子弟)의 넉 자다. 다음 그 육부의 촌장 중에서 소벌공(蘇伐公)이 양천록(楊川麓)을 바라보니 이기(異氣)가 뻗치었더라는 것을 간과할 수 없다. 이는 혁거세(赫居世)가 소벌공 아들임을 암시하는 조건 아래 동방 고유의 신화인 천자난생설(天子卵生說)로 윤색 부회한 것일 것이며, 그 이동(異童)을 욕어동천(浴於東川)시킨 것은 말하자면 일종의 제의니, 지금도 '서낭제'때에 제관(祭官)들이 목욕재계하는 것이 모두 그 유속일 것이며, 이른바 'ミソギ'와 상통되

---

9) 양주동, "사뇌가석주서설"(詞腦歌釋註序說).

는 것이라 볼 수 있다. 육부의 자제 속에 소벌공의 아들이 통일국가 초대왕이 되고 그 사량부는 이 육부 중에서 왕경이 되고 국호가 된 것이다. 소도제단의 사제인 국왕(巫)이 그 제단의 중심지에서 뽑힌 것, 더우기 소벌의 아들로서 세습된 것은 용혹무괴(容或無怪)의 일일 것이다. 따라서, 이 건국신화는 다음의 사실을 암시하는 바 있다.

    (1) 부락국가가 합일되어 통일국가가 된 것
    (2) 합의로서의 선거가 표면에 나타났으나 이면(裡面)에 숨은 것은 역
        시 사량부(사라국)의 세력팽창에 의한 자주통일인 것
    (3) 국왕은 무(巫)의 세습으로 되고 그 세습은 선거추대의 형식을 밟은
        것 등이다.

3. 사뇌가(詞腦歌)

신라는 소로요 사로국은 소로벌이니, 모두 소로 숭배에서 온 이름임은 의심할 여지가 없다. 이로써 신라는 덕업일신(德業日新) 강라사방(綱羅四方)의 의(義)도 아니요 신국(新國)의 의도 아니요 동천원(東川原)도 아니요 산곡국(山谷國)도 아니요, 실로 소도국(蘇塗國)에 불외한다. 따라서, 그와 동음차자인 사뇌도 알 수 있으니, 사뇌가는 시니ㅅ 노래 즉 동토(東土) 또는 향가(鄕歌)의 의가 아니요 신가(神歌)의 의임을 알 수 있다. 사내악(思內樂)은 신악(神樂)이요 향악(鄕樂)의 뜻은 아니다. 각지의 신악이 그 특색에 좇아 향악이 되었을 것이지만, 사내악·사뇌가가 곧 향가의 뜻은 아닌 줄 안다. 《삼국사기》 악지(樂志)의 '德思內河西郡樂也石南思內道同伐郡樂也'는 곧 사뇌가란 동일범칭 위에 지명을 관(冠)한 것이요, 결코 양주동 씨가 말하는 바 사내라는 지명을 가진 향(鄕), 부곡(部曲)의 악무(樂舞)는 아닌

126

줄 안다. 양 씨는 사뇌·사뇌를 전혀 지명 동토의 의로 보고 타(他)를 전혀 간과했는데, 사뇌가가 향가가 되는 것은 그 노래 자체가 향어(鄕語)로 되었기 때문이요 원래 동토의 노래라는 뜻이 있기 때문이 아닐 것이다. 사뇌야(詞腦野)의 원의를 사래들로 보아야 할 것임을 생각할 때 더욱 요연(瞭然)하다.

그러므로, 향가로서의 사뇌가는 신가(神歌)요, 제전(祭典)에 군취가무(群聚歌舞)할 때 부르는 향토민요(鄕土民謠)요, 또한 기원에 쓰이는 주가(呪歌)일 것이다. 이미 사뇌야가 소로벌 즉 사래들인 이상 혁거세를 동천(東泉)에 목욕시킨 것도 일종의 제의(祭儀)요, 시림(始林)〔계림(鷄林)〕에 닭이 운 것도 태양숭배 또는 웅계숭배(雄鷄崇拜)로서 주술이요 무의미한 설화가 아니며, 그 제식장소(祭式場所)는 대개 국동상제(國東上祭)이었던 성싶다.

高句麗所居之左右大木……以十月祭天大會名曰東盟……還於國東上祭
(三國志)

암흑을 악신(惡神)의 소위(所爲)로 보는 그들에게는 그 암흑을 물리치는 힘이 신이요 태양이요 그 태양은 흰빛으로 상징되고 높은 곳 또는 동쪽이 그 주처(住處)로 믿어진 것이니, 사래들과 소로단의 소재지와 동쪽〔동천(東川)·동천(東泉)·동구(東邱)〕은 밀접한 관계가 있다. 이와 같이 사뇌가는 정인보(鄭寅普) 씨의 이른바 시골〔詞腦〕 노래도 아니요[10] 양주동 씨가 주장하는 싀니〔東土〕 노래도 아니요, '소로 노래' 곧 신악(神樂)이기 때문에, 향가라는 것은 한약의 당재(唐材)·초재(草材 — 향약)하듯이 한시(漢詩)에 또는 범패(梵唄)에 구별하여 부른 것이요(明奏云只解鄕歌不閑聲梵), 사뇌에 시골이라는 뜻이 있는 것은 아니다. 싀니가 시골의 의로 쓰였다 하나 과문(寡聞)의 필

10) 권상로(權相老),《조선문학사》38頁 재인용.

자는 아직 이를 보지 못했고, 또 양주동 씨도 그 출처를 밝히지 않았다. 사뇌가 즉 향가가 신가(神歌)로서 주술에 쓰였음은 명백한 사실이니, 다음 제구(諸句)로서 그 명실상부함을 알 것이다. 사뇌가를 다만 시골노래의 의로만 해석한다면 이것들은 어떻게 처리할 것인가.

景德王十九年庚子四月朔二日並現挾旬不滅日官奏請緣僧作散花功德則可禳……時有月明師……明奏云臣僧但屬於國仙之徒只解鄉歌不閑聲梵王曰……雖用鄉歌可也明乃作兜率歌賦之其詞曰……日怪卽滅
　明又嘗爲亡妹營齋作鄉歌祭之忽有驚颷吹紙錢飛去向西而沒歌曰……
　明常居四天王寺善吹笛嘗月夜吹過門前大路月馭爲之停輪因名其路曰月明里羅人尙鄉歌者尙矣盖時頌之類歟故往往能感動天地鬼神者非一（月明師兜率歌條）
　三花之徒欲遊楓岳有彗星犯心大星郎徒疑之欲罷其行時天師作歌歌之星怪卽滅日本兵還國反成福慶（融天師彗星歌條）
　孝成王潛邸時與賢士信忠圍碁於宮庭栢樹下嘗謂曰他日若忘卿有如栢樹信忠興拜隔數月王卽位賞功臣忘忠而不第之忠怨而作歌帖於栢樹樹忽黃悴王怪使審之得歌獻之大驚曰……乃召之賜爵祿栢樹乃蘇歌曰（信忠掛冠條）

다음으로 한 가지 더 말할 것은 최남선(崔南善) 씨는 《삼국유사》의 '儒理王 始作兜率歌 有嗟辭詞腦格'을 차사격(嗟辭格)·사뇌격(詞腦格)의 둘에 나누고, 전자를 송축체(頌祝體) 즉 제사용 주원시(呪願詩)라 하고 후자를 표백체(表白體)— 사뇌를 사뢴다는 '백'(白)의 의로 본 듯— 즉 인생생활의 풍요(風謠)라 하나,[11] 차사사뇌격(嗟辭詞腦格)을 둘로 나눌 수 없다.

是年民俗歡康始製兜率歌此歌樂之始也（三國史記 新羅本紀 儒理尼師今）

---

11) 동상(同上) 36頁 재인용.

128

始作兜率歌有嗟辭詞腦格 (三國遺事 弩禮王條)
大王誠知窮達之變故有身空詞腦歌 (同 元聖大王)

　이상을 종합하건대 민속환강(民俗歡康)이 차사사뇌격(嗟辭詞腦格)
을 지은 원인이요, 성지궁달지변(誠知窮達之變)이 신공사뇌격(身空詞
腦歌)을 지은 원인이니, 이로써 보건대 신공(身空)과 사뇌(詞腦)가 별
개의 격이 아닌 것과 같이 차사(嗟辭)와 사뇌(詞腦)가 대립된 개별의
격이 아님은 물론이요, 차사나 신공은 그 사뇌가의 제작 이유 내지
가제(歌題)에 해당할 것이다. 그러므로, 차사사뇌격을 차사사뇌가의
의에 지나지 않는다. 다시 말하면, 민속의 환강을 찬탄하는 노래의
뜻일 것이다. 필자는 당시에는 아직 신가(神歌)와 서정가의 엄밀한
구별이 없었으리라 보고, 사뇌가 자체가 서정시요 서사시였을 것이
니, 같은 사뇌가에 여러 가지 조(調)의 이름이 있었을 뿐인 줄 안다.
도솔가는 시제도솔가라 하고 노래는 차사사뇌격(가)이었을 줄 아는
바, 도솔은 치민·안민·애민의 의로서의 ‘다술’ 또는 두술〔애(愛)〕
노래가 아닌가 억측해 보기도 한다. 그렇다면 일괴(日怪)를 없이한
월명사 도솔가와 민속의 환강을 보고 지은 유리왕의 도솔가는 곧
‘치’(治) ─ 리(理)의 면을 노래한 것이요, 신가(神歌)로서의 사뇌가는
‘제’(祭) ─ 정(情)의 면을 노래한 것인 듯도 싶다. 하여간 도솔가와
사뇌가의 동의어적 상통은 제정일치 시대의 특색을 말하는 것 같기도
하다. 이로써 대강 조잡한 대로 사견(私見)을 베풀었다. 천식(淺識)
의 필자로 능히 할 바 아님을 모름 아니나 행여나 사학(斯學)에 일조
가 될까 하는 생각에 특히 양주동 씨의 사뇌가 주석에 만폭(滿幅)의
지지를 가지는 후배로서 혹 그 연구에 참고가 되는 것은 없을까 하는
충심(衷心)에 감히 당돌을 무릅쓰고 여기 일문을 초하는 바이다. 여
러 선배에게 실례되는 점이 있다면 관노(寬怒)하시길 바란다.

산유화가(山有花歌)와 서리리탄(黍離離嘆) 기타
— 언어·신화·가요에 대한 잡고(雜考)

1. 서벌(徐伐)과 사벌(沙伐) : 신라원의고 보유

　필자는 "신라의 원의(原義)와 사뇌가(詞腦歌)에 대하여"[1]란 졸론(拙論)에서 신라의 원의를 소로벌(ᄉᆞᄅᆞ벌)이라 해독하여 신라(사로)를 삼한의 소도국(蘇塗國)에 비정하고, 소도를 몽고어 Soro의 와사(訛寫)로 본 다음, 소도의 유속(遺俗)으로서 입간민속(立竿民俗)인 솟대〔조간(鳥杆)〕도 소로대 — 솔대 — 솟대의 순으로 음전된 것임을 논증하였다. 인하여 이 상고(上古) 제천민속 소도숭배에 좇아 생긴 산명·지명에 언급하였는바, Soro가 고용(高聳)의 의(意)이듯이 산명·지명에 허다한 솔, 수리, 수라, 소리, 시루 등도 고상(高上)의 의로 봐야 할 것임을 대략 밝혔었다. 그러나, 이 졸론에 대하여 서라벌(徐羅伐)·사로국(斯盧國)의 서라·사로가 상고(上高)의 의에 통한 실례를 보이지 않았음을 허물하는 분이 있으므로,[2] 이에 졸견이 단지 음상사(音相似)에 의한 부회가 아님을 밝히기 위하여 몇 가지 보유하여

---

1) 졸고(《춘추》癸未 신년호).
2) 홍기문(洪起文), "대산잡기장"(岱山雜記帳), 《조선일보》丁丑 10월.

둔다. 이제 졸견의 소거를 다시 초(抄)하면 다음과 같다.

⑴ 고문헌에 의(依)하여 삼한시대에 소도라는 입간민속이 있었음을 알
  수 있고, 현존 만몽조(滿蒙朝)의 입간민속인 소륜간(素倫竿)·삭륜
  간(索倫竿)·솟대가 그 형태·기능·어원에 있어 전연 동계(同系)로
  그 원의가 상(上), 용(聳), 고(高)의 의인 것.

⑵ 고문헌에 의하여 삼한 제국에는 각기 소도라는 별읍(別邑)이 있고,
  삼한의 종주 마한(馬韓)에 신소도국(臣蘇塗國) 하나가 있다 했는데,
  마한국명(馬韓國名) 속에는 신소도국이 있으나, 삼한국명 속에는 그
  냥 소도국은 없고 그 유음인 사로(斯盧)·사로(駟盧)·첩로(捷盧)
  ·속로(速盧) 따위밖에 없는바, 그 음들이 소도의 원음 Soro에 상통
  하니, 그것이 소도국에 해당함을 유추할 수 있는 것.

⑶ Soro의 음전으로서 소도가 상(上)의 고훈(古訓) '수리'와 상통하여
  고(高), 상(上)의 의로 쓰였으니, 10월을 상ㅅ달이라 하는 것은 상
  ㅅ달이 수릿달 곧 소도월(蘇塗月)이기 때문이요, 단오를 수릿날이라
  함은 소도일(蘇塗日)의 뜻이니, 고문헌에 이 5월과 10월이 소도제천
  절로 나타나 있는 것.

  이상의 삼단(三段)으로써 우리는 소도가 Soro 와전(訛傳)인 것과,
소로[高]의 어원이 수리[上]와 같은 것과, 신라의 국호 차자가 모두
음운상 이 '소로' 또는 '수리'에 상통함을 알 수 있으니, 신라의 국호
가 상(上)[수리] 또는 소도에 관련됨을 알 수 있거니와, 필자는 좀더
단적인 예증을 가지고 있다.

⑴ 고사(古史)에 나타난 변한(弁韓)의 사로국(斯盧國), 진한육부(辰
  韓六部)의 사량부(沙梁部), 삼국시대의 서라벌은 전연 동일지역이
  니, 이들 차자의 다양성은 동음이철(同音異綴)에 지나지 않는 것.

⑵ '國號徐羅伐又徐伐', '率已山縣蘇山縣', '蘇伐都利… 是爲沙梁部'라

함으로써 서벌이 서라벌의 ㄹ음 탈락, 소산(蘇山)이 솔기산(率己山)
의 ㄹ음 탈락, 소벌(蘇伐)이 사량벌(沙梁伐)의 ㄹ음 탈락임을 알 수
있으니, 이미 그것들이 동음이사임을 인정하는 이상 사국(斯國)·시
국(尸國)·시벌(尸伐)·소부(蘇部)라 해도 무방하며, 따라서 서벌
·사벌(沙伐)·소벌은 전연 같은 말임을 알 수 있는 것.

이상의 이단(二段)의 부연으로써 필자의 논조는 구극(究極)에 이르
렀다.
그러면, 이 徐伐·沙伐·蘇伐로 쓰여진 신라의 국호가 수리[上]·
소로[高]의 뜻임을 보여, 종래의 제설에 비하여 정확한 논거가 있음
을 밝히고자 한다.

尙州 沾解王時取沙伐國爲州法興王十一年 梁普通六年初置軍主爲上州
……景德王十六年改名尙州今因之 (三國史記 地理志)
二曰突山高墟村長曰蘇伐都利……是爲沙梁部

사벌은 사량벌의 준 것임은 다시 논할 필요도 없이 서벌·소벌(사
량부)과 동언(同言)인데, 그 사벌을 상주(上州)라 개명하고 사량부
(소벌)를 고허(高墟)라 한역(漢譯)하지 않았는가. 써 고허를 소로벌
이라 읽어야 할 것과 신라·서라 따위가 모두 소도숭배에 좇아 생긴
상·고의 의임을 밝히 알 수 있다. 또 한 가지 방증은 퉁구스계의 일
파인 솔론[삭륜(索倫)]족은 동방에서 온 신라의 후예로 자칭한다 하
며, 솔론이란 말은 몽고어 '솔롱고쓰'에서 온 것이라 한다. 그런데,
몽고어로 신라를 '솔롱고쓰'라 하니, 솔론(Solon) 족이 인종적으로 신
라의 후예인지 아닌지 어떤 관계가 있는지는 미상한 일이지만, 신라
와 삭륜의 어원과 민속이 동원(同源)임은 이 설화로도 충분히 헤아릴
수 있을 것이다. 백제(百濟)의 원의가 '밝재(밝잣)'로 백산숭배(白山崇

拜)에 인한 국명이므로 같은 북방족인 금(金)의 왕도 백성(白城)과 동철(同綴)임을 생각하면 고대 국명의 민족기원설은 한 힘을 얻을 수 있을 것이다.

2. 모례(毛禮)와 도리(都利)

필자는 연전(年前) "어원소고"(語源小考)3)라는 소론에서 절〔寺〕의 어원을 고구(考究)함에 있어, 《삼국유사》의 아도기라조(阿道基羅條)의 모례(毛禮) (一作毛祿)를 '더리'라 읽고, 거기서 절이란 말이 이루어졌다는 속설에다 모례는 인명이 아니라 파리어(巴利語) Thera의 차자라는 자설(自說)을 가미하여 논한 일이 있다. 원래 절의 어원에 대해서는 속설이 분운(紛紜)한바, 필자는 해론(該論)에서 절〔拜〕기원설·찰음전와설(刹音轉訛說)을 버리고 더리〔모례〕기원설을 취하였다. 그 뒤 김영수(金映遂), 양주동(梁柱東) 두 분의 찰음전와설(刹音轉訛說)의 지지를 보고 나의 절 어원 모례설은 포기하고 두 분에 찬동하였으나, 모례가 Thera의 음사요 그 원의인 장로(長老)의 뜻이라는 자설은 버리지 않고 고집해 왔다. 절의 어원을 모례에 두는 속설은, 신라에 불교가 처음 수입될 때 묵호자(墨胡子)란 중이 고구려에서 왔었는데, 신라 고유신앙인 신도(神道)로 말미암아 박해를 받게 되었다. 그 때 묵호자를 맞아 숨겨 준 모례(毛禮)라는 이는 신라에 있어서 최초의 신도(信徒)였을 것이니, 나중에 신도가 차츰 늘어 모례의 집에 모여 예불하므로 시인(時人)이 불도집회처(佛徒集會處)를 더리〔모례〕의 집이라 불러 이것이 변하여 덜 — 절이 되었다는 것이다. 양주동 씨는 이 설이 부회임을 지적하고, 모례는 터리로 읽을 것이니, 털 많

---

3) 졸고(《한글》 乙卯 12월호).

은 사람을 가리키는 말이라 하였다.[4] 그러나, 이 모례 해독도 수긍할 수 없는 난점이 있다.

> 新羅本紀第四云　第十九訥祇王時沙門墨胡子自高句麗至一善郡郡人毛禮於家中作堀室安置
> 又至二十一毗處王時有我道和尙與侍者三人亦來毛禮家儀表似墨胡子
> 按我道本碑云……于時昧鄒王卽位二年癸未也諧闕請行敎法世以前所未見爲嫌至有將殺之者乃逃隱于續林毛祿家……(遺事 阿道基羅條)

　모례를 장로(불교를 통해 수입된)의 의(意)로 해(解)하면 묵호자(墨胡子)나 아도(我道)가 그 집에 유(留)한 것이 아무 의심도 넣을 수 없으니, 모례는 고유명사가 아니라 보통명사이기 때문이다. 그러나, 이를 다모인(多毛人)의 작명(綽名)으로 본다면 이들 불도를 전포(傳布)하는 고승들은 하필 털 많은 사람을 찾아 그 몸을 감춘 것인가, 이 두 고승의 입라(入羅) 기록은 연대적으로 현격이 큰데, 한번쯤은 모르지만 번번이 다모인(多毛人)에게 온다는 것도 기이한 일이 아닐 수 없다. 이들 장로의 의(意)인 별개의 모례로 본다면 이 난점도 해소된다. 《삼국유사》의 '毛禮或作毛祿'의 주(註) '祿與禮形近之訛'가 범어(梵語) Aranya를 아란나(阿蘭那)로도 쓰고 아란야(阿蘭若)로 쓰는 것과 같을 뿐, 형근지와(形近之訛)가 오설(誤說)임은 이미 그 때 지적했지만, 양주동 씨가 말한 터리〔毛禮〕·터럭〔毛祿〕도 우연한 일치요 그 원의와는 하등의 관계가 없을 줄 안다.

　다음 도리(都利) 문제인데, 필자는 이 도리를 모례와 같은 말로 보고 동음이철이라 믿는다.

> 二日高墟村長日蘇伐都利 (所夫里 東扶餘)

4) 양주동, 《조선고가연구》(朝鮮古歌硏究) 690頁.

　양주동 씨는 이 도리를 나대(羅代) 이래 인명에 관용된 수명견고(壽名堅固)의 의로서 석즉현용돌(石卽現用乭)과 같은 것이라 하였다.[5] 그러나, 이 도리가 모례와 같은 장로의 의임은 상기인례문(上記引例文)의 분석으로 용이히 간파할 수 있다. 고허촌장(高墟村長)과 소벌도리(蘇伐都利)는 전연 같은 말의 번복(飜覆)이다. 서벌(徐伐)과 사벌(沙伐) 조에서 이미 고허와 소벌이 동어임을 지적했거니와, 촌장과 도리도 결국 같은 말임을 알 수 있다. 모례는 Thera의 차자로, 모(毛)의 훈차에 례자말음첨가(禮字末音添加) ─ 록(祿)은 초성만 말음첨기(添記) ─ 한 것이요, 도리는 그대로 음차이다. 소벌도리 즉 소로벌도리를 한역한 것이 고허촌장이요, 소벌도리가 무슨 현대의 성명(姓名)과 같은 것이 아님은 물론이다. 이 도리를 《삼국사기》에서는 공(公)이라 역(譯)하여 소벌공(蘇伐公)이라 하였다.

3. 곰[神]과 곰[熊] : 동방 개국 설화고

　해모(解慕), 개마(蓋馬), 건마(乾馬), 금마(金馬), 검(儉), 금(錦), 금(今), 금(金), 흑(黑), 웅(熊) 등의 차자로 나타난 신(神)의 고어 '곰'과 곰[熊] 사이에 밀접한 관련이 있음은 새삼스레 말할 필요가 없다. 양주동 씨는 단군(檀君)의 웅녀탄생설이 이 곰과 곰의 유음에서 생긴 전설이라 보나[6] 필자는 곰이 신(神)의 의(意)가 된 것은 웅녀신화에 기인한 것이라 하여, 곰곰 동원설(同源說)을 주장하는 바이다. 이 두 견해의 상위(相違)는 언어학적 입장과 민속학적 입장의 차이에 지나지 않는다. 필자의 곰어원 웅신화(熊神話) 기원설은 다음 두 가지의 논거에서 출발한다.

---

5) 동상(同上) 五七頁.
6) 양주동, 《조선고가연구》 8頁.

(1) 웅(熊)에게서 부족적 영웅이 탄생되었다는 신화는 비단 단군설화뿐만 아니라 동서신화(東西神話) 사이에 일맥의 연결이 있으니, 유독 단군웅녀탄생만이 조선어에 신이 곰인 관계로 생긴 설화라 볼 수 없는 것.

(2) 다음과 같은 신화학상 논거에 의하여 웅이 여신 즉 모신(母神)임을 알 수 있고, 여신〔자신(雌神)〕이 신(神)의 훈(訓) 곰이 된 것은 모권제가 부권제에 선행함을 보이는 것이며, 어원상 곰〔熊〕・곰〔神〕・옴〔雌〕・엄〔母〕이 동원임은 곧 곰(곰)・옴(엄)의 음전(ㄱ—ㅇ—ㅇ음전)에 지나지 않는 것.

雌 — 母 — 地 — 河 — 月 — 河伯女 — 熊女
雄 — 父 — 天 — 空 — 日 — 天帝子 — 天鳥

웅녀와 천신 사이에 위대한 통치자가 났다는 신화는 우선 지나(支那)의 구년치수(九年治水)로 이름 높은 우왕(禹王)의 탄생이 실로 황웅(黃熊)인 곤(鯀)에게서 났고, 곤은 하신(河神)이므로 이 하신의 힘을 입어 우왕이 구년치수를 이루었다는 것인데, 이 두 신화의 차이점은 단군은 천제(天帝) 아들 환웅(桓雄)과 웅녀 사이의 신혼(神婚)에 의하여 출생된 것이 설화상 밝히 보이나, 우왕은 축융(祝融)을 명하여 곤을 죽이니 그 뱃속에서 나왔다는 것이다(帝令祝融鯀于羽郊鯀復生禹 — 山海經郭氏傳). 그러므로, 곤은 마땅히 모(母)로 볼 수밖에 없고 그 곤이 나중에 황웅이 되었으니(鯀之羽山化爲黃熊 — 史記正義), 이는 분명한 웅녀이거니와, 그 신혼(神婚)의 배우(配偶)인 천신이 보이지 않는 것이 다르다. 그러나, 이를 상세히 고구(考究)할 때, 필자는 곤을 귀양 보낸 지명 우산(羽山)에서 그 의문을 풀 수 있었다. 《서경》(書經) '순전'(舜典)의 "殛鯀于羽山", 《사기》(史記) '오제본기'(五帝本紀)의 "殛鯀于羽山以變東夷"라는 우산이 우리에게 암시하는 바는 웅

녀 곧의 천신과의 교혼(交婚)이다. 천신이 조류(鳥類)로 나타나는 것
은 천손 일자(日子)의 난생설(卵生說)이 이를 증명하나니, 은신화(殷
神話)의 "天命玄鳥降而生商"〔상송(商頌)〕이라든지 청(淸)의 신작전설
(神鵲傳說), 부여(扶餘)의 주몽전설(朱蒙傳說) 등 허다한 예가 있다.
이제, 신혼처(神婚處)의 지명으로 그 신혼의 배우자의 성(性)을 엿볼
수 있음은 차등 동방의 개국신화가 모두 천신〔태양조(太陽鳥)〕과 하신
〔월웅(月熊)〕의 신혼에 의한 위대(偉大)의 탄생을 보이는 것이므로
그 어느 한쪽만 나타나고 한쪽이 결했을 때는 곧 이 신혼으로써 연역
(演繹)할 수 있으니, 그 실례를 들면 우왕신화에는 하신 황웅만 나타
나고 그 신혼의 배우(配偶)인 웅신(雄神)은 우산이란 지명에 암시되
거니와, 이와 반대로 주몽신화에는 해모수(解慕漱)란 천제(天帝) 아
들 웅신(雄神)만 나타나고 하백녀(河伯女) 유화(柳花)가 웅녀임은 나
타나지 않았으나, 이도 그 신혼처 웅신연(熊神淵)(一作熊心)에 의하
여 용이히 유화가 웅녀임을 알 수 있고, 따라서 단군모(檀君母) 웅녀
도 하신(河神)임을 알 수 있다. 이와 같은 유추에 의하여 차등 신화
가 그 표현이 좀 결(缺)했더라도 천신과 하신의 신혼에 의하여 영웅
이 탄생됨을 알 것이니, 이 신화는 희랍의 Artemis 신화와도 관련이
있는 줄 아는바, 아르테미스는 천공신(天空神) Zeus를 아버지로 한
수변녀(水邊女) Leto의 딸로 Apollo(태양신)의 누이니 월신(月神)·목
신(木神)·식물신(植物神)인 것이다. 이 아르테미스 또한 웅형(熊形)
의 여신인데, 그 별웅(別熊)인 아르카디아의 수정(水精)으로 웅녀인
Callisto는 천신 Zeus의 신처(神妻)로 부족의 영웅(아르카디아 왕,
Arcas)을 낳은 것이다. 이로써 목신 아르테미스와 같은 웅녀의 아들
인 단군이 단목(檀木)의 정령이란 것도 신화적으로는 망설이 아니며,
원시사회의 농업기원이 모성적인 것으로 보아서 여신(웅)이 목신·식
물신인 것도 합리적인 설화다. 그러면, 하신(河神)이 어째서 웅형인
가 알 수 없으나, 천신이 조류로 나타남은 원시인 심리가 대공(大空)

을 비상하는 새로써 천신을 상형한 것임에 틀림없다. 천신과 하신 사이에 영웅이 탄생된다는 그 설화를 낳은 미개(未開)의 심리를 해부하면, 결국 음양의 결합 즉 천부지모황천후토(天父地母皇天后土)를 부모로 하여 그 사이에 태어난 인간은 곧 그 양신(兩神)이 혈통적 합성으로서의 신격의 사람이기 때문이요 그 신인(神人)이라야만 능히 주술사로서 원시사회에 군림하는 Rainmaker 등의 역할을 하는 것이니, 그 기능은 모두 이 신혼에 의한 혈통 속에서 받은 것이기 때문이다. 우왕(禹王)의 치수(治水), 주몽(朱蒙) 탈출시의 어별성교(魚鼈成橋)는 모두 부모의 가호를 입은 데 불외(不外)할 것이다. 《고사기》(古事記) '서문'(序文)의 "化熊出爪(或云水)條"로서 신무천황(神武天皇)이 또한 신웅(神熊) 수신계(水神系)의 신임은 삼품창영(三品彰英) 씨가 이미 자세히 논급한 바이므로[7] 췌언(贅言)하지 않는다. 이와 같이 위에 열거한 신화의 동일계통임을 생각할 때 상고(上古) 동방민(東方民)의 서방교섭과 이 신화전파(神話傳播)에 반(伴)하는 문화의 교류도 상상할 수 있다.

단군신화와 주몽신화는 전연 동계로 이이일(二而一)이요, 신화의 혈통적 계기다. 양주동 씨는 고조선세계(古朝鮮世系)와 부여세계(扶餘世系)를 다음과 같이 보고, 부여에는 단군에 해당하는 일대가 결(缺)하였다 한다.[8]

桓因 ― 桓雄 ― 檀君 ― 夫婁
天 ― 解慕漱   ┌ 解夫婁
              └ 東 明

그러나, 환인(桓因)이 천(天)과 같고 환웅〔신웅(神雄)·검수〕과 해

---

7) 삼품창영(三品彰英), "구마나리고"(久麻那利考), 《청구학총》(靑丘學叢) 19호).
8) 양주동, 전게서 698頁.

모수〔굠수〕가 같고 환검(桓儉)〔감〕과 주몽〔굠올즘의 전(轉)〕이 같다면, 주몽을 한 대(代) 올려 다음과 같은 세계(世系)를 꾸밀 수 있다.

桓因 — 桓雄 — 桓儉 (한검) — 夫婁
天 — 解慕漱 — 高朱蒙 (한즘) — 沸流

이 두 계통의 신화는 후자가 전자에서 파생된 것임은 물론이다. 단군은 뚜렷이 환웅이 웅녀와 교혼(交婚)하여 낳은 것이나, 주몽은 하백(河伯)의 딸 유화(柳花)에서 났으니, 다른 신화와 이 비교로 유화가 웅녀임은 알 수 있더라도 그 신화를 만든 수법이 전자에 비하여 훨씬 발달되었음을 알 수 있다. 웅녀를 교혼장소의 암시만 남기고 완전한 인간으로 변모시킨 것이니 발달 또는 후기신화에 속한다는 단군신화에서 더 원시적인 것을 찾을 수 있음은 간과할 수 없는 문제다. 마땅히 주몽신화는 단군신화의 변모로 볼 것이요, 따라서 금서룡(今西龍) 박사가 단군이 주몽전설에서 나왔다고 본 것은 선후도착(先後倒錯)이 아닐 수 없으니, 이상과 같은 신화학상의 난점을 설명할 수 없다.

굠은 곰 신화에서 발생된 것이니, 동물의 모성명사(母性名詞)가 그 전체를 대표하듯이 여신 곰(굠)이 신의 통칭으로 굳어진 것이다. 이와 같이 볼 때 굠·곰·암·カミ·カム·クマ 사이에는 신화의 작용이 큼을 알 수 있다.

아이누 어에서도 신과 웅은 Kamui라 하여 전연 같이 부르는 것이니, 화신(火神) abe-Kamui, 해신(海神) repun-Kamui라 하여 신의 의(意)인 Kamui 위에 화·해를 얹은 것일지나, 이 신이란 어원도 소전(所詮) 웅(熊)에서 비롯한 것이 틀림없으니, 지금도 아이누족 사이에는 웅제행사(熊祭行事) 등 웅토테미즘이 잔존하기 때문이다. 말하자면, 토템으로서의 웅과 신의 개념은 합치되고 웅의 Kamui는 신

의 제반명칭에 쓰이게 된 것인 줄 안다. 단군신화나 신무천황(神武天皇) 신화가 모두 웅(熊)으로써 토템을 삼은 것은 지금 오히려 추측할 수 있거니와, 그 언어의 현존에 있어서도 Kamui〔熊〕→Kamui〔神〕, 곰→곰, カミ→クマ는 유사하지 않은가.

전몽수(田蒙秀) 씨는 웅진(熊津)을 곰〔後〕나루, 임진(臨津)을 님〔前〕나루로 보았으나,[9] 곰나리를 웅진으로 쓰고 웅신숭배가 백제에 있었음은 그 고속(古俗) 교천(郊天)이란 것이 바로 하신(河神) 웅을 제지내는 것이다.

夏后氏禘黃帝而郊鯀(通典郊天條)

이 고마나리〔熊川〕 숭배는 하류지대에 많은 것으로 산간지대의 밝뫼〔白山〕 숭배와 대비된다. 백제의 교천(郊天)은 물론 물론 주몽의 모 유화를 제지냈을 것이다.

점패방지진(鮎貝房之進) 씨는 '고마'를 마(馬)의 고훈(古訓)으로 보고 구(駒)의 훈 コマ에 인증한 듯하나, 필자는 차라리 コマ〔駒〕는 コウマ의 약(略)으로 보고 마(馬)를 고마라 함은 웅(熊), 용(龍)과 함께 마 또한 하신(河神)이므로 그 훈까지 서로 상통된 것이라 봄이 타당할 줄 안다. 켈트 인의 수정(水精) '케르피이', 스코틀랜드의 수정 '슈우피루티이'는 모두 마형(馬形)으로 나타났으니, 써 마 또한 수신(水神)임을 알 수 있다. 부여 백마강(白馬江)은 고마ㄴ리의 아역(雅譯)에 불외(不外)하니, 실로 웅천(熊川), 금강(錦江)과 마찬가지로 웅진(熊津), 신강(神江)의 뜻일 것이다. 백마강의 원류 또한 금강에 있다.

白馬江　在縣西五里良丹浦及金剛川與公州之錦江合流爲此江 (東國與地勝覽 卷十八 扶餘)

9) 전몽수, "고어수제"(古語數題), 《조선일보》 소재.

140

소정방(蘇定方)이 백마를 미끼로 용을 낚았다는 것은 후인(後人)의 부회일 것이요, 그 백마가 곧 하신〔곰〕으로서 용 또는 웅과 동일신격에 해당하기 때문이다. 종래 수신(水神)으로 간주되는 동물은 웅(熊), 용(龍), 구(龜), 악(鰐), 녹(鹿) 등이나, 여기에다 말을 가하면 대략 6종이니, 웅록마(熊鹿馬)를 북방계 수신(水神), 용구악(龍龜鰐)을 남방계 수신으로 대략 나눠 본다. 마의 화훈(和訓) ウマ와 クマ도 어떤 관련이 있는지도 모른다. 필자는 고마나리 숭배를 하신숭배로 볼때 '熊·龍·馬'를 모두 곰〔고마〕으로 읽는 바이다. 하신의 원형은 동서(東西) 신화의 비교에 의하여 웅신에 두고 용과 마의 훈이 고마임은 그것이 하신임으로써 곰과 상통된다 볼 것이다.

熊津〔川〕 고마ㄴㄹ(龍歌), 久麻那利 (日本書記)
龍山縣 本古麻山縣 (史記 地理志 四)
馬邑縣 本百濟古馬旀知縣 (史記 地理志 三)

이와 같이 별개의 언어가 상통되는 실례는 일본서기(日本書記)의 웅성봉(熊成峰)을 クマナリ, ワニナリ의 두 가지로 훈독한 것이다. 이것 역시 웅(熊)과 악(鰐)의 하신으로서 융화(融和)에 의하여 생긴 훈이라 함은 학자의 통설이다. 산해경(山海經) 해내경(海內經) 곽씨전주(郭氏傳註)에는 곤(鯀)을 화위황룡(化爲黃龍)이라 하였으니, 여기서도 용웅상통(龍熊相通)을 볼 수 있다.

끝으로, 이 웅녀신화와 그 변태인 계자(란) 감생설〔鷄子(卵)感生說〕의 계보를 따지면 다음 그림과 같을 것이다.

혁거세 탄생신화의 마(馬)도 수신(水神)으로 봐야 할 것이니, 자란(紫卵)은 천자를 상징하므로, 이 설화 또한 천신과 하신의 신혼(神婚)에 의한 영웅탄생신화의 범주를 벗어나지 않는다.

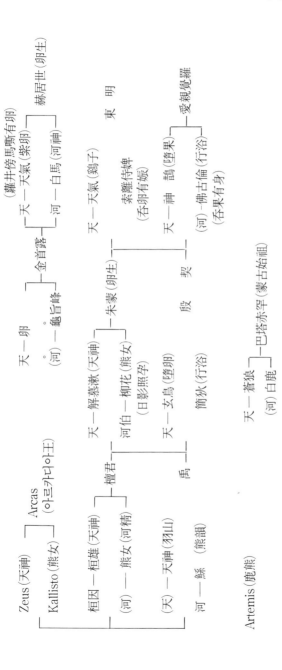

4. 산유화(山有花)와 서리리(黍離離)

　부여(扶餘) 선산(善山) 기타에 전승된 고대민요로 산유화가(山有花歌) 란 것이 있음은 주지의 사실이다. 남녀상열지사(男女相悅之辭)니, 백제유민(百濟遺民)의 노래니, 또는 원녀향낭(怨女香娘)의 노래라고 하여, 그 기원이 어디에 있는 것은 알 수 없는 일이나, 하여간 그것이 삼국시대 이래의 전통곡임에 틀림없고, 민간에 널리 보급된 노래로서 유민이라든지 향낭이 그 고래(古來)의 형식률에 맞추어 노래를 지어 부른 것이라 보는 것이 가장 타당한 견해일 것이니, 그 음조의 애원처절함이 비애에 찬 사람의 마음의 하소연을 담기에 적당하리만큼 애조(哀調)임을 상상할 수 있다. 이 산유화가(山有花歌)를 양주동 씨가 '시내노래'라 하여 나대(羅代) 이래의 향악(鄕樂)〔亽내악〕이라 한 것을 보고 저으기 의아하던 중 이번 고가연구보유(古歌硏究補遺)에서 재래의 통설대로 뫼나리라 해(解)한 것은 지당한 개정(改訂)이라 할 수 있다.

　　山有花　肅宗二十四年善山民婦香娘夫死守節父母欲奪志乃作此曲而哀之投洛東江而死世傳曲今之메너리(梅下崔永年 '海東竹枝')

　《증보문헌비고》(增補文獻備考) 권이(卷二) 사육(四六) 백제가곡조에 '山有花歌一篇男女相悅之辭音調悽惋'이라 했으니, 숙종조 향낭의 시작(始作)이 아님은 말할 것 없고 오랜 역사를 지닌 노래의 하나일 줄 아는바 "메나리꽃아 메나리꽃아 저 꽃 피어 들에 나와 저 꽃 저서 돌아간다." 운운의 현행 메나리의 원류일 것이다. 양주동 씨는 산유화의 화자(花字)를 나리로 본 듯하나[10] 산유화는 '메나리꽃'의 아역

10) 양주동, 《조선고가연구》 867頁.

(雅譯)일 듯하다. '메나리꽃아'를 산유화혜(山有花兮)로 역한 것이 아닐까. '메나리꽃노래'가 줄어 '메나리'로 된 듯하기 때문이다.

그러면, 메나리꽃이란 무엇을 가리킴인가. 필자는 이를 산백합(山百合)이라고 본다. 서울서는 연교(連翹)〔어아리나무 — 목서과관목(木犀科灌木)〕을 개나리라고 하고, 이를 다시 신이화(辛夷花)와 혼동하나, 경상·충청 일대에서는 서울서 '당개나리'라 하는 권단(卷丹)을 개나리라 부른다. 식물명 머리에 붙는 '개'자는 대개 야생을 의미하는데, 산야에 자생하는 개나리를 '뫼나리'라 불렀을 듯하기 때문이다.

> 참나리＝ オニユリ.　개나리＝連翹 (朝鮮植物鄉名集)
> 당개나리＝卷丹.　어아리나무＝連翹.　辛夷＝개나리
> 　　　　　　　　　　　　　　(文世榮 朝鮮語辭典)
> 卷丹＝ オニユリ (小柳司氣太 漢和大字典)

《식물향명집》(植物鄉名集)에는 연교를 '개나리'라 하고, 경상도 개나리〔권단〕를 '참나리'라 하였는데, 문세영 사전에는 이를 '당개나리'라 하고, 연교를 '어아리나무'라 하였다. 그러나, 권단(산백합)의 본명은 개나리로 보지 않을 수 없다. 이 권단(オニユリ)의 설명을 식물도감에서 초록(抄錄)하면 "백합과(百合科)에 딸린 산야에 자생하는 다년생초. 줄기는 쪽 곧고 원주형(圓柱形)으로 자갈색(紫褐色) 바탕에 자색 점이 뿌려 있으며, 꽃은 짙은 황적색(黃赤色)으로 안쪽에 암자색(暗紫色) 얼룩점이 뿌려 있음."이라 하였는데, 《향약집성》(鄉藥集成)에는 이와 같은 꽃을 백합이라 하고 향명(鄉名)을 개나리로 달아 있다.

> 百合 鄉名 介伊日伊.〔圖經〕……又有一種 花黃有黑斑 細葉葉間有黑子……(鄉藥集成 卷七十九)

144

이 개나리꽃이 메나리〔山有花〕에 해당함은 요컨대 이 암자색 반점
이니 그것이 꼭 혈흔(血痕)과 같으므로 여기에 그 노래의 애조임과
함께 백제유민 또는 선산녀 향낭의 전설이 생긴지도 모른다. 동식물
의 형태에 좇아 생긴 애화(哀話)가 많은 것도 사실이요, 이런 식물의
형태가 비애인(悲哀人)의 정서를 자극하는 것도 사실일 것이다. 진작
부터 이 메나리〔山有花〕가 개나리꽃으로 믿어진 것을 보여 주는 실
례가 있다.

洛東烟水碧於紗 腹斷春歌踏浪沙 如見貞娥紅淚滴 滿山風露血斑花
(梅下 '海東竹枝' 山有花條)

농가(農歌)로서 뫼나리가 많이 불리는 때가 모심기 무렵이요, 그
때가 정히 산백합뫼나리(개나리)가 만개하는 무렵이다.

江南五月草如煙　　游女行歌滿水田
終古遺民悲舊主　　至今哀唱似當年

— 李師命 詩

신라(新羅) 경순왕(敬順王) 대에 아간신회(阿干神會)가 지은 서리리
탄(黍離離嘆)이란 애가(哀歌)도 산유화와 같이 전래의 가곡이요, 신
회(神會)의 창작이 아닐 것이니, 필자는 이를 현행 영남 아리랑의 후
렴 아리아리랑 스리스리랑의 원류라고 보고 싶으니, 이 스리스리랑
을 서리리(黍離離)로 차음한 데는 물론 《시경》(詩經)의 "피서리리 피
직지묘"(彼黍離離 彼稷之苗) 또는 저 기자(箕子)의 은허애가(殷墟哀歌)
라는 인수가(麟秀歌)의 가의(歌義)에서 취의(取義)한 것임을 밝히 알
수 있고, 또 그 노래가 동토(東土) 말로 되었으며, 가의에 좇아 서리
지탄의 음만 따서 서리리를 붙인 것일시 분명하다.

新羅旣納國土除阿干神會……還見都城離潰　有黍離離嘆　乃作歌　歌亡
未詳 (三國遺事 金傳大王條)

　영남(嶺南)의 노래 속에는 "임 오시던 길에는 잔 풀이 돋고 임잡던
술잔엔 녹이 슬어 간다" 운운이 있는데, 그 가의로 보아서 신회의 서
리리탄과 어떤 관계가 없는가도 생각해 본다. 아리랑과 서리리의 애
조로운 음률은 그 유행시기에도 우연한 일맥이 상통된 듯하다. 이로
써 필자는 산유화를 메나리에, 서리리를 시리시리랑에, 회소곡(會蘇
曲)을 '말어라 네가 그리 말어라'에 각기 연결시켜 놓고[11] 고금가요 ·
민속 내지 제반문화의 계기(繼起)에 다시금 놀라지 않을 수 없다.
　지나(支那)의 고문헌에 나타난 동이악(東夷樂)의 명칭인 주리주리
(侏離侏離)도 동방인(東方人)의 어음의 차자로서 사내 · 사뇌와 동어
이음인 '수리악'의 와(訛)로 보는 것이 차라리 은당할 듯한바, 양주동
씨의 '리'자이아석악('離'字爾雅釋樂)의 '대금위지리'(大琴謂之離)를 참
호(參互)하라는 설에는 아직 수긍되지 않는 바 있다.

5. 민며누리

　민며누리의 어원은 지극히 용이하게 해독할 수 있음에 불구하고,
양주동 씨는 이 민며느리의 민을 증보(證保)의 고훈(古訓) 밑에다 연
결시켰다.[12] 그러나 민며누리는 '미리며누리' 즉 예부(預婦)라 해하
지 않으면 안 된다. 곧, 미리며누리 ─ 밀며누리 ─ 민며누리의 차례
로 음전된 것이니 '데릴사위'를 솔서(率婿)라 하고 민며누리는 예부라

---

11) 회소회소(會蘇會蘇)를 양주동 씨는 마소마소로 해독하였음(양주동, 《조선고
　　가연구》867頁).
12) 양주동, 《조선고가연구》94頁.

고 역(譯)해서 지금도 쓰는 말이다. 미사돈(미리사돈), 미사위(미리사위)에서는 '미리'의 '리'가 완전히 탈락되고 그 대신 미음(ㅁ)을 장음화했으나, 미리며누리에서는 '리'가 줄어 상음(上音) '미'의 종성화(終聲化)하여 다시 'ㄷ'으로 굳어진 것이다.

*부기(附記) : 이 잡론(雜論)은 양주동 씨의 근저(近著)《조선고가연구》를 읽고
        난 밤 감격한 나머지 나의 관심하는 방면의 것을 몇 낱 추려 사견
        (私見)을 술(術)한 것으로, 삼가 선배의 빛나는 공적에 대하여 감
        사하는 나의 예의로 삼는다.

산유화고(山有花考)
— 민요 '메나리'에 대하여

메나리꽃아 메나리꽃아
저 꽃 피어 농사일 시작하여
저 꽃 지더락 필역(畢役) 하세.
얼널널 상사뒤 어여뒤여 상사뒤

메나리꽃아 메나리꽃아
저 꽃 피어 번화(繁華)함을 자랑 마라
구십춘광(九十春光)도 잠간 간다.
얼널널 상사뒤 어여뒤여 상사뒤

 이 노래는 옛 문헌에도 올라 있고 지금도 주로 부여(扶餘)와 선산 (善山)지방에 전승되어 불려지고 있는바, 살아 있는 고대민요의 주요 한 원형의 하나이다. 노래의 기구(起句)가 '메나리꽃아 메나리꽃아' 하고 꽃 이름을 부르는 데서 시작되기 때문에 민간에서는 속칭 '메나 리'라고 하고, 또 그 기구가 어느 때 한역되었는지 '산유화혜(山有花 兮)여 산유화(山有花)야'라고 불려지면서부터 그 와전(訛傳)으로 '산 유홰'란 이름으로 불려지기도 한다. 양주동(梁柱東) 씨는 산유화의 화

자(花字)를 나리로 보았으나 산유화는 메나리꽃의 축약된 아역(雅譯)
이라 보는 것이 타당할 것이니, '메나리꽃노래'가 줄어서 '메나리'가
되고 '산유화가'(山有花歌)가 줄어서 '산유화'가 된 것임에 틀림없다.

　이 노래의 형식에 대해서는 따로 일고(一稿)를 평하겠거니와, 그것
이 우리 민요의 거의 기초적 형식인 사사조(四四調)의 연결만이 아닌
점에서 마땅히 다른 고가(古歌)와의 비교연구가 요청되지만, 그 가사
의 시대적 변천은 차치하고라도 이 노래 자체의 연기(緣起)가 상당히
오랜 세월을 거슬러 올라갈 수 있다는 것만은 알 수 있을 것이다. 이
노래의 기원에 대해서는 두 가지의 설이 있으니, 백제의 가요라는 것
과 조선 숙종(肅宗)년간에 비롯되었다는 설이 그것이다. 먼저 백제가
요라는 설에는 두 가지가 있으니,

　　山有花歌一篇男女相悅之辭 音調悽惋 如伴侶玉樹 (增補文獻備考　卷
　　三　四六　百濟歌曲條)
　　聞昔樓臺橫復斜　三千羅縠擅繁華　生前富貴露晞草　身後悲歌山有花
　　(蒲菴 李師命詩)

　앞엣것은 남녀상열지사(男女相悅之辭)라 해서 일반적인 민요로서
남녀화답식(男女和答式) 민요임을 암시하는 것이고, 뒤엣것은 백제유
민(百濟遺民)의 노래임을 암시하는 바 있다. 다음 숙종조에 퍼졌다는
설은 또 다음과 같은 두 가지 비슷한 설이 있으니,

　　初四日夕, 李兄與其內從 趙泰聖來話. 趙居善山府, 話府舊事. 府民
　　有女, 嫁同府良家子, 不爲夫所待, 逐遣還, 父之後妻不容, 又往夫歌
　　又見逐 遂歸內舅歌, 舅與父謀改適, 女知之, 將自決, 就吉治隱書院傍
　　山下深潭, 呼荣女兒, 敎自製山有花一曲, 使習之, 其歌曰 天高而高,
　　地廣而廣, 此身無所容, 無寧水相沈, 長爲魚腹葬. 荣女旣誦 乃謂曰女
　　歸語吾親 君死于此水. 遂入水死, 事聞旌. 其女名香娘云. (孚齊日記

卷二 庚寅正月）

山有花歌, 此爲洛東里娘作也. 昔有里娘因不見答於姑夫 投江水而死,
里人哀之, 出水濱聯袂跳歌, 其詞不一, 纏綿悽惻, 今南土士女, 每臨
風對月, 抵節哀吟聲振林樾（東實錄 卷四 尙州）

앞엣것은 선산민부(善山民婦) 향낭(香娘)의 원가(怨歌)로, 뒤엣것
은 상주낙동리낭(尙州洛東里娘)의 비가(悲歌)로 알려졌으나, 그 내용
으로 봐서 같은 전설이 변한 것임은 쉽게 간파할 수 있다. 요컨대 백
제고도(百濟古都)에도 불려지고 낙동강변에서도 불려졌다는 것은 이
노래의 고대의 분포를 말함이요, 그 기원은 이 둘의 어느 것 하나에
만 돌릴 수 없는 내정(內情)이 있다. 다만, 조선보다 백제가 역사적
으로 선행했으니 백제의 고지에 남은 메나리가 더 오랜 것인지도 모
른다. 영남의 메나리가 향낭으로부터 시작된 것은 아니겠으나, 영남
의 메나리가 이 향낭전설로 유존되었다는 것은 재미있다 할 것이다.
이 노래에 대한 기록에서 우리가 마땅히 주의할 것과, 또 그 주의를
통해서 파악되는 것은 다음과 같은 사실일 것이다.

첫째, '남녀상열지사'(男女相悅之辭)와 '연몌도가'(聯袂跳歌)의 구
(句)니, 오늘날도 모심기노래 같은 것은 남녀화답의 형식으로 되어
있고, '쾌지나 칭칭나네'라든지 '강강수월래' 같은 민요가 모두 달밤
강변의 원무곡(圓舞曲)인 점으로 보아서, 이 메나리도 고대부터 전해
오는 농가(農歌)·채녀가(茱女歌) 또는 원무가(圓舞歌)라는 것이요,

둘째, '기사불일'(其詞不一)과 '교자제산유화일곡'(敎自製山有花一曲)
의 구(句)니, 오늘도 농가와 칭칭이노래가 때와 곳을 따라 즉흥작
이 나오는 것은 흔히 볼 수 있으므로, 향낭도 그 형식에 맞추어 자기
의 하소연을 노래했을 것이다. 더구나 기사불일이라 함이 이 메나리
가 여러 가지로 변한 것을 밝혀 주는 것이라 아니 할 수 없는 것이다.

셋째, '음조처완'(音調悽惋), '신후비가'(身後悲歌), '전면처측'(纏綿

150

悽惻)의 구(句)이니, 메나리도 한결같이 애조로운 노래로 그 형식음조가 슬픈 사람의 하소연을 담기에 알맞은 것임을 알려 주는 글이라 하겠다.

그러면, 이 노래의 기구 메나리꽃은 무슨 꽃을 가리키는 것이기에 이 이름이 생긴 것일까. 또, 그 꽃이 무슨 꽃이기에 백제유민의 설움과 향낭의 원한이 이에 기울어졌으며, 또는 그 전설이 부회된 것일까. 이에 대해서는 지금 학계에 막연한 관심도 없는 모양이어서 무슨 고증을 동반한 학설을 아직 보지 못하였다.

나는 '메나리'를 '메나리꽃'의 약어라고 앞에서 단언했거니와, 문헌에도 산유화는 모두 산유화가라고 있음이 이를 증명하는 터이지만, 그보다도 이 노래의 기구(起句)인 '산유화혜여 산유화야'의 원형이 '메나리꽃아 메나리꽃아'라고 직접 메나리꽃을 호칭하는 것을 보면 '메나리' 또는 산유화가 '메나리꽃노래'의 축약임은 의심할 여지가 없는 것이다.

이제, 나는 또 메나리꽃은 메나리꽃 즉 산백합〔卷丹〕이라는 것을 밝히고자 한다. 이 메나리꽃〔山百合〕을 영남지방에서 '개나리'라 부르는바, 종래 이 메나리꽃을 개나리꽃이라고 단언할 수 없었던 것은 우리 식물 향명(鄕名)의 혼란이 심했던 데서 기인된 것이다.

서울 지방에서는 목서과(木犀科) 관목(灌木)인 연교(連翹)를 개나리라 하고, 또 신이화(辛夷花)를 개나리라고도 부른다.

개 나 리 = 連翹
참 나 리 = オニユリ
　　　　　　　　— 朝鮮植物鄕名集

개 나 리 = 辛夷
당개나리 = 卷丹

어아리나무 = 連翹
— 文世榮 朝鮮語辭典

《식물향명집》에는 연교를 개나리라고 하고, 영남 개나리〔卷丹〕를 참나리라 하였다. 그러나, 권단(卷丹)의 본이름은 아무래도 개나리로 보지 않을 수 없으니, 나리는 백합화요 개나리는 산백합화가 되는 것이 순리하다. 왜 그러냐 하면, 우리 식물명에 관용되는 '개'자가 대개 야생을 의미하고, 형상의 왜소미감(倭小味感) 등 질적 열등에도 쓰는 것이니, 산야에 자생하는 나리를 개나리라 불러서 참나리〔白合花〕와 구별하였기 때문이다. 참꽃(진달래)과 개꽃(철쭉), 참두릅과 개두릅, 참비름과 개비름 따위가 모두 그러한 예다.

이제, 메나리(뫼나리) 곧 개나리〔卷丹 = オニユリ〕의 설명을 찾아 보면 다음과 같다.

백합과(百合科)에 딸린 산야(山野)에 자생(自生)하는 다년생초(多年生草). 줄기는 쪽 곧고 원주형(圓柱形)으로 자갈색(紫褐色) 바탕에 자색점(紫色點)이 뿌려 있으며, 꽃은 짙은 황적색(黃赤色)으로 안쪽에 암자색(暗紫色) 반점(斑點)이 뿌려져 있다.

— 植物圖鑑 オニユリ

이와 같은 꽃이 우리말에 일찍이 개나리로 불려진 증거가 있다.

百合 鄕名介伊日伊 又有一種 花黃有黑斑 細葉葉間有黑子……
— 鄕藥集成 卷七十九

이 개나리꽃과 이 노래 '메나리'의 연기(緣起)와는 무슨 인연이 있는 것일까. 나는 이를 개나리꽃의 암자색 반점과 그 꽃이 필 무렵이 정히 모내기 무렵이라는 사실을 들지 않을 수 없다. 암자색 반점은

152

꼭 혈흔(血痕)과 같은 것이므로 백제유민의 노래 또는 원녀(怨女) 향
낭전설이 생겼다고 볼 수 있으니, 동식물의 형태에 좇아 생긴 설화가
많은 것도 사실이요, 이러한 식물의 형태가 비애인(悲哀人)의 정서를
자극하는 것도 사실일 것이다. 진작부터 이 메나리가 궨단으로 믿어
졌고 또 반점이 혈흔으로 느껴진 시가 있다.

　　洛東烟水碧於紗, 腹斷春歌踏浪沙, 如見貞娥紅淚滴, 滿山風露血斑花
　　(梅下 崔永年 '海東竹枝' 山有花)

이 메나리가 백제유민의 노래요, 모내기 무렵에 많이 불려지는 것
을 보인 시도 있다.

　　江南五月草如煙, 游女行歌滿水田, 終古遺民悲舊主, 至今哀唱似當年
　　(蒲菴 李師命)

　　鷲靈峰에 날 뜨고 泗泚江에 달 진다
　　저 달 떠서 들에 나와 저 달 저서 집에 간다
　　얼널널 상사뒤 어여뒤여 상사뒤여

　　扶蘇山이 높아 있고 九龍浦가 깊어 있다
　　扶蘇山도 平地 되고 九龍浦도 平原되니
　　세상일 누가 알고 얼널널 상사뒤여

이 두 구(句)는 부여지방에 불려지는 메나리로, 그 형식에서 이미
'메나리꽃아'라든지 '산유화혜여 산유화야'라는 기구(起句)를 버린 예
다. 이로써 메나리는 개나리꽃에 국한된 것이 아니라 산화(山花)의
범칭에서 다시 꽃이 없는 주제도 담을 수 있는 가요의 한 형식으로
발달되었음을 알 수 있다.

관서지방(關西地方)에도 메나리가 있다. 이른바 강서(江西) 메나리
란 것이다. 그러나, 강서 메나리에는 유민의 노래라든지 향낭의 노래
라는 따위의 그 연기에 대한 전설이 없을 뿐 아니라, '메나리꽃아 메
나리꽃아'라든지 '산유화혜여 산유화야'라는 기구도 없다. 다만, 강서
메나리도 서도가락의 애조(哀調)를 띤 것이 같다. 그 몇 절을 옮기면
다음과 같다.

　　이 논에 물이 좋아 일천 가지 거뒀구나.
　　이천 가지 거된 논은 三千石을 비겠구나.

　　머리 돕고 실한 체니 줄뽕낡에 걸렸구나.
　　줄뽕 채뽕 내 따 줄께 명주 돌띠 나를 다고.

　　박달두 망치가 실실히 풀려두
　　네 손목 놓구는 나 못살겠구나.

　　모래나 샘은 파두새 나구
　　님의 나 생각은 하두새 난다.

　　총각의 낭군이 하 좋다 하니
　　웃간의 영감이 상투를 푼다.

　　夕陽은 재를 넘고 갈길 보니 千里로다.
　　千里龍馬 가자 울고 百年妻眷 잡고 운다.

　이렇게 그 정취(情趣)가 다르면서도 노래 이름이 같은 메나리인 것
은 필시 남쪽에서 북쪽으로 옮겨간 때문인 듯하다. 농가는 서북지방
이 남선(南鮮)지방보다 더디 발달되었을 것이니, 농가와 농악은 수전
농업·집단농업에서 발달되기 때문이다. 여기 수록한 여섯 편 속에
서 적어도 두 편은 남도민요에서 간 것이 분명하다. '줄뽕 채뽕 내

따 줄께 명주 돌띠 나를 다고'라든지 '夕陽은 재를 넘고 갈길 보니 千
里로다'가 그것이다.

또 하나 유명한 민요시 — 김소월(金素月)의 〈산유화〉는 글자 그대
로 산화(山花)의 범칭, 고가(古歌) 산유화의 전설과 애조로운 가락의
영상이 그의 심금에 합일된 것이리라. 소월의 산유화는 메나리는 아
니다. 그러나 현대의 산유화가(山有花歌)다.

— 1948. 3. 25, 《高大新聞》

연정사(蓮亭詞) · 윷노래 해제(解題)

여기 소개하는 〈연정사〉(蓮亭詞)와 〈윷노래〉두 편의 가사는 1944년 봄, 내가 낙향해 있을 적에 조비(祖妣) 진성이씨(眞城李氏)께서 쓰시던 서상(書箱)을 정리하다가 발견한 가축(歌軸)에서 고른 것이다. 나는 그때 찾은 여러 마디의 가축과 내간(內簡)을 네 권에 나누어 장첩(粧帖)해서 서울에 가져다 두었던 것인데, 동란 때 일실되고, 가사 두 권만이 남게 되었다. 이 두 편 가사가 실려 있는 가축은 그 중의 한 권으로서, 모두 네 편의 가사(歌辭)와 짧은 발문(跋文)으로 이루어진 것이다. 그 네 편의 가사는 장한가(長恨歌)·연정사(蓮亭詞)·윷노리(윷노래)·양양가(襄陽歌)의 순으로 되어 있고, 그 끝에 발문은 가사를 필사하신 나의 외조모 진주강씨(晋州姜氏)의 글이다. 그러므로, 이 가축은 나에게는 조상의 수택(手澤)이라 겹겹으로 귀중한 것이 된다.

그 중의 〈장한가〉는 당현종(唐玄宗)과 양귀비(楊貴妃)의 이야기를 가사체로 엮은 장편시로서 백낙천(白樂天)의 〈장한가〉의 귀절이 그대로 인용되기도 하였으나, 가사 첫머리의 사설(辭說)과 전체의 결구(結構)는 우리 가사의 전형을 따른 것이다. 그 의취(意趣)가 번역시가 아닌 것만은 분명하지만, 너무 길기 때문에, 그리고 〈양양가〉는 이백(李白)의 〈양양가〉를 한문 그대로 우리말로 음독하여 토를 단 것에 지나지 않으므로, 여기서는 제외하고 〈연정사〉와 〈옺노래〉만을 택한 것이다.

철자는 원본 그대로 따르고 와음(訛音)된 것과 난해어 및 해당 한 자 등에 간략한 주를 붙이기로 한다.

연 정 샤

공명1)을 다 썰치고 부귀를 하직한 후
산쳔을 차즈와셔 젹막히 깃드리니
부귀를 뉘 아던고 빈쳔도 너 조화라
승명잠2) 곳던 머리 갈삿갓 드러언고
비옥홀3) 잡던 손에 낙시더 빗기들고
십니 쳥강에 한가히 쇼요ᄒᆞ니
사십년 쳥운직4)이 들빅셩 되여서라
낙동강 말근 물은 위슈5)를 옴겨온듯
창안 학발6)은 여상에7) 신셰로다
강호에8) 몸이 이셔 걸닌 곳은 업거니와
님향한 이 근심은 오히려 그지업다
풀버히고 터흘 딱가 일간초옥 지은 후에
쒸9) 비여 집을 덥고 디 딱겨10) 문을 쓰고

---

1) 功名
2) 承明簪
3) 白玉笏
4) 靑雲客
5) 渭水
6) 蒼顔鶴髮
7) 呂尙의
8) 江湖
9) 茅

갈슈풀 깁흔 곳에　　　외로 다다시니
인적이 업셧거든　　　풍편11)인들 미츌손가
광하 쳔만간12)에　　　만종13)을 누릴진니
쟝구히 보젼ᄒ리　　　일 업산 이닉 집의
다토리 뉘 이시리　　　갑 업산 발근 달과
말 업산 말근 바람　　　불거니 빗쵀거니
ᄉ호14)의 싱이런가　　　도잠15)의 집이런가
미록16)을 버즐17) 삼고　　　금셔18)로 낙을 삼아
국가 휴쳑19)을　　　셰샹에 맛겨두고
강산 풍월은　　　니혼ᄌ 즐기노라
창밧긔 모슬 파고　　　못 소옥에20) 연을 심거
도ᄒᆡ화21) 피여지고　　　어졧밤 가는비예
입 돗고 ᄭᅩᆺ피거날　　　입 소옥에 슐을 비져
슐 익어 맛들거든　　　아ᄒᆡ를 다시 불너
입입히 ᄯᅥ러다가　　　먹기도 죠커니와
향긔야 더욱 죠타　　　옛부터 일너시딕
군ᄌ해22)라 ᄒ여시니　　　사람이 군자라야

---

10) 대 쪼개어
11) 風便
12) 廣厦千萬間
13) 萬鐘
14) 四皓
15) 陶潛
16) 麋鹿
17) 벗을
18) 琴書
19) 休戚
20) 속에
21) 桃杏花
22) 君子花

이 꼿츨 둘거시니　　내집의 심거두면
긔 아니 과분23) ᄒᆞ랴　　난가나에 비겨안ᄌ
물우홀 구어보니24)　　연엽의25) 지ᄂᆞᆫ 이살
졈졈이 구살26) 되여　　슈졍이 어려ᄂᆞᆫ듯
비옥27)을 무엇ᄂᆞᆫ듯　　이 아니 션당28)인가
인간에 ᄯᅳᆺ이 업셔　　이러그러 늘거가니
ᄂᆡ 싱의29) 초초ᄒᆞ믈30)　　남지도31) 웃거니와
시비32)를 다 모라니33)　　한젹34)을 ᄂᆡ 즐겨라
아마도 ᄇᆡᆨ셰긔약35) ᄒᆞ니　　일신 안낙36) ᄒᆞ오리라

---

23) 過分
24) 굽어보니
25) 蓮葉에
26) 구슬
27) 白玉
28) 仙堂
29) 生涯
30) 草草함을
31) 늠대돼 : 남이 모두
32) 是非
33) 다 모르니
34) 閑適
35) 百世期約
36) 一身安樂

웃 노 릭

되 밧[1]

일월셩신 분명ᄒᆞ니	쳔되[2]가 젹실[3] ᄒᆞ니
산쳔초목 분명ᄒᆞ니	지되[4]가 젹실ᄒᆞ고
인의예지 분명ᄒᆞ니	인되[5]가 젹실ᄒᆞ다
공부ᄌᆞ[6]의 일관되[7]냐	밍부ᄌᆞ[8]의 호연되[9]냐
인의ᄒᆞ고 예지ᄒᆞ신	공밍도를 되라 ᄒᆞ랴
겸익[10]ᄒᆞ고 위아[11]ᄒᆞᄂᆞᆫ	양묵도[12]를 되라 ᄒᆞ랴
빅니[13]예 부미[14]ᄒᆞ니	ᄌᆞ로[15]의 효되런가
빙샹[16]의 구어[17]ᄒᆞ니	왕샹[18]의 효되런가

1) 도밭
2) 天道
3) 的實
4) 地道
5) 人道
6) 孔夫子
7) 一貫道
8) 孟夫子
9) 浩然道
10) 兼愛
11) 爲我
12) 楊墨道
13) 百里
14) 負米
15) 子路

160

춘일이 박모[19] ᄒᆞ니　초즁[20]의 우양되[21]냐

왕시[22]가 창망[23]ᄒᆞ니　옥창[24]의 형영되[25]냐

녹슈 진경도[26]ᄂᆞᆫ　경치도 조커니와

지시 장안도[27]ᄂᆞᆫ　번화홀샤 여긔로다

분창[28]밧긔 잉도화ᄂᆞᆫ　계셤월[29]의 긔약이오

미각[30] 압희 예계화[31]ᄂᆞᆫ　유광츈[32]의 가린비라

기　　밧

긔긔습어 두틔[33]ᄒᆞ니　불원 인지 고량[34]이라

---

16) 氷上
17) 求魚
18) 王祥
19) 薄暮
20) 草中
21) 牛羊道
22) 往事
23) 蒼茫
24) 玉窓
25) 螢影度
26) 綠樹秦京道
27) 知是長安道
28) 粉窓
29) 桂蟾月
30) 梅閣
31) ?花
32) 未詳
33) 個個拾於豆太
34) 不願人之膏粱

긱긱35) ᄒ고 우ᄂᆞᆫ양은   살냥 ᄌᆞ치 시재36) 로다

양인 디죽 산하긔37) ᄂᆞᆫ   수리 취ᄎᆞ38) 잠이 오고
우즁 츈슈 만인가39) ᄂᆞᆫ   시화셰풍 긔상40) 이오
츈만건곤 복만가년41)   만인가의 입츈이오

심운 불엄 츅강긔42) ᄂᆞᆫ   두릉양로43) 초당이라
슈양산 은고사리44)   긔쟝45) 을 치와시니

빅이슉제46) 졀개로다   동문의47) 괘관48) ᄒ고

영슈49) 의 셔이50) ᄒ니   소부 허유51) 졀개로다
멱나수52) 살진고기   ᄃᆡ부53) 를 영쟝54) ᄒ니

---

35) 喈喈
36) 山梁雌雉時哉
37) 兩人對酌山花開
38) 술이 취하자
39) 雨中春樹萬人家
40) 時和歲豐 氣象
41) 春滿乾坤福滿家ᄂᆞᆫ
42) 柴門不掩逐江開
43) 杜陵野老
44) 首陽山 殷고사리
45) 飢腸
46) 伯夷叔齊
47) 東門에
48) 掛冠
49) 潁水
50) 洗耳
51) 巢父許由
52) 汨羅水
53) 大夫
54) 永葬

162

굴삼여⁵⁵⁾의 절기로다　　간의대부⁵⁶⁾ 마다ᄒᆞ고
칠니탄의⁵⁷⁾ 도라드러　　낙ᄃᆡ⁵⁸⁾를 드던지니
엄ᄌᆞ릉⁵⁹⁾의 절기로다

걸 밧

걸혀ᄒᆞ려⁶⁰⁾ 오신 손님　　걸인여지⁶¹⁾ ᄒᆞ단말가
호걸이라 호걸이라　　도덕문의⁶²⁾ 스승ᄒᆞ고
공밍안증⁶³⁾ 호걸이라　　명쟝츙신 일홈ᄒᆞ고
관우쟝비⁶⁴⁾ 호걸이라　　취과 양쥬⁶⁵⁾ ᄒᆞ올젹의
황귤⁶⁶⁾이 만거⁶⁷⁾ᄒᆞ니　　인간의 아녀ᄌᆞᄂᆞᆫ
빗빗치⁶⁸⁾ 탐을 ᄂᆡ고　　원종 젹송 쟝ᄌᆞ방⁶⁹⁾은
인간마다 호걸이리　　육츌긔계⁷⁰⁾ 져진평⁷¹⁾은

---

55) 屈三閭
56) 諫議大夫
57) 七里灘에
58) 낚싯대
59) 嚴子陵
60) 乞醯
61) 乞隣與之
62) 道德門에
63) 孔孟顔曾
64) 關羽張飛
65) 醉過楊州
66) 黃橘
67) 滿車
68) 色色이
69) 願從赤松張子房

참녜 못한 삼걸이오   화용도72) 좁은 길에
잡은 조조73) 의ᄉ74) ᄒ니   관운쟝75) 의 호걸이라

웃 밧
빅76) 으로 붓치노라

방랑ᄉ즁77) 너른 긔78) 예   넘노나리 빅귀79) 로다
명봉재슈80) 아니로다   빅구식쟝81) 무ᄉ일고
반츌고문82) 아니로다   힝빅옥83) 은 무ᄉ일고
이화일지 춘ᄃ우84) 는   빈쏫치 비를 씌고
소지노화 월일셩85) 은   갈쏫치 달을 씌고
오호편쥬 무량86) ᄒ니   창파 명월 가이업셔

70) 六出奇計
71) 陣平
72) 華容道
73) 曺操
74) 義赦
75) 關雲長
76) 白
77) 博浪沙中
78) 江의 사투리
79) 白鷗
80) 鳴鳳在樹
81) 白駒食場
82) 盤出高門
83) 行白玉
84) 梨花一枝春帶雨
85) 笑指芦花月一船

십쥬삼산[87] 츠자가니　　　동남동여[88] 간디업다

츄풍빅의 역슈샹[89]에　　　형가[90]를 보니시니[91]

가련타 져형경[92]이　　　갈길이 어디미뇨

마릉[93] 싸 져문길에　　　빅이셔지[94] 호여시니

가련타 져방연[95]이　　　갈길이 어듸미냐

빅마[96]의 빅이러냐　　　빅셜[97]의 빅이러냐

빅우[98]에 빅이러냐　　　빅옥[99]의 빅이러냐

모 밧

젹[100]으로 붓치노라

모용쉬[101]가 진을치니　　　연군[102]이 디픠하고

---

86)　五湖扁舟無恙
87)　十洲三山
88)　童男童女
89)　秋風白衣易水上
90)　荊軻
91)　보냈으니
92)　荊卿
93)　馬陵
94)　白而書之
95)　龐涓
96)　白馬
97)　白雪
98)　白羽
99)　白玉
100)　赤
101)　慕容垂
102)　燕軍

모쉬103)가 자천104) ᄒ니   십구인의 제일이라

유막105)의 잉가록106)은   푸른거슬 노래ᄒ고

화방107)의 접무홍108)은   불근기살 츔을 춘다

공문졔자109) 돌너보니   공셔젹110)이 져격111)이오

졀디가인112) 츠쟈가니   연지공113)이 간디업다

아방궁114)이 타단말가   셕달거지115) 불치비라

왕실여희116) ᄒ단말가   방어젹미117) 무슨일고

중츄팔월 긔망야118)에   놉히 쓰니 망월이오

쥬홍당샤119) 벌믜즘120)은   츠고나니 금낭121)이라

---

103) 毛遂
104) 自薦
105) 柳幕
106) 鶯歌綠
107) 花房
108) 蝶舞紅
109) 孔門弟子
110) 公西赤
111) 졔格
112) 絶代佳人
113) ?
114) 阿房宮
115) 석달까지
116) 王室如燬
117) 魴魚楨尾
118) 旣望夜
119) 朱紅唐絲
120) 蜂맺음
121) 錦囊

〈연정사〉(蓮亭詞)는 그 간결한 형식, 세련된 조사(措辭)와 전아(典雅)한 시경(詩境)의 풍취가 차종(此種) 귀고수(歸故守) 졸시가(拙詩歌)의 가품(佳品)이라 하겠다. 그 말미가 이른바 시조종장(時調終章)의 체격을 갖춘 것도 흥미가 있다. 이 가사의 작자와 연대는 함께 미상이나 가사 중에 '낙동강 맑은 물은 渭水를 옮겨온 듯'의 한 귀절이라든지, 몇몇 사투리로 미루어 영남지방 인사요, '四十年 靑雲客이 들 백성 되었으라' 한 것으로 보아, 작자는 사십년 환로(宦路)에 있다가 은퇴한 것이요, '承明簪 꽂던 머리 갈삿갓 들어얹고'라는 귀절로 보아, 그가 청환(淸宦)을 역임한 인사라는 것을 알수 있다.

참고로 할 한 가지는 이 가사들은 발문(跋文)에 의하면, 외조모 진주강씨(晋州姜氏)가 경오년(1930) 5월에 우리 집에 오셔서 5, 6삭(朔) 유하시면서 조비(祖妣)와 사돈간에 글을 얘기하시다가 떠나시는 기념으로 쓰신 것임을 알 수 있거니와, 이는 전혀 암송하시던 것을 베껴 주신 것이다. 그러므로, 이 가사의 작자는 당시의 친정, 또는 시가(媤家)의 조상이 아니면 그와 관련된 이일 것이라는 점은 쉽사리 짐작할 수 있다. 나의 외조모는 봉화군(奉化郡) 춘양(春陽)에 세거(世居)하는 진주 강씨 진사(進士) 심(鐔)의 따님으로, 안동군(安東郡) 삼산(三山)의 나의 외조부인 전주유공(全州柳公) 진희(進熙)께 출가하신 분이므로, 이 가사의 작자는 안동(安東)·봉화(奉化)·영양(英陽)을 중심으로 한 그 인근 인사일 것이나, 나는 아직 이를 더 깊이 찾아볼 겨를을 가지지 못하였다.

따라서, 이 〈연정사〉의 창작연대도 미상이지만, 문체·용어·철자는 조선 후기 것임을 보여 준다. 물론, 이 가사를 필사한 것은 발문에 의하면 경오년(庚午年)이므로, 용어와 철자의 원형이 많이 변했을 가능성도 있으나, 새 철자법을 익힐 필요도 없었을 것이고, 손에 익은 철자의 습성은 그렇게 쉽게 변하는 것도 아니고 보면, 이것은 원형을 거의 그대로 지녔다고 볼 수도 있다. 또, '남직도'(늡대돼)와 같은 고어가 남아 있을 정도면, 이 어휘가 나오는《청구영언》(靑丘永言)이나《한중록》(閑中錄)과 비슷한 연대인 영·정조(英·正朝)에서 헌·철종조(憲·哲宗朝) 사이에 이 가사의 성립연대가 들었을 것이다. 대략 1725~1863년 사이란 말이다.

윷노래는 한학 냄새가 짙어 그 발생·배경을 보여 줄 뿐 아니라, 도·개·걸·윷·모의 다섯 부분에 나누어 각부분을 '도밭', '개밭' 식으로 이름 붙이고, 그 각 밭은 '도', '개' 등 각기 해당된 음운을 되풀이하는 특이한 형식을 갖춘 민요풍적 내방가사(內房歌辭)이다. 특히 '윷'과 '모'는 그러한 음이 들어가서 된 낱말을 가사 안에 여러 개 찾아 넣기가 힘드니까, '윷'은 '백'(白)을 붙이고, 모는 적(赤)을 붙여서 '적'과 '붉음'과 '홍'(紅)을 뒤섞어 쓴 것이 재미있다 하겠다. 윷에 백을 붙인 것인 윷가락 네 가치가 다 자빠지면 허옇게 되고, 모에 적을 붙인 것은 영남지방의 윷은 대개 싸리윷이 되어서 네 가락이 다 엎어지면 싸리나무껍질이라 붉게 되기 때문이다.

〈윷노래〉의 작자도 미상이지만, 이 가사는 〈연정사〉와는 다른 내방가사적 성격이 짙으므로, 이 윷노래의 작자는 〈연정사〉의 작자와 같은 선비가 아니라, 부인네이리라고 보겠다. 내방가사는 같은 가사 형식일지라도, 그 문체, 곧 행문(行文)에 여성문장 특유의 투(套)가 있다.

윷노래 '걸밭'에 보이는 "호걸이라 호걸이라 도덕문의 스승하고 공밍안증 호걸이라 맹장충신 일홈하고 관우장비 호걸이라" 라든지, "유막의 잉가록은 푸른 거슬 노래하고 화방의 접무홍은 불근거살 츔을 춘다" 라든지, "쥬홍댱샤 벌미즘은 츠고 나니 금낭이라" 같은 표현과 조사는 일반 가사에서는 잘 보이지 않는 내방가사적인 조사이다.

이 윷노래에 한문고사가 상당히 어려운 것이 나온다 해서 여성의 작품이 아니라 추단(推斷)하는 것은 잘못이다. 영남의 내방가사의 작가층에는 한문적 소양이 상당한 이가 많았기 때문이다. 이 가사들의 필사자인 나의 외조모께서도 한시(漢詩)를 자작까지 하실 정도이셨다. 그러므로, 이 윷노래는 혹시 당신의 자작이 아니었던가 하고 의심해 볼 수도 있는 것이다. 이에 대해서는 후고(後考)를 기다리기로 한다.

— 1966. 7, 《어문논집》(語文論集) 一輯

어원소고(語源小考)

1. 절 [寺]

절(寺)의 어원에 대해서는 아직 확실한 설이 없고 절(배(拜))한다는 '절' 혹은 사찰·범찰(梵刹)의 '찰'음의 전와(轉訛)라고 보는 등 실로 구구불일(區區不一) 한 바입니다.

방종현(方鍾鉉) 선생은《문장》(文章) 5월호에 실린 "언어편감"(言語片感)이란 글에서 '덜'과 'テラ'의 음상사(音相似)로 미루어 '덜'은 범어(梵語)이리라고 말씀하셨습니다.

그러나, 현행하는 절의 의미를 범어로 찾아보면 이와 비슷한 음은 없는 것입니다.

사원을 범어로는 Aranya라 하고 파리어(巴利語)로는 Aranna라 하는데, 한어역(漢語譯)으로는 아란약(阿那若)·아련약(阿練若)·아란나(阿蘭那)·아란양(阿蘭攘)(혹은 약해서 난약(蘭若)·연약(練若))으로 쓰고, 승주처(僧住處)·적정처(寂靜處)·무정처(無靜處)·원이처(遠離處)로 역되어 있으며, 운회(韻會)에는 '浮屠所居西域謂之蘭若'라고 씌어 있습니다.

둘째, 지금도 '절'의 의미로 쓰고 있는 '가람'(伽藍)은 어원

Sangharama의 음역 '승가람마'(僧伽藍摩) 혹은 '승가람'(僧伽藍)의 약어인바, 《번역명의집》(飜譯名義集)에는 '伽藍譯爲衆園'이라고 씌어 있습니다. 처음에는 중승(衆僧)이 모여 불도를 수행하는 곳으로 역(譯)되었으나, 지금은 대개 건축물인 전당을 '가람'이라 부르는 것 같습니다.

셋째, 사원의 의미인 '정사'(精舍)가 있는데, 범어로는 Vihara요 '정려'(精廬)라고도 역하는 것입니다.

위에 예를 든 아란약·가람정사의 어디에도 조선어의 '절'과 비슷한 음은 찾을 길이 없습니다.

그러므로, 여기에 가장 믿음직한 설은 절의 어원을 '모례'(毛禮)에 있다고 보는 것입니다.

이 '절'의 어원을 '모례'에서 찾게 된 것은 《삼국유사》 권삼(卷三) 아도기라조(阿道基羅條)의 "新羅本記第四云 第十九訥祇王時 沙門墨胡子 自高麗 至一善郡 郡人毛禮於家中作堀室安置"에 의거한 것인데, 불교가 고구려 소수림왕(小獸林王) 2년 임신(壬申, 서기 372년경)에 도려(到麗)하여, 그 후 사십팔, 구년 후에 묵호자의 손으로 처음 신라에 온 것입니다. 묵호자가 처음 와서 군인 모례의 집에 있게 되고, 여기서 몇몇 소수의 신도가 모이게 된 것은 현재 사찰과 비슷한 소규모의 정사 같이 된 것이라 합니다.

그러면 '모례'의 음독은 어떻게 했을 것인가가 다음 문제인데, 이것을 향가이두식(鄕歌吏讀式) 독법으로 '털예'라고 보고 이 '털예'가 전와하여 '덜'로 된 것이라 합니다. 변천을 대강 생각하면

모례〔털예〕→ 털 ┌ テラ
　　　　　　　　└ 뎔 → 절

과 같은 것입니다.

　그러나, 필자는 '모례'의 이두식 음독에는 찬성하나 모례를 인명으로 보는 데는 좀 의견을 달리하고 싶은 것입니다. 《삼국유사》에도 군인모례(郡人毛禮)라고 기록되어 모례를 인명으로 본 것 같으나, 필자는 이 '모례'를 파리어로 장로(長老)의 의(意)인 Thera의 음역이라고 보는 것입니다.

　묵호자가 신라에 와서 처음 있던 곳이 모례의 집이라면 처음 포교를 시작한 곳도 역시 모례의 집이었을 것은 물론의 사실일 것입니다. 그러므로, 모례는 또한 최초의 신도였을 것임은 넉넉히 상상할 수 있는 것이니, 필자가 모례를 Thera의 음역이라고 하는 것은 여기서 비롯한 것입니다. 즉 모례는 인명이 아니요 장로의 의(意)로서, Thera를 음역하여 부른 것을 신도(信徒) 아닌 사람은 모례란 것이 인명인지 칭호인지도 모르고 불도(佛徒) 즉 승려가 모여 수도하는 곳을 모례의 집이라고 불러서, 이것이 차츰 변하여 승려가 모이는 곳은 나중에 불교가 성해진 뒤에도 '털예'로 불러 지금의 '절'까지 변해 내려온 것이라고 생각하는 것입니다. 이와 비슷한 사실을 우리는 옛날의 지명에서도 볼 수 있는 것입니다. 옛날에 역(驛) 말이 있었다고 해서 역말 제도가 폐지된 지금에도 동리 이름은 역시 역말〔驛里〕이요, 풀무〔冶〕 있던 골〔谷〕이라 해서 풀무가 없어진 지금에도 불무ㅅ골이란 골〔谷〕 이름이 남아 있는 것과 같은 것입니다. 또, 《삼국유사》의 아도기라조에는

　　'新羅本記第四云 第十九訥祇王時……郡人毛禮於家中作堀室安置'
　　'又至二十一毗處王時 有我道和尙 與侍者三人亦來毛禮家 儀表似墨胡子'
　　'按我道本碑云……于時味鄒王卽位二年癸未也 諧闕淸行敎法世以前所未見爲嫌 至有將殺之者 乃逃隱于續林 毛祿家'
　　'毛祿之妹名史氏 投師爲尼(師는 阿道和尙)……師還毛祿家'(三國遺事 卷 三)

이와 같은 문구를 찾을 수 있으니, 묵호자(墨胡子)와 아도(阿道)가 두 번 다 모례(毛禮)의 집으로 왔다고 하나, 그 모록(毛祿)이 과연 같은 사람인지 의심나기 때문이요, 아도화상과 신라 본기의 묵호자는 그 행적으로 미루어 동일인 같으나 미상한 기록이므로 또한 알 수 없지만, 미추왕은 십삼대요 눌지왕은 십구대 임금이므로 그 연대에 현격한 차이가 있는 것입니다.

또 '毛禮之妹名史氏 投師爲尼'라는 구절의 사씨는 모례의 성이 사씨가 아닌가를 의심하게 하는 바도 있습니다.

그리고, 《삼국유사》에는 '毛禮或作毛祿'이라 하고, 그 주(註)에는 '祿與禮形近之訛'라 했으나, 필자는 Aranya의 음역을 아란약(阿蘭若) 혹은 아란나(阿蘭那)로 음역한 것과 같이, Thera를 모례 혹은 모록으로 음역한 것이라고 생각하는 것입니다. 신라 본기에는 다 모례로 썼고, 아도본비(我道本碑)에는 다 모록으로 쓴 것입니다.

다음으로, '절'과 'テラ'의 관계를 생각해 보면, テラ는 역시 절의 음역이라고 보겠습니다. テラ는 파리어 Thera에 그 음이 가까우므로 원어의 직역이라고 볼 수 있으나, 필자는 テラ가 Thera의 직역이 아님을 믿습니다.

첫째, 일본 불교는 신라 불교보다 훨씬 오랜 세월을 지낸 뒤 건너간 것은 역사상에 밝혀져 있는 것입니다.

파리어 Thera는 장로의 의요, テラ는 거의 '절'과 마찬가지로 사찰 즉 예배소의 뜻에 가까운 것이니, 장로의 의(意)인 Thera를 모례로 역하고, 모례의 집에서 승려가 모이기 시작했으므로 수도장 곧 지금의 사찰의 뜻으로 변한 뒤 불상(佛像) 경권(經卷)과 함께 동으로 건너갔다고 봅니다. テラ는 음은 Thera에 가까울지라도 뜻은 '절'과 더 가까운 것입니다.

그 다음으로 절은 어느 때부터 생기고 '寺'자는 어느 때부터 절 사자(寺字)로 된 것일까에 대해서도 좀 생각해 보려 합니다.

인도에서는 왕사성국왕(王舍城國王) 빈파사라(頻婆娑羅)가 귀불(歸佛)하여 가란타죽원(迦蘭陀竹園)에 임정사(林精舍, Venwana‐Vihara)를 지은 것이 국왕 귀불(歸佛)의 최초요 가람(伽藍)의 처음이라 하고, 지나(支那)에서는 후한(後漢) 명제(明帝) 영평(永平) 10년(서기 67년)에 가엽마등(迦葉摩藤)‧축법란(竺法蘭) 이승(二僧)이 불상경권(佛像經卷)을 백마에 싣고 오매 명제 크게 기뻐하여 낙양성(洛陽城) 서옹문외(西雍門外)에 정사(精舍)를 짓고, 백마를 기념하기 위하여 백마사(白馬寺)라고 이름지었다 하는데, 이 백마사가 지나 사찰의 최초인 것입니다. 그런데, 이 백마사가 또한 사자(寺字)를 가람 즉 사원의 의(意)로 쓴 최초이리라고 믿습니다.

'사'자는 원의가 '시'(侍)와 동(同)하다 하고, 관사(官舍)의 의(意)로 쓰여 당대(唐代)의 외국빈을 접대하던 홍려시(鴻臚寺)라든지 그 밖에 태상시(太常寺)‧태복시(太僕寺)로 미루어서 한대(漢代)에도 이와 같은 의미로서 쓰였으리라고 생각되는데, 전기 이승은 거의 국빈이므로 정사를 깨끗이 지어 접대한 것이 종차(從此)로 불상과 승려 있는 곳을 '사'자를 쓰게 된 것이라고 생각합니다.

'사'자는 閣〔고자 시〕자와도 통하고, 관사(官舍)‧관소(官所)의 의가 될 때는 '시'로 읽고 사찰의 뜻으로 쓰일 때 '사'로 읽는 것입니다.

그러나, 모례의 집이 조선 사찰의 처음 아닌 것은 물론입니다. 고구려 소수림왕(小獸林王) 5년에 순도‧아도 두 화상을 위하여 초문사(肖門寺)‧이불란사(伊弗蘭寺)를 창한 것이 조선 사찰의 처음인 것입니다.

2. 부처[佛]

부처는 범어 Buddha의 음역일 것입니다. Buddha는 한문으로는 불타(佛陀)·부도(浮屠)·부도(浮圖)·불도(佛圖)·보리(菩提) 혹은 부타(浮陀)·부두(浮頭)·발태(勃駄)·부타(部陀)·모타(母陀)·몰태(沒駄)라고도 쓰고, 각자(覺者)·정각(正覺)이라 역(譯)하는 것이며, 약(略)하여 불(佛)이라고 하는 것입니다. 불타나 부도 등은 물론 글자 자체가 뜻을 의미하는 것이 아니요 Buddha의 음을 표하기 위하여 따다 쓴 것입니다. 그리고, 같은 Buddha의 음이나 '浮屠'는 석가 혹은 불상만을 이름이 아니요 승려·석탑의 의미도 포함한 것입니다. 고문헌에 '菩提'를 어떻게 읽었는지 모르나, 아마 '보데'로 읽었으리라고 믿는데, 'ㄷㄹ'상통으로 보면 현재음인 '보리'가 '보데'에서 변한 것도 용혹무괴(容或無怪)의 일일 것입니다.

ホトケ는 Buddha(佛陀)의 화훈(和訓)일 것이며 부처의 전와(轉訛)일 것입니다. 〈월인천강지곡〉(月印千江之曲) 등 고서(古書)에는 '부텨'로 씌어 있음을 볼 수 있으니, 텨가 처로 변함은 많은 일이므로 췌언(贅言)은 요하지 않는 것입니다.

ㅂ음이 ㅅ행음(行音)으로 변하는 것도 흔히 볼 수 있는 것이므로, 부텨에서 ホトケ로 전와한 듯하나, 밭의 ハタケ, 붙(부례)의 ホトケ의 ケ자의 법칙만 구명되면 의심 없는 일입니다. 그러나, 내지학자(內地學者) 중에는 ホトケ를 불교의 구극(究極) 목적이라 할 수 있는 해탈(解脫)의 '해'의 훈 ホトケ, ホトゲ의 와(訛)인 ホトゲル에서 ホトケ가 나왔다고도 하고, 혹은 석가가 성도(成道)한 지명 불타가야(佛陀迦耶)의 불타에서 ホト, 가(迦)에서 ケ가 나왔다는 설도 있고, 4, 5종의 이설이 있으나 역시 부텨의 음역이라는 것이 정설이라고 생각합니다.

불타는 Buddha의 음역이므로 '불'자는 Buddha의 음역에 쓰인 뒤로부터 부처 불자(佛字)로 변하였으리라고 생각합니다.

《예기》(禮記)에 '其求之也佛', 동서(同書)에 '獻鳥者佛其首', 《시경》(詩經)에 '佛時仔肩'의 佛은 다 Buddha의 佛의 의미는 아닌 것입니다. '불'자는 거스린다〔悖〕·돕는다〔弼〕·돌아간다〔戾〕·튼다〔捹〕는 의미였습니다. 그러므로 Buddha의 수다한 역중(譯中)에 '불'자가 최적하다고 필자가 생각하는 바는, '돌아간다'는 것은 청정한 자성(自性) 백지로 돌아가는 본래구족(本來具足)의 불성에 돌아간다는 뜻이요, '돕는다'는 조의 의미는 성불을 돕는 인격적 존재로 볼 수 있는 것이기 때문입니다.

《예기》는 한(漢)나라 대성(戴聖)의 편찬이요, 《시경》은 또한 춘추시대(春秋時代) 공자(孔子)의 편이므로 양서가 다 불교 수입 이전의 저술일 것이니, 어찌 Buddha의 불(佛)의 의가 있을 것입니까. 여기서 죽 내려와 청(淸)나라 성조시(聖祖時) 간행인 《강희자전》(康熙字典)에는 '佛者覺也 以悟群生也'라고 했으니, 여기서부터 이후의 문자에 오른 불자는 식물명과 불란서 국명을 제하고는 거의 불(Buddha)의 의로 오로지 쓰여졌으리라고 생각해도 과언은 아니라고 믿습니다.

3. 중 [僧]

중의 어원은 '衆'에 있는 것입니다. 불(佛)·법(法)·승(僧) 삼보(三寶) 중의 하나인 승(僧)의 원어는 범어로 Samgha인데 음역하여 '승가'(僧伽)라고 '伽'를 약해서 '僧'한 자로 쓰는 것입니다. 승은 역하여 중(衆)이라 하고, 교단생활을 하는, 적어도 3인 이상의 비구(比丘)가 한 곳에 모여 수행하는 것을 이름인데, 원의는 '중화합'(衆和合)이란 뜻입니다.

그러므로, 3인 이상의 수행하는 교단생활을 승가(僧伽)라고 부르

176

는 것인데, 불(佛 — 부톄)·법(法 — 敎法, 眞理)·승(僧 — 衆和合, 敎
團)을 불교의 삼보(三寶)라고 부르는 것입니다. 처음에는 중화합 즉
중의 뜻이었으나, 차츰 변하여 불도를 수행하는 이는 한 사람이라도
중이라고 부르게 된 것이나, 원의에서 벗어나는 것은 물론입니다.

4. 명 색

우리말에 '명색'이라는 보통 쓰이는 말이 있습니다. 즉례(卽例) 하면
"내가 명색이 주인입니다" 또는 "이것이 명색 제 자식입니다" 등에 보
이는 바와 같이 겸손하는 말 '불완전하나……하다'는 뜻인데, 필자는
이 명색의 어원을 불교의 명색(名色)이라고 보고 싶습니다.

불교 십이연지(十二緣支), 즉 무명(無明), 행(行), 식(識), 명색,
육입〔六入 — 처촉(處觸)〕촉(觸), 수(受), 애(愛), 취(取), 유(有),
생(生), 노(老), 사(死) 중의 명색인데, 자세히 십이연기(十二緣起)
를 설명하자면 불교의 생사윤회(生死輪廻)의 삼세(三世) 양중(兩重)
인과(因果)를 말하지 않을 수 없으므로, 여기서는 다만 십이지 중의
'명색'의 어의만을 말하고자 합니다.

명색은 범어로는 Namawpa로 위에 말한 12인연 중의 하나인데, 대
단히 용졸(庸拙)한 붓으로 설명하기 힘드나, 쉽게 말하자면 명(名)은
심(心)인데 심왕심소(心王心所)는 대소 형량(形量)이 없는 심이므로
이름하여 명이요, 색은 색 즉 물체로서 대소형량(大小形量)이 있는
물체, 합하여 명색이란 것은 십이지의 '육입'(六入)인 즉 육근〔六根 :
안(眼), 이(耳), 비(鼻), 설(舌), 신(身), 의(意)〕이 구족치 못하고
신(身)〔색(色)〕·의(意)〔심(心)〕 있는 것을 말합니다. 그러므로, 명
색은 육근이 구비치 못한 모체(母體)의 태내(胎內)에 탁태(托胎)한
제 2 찰나(刹那) 이후를 말하는 것이니, 명색을 지나면 신심(身心)에

육근이 구비되는 것이므로 명색은 두루뭉슬이 시대 즉 물체와 타고난 심(心)만 품은 미완성물이란 뜻입니다. 육근은 감각기관이므로 그 다음에 촉이 오고 受(욕망)·愛〔탐착(貪著)〕·取〔탐심경(貪心境)의 증장(增長)〕·有〔지은 바 선악업(善惡業)으로 미래의 결과를 일으키려는〕·生·老·死의 차례로 오는 것입니다.

　이 십이연의 '명색'의 뜻은 우리가 쓰는 '명색'과 뜻이 같으므로 이 명색은 어원이 명색일 것이라고 생각하는 것입니다.

—《한글》통권 73호

어원수제 (語源數題)

우리가 일상 쓰고 있는 언어란 것은 제나름의 뜻을 가지고 있고, 그 제나름의 뜻이라는 것이 공통의 의미로서 일반적으로 약속된 것이기 때문에 언어가 의미소통의 구실을 할 수 있는 것이다. 그러므로, 우리는 우리가 사용하는 말의 실제 사용의 뜻 곧 현실적 통념만 알면 되었지, 그 말의 어원과 전도(轉度)의 과정을 모른다 해서 의사전달에 무슨 지장이 있는 것은 아니다. 사실 우리말이라 해도, 그 말의 본뜻이 무엇이고 어떻게 생겼고 어떻게 변했는가에 대해서 알고서 쓰는 말이 얼마나 되는가 말이다.

어원이란 문자 그대로 말의 연원(淵源)이니, 낱말의 원의와 형성의 바탕을 캐 내는 것이 어원학의 맡은 일이다. 재미있고 유익한 것이긴 하지만 그만큼 어렵고 위험한 학문이기도 하다. 어렵다는 것은 나고 변하고 죽어가는 언어의 생태(生態)를 역사적 과정에서 파악한다든가 비교적 방법을 비롯하여 그러한 어원 고증의 확실한 증거를 세우기가 어렵다는 것이요, 위험하다는 것은 조금만 비슷한 점이 있으면 견강부회(牽强附會)로 끄집어다 붙이는 망설(妄說)과 우치(愚痴)를 범하기 쉽다는 것이다. 나락(벼)을 나록(羅祿)이라 하는 따위로 모든 우리말을 한자로 풀이 하는 어원학이 특히 한학자 사이에 있었다. 모든 낱말은 애초에 생길 때는 그렇게 이루어질 무슨 까닭이 있었을 것이다. 그러나, 우리는 그것을 다 알아내는 재주는 없다. 제일 알기 쉬운 것이 꾀꼬리・뻐꾸기 등의 의성어와 덜렁이・쫄쫄이 등의 의태어와 문(門)・벽(壁) 등의 한자에서 온 말, 남포・사분・메리야스 등의 서구어요, 그 다음 눈사람・꽃촛불 등의 합성어와 점잖다, 귀찮다 등의 전의어(轉義語)다. 그러나, '눈사람'은 '눈'과 '사람'의 합성어지만, 그 눈이라는 말과 사람이란 말의 어원은 무엇이냐 하면 얘기는 좀더 어려워진다. '점잖다'는 '젊지 않다'의 준말이지만 뜻은 '의젓하다' '어른스럽다'는 뜻으로 변했다. 그럼 '젊다'라는 말의 어원은 뭐냐 하면 문제는 어려워진다. '귀찮다'는 '귀하지 않다'의 준말이지만 뜻은 '성가시다' '민주스럽다'로 변했다. 그러나, '귀하다'는 말은 한자어 '귀'(貴)에다 '하다'를 붙여 된 말인 줄은 누구나 아는 사실이다.

이와 같이, 언어에는 그 어원이 일목요연(一目瞭然)한 것도 있고 찾아봐야 알 것도 있으며 아무리 연구해도 그 어원을 모를 것이 있다. 이 아무리 생각해도 모를 말은 결국 우리 문화와 관련 있는 인접족의 언어에서 찾아볼 수밖에 없다. 그러나 우리 민족 독자적으로 만들어 낸 말이야 아무리 인접족 말에서 찾아내려 해도 재간이 없을 것이다.

어원학(etymology)은 어의학(語義學) 곧 의미론(semantics)으로 더불어 우리 어학 연구에 가장 미개척의 분야이지만, 한국학 제분야의 연구에 기초적 출발점이 되는 것이 이 어원학적 해명이다. 우선 한 예로 생명(生命)이란 말의 우리말은 '목숨'인데 그 목숨이란 말의 어원은 '목의 숨' 곧 후(喉)의 기식(氣息)이다. 이 말에서 우리는 우리의 조상들은 생명의 실재(實在)를 목숨 곧 호흡에 두었다는 것을 알수 있다. 일본말에선 그것은 '이노치'요 그러므로, 그들은 생명을 '치'〔혈(血)〕곧 '피'로 보는 것이다. 남쪽을 '앞'이라 하고 북쪽을 '뒤'라고 하는 고어는 우리 민족이 북방에서 떠나 북을 뒤에 두고 남쪽으로 물결쳐 내려왔다는 것을 의미하게 된다. 이러한 간단한 두 마디 어원에서도 우리는 중대한 문제를 찾아 풀이해낼 수 있다. 방위수사 (方位數詞)·친족어휘·신앙어휘·왕호·국호·관직명·도구명 등 중 요한 어휘의 어원적 해명은 사상사, 사회경제사, 과학기술사 등 제분 야에 불가결한 기초적인 문제이다.

이제 통속어학의 몇 가지 예를 들어 보자.

1. 켜 다

불을 붙이는 것을 '불을 켜다'라고 한다. '불을 켠다'는 것은 신불 (神佛) 앞에 기도한다는 말로 전의(轉義)되기도 했지만, 그것도 실제 점등기원(點燈祈願)이기 때문에 어원은 불을 붙인다는 뜻이다. 그러 면, 불을 붙이는 것을 왜 '켠다'라고 하는가. 이것은 '켜다'가 원시의 발화법(發火法)과 관계되기 때문이다. 다시 말하면, 불을 켠다는 말 은 우리 선민(先民)의 원시 발화법이 어떤 것인가를 암시해 주는 과 학사상 첫 페이지의 기초를 해명해 주는 열쇠가 된다는 말이다.

원시의 발화법의 중요한 두 가지 유형은 타격법(打擊法)과 마찰법 (摩擦法)이다. 이 땅에 최근까지 남아 있던 발화법은 '부싯돌' 곧 '불 씻돌'을 치는 방법이겠지만, 어원상의 발화법은 마찰법이었음을 보여 주고 있다는 것이 흥미 깊은 일이다.

'불을 켜다'의 '켜다'는 잡아당긴다는 뜻으로서 그 원형은 'ㅎ켜다'이 다. 다시 말하면 'ㅎ켜다'가 '혀다'와 '켜다'로 갈라지고, '혀다'는 다시 '써다'로 변하여 아직도 사투리에 남아 있다. 'ㅎ켜'다의 'ㅎㅎ'은 'ㅎ'과 'ㅋ' 으로 갈라질 가능성이 있는 음소(音素)이고, 'ㅎ'은 또 'ㅅ'으로 변하 는 예가 헛바닥을 섯바닥, 헤아리다를 세아리다 등으로 발음하는 등 음운상 상통되는 것이다. 이 'ㅎ켜다'의 원의가 잡아당긴다는 말이다. 잡아당기는 것을 켠다고 하는 것은 다음 여러 가지 예가 있다.

- 나무를 켠다 : 거도(鋸刀)를 잡아당겨 재목을 판자로 만든다.
- 엿을 켠다 : 강엿을 잡아당겨 가락엿을 만든다.
- 물을 켠다 : 목이 말라 뱃속에서 물을 잡아당긴다.

이상의 예로만 봐도 켠다는 말은 잡아당긴다는 말이요, 따라서 불을 켠다는 말도 활 비비개를 잡아당겨 불을 일으킨다는 뜻이다. 지금도 담뱃불을 당긴다든가 '다이너마이트' 심지에 불을 당긴다고 한다.

2. 섣 달

섣달은 12월의 우리말이다. 그러면서도 그 어원은 정월의 뜻이다. 다시 말하면 섣달은 설달 곧 설이 있는 달의 전(轉)이란 말이다. 그러면, 어째서 설달(정월)이 12월이 되고 만 것일까.

옛날에는 왕조가 바뀌면 정삭(正朔) 곧 그 세수(歲首)를 바꾸었고, 그 속국이 그 역법(曆法)을 받아쓰는 것을 정삭을 받든다고 했다. 그런데, 오늘 우리가 쓰고 있는 음력법은 하력(夏曆)에 의한 것이고, 하력은 인월(寅月) 곧 지금의 정월로 세수를 삼았으므로 그로부터 열두째 달인 축월(丑月)은 12월이 된 것이다. 그러나, 은(殷)은 축월 곧 지금의 12월로 세수를 삼았으므로 은력에 의하면 지금의 음정월(陰正月)은 2월이 된다. 또, 주(周)는 자월(子月) 곧 지금의 11월로 세수를 삼았으므로 주력에 의하면 은정월(殷正月)인 지금 12월은 2월이 되고 하정월인 지금의 정월은 3월이 된다.

이와 같은 경우를 살펴본다면, 우리말 섣달 곧 지금의 12월은 본디 설이었던 달의 잔영으로서 그것이 은력과 같았던 적이 있었음을 알려주고 있다. 은족(殷族)은 동이족(東夷族)으로 천명현조[天命玄鳥 : 연(燕)] 강이생상(降而生商)이란 그 난생설화(卵生說話)는 부여족

182

(夫餘族) 건국신화인 난생설화와 청태조(淸太祖) 주작(朱鵲) 난생설화
와 전연 동계(同系)요, 그 천명사상이 또는 방벌혁명사상(放伐革命思
想)이 부여족의 풍속인 수한(水旱)이 부조(不調)하여 오곡이 익지 않
으면 곧 그 허물을 임금에게 돌려 바꾸거나 죽여야 한다는 사상과 완
전히 같은 것이다. 기자동래설(箕子東來說)의 근거도 결국 한족(漢
族)인 주족(周族)에게 밀린 은의 후예로서 그가 은과 동일문화계인
동이족으로 피신했다는 가능성에서 비롯된 것인 줄 안다. 다만, 그
본래의 지역이 한국이 아닌 산동(山東) 또는 요동(遼東)의 어디였으
리라는 점이 문제인 것이다.

　이와 같이, 섣달은 섣달로서 정월이던 것이 12월이 됐다면 이상하
게 들릴지 모르지만, 1년 열두 달은 빙글빙글 도는 것이니 어디를 잘
라서 첫머리를 삼아도 그 1년 열 두 달의 계산에 지장이 생기는 것은
아니다. 이와 같은 예는 서양 역법에도 있다. 로마력(曆)에 의하면
그 본래 정월은 March 곧 지금의 3월이었다. April이 2월, May가 3
월, June이 4월이었다. 거기에다 '줄리어스 씨저'를 기념하여 July가
들어가고, '오오거스투스'를 기념하여 August를 넣어 September가 7
월이었는데, 뒤에 있던 January를 앞으로 가져다 정월을 삼고
February를 그 다음에 끼워넣어서 지금의 월명(月名)이 이루어진 것
이다. 그래서, 본래 정월이던 March는 3월이 되고, 본래 7월이던
Septempber는 9월이 되고, 본래 10월이던 December는 12월이 되고
만 것이다. 여기서 우리가 쉽게 찾을 수 있는 것은 이렇게 월명의 차
례는 바뀌어져 사용되고 있으나, 어원상으로는 그 옛날의 이름이 그
대로 그 사실의 잔영을 남기고 있다는 점이다. 즉, September는 9월
로 쓰이고 있지만, 그 어원은 Sept가 7이란 수를 나타내고 있다는 것
은 불어의 Sept가 일곱임을 보아도 알 것이요, December가 10이란
수를 나타내고 있는 것은 Decametre 또는 Decameron으로 미루어
알 수 있을 것이다.

이와 같이, 섣달은 지금은 12월이란 뜻으로 쓰고 있지만 어원적으로는 섣달 곧 정월인 것이다.

3. 노 다 지

노다지란 말은 순금덩이란 뜻으로 쓰이고 있다. 사금(砂金)을 일거나 금이 박힌 돌을 제련(製鍊)하여 금을 가려낸 것이 아니고 황금이 그냥 육안으로 덕지덕지 붙은 것을 볼 수 있는 그대로 금덩이란 말이다. 이 말의 어원에 대해서는 진작부터 있어 온 속설이 있다. 그것은 곧 노다지가 no touch의 전화라는 것이다.

이 낱말은 한말에 미국인에게 금광채굴권을 주었을 때, 가령 운산금광(雲山金鑛) 같은 데서 순금덩이가 나오니까 미국인이 한국 광부들에게 그건 '손대지 말라'고 환희의 탄성을 발한 데서 유래한다는 것이다.

'노 터치'가 '노다지'로 변했다는 것은 매우 재미있고 유리(有理)한 얘기가 된다. 그러나, 한편으로 생각해 보면 과연 그럴까 하는 의심이 없지도 않다. 그러한 의심을 자아내는 것은 다음과 같은 말들을 우리말에서 발견할 수 있고, 이 말들은 노다지란 말을 형성하는 직접적인 음소이기 때문에 노다지가 순수한 우리말일 가능성을 짙게 하고 있기 때문이다.

우리말에 '노'·'노상'·'노박'은 '늘'·'항상'·'완전히'란 뜻으로서 '노'가 그러한 뜻의 접두어 노릇을 하고 있고, 또 '전다지'·'떼다지'·'억다지'란 말은 '전혀'·'떼'·'억지'란 말의 사투리로서 그 '다지'란 말은 여기서 명사를 만드는 접미어이다. 그러고 보면, '아주'·'완전히'란 뜻의 '노'와 '다지'라는 강세의 접미어가 합쳐져서 이루어진 것이 '노다지'라고 볼 수 있기 때문이다.

그러므로, 노다지란 말의 어원 '노 터치'설과 '전(全)다지'설은 어느 한 쪽을 단정할 것이 아니라 재고를 요하는 것 같다.

4. 따 라 지

따라지는 따분한 처지에 놓여 있는 사람 또는 꼬라비, 또는 보잘 것없는 풍모의 사람을 가리키는 말이다. 그리고, 노름판에서는 한 끗을 따라지라 하는바, 그 어의는 한 끗이니까 노름판에선 제일 끗수가 적으니 꼬라비요 꼬라비니 따분할 수밖에 없고 보잘것없고 초라할 수밖에 없다.

이 따라지란 말은 어원적으로 보아서는 노름판 용어에서 시작된 것이고, '따분하다'든가 '꼬라비'라든가 '보잘것없다'든가 '초라하다'는 뜻은 노름판 용어 한 끗이란 말에서 파생된 것 같다.

이북에서 월남한 사람들은 삼·팔 따라지라 자칭한다. 삼·팔선을 넘어온 초라한 신세라는 탄식이지만, 삼·팔이란 바로 노름판에서 한 끗으로 따라지다. 열은 항상 떼어 놓고 남은 끗수가 하나일 때 따라지니까 1·장(10)이 따라지요 2·9, 3·8, 4·7, 5·6이 모두 따라지다.

이 따라지의 어원에 대하여 고 죽암(竹岩) 장철수(張澈壽)는 그건 '다루하치' 곧 달노화적(達魯花赤, Darughachi)의 전화(轉化)라 하였다. '다루하치'는 우두머리, 첫째란 뜻인데 이것을 역표현하여 한 끗을 제1이라 한 것이라고 해석했다. 재미있는 견해이다. '다루하치' 또는 '다루가치'는 몽고말, 그 원의는 진수자(鎭守者), 단사관(斷事官), 지방관청의 장관 등으로 번역된다. 죽암이 취한 것은 여기선 제3의 것이다. Daru는 진압한다는 동사, gha는 명사, 어미 chi는 사람이란 뜻이다.

　따라지가 '다루하치'의 전화인지 지금 곧 단언할 수는 없으나 속설로서는 경청할 만한 일단의 근거는 있다 하겠다.

5. 슬ㅋ장(실컷)

　송강(松江)의 〈성산별곡〉(星山別曲)에 "잡거니 밀거니 슬ㅋ장 거후로니"라는 구절이 있고 〈관동별곡〉(關東別曲)에도 "장송 울한소개 슬ㅋ장 펴뎌시니"라는 귀절이 있다. 이 슬ㅋ장은 요즘에도 쓰는 말로는 실컷, 한껏에 해당하는 말이다. 영조조(英祖朝)의 《청구영언》(靑丘永言)에는 "금준(金樽)에 ㄱ득흔 술을 슬커쟝 거후로고"로 되어 있다. 이 슬ㅋ장과 같은 뜻의 현대어인 실컷은 또 그대로 별계(別系)의 발전체계가 있었다. 고산유고(孤山遺稿)에는 "바횟굿 믉ㄱ의 슬ㅋ지 노니노라"는 구가 있어 '슬ㅋ지'가 보이고, 앞에 인례(引例)한 《청구영언》의 "金樽에 ㄱ득흔 술을 슬커쟝 거후로고"구는 《청구영언》의 또 다른 일본(一本)에서는 그 '슬커쟝'이 '슬커시'로 표기되기도 하였고, 〈계축일기〉(癸丑日記)에는 "슬컷 확논ㅎ야 못고"라 해서 '슬컷이' 나온다.

　이로써, 보면 오늘의 실컷이란 말은 슬ㅋ지 → 슬커시 → 슬컷 → 실컷의 순으로 변해온 것 같다. 그러나, 슬ㅋ장은 슬ㅋ장 → 슬커쟝에서 멈추어 폐어화되고 슬컹 → 실컹의 약변화(略變化)는 보지 못했다. 혹은 오늘 경상도 방언에 남아 있는 "실큰 해봐라" "시큰(넉넉히) 된다"의 '실큰'이나 '시큰'이 그 전변(轉變)이 아닌지 모르겠다.

　어쨌든 슬ㅋ장 → 슬커장이나 슬ㅋ지 → 슬커시(실컷)란 두 어휘가 동근별지(同根別枝)의 동의어로서 '극한까지'란 뜻의 말임은 아무 이의(異議)가 있을 수 없다. 그런데, 이 두 낱말의 됨됨이를 분석해 보면 슬ㅋ장의 'ㅋ장'이나 슬ㅋ지의 'ㅋ지'는 '극(極)·진(盡)·구(究)·

한(限)'의 뜻을 가진 것으로서 현행어(現行語) '…꺼정' 또는 '…까지'에 해당하는 말임을 알 수 있다.

현행어 꺼정〔흘(訖)〕의 원형은 'ᄀ장'이요, 까지의 원형은 'ᄀ지'였다.

無明緣行ᄋ로 老死憂悲苦惱ㅅᄀ장ᄋ 苦集諦오(月印釋譜 제2·22)
및ᄀ지 쏘로다 追到盡頭(漢淸文鑑 112)

그러므로, 이 슬ㅋ장이나 슬ㅋ지는 '? + 꺼정' 또는 '? + 까지'라는 형식으로 된 말이다. 그러면 '슬꺼정' 또는 '슬까지'의 '슬'이란 무슨 뜻의 말일까.

슬ㅋ장이나 실컷(실까지)이 더할 수 없도록 어느 극한까지 이른 상태를 나타낸다면, 그것은 음식의 경우 먹은 밥이 되나오도록 목구멍까지 찬 상태일 수밖에 없다. 이렇게 보면, 그 '슬'이나 '실'은 목구멍이 아닌가 하는 의심이 든다. "잡거니 밀커니 슬ㅋ장 거후로니"라든가 "金樽에 가득한 술을 슬커시 거후로고"는 한껏 기껏의 뜻으로 썼겠지만 다 마실 수 없도록 마신 뒤에라는 가의(歌意)에 적합한 원의(原義)인 것이다.

목구멍〔喉〕을 '퉁구스'어로 Sil이라 하고 몽고어, 토이기어(土耳其語)로는 Sili라고 한다. 이로써 슬ㅋ장이나 슬ㅋ지의 축변음(縮變音)인 '실컷'은 '목구멍까지'라는 원의(原義)에서 생겨난 말임을 알 수 있다. 〈관동별곡〉의 "長松 울한 소개 슬ㅋ장 펴뎌시니"는 한껏(한없이) 퍼졌으니의 뜻으로 사용되었다. 이것으로 보아 정송강(鄭松江) 당시에도 슬ㅋ장의 어원이 목구멍까지라는 뜻인 줄을 자각되지 않았던 것임을 알 수 있다.

최동(崔棟) 박사도 그 근저(近著)《조선상고민족사》(朝鮮上古民族史)에서 전게(前揭)의 '퉁구스'어 Sil과 몽고어, 토이기어 Sili를 예로

들어 실컷의 어원이 목구멍까지의 뜻임을 제기하였다. 나는 실컷의
원형이 슬ㅋ시(실까지)라는 것과 그 동의어 슬ㅋ장이 실꺼정의 뜻임
을 송강가사(松江歌辭)를 읽다가 찾았던 것이므로 그것을 밝혀 두려
는 것이다.

'슬ㅋ장'과 '실컷'은 '따라지'로 더불어 인접민족어가 우리말 어원에
관련된 가능성을 보여 주는 어휘로서 한 예가 될 것이다.

6. 방물장수

바늘과 실, 화장품 등 주로 부인용 일용잡화를 가지고 가정을 찾아
다니며 행상(行商)하는 여인을 '방물장수'라 하는 것은 요즘은 별로
쓰지 않는 말이지만 몇십 년 전만 해도 흔히 있었고 또 흔히 사용되
던 말이다.

그런데, 이 방물장수의 어원이 아주 재미난다. 그것이 무슨 학적
고증(考證)과 추단(推斷)으로 된 것이 아니라 눈으로 직접 본 이의
해설이어서 의심할 여지가 없었다.

방물장수의 어원은 '박물장수'라는 것이다. 박물장수가 방물장수로
들리는 것은 'ㅁ' 위에서 'ㄱ'이 'ㅇ'으로 변하는 것은 흔히 보는 우리
말의 자음접변의 현상이지만, 그 박물장수의 박물은 '博物'이 아니라
박[瓠] 물[水] 곧 박넝쿨을 자르고 항아리를 받쳐 두어 밤사이에 고
이는 물을 받아서 가지고 다니며 화장수로 판다는 것이다. 오늘날 수
세미물이 화장품 원료가 되는 것 모양으로 옛날에는 아직 화장품이
발달되지 않았을 때 이 박물은 귀한 화장수 노릇을 했다는 것이다.
젊은 아낙네들이 조그만 병에 박물을 사서 담아 두고 애용하던 일은
상상만 해도 운치있는 풍경이다.

이 박물이 차츰 세상이 변함에 따라 이른바 '헤찌마 콜론'이 되고,

박가분(朴家粉)이 무슨 '레도'백분(白粉)이 되고, 그래서 차츰 신식 화장품을 팔러 다니게 돼도 그 장수는 여전히 박물장수란 이름으로 불리웠던 것이다. 나중에 박물은커녕 화장품 장수가 아닌 부녀 잡화 행상을 통칭하여 박물장수라 불렀던 것이다.

방물장수의 어원이 박물장수란 것은 고 춘곡(春谷) 고희동(高羲東) 화백이 어려서 직접 보았다면서 들려 주신 이야기다. 이런 것도 기록해 두지 않으면 방물장수의 어원이 무엇이었던가 하는 것도 용이한 문제가 아닐 것이다.

— 1966, 《신동아》(新東亞) 6월호

한글 창제의 의의
― 어문운동과 국민정신에 대하여

    우리 민족사를 일별(一瞥)하여 문화부흥의 중대한 전환기를 찾으려
면, 대개 세 시기를 들 수가 있으니, 통일신라(統一新羅)와 세종성대
(世宗盛代)와 갑오경장(甲午更張)이 그것이다. 물론 삼국시대의 불교
의 전래라든지 여말(麗末)의 송유학(宋儒學)의 수입이며 영조(英祖)
이후 서학(西學)·북학(北學)의 섭취를 비롯한 군소의 전환기가 일대
의 문운을 울흥(蔚興)시킨 바 여러 번 있었다 해도, 그는 실상 이 3
대 전환기의 바탕을 이루는 역사적 작은 기복(起伏)이요, 그 뚜렷한
분수령은 아무래도 앞에 든 세 시기(時期)에다 조정(措定)하지 않을
수 없을 것이다. 그런데, 이 세 시기는 한결같이 국민정신 발흥의 정
점을 이룬 시기요, 또 다 같이 우리 민족의 어문운동사(語文運動史)
에 획기적인 빛을 나타낸 시기이다. 이와 같이 어문운동의 획기적인
대두(擡頭)가 국민정신 발흥의 시기에 일치한다는 것은 너무도 당연
한 일이지만, 우리에게 항상 새로운 시사(示唆)를 주는 바 있다.
    신라의 삼국통일은 비로소 우리 민족의 형성을 주었고, 봉건제도
의 확립과 아울러 민족의 고전문화를 생성시켜 문화이념의 통제적 배
열을 성취하였을 뿐 아니라, 국호의 통일은 우리의 음운에 맞는 기사
법(記寫法)의 모색을 필요로 하게 하였다. 이 시기에 들어 발생을 보

게 된 이두문자(吏讀文字)는 그 의욕 자체가 '국문자창정(國文字創定)의 필요'라는 현실적 근거와 정신적 거점을 자각하게 하였던 것이다. 세종 성대(盛代)는 국민의 지지를 쉽사리 얻기 어렵던 이신벌군(以臣伐君)의 신흥왕조를 일대의 문화정치로 태산반석(泰山盤石) 위에 놓은 시기요, 민족문화 창조의 빛나는 업적으로 위화도회군(威化島回軍)과 대명국호주청(對明國號奏請)의 전치(前恥)를 씻은 시기이다. 이때에 창제된 훈민정음(訓民正音)은 우리 민족의 국문자 창정의욕(創定意慾)과 거기에 따른 각시험의 총정리일 뿐 아니라 과학적인 연구의 집대성으로서, 우리의 문학으로 하여금 세계문학사상의 최상위에 특유의 지위를 점하게 하였음은 주지의 사실이다. 갑오경장은 우리 민족문화가 이른바 서구적 근대화의 관문을 돌파한 시기로, 그 시정요목(施政要目)에 보이는 바와 같은 급진적 개혁은 신내각의 붕괴 등 일시의 역행현상까지 초래하였으나, 도도(滔滔)한 대세의 물결은 어쩔 수가 없었다. 신문명 섭취(攝取)에 반드시 병행해야 할 전통탐구와 복고주의 의식은 다행히도 문화 면에서는 시의(時宜)를 잃지 않아 어문연구와 고전간행사업 등으로 활발히 전개되었으니, 이때에 맺힌 씨가 결실된 것이 '현행철자법'(現行綴字法)이요, 우리의 현대문화인 것이다.

　우리 문화사상의 3대 전환기에 대하여 나는 더 상론할 지면의 여유를 가지지 못했다. 다만, 내가 여기 한글 창제의 의의를 말함에 있어 장황하게나마 이 세 시기를 말하고자 하는 것은 이 삼시대가 각기 시대는 달라도 내용적으로 공통한 면을 가지기 때문이요, 그 공통한 면의 중요한 자가 어문문제이기 때문이며, 공통되면서도 특수한 각시대정신을 파악함으로써 그 시대의 산물인 그 문화의 의의를 알 수 있다는 생각에서이다. 이 세 시대의 성격을 간단히 살펴본다면, 통일신라는 민족적으로, 갑오경장은 민주적으로 더 많이 치우친 데 비하여 세종 성대는 어디까지나 민족적이면서 민주적인 것으로 시대정신을 삼았다. 한글 창제의 의의도 한말로 말하라면, 이 시대의 정신인 민족적 의의와 민주적 의의란 말로 표할 수밖에 없을 것이다. 이 두 가지 일치된 신조는 세종대왕이 주소(晝宵)로 잊지 않으신 바 일대치적(一代治蹟)의 대강령(大綱領)이요, 그분이 이끄신 시대기운(時代機運)의 산물이자 바로 그분이 마련하신 한글인 바에야 이 대강령을 벗어날 까닭이 없다. 한걸음 나아가 한글 창정의 의의로써 그 가장 단적인 표현이라고 할 수도 있다.

한글 창제의 의의는 첫째 민족적인 의의에 있다. 훈민정음의 서문되는 조칙(詔勅)에 "國之語音異乎中國……"이란 첫 대문이 바로 이 뜻을 밝혀준다. 《동국문헌비고》(東國文獻備考) '훈민정음조'(訓民正音條)에 보이는 바와 같이, 제국(諸國)이 다 각기 그 문자를 제정하여 그 방언을 기록하는데 홀로 우리 나라만이 없으므로 드디어 자모 28자를 만드셨다는 것이다. 남의 문자인 한문(漢文)을 공용문으로 한다는 치욕감(恥辱感)과 우리의 음운(音韻)이 중국과 달라 문자로 더불어 서로 유통(流通)할 수 없다는 모순(矛盾)을 제거하려는 것이 그 첫째 안목이었음을 알 수 있다. 한글 창제의 둘째 의의는 민주적 의의에 있다. 역시 훈민정음 발포(發布) 조칙 중에 "愚民有所欲言 而終不得伸其情者多矣 予爲此憫然新制二十八字…"의 구라든지 정인지(鄭麟趾)의 서문 중에 "治獄者病其曲折之難通… 以是 聽訟可以得其情"으로 보더라도 외국 문자인 한문자의 학습과 실용상의 난해로 말미암은 우민(愚民)의 의사발표의 부자유를 광구(匡救)하려는 뜻이 있음이 명백하다. 그러므로, 한글은 민족적 문자요 아울러 민중적 문자인 점에 그 의의가 있으니, 훈민정음이란 넉 자로 풀이해 보면 '정음'(正音)은 이 곧 우리 나라의 소리를 바르게 기사(記寫)하는 문자란 뜻으로 이방문(異邦文)에 대한 국문이니 진서(眞書)의 뜻이요, '훈민'(訓民)은 백성을 가르치는 문자란 뜻이 된다. 그러므로, 훈민정음이 넉 자만으로도 한글 창제의 진의(眞義)는 충분히 표현되었다고 할 것이다. 민주주의적 의식은 이 한글의 창제로써 문화주의를 지향하였고, 민주주의적 의욕은 이 한글의 창제로써 사회주의를 지향하였다고 볼 수 있다.

세종대왕이 훈민정음을 창제하신 정신인 이 두 가지 의의는 다른 정치 면에서도 골고루 발휘되었다. 이종무(李從茂)로 하여금 대마도(對馬島)를 정복케 하여 왜구(倭寇)를 막았으며, 김종서(金宗瑞)로 하여금 북진(北鎭)을 방비케 하여 오랑캐의 환(患)을 덜게 하였음은 국위를 중외(中外)에 떨치는 바이니, 전자(前者) 곧 민족적 의의에서 우러남이요, 감옥의 위생시설과 사법의 삼심제도, 노유(老幼)의 고문 금지라든지 노농(老農)의 경험담을 모은 《농사직설》(農事直說), 국산품 약재로써 이루어진 처방(處方)을 모아 국민보건의 의토성(依土性) 약치료를 꾀한 《향약집성》(鄕藥集成), 선악의 권징(勸懲)될 것을 모은 《치평요람》(治平要覽)의 출판 등만으로도 세종대왕의 애민의 지극한 성력(誠力)을 볼 것이니, 이 모두가 다 그분의 민주적 의식의 소산인 것이다. 《용비어천가》(龍飛御天歌)와 그 수많은 천문학 연구의 발명품이며 아악(雅樂)의 정리 등 그 정밀한 안광(眼光)과 성력이 미치지 않은 곳이 없음은 문화입국의 성세(盛世)를 현출(現出)하지 않았던가. 동서고금에 이름난 문화제왕이 많이 있어도 제왕 자신이 학자로서 진폭(振幅)과 자상한 마음에 있어서는 세종대왕보다 앞설 이가 없다고 단언할 수 있다. 훈민정음의 가치에 대해서는 췌사(贅辭)를 줄일 따름이다.

우리 문화는 또 하나의 위대한 전환기에 직면하고 있다. 어문정리 문제가 그 첫 문제로 대두된 것은 역사례(歷史例)로 보아서도 마땅하다. 국민정신의 발흥이 오늘처럼 요청되는 때도 드물 것이다. 우리의 어문문제에 있어서는 한시도 잊을 수 없는 것이 한글 창제의 의의요, 어문운동에 종사하는 이도 먼저 세종대왕의 그 정신(精神), 그 온축(蘊畜), 그 사리(事理), 그 정성(精誠)을 본받지 않고서는 안 될 것이다. 백성이 안중에 없는 사람, 현실을 모르는 사람, 학문적 연구가 없는 사람, 명리(名利)에 놀아나는 사람들이 무불간섭(無不干涉)으로 날뛰는 오늘의 다난(多難)한 한글 문제도 구경(究竟)은 민중여론과 전문가의 연구에 맡겨져 정당귀결이 있을 뿐이다. 세종대왕의 한글 창제 의의를 체득하지 못하는 위정자(爲政者)는 "부조(扶助)는 못하나마 제상(祭床)은 깨뜨리지 말라"는 속담이라도 알아야 할 것이다.

금년 한글날은 이런 점에서 별다른 의의가 있다고 할 것이다.

한국 민속학 논고

한국 민속학 소사 (小史)

─ 해방 전

한국 민속에 대하여 단편적으로나마 학적 관심이 싹튼 것은 조선 중엽 이후 대두한 실학파 학자들에 의해서였다. 그러나, 그러한 관심이 체계 있는 학문적 논구(論究)로 시도된 것은 갑오경장(甲午更張, 1894)에서 3·1운동(1919)을 전후한 신문화 운동의 초창기에 이르러서였다. 이 시기의 민속학 방면의 선구자는 최남선(崔南善)과 이능화(李能和)이다. 그러나, 이 두 분은 사학자로서 이 방면에 관심과 업적을 나타내었을 뿐, 아직 엄밀한 의미의 민속학은 이때에도 성립되지 않았던 것이다. 최남선은 주로 문화인류학적(文化人類學的) 방법에 의한 상고사(上古史)의 연구에서 이 방면에 부딪쳤고, 이능화(李能和)는 주로 종교사의 기초로서 이 방면에 착수(著手)하였던 것이다. 어쨌든 이 부문의 선구자로서 두 분의 업적은 최 씨의 "살만교차기"(薩滿教箚記)와 이 씨의 "조선무속고"(朝鮮巫俗考)〔한문(漢文)〕라는 두 장편 논문의 합본 출판으로서 한국 민속학의 여명(黎明)을 불러왔던 것은 사실이다. 이 두 논문은 1927년 《계명》(啓明) 19호에 발표되었다〔이 책에는 김시습(金時習)의 한문소설 〈금오신화〉(金鰲新話)도 함께 수록되었다〕. 그 뒤 최남선은 단군신화에 대한 각종 논고 이외에도 모두 상식적이요 단편적인 풍속에 대하여 논급(論及)했을 뿐,

198

별다른 학적 전개를 보여 주지 않았고, 이능화는 "불교통사"(佛敎通
史), "기독교급외교사"(基督敎及外交史), "조선도교사"(朝鮮道敎史)〔유
고(遺稿), 1959년 출판〕 등 종교사의 처녀지를 개척한 노작들을 발표
하는 한편, 《조선여속고》(朝鮮女俗考, 1927.6), 《조선해어화사》(朝鮮
解語花史, 1927.10)를 출판하였다. 그는 또 "조선사회사"(朝鮮社會史)
라는 거질(巨帙)의 저술을 탈고(脫稿)했으나 이 원고는 조선기념도서
출판관에 와 있다가 조선어학회 검거사건(1942) 때 분실되어 그 행방
을 알 수 없는 것이 유감천만이다. 학적 방법이나 양과 깊이에 있어
서 한국 민속학의 개조는 이능화(李能和)로부터 손꼽지 않을 수 없는
것이다. 그는 이 밖에도 "조선신교원류고"(朝鮮新敎源流考, 1922), "조
선의 신사지(神事誌)"(1929), "풍수사상의 연구"(1930), "조선상제례속
사"(朝鮮喪祭禮俗史, 1930) 등의 논문을 발표하였다.

　한국 민속학의 초창기는 대개 자료의 소개 또는 문헌학적으로만
다루어졌기 때문에 모든 사학자들이 단편적으로 또는 간접적으로 이
운동에 참여하였다. 특히 해방 전 우리 학계의 공통된 경향이 민족정
신의 주체성 내지 민족의식의 고조에 결부되어 있었던 만큼, 민속학
은 신앙·종교의 사상부문과 세시풍속부문과 언어문자의 학예부문에
치중된 감이 있었다. 그러므로, 종교학자와 사학자, 어문학자가 민
속학의 일익(一翼)을 담당하는 경향이 있었다. 이러한 경향은 학적
분과가 차츰 뚜렷해지면서 민속학 본연의 방향으로 심화되고, 따라
서 민간신앙, 무속과 속담, 민요, 설화와 음악, 무용, 연극과 복식
(服飾), 주택, 풍속과 민족, 혼인, 예속(禮俗)의 각부문에 전문적 연
구가 시작되었다. 여기에는 사학·어학·문학자 외에 음악·연극·
미술학자와 종교학·사회학·윤리학자도 가담하게 되었다.

　초창기 우리 민속학의 형성에 기여한 학자로서는 전기 최남선(崔南
善), 이능화(李能和) 외에 권상로(權相老), 안확〔安廓 ─ 자산(自山)〕,
이중화(李重華), 이규봉〔李圭鳳 ─ 사운(沙雲)〕, 차상찬〔車相瓚 ─ 청오

靑吾)), 문일평〔文一平 ― 호암(湖岩)〕, 함화진(咸和鎭), 정노식(鄭魯湜), 김윤경(金允經), 이은상(李殷相) 등을 들 수 있다. 이들은 대개 신앙, 연극, 무예, 복식, 풍속, 음악, 세시 등에 대한 민속론을 발표하였고, 그 방면의 저술을 남기기도 하였다. 이들보다 좀 다음 시기에 각자 전공하는 분야에서 민속학과 관련된 문제를 학적으로 고구(考究)한 학자로는 이병도(李丙燾, 사학 ― 신앙), 김영수(金映遂, 불교학 ― 신앙), 백남운(白南雲, 사회경제사 ― 신화), 김태준(金台俊, 문학 ― 신화), 유홍렬(柳洪烈, 사학 ― 신앙), 유창선(劉昌宣, 사학 ― 속담), 김두헌(金斗憲, 윤리학 ― 가족제도), 이상백(李相佰, 사회학 ― 가족제도), 양주동(梁柱東, 문학 ― 민속·지명), 고유섭(高裕燮, 미술사 ― 민예·설화) 등이 있다.

그러나, 한국 민속학을 명실공히 민속학이란 이름에 값할 방법으로써 전개하여 업적을 남긴 민속학자는 손진태(孫晋泰)와 송석하(宋錫夏)이다. 이 두 분은 1920년대 말로부터 20여 년 간 한국 민속학의 여러 부문을 개척하여 조사, 채집, 보고, 연구함으로써 민속학을 학으로서 정립하고 그 계몽과 보존, 재생 등에 큰 공헌을 했다.

손진태(孫晋泰)는 1927년에 "조선의 설화"〔《신민》(新民) 8월호~〕와 "온돌문화전파고"(溫突文化傳播考)〔《조선급조선민족》(朝鮮及朝鮮民族)〕를 발표하였다. 이해 1927년은 신년 벽두(1월 3일)부터 《동아일보》가 '내 고향의 풍속, 습관'을 모집하여 연재했고〔《조선급조선민족》 소수(所收)〕, 아키바 다카시(秋葉隆)가 《경성일보》(2월 24일~26일)에 "民俗の調査に就いて"를 발표했을 뿐 아니라, 전게(前揭) 최남선의 "살만교차기"(薩滿敎箚記)와 이능화의 "조선무속고"(朝鮮巫俗考)가 합본되어 《계명》지로 간행된 해이다. 이로써 보면 1927년은 정히 한국 민속학 남상(濫觴)의 해라 할 수 있다. 물론 이에 앞서 1870년대부터 서구인의 한국기행 견문록이 출판되어 민속연구의 싹이 튼 바 있었고, 1900년 일본의 《인류학잡지》(人類學雜誌, 16의 176)에 가와즈미

록사부로(川住錄三郎)의 "韓國に於ける土俗上の見聞"이 실렸으며, 동 년 말에 조선총독부의 《관습조사보고》 1, 2집이 간행된 바 있었으나 우리 손으로 근대적 의미의 민속연구가 시작된 것은 1927년대로 보아 야 한다는 말이다. 손진태가 그 동안 발표한 중요 논문은 《조선민족 문화연구》(1948, 을유문화사)와 《민족설화의 연구》(1947, 을유문화사)에 수록되었으나, 그는 6·25 동란중 북한에 납치되었고, 그의 논고는 아직 전부 수집 출판되지 않았다. 그에게 《한국민족사 개론》(1948)과 《조선민담집》(日文, 1930), 《조선신가유편》(朝鮮神歌遺篇—日文) 등 의 저서가 있다.

송석하(宋錫夏)는 1929년 《민족예술》(2의 4)에 "朝鮮の人形芝居"를 발표하고 주로 민속극 방면에 연구의 중점을 두었으나, 유희, 신앙, 세시풍속, 민요 등 민속학 일반에 두루 손을 뻗쳤고, 민속자료의 조 사수집 시행에 열중하여 그의 수장자료(蒐藏資料)를 토대로 하여 정 부수립 초에 그의 숙원이던 민족박물관을 개설했으나, 그의 몰후(沒 後) 6·25동란으로 말미암아 재건불능이 되어 폐지되고 말았다. 그의 유고(遺稿)는 동학들의 수록에 의하여 《한국민속고》(1960, 日新社)란 이름으로 간행되었다. 찾을 수 없는 3, 4편을 제하고는 전발표(全發 表) 논고가 수록되었다. 그는 서지학에도 조예가 깊어 그 방면의 귀 한 논고도 있거니와, 특히 한국민속관계 구문(歐文) 문헌목록을 작성 한 (1933) 것은 큰 업적이라 할 수 있다.

한국의 민속학은 주로 개인학자에 의해서 조사된 자료로 이루어졌 으나, 1924년 이래 조선총독부가 《조선민속자료》(朝鮮民俗資料)를 출 간한 이래 민속 각분야의 조사가 망라(網羅)된 바 있거니와, 이 사업 에 촉탁으로 편찬에 종사한 이마무라 도모(今村鞆), 다카하시 도르 (高橋亨)와 무라야마 도모유키(村山智順), 요시오 에이스케(善生永助) 는 한국 민속 연구에 기여하였다. 이외에 한국 민속학에 학적으로 큰 공헌을 한 일본 학자는 아키바 다카시, 아카마츠 지조(赤松智城)이다.

특히 아키바가 경성제대 사회학 교수로서 종교학의 아카마쯔 교수와 함께 만몽(滿蒙)지방을 답사하여 재래(齎來)한 민속참고품은 지금 서울대학교 박물관에 수장(收藏)되어 있거니와, 만(滿)·몽(蒙)·한(韓) 무속을 비교연구한 각종 저서와 방대한 양에 달하는 한국민속에 관한 논고는 그의 심화적(深化的) 방법에 의한 귀한 업적으로 한국 민속학의 융흥(隆興)에 자극한 바 크다 하겠다. 그는 또 손진태(孫晋泰), 송석하(宋錫夏), 정인섭(鄭寅燮)과 손잡고 조선민속학회를 창립한 동인의 한 사람이다. 동회의 기관지《조선민속》(朝鮮民俗, 1933)은 한국민속학을 본궤도에 올려 놓았던 것이다.

이 시기를 전후하여 학으로서의 민속학의 연구에 기여한 학자로서 손진태(孫晋泰), 송석하(宋錫夏) 외에 정인섭(鄭寅燮 ― 연극·설화), 김재철(金在喆 ― 연극), 김효경(金孝敬 ― 신앙·무속), 장승두(張承斗 ― 신화·혼인), 김소운(金素雲 ― 민요·동요), 방종현(方鍾鉉 ― 민속·민요), 이혜구(李惠求 ― 음악·연극), 이여성(李如星 ― 복식), 임석재(任晳宰 ― 민담) 등이 있다. 이들 중 김재철, 방종현은 작고하고 다른 이는 이 방면연구에서 떠났으며, 이혜구·임석재만이 계속하여 관심을 표명하고 있다. 여기에 부기해 둘 것은 민요의 채집수록 연구에 최영한(崔榮翰), 엄필진(嚴弼鎭), 이재욱(李在郁), 임화(林和), 김사엽(金思燁), 최상수(崔常壽), 고정옥(高晶玉)이 일방의 업적을 남겼다는 점이다.

해방직전 민족문화의 암흑기에 민속학에 관계된 분야의 논고를 간혹 발표한 소장학자로는 민영규(閔泳珪), 홍이섭(洪以燮), 전몽수(田蒙秀), 지헌영(池憲英), 조동탁(趙東卓), 김용국(金龍國), 석주명(石宙明) 등이 있고, 해방직후 우리 민속학의 재건에 기여한 이는 임석재(任晳宰), 최상수(崔常壽)이다.

8·15해방까지 우리 민속학 분야의 연구에 참가한 학자들을 부문별로 별기하면 대략 다음과 같다.

202

(1) 신앙·무속·신화
최남선(崔南善), 이능화(李能和), 손진태(孫晉泰), 송석하(宋錫夏),
김효경(金孝敬), 장승두(張承斗), 권상로(權相老), 김영수(金映遂),
이병도(李丙燾), 유홍렬(柳洪烈), 이홍직(李弘稙), 민영규(閔泳珪),
조동탁(趙東卓)

(2) 음악·무용·연극
함화진(咸和鎭), 정노식(鄭魯湜), 이혜구(李惠求), 이종태(李鍾泰),
안 확(安 廓), 정인섭(鄭寅燮), 송석하(宋錫夏), 김재철(金在喆)

(3) 가족·여속·예의
이능화(李能和), 차상찬(車相瓚), 김두헌(金斗憲), 이상백(李相佰),
장승두(張承斗), 백남운(白南雲), 김태준(金台俊), 김문경(金文卿),
박문옥(朴文玉)

(4) 복식·주택·풍속
이중화(李重華), 이규봉(李圭鳳), 이여성(李如星), 손진태(孫晉泰),
이만학(李萬鶴), 장기인(張起仁), 방신영(方信榮), 송석하(宋錫夏),
차상찬(車相瓚), 김윤경(金允經)

(5) 민요·무가·설화
김소운(金素雲), 엄필진(嚴弼鎭), 최영한(崔榮翰), 이은상(李殷相),
이재욱(李在郁), 방종현(方鍾鉉), 김사엽(金思燁), 최상수(崔常壽),
고정옥(高晶玉), 손진태(孫晉泰), 정인섭(鄭寅燮), 임석재(任晳宰),
박헌봉(朴憲鳳), 임 화(林 和)

(6) 방언·지명·속담
최현배(崔鉉培), 석주명(石宙明), 양주동(梁柱東), 전몽수(田蒙秀),
지헌영(池憲英), 조동탁(趙東卓), 김용국(金龍國), 방종현(方鍾鉉),
김사엽(金思燁), 최상수(崔常壽)

이 밖에 민속학과 관련된 것으로 고고학·미술·서지·문학·역사학·인류학 분야에 오세창(吳世昌), 유자후(柳子厚), 고유섭(高裕燮), 정인보(鄭寅普), 이병기(李秉岐), 이광수(李光洙), 이윤재(李允宰), 최현배(崔鉉培), 이희승(李熙昇), 조윤제(趙潤濟), 이병도(李丙燾), 송석하(宋錫夏), 홍이섭(洪以燮), 김형규(金亨奎) 등이 기여하였다.

한국의 민속학은 이와 같이 40년 남짓한 짧은 역사밖에 지니지 못한 데다가, 그 40년의 절반 세월을 피침략의 암흑 속에 보냈기 때문에 다른 학문분야와 마찬가지로 논문발표기관이 태무(殆無)하여 신문 잡지의 한 귀퉁이를 빌린 곁방살이 신세였고, 자료의 조사수집에 막대한 비용이 드는 이 분야는 재정적 기초가 없이는 착수(著手) 불가능한 것인데, 국가적인 원조가 없이 가난한 학자의 손으로 명맥을 이어 온 우리 민속학의 역사는 문자 그대로 형극(荊棘)의 길이었다. 우리 민속학에 대한 한국 학자의 논문의 많은 분량이 일문(日文)으로 씌어져 일본 학술지에 실렸다는 것은 당시의 사정으로는 불가피한 일이었다. 민속학 논저를 단행본으로 출판한다는 것은 생각할 수도 없는 꿈이었다.

민속학 잡지와 논총·민속자료 조사수집 연구와 민족박물관의 재건이 정부 당국이나 유지(有志)의 성원협조로써 이루어질 날이 하루빨리 오기를 고대하는 오늘의 현상도 침체라고 부를 수밖에는 없을 것이다.

— 1964. 10, 《민족문화연구》 제 1 호

누석단(累石壇)·신수(神樹)·당(堂)집 신앙 연구

― 서낭〔城隍〕考

1. 머 리 말

우리 나라 민간신앙 중에서 그 연원이 가장 오랠 뿐 아니라 가장 광범한 분포를 보이는 대표적인 신앙전승(信仰傳承)은 '서낭' 또는 '성황' 신앙이다.

이 '서낭'계통 신앙은 여러 가지 이명(異名)으로 나타나 있고, 또 그 여러 가지 명칭이 보이는 바와 같이 신앙 혼효(混淆)가 심하여 그 신앙대상과 신앙내용이 매우 모호한 바 있다. 그러나, 이 계통의 신앙은 그 명칭의 다양성에 불구하고 완전히 공통한 형태의 누석단과 신수와 당집을 그 성역(聖域)·신림(神林) 또는 제단(祭壇)으로 삼고 있다는 점에서 일치된다. 뿐만 아니라, 그 상이한 명칭에 따르는, 일견하여 변질된 듯한 신앙대상과 신앙내용도 그것을 자세히 분석 검토하여 비교해 보면 동일한 내용의 이칭(異稱)의 계기와 상이한 신앙의 습합(褶合)의 계기가 충분한 가능성으로 내재해 있음을 발견할 수 있다. 본고의 주안점은 실로 이의 해명에 있다.

2. 형태와 분포

이 서낭 신앙의 전승형태인 '당산'(堂山, Tang-San)이란 이름의 돌무더기〔석적(石磧)〕곧 누석단과 '당(堂)나무'(Tang-Namu)라 불리는 신수와 '당집'(Tang-Chip)이라 일컫는 신당은 아직도 전국 도처에 잔존해 있어서 실지 견문이 어렵지 않거니와 그 기본형태는 누석(累石)과 신수(神樹)요, 당집은 좀더 후세에 발달된 형태임을 알아야 한다. 누석과 신수의 복합된 형태를 기본형태로 보는 것은, 현존하는 형태가 돌무더기·당나무 또는 당집 그 어느 것을 주로 하는 경우에도 이 당나무와 돌무더기는 반드시 함께 있기 때문이다. 다시 말하면, 돌무더기를 서낭당이라 하는 경우에도 크든 작든 간에 당나무라는 신목(神木)이 그 돌무더기 속에 싸이거나 옆에 서 있으며, 당집이 당당히 개와집으로 지어진 곳에도 돌무더기 또는 당나무는 그와 함께 복합되는 것이 보통 형식이다. 간혹은 이 세 가지가 완전 복합되는 경우도 적지 않다. 당집의 원형은 당나무 밑에 조그맣게 지은 높이와 넓이 4,5척(尺) 정도의 초가이던 것[1]이 차츰 발달하여 단청(丹靑)을 올린 전각(殿閣)이 되고 신앙대상신(信仰對象神)의 화상(畫像)까지 그려 붙이게 된 것이다. [2]

---

1) 30여 년 전에 필자가 본 당집〔영양군(英陽郡) 일월면(日月面) 가곡동(佳谷洞) 서낭〕은 볼상없는 작은 초옥으로, 사람이 구부리고 겨우 드나들 정도였다. 이것이 재래식 당집의 원형의 잔존일 것이다. 그 안에는 낮은 선반 같은 빈 탁자가 있고, '국시말'이라는 무쇠로 만든 정체 불명의 작은 사족수(四足獸)가 있었다. (후장 참조)
2) 서낭당이 이렇게 단청한 전각으로 발전한 것은 불교 수입 후 고유 신앙과 습합하여 신도 유인 수단으로 사원 입구에 성황당을 건축함으로부터 시작되었을 것이다. 불교 외에 독립된 신당이 단청을 올리고 신상을 그려 붙인 것은 그보다 더 후세에 속하는 일이다. (후장 참조)

큰 당나무에 제단용 판석(板石)만 있고 돌무더기도 당집도 없는 서낭의 예도 적지 않다. 이것은 돌무더기와 당집이 퇴화되고 당나무만 한 해 한 번 '서낭제'의 제단이 되는 가장 후기형태에 속한다. 3)

이와 같은 누석단·신수·당집은 우리 나라 남북 전역에 분포되었을 뿐 아니라, 설사 그러한 누석·신수의 형태가 이미 완전히 소멸된 지방이 있다 할지라도, 어느 지방 어느 마을에고 당산·당뫼·당고개·당골·당터라는 지명이 남아 있지 않은 마을이 거의 없을 만큼 이 신앙은 아득한 상고에서부터 전승된 뿌리 깊은 유속(遺俗)이다. 그리고, 그 신앙의 기본형태인 누석단과 신수는 외형적으로도 원시형태 그대로 남았고, 심한 변모가 없었다는 것을 고문헌4)과 현존하는 만·몽지방 및 동북 아세아 제 종족의 이 계통 신앙의 비교연구로

---

3) 그 현존하는 한 예로서 필자의 고향〔영양군 일월면 주곡동(注谷洞)〕 당나무를 들 수 있다. 큰 느티나무 아래 2매(枚)의 판석(옛날엔 3매)만이 놓여 있는 당나무는 대보름날 새벽의 서낭제 제단이 되는 것 외에는 평상시에는 정자나무 구실을 한다. 그 상석(床石)은 낮잠터 또는 고누판이 되기도 한다. 이 동리에는 이 당나무 외에 장간(長竿)으로 된 특수 서낭이 있기 때문이다. (후장 참조)

4) 이규경(李圭景)은 "화동제사변증설"(華東濊祀辨證設)〔《오주형문장전산고》(五洲衍文長箋散稿)〕에서 다음과 같이 말했다.
我東八路. 嶺峴處有仙王堂. 卽城隍之誤. 古叢祠之遺意歟. 是如中國嶺上之關索廟也. 或建屋以祠. 或壘砂石. 或磊磧於叢林古樹下以祠之. 行人必膜拜唾而之去. 或縣絲緯. 或掛紙條. 髫髮累累然. 而其礎積以祠者. 或沿通典馬韓祭鬼神立 蘇塗之遺俗也歟.
선왕당(仙王堂)을 성황당(城隍堂)의 오(誤)라고 한 것만이 수긍이 가지 않을 뿐(이하 상론) 서낭당이 영현(嶺峴) 위에 있다는 것(현존하는 서낭당도 대개 동구 고갯마루 주로 동남방에 위치한다)과 총림고수(叢林古樹) 아래 당집을 짓거나 돌무더기를 쌓아 놓고 지나는 사람들이 절하고 침 뱉고 가는 것이며, 혹은 거기에 실오라기와 헝겊오라기·종이오라기·머리칼 등을 거는 풍속은 지금도 그대로다. 이규경은 이를 고총사(古叢祠)의 유의(遺意) 또는 마한의 소도유속(蘇塗遺俗)이 아닌가 하였다.

써 알 수 있다.5)

이와 같이 한·만·몽 및 시베리아에 널리 분포된 신앙형태는 이 문화의 횡적 유대(紐帶)를 보여 줄 뿐 아니라, 그 원류로서의 원시 이래 고대를 거쳐 현재에 이르는 동일신앙의 종적 관류(貫流)를 증거하고 있다. 다시 말하면, 이 누석단·신수·신간·조간[솟대]·목우[장승]는 이규경(李圭景)이 착안(著眼)한 대로 마한(馬韓)의 소도(蘇塗) 유속이요, 그보다 더 오래 전인 상고의 유속으로서 단군신화에 이미 그 신앙의 바탕과 편린(片鱗)을 보이는 바 있다.6)

---

5) 이 누석단과 신수 신앙은 우리 나라뿐 아니라 만주·몽고·시베리아의 제종족, 이른바 샤머니즘 문화권에 공통으로 존재하는 신앙으로서 그 형태가 우리 것과 흡사하다. 최남선 씨는 몽고의 '오보'(Obo, 鄂博)를 우리 당산과 비교하여 가택신단(家宅神壇)인 '업왕가리'(業王嘉利) 또는 '업위'(業位)의 '업'의 어원이 몽어(蒙語) '오보'와 같은 것이라 하였다. 〔「불함문화론」(不咸文化論)〕. 손진태(孫晋泰) 씨도 "조선의 누석단과 몽고의 '鄂博'에 취하여〔《민속학》(民俗學) 5권 12호]라는 논문이 있다. 추엽융(秋葉隆)·적송지성(赤松智城) 박사는 그 공저《만·몽 민족과 종교》에서 골디(Goldi)의 신간(神杆)·조간(鳥杆)·목우(木偶)의 결합, 오로치(Oroches) 및 오스티야크(Ostiak)의 조간과 목우의 결합, 몽고의 석적(石磧)·신간·조간의 결합 등의 복합형식은 조선의 석적·조간·목우의 결합과 그 장소·형식·기능에 있어서 흡사하다고 말하였다. 석적은 돌무더기·신간은 신목, 조간은 솟대, 목우는 장승[長栍]을 가리킨다. 만주의 신간 삭마(索摩), 몽고의 신간 소륜간(素倫杆)과 시베리아의 신목은 마한의 입대목(立大木)과 같은 것이요, 만·몽·시베리아의 조간은 우리의 솟대와 같은 형태이며, 그들의 목우는 우리의 장승과 같고, 우리의 목우는 이미 부여시대에 '등고신'(登高神)이란 이름으로 나타나 있다.

6) 단군이 태백산 신단수 아래서 임금으로 추대된 것(《삼국유사》)은 곧 이 신단과 신수의 복합형태를 말하는 것이니, 신단은 누석단이요 신수는 태백산에 많은 박달나무 곧 단수(檀樹)였다는 말이다. 또, 단군을 단웅(檀雄) ─ 천왕 환웅(天王 桓雄) ─ 이 손녀에게 약을 먹여 인신(人身)을 만든 다음 단수신(檀樹神)과 혼인시켜 낳은 아들이라 하는 것〔《제왕운기》(帝王韻記)]도 단수가 임상적(林相的)으로 고산에 흔한 신수였기 때문이다. 이 두 단군신화는 어느 것이든 동물웅신(動物熊神) 또는 식물웅신(植物熊神)에서 반인반동물웅신

　이러한 상고유속으로서의 소도유속은 누석단·신수·당집 신앙과 함께 입목·입간·목우신앙도 함께 논해야 마땅한 일이나, 이는 따로 "솟대〔蘇塗〕考"·"장승〔長栍〕考"를 초했기에 여기서는 논외에 두기로 한다. 현존신앙으로 보아서는 누석단과 신수, 당집 신앙이 동일체계로 더 보편화된 것이기 때문에 이것만 한데 묶어 고찰하고자 한다.

3. 기원과 신앙내용

　이 누석단(累石壇)·신수(神樹)·당(堂)집 신앙의 기원에 대해서는 두 가지 전설이 있다.

　옛날 어떤 미녀가 간부(姦夫)를 둔 것이 발견되어 산 위에서 투신자살을 했는데, 이 부정한 계집이 미워서 그 고개를 지날 때마다 돌을 던지고 침을 뱉는다는 것이 그 하나요, 주(周)나라 태공(太公)의 처가 그 남편이 불우할 시절에 출분(出奔)하였다가 태공이 입신(立身) 후에 돌아오매, 태공이 엎지른 물은 다시 담을 수 없다고 창피 주므로 자살하고 말았는데, 그 여자가 밉다 해서 침을 뱉고 돌을 던진다 는 것이 그 다른 하나이다.[7]

　그러나, 이 두 가지 전설은 이 신앙의 기원과는 하등의 관계가 없는 후인(後人)의 부회(附會)에 불외(不外)한다. 이 신앙의 형태가 돌

(半人半動物熊神) 또는 반인반식물웅신(半人半植物熊神)에로 발전하는 원시종교사상 동일단계의 일이다. 그러나, 이 신화에 표상(表象)된 것은 원시시대의 추장이 제천행사 뒤에 추대되었다는 것과 그 제천행사 자리가 신단수 아래였다는 사실에 주의해야 한다. 지금도 이 누석단·신수는 부락제의 제단이요 5월과 10월의 '풀굿' 또는 '세서연'(洗鋤宴) 잔치 끝에 동네의 불효자 또는 불효부를 징치(懲治)하는 부락회의는 고대재판의 잔영으로서 2, 30년 전만 해도 가끔 볼 수 있는 일이었다.

7) 秋葉隆, 《朝鮮の民俗に就いて》 p. 42.

무더기에 돌을 던지고 침을 뱉고 절을 하는 데서 만들어낸 전설이란 말이다. 마치 개구리 눈이 왜 뒤에 붙었느니, 메뚜기 이마가 왜 벗어졌느니 하는 따위의 동화와 마찬가지로 후인의 추측과 상상이 낳은 부회의 전설이란 말이다. 돌을 얹고 절을 하는 것은 치성(致誠)과 숭경(崇敬)의 심리요, 침을 뱉는 것은 경계(警戒)하고 제압(制壓)하는 심리이다. 그러므로, 돌을 얹고 절 하는 것이 이 신앙의식의 원형이요, 침을 뱉는 것은 그 신을 유독성 사귀(邪鬼)로 믿기 때문이니, 이것은 서낭신과 여귀(厲鬼)가 혼동되고 합일된 뒤에 생긴 것인 줄 안다. 변소에 들어갈 때 마루를 구르고 침을 뱉는 것이 측귀(厠鬼)를 경계위압(警戒威壓)하는 주술인 것과 같다. 그러므로, 이 두 가지 전설은 침 뱉는 것만 보고 만든 이야기이지, 미운 계집을 욕하는 데 돌을 얹는 정성과 절을 하는 숭경(崇敬)이 있을 수 없는 것이다.

샤머니즘은 본디 선악이원론(善惡二元論)으로 이루어졌고, 흑백양파(黑白兩派)가 있어 흑샤먼은 악신을, 백샤먼은 선신을 섬기는데, 우리의 샤머니즘은 흑·백 샤먼의 흐름이 다 들어와 있다.[8] 그러나, 백샤먼이 먼저 들어와서 그 주류를 이룬 듯하여 좀더 우세하다.[9]

우리 상고의 광명신숭배·백의숭상은 모두 백샤먼의 풍속이요, 단군신화와 현존 서낭제〔부락제(部落祭)〕의 사제선출(司祭選出) 풍속이 모두 백샤먼적임을 지적할 수 있을 것이다.

그러나, 우리 민간신앙의 신앙심리를 엿보면 선신에 대한 경배에

---

8) 졸고(拙稿), "한국의 종교와 그 배경,"《현대인강좌》(現代人講座) 제 4 권 참조.

9) 최남선은 "살만교차기"(薩滿敎箚記)에서 샤먼의 흑·백 양파를 설명하고, 백샤먼이 먼저 생겼는데, 그것은 가족 또는 종족 중에서 나왔다고 하였다. 공동의 의식과 고사를 드릴 때 지도자 하나를 선출하는 관습이 가족의 장으로서의 백샤먼의 발전에 조세(助勢) 하였고, 대중의 중(中)에서 가장 현명하고 존중되는 사람이 선출되어 동일한 사람이 여러 번 선출되는 동안에 백샤먼이 생겨났으리라는 트로시찬스키의 설을 소개하였다.

못지않게 악령에 대한 두려움이 큰 것을 알 수 있다. 물에 빠져 죽은 귀신, 나무에서 떨어져 죽은 귀신, 애 낳다 죽은 귀신, 처녀로 죽은 귀신 등 원통하게 죽은 귀신 — 원귀(寃鬼)들은 이 세상을 떠돌아다니며 우환질고(憂患疾苦)를 준다고 믿기 때문이다. 이러한 여귀(厲鬼)에 대한 축출·위압·위무의 심리는 서낭 신앙에도 들어왔으니, 경순왕(敬順王)·최영(崔瑩)·단종(端宗) 등 불우하고 원통하게 죽은 사람이 성황신이 된 경우가 많은 것이 이것을 증거하는 것이다. 그러나, 이런 것은 모두 후세의 변리전와(變異轉訛)요, 누석·신수로 나타난 당신앙의 원형질은 아니다.

이 누석·신수·당집의 형태로 나타난 당신(堂神) 신앙의 신앙대상은 곧 천신(天神)이요 산신(山神)이며 부락신(部落神)이다. 우리 민간신앙에 있어서 이 3자는 완전히 동격이요 삼위일체이다. 이 신앙의 원형은 단군신화에 나타나 있다. [10]

이러한 천신이 산신과 통하는 관념 곧 신앙심리는 상고인(上古人)의 세계관이 천상(天上) — 고산(高山) — 인간이라는 3단계의 분포를 믿음에서 유래하였다. 오늘 보는 지옥이라는 후세관념은 별로 우리 상고신앙에는 없었고, 불교가 들어온 뒤에 생긴 관념이요, 그 바탕에 기독교의 지옥관념이 복합된 것이다. 우리 선민들은 하늘과 인간의 교섭처(交涉處)로서 고산을 숭배하였고, 우수한 치자(治者)·장수(將帥)는 산신이 되어 나라와 부락의 수호신이 된다고 믿었다. 그러므

---

10) 단군은 천제 환인의 아들 환웅이 태백산에서 내려와 웅녀와 결혼하여 낳은 아들이니 천손이요, 따라서 단군숭배는 천신숭배이다. 그 단군이 군장(君長)이 되어 다스리다가 나중에 아사달에 들어가 산신이 되었다 했으니, 산신숭배는 단군숭배 곧 천신숭배였다.

昔有桓因 庶子桓雄 數意天下 貪求人世……雄率徒三千 降於太白山頂 神壇樹下 謂之神市 是爲桓雄天王也……時有一熊一虎 同穴而居 常祈于神雄 願化爲人……熊得女神……雄乃假化而婚之 孕生子 號曰 檀君王儉……後還隱於阿斯達爲山神……(三國遺事)

로, 산신은 호국신 또는 부락의 수호신 곧 동신(洞神)·당신(堂神)이
되는 것이다.

우리의 상고 선민들은 고산을 하늘과의 교섭처 곧 성역으로 보고
이주할 때마다 최고의 주봉(主峰)을 골라 이를 붉뫼〔백산(白山)〕라
불러 숭앙(崇仰)할 뿐 아니라, 부락마다 작은 신산(당산)과 신단을
쌓고 제천(祭天)하였던 것이다. 단군은 이 붉뫼에 제지내는 단군, 천
군이란 이름의 제천자(祭天者)였다.[11]

지금도 지방의 서낭당 신앙에는 인근부락 서낭신 상호간에 부자·
부부·형제관계를 보이는 전설이 있다. 이것으로써 고대 부락간의
정치적 관계를 엿볼 수 있기도 하다.[12]

어쨌든 조산(造山) 또는 석적(石磧)을 만들고 신수(神樹)를 정하는
것은 천신이 거기 계신다고 믿는 것으로, 애니미즘(Animism)에서 테
이즘(Theism)에로의 이행과정의 표현이라 볼 수 있다. 고산(高山)에
천신이 내려오듯이 조산(造山)에도 천신이 깃들인다고 믿고, 다시 이
것이 가가호호에 설단(設壇)·입목(立木) 혹은 설위제천(設位祭天)하
는 가신(家神)으로 분화되는 것이다. 이를테면 천신의 출장수호(出張
守護)가 되는 셈이다. 무격(巫覡)의 '신장대'나 유교제의의 항신용(降
神用) '모사'(茅砂)가 모두 이와 공통된 신앙심리라 할 수 있다. 이와
같이 누석·신수·당집 신앙의 모티브는 천신숭배요 이것이 산신·

---

11) 최남선은 "불함문화론"(不咸文化論)에서 이 단군 또는 위지(魏志)의 천군을
   토이기어(土耳其語), 몽고어 등에 '천'(天)을 의미하는 Tangri, Tengeri의
   유어(類語)라 하고, 현재 우리말에 무당을 '당굴'(Tangur)이라 하는 것도 이
   음사(音寫)라 하였다. 알타이 어의 Tengeri는 천·천신·제천자를 의미한다.

12) 그 실례로서 경북 영양(英陽)지방의 서낭 신앙을 들 수 있다. 주실〔주곡(注
   谷)〕서낭과 가마실〔부곡(釜谷) ─ 현 가곡(佳谷)〕서낭은 부부간이다. 가마
   실 서낭은 주실 서낭과 싸워서 허리가 꺾어진 다음 다시 만들지 않았다는 전
   설이 그것이다. 이 두 서낭은 다 서낭대〔서낭간(竿)〕였고, 그 싸움은 서낭대
   끼리 맞붙은 싸움이었다는 것이다. (후장 참조)

부락신·가신으로 발전된 것임을 알 수 있다.

4. 명칭의 이화(異化)와 신앙공통(信仰共通)

이 누석단(累石壇)·신수(神樹)·당집의 형태로 남아 있는 당산·
당나무·당집 신앙은 여러가지 이름으로 이화하여 그 명칭의 다양함
이 실로 수십종에 이르렀다. 이제, 그 중요한 자(者)를 분류 열거하
면 다음과 같다.

1) 천신계(天神系)

　⑴ 삼성사(三聖祠)〔문화(文化)·풍덕(豐德)〕·삼황사(三皇祠)〔정선
　　(旌善)·철원(鐵原)〕
　⑵ 천왕당(天王堂)〔함양(咸陽)·보은(報恩)〕·천황당(天皇堂)
　⑶ 본당신(本堂神)〔태천(泰川)〕·본향신(本鄕神)〔제주(濟州)〕
　⑷ 천제(天祭)〔경북·함남북〕·대동제(大洞祭)·대동제(大同祭)
　　〔광주(光州)·연천(漣川)〕

2) 산신계(山神系)

　⑴ 신모사(神母祠)〔경주(慶州)〕·성모사(聖母祠)〔경주·진주(晋州)
　　·함양(咸陽)〕
　⑵ 할미당〔임실(任實)〕·노고당(老姑堂)〔서울〕
　⑶ 선왕당(仙王堂)〔전국 분포〕·선왕당(先王堂)·산왕당(山王堂)
　⑷ 국사당(國師堂)〔서울 남산·주로 서북지방〕·국사당(國士堂)·
　　국사당(國祀堂)·국사당(國祠堂)·국사단(局司壇)
　⑸ 산신당(山神堂)〔전국 분포〕·산천신(山川神)〔강원·평안·함

경〕·향산제(香山祭)〔함경도〕·상산제(上山祭)〔함경도지방〕·상
선제(上仙祭)

3) 붉신계

(1) 불당·국신당(國神堂)〔안동(安東)〕·성산당(星山堂)〔성주(星州)〕
·성신(星神)〔합포(合浦)〕·화신(火神)〔창원(昌原)〕·불신(佛神)
〔청도(清道)〕·별신(別神)〔통영(統營)〕·별제(別祭)〔삭주(朔州)〕
·별로제(別路祭)〔개천(价川)〕·별기도(別祈禱)〔신흥(新興)〕·야
제(野祭)〔울산(蔚山)〕·불제(祓祭)〔곡성(谷城)〕·백산제(白山祭)
〔후창(厚昌)〕
(2) 불귀당〔무산(茂山)〕·복개당(福介堂)〔서울 신수동〕
(3) 팔성당(八聖堂)〔려사(麗史) 열전(列傳)〕·팔선당(八仙堂)〔송악
산(松岳山)·팔신(八神)〔영해(寧海)·영덕(寧德)〕
(4) 박대감성황(朴大監城隍)〔인제(麟蹄)〕

4) 성황계(城隍系)

(1) 城隍堂〔전국적 분포〕·城隍壇·城隍祠

5) 붉은계

(1) 八關會(高麗史)
(2) 府君堂〔금천(金川)·평산(平山)·장연(長淵)·안악(安岳)·신천
(信川)·재령(載寧)〕·付根堂(五洲衍文)·富君堂
(3) 白岩里〔계룡산〕

이상 분류한 바 제명칭은 비록 이름은 이렇게 여러 가지라도 그 신
앙내용은 천신·산신·부락신 숭배로서 전연 동계(同系)이다. 특히

천신계·산신계·붉신계가 더 밀접하다. 필자는 이 3계통을 통칭하여 서낭계라 부르고자 한다. 서낭이 이 계통 호칭에서 가장 빈도가 높은 대표적인 명칭이기 때문이다. 성황계는 앞의 서낭계보다 훨씬 후세에 들어온 중국 민속으로서 그 수호신 또는 농업신적(農業神的) 의의가 서낭 신앙과 합일된 것이요, 붉은계는 붉신계의 한 갈래로서, 주로 관청신화(官廳神化)하였으나 민간신앙으로도 남북한에 다 분포되어 있으며, 그 제의(祭儀)가 서낭계와 상통한다. (후항 참조)

천왕당계(天王堂系)

천왕당은 전술한 천신숭배의 근본원형이다. 삼성사(三聖祠)·삼황사(三皇祠)는 환인 — 환웅 — 환검(단군)의 3대를 신앙하는 것이요, 본향신(本鄕神)·본당신(本堂神)이 모두 천신이며, 제천(祭天)·대동제(大洞祭)·대동제(大同祭)가 다 동종(同種)의 제천행사이다. 천왕당·천황당의 천왕·천황은 곧 하늘님의 의역에 지나지 않고, 이것은 그대로 산신이 되므로 실상 이 천신계는 모두 산신계와 합일되는 것이다.[13]

산신당계(山神堂系)

산신당은 천신의 변형이요 천신과 동격이다. 단군이 죽어 산신이 된 것이나 정견왕후(正見王后)가 죽은 뒤 산신이 된 것은 이 사실을 밝혀주는 전설이다. 신모사(神母祠)·성모사(聖母祠)는 이 산신신앙의 원형으로서, 산신의 성(性)이 여성이라는 것과 전게(前揭)의 천왕당이 곧 산신당임을 밝히는 예가 된다.[14]

---

13) 檀君天王堂, 人言檀君天王堂, 本在 九月山 上峰 (成宗實錄 원년 11월 丙寅)
　　正見天王祠 陜川海印寺中 俗傳大伽倻 王后正見 死爲山神(東國輿地勝覽)
　　聖母祠 智異山 天王峰頂(同右), 太白山祠 俗稱天王堂(同右)

박제상(朴堤上)의 처가 치술령(鵄述嶺) 신모(神母)가 되었다거나 위숙왕후(威肅王后)가 지리산 성모가 되었다는 것은 후세의 부회(附會)라 하더라도, 거기 부회된 인물이 여성이라는 것은 곧 그 천신이 할머니로 불리는 여신이었음을 증명한다. 신모와 성모는 결국 산신의 존칭에 지나지 않는 것이다. 산신계의 당명(堂名)에 할미당·노고당(老姑堂)이 많은 이유도 여기에 있다.

선왕당계(仙王堂系)

선왕당은 이 계통 신앙의 호칭상 빈도가 가장 높다는 것은 앞에서 말했거니와, 이것도 산신숭배요 천왕과 마찬가지로 천신숭배에 통한다. 선왕당의 선자(仙字)로 말미암아 도교숭배로 오해하기 쉬우나 이는 확실한 우리의 고유신앙이다. 우리 민간신앙에는 칠성당(七星堂) 같은 도교계통 민속도 없는 것이 아니지만, 이 선왕당은 그것과는 다른 우리 상고의 유속이다. 선왕당의 선자(仙字)는 단군을 왕검선인(王儉仙人)이라 하고 신지선인(神誌仙人)·팽우선인(彭虞仙人)·지제선인(持提仙人)·선인천왕랑〔仙人天王郎 —동명왕(東明王)〕·선인탁림몽(仙人卓琳蒙) 등의 용례에서 보는 바와 같이 도교류의 황로선인(黃老仙人)이 아닌 우리의 제정일치 시대의 군장(君長) 내지 신관(神官)을 선인(仙人) 혹은 선관(仙官)이라 불렀던 것이다.[15]

신라시대 화랑(花郎)을 국선(國仙)이라 했으니, 국선은 중국의 선(仙)과 구별되는 고유의 국도(國道)였음을 알 수 있다. 화랑은 또 선

14) 神母祠 鵄述嶺上 神母卽朴堤上妻也 堤上死於倭國 其妻不勝其慕 登鵄述嶺 痛哭而終 遂爲鵄述嶺神母 (東國輿地勝覽 경주). 昔開國祖師道詵 因智異山 主 聖母天王 密囑曰 若創三巖寺三韓爲一……(朴全之: 靈鳳山龍寺 重創記) 今智異天王 乃指太祖之母 威肅王后也(帝王韻記)

15) 송도(松都)지방에서는 상류계급 사람으로 강무(降巫) 한 이를 선관(仙官)이라 부른다. 〔이능화(李能和), "조선무속고"(朝鮮巫俗考)〕

216

화(仙花)·선랑(仙郎)이라고도 하였다. 그러므로, 이 선왕은 단군·
천군이요 국선의 왕인 선인을 섬기는 것임을 알 수 있다. 16)

중국의 도교 즉 신선류의 태반(胎盤)도 우리와 동계(同系)인 동이
계(東夷系) 사상이었던 듯하므로 우리의 선교(仙敎)는 바탕이요, 그
것이 나아가서 중국의 선교(仙敎)가 되어 다시 들어온 것이라 할 수
있다. 17)

이렇게 보면 우리의 고유 종교인 선교(仙敎)와 중국의 도교(道敎)
는 그 뿌리가 하나일 뿐 아니라, 우리가 선도적 지위에 있었다는 것
을 알 수 있다. 18) 이것이 우리 나라에 도교가 정식으로 홍통(弘通)하
지 않은 까닭일지도 모른다. 고유의 선도가 있었기에 말이다.

선왕당(先王堂)은 속설에 고려 유민이 고주(故主)를 제(祭)지내기
때문에 생긴 이름이라 한다. 하기는 서낭당에 공민왕(恭愍王)을 모신
곳이 많았던 모양이고, 경순왕(敬順王)·최영(崔瑩)·단종(端宗)·임

---

16) 謂之仙者 盖其時 郎徒爲國仙故云 非眞仙也 (李睟光 : 芝峰類說)
   其所謂仙者 國仙也 花郎之別稱也 (文獻備考)
17) 최남선은 그 증거로서 도교가 태산 이동(以東)을 신역(神域)으로 삼는 것,
   봉래(蓬萊)·발해(渤海)가 모두 '붉'의 전와(轉訛)요, 황제(黃帝)·광성자
   (廣成子) 등 선도(仙道)의 성자가 청구(靑丘) 자부(紫府)의 동이지(東夷地)
   에서 교(敎)를 받아 갔으니 청구는 Tengeri의 변형이요, 도교의 지상신격(至
   上神格)이 태산에 있고, '방사(方士)'가 우리말 남무(男巫)인 '박수'와 통한다
   는 등 여러 가지를 들었다. 〔"불함문화론"(不咸文化論)〕
   적송지성(赤松智城) 박사도 도교가 무교(巫敎)에서 배워간 것이 많음을 지적
   하고, 도교도(道敎徒)가 고요히 도를 궁구(窮究)하는 것을 제하면 무속과 구
   별이 되는 점이 적다는 뜻의 말을 하였다.〔적송(赤松)·추엽(秋葉),《만몽
   (滿蒙)의 민족과 종교》〕
18) 이능화도 같은 뜻을 말했다.
   我語呼女巫曰萬神……按抱朴子 黃帝東到靑丘 過風山見紫府先生 得三皇內
   文 以刻 名萬神……由是觀之則 萬神之稱 源於靑丘出自仙書者歟 蓋上古則,
   神與仙無甚分別 而混同稱之矣("朝鮮巫俗考")

경업(林慶業) 등 원통하고 불우하게 죽은 이를 모신 곳이 많음을 볼 수 있기는 하다. 그러나 이렇게 선왕(先王)이라고 딱 단정할 수 없는 것은 고구려의 조의선인(皀衣仙人)을 '皀衣先人'이라고도 쓰는 걸 보면 선(仙)·선(先)은 통용되었고, 신앙으로 보아서는 선왕(仙王)이 더 먼저 생긴 일의적인 것이기 때문이다.

산왕당은 산신·천왕·선왕과 같은 그 합성어이다.

국사당계(國師堂系)

국사당 등은 이 계통 신앙 중에서는 가장 후기의 명칭인 듯하다. 신모사(神母祠)·성모사(聖母祠)가 여신임에 비하여 국사당은 남신임을 상징하는 사자(師字)가 들어 있기 때문이다. 고구려의 사무(師巫)와 고려 때의 무(巫)를 법사(法師)라 한 것과 또 현재 남무(男巫)를 박수라 하는 것으로 보아서 그렇다. [19)]

국사당을 속설에 고승(高僧)으로 국사(國師) 된 이를 섬기는 것이라 하나, 이것은 문자 그대로 본 후인의 부회일 뿐 국사는 산신이다. [20)] 국사대왕(國師大王) 또는 국사천왕(國師天王)이라고도 부르는 것을 보면 알 것이다. 또, 국사당(國祀堂)·국사당(國祠堂)·국사당(國士

19) 北俗好鬼神 男巫謂之師〔홍양호(洪良浩), 《이계집》(耳溪集)〕
20) 필자는 어려서 당집〔영양군(英陽郡) 가곡(佳谷)〕에 들어가 무쇠로 만든 정체 불명의 사족수(四足獸)를 보았는데, 고로(古老)에게 물었더니 그것은 국시말이라 하였고, 국시말은 산신이 타고 다니는 말이라고 하였다. 국시말이 호랑이의 은어라는 것은 필자가 훨씬 커서 민간신앙연구에 뜻을 둔 뒤에야 알았다. 이 국시말의 '국시'가 바로 국사당(國師堂)의 '국사'요 그 국사가 바로 산신과 같다는 것은 이내 자득할 수 있었다. 국수당·국시당이란 이름은 주로 서북지방에 많고 영남지방은 드문데, 영남지방에 국시말이란 어휘가 남아 있는 것은 기이한 일이다. 영남지방에서는 한 개비 두 개비라는 말은 쓰지 않으면서 장작개비란 말이 남아 있고, '꾸럭'이란 말을 '망태'라 하면서도 '욕심꾸레기'와 소의 입을 막는 그물을 '끄레기'라 하는 데 남아 있는 것과 같은 예가 된다.

堂)·국사단(局司壇)이 모두 아무렇게나 취음(取音)한 표기요 반드시 그 문자에 구획될 필요는 없는 것이다. 21) 왜 그러냐 하면, 백성들은 한문으로는 어떻게 썼든 국수당 또는 국시당이라고 하지 국사당이라고는 부르지 않는 것이다.

불 당 계

불당은 천신숭배의 원형이었으나 전화되어 부락신으로 된 자(者)이다. 볼의 원형은 '붉'이요, 22) 거기서 '볼'·'복' 두 갈래로 나뉘어진 것이다.

붉은 백(白)·광명·태양으로 상징되는 하늘 숭배23)의 바탕이니,

---

21) 김영수(金映遂)·손진태(孫晋泰) 두 분은 《동국여지승람》(東國輿地勝覽)의 나대(羅代) 대중소사(大中小祀)를 인증하여 국사당설(國祀堂說)을 주장하였다[김: "지리산(智異山) 성모사(聖母祠)에 취(就)하여,"《진단학보》(震檀學報) 11권, 손: "장생고"(長栍考), 시촌박사(市村博士) 고희기념《동양사논총》(東洋史論叢)]. 그러나, 유홍렬(柳洪烈) 씨에 의하면, 무산(茂山)에 한 성황사(城隍祠)가 있는데, 옛날에는 국행사전(國行祀典)에 오른 국가적 사묘(祠廟)의 일종이지만 그 지방인들은 이를 '발귀당'이라 하고, 이 관행제처 외에 민중이 참배하는 신당(神堂)으로는 국시당[국사당(國師堂)]이라는 것이 또 한 곳 있다 했다["조선의 산토신(山土神) 숭배에 대한 소고(小考),"《신흥》(新興) 9호]. 국사성황은 발귀당이라 하고 이사성황(里祀城隍)을 도리어 국시당이라 한다는 것은 국사당설의 난색(難色)이 아니라 부정이 된다. 그러므로 '국수·국시'의 어원이 '국사'(國祀)에 있지 않음을 알 것이다.
22) 최남선 씨는 현어(現語) '밝다'의 '밝'은 원형이 '붉'인데, 그 고의(古義)는 '신(神)·천(天)·일(日)'이라 하였다. 또, 그는 동래한 상고족을 '붉족·백족(白族)'이라 불렀다.["불함문화론"(不咸文化論)]
23) 양주동(梁柱東) 씨는 "하늘의 원의(原義)"(《조선일보》, 후에 《고가연구》(古歌研究)에 수록)를 '한붉'[대광명(大光明)·대국토(大國土)]이라 하고, 그것이 한불―한볼―한올―하늘의 순으로 전음(轉音)된 것이라 하였다. '볼'의 원형을 '붉'으로 본 것은 최남선 설에 근거한 듯하다. 태백산(太白山)·장백산(長白山)·대박산(大朴山)·장고봉(長鼓峰)·작약봉(芍藥峰) 등 산명이 모

전(轉)하여 블〔화(火)〕·벌〔야(野)〕·국토의 뜻이 되었다. '블神'의 '블'은 고지명에 '벌(伐)·불(弗)·발(發)·화(火)·원(原)·평(坪)·평(平)·임(林)·사(沙)·국(國)'등으로 기사(記寫)되었고, 일면으로는 '백(白)·박(朴)·벽(碧)·복(卜)·복(伏)·복(福)'으로 표기되기도 하였다. 불은 또 '부리(夫里)·부여(夫餘)·불이(不而)·부내(不耐)·비류(沸流)·부어(夫於)·비리(比利)·비렬(比列)·비리(非里)·비리(卑離)'로 나타나기도 했으니, 그 원의(原意)는 '원(原)·토(土)·국(國)·화(火)·광(光)·명(明)'이다.

불당·성산당(星山堂)[24], 국신당(國神堂)·화신(火神)·성신(星神)·불신(佛神)·별신(別神)[25], 야제(野祭)가 모두 불뫼·불신·벌제의 뜻으로서 부락신·부락제의 뜻이다.[26]

이능화(李能和)씨는 이 별신을 별자(別字)의 뜻을 따서 특별신사(特別神祀)라 했으나,[27] 별신위패(別神位牌)를 새로 만드는 데 성신

두 '한복뫼' 곧 '천산'(天山)이란 뜻이다.

24) '星山郡…… 一云里山郡'(三國史記 地理志)의 리(里)는 불 또는 벌의 뜻이므로 이 성산은 별〔星〕이 아니라 성(星)의 훈(訓)을 붉의 음사(音寫)로 쓴 예이다. 따라서, 성신(星神)은 리신(里神) 곧 촌신(村神)이다.

25) 별신(別神)을 성신(星神)이라고도 한다. 송석하(宋錫夏)씨는 마산합포(馬山合浦)의 신조별신위패(新造別神位牌)에 성신이라고 씌어 있었다는 것을 보고하고, 그것이 어떤 음의 표기를 위한 임시 차자임을 말했으나 그 어원은 미상하다 하였다〔"조선각도(朝鮮各道) 민속개관(民俗槪觀)," 《신동아》(新東亞) 소화(昭和) 10년 12월호〕. 필자는 별신을 전기한 붉신의 차자로 본다. 따라서, 이 별신도 촌신(村神) 곧 부락신(部落神)이다.

26) 촌산지순(村山智順)씨 조사에 의하면, 동래(東萊) 구포(龜浦)지방에 불신제란 것이 있는데 속칭 별신이라 하고, '불'은 '촌'의 뜻으로 불신은 촌의 수호신이란 뜻이라고 하였다〔《향토신사》(鄕土神祀) 제 2 부〕.

27) 朝鮮古俗 各地市長都會之處 每於春夏之交 擇定期日 行城隍神祀 人民聚會 晝夜飮酒…… 名曰別神 蓋特別神祀之 縮稱也 其儀大木設神位……(朝鮮巫俗考)
이 이능화(李能和)씨 설은 별신의 어원에 대해서는 오착(誤錯)이 있으나, 그

220

(星神)이라고 쓰는 예를 보면, 별은 어떤 말의 음차(音借)요, 성은
그 말의 훈차(訓借)일 뿐, 그 별신은 성(星)의 뜻도 별(別)의 뜻도
아닌 줄을 알 것이다. 그것이 곧 벌〔야(野)·원(原)·촌(村)〕이라는
말임은 앞에서 밝힌 바와 같다.

'불귀당·복개당·박대감성황'[28]은 붉의 ㄱ받침계의 신명(神名)이
요, '팔신·팔선궁·팔성당'[29]은 붉의 ㄹ받침계 신명이다. 우리가 간
과할 수 없는 것은 이것들도 모두 산신·서낭·성황과 같은 것이라는
점이다.

이 밖에 '불단지'라는 것이 있으니 이도 불신 신앙의 한 갈래이
다.[30]

별신이 성황신사인 것과, 그 제의(祭儀)가 대목을 세우고 신위(神位)를 설
(設)하며 주야음주하고 군취가무(群聚歌舞)하는 것이 삼한의 소도제의(蘇塗
祭儀)와 같다는 것을 보여 주는 좋은 예가 된다.

[28] '불귀당'은 '붉'이 '불기'로 음전(音轉)하여 '불귀당(鬼堂)'이 된 듯하다. 그것이
국사성황(國祀城隍)이라는 것은 전게(前揭) 유홍렬(柳洪烈) 씨 논문으로 알
수 있다. 복개당(福介堂)도 같은 계통의 음전례(音轉例)다. 박대감성황(朴大
監城隍)은 복(붉)대감이요, 그것이 성황신임이 밝혀져 있다.

[29] 팔신(八神)은 불신이니 마찬가지로 동신(洞神)이다. 팔의 고음은 '밝'이다.
이 팔신이 또한 성황신이라는 증거도 있다. 촌산지순(村山智順) 씨 조사에 의
하면 거금(距今) 700여년전 고려말에 영해(寧海)·영양(英陽) 경계인 울령
(蔚嶺)에 팔신이라는 신이 있었는데, 영해부임신관(寧海赴任新官)이 그 영을
지날 때 방울 소리가 나면 부임당야(赴任當夜) 즉사하였다. 우탁(禹卓)이 이
고을에 부임도중 방울 소리를 듣고 그 유래를 물어서 그 팔신을 불러 꾸짖고
그 중 5신을 쫓아 버렸는데, 3신은 지금 영덕(盈德)의 병곡면(柄谷面) 유금
(有金), 영해면성내(寧海面城內), 영해면(寧海面) 괴시(槐市)의 성황(城
隍)이 되었다는 전설이 수록되어 있다(부락제(部落祭) 205面). 신이 여덟이
었다는 것은 후세의 부회일 것이다. 이 보고는 성황이 소도유속(蘇塗遺俗)으
로서의 방울 전설을 지닌 한 예를 보여 준다. 안동하회(安東河回)의 서낭에
는 실물 방울이 있고, 안동삼산(安東三山)의 서낭에도 방울 전설이 있다. 팔
선궁(八仙宮)·팔성당(八聖堂)도 팔신과 동궤(同軌)인 것이다.

성황당계(城隍堂系)

성황은 중국 성지(城池)의 신이니, 성지신(城池神)의 수호신으로서의 의의가 우리 고유신앙의 산신·부락신의 수호신적 의의와 결합된 것이다. 그러므로, 성황신은 외래신이요 그만큼 이 계통 신앙 중가장 늦게 생긴 이름이다. 그러나, 이 성황신은 문자기록상으로는이 계통 신앙의 대표적인 명칭이 되고 말았다. 마치 우리 신앙상의하늘님〔천주(天主)〕을 기독교가 들어와 성서를 번역할 때 천주 또는하나님이라 하여 마침내 우리 하나님을 독차지한 것과 같다. 천주는최수운(崔水雲)의 동학사상에도 나오는바, 이는 하늘님의 이두식 표기 또는 한역(漢譯)이다. 이 '하늘'을 기독교가 '하나'라는 유일신의관념과 합일시킨 것이다. 이와 같이 성황신은 천신·산신계와 본래동질의 것이 아닌데, 이것이 대표적 칭호가 된 것은 부당하다. 이것도 사대모화사상(事大慕華思想)의 한 형태이다.

그러나, 명칭은 성황이라도 형태는 중국의 성황이 아니요 고유의천왕당·선왕당·산신당과 같을 뿐 아니라, 문자로는 성황당이라 써놓아도 식자층 이외에는 일반민중은 그대로 '서낭당'이라 부르지 '성황당'이라고는 하지 않는다. 어쨌든 현존한 이 계통 신앙 중 발달된당집 곧 전각(殿閣)으로 된 신당은 그 현판(懸板)과 신위(神位)가 십중팔구는 성황당이요 '성황지신위'(城隍之神位)인 것이 사실이다.

이와 같이 성황당은 후세의 명칭이요 외래의 신앙인데도 불구하고, 더구나 그 형태가 성지(城池)가 아니고 일반호칭에서 서낭당인데도, 우리의 선배학자들은 고금을 통하여 이에 착안(著眼)한 천착(穿鑿)이 없었던 것이다. 이 사실을 회의하지 않았을 뿐 아니라 서낭을

---

30) '家內擇地築壇 而土器盛禾穀 置於壇上……稱扶婁壇地 或稱業王嘉利……'(神壇實記)에서 단지(壇地)는 단지〔瓮〕의 음사, 嘉利는 가리〔積〕의 음사다. 이 업주 또는 업위의 업이 몽고의 '오보ー鄂博'와 같다는 것은 이미 앞에서 말했거니와 그것은 '불神'에도 통한다.

222

도리어 성황의 와오(訛誤)라 하여 마치 성황이 먼저인 것처럼 착각하고 주객을 전도하였다. 31)

이러한 견해는 뒤집어서 성황 즉 선왕지오(仙王之誤)라 보아야 한다는 것이 필자의 지론이다. 그러면 성황이란 무엇인가. 그 기원과 출처 및 신앙내용을 살펴보자.

성황은 성지(城池)요, 성지(城池)는 성하(城河) 곧 성 밖에 파 놓은 어구(御溝)니 방비시설이다. 성황이 신앙의 대상이 된 것은 예(禮)의 팔사(八蜡)의 하나로서 성지(城池)의 신인 수용(水庸)을 제지내면서 비롯된 것이다. 32)

이상에서 우리가 먼저 간취할 것은 성황 — 성지(城池) — 수용(水庸) — 구(溝)가 보장지용(保障之用)으로서 수호신적 의의가 있다는 것과, 성황이 팔사(八蜡)의 일곱째 신으로서 수용(水庸) 곧 구(溝)라는 것과, 그 팔사(八蜡)란 것이 모두 농업관계의 신이라는 것과, 이 팔사(八蜡)를 제지내는 달이 건해지월(建亥之月) 곧 10월로서 전공고성(田功告成)의 달이라는 것과 그 팔사(八蜡)의 팔신(八神)이 우리의 붉신에 음이 통한다는 점이다. 다시 말하면 이 수호신적 의의와 농업신적 의의가 우리의 붉신·산신·서낭신과 일면이 통하는 바 있고,

31) 이규경은 '我東八路 嶺峴處 有仙王堂卽 城隍之誤'라 하였다〔"화동음사변증설"(華東淫祀辨證說), 《오주연문》(五洲衍文)〕. 용재(慵齋) 성현(成俔), 지봉(芝峰) 이수광(李晬光), 성호(星湖) 이익(李瀷)도 다 성황을 주로 삼았고, 손진태 씨도 선왕은 성황의 전와(轉訛)라 하였다〔"장생고"(長栍考), 시촌박사(市村博士) 고희기념 《동양사논총》(東洋史論叢)〕.
32) 城隍 '城隍猶言城池(易) 城復于隍 (二)神名 禮八蜡 水庸居七 水庸卽城隍 是爲祭城隍之始'(辭源)
城池 '池卽城河也 所以爲保障之用者也'(辭源)
八蜡 '古有八蜡之祭 每歲建亥之月 田功告成則 合聚八神而報饗之 謂之八蜡 一先嗇如神農之類 二可嗇卽后稷 三農謂古之田畯有功於民者 史郵表畷…… 五猫虎 其食野鼠野獸以護苗 六防卽堤防 七水庸卽溝 八昆蟲螟螽之類 祝其勿爲害也'(辭源)

그 제신절(祭神節) 10월이 우리의 상달〔수릿달·소도절(蘇塗節)〕로서 농공필(農功畢)하고 제천하던 계절이란 점이 같은 것이다.

이 성황신은 중국에서는 북제(北齊)시대(500~577) 전후에 이를 볼 수 있었고, 송(宋) 이후에 천하에 퍼졌으며,[33] 우리 나라에는 고려 문종(文宗)(1047~1083) 때 비로소 보여 조선에 와서 전국에 퍼진 것이다.[34]

이때부터 성황은 재래의 산신·서낭 숭배와 합일되니 그 이름을 포용(包容)해버린 것이다. 산신당·서낭당 하는 '당(堂)'이란 이름이 붙은 것도 이 성황이 들어온 뒤의 일일지도 모른다. 왜 그러냐 하면, 애초에는 그대로 서낭이나 산신 할머니요, 당이라는 이름이 붙었던 것 같지를 않다. 당은 신당(神堂)인데 재래에는 석적(石磧)과 신수(神樹)였을 뿐 당자(堂字)가 있을 성싶지 않다는 말이다. 초옥식 당집이 와가(瓦家) 전각보다는 먼저겠지만, 원시형태로 보아서는 이 당집도 좀 더 발달된 것이기 때문이다.[35] 지금도 신간(神竿)만을 그냥 서낭이라 부르는 곳도 있다〔전게(前揭) 영양 지방〕. 이는 서낭대〔서

---

33) '北齊書 有慕儼禱城隍獲佑事 唐張說張九齡 均有祭城隍文 後唐清泰中 始封 王爵 宋以後其詞遍天下'(辭源 城隍條)

34) 我東則 高麗文宗時 於神城鎭 置城隍神祠 加號崇威 蓋唐宋化也 至有李朝城 隍神祠 官私皆祭 最爲普遍 而巫覡聚會汪祀之處也〔이능화,《조선무속고》 성황조(城隍條)〕. 조선 초의《동국여지승람》에는 8도 각읍에 1묘 3단이 있다 했으니〔1묘는 문묘(文廟), 3단은 사직단(社稷壇), 성황단(城隍壇), 여단 (厲壇)〕, 그 보편화를 짐작할 수 있다.

35) 당우(堂宇)를 짓기 전의 당산·당나무·당신의 당은 당(堂)이 아니라 단(壇) 일 것이다. 처음은 단만 있었고, 그 단은 누석단·제단으로서 당과 뜻이 같기 때문이다. 그러나, 단이나 당은 어떤 음의 이두식 기사(記寫)에 음과 훈이 함께 통하는 자를 골라서 표기한 데 지나지 않는다. 다시 말하면, 당이나 단은 '당굴' 곧 Tenger(天)의 단음화로 볼 수 있다는 말이다. 그러므로, 당산·당나무·당신은 당굴뫼·당굴나무·당굴신의 준말로서의 천산·천수·천신의 뜻에 지나지 않는다.

낭간〕의 준말이다.

실제로도 성황당은 제신(祭神)이 여러 가지가 있어 산신과 성모와 단군이 역시 성황신이 되어 있는 것이다. 다시 말하면, 모든 성황당 은 성황의 원의(原義)대로 성지(城池)나 수용(水庸)을 제지내는 것이 아니요, 고유한 재래의 천신·산신을 제지내고 있다는 말이다. 이로 써 우리는 성황당이란 것이 신앙대상은 종래의 천신·산신이면서 표 면의 이름만 성황이라고 바뀌어지게 되었다는 것을 알 수 있다.

역사상 실재의 인물이 성황신이 되는 예가 있다. 전술한 경순왕(敬 順王)·단종(端宗) 등 불우하고 원통하게 죽은 인물들의 원혼을 외경 (畏敬) 위로하는 것과 김유신(金庾信)·신숭겸(申崇謙)·최영(崔瑩) 등 장수가 죽어 성황신이 된다는 두 가지 경우가 있다. 특히 후자는 그분들의 국방간성(國防干城)으로서의 수호신적 의의가 성황신 신앙 과 합치됨으로써 백성의 숭앙을 받는 것이지, 그들이 곧 성황신 또는 서낭신이 되는 것은 아니다. 말하자면, 유신(儒臣)들의 문묘배향(文 廟配享)과 같은 선왕묘배향(仙王廟配享)에 불과하다는 말이다. 이에 대해서는 성호 이익이 이미 설파(說破)한 바 있다.[36]

《성호사설》(星湖僿說)에는 우리 나라 성황신이 고유의 천군·단군 이었다는 사실을 보여주는 예도 들어 있다. 다만 성호가 이를 전술한 신숭겸·김홍술(金洪術) 등의 성황묘배향(城隍廟配享)과 동류의 주오 (註誤)로 본 것은 유감이다.[37]

---

36) 輿地勝覽 壯節公申崇謙 死爲谷城城隍神 金洪術爲義城城隍神 蘇定方爲大興 城隍神類 不可勝記……其神配食於城隍 而後人 迷其本質 妄謂人死之鬼 爲 城隍神耶……(星湖僿說 城隍廟條). 중국에도 이런 예가 있어서 육유(陸游) 는 그 〈진강부성황충우묘기〉(鎭江府城隍忠祐廟記)에서 '漢將軍紀信爲其 地 城隍神 旣云城隍 何得更有他鬼爲之主耶'라고 하여 그 비(非)를 지적하였다.

37) 余居安山郡 一日郡守 遣鄕座首 來問廟祭期迫 閱視爲牌則 題云折衝將軍 不 知如何(星湖僿說 城隍廟條)
성호는 이를 '此必谷城義城之例 註誤而不改也 縱曰死而配食 豈有直書城隍

필자는 이 절충장군(折衝將軍)의 절충(折衝)을 나대(羅代)의 향언 무(巫)의 이두음사(音寫)인 '자통(慈充)·차차웅(次次雄)'[38]과 같은 것으로 본다. 절충장군은 물론 정삼품 무관의 품계이지만, 역사상 부지허하(不知許何)의 장수를 성황신으로 한 그 사실을 간과할 수는 없는 것이다. 이 안산(시흥) 성황신이야말로 단군, 천군과 동격의 무(巫)인 '자통(慈充)·차차웅(次次雄)'을 섬기는 귀한 재료라 아니 할 수 없다.

이상으로써 성황신앙이 외래민속으로서 조선의 숭화사상(崇華思想)에 영합(迎合)되어 고유신앙의 표면을 덮어 이 당산신앙의 대표적 명칭이 되었지만, 그 이면에 숨어 있는 의연한 재래신앙을 조금도 변개(變改)하지는 못했다는 것을 알 수 있다. 이와 같이 성황당도 이름만 성지(城池)의 신앙이요, 그 내용은 하늘 숭배에 벗어나지 않음을 단언할 수 있다는 말이다.

이상에서 필자는 주로 성황이 외래신앙임을 밝혀 놓았다. 그러나, 이 성황도 그 연원을 캐어 올라가면 우리의 서낭 신앙과 동계통의 신앙에서 유래함을 알 수 있다. 다시 말하면, 우리의 선교와 중국의 도교와의 관계에서 보는 바와 같은 동종의 관계가 있다는 말이다. 중국의 문헌에 의하면 이 성황사묘(城隍祠廟)는 당(唐) 이전에도 있었음을 알 수 있으나, 그것이 중국 전역에 널리 퍼진 것은 송대(宋代)에

神牌之理'리요 라고 해서 이 절충장군(折衝將軍)을 한갓 장수로 보았을 따름이다.

38) 南解居西干 亦云次次雄 是尊長之稱……或曰 次次雄或作慈充 金大問云 次次雄方言謂巫也 世人以巫事鬼神尙祭祀 故畏敬之 遂稱尊長者爲慈充(三國遺事 弟二 南解王)
이 자충(慈充)·차차웅(次次雄)은 금어 스승〔師〕의 원형인지도 모른다. 그렇다면 선왕당·산신당을 국사당이라 하는 그 사무(師巫)의 '사'가 또한 이와 부합된다. 존자(尊者)의 칭호로서의 스승이 무(巫)의 칭호에서 온 것임을 추측할 수 있다.

와서 된 것이라 한다.[39)]

우리 나라에 성황이 들어온 것은 고려 문종 때이니 송의 영향이다. 송 이후 일어난 원(元)은 몽고족으로 원래 우리와 같은 샤머니즘 문화권에 속한 자이기 때문에 이 계통 신앙은 더욱 성해졌을 것이다. 우리는 중국 성황이 송대 이후 편천하(遍天下)했다는 사실을 주목해야 한다. 송은 동이(東夷) 계통으로 동방문화권에 들어있던 은(殷)의 전설을 이은 국가이기 때문이다.[40)]

송이 이와 같이 지연적으로나 혈통적으로 은(상)의 전통을 이은 것은 그 문화신앙의 면에 큰 흐름이 있었을 것이요, 이 성황신 숭배가 또한 은 이래의 중국 상고민속으로서 우리 천신·산신·부락신 숭배와 동출일원(同出一源)임을 증거해 주는 바 있는 것이다. 그러므로, 중국의 성황도 그 원형은 돌무더기였다는 것이 후세에 성지(城池)를 파낸 흙더미를 모아서 수용(水庸)을 제지내게 되었으리라고 필자는

---

39) 北齊書有慕儼禱城隍獲祐事 唐張說長九齡均有祭城隍文……宋以後 其祀遍天下(辭源)

40) 《사기》(史記) 조세가(趙世家) 급(及) 진본기(秦本紀)에 의하면 조송(趙宋)의 선조〔조부(造父)〕는 은인(殷人)과 동종이었고, 은국(殷國)이 망한 후 그 왕가를 은국의 고지(古址)에 봉하고 그것을 송이라고 하였으니 송은 상(商)의 와(訛)인 것이다. 춘추(春秋)의 송양공(宋襄公)이 은미자(殷微子)의 후예인 것, 전국칠웅(戰國七雄)인 조(趙)의 강역(疆域)이 주로 하북·산서성인 것, 송태조 조광윤(趙匡胤)은 그 조선(祖先)이 탁인(涿人)인데, 탁현(涿縣)은 황제가 치우(蚩尤)를 격파한 탁록(涿鹿)의 고지(故址)로 조의 영역인 하북성에 있는 것을 보면 그 밀접한 관계를 짐작할 수 있을 것이다. 조광윤은 그 절도번진(節度蕃鎭)이 송주(宋州) 귀덕(歸德)이기 때문에 국호를 송이라 하였는데, 송주 귀덕은 실로 은의 고도(古都) '亳'(Bag)이요, '亳'은 음이 '박'으로서 그 지방어에서 촌락 동산의 뜻이 있다〔소천탁치(小川琢治), 《지나역사지리연구속집》(支那歷史地理硏究續集)〕는 것은 우리말에 '붉'의 변형인 '불'이 촌락의 뜻이 있는 것과 완전히 같다. 또, 은은 난생설화·백의상숭·천명사상 등 우리 상고풍속과 아주 같은 점이 많아 중국 학자 단사년(溥斯年) 같은 이도 은족동이설(殷族東夷說)을 말하였다.

추단하는 것이다.[41]

부군당계(府君堂系)

'붉은'은 붉의 활동형(活動形) 또는 인격신화(人格神化)한 것이니, 불구내(弗矩內)[42]·팔관(八關)[43] 등이 이 붉은을 음사(音寫)한 차자(借字)들이다.

하주(下註)의 제문헌(諸文獻)으로 보면, 팔관(八關)은 분명히 고종교의 유풍이요, 불교의 팔관(八關)인 불살생(不殺生)·불륜도(不倫盜)·불사음(不邪淫)·불망어(不妄語)·불음주(不飮酒)·불좌고광대상(不坐高廣大床)·불착화만영락(不著華鬘纓珞)·불습가무기락고왕관청(不習歌舞技樂故往觀聽)이 아님을 알 수 있다. 고래의 불구내(弗矩內)·신모사(神母祠) 붉은의 음사(音寫)를 불교의 팔관(八關)으로써 한 것에 지나지 않는다. '팔관소이사천령'(八關所以事天靈)의 구가 이를 증명한다. 또, 신라 고려의 팔관제의(八關祭儀)는 불교의 팔관(八關)과 어긋나는 바가 있는 것이다.[44]

---

41) 城隍字 本出易上六爻辭 謂城池也 傳所云 掘隍土積累 而成城者是也(星湖僿說)

42) 因名赫居世王 蓋鄕言也或作弗矩內王 言光明理世也 說者云 是西述聖母之所誕也(三國遺事 卷一 新羅始祖 赫居世王)

43) 太祖 二六年 王親授訓要 …… 六曰朕所至願 在於燃燈八關 燃燈所以事佛 八關所以事天靈及五岳名山大川龍神也(高麗史)
毅宗 二二年 一遵尙仙風 …… 近來兩京八關之會日減(高麗史)
八關會始於新羅眞興王 十二年 …… (東國通鑑)

44) '有司言 前主每歲仲冬 大設八關會以祈福……置輪燈一座……列香燈於四方……呈百戲歌舞於其前……皆新羅故事'(高麗史 太祖 天授元年條)의 '정백희가무어기전'(呈百戲歌舞於其前)은 불교 팔관의 불습가무기악고왕관청(不習歌舞技樂故往觀聽)과는 정반대로서 우리 상고 제천행사의 군취가무(群聚歌舞)하던 유속이다.

228

이 붉은·불구내(弗矩內)·팔관(八關)의 제의(祭儀)가 조선 시대에
와서는 부근당(付根堂)·부군당(府君堂)·부군당(富君堂) 신앙이 되
었다. 이 부근당(付根堂)계 신앙은 주로 관청신화(官廳神化)했지
만,[45] 그 형태는 다른 천신·산신신앙과 다름이 없었다.[46] 고려시대
의 팔관회도 제천행사였으나 그것은 일종의 관제(官祭)였다.

이 부근당(付根堂)과 부군당(府君堂)의 어원에 대해서 이규경은 부
군을 부근지오(付根之誤)라 하였고(前註), 이능화 씨는 부군당(府君
堂)을 옳은 것으로 보았다.[47]

부근당(付根堂)을 원명으로 보는 것은, 그 제의의 공물이 목경물
(木莖物) 곧 나무로 만든 남근(男根 : 남자 생식기)이기 때문에 부근이
거기서 유래한 것인 줄 알았기 때문이다. 그러나, 그 목조 남근은 그
신이 여신(宋姐)이기 때문이니 지금도 산신제에 목조 남근을 공물로
바치는 예가 있는[48] 것을 보면 부근은 어떤 음의 차자에 지나지 않
음을 알 수 있다.

수재(守宰—지방관)를 부군(府君)이라 한다 해서 임소(任所)에서

<hr>

45) 中宗 十二年 丁丑 八月 丙辰 國俗各司內 皆設神以祀名曰付根行之旣久(中宗
實錄)
今京師各司 有神祠 名曰付根堂訛號府君堂 …… 或曰付根乃宋之姐所接四壁
多作木莖物以掛之 甚淫褻不經 外邑赤祀之(李圭景, "華東淫祀 辨證說,"《五
州衍文》)

46) 李朝國俗 都下堂府例置一小宇叢祠 掛紙錢 號曰府君 相聚而瀆祀之(增補文
獻備考)

47) 諸府君堂 其所奉祀各異其神 例如刑曹之府君曰宋氏夫人 典獄之府君曰東明
王……高麗恭愍王者亦多……吾謂府君神之名 恐是出於地名 各郡亦有府君堂
而其神多守宰之死於任所者 而守宰亦稱府君故也(李能和, 朝鮮巫俗考)

48) 김영수(金映遂) 씨는 "지리산 성모사(聖母祠)에 취하여"(《진단학보》11권)에
서 성모사 곧 지리산 신제의(神祭儀)에 나무로 만든 큰 남자생식기를 여러 사
람이 메어다가 산신에게 바친다는 것을 보고했다. 이 산신이 여신 곧 할머니
이기 때문이다.

죽은 수재를 제지내기 때문에 부군당(府君堂)이란 이름이 생겼다는
설도 일면으로써 전체를 규정하는 데 있어서는 부근당(付根堂)설과
마찬가지다. 우리는 이 부군계 신앙이 소우총사(小宇叢祠)에 괘지전
(掛紙錢)하는 것과 그 봉사신(奉祀神)이 각기 다르다는 것과 그 신이
대개 여신이라는 점에 있어 다른 당신신앙(堂神信仰)과 다를 것이 없
음을 알 것이다. 49)

　앞서 말한 바와 같이, 이 부근·부군 또는 부군(富君)은 팔관(八
關)·불구내(弗矩內)·붉은의 유속(遺俗)이거니와, 붉은은 신명으로
서 타후르 몽고어에 이의 유어(類語) 보르칸(Borkan)이 있다. 50) 보
르칸은 신을 의미하는바 우리말 붉은은 바로 이 보르칸과 동원(同源)
이라 본다.

　보르칸-붉은이 또한 천신임을 필자는 믿어 의심하지 않는다. 몽고
사나 신라사에도 이 보르칸, 붉은계어가 신이란 뜻으로 씌어진 예가
있다. 51)

---

49)　양주(楊州)·연천(漣川)·포천(抱川)·가평(加平) 지방의 동제(洞祭)에 '부
　　군산령제'(府君山靈祭)가 있고, 광주(廣州) 지방의 동신에도 부군당이 있다.
　　이로써 보면 부군도 산신·동신이요, 특별한 관청신이 아님을 알 수 있다. 이
　　부군당은 여신이기 때문에 목조남근 또는 그 상징인 방망이가 공물이 되고,
　　남신인 경우는 여음(女陰)의 상징인 미투리가 공물이 된다. 생식기 숭배의 잔
　　영이요, 이 때문에 음설(淫褻)로 일컬어지는 것이다.

50)　적송지성(赤松智城)·추엽융(秋葉隆) 공저《조선무속지연구》(朝鮮巫俗之研
　　究)에는 타호오르 몽고인 남무(男巫) 김해정(金海丁)의 입무(入巫) 과정에
　　Borkan의 신탁(神託)을 받았다는 얘기가 나온다. 추엽 씨는 이 보르칸을 신
　　이라 하고, 적송씨는 보르칸을 불(佛)이라 했다. 그러나, 양 씨 공저인《만몽
　　민족과 종교》에서 적송 씨는 보르칸은 보통으론 불을 뜻하지만 반드시 일정한
　　불이 아니요 샤먼(무(巫))이 항상 숭배하는 신·불 혼효(混淆)의 대상이라
　　하였다. 이로써 이 보르칸이 신·불 혼효의 신임을 알 수 있다.

51)　몽고 시조 전설에 나타난 낭(狼)과 빈록(牝鹿)의 신혼처(神婚處) 불아천(不
　　兒穿) 합늑돈(合勒敦)〔보르칸옥(獄)·신옥(神獄)〕은 우리 나라의 산명에 허

5. 산신(山神)의 성(性) 및 산신과 호랑이

천신(天神)·산신(山神)·부락신(部落神)으로 발달된 이 계통신앙은 천왕당(天王堂)·선왕당(仙王堂)·노고당(老姑堂)·국사당(國師堂)·성황당(城隍堂)이 가장 보편한 명칭이거니와, 이 신앙의 중심이 산신숭배에 놓여 있음은 이들 잔존한 명칭만으로 짐작할 수 있다.52)

이 산신은 대개 할머니·신모(神母)·성모(聖母)로 불리는 여신이 원형이다. 이것이 차츰 발전하여 부부신(夫婦神)의 형태로 나타나고, 나중에는 남신(男神)의 형태로 변하고 말았다. 그러므로, 처음에는 여신이기에 할머니라 부르고 남근을 공물로 바치는 등의 제의만이 있었을 뿐 화상(畫像) 같은 것은 없었던 것이다. 전각을 짓고 화상을 걸게 될 때는 간혹 여상(女像)만으로 된 것도 있으나, 대개는 남녀화상을 걸고 부부신이라 하다가 나중에는 갓 쓰고 수염 난 노인상(老人象)만을 그리게 되었다. 이것은 이 계통 신앙이 변모 발달한 순서를 단적으로 보이는 것이다.53)

다한 백한산(白漢山)·북한산(北漢山)·백암산(白岩山)과 같이 붉은뫼 곧 신산인 것이다.

최언휘(崔彦撝)의 진철비(眞撤碑)에 보이는 '俗姓金氏 其先鷄林人也 考其國史 實星漢之苗裔'의 성한도 붉혼의 이두식 기사이다. '星漢'을 '별한'으로 읽는 것은 붉신을 '別神'이라고 쓰고 별신위패(別神位牌)를 성신(星神)으로 쓰는 것과 같은 논거에서이다. 성한의 묘예(苗裔)는 신 즉 보르칸의 묘예란 뜻이 된다.

52) 촌산지순(村山智順) 씨는 우리 나라의 향토신사를 조사한 전국 522개 소의 제신명(祭神名) 중에 8할이 넘는 432개 소가 산신·동신·성황신·여신·부군당이었다고 보고하고, 산신속(山神屬) 172, 동신속 122, 성황신속 99, 여신속 20, 부군속 11 의 순이라고 하였다. 산신·동신·성황신이 가장 보편한 신명임을 알 수 있다. (《부락제》)

53) 손진태(孫晋泰) 씨는 이것을 모권제에서 부권제로 넘어오는 과정을 표시한 것

대체로 산신의 화상을 그려 붙이게 된 것은 불교 수입 후 전각을 짓게 되고 불정화(佛幀畵 ─ 탱화)의 영향을 받아 시작된 일이요, 남자 화상을 그리게 된 것은 그 대개가 점잖은 유자(儒者)의 상인 걸 보면 부권제 성립 후에도 훨씬 뒤의 일에 속하는 것이다. 도대체 당집을 와즙(瓦葺) 전각으로 지은 것은 려말 또는 조선 시대에 들어온 뒤의 일인 줄 안다.

손진태 씨는 산신당의 일종인 천왕당을 불교의 사천왕(四天王) 등에서 유래한 것이라 보고, 천왕·국사·성황이 모두 우리의 고유의 신이 아니고 외래의 신이라 보았다.[54] 필자는 이미 앞에서 이 천왕·선왕·산신·국사가 다 그 형태에 있어서 신앙대상 및 기능과 제의에 있어 완전한 동일계통임을 누누히 강조하였으므로 손진태 씨의 이와같은 견해를 부정하지 않을 수 없다. 손진태 씨의 논거는 대개 차종(此種) 신앙의 외면적인 표기의 명칭에 나타난 문자에 구애(狗礙)되었기 때문이다. 천왕을 불교의 사천왕 대자재천왕(大自在天王)의 천왕으로 보고, 국사도 불교식 국사로 본 모양이다.

손진태 씨는 전게논문에서 우리의 누석단신은 여신인데 성황 칠성은 다 남신이라 해서 이것을 우리 고유의 신이 아니라 하였다. 이 논조는 씨의 고대 산신의 성에 관한 논문에서 산신화상(山神畵像)의 부부신(夫婦神) 및 남신상(男神像)을 여권제에서 남권제에로의 이행과정의 표시라고 주장한 것과 모순된다. 다만 산신의 성에 관한 논문이 연대적으로 후일에 속하니 전설(前說)을 스스로 부인했는지도 모른다.

어쨌든 모권과 농업문화의 긴밀한 관계는 우리의 천신, 산신숭배

이라 하여, 산신은 본래 여신이요 남자 그린 산신은 부권제 후에 된 것이라 하였다 ("조선 고대 산신의 성에 취하여," 《진단학보》 제 1 권).

54) 손진태, "조선의 누석단과 몽고의 악박(鄂博)에 취하여," 《민속학》 5권 12호.

232

에 큰 영향을 주어 오래된 신은 대개 여신으로 불려지게 되었다. 산신만 하여도 신모·성모·할미·노고(老姑)요 부근당도 송부인(宋夫人) 혹은 손각씨(孫閣氏)요, 풍신도 영등할머니다. 나대(羅代)의 원화(源花), 현금의 무녀의 세력, 가택신제주(家宅神祭主)가 주부인 것〔이것은 가족무(家族巫, Family Shaman)의 잔영이다.〕등 이들 천신숭배의 원형이 여신임을 알 수 있다. 또, 산신당에 아무리 남신화상을 그려 놓았어도 일반 백성들은 여전히 산신할머니라 부른다.

산신각(山神閣)의 화상(畵像)을 보면, 산신은 대개 호랑이를 타고 있든지 산신 옆에 호랑이가 그려 있는 것이 보통이다. 이것은 처음에는 호랑이를 산신의 변태(變態)로 보던 것이 차츰 산신이 인격화하여 인간 형태로 변하게 되면서부터 호랑이는 산신의 사자 또는 산신의 말〔馬〕로 외경(畏敬)되게 된 것이다. 그러나, 지금도 호랑이는 산군(山君)이라 하여 그대로 산신이라 보기도 한다. 앞에서 잠시 언급한 '국시말' 또는 '국수말'이 바로 이 호랑이의 은어로서 국사의 말〔馬〕이라는 뜻이다. 이로써 국사당이 산신당과 동일한 것임을 알 수 있다. 지금도 심야의 서낭제에는 제단 맞은편 산에 호랑이가 나타났다가 제가 끝나면 사라지는 것을 본다고 말하고, 또 그렇게 믿고 있는 것이다.

단군신화에 보이는 일웅일호(一熊一虎)는 熊토템족과 虎토템족이라 보고 신래족(新來族)의 웅토템족과의 결합이라 볼 수도 있으나, 한편으로 보면 신래족 곧 천손족인 단군족이 단(檀)토템족이요, 부여, 고구려 등이 이와 동일계통이었음에 비하여 남하하면서 차츰 산신은 웅에서 호랑이로 바꾸어진 것이라 볼 수도 있다. 곰보다는 호랑이가 더 일반적이고 또 외경의 대상이었기 때문이다.

천신은 흰빛 광명으로 상징되는 태양신·천공신(天空神)이요 농업신이며, 할머니 또는 신선 같은 노인의 순으로 발전된 수호신이다. 그러나, 신앙상으로는 산신이 또한 농업신으로서 태양신과 동격인

증거도 있다.[55]

산신이 불을 붙인다는 것은 곧 일광(日光)을 쬔다는 말이니, 산신이 곧 일신(日神)이요 광명신(光明神)임을 알 수 있고, 제석(帝釋)이나 용신(龍神)이나 신농씨(神農氏)가 모두 농업신으로 볶신, 산신과 신앙적 가치가 다름이 없으나, 이렇게 분업을 시킨 것은 가요적 특성이다. 이런 예는 우리의 민요·동화에 많은 예가 있다.

서낭 신앙의 특수형태인 입간(立竿) 서낭에 대해서는 '입간·조간(鳥杆)·장승 신앙연구'에서 논하겠기에 여기서는 논외에 두기로 한다.

참 고 문 헌

三國史記
三國遺事
帝王韻記
高麗史
李朝實錄
東國通鑑
東國輿地勝覽
增補文獻備考

---

55) 흰바테 노른 종지 밧길로 흘려 / 밭길로 거더무더 농신님이 물을 주어 / 신농씨가 여름을 열라 산신님이 불을 부테 / 노른노른 익었는데……〔제석신청배(帝釋神請拜) ― 무가(巫歌)〕

'종지'는 '종자'(種子), '농신'은 '용신'(龍神), '신농씨'는 '신농씨'(神農氏), '여름'은 '열매', '산신'은 '산신'(山神), '불을 부테'는 '불을 붙여'라는 뜻이다.

神檀實記

史記

辭源

欽定萬洲源流考

崔彦撝, 《眞撤碑名》.

朴全之, 《靈鳳山龍岩寺記》.

李睟光, 《芝峰類說》.

李瀷, 《星湖僿說》.

洪良浩, 《耳溪集》.

李圭景, 《五洲衍文長箋散稿》.

崔南善, "不咸文化論."《朝鮮及朝鮮民族》.

崔南善, "薩滿敎箚記." 古敎文獻《啓明》19호.

李能和, "朝鮮巫俗考." 古敎文獻《啓明》 19호.

梁柱東, 《古歌研究》.

孫晋泰, "累石壇과 蒙古의 鄂博에 就하여." 市村博士 古稀記念《東洋史論叢》.

孫晋泰, "古代山神의 性에 就하여."《震檀學報》제 1 호.

孫晋泰, "長栍考."《民俗學》5권 12호.

宋錫夏, "朝鮮八道民俗槪觀."《新東亞》1935년 12월호.

金映遂, "智異山 聖母祠에 就하여."《震檀學報》11호.

柳洪烈, "朝鮮山土神崇拜에 대한 小考."《新興》 9호.

趙芝薰, "新羅國號研究論考."《高大50周年記念論文集》.

趙芝薰, "韓國의 宗敎와 그 背景."《現代人講座》제 4 권.

赤松智城·秋葉隆, 《朝鮮巫俗의 研究》.

赤松智城·秋葉隆, 《滿蒙民族と宗敎》.

秋葉隆, 《朝鮮の民俗に就いて》(발췌본).

村山智順, "部落祭."《朝鮮の鄕土神祀》제 1 부.

村山智順, "釋奠·祈雨·安宅."《朝鮮の鄕土神祀》제 2 부.

小川琢治, 《支那歷史地理研究續集》.

서낭竿攷

─ 주곡(注谷)의 서낭 신앙에 대하여

　우리 나라 향토신사 ─ 부락 집단 신앙은 '당(堂)' 신앙이다. 이 '堂' 신앙은 그 향토의 자연적 조건, 역사적 전설, 생업적 기능 등에 따라 그 명칭과 신앙대상이 표면상으로 다양한 변화를 보이고 있으나, 그 연원을 고구(考究)하면 원시로부터 전승된 천신‑산신‑동신 숭배의 순으로 발달된 신앙심리의 통합으로서의 부락수호신 신앙이다.[1] 그러므로, 이 '堂' 신앙은 다른 가택신이나 분화된 기능신과는 달리 부락 공동의 신앙이요, 그 대표적 신당(神堂)이라는 데 특질이 있다.

　그리고, 이 '堂' 신앙은 이와 같은 명칭상의 다양한 이화(異化)에 불구하고 그 기본형태가 누석(累石)과 신수(神樹)의 복합이라는 점에서 완전히 공통된다. 물론 현존하는 형태로 볼 때 극히 소수의 예로서 돌무더기만 있는 것, 당나무만 있는 것, 전각만 있는 것만 있고, 또 누석과 신수뿐 아니라 '장승'이 더 복합된 것도 있고, 솟대〔조간

---

[1]　졸고, "누석단(累石壇), 신수(神樹), 당(堂)집 신앙연구"(高大 《文理論集》 7집).
　　필자는 이 논고에서 당신앙을 천왕당계(天王堂系), 산신당계(山神堂系), 선왕당계(仙王堂系), 국사당계(國師堂系), 붉당계, 성황당계(城隍堂系), 부군당계(府君堂系)의 7에 나누고, 어원과 내용 및 관계를 살펴보았다.

〔鳥竿〕〕가 복합된 것도 있으나, 역시 그 일반적인 기본형태는 누석과 신수의 복합이라 할 수 있다.[2]

이 누석과 신수의 복합이 堂신앙의 기본형태라는 암시는 단군신화의 기록에도 보인다. 즉 단군을 '壇君'이라 표기한《삼국유사》는 누석단에 치중되었고, 단군을 '檀君'이라 표기한《제왕운기》(帝王韻記)는 신수에 치중한 것이다. 결국 박달나무를 신수로 하고 누석으로 설단(設壇)한 신역(神域)에서 거행된 추대(推戴)의 부락제의를 상징한 신화인 것이다. 오늘의 부락제는 의식적으로는 많이 유교화했으나 여러 가지 점에서 원시의 부락제의 잔영(殘影)임을 느끼게 한다.

필자가 여기에 소개하고자 하는 것은, 이러한 부락수호신 신앙의 한 갈래로서 그 일반적 형태와는 다른 특수한 형태로 잔존한 영양(英陽) 주곡(注谷-주실)의 서낭숭배이다. 이제, 그 신앙형태의 개요를 소개하고 그 특이점 몇 가지를 지적하여 약간의 고찰을 시(試)하고자 한다.

1. 신당(神堂)의 형태

이 마을의 신당형태는 신수뿐이요, 누석도 짚가리도 움막도 당집도 없고, 다만 수령(樹齡) 2,300년의 큰 느티나무를 신수로 삼아 당나무라고 부른다. 이 당나무의 위치는 동구 숲의 첫머리에 있는바, 그 숲은 상당히 넓은 면적이요, 이 당나무와 비슷한 수령의 아름드리

---

2) 전게 졸고(前揭拙稿).

돌무더기, 당나무, 당집 그 어느 것을 주로 하는 경우에도 이 당나무와 돌무더기는 반드시 함께 있다. 돌무더기를 서낭당이라 하는 하는 경우에도 크든 작든 간에 당나무라는 신수가 그 돌무더기 옆에 서 있거나, 속에 싸여 있으며, 당집이 당당히 기와집으로 지어진 곳에도 돌무더기 또는 당나무는 그와 함께 복합되는 것이 보통 형식이다.

느티나무와 소나무가 많으나3) 신수는 이것만으로 특정되어 있다. 이 당나무는 동구 숲 한가운데를 뚫고 난 신작로를 들어오면서 오른편 숲에 있는 첫째 나무이다(〈A 圖〉 참조).

이 당나무 아래는 두 개의 판석4)이 놓여 있는데, 1년에 한 번 서낭제 날에 제단이 되는 것 외에는 여름철에는 고누판 아니면 낮잠터가 되는 곳이다. 다시 말하면, 이 당나무는 신수이기는 해도 외경(畏敬)의 대상이 아니고 정자나무 구실을 하는 친근한 나무라는 것이 특이하다. 서낭제 기간중에 잠시 신역(神域)으로 타부(Taboo)가 설정될 뿐 보통 때는 아이들이 올라가서 마음대로 장난을 한다.

〈A 도〉 주곡 당나무

---

3) 이 숲의 고목들은 노후(老朽)하여 절로 쓰러지기도 하고, 6·25 동란 때 인민군의 매복으로 폭격을 받아 많이 황폐해졌으나 당나무는 건재하다.
4) 10여 년 전까지도 판석은 3매(枚)였다. 사진 A도에 보이는 판석의 위치는 횡으로 3매 놓였던 것을 종으로 2매를 놓았기 때문에 뿌리가 많이 보이게 되었다(1963년 2월 寫).

2. 신체(神體)의 형태

이 마을에는 전기(前記)한 당나무 외에 정말 신앙대상이 따로 있다. 그 신체는 방울도 아니요, 보자기도 아니요, 위패도 화상도 아닌, 죽제(竹製)의 장간(長竿)인바, 긴 대나무 장대 끝에 꿩의 깃털을 크게 묶어 달고, 장방형의 홍포(紅布)에 지연(紙鳶)의 꼬리 같은 것이 달린 것을 걸어 놓았다(〈B圖〉 참조).

이 신간(神竿)을 마을 사람들은 그냥 서낭이라 부른다. 그 홍포를 서낭옷 또는 서낭치마라고 부르는 것을 보면 이 서낭이 여신임을 알 수 있다.[5] 구복(求福)하는 사람이나 구사(求嗣), 구혼(求婚) 등 무슨 소원이 있는 사람은 이 서낭의 치마를 새 감으로 지어 입히면 소원을 성취한다고 믿는다. 그러나, 서낭치마는 해마다 갈아 입히는 것은 아니다.

〈B 도〉 서낭竿 · 서낭都家

---

5) 필자가 어릴 때 들은 얘기로는 이 '主谷'〔주실〕의 이웃 마을인 '佳谷'〔가마실〕에도 서낭간이 있었는데, 그것은 소나무 장대로 만들었고 남신이었다 한다. 지금은 없어지고 당나무와 당집만이 있다〔필자는 어릴 때 이 당집에서 '국시말'이라는 무쇠로 만든 사족수(四足獸)를 보았다〕. 그런데, 재미있는 것은 이 두 마을의 서낭은 부부신이었는데, 어느 해 두 신간끼리 맞붙어 싸운 끝에 가마실 남서낭이 부러져서 패하였고, 그 때문에 서낭간이 없어졌다는 전설이다. 원시시대의 가족제도 또는 성상징(性象徵) 아니면 고대 부락 가족간의 전쟁에 대한 상징적 설화가 아닌가 해서 흥미가 깊다.

이 신간 서낭은 평상시에는 마을 안에 있는 월록서당(月麓書堂) 뒤쪽 추녀 밑, 도리에 가로 매달아 둔다. 서당은 동구에 들어서면 오른쪽 산기슭 강가에 있는데, 당나무와 사이가 그다지 멀지 않고 부락 중심과는 좀 떨어진 곳에 있다.

3. 서낭의 제기(祭期)

앞에서 이미 지적한 바와 같이, 당나무도 보통 때는 신수로서의 특별한 처우(處遇)가 없고, 신간 서낭은 공청(空廳)에 매달아 두어서 별다른 의식이 없다. 그것은 곧 제기가 아니기 때문이다.

서낭의 제기는 음(陰) 12월 15일에서 익년(翌年) 정월 15일까지 한달 동안이다〔약 30년 전부터 양력과세(陽曆過歲)하기 때문에 서낭제기도 양력으로 바뀌었다〕.

섣달 보름날 황혼에 서낭〔神竿〕을 내리고 정월 대보름날 아침에 서낭을 도로 올린다. 그 한달 동안을 서낭은 마을 안의 일정한 집 — 서낭 도가(都家) — 에 내려와서 머물게 되고, 당나무는 서낭 제기의 마지막 날인 대보름날 새벽에 한 번 재단이 되는 것 뿐이다.

4. 서낭의 제의(祭儀)

1) 서낭내림

섣달 보름날 황혼이 되면 미리 선출해 놓은 사제 — 서낭 도가의 제주(祭主)가 농악대를 데리고 서당에 가서 축사를 구송하면서 비손〔축수(祝手)〕을 하고 매달아 둔 서낭을 내려 들고 마을로 들어온다. 서낭을 받든 사제가 앞장서고 농악대가 풍물을 치면서 뒤따른다.

2) 서낭 도가

이 마을은 한양 조씨(趙氏)의 동족부락으로, 이른바 양반계급에 속하는 사람은 사제가 되지 않으므로, 서낭 도가는 농민계급에서 5, 60대의 사람이 돌려 가며 맡는다. 대개 한번 사제로 뽑힌 이는 연임한다. 병이나 아주 노령인 경우 새로 선임되는 것이 상례이다. 축원, 선소리 등에 능한 아마추어 샤먼의 자격을 갖춘 사람이 된다. 서낭 도가에는 서낭이 내려오면, 마당에 멍석을 펴고 서낭을 추녀 끝에 기대어 세운 다음, 그 앞에는 청수(淸水)를 떠서 소반에 받쳐 놓는다 (〈사진 B〉 참조). 그리고, 방 하나를 비운 다음 서낭 제기 동안 사제 이외는 출입을 못 하게 한다. 대보름이 지나면 이 타부(taboo)는 절로 풀린다〔'사진 B'의 오른편 방이 신방(神房)이다. 문앞에 축원할 때 두드리는 징이 놓여 있다〕. 그리고, 제기 동안은 매일 저녁 청소년들이 서낭 도가에 모여 농악을 치며 뛰놀아서 서낭을 즐겁게 한다. 이 때의 농악은 곧 신악(神樂)이다.

3) 서낭 회가(廻家)

정월 초이튿날부터 이 서낭을 사제가 받들고 마을의 집집을 방문하여 늦어도 열나흗날까지는 마을의 모든 집을 빠짐없이 방문하여 소재강복(消災降福)을 빌어 준다. 서낭의 회가행렬은 대개 한 사람이 서낭을 받들고 선두에 서고, 그 다음에 사제가 서고, 그 다음에 농악대가 상쇠잡이, 장고, 징, 소고잡이 10여 명의 순서로 뒤따르고 마지막에 쌀자루 든 사람이 따른다. 이 회가행사를 '걸립'(乞粒)이라 한다. 이 회가는 맨 먼저 그 동리의 최연장자 집을 방문하는 것으로 시작하는바, 이를 '서낭 세배'라 한다. 이렇게 하루 몇 집씩 차례로 돌아 열사흗날까지 전부 다 마치는 것이다. 그리고, 저녁의 신전농악(神前農樂)은 제기 동안 매일 계속된다.

걸립 때의 농악대의 옷차림은 물론 벙거지와 청황적(靑黃赤)의 머
•리수건과 쾌자자락같이 늘어뜨리는 긴 띠를 갖춘다. 큰 조화(造花)를
단 고깔을 쓰는 것도 다른 곳과 같다.

4) 서낭맞이

서낭의 행렬을 맞는 집에서는 곧 뜰에다 돗자리를 깔고 소반에 청
수를 떠받쳐 내놓으면, 서낭을 그 돗자리 위에다 세워서 지붕에 기대
어 놓고 서제가 그 집을 위하여 축원축수(祝願祝手)를 한 다음, 농악
대가 마당과 대청과 집 주위를 돌면서 한바탕 뛰놀며 지신(地神) 밟이
를 한다. 이 때 농악들은 농악을 문주(問奏)하며 지신밟이노래를 소
리 높여 제창한다.

> 地神 地神 눌리세 五方地神아 눌리세. (농악)
> 대문 위에 붙인 초 萬事太平을 붙였네. (농악)
> 開門하니 萬福來 掃地하니 黃金出. (농악)

지신밟이를 하는 동안 주부는 쌀과 돈을 내오고 색헝겊을 서낭대
에 매어 준다. 쌀과 돈은 서낭제의 떡쌀과 제수대(祭需代)요, 색헝겊
은 부락공동체의 유대의식의 상징이기도 하다.

5) 서낭올림

정월 대보름날은 서낭제 날이다. 이 날 새벽에 동구에 있는 당나
무에서 제를 지내면 서낭은 도로 서당에 안치된다. 이 날 서낭 도가
마당에는 황토를 뿌리고 당나무 숲에는 금줄을 친다. 제관들은 목욕
재계(沐浴齋戒)를 하고 제단에 나아간다. 시간은 첫닭 울기 직전, 당
나무 앞 판석에 제물을 진설(陳設)하고 도가주인(都家主人) 사제가
제주가 되어 제의를 집행한다.

겨울 새벽에 지내기 때문에 필자는 어릴 때 그 제의의 광경을 한번도 볼 기회가 없어서 자세히는 모르나, 들은 바에 의하면 무식(巫式)과 유교식의 절충인 듯하다. 독축(讀祝)이 없고, 그대신 축사축원(祝詞祝願)의 주언(呪言)을 하며 소지(燒紙)를 올린다. 헌작(獻酌)와 배례(拜禮)와 음복(飲福)은 물론 있다. 제가 끝나면 서낭을 올리고 일동이 도가로 돌아와 주식(酒食)을 나누고 토의할 것을 토의하고 흩어진다.

특기할 것은 이 서낭제에는 쓴 떡―백설기를 조금씩 백지에 싸서 지푸라기로 묶어서 이튿날 집집마다 돌린다. 제에 참가하지 않는 사람에게 나누는 음복이다. 이것을 '서낭떡'이라 하는바, 그 해의 복을 주는 것이라 해서 식구들은 조금씩 떼어 먹는 것이다(물론 기독교신자의 집에는 서낭이 가지도 않고 서낭떡도 돌리지 않는다).

그리고 이 서낭제 날 밤에는 제단인 당나무의 맞은편 독산(獨山)이란 언덕에 그 제지내는 시각이면 꼭 범이 나와서 앉아 있다는 것이다. 여기서는 범을 산신 또는 산신의 말이라고 믿는다. 그러므로, 서낭제 지내는 데 서낭신이 나타난다는 것은 자못 합리적인 이야기다.

6) 서낭놀이

서낭을 처음 내려 온 보름 동안은 서낭 도가에 모여 밤마다 농악을 두드리긴 해도, 대개 방에서 꿩매기(꽹가리)와 징, 장구를 칠 정도인데, 아이들의 연습인 경우가 많다. 그러나, 설날부터 보름 동안의 밤놀이는 명절 기분이 곁들여져 매우 구성지다. 더구나 음력설을 지나면 눈 속에라도 약간 봄 기운이 도는 것이어서, 마당에 나와 뛰며 노는 것이 보통이다. 대보름이 가까워지면 달밤이라 화톳불을 피워 놓고 제법 관객이 모이기도 해서 가장(假裝)과 가면(假面)놀음이 나오기도 한다.

가장은 대개 정자관(程子冠) 쓰고, 담뱃대 든 사대부, 고깔 쓴 중, 수건 쓴 여자, 총 멘 포수, 이런 것들인데 이따금 짤막한 우스개를 하면서 한데 아울려 가무(歌舞)만 하는 것이지만, 등장인물과 그 복장으로 봐서 그 원형은 역시 가면극이었던 것 같다.[6] 어릴 때 고로(古老)에게 들은 바에 의하면, 이 마을에도 일종의 가면극이 있었는데 언제 인멸되었는지 모른다고 했다. 필자도 어려서 한두 개 가면이 남아서 놀이에 나와 놀던 것을 본 기억이 있으나, 시뻘겋고 험상궂은 얼굴이었던 것만 알고 무슨 가면이었는지는 지금 알 수가 없다. 다만, 이들 가면이 농악의 한 희구(戲具)로 화했을 뿐이고 신성시되지는 않았던 것을 짐작할 따름이다. 나중에는 이 가면들이 없어지고 아이들이 바가지 쪽이나 마분지로 모조품을 만들어 쓰던 것을 기억하고 있다.

5. 서낭동티

무식한 일반 서민층에서는 이 서낭에 대한 신앙과 외경이 대단했었다. 그 한 예로 이런 일을 필자도 보았다.

한 중년여자가 대구에 나가 있는 젊은 부인의 해산바라지[조산(助産)]하러 대구에 나갔는데, 대구에 도착한 2, 3일 뒤에 정신이상이 되어 하루 종일 집 주위를 돌면서 헛소리를 하는 것이어서, 그 주인이 점쟁이에게 물었던 바 고향을 떠날 때 서낭님에게 인사를 안 드리고

---

6) 가면이 없어지고 가면극(假面劇)도 완전 퇴화해 버린 지금이지만, 까부는 아이를 '초랭이' 같은 놈이라 하고, 험하고 추한 놈을 '떡다리' 같은 놈이라 해서, 옛날 가면회(假面戲)의 가면 이름이 어휘상으로는 남아서 아직도 사용되는 것을 볼 수 있다. 그 가면극은 하회(河回)의 가면극과 동계통이었음을 짐작할 수 있다.

왔기 때문이라 했다. 그 여자는 해산바라지도 못 하고 고향으로 도로 돌아와 서낭에게 고사를 지내고 곧 회유(回癒)되었는데, 정신이 들어서 고백하는 말이 자동차를 타고 떠날 때부터 서낭님께 하직하지 않은 것이 자꾸 마음에 쓰이더라는 것이다.

6. 서낭 연기설화(緣起說話)

이 마을 서낭의 연기설화는 다음과 같다.

이 마을 서낭은 이 마을에 사람이 살 때부터 생겼다. 옛날 어느 훌륭한 분이 나라에 공을 이루고 돌아오는 길에 밤길에서 범을 만나 같이 오는데, 범은 조금도 해하려는 생각이 없이 개가 주인을 따라 오듯이 뒤따라왔다. 동구 앞에 이르렀을 때 그분이 고개를 돌려 무슨 원(願)이 있느냐 하고 물으니, 고개를 끄덕이면서 입에 물었던 방울 두 개를 그분 앞에 놓고 가 버렸다고 한다.[7] 이 방울이 곧 이 마을

---

7) 서낭의 연기(緣起)가 방울 전설로 된 것은 안동삼현(安東三峴)의 전주유씨 (全州柳氏) 부락에도 남아 있다.

"삼산에는 지금 당나무도 서낭도 없으나 30년 전까지는 있었다. 이 서낭의 시초는 이 마을 유씨의 선조 삼산(三山) 유정원(柳正源) 선생이 벼슬을 세 번이나 사양하고 통천(通川) 군수로 귀양을 가게 되어 3년 만에 돌아올 때 죽령(竹嶺)을 넘어서려니까 말꼬리에 방울 소리가 났다. 이상히 여겨 돌아보니 도토리 세 개만 한 방울이 달렸더라고 한다. 아무리 떼려 해도 떨어지지 않아 그냥 달고 왔는데, 이 마을 동구에 들어서서 숲에 이르렀을 때 문득 그 방울 소리가 없으므로 찾아보니 제일 큰 나무 위에 걸려 있었다. 동리 사람들은 곧 당집을 짓고 제를 지냈는데, 해마다 정월 열사흗날이 서낭제날이었다. 이 날은 작은 북을 매어 달고 제지냈다. 30년 전에 동민 중 한사람이 이 숲을 벌채해서 관재(棺材)로 팔았기 때문에 그 때부터 당나무도 서낭도 없어졌고, 지금은 동구에 '당ㅅ골'이란 이름만 남고 방울도 북도 없어졌다. 그런데 이 서낭이 없어진 뒤로 동리는 폐동이 되었으므로 작년부터 이 당골에다 다시 제를 지내

서낭의 처음이요, 옛날에는 그 방울이 서낭대에 달려 있었다고 하나[8] 언제 없어졌는지 모른다는 것이다.

이제, 앞에 소개한 주곡의 서낭 신앙에 대한 자료를 분석종합하여 그 본질을 여러 가지 측면에서 고찰함으로써 결론을 삼으려 한다.

첫째, 신당의 형태는 느티나무를 신수로 삼은 '당나무' 단일로 되어 있고, 제상용(祭床用) 판석만 놓여 있다. 이 당나무는 제기중에만 정역(淨域)으로서 금기가 있을 뿐이므로, 고정 제단이면서 임설단적(臨設壇的) 성격을 지닌다. 그 원인은 이 당나무가 다른 당나무처럼 신의 주거가 아니고 신앙대상으로서의 신체는 신간서낭이기 때문이다. 따라서, 이 마을의 서낭 신앙은 Animism에서 Theism에 이르는 중간과정에 있는 우리 민간신앙의 일반형태 중에서 Theism 쪽에 많이 가까워진 발달된 신앙이다. 인격신적 경향이 짙다는 말이다.

둘째, 신체의 형태는 죽간(竹竿)으로 된 서낭대로서 치우(雉羽)를 봉으로 하고 홍포를 치마로 한 입간(立竿)신앙이다. 그러나, 이 '서낭竿'은 제기중에 이동함으로써 솟대〔조간(鳥竿)〕·영등대〔풍신간(風神竿)〕·볏가리대〔화적간(禾積竿)〕 같은 고정된 다른 입간신앙과는 다르다. 그 외형은 어촌의 용기(龍旗), 농촌의 농기(農旗)와 같은 기형(旗形)이다. 용기에 연꽃을 꽂듯이 산촌이기에 치우를 꽂는다. 그러나, 농기가 아니기 때문에 '농자천하지대본'(農者天下之大本)이라 하는 따위의 문구는 씌어 있지 않다. 안치해 두는 곳이 신당(神堂)이 아닌 서당(書堂) 후면이지만, 이 서낭간은 신당 안에 봉안하는 방울, 보자기 또는 위패와 같은 신체이다.

셋째, 이 '서낭'의 계통은 누석단과 신수·당집으로 나타난 당신신앙과 '솟대'·'화주대'·'수구맥이'·장승 등의 입간·입목·목우신앙이 복합된 것으로, '당나무'와 '서낭대'란 이름과 형상의 복합이 이것

기 시작했다."(유종대군(柳鍾大君) 보고담, 1962).

8) 안동 하회에는 지금도 신령(神鈴)이 잔존해 있다.

246

을 증한다. 이 두 가지 신앙복합의 연원은 삼한시대의 소도신앙에 있
다. 같은 소도유속(蘇塗遺俗)으로서 분화되었던 두 갈래가 다시 복합
된 것이라고 보겠다.9) 입목에 방울과 북을 달고 귀신을 섬긴다는 것
이 소도의 특질인데, 이 서낭간의 방울 전설은 그 잔영이다.10)

　넷째, 서낭대는 현재 경기도 덕물산(德物山)에도 '선왕대'가 있고,
강원도 강동면(江東面)에도 있다11) 하는바, 조선시대에도 있었음을
문헌에서 볼 수 있다.12)

　또, 서낭대가 기형(旗形)을 가졌던 것13)과 기형 서낭이 유희적
성격이 두드러져 그 이동걸립(移動乞粒)이 마침내 흥행화하였던 것
을 문헌에서 볼 수 있는데, 이는 화랑(花郎)이 '화랑이'가 되고 '솟대
장이'가 곡예사가 되고14) '사당'이 가비구니(歌比丘尼)가 된 것과 같
이 그 도신예술(禱神藝術)이 흥행예술화15)된 것일 것이다.

---

9) '我東八路 嶺峴處 有仙王堂……或建屋以祠 或壘砂石 或磊磧於叢林古樹下以
　祠之 行人必膜拜唾而之去 或縣絲緯 或掛紙條……或沿通典 馬韓祭鬼神 立
　蘇塗之遺俗也歟'〔이규경(李圭景), "화동음사변증설"(華東淫祠辨證說), 《오
　주연문장전산고》(五洲衍文長箋散稿)〕.

10) '國邑各立一人 主祭天神 名之天君 又諸國各有別邑 名之爲蘇塗 立大木縣鈴
　鼓 事鬼神……'(魏志 東夷傳 馬韓).

11) 적송(赤松)·추엽(秋葉), 《조선무속연구(朝鮮巫俗硏究) 下》 참고도회(參考
　圖繪), pp. 67~68.

12) '國俗喜事鬼 或作花竿 亂掛紙錢 村巫恒謂城隍神'〔이익(李瀷), 《성호사설》
　(星湖僿說)〕.

13) '……(朴)世茂 取其旗竿珠翠 悉燒之'〔《동국여지승람》(東國輿地勝覽) '괴산
　성황조'(槐山城隍條)〕.

14) '辛丑燃燈 觀呼旗戱於殿庭 賜布 國俗以四月八日 是釋迦生日 家家燃燈前其
　數日 群童剪紙注竿爲旗 周乎城中街里 求米布爲其費 謂之呼旗'(高麗史 卷40
　恭愍王 13年 夏 4月)

　'4月 8日 燃燈 俗言 釋迦如來誕生辰也 春時兒童 剪紙爲旗'(慵齋叢話 卷 二)

　주곡의 서낭 걸립은 흥행으로 타락하지 않은 본래면목을 지니고
있으나, 그 유희적 기분은 고대 제천행사 후의 군취가무를 방불케 하
는 바 있다. 이 서낭놀이 때는 마당에 큰 가마솥을 걸고 막걸리를 데
워 바가지를 띄워 놓고 아무나 퍼 마시는 푸진 잔치가 벌어지기도 했
다. 지금은 많이 침체축소되었지만, 어쨌든 현행하는 민간신앙으로
희귀한 자료라 할 수 있다.

　끝으로 지적해 둘 것은, 주곡의 서낭간 신앙은 안동(安東) 하회(河
回)와 삼산(三山)의 서낭 신앙으로 더불어 동일유형인 '신령(神鈴)서
낭'이란 점이다. 하회에는 방울과 가면이 남고 신간은 퇴화됐는데,
주곡에는 방울 전설과 가면극의 잔영만 남기고 신간이 완전히 남았으
며, 삼산은 방울 전설과 당(堂)골 지명만 남고 완전 소멸되었다. 삼
산에서 가면희(假面戱)가 있었다는 말은 못들었으나, 소멸된 서낭 신
앙의 원형태는 삼자의 비교로써 서로 보족하여 어느 정도 짐작이 되
지 않을까 한다. 다른 두 마을도 이 점에선 마찬가지다. 이 세 마을
은 동족부락으로 같은 유형이요, 문화적으로 동일권내에 있기 때문
이다.

　우리는 이러한 신앙형태 내지 민속일반 또는 방언구(方言區) 등 제
반 문화양상의 지리적 분포, 지역적 변성(變成) 또는 기능적 차이를
세밀히 조사관찰하여 비교분석하고 재구성함으로써 그 유동성의 파
악과 상호관계 내지 계통을 찾아야 한다. 이것이 각종 분포도 작성의
기초가 되기 때문이다. 이런 뜻에서 이 일문(一文)은 낙동강 동북문
화권의 민간신앙 면의 한 맥락을 짚어 본 것이다.

---

15) "한말까지도 '솟대광대'란 것이 있어, 나무 위에 올라가 방울을 흔들고 북을
　　두드리며 춤을 추고 돈을 받았다"고 권상로(權相老) 박사는 말했다.

Summary

A Study on the 'Sunang-pole'
— Specifically in the Sunang-worship in Chugok —

Cho Ji-hoon

The Sunang-shrine in Chugok consists only of an alter-slab under an old zelkova tree with no stone-heap nor shrine-house attached. This sacred tree (dang-namu) is kept off as holy only during the period of December 15th to January 15th lunar; except for this period of ritual observances, the spot is of free access for the villagers as a resting place. The nature of the alter is, therefore, both permanent and provisional.

The Sunang-worship of this village includes a separate image of divinity besides the sacred tree. This image of divinity is a flag-like pole of bamboo with a tassel of tail-feathers of a pheasant attached to its top-end and an oblong piece of red cloth with shreds of paper dangling from it. This pole distinguishes itself from other poles of similar nature in pole-worship, such as 'Sot-tae' and 'Yung-deung-tae', in that it is mobile during the period of ritual observances.

The ritual observances of this particular Sunang-worship are as follows:
1. The coming of the Sunang-pole to the village
2. The election of a Sunang-priest
3. The designation of a sacred room and the performance of the local folk music
4. The Sunang's tour of the village, visiting each home in the village for exorcism and blessing
5. The mask play in the evening of January 15th lunar to be followed by the Sunang-ritual, observed under the sacred tree at around 1 or 2 o'clock in the next morning, after which the Sunang-cake is distributed to each home in the village.

When the observances are completed, the Sunang-pole is returned to an empty house, near the sacred tree, where it is kept until the next

Sunang-ritual.

This particular *Sunang*-worship is believed to have originated from the two bells which a tiger carried to the village in its mouth. The bells are attached to the pole, but they are missing from some unknown date. This worship of a *Sunang*-pole is cleary a remnant of the *Sodo*-pole of the pre-*Silla* period and seems to have stemmed from the same *Sunang*-worship as handed down in *Hahwe*. In *Hahwe*, the bells and the masks are still existant, where as, in *Chugok*, only the pole remains in its perfect shape, the bells and the masks being non-existant except in the form of legend and play.

— 1966. 12. 25, 《신라가야문화》 제 1 집

수투전고 (數鬪牋攷)
― 주곡(注谷)의 '팔목(八目)놀이'에 대하여

1. 서 론

우리 나라 전래유희로서, 특히 남자들의 실내오락 중에는 수투전 (數鬪牋)이란 것이 있다. 주로 양반계급에 애용되던 오락이었으나 현재는 거의 다 없어지고, 필자의 조사한 바로는 영양(英陽) 주곡동(注谷洞)이 전국에 유일한 전승지가 되어 있다. 이미 없어진 실내오락이라도 '골패'(骨牌)나 '종경도'(從卿圖)나 '쌍육'(雙六) 같은 것은 지금도 간혹 그 실물을 볼 수가 있고, 또 유희방법을 아는 사람을 찾을 수가 있는데, 이 수투전 놀이는 주곡지방 꼭 한 동리를 제하고는 전혀 찾아볼 수가 없었다. 이와 같은 사실은 곧 이 오락이 전파된 지역과 계층의 폭이 좁았고, 또 소멸된 연대도 다른 없어진 오락에 비해서 훨씬 오래다는 것을 느끼게 한다.

이제, 주곡지방에 현존한 수투전 놀이에 의하여, 이를 여러 모로 살펴보고자 한다.

2. 수투전의 명칭 · 형태 및 구조

1) 명 칭

주곡에서는 이 오락을 '팔목'이라 할 뿐 수투전이란 이름을 모른다. 이 팔목이 수투전의 이명(異名)임을 한글학회 《큰사전》[1]이나, 문세영(文世榮)의 《조선어사전》[2]에도 나타나 있고, 또 이 두 사전의 수투전 어휘 풀이의 내용도 주곡의 팔목과 합치된다.

이 두 사전의 수투전 풀이는 한 자 다름없이 완전히 같고, 또 수투전의 이명으로 팔목을 든 것도 같으나, 《큰사전》에는 팔대가(八大家)라는 이명 하나를 더 열기하고 있다.[3] 이로써 이 놀이는 수투전 · 팔목 · 팔대가의 이명이 있는 것을 알 수 있다.

그러나 고문헌에 보면, 이 수투전은 그냥 투전으로 불리었고, 그 투전이란 표기도 성대중(成大中)의 《청성잡기》(青城雜記)에는 '鬪牋'[4]이라 했고, 유득공(柳得恭)의 《경도잡지》(京都雜志)에는 '投箋'[5]이라고 표기되어 있다. 그러므로, 현재 수투전을 표준어로 삼고 있지만 역대의 용례는 투전(鬪牋) · 투전(投箋) · 수투전 · 팔대가 · 팔목의

---

1) 수투전(數鬪牋) 〔이〕 사람 · 물고기 · 새 · 꿩 · 노루 · 별 · 말 · 토끼를 그린 투전 (① 팔대가＝八大家 ② 팔목＝八目) ― 한글학회 《우리말 큰사전》

2) 수투전(數鬪牋) 명 사람 · 물고기 · 새 · 꿩 · 노루 · 별 · 말 · 토끼를 그린 투전. 팔목. ― 문세영 《조선어사전》

3) '주 1)' 참조.

4) '鬪牋之戲……其法 四耦 分用八物 物各有將 數共八十 老少相克 多獲者勝 人雉魚鳥竝以老克少 而皇鷹鳳龍爲之將 星馬兎獐竝以少克老 而極乘鷲虎爲之將'(青城雜記 醒言)

5) '投箋者 紙牌類也 人魚鳥雉 星馬獐兎 自一至九 人將曰皇 魚將曰龍 鳥將曰鳳 雉將曰鷹 星將曰極 馬將曰乘 獐將曰虎 兎將曰鷲 凡八十葉 號爲八目 人魚鳥雉用老 星馬獐兎用少 箋字似篆似草奇怪'(京都雜志 卷之一 賭戲)

다섯 가지임을 알 수 있다.

수투전의 이 다섯 가지 이명의 발생 근원을 아는 데는 그 오락 용구의 형태와 구조와 유희방법을 알면 자명해진다.

2) 형 태

수투전 곧 팔목은 한지(韓紙)를 세네 겹 부(附)해 가지고 만든 횡 1, 3cm, 종 15, 3cm의 장방형의 지편(紙片) 80매에 먹글씨를 써서, 들기름을 먹여 장판지처럼 결게 한 것이다(〈그림 A〉). 투전(鬪牋)·수투전(數鬪牋)의 '牋'이나, 투전(投牋)의 '牋'은 이 오락용구의 형태가 지편(紙片)임에서 유래하는 것이요, 투전(投牋)의 '投'는 이 팔목의 유희방법이 네 사람이 한패가 되어 80매의 지편을 각 20매씩 나누어 가지고, 부챗살처럼 펴들고 앉아 돌려 가며 한 장씩 장판 위에 빼어 던지기 때문이다. 이렇게 한 장씩 빼어던지는 지편은 일정한 규칙에 따라, 그 중 제일 많은 끗수를 낸 사람이 다른 석 장을 먹게 되는데, 그 4매 1조를 '한(一)수'라 하고, 네 사람 중 가장 여러 수를 먹은 사람이 이기게 된다. 이와 같이 승부를 다투는 지편이기 때문에 투전이라 하는 것이다.

본래는 투전(鬪牋·投牋)이라 불리던 이 팔목투전을 수투전이라고 부르게 된 데는 까닭이 있는 듯하다. 다시 말하면, 우리 나라 전래 유희에는 이 팔목투전 밖에 또 하나의 투전이 있으니, 속칭 '지꾸땡이 튀전'[6]이라는 것이 그것이다. 이 '짓고땡이 투전'은 서민층 성인남자의 도박용으로 전국적으로 분포되어, 아직도 경향간(京鄕間)에서 얻어보기가 그다지 어렵지 않다. 결국 수투전은 이 '짓고땡이 투전'과 구별하기 위해서 '수'자(字) 한자를 더 얹은 것일 것이다. 따라서, 본래 투전이던 팔목투전은 짓고땡이 투전에게 투전이란 이름을 내어주

---

6) '지꾸땡이'는 '짓고땡이'의 와음(訛音), '튀전'은 '투전'의 와음이다.

고, 스스로는 팔목이란 이름으로만 남게 되었다.

그런데, 이 두 가지 투전은 형태에 있어서 아주 비슷하다. 한지를 여러 겹 부해서 부풀지 않도록 들기름에 겨른 것이 같고, 그 지편의 넓이와 길이도 비슷하다. 필자(筆者) 수장(蒐藏)의 서울 지방 투전은 횡 1,5cm, 종 13,9cm여서 넓이는 팔목보다 0,2cm가 넓고, 길이는 1,4cm가 짧다(〈그림 B〉). 매수는 60매, 일에서부터 십(將)까지의 수가 각 6매 씩으로 되어 있는바, 거기 씌어진 수의 기호는 문자도 아니요 그림도 아닌 특수한 형태의 것이다. 그 유희방법은 여러 가지가 있으나, 그 대표적인 것이 짓고땡이다. 짓고땡이는 이 특수한 기호로 표기된 수자지편(數字紙片)을 섞어 가지고, 여러 사람이 둘러앉아 다섯 장씩 나누어 가진 다음, 각자가 석장으로 열·스물 또는 서른 끗을 만들어 놓고, 남은 두 장의 수를 합한 수가 가장 많은 사람이 이기는 노름이다. 석장으로 열끗(예 : 1 2 7), 스무끗(예 : 3 8 9), 서른끗(예 : 10 10 10)이 되는 것을 '짓는다' 하고, 못 지으면 '황'7)이라 하여 실격된다. 짓고 남은 두 장이 같은 수의 것일 때는 '땡이'(7 7은 7땡이, 10 10은 장땡이)라 하여 숫자가 많은 땡이가 이기고, 땡이가 아닌 경우에는 두장의 끗수 합계가 많은 것이 먹는데, 아홉 끗이 '가보'로 최고수(最高數)요, 한 끗을 '따라지'라 해서 최저수(最低數)로 친다. 열끗은 '꽉'8)이라 해서 0점으로 치는데, 다른 사람이 짓지도 못했을 때는 이 '꽉'이 먹게 된다.

3) 구 조

팔대가 또는 팔목이란 이름은 이 수투전의 구조에서 온 이름이다. 앞에서 이미 말한 바와 같이 수투전은 모두 80매요, 그 80매는 인(人)·어(魚)·조(鳥)·치(雉)·성(星)·마(馬)·토(兎)·장(獐)의 여

---

7) 못 지었으니, 흉년이라는 뜻. '황'은 '荒'이다.
8) '꽉 찼다'는 뜻. 노름 끗수에서 열이 차면 떼내어 버린다.

덟 종목에 나누고, 그 여덟 종목은 각기 1에서 10까지 10매씩으로 이루어져 있기 때문이다. 팔목은 바로 여덟 가지 종목이란 뜻이요, 팔대가는 그 8종목을 운치 있게 표현한 것이다〔당송팔대가(唐宋八大家)와는 아무런 관련이 없다〕.

주곡지방에는 현행하는 팔목놀이로써 수투전의 구조를 살펴본다면 다음과 같다.

① 총매수는 80매다.

② 분류 종목과 그 순서는 인·어·조·치·성·마·토·장의 순이다.

③ 각 종목에는 1에서 10까지 있는데, 10은 장(將)이라 해서 숫자를 쓰지 않고, 특정한 명사를 쓴다. 즉, 인장은 제(帝), 어장은 용(龍), 조장은 봉(鳳), 치장은 응(鷹), 성장은 두(斗 - 북두칠성의 두), 마장은 추(騅), 토장은 취(鷲), 장장은 호(虎)이다.

④ 각 지전에 쓰이는 자체는, 장은 초서(草書)로 쓰고, 수자는 반초서(半草書)로 쓰고, 8종목 중 어·조·성·마는 반초서, 인·치·토·장은 좁은 지편에 쓰기 위한 변략체(變略體)[9]로 인은 为, 치는 霍, 토는 𫆆, 장은 章으로 쓴다.

⑤ 80매의 각 배면(背面)에는 초서로 낙엽(落葉)이라 휘갈겨 써서, 각자가 유희시에 펴 들어도 내면의 글자가 비치어 변별되지 않도록 한다(〈그림 E〉).

⑥ 8종목 중 인·어·조·치 네 가지는 수가 많은 것이 적은 것을 먹고, 성·마·토·장 네 가지는 수가 적은 것이 많은 것을 먹는다. 이것을 '인어조치 노(老)로 먹고, 성마토장 소(少)로 먹고'라고 한다. 다시 말하면, 인·어·조·치 네 가지는 장 9 8 7 6 5 4 3 2 1의 순으로 눌러 먹는 데 반해서, 성·마·토·장 네 가지는 장 1 2 3 4 5 6 7 8 9의 차례로 힘이 세다는 말이다.

---

9) 人을 为으로 쓰는 것은 인(人)의 변체, 霍는 치(雉)를 종(縱)으로 쓴 변체, 章은 장(獐)의 약체이다.

이상에서 열기한 팔목의 구조를 일목요연하게 도시하면 본 논문 후미에 있는 별지의 사진과 같다(〈그림 A〉).

이제 또, 이 팔목놀이의 구조와 문헌에 나타난 바로써 고금(古今) 경향(京鄕)의 차이 변천을 비교 검토하기로 하자.

① 총매수 80매에는 고금경향에 다름이 없다.

'投箋者紙牌類也 …… 凡八十葉號爲八目'(京都雜志 卷之一)
'鬪牋之戲 …… 四耦分用八物 …… 數共八十'(靑城雜記 醒言)

② 분류종목에도 다름이 없으나, 그 분류순서에는 고금경향에 이동이 있다.

'鬪牋之戲 …… 人雉鳥魚 …… 星馬兎獐'(靑城雜記 醒言)
'投箋者 紙牌類也 …… 人魚鳥雉 …… 星馬獐兎'(京都雜志 卷之一)
수투전(數鬪牋)〔이〕 사람·물고기·새·꿩·노루·별·말·토끼……
(《큰사전》 및 문세영 《조선어사전》)
'人魚鳥雉 老로 먹고 星馬兎獐 少로 먹고'(주곡지방 팔목구호)

《경도잡지》《큰사전》《문세영 사전》《주곡》은 인·어·조·치의 순이요, 《청성잡기》만이 인·치·조·어의 순이다. 또, 《청성잡기》와 주곡 팔목이 성·마·토·장의 순인데, 《경도잡지》는 성·마·장·토, 《큰사전》과 《문세영 사전》은 장·성·마·토의 순이다.

③ 8종목의 장도 고금과 경향이 약간 다르다.

人雉鳥魚…… 皇鷹鳳龍爲之將 星馬兎獐…… 極乘鷲虎爲之將"(靑城雜記 醒言)
人將曰皇 魚將曰龍 鳥將曰鳳 雉將曰鷹 星將曰極 馬將曰乘 獐將曰虎 兎將曰鷲'(京都雜志 卷之一)

이 두 고문헌에 보이는 각 종목의 장 이름은 완전 일치하나 주곡에 현존한 팔목과 다른 점은 인장(人將)이 제(帝)가 아니고 황(皇)인 것, 성장(星將)이 두(斗)가 아니고 극(極)인 것, 마장(馬將)이 추(騅)가 아니고 승(乘)인 것이 다르다. 황은 제와 같지만, 극은 북극성의 극이어서, 뜻으로는 주곡 육목(六目)의 두(북두칠성)보다 나을 듯하다. 그러나, 마장인 승은 주곡 것의 추〔오추마(烏騅馬)〕보다 못한 듯하다.

④ 각 지전에 쓰이는 자체(字體)는 옛날의 수투전이나, 타지방의 것을 보지 못하였으니 비교할 수가 없다. 그러나, 다음의 두 기록에는 의문점이 있다.

'投箋者 紙牌類也…… 用少箋 字似篆似草奇怪'(京都雜志 卷之一)

수투전＝사람·물고기·말·토끼를 그린 투전(《큰사전》·《문세영 사전》)

사람이나 물고기를 그렸다는 《큰사전》이나 《문세영 사전》의 풀이는 어디에 근거를 둔지 알 수 없다. 《경도잡지》에 "字似篆似草奇怪"라 한 것을 보면, 그것이 그림이 아닌 것이 분명하다. 필자는 1940년대에 《큰사전》의 역사·민속관계 어휘를 담당한 이중화(李重華)·한징(韓澄) 두 분께 물어 봤으나, 그분들도 수투전을 얘기로만 들었지, 실물은 보지 못했다고 한다. 또 《경도잡지》가 말한바, 전자(篆字) 같고 초서 같은 것이 기괴하더라는 것도, 지금 주곡의 팔목 자체에서 보는 바로는 좁은 지편에 종서하기 위한 변체(變體)·약체(略體)·초서가 좀 이상한 점은 있으나, 알아보기 힘들 정도로 기괴하지는 않다. 본시 수투전은 "似篆似草"의 기괴한 것이었는데, 주곡 팔목의 자체가 평이하게 변했는지 모르지만, 구조로 보아 그것은 본시 그림도 아니요, 전자도 아니었던 듯하다. 《경도잡지》의 저자 유득공이 두 가지 투전을 혼동하여, 〈그림 B〉에서 보는 바와 같은 '짓고땡이 투전'의 자체를 팔목 투전 설명 끝에 붙여 '似篆似草奇怪'라고 한 것이나 아닌지 모르겠다. '짓고땡이 투전'의 자체야말로 그림에 가깝고 '似篆似草'의 기괴한 것이기에 말이다.

⑤ 80매의 배면에 낙엽이라는 글자를 썼는지의 여부에 대해서도 옛것의 실물을 못 보았으니 말할 수 없으나, 대체로 예로부터 썼을 가능성이 짙다. 기름에 겨른 종이가 되어서 그냥 펴 들면 환하게 뒤로 비칠 테니까 배면에 복잡한 초서를 써서 흐릴 필요가 있기 때문이다. 낙엽이란 초서가 그러한 카무플라주에 적합할 뿐 아니라, 팔목놀이 때 '낙엽부복상'(落葉不復上)이라 해서, 한번 빼어서 땅에 던졌던 것은 다시 주어 올려 다른 것과 바꾸지 못하게 하는 측면이 있기 때문에, 그것을 강조하는 뜻을 겸했을 가능성도 있기 때문이다.

⑥ 인·어·조·치가 수 많은 것으로 적은 것을 먹고 성·마·토·장이 수 적은 것으로 많은 것을 눌리는 원칙은 고금이 다름이 없다.

'人雉鳥魚竝以老克少…… 星馬兎獐·以少克老'(青城雜記 醒言)
'人魚鳥雉用老 星馬獐兎用少'(京都雜志)
'人魚鳥雉 老로 먹고 星馬兎獐 少로 먹고'(주곡지방 팔목구호)

3. 수투전(팔목) 놀이법

이 수투전 놀이는 그 유희방법이 너무 까다롭기 때문에 보급된 단위가 좁았고, 또 그 때문에 일찍기 소멸한 것이 아닌가 하고 의심할 정도로 그 법칙이 단순하지가 않다. 그러므로, 여기서는 다만 그 놀이 방법의 골자 되는 원칙과 전개되는 양상을 약술하고자 한다(다음에 나오는 소제목들은 필자가 편의상 붙인 이름임을 밝혀 둔다).

258

1) 패짜기

팔목놀이는 네 사람으로 한정되어 있다. 다섯 사람이나 세 사람으로 가감할 수가 없다. 또, 이 네 사람 한패를 짜는 데는 네 사람의 수(手)가 비등해야 되지, 그 중 한 사람이라도 수가 약할 때는 놀이가 싱거워지므로 오래 계속할 흥미를 잃게 된다. 팔목에는 장기처럼 차나 포를 접어 주거나, 바둑처럼 점을 놓게 하는 하수에 대한 처우가 없기 때문이다.

2) 패섞이

네 사람 한패의 팔목놀이꾼이 모이게 되면, 팔목을 내어 다 섞는다. 섞는 방법은 두 가지가 있는데, 패목을 엎어 쥐고 화투 치듯이 섞어 치는 것이 그 하나요, 패목을 갈라 쥐고 X자형으로 교차시켜 트럼프 섞듯 양쪽 것이 한 장씩 섞이게 하는 것이 그 다른 하나의 방법이다(〈그림 C〉). 이 두 가지 방법은 대개의 경우 병용되기도 하지만, 후자가 팔목섞이의 정법이다. 아무리 엎어 쥐고 섞어 치더라도 나중에는 X자형으로 교차시켜 놓아야 하기 때문이다.

3) 패나누기

패가 골고루 섞이게 되면 X자형으로 교차시켜 장판 위에 놓은 다음 한 사람이 스무 장씩 나누어 가지는데, 그 순서는 다음과 같다. 먼저 팻군 네 사람 중 가장 나이 많은 사람 맞은 편에 앉은 사람이 판에 X자형으로 교차시켜 엎어 놓은 패목의 얼마를(임의의 분량) 떼어 옆에 내려놓으면, 그 맞은편의 최연장자가 X자형 두 패목 중 아래 패(떼내어 놓은 패 다음 것)의 첫 장부터 넉 장을 떼어 간다. 그 다음이 연장자 오른편 사람, 또 그 다음이 연장자 맞은편 사람, 또 그 다음이 연장자 왼편 사람, 이런 차례로 돌아가며 한 사람이 넉 장씩 떼어서 80매를 4등분한다.

4) 패끊기

이렇게 나누어 가진 20매씩의 패목은 놀이를 시작하기 전에 각자가 자기의 손 속을 정리하기 위하여 약간의 시간적 여유를 가진다. 손 속의 정리란 것은 곧 자기가 가진 20매 중에 좋은 쪽과 낮은 쪽을 가려서 자기의 작전에 유리하도록 순서를 가다듬어 부챗살처럼 펴 드는 일이다. 이 경우 대개 좋은 쪽을 먼저 뽑아서 손바닥에 쥐고 차례대로 뽑아서 쌓으면, 아주 나쁜 못쓸 것들이 맨 위로 오게 되고, 이렇게 하여 맨 아랫쪽부터 한 장씩 펴 들게 되면, 왼편으로 좋은 것이 가고, 오른편으로 올수록 보잘것 없는 것이 놓이게 된다(〈그림 D〉). 이제, 팔목 80매의 등급을 나눈다면 다음과 같다(〈그림 A〉).

> A. 장〔인어조치(人魚鳥雉)의 장(將)인 제(帝)·용(龍)·봉(鳳)·응(鷹)과 성마토장(星馬兔獐)의 장(將)인 두(斗)·추(騅)·취(鷲)·호(虎)〕.
>
> B. 九 一(인어조치의 九와 성마토장의 一)
>
> C. 二 八(성마토장의 二와 인어조치의 八)
>
> D. 三 七(성마토장의 三과 인어조치의 七)
>
> E. 四 六(성마토장의 四와 인어조치의 六)
>
> F. 五 五(인어조치의 五와 성마토장의 五)
>
> G. 숫 四 六(인어조치의 四와 성마토장의 六)
>
> H. 숫 三 七(인어조치의 三과 성마토장의 七)
>
> I. 숫 二 八(인어조치의 二와 성마토장의 八)
>
> J. 숫 一 九(성마토장의 九와 인어조치의 一)[10]

---

[10] '숫 사 육'은 '역(逆) 사 육'이란 뜻으로, 좋은 '사 육'이 아니고 나쁜 '사 육'이란

260

이상에서 보이는 등급은 어느 것이나 장이 가장 높기 때문에 A급이고, 그 다음은 인·어·조·치에서는 수가 많을수록 높고, 성·마·토·장에서는 수가 적을수록 높기 때문에 이런 등급이 생기는 것이다. 그러므로, 인·어·조·치의 9 8 7 6 5와 성·마·토·장의 1 2 3 4 5는 그 지위에 있어서는 각기 동격에 해당된다. 그러나, 실제의 팔목놀이에서는 이 등급은 그 종목 자체내에서의 등급이지, 다른 종목에 대해서는 하등의 영향력이 없다. 예를 들면, 구어(九魚)는 어에서 장 다음으로 힘이 세어 그 아래 수를 누르는 것이지, 팔인(八人)이나 칠조(七鳥)나 육치(六雉) 등이나 이성(二星)·삼마(三馬)·사토(四兎)·오장(五獐) 등에 대해서는 누르지 못한다. 다른 것도 마찬가지다.

패끊기에서는 각 종목의 4 6 이상을 좋은 것으로 치고 그 이하는 대수롭게 여기지 않는다. 그러나, 같은 것이 연달아 들었을 때는 그 값이 달라지기 때문에 5 5 이하라도 귀중한 것이 된다. 가령 어장(魚將)과 팔어(八魚)·칠어(七魚)·육어(六魚)·오어(五魚)·사어(四魚)가 한 사람에게 왔을 경우, 다른 사람이 가진 구어(九魚)만 빠지게 하면, 그 팔·칠·육·오·사어(魚)는 모두 팔어(八魚)와 동격이 되어 장차 먹을 수 있는 것이 되기 때문이다. 어쨌든 패끊기는 자기가 가진 스무 장을 끊어서 등급순으로 작전상 편의하게 배열하여 쥐는 일이다. 앞의 경우에는 어장 다음에 팔·칠·육·오·사어를 쥐고, 그 다음에 다른 구 일이나 이 팔을 쥐는 것이 보통이다.

5) 패겨루기

위와 같이 손 속 간추리기가 끝나면, 팔목놀이의 승부가 시작된다. 네 사람 중 첫째로 팔목장을 뽑아서 판에 던지는 사람은 패 나누

뜻이다. '숫'은 웅(雄)의 뜻인 듯(비생산적이란 의미).

기에 처음 넉 장을 뗀 사람 — 최연장자 그 사람이다. 여기서는 A라 부르기로 한다. A가 만일 육조(六鳥)를 낸다면, 조는 수가 많은 것이 먹으므로, 그 다음에 앉은 B나 C·D는 적어도 칠조(七鳥) 이상을 내지 않으면 A를 누를 수 없다. 그러므로, B나 C·D가 칠조 이상이 없거나, 있어도 자기 다음 사람이 더 높은 수를 내어 자기를 누를까 겁이 나서 내지 못한다면, A의 육조는 그대로 앉아서 먹게 된다. 그러나, B가 칠조를 내고, C가 구조(九鳥)를 내고, D에게 조장(鳥將)이 없거나, 있어도 일부러 내지 않고 조 이외의 다른 것을 내게 되면, 첫수는 C가 먹게 되고, 그 네 쪽은 C가 가져다가 자기 앞에 쌓아 둔다. 그리고, 둘째 수 첫째 쪽은 C가 먼저 내게 된다. 첫째 수만을 연장자로부터 시작하고, 그 다음 수는 그 앞의 수를 먹어 가는 사람이 먼저 내는 것은 화투와 같다.

이 경우 A가 육조를 내는 것은 작전계획이 있기 때문이다. 그 작전계획은 곧 자기에게 조장과 팔조·육조·오조까지 있으므로, 구조와 칠조가 빠져 나오면 조장과 팔조·오조까지 앉아서 먹을 수 있기 때문이다. 그러므로, 이 경우 B가 칠조를 내고, C가 구조를 낸 것은 A가 원래 구조·칠조를 빼러 간 것이어서, 그 계획이 성취된 셈이 된다. 이와 같이 어떤 계획 아래 첫 장을 내어서 다른 세 사람의 반응을 보는 것을 '수불림'[11]이라 한다. 그러므로, 네 사람은 서로가 다른 세 사람이 수불림하는 것을 보고, 또 그에 대한 다른 사람의 응수(應酬)를 살핌으로써 서로의 손 속을 거의 알게 된다. 또, 팔목의 종반전에 가서는 각자가 타삼자의 손 속을 확실히 알지 못하고 오단하게 되면 형세는 역전하고 만다.

이 경우 A가 육조를 냄으로 해서, B의 칠조와 C의 구조가 빠진 것을 본 세 사람은 곧 A가 조장과 팔조 가진 것을 확실히 알고, 그 밖

---

11) 수를 불어나게 한다는 뜻. 이 말은 팔목놀이에서 실제로 쓰인다.

에도 오조 혹은 사조 등을 가졌으리라는 것을 헤아리게 된다. 만일 B가 칠조를 내어서 먹는다면, A는 B가 칠조와 구조를 다 가지고 있는 줄 알게 되고, C와 D도 A가 조장·팔조를, B가 구조를 가지게 된 것을 짐작하게 된다. 따라서, A의 수불림은 육조가 나가서 칠조만을 뺏으므로, 자기가 쥐고 있는 오조는 육 칠 두 단계를 올라 팔조와 동격이 되었지만, 구조를 못 뺏기 때문에 팔조에는 변동이 없다. 오조가 팔조를 끼고 있어서, 2 8이 되었을 뿐이다.

여기서 하나 부언해 두어야 할 것은, 앞에서 이미 언급했지만, 팔목놀이의 수의 두 가지 서열은 어느 것이나 다 제 종목 내부에 한한다는 원칙이다. 따라서, 언제나 네 사람 중 첫째로 내는 사람이 제시하는 종목과, 그 수에 의하여 동일종목의 높은 수만이 도전하게 된다. Y의 수불림이 오성(五星)일 경우 성(星)은 수 적은 놈이 먹으니까 B가 사성(四星)쯤 내면 '건다' 하고, C가 삼성·이성쯤 내면 '누른다' 하고, D가 성장을 내면 '친다'고 한다. '건다'는 것은 꼭 먹으려는 것이 아니라 걸어 본다는 뜻이요, 장이 내리는 것을 언제나 '친다'고 통칭한다.

만일 한 사람이 오마(五馬)를 수불림했다면 4·3·2·1마나 마장이 없는 사람은 기권(棄權)하고, 구성(九星)·팔토(八兎)·팔장(八獐) 따위나 일인(一为)·이어(二魚)·삼조(三鳥)·사치(四䨥) 따위 허름한 것으로 '무라리'[상(償)]만 한다. 이 경우 마장(馬將) 이외의 어떠한 장이나 4·3·2·1마 이외의 어떠한 4 6 내지 9 1도 그것은 무용(無用)의 무라리에 불과하기 때문이다.

이와 같이 네 사람이 각자의 형편과 전략에 따라 제출하고, 그에 응수하는 넉 장 중 같은 종류의 고점자를 낸 사람이 그 넉 장 1조(한 수라 부른다.)를 가져다 한 수(4조)씩 엎어서 놓는데, 이렇게 4매 1조의 20차 시합에서 가장 여러 수를 먹은 사람이 이기게 되는바, 이를 '장원'(壯元)이라 부른다. 가장 적게 먹은 사람, 또는 한 수도 못 먹은 사람을 '조시'[12]라 부른다.

　팔목놀이에 돈을 거는 경우는, '조시내기'에서 제일 꼴찌인 조시만이 장원에게 미리 정한 금액을 내면 되고, '끙이내기'[13]에서는 정한 금액을 전원이 미리 질러서 장원한 사람이 그 판돈을 다 가져가는 위에 조시에게는 한 몫 더 받게 된다. 공동작전에 따라서는 쌍장원을 맞붙이는 수가 있는데, 이 경우에는 맞붙은 장원 이외의 두 사람만이 한몫씩 더 질러서 붙음판을 만들어 그 다음 판의 승자가 먹게 한다. 또, 장원 하는 사람은 작전을 교묘하게 하여, 쌍조시를 붙여 두 사람에게서 조시값을 받아 먹는다. 쌍장원은 붙여서 누가 먹게 되느냐 미지수이지만, 쌍조시는 그 판에 장원이 당당히 받아 먹는 것이 다르다.

　이상으로써 팔목놀이의 대강을 기술한 셈이나, 팔목놀이의 특징적인 몇 가지 점을 보충하기로 한다.

　팔목놀이는 '수불림'·'수털기'·'수조으기'의 세 단계로 나눌 수 있다.

(1) 수불림

　자기 손 속의 수를 늘여 내는 일이다. 이미 앞에서 설명한 바와 같이, 수불림은 결국 자기가 가지고 있는 것을 눌리고 있는 윗 수를 판에 내리게 하는 획책(畵策)이다. 왜 그러냐 하면, 어떤 종목이든지 장이 판에 내린 뒤에는 9 1이 장으로 승격되고, 9 1이나 8 2까지 나오게 되면 3 7이 장격이 되고, 이와 같이 낮은 숫자는 제 윗 숫자가 빠질 때마다 한 단씩 자동적으로 높아지기 때문이다. 이 수불림 작전

---

12) '조시'는 '초시'(初試)의 전와(轉訛)인 듯하다.

13) '끙이'는 엿장수를 '끙끙이'라 하는 것으로 보아서 늘여 낸다는 뜻. 조시는 꼴찌에게만 홑으로 받는데, 끙이는 전원 판돈에 꼴찌 값을 더 받으니까, 겹으로 받는 셈이다.

은 팔목이 끝날 때까지 계속되지만, 주로 각자가 네 수(4조 4매)를 먹을 때까지의 초반전에서 행한다.

(2) 수털기

자기 손 속에 보유하고 있는 먹을 수 있는 것을 다 먹어야 하는 일이다. 네 수를 먹기까지에는 수를 불리는 작전으로, 먹을 것이 있어도 먹지 않고, 자기가 가진 것을 승격시키기 위해서 남의 손에 있는 높은 수를 빼먹도록 유도하지만, 다섯 수만 먹으면 그 때는 자기가 지닌 것 중에서 먹을 수 있는 것은 남김 없이 다 먹어야 되는 것이다. 먹을 것을 다 내어 먹고(이때 다른 세 사람은 그 사람이 먹는 수만큼 같은 매수의 무라리를 해준다) 남은 쪽 수를 엎어서 쥐면 오른쪽에 앉은 사람이 점을 쳐서[14] 뽑혀 나오는 종목의 최고점 보유자에게로 간다. 가령, 나온 것이 칠마(七馬)이고, 이미 마장(馬將)에서는 삼마(三馬)까지가 다 빠졌다면, 사마(四馬) 가진 사람에게로 간다. 이 사마를 가진 사람은 칠마를 받으면, 그 때까지 다섯 수는커녕 한 수도 못 먹었더라도, 먹을 것은 다 먹는 수털기를 해야 한다.

그러므로, 수털기는 네 사람 중 한 사람만 털게 되면, 계속하여 다른 사람도 싫든 좋든 털도록 정해 있다. 이 수털기는 이를테면 중반전으로서, 손 속이 좋은 사람은 자기가 승산이 확실할 때를 잡아 자진해서 털려고 하고, 일찍 털기를 싫어하지만, 손 속이 잘못 든 사람들은 일부러 먹여서라도 잘 든 사람이 수를 털게 한다. 다른 사람

---

14) 점치는 법은 점치는 사람 자신이 앞에 수를 턴 사람에게 자기가 최고점을 가진 종목을 빼오고 싶을 때는 그 팔목장(八目張)을 뽑아 맨 밑에 넣고, 엎어서 척척 친 다음(여섯 수를 먹었으면 여섯 번 친다) 그것이 어디에 끼여 있는가를 봐서, 등으로 셋째 번에 끼였으면 등 셋, 배 쪽으로 다섯째 번에 끼여 있으면 배 다섯을 부른다. 이런 식으로 부르면 용하게 그 사람이 가진 속에서 자기가 가진 최고점 종목의 것이 뽑혀 나오는 수가 있다. 다른 사람에게 가도록 불려 줄 때도 그 종목을 뽑아 배 쪽에다 붙이고 먼저처럼 점친다.

이 수털기를 하게 되면 각자가 먹을 것을 다 **빼내어** 먹으니까, 옆의 사람은 수불림을 할 것 없이 저절로 밑의 수가 상수로 승격되기 때문이다.

그런데, 이 수털기에 있어서는 '수분지'[15]라는 벌칙이 있다. 수분지라는 것은 수를 터는 경우, 먹을 수 있는 것을 먹는다고 내놓지 못했을 때나, 못 먹는 것을 먹는다고 내놓았을 때 벌칙으로 제삼수(除三數), 곧 그 사람이 먹은 수에서 세 수(4매 3조)를 몰수한다는 것이다. 실례를 들면, A가 칠마(七馬)를 쥐고 있을 때, B·C·D의 손 속에 오마(五馬)가 남아 있으리라고 믿어, 그 칠마를 먹는다고 내놓지 못했는데, 사실은 오마가 벌써 **빠진** 것을 A가 몰랐을 뿐 B·C·D의 손에는 오마가 없는 것 같은 경우, 또는 반대로 오마가 남아 있는 것을 모르고 칠마를 먹는다고 내놓았을 때와 같은 경우, 수분지로 세 수를 더는 것이다.

이와 같은 수분지의 벌칙 때문에 팔목놀이는 80매 낱낱의 행방, 곧 판에 내려왔느냐 손에 있느냐를 기억해야 되고, 손에 있다면 누구의 손에 있느냐를 수불림의 경과로써 파악해야 된다. 또, 자기가 가지고 있는 매수마다 그 서열 등급 변동의 실태를 명확히 알아야 된다. 삼마(三馬)는 마장(馬將)과 일마(一馬)가 빠졌으니 이마 다음의 9 1격이요, 칠어(七魚)는 어장(魚將)·구어(九魚)·팔어(八魚)가 다 빠졌으니 어장격이라는 식으로 말이다. 특히 중반전 이후에는 각자가 보유한 쪽들이 모두 아끼던 것이 무라리[償]로 나오기도 하고, 일부러 수를 보태 주려 하거나, 수분지를 시키려고 무라리에 좋은 쪽〔전(賤)〕을 떼어 던지는 수가 있다. 예를 들면, 마가 9 1이 되어 있는 경우, 장격인 오마를 가진 사람이 일부러 무라리에 오마를 던져버리면 칠마 가진 사람은 이것을 명념해 놓았다가, 칠마를 먹는다고 내

---

15) 수분지는 실제 팔목놀이에 쓰는 말이다. 어원은 미상이다. '분지'는 '分除'인가, '분지르기'인가?

놓을 줄 알아야 하는 것이다.

(3) 수조으기

수털기의 뒷 무렵, 이를테면 종반전이 시작된다. 초반부터 누가 무엇으로 수불림해서 누가 무엇으로 먹었느냐, 인·어·조·치와 성·마·토·장은 무엇 무엇이 남았는데, 누구에게 무엇이 있다는 것을 정확하게 추리해야 자기가 먹을 것을 다 먹고 나서, 못 먹는 쪽은 자기의 경쟁상대자 아닌 사람에게 넘겨 줄 수가 있다. 만일 A는 세 수, B는 한 수, C는 세 수, D는 일곱 수인데, A가 다시 다섯 수만 먹고 한 수를 못 먹는 경우, 그 한 장은 B나 C에게 갈 것을 쥐지 않고 D가 최고점을 지닌 종목의 것을 가졌다면, D는 그 한 수를 더 먹게 되어, 여덟 수로 A의 여덟 수와 붙게 된다. 이 경우 불찰은 전혀 A의 실수로, 독장원을 놓치는 것이다.

수를 자기가 넘겨 주고 싶은 사람에게 넘겨 주는 데는 두 가지 방법이 있다. 어느 종목의 최고점을 내가 가지고 있고, 그 차점(구 일격(格))을 그가 가지고 있을 경우, 내가 가진 쪽(牋)을 무라리로 낙엽에 넣어버리는 것과, 수를 털고 나서 못 먹는 쪽을 그 사람이 최고점을 지니고 있는 종목으로 골라 쥐고 있는 방법이다. 이를 '수넘기기'라 한다. 수를 내가 잡아당기고 싶을 때에는 이와 반대로 하면 된다. 내가 최고점을 가지고 있고, 그가 낮은 점을 가지고 있는 종목을 골라 꼭 쥐고 있어야 한다. 어떤 사람에게 수를 넘겨 주기 싫을 때는 그 사람이 최고점을 쥐고 있는 종목의 쪽(牋)을 미리 떼 버려서 손에 쥐고 있지 말아야 한다.

이와 같이 수를 넘겨주기도 하고 당기기도 하고 돌리기도 함으로써 쌍장원을 붙이기도 하고, 쌍조시 또는 삼조시를 틀기도 한다. 쌍장원을 붙이는 한 예를 들면, A가 두 수, B가 여덟 수, C가 두 수, D가 두 수를 먹었을 때, 각자가 손에 든 장수는 여섯 장이므로, A·C

· D 세 사람 중 누구든지 그 여섯 장을 다 먹으면 여덟 수가 되어 B 와 장원이 붙게 된다. 그러나, A · C · D 세 사람은 자기 혼자 힘으로 여섯을 다 먹을 수 있는 자도 있고 다섯 수 또는 네 수 세 수밖에 못 먹는 사람도 있을 수 있다. 가령 D에게 패가 갔는데, D는 손에 쥔 여섯 장 중에서 네 수밖에 못 먹게 되고, 그 못 먹는 두 장이 차점이었을 때 그 최고점을 쥔 A와 C는 그 두 종류의 최고점을 D가 다른 넉장을 먹을 때 미리 양보하여, 무라리로 낙엽지어 줌으로써 D가 두 수를 더 먹게 하여, B의 여덟 수와 맞붙게 한다. 이때, D는 A와 C에게 무엇을 미리 떼 버려 달라고 말로써 요청하지 못한다. 그것을 막기 때문에 장원을 노리는 B가 A와 C의 수를 재는 솜씨에 맡겨진다. 이때 만일 A와 C가 수를 잘못 재어서 엉뚱한 것을 떼주면 두 장을 다 못 먹게 되어, D는 결국 여섯 수로 B의 독장원으로 끝나게 된다. 또, 만일 이때 D가 쥐고 있는 여섯 장 속에 B가 최고점을 쥐고 있는 종목의 차점이나, 그보다 낮은 점수의 장을 D가 쥐고 있고, 그것을 B가 알고 있는 경우 B는 그것을 꽉 쥐고 있다가 한 수를 더 가져가 먹음으로써 아홉 수가 되고, D는 일곱 수밖에 되지 않으므로, 쌍장원 획책(畫策)은 실패로 돌아간다.

이와 같이 일체함구리(一切緘口裡) — 물론 다른 잡담은 한다 — 에 오직 누가 무엇을 내고, 누가 어떻게 먹어 갔느냐, 무슨 종목은 무엇무엇이 떨어져 현재는 무엇이 최고점이며, 차점 이하의 서열이 어떠한가를 환하게 알아야 한다.

4. 수투전(數鬪牋)의 기원·풍속 기타

　이 수투전이 어느 때부터 있었는지는 확실하지 않다. 문헌에 보이
는 바로는 앞에 누차 인용한 《청성잡기》(靑城雜記)에, 이 수투전은
숭정(崇禎) 말에 장현(張炫)이 연(燕)에서 얻어온 것으로서, 얼마 안
되어 국중에 널리 퍼져 사람들이 장기나 바둑보다 더 좋아했다고 기
록된 구절이 현재 가고(可考)할 수 있는 유일의 것이 아닐까 한다.[16]
　숭정은 명말(明末) 의종(毅宗)의 연호로서, 그 말년인 숭정 17년은
서기로 1644년에 해당된다. 장현은 당대의 명역관(名譯官)으로서 자
주 중국에 왕래했으므로, 어느 때 이것을 얻어 왔는지 알 수가 없으
나, 전기 《청성잡기》에는 하담(荷潭) 김시양(金時讓)이 팔목을 보고
우리 나라 당쟁의 점험(占驗)으로 예언한 것을 싣고 있다.[17] 김시양
은 1581년(宣祖 14년)에 나서 1643년(仁祖 21년)에 죽은 이다. 그 죽
은 다음 해가 숭정 말년이다. 이로써 보면, 김시양의 예언이 팔목유
행 초기의 것으로, 그가 죽기 몇 해 전에 한 것이라면 1630년대가 수
투전 첫 유행의 시기로 추정될 것 같다.
　이 수투전이 연경(燕京)에서 장현이 가져왔다고 《청성잡기》에 씌
어 있으니까, 지금 우리가 까닭 없이 반론을 펼 수는 없지만, 이 유
희가 과연 중국에서 수입된 것이냐에 대해서도 일단 회의하지 않을
수 없다. 매우 한국적인 냄새가 풍기기도 하기 때문이다. 중국에 이

---

16) '鬪牋之戱 不知始於何代 而崇禎末張炫 得之於燕 以來其法四鬮 分用八物 物
　　各有將　數共八十 …… 炫始稱局手　未幾徧於國中　人之耽之　甚於博奕……'
　　(成大中,《靑城雜記》醒言)

17) 金荷潭時讓 解之曰 南西之分黨久矣 老少論又將分矣 然人皇在焉 掌國命者
　　必老也 鱗羽竝網羅之物而萃於老 敗則必墜殄矣 星之用 在夜雖文明 難乎其
　　專局矣 虎與鷲 同鬮傷人必多 馬者牛也南人 必與少合 然不過八十年則 竝息
　　矣 後果如其言 (成大中 前揭書)

런 유희가 지금도 전승되거나 과거에 있었던 자취가 있는지는 앞으로 살펴볼 문제이다.

그러면, 이 수투전 놀이가 언제 어떻게 영양(英陽)에 들어와, 지금 주곡(注谷)에만 전승되어 있는 것일까. 이 점에 대해서도 확언할 수 있는 분명한 근거는 없다. 그러나, 영양에 세거(世居)하는 한양조씨(漢陽趙氏)는 기묘사화(己卯士禍) 때 낙남(落南)하여, 영주(榮州)·안동(安東)을 거쳐 영양에 입향한 문중으로서, 그 뒤 서울로 복귀를 위한 움직임이 있었고, 과거 보는 선비들의 서울 왕래가 늘었으니, 이 인사들에 의하여 수투전이 전래될 수 있었으리라는 정도의 짐작을 할 수 있다. 그러나, 그 숭정년간에는 대명절의(大明節義)의 사(士)들이 태백산(太白山) 아래로 은둔할 시기였다는 것과, 수투전으로써 당쟁의 추세를 예언한 김시양이 이보다 좀 앞서 영양 가까운 영해(寧海)로 귀양 온 적이 있다는 것이 더 흥미 있는 문제다. 그러나, 김시양이 영해로 귀양 온 연대는 광해군(光海君) 무오(戊午, 1618년)이니까, 투전이 처음 유행한 숭정 말보다는 앞서인 것이다. 그러니, 김시양이 와서 수투전법을 비로소 가르쳐 준 것은 아닐 테지만, 어쨌든 주곡의 팔목이 우리 나라에 수투전이 유행한 초기부터 있었다는 것을 추단할 수는 있을 것 같다.

그러면, 어째서 다른 곳에는 절멸된 수투전이 유독 주곡에만 남게 되었을까. 30년 전만 해도 영양군의 다른 동리나 안동·봉화(奉化) 지방의 인사들이 주곡에 와서 이 팔목놀이를 배워 갔는데도 계속이 되지 않았더라는 것이다. 할 줄 아는 사람이 몇 사람이 되지 않으니, 팻군을 모으기가 쉽지 않고, 그 중에 한두 사람만이라도 비게 되면 그것으로 그만 끝나는 것이라 하였다.

그러나 주곡에서만은 사민층(士民層)의 자제들은 12·13세만 되면, 누구나 팔목을 배워서 할 줄 알게 된다. 이렇게 되는데는 까닭이 있다. 첫째, 이 마을에서는 아이들이 투전이나 화투 같은 것으로 돈

〈그림 A〉 팔목의 전모 및 구조

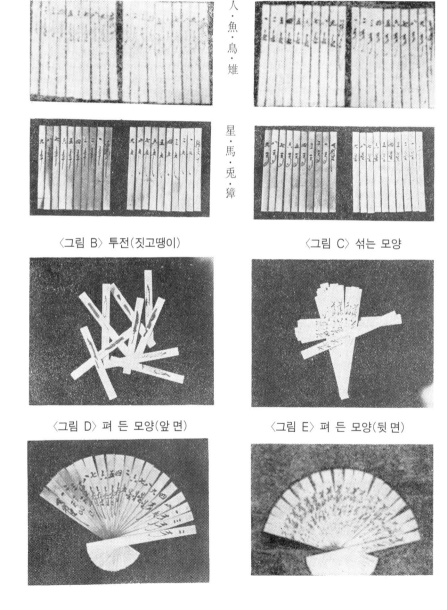

人·魚·鳥·雉

星·馬·兎·獐

〈그림 B〉 투전(짓고땡이)

〈그림 C〉 섞는 모양

〈그림 D〉 펴 든 모양(앞 면)

〈그림 E〉 펴 든 모양(뒷 면)

노름 하는 것은 금지하지만, 팔목하는 것은 말리지 않는다. 팔목으로
는 아무리 돈내기 해도 하룻밤을 세워서 꼬박 지기만 해도 한 사람이
20원 정도 잃는 것이 고작이기 때문이다. 더구나 아이들은 돈내기가
아니고 성냥내기로 하는 정도니까 그런 것이다.

　또, 주곡의 팔목은 일정한 놀이 기간이 있어서, 이 기간만은 음식
내기 팔목이 성행한다. 옛날에는 음력 섣달 보름날부터 2월 보름날까
지가 팔목놀이 기간이었다. 정초에서부터 대보름까지가 가장 성할
때여서, 이 무렵이면 큰 사랑에서는 노인들이, 작은 사랑에서는 중년
들이, 중방에서는 소년들이 한 집에서 3대가 함께 팔목놀이를 벌이기
도 하였다.

　2월 보름이 지나면 팔목놀이는 한풀 수그러지고, 팔목은 종이에
싸서 꽁꽁 묶어 벽장 깊숙이 넣어 버린다. 섣달 보름까지 춘·하·추
세 철을 잠자는 것이다.

　주곡에는 아직도 팔목놀이가 소년들 사이에 행하여지고 있다. 그
러나, 성인층에서는 이도 차츰 옛날만큼 성하지는 못하고 점차 사라
질 추세에 있다.

— 1969. 12. 30, 《민족문화연구》(民族文化硏究) 2집

한국사상 논고

한국 사상의 모색

1. 한국 사상의 실체가 있느냐

'한국 사상'이란 말은 우리에게 커다란 회의를 불러일으키고 있습니다. 그것은 한국 사상이란 실체가 과연 있느냐 하는 근본 문제에 대한 회의입니다. 이 문제에 대한 최근까지의 우리 지식인들의 일반적인 견해는 한국 사상이란 따로 없다는 결론으로 기운 감이 있습니다. 이른바 한국 사상이란 따지고 보면 중국 사상이요, 아니면 인도 사상이요 유럽 사상이니, 오로지 한국만이 가진 한국의 고유 사상은 없다는 뜻입니다.

그러나 이러한 견해는 매우 소박한 또는 위험한 유견(謬見)에 속하는 것입니다. 이러한, 한국 사상이 따로 없다는 견해는 근본적으로 두 가지 오해에서 연유하는 것임을 알 수 있습니다. 그 하나는 문화 내지 사상이란 말의 본질에 대한 오해요, 다른 하나는 고유라는 말과 민족적 개성이라는 어의에 대한 오해인 것입니다.

첫째, 문화라든지 사상은 이동하고 복합되는 것이 본질이고, 그 이동하고 복합하는 가운데서 이루어진 민족문화의 개성적 성격은 '고유'라고 부르는 것입니다. 그러므로, 문화 또는 사상이란 것은 인류 일반의 생활과 사고방식의 민족개성적 양식화란 뜻에서 의의가 있는 것입니다. 다시 말하면, 인류 문화는 원시시대의 생활문화나 심리사고에서는 거의 같았고 발달될수록 개성화했던 것입니다. 그러므로, 본래부터 있는 한국 문화라든지 사상은 실상 모든 인류가 비슷하게 밟은, 말하자면 한국만이 가진 문화나 사상이라 할 수 없는, 도리어 인류 일반문화에 귀착하게 됩니다. 바꿔 말하면, 인종과 풍토와 역사적 환경의 제요소에 의한 이동 복합의 영향을 전제하지 않은 순수 한국 사상을 찾는다는 것은 한국적 사상이라 이름지을 성질의 것이 아닌 원시문화 또는 인류 일반의 공통문화를 찾는 결과가 된다는 말입니다.

둘째, '고유'라는 말은 문자 그대로 본디부터 있었다는 뜻이 아닙니다. 다른 것과 같으면서 다른 것과 구별되는, 다른 곳에는 다시 있을 수 없는 것을 고유라고 하는 것입니다. 그러므로, 고유사상은 본디부터 있는 사상이 아니라 오늘 이렇게 개성적으로, 주체적으로 있게 된 사상이란 뜻이 됩니다. 다시 말하면, 인류 일반사상의 한국적 존재양식 또는 한국 민족이 같은 풍토적 환경에서, 같은 역사적 환경에서 공동의 집단생활을 영위해 오는 동안 공동으로 발견된, 사물에 대한 공동의 사고 방식을 우리는 한국 고유사상이라 부를 수 있다는 말입니다.

고유사상이란 고유는 고유명사라는 말의 고유와 같은 뜻입니다. 마치 서울이란 도시, YMCA회관이란 건물, 여기서 말하고 있는 이 조지훈(趙芝薰)이란 사람은 그 외관에 있어 다른 도시, 다른 건물, 다른 사람과 비슷한 존재이지만 우리는 이를 고유한 것이라고 부르는 것과 같다는 것입니다. 비슷해서 다른 것과 아주 다르진 않고 여러 가지 흐름이 어울려서 이루어졌지만, 우리는 서울과 YMCA와 조지훈의 존재를 의심하진 않습니다. 그 까닭은 곧 서울과 종로 YMCA회관과 조지훈은 그 존재양식 곧 외관과 유래와 역사와 내용과 의의의 여러 면에서 다른 것과는 구별되는 다른 개성과 특질을 지녔기 때문입니다. 한국 사상의 실재성의 논리도 이와 꼭 같은 것입니다.

만일 다른 민족의 사상과 완전히 구별되는 것이 아니면 한국 사상이란 이름을 붙일 값어치가 없다고 한다면, 그러한 논리는 한국 사상이란 실체가 없다는 결론에 그치지 않고, 독일 사상이라든지 영국 사상, 프랑스 사상이란 것도 따로 없다는 결론에 도달하지 않을 수 없습니다. 왜 그러냐 하면, 독일·영국·프랑스의 사상도 인류의 사상이요, 그리스·로마 이래의 서구사상의 흐름을 각기 제 나름으로 개성화한 것에 지나지 않기 때문입니다. 그러나, 우리가 독일 사상을 관념론으로, 영국 사상을 경험론으로, 프랑스 사상을 이성론으로 대표적 성격을 삼아 부르는 것은 그들 사상의 고유한 성격이 그러한 특질로 형성되었기 때문입니다. 한국 사상의 고유성이 있다는 논리도 이와 다름이 없습니다. 따라서, 한국 사상의 실체는 과연 있느냐 하는 회의(懷疑)는 있다는 결론에 도달하지 않으면 안 되고, 그러한 회의는 마땅히 한국 사상의 기본 성격의 구명(究明)을 위하여 전환되어야 한다고 믿는 것입니다. 다시 말하면, 한국 사상은 어떤 것이냐 하는 문제는 한국 사상은 어떻게 이루어졌느냐 하는 문제 가운데서 찾아야 된다고 생각합니다.

2. 역사적 생성과 오늘의 개성

나는 앞에서 한국 사상은 과연 있느냐 하는 문제를 분석하여, 있다는 결론을 도출하였습니다. 그 있다는 한국 사상은 우리가 오늘 볼 수 있는 한국 사상이요, 역사적 생성과 그 발달 변모의 과정이 그렇게 되는, 또는 그렇게 되지 않을 수 없는 소이연(所以然)을 찾아보는 것이 한국 사상의 모색이라는 명제임을 말하고자 하는 것입니다. 다시 말하면, 현재 있는 한국 사상의 구성요소를 파초(芭蕉) 껍질 벗기듯이 벗겨서 역사적으로 거슬러 올라가면서 그 원인을 찾는 것이 아니요, 눈을 뭉쳐서 눈사람을 만들듯이 역사적으로 내려오면서 그 형성의 계기를 찾아야 한다는 말입니다. 여러분 개개인은 지금 여기에 존재하고 있습니다. 그러나, 만일 여러분의 존재 원인을 역사적으로 거슬러서 찾아 올라간다면 여러분의 부모와 부모의 부모 곧 친조부모, 외조부모로 이렇게 기하급수적으로 확대되어 올라가는 속에 여러분의 존재는 묘막(渺漠)한 무(無)에로 망실(忘失)될 것입니다. 그러나, 오늘의 여러분을 생성시킨 육체와 정신과 생활과 성격을 오늘 우리가 알 수 있는 자료를 통하여 순차적으로 내려오면서 구명할 때 여러분의 오늘의 존재는 한결 명료히 파악될 것입니다. 한국의 사상이라든지 문화의 모색방법이 또한 이와 같습니다.

한 예를 의식주문화로써 들어본다면, 우리는 옛날에 좌임(左衽) 곧 옷고름을 왼쪽에 매는 옷을 입었으나 오늘과 같은 한복양식으로 변했고, 옛날엔 고기잡이나 사냥을 해서 먹고살았으나 지금은 김치와 된장을 먹고, 움집·귀틀집에 살다가 오늘 보는 초가집 또는 기와집으로 바뀌었습니다. 그러나, 지금 우리가 볼 수 있는 우리의 의식주생활은 중국·일본·인도 또는 유럽의 그것과는 다른 한국 독자적 양식을 취했다면 이것은 하나의 한국적인 문화입니다. 본래부터 있었던 것이 아니라 그동안 어떻게 변했든지 역사적으로 생성되어서 오늘의 개성을 지닌 하나의 문화와 사상을 이루었다면, 그것이 곧 한국문화요 한국 사상도 이와 같은 것입니다.

3. 한국 사상의 기저와 외래사상

나는 앞에서 문화와 사상은 복합하고 이동하는 것이라 했습니다. 그러나, 문화라든지 사상의 복합에는 그 알맹이 되는 문화나 사상이 있습니다. 이 알맹이 되는 문화와 사상을 어떻게 받아들이고 어떻게 소화 해석하고 융합 재구성하느냐에 따라 그 민족문화의 양상과 성격이 이루어지는 것입니다. 그리고, 이 복합의 알맹이 되는 사상 문화는 그것을 복합하는 민족의 주체되는 종족의 성향에 풍토와 역사의 제약이 작용하여 이루어진 것이라고 할 수가 있습니다. 또, 문화나 사상의 이동에는 하나의 문화권이 예상되고, 이 문화권은 문화 중심지와 문화 말초지(末梢地)로 나뉘어 그 중심지에서 말초지에로 흘러들게 됩니다. 오늘의 문화권은 세계가 하나의 거대한 문화권을 이루고 있습니다만, 고대의 동양은 중국과 인도라는 두 문화 중심지를 중심으로 한 문화권이었고, 중국의 하(夏)·은(殷)·주(周) 3대 이전의 문화권은 그 중심이 산동반도(山東半島)와 요동반도(遼東半島)를 주축으로 한 중국에서 이른바 동이(東夷)의 문화권이 그 중심이었습니다. 우리 한국의 문화와 사상은 이때부터 발상(發祥)하게 되었습니다. 중국 고대사상 요순우탕(堯舜禹湯)에서 기자(箕子)·백이숙제(伯夷叔齊)에 이르는, 적어도 공자가 이상으로 삼은 인물과 사상의 시대까지는 이 문화권에 들게 됩니다. 이와 같은 중국 고대사상의 동이문화소(東夷文化素) 곧 동북 아시아 또는 시베리아 문화소 문제는 많은 문제를 내포하고 있습니다만, 여기서 더 언급할 겨를이 없습니다. 어쨌든 이 문화권은 동양 최고(最古) 문화권의 하나였으나, 쇠퇴되어 후래의 한문화(漢文化)에 압도되고 포함되어 표면에서는 사라졌습니다. 그러나, 우리 문화의 기저에 잠재한 기본형식으로서 그 뒤에도 줄곧 외래문화의 수용과 동화변용(同化變容)에 근본적인 작용을 했다는 것을 지금도 엿볼 수가 있는 것입니다.

다시 말하면, 외래사상을 받아들인다 해도 우리는 다른 민족이 그것을 받아들인 것과 어떻게 다르게 받아들이고 어느 면에 치중하고 어떻게 변질시켰으며 토착화했느냐 하는 문제 — 곧 불교사상은 중국과 일본과는 어떻게 다르게 변성시켰으며, 유교사상은 일본과는 어떻게 다르게 받아들였느냐 하는 식으로 찾아볼 것이 한국 사상을 모색하는 길이라고 생각합니다. 원효(元曉)·의상(義湘)의 불교학이,

세종대왕이나 조정암(趙靜菴)의 정치사상이, 퇴계(退溪)나 율곡(栗谷)의 주자학이, 정다산(丁茶山)이나 최수운(崔水雲)의 사회사상이, 모두가 유·불·도 또는 기독교라는 외래사상의 영향을 받았지만 그것은 그 본바닥에서 발전된 것과는 다르게 발전되었으며, 따라서 그 다르게 받아들여진 까닭이 바로 한국의 사상적 전통으로 말미암기 때문이라는 것을 우리는 파악해야 된다는 것입니다. 사상은 무슨 사상이든 그것을 받아들이는 사고방식의 공통점이 무엇이냐, 그것을 찾아보아야겠다는 것입니다.

우리의 고유 문화 또는 재래의 사상을 이야기할 때는 대개 유교·불교·도교를 말합니다만, 사실 사상적 영향의 순서는 도·불·유의 순서가 될 것입니다. 물론 한자문화와 함께 유교가 들어오긴 했겠지만 그것은 도교나 불교처럼 종교사상이 아니었고, 서민층을 포함한 국민 전체에 미친 영향으로 보아서도 도교·불교·유교의 순으로 이루어졌다고 보는 것이 타당할 것 같습니다.

그러나, 도·불·유의 사상보다 먼저 우리 자체에 있었던 사상은 샤머니즘이 발달된 붉교[백교(白敎)·시교(市敎)], 선교(仙敎) 또는 국선(國仙)으로 불리어지는 사상적 기저(基底)였습니다. 이 샤머니즘은 모든 민족의 원시종교에 공통된 유형이긴 합니다만, 종교학상 특히 시베리아 제민족의 종교를 지칭하는 것으로서 자연숭배·동물숭배·정령숭배·주술숭배·조선(祖先)숭배·천인상즉(天人相卽)·천명사상·장생사상 등으로 우리의 고문헌과 종교사상에 흔히 나타나 있을 뿐 아니라, 현재도 발달된 문화의 하층에 뿌리 깊게 잔존해 있는 관념인 것은 주지의 사실입니다.

원시인의 심리를 연구함에 아동심리학 또는 동물심리학을 응용하듯이, 우리는 이 문명의 심층에 잠재해 있는 이 샤머니즘으로써 우리의 사고방식의 오리지낼리티를, 그리고 외래사상 수용과 변성의 방식을 유추(類推)할 수 있다고 생각하는 것입니다. 바로 말하면, 한국

사상과 한국 문화는 도·불·유는 물론 기독교까지도 샤머나이즈해서 받아들인 것이라고 하겠습니다. 이렇게 말하면 무식한 사람들이 신봉하는 무당교인 샤머니즘을 한국 사상의 기저라고 하는 나를 비웃거나, 그러한 샤머니즘이 바탕이 된 한국 사상을 창피하게 생각하실지도 모릅니다만, 도·불·유나 기독교까지도 그 발생지 본바닥의 그들의 원시종교에서 발달된 것이고, 그 원시종교적 모습과 잔재(殘滓)는 오늘날까지도 남아 있어, 여러분이 발달된 종교로 숭앙하는 기독교 안에도 있다는 사실을 아시기 바랍니다. 샤머니즘을 모르고 도교를 안다거나, 바라문교(波羅門敎) 또는 육파철학(六派哲學)을 두고 근본불교를 말하거나, 유태교(猶太敎)를 제쳐놓고 원시기독교의 성립을 말할 수 없는 것과 마찬가지입니다. 유교사상까지도 이 중국적 샤머니즘인 그 고대 사상의 발전인 것입니다.

우리의 샤머니즘은 도교·불교·유교의 공통된 인자(因子)를 가졌고, 그 공통된 인자로서 자기동화의 계기와 요소를 삼은 것은 우리가 우리의 사상을 분석하면 용이하게 발견할 수가 있는 것입니다.

첫째, 도교의 수용문제입니다. 우리 사상에서 도·불·유 3교 중 제일 희박한 것이 도교인데, 역사상 발달된 종교로서 도교를 우리 나라에 수입한 것은 고구려 보장왕(寶藏王) 때 3교 중 도교가 없다고 해서 중국에 사신을 보내어 도사를 청해 온 것이 처음입니다만, 그 뒤 도교는 뚜렷한 발전이 없었고, 우리의 선교(仙敎)인 국선(國仙)이 도교 또는 불교와 혼융(渾融)되었음을 볼 수 있을 따름입니다. 지금 서울 지명에 남은 삼청동(三淸洞)이나 소격동(昭格洞) 또는 불교사찰에 부속된 칠성각(七星閣)은 도교계통 신앙의 잔형(殘形)입니다만, 조선시대에도 도교는 은둔하는 몇 사람 학자의 이술담(異術譚) 또는 전기 소격동명(昭格洞名)의 유래가 되는 소격서(昭格署)에 노자(老子)를 제사지낸 정도가 고작이었습니다. 이는 소격서가 천문관청(天文官廳)이고 이 관청의 점성술을 관장했기 때문에 도교의 성신숭배(星辰

282

崇拜)가 거기에 결부된 것입니다. 도교는 우리 샤머니즘의 자연숭배로서의 일월성신숭배와 장생불사사상으로서의 산신(산인)숭배와 습합(褶合)되었습니다.

　중국에서의 도교도 당대(唐代)에 유교와 불교가 서로 교섭하여 종래의 자기들의 원시종교를 노자의 《도덕경》(道德經)을 학리적 근거로 업고들어 만들었다 뿐이지, 그 점을 빼면 샤머니즘과 별로 다를 것이 없다는 것입니다. 도교의 교조라는 노자의 《도덕경》에도 종교로서의 도교의 교리는 한 자도 없다는 것입니다. 그런데, 이 도교를 우리가 받아들이는 데 있어서 앞서 지적한 바와 같이 유교나 불교에 비해서 어째 이렇게 희미하냐 하는 원인을 생각해 볼 때, 나는 그것을 도교와 우리 선교의 원본적(原本的)인 신앙 사이에 상당한 유사성이 있고, 그 유사성은 극단으로 말해서 그 근원이 같은 데서 출발했기 때문이라고 보는 것입니다. 이러한 견해는 일찍이 최남선(崔南善), 권상로(權相老), 이능화(李能和), 권덕규(權悳奎) 씨도 말한 바 있습니다. 화랑도를 국선이라 했다는 것도 이것은 중국의 도교적인 선이 아니라 국선(國仙)이라는 뜻입니다. 그러나, 선(仙)은 산(山)자와 인(人)자 즉 산에 사는 사람이란 뜻이요, 장생불사사상도 단군신화에 나오는 왕검선인(王儉仙人)을 비롯하여 신지선인(神誌仙人), 조의선인(皂衣仙人), 그 뒤의 영랑(永郎) 등 사선(四仙)의 선이 같은 것이고, 단군의 수(壽)가 1,908세란 것은 역사학적으로는 단군이란 이름으로 임금 노릇한 왕조의 역년(歷年)이라 해석할 수 있겠지만, 종교학적으로는 장생불사의 사상이요 나중에 산신이 되었다는 것은 그것이 곧 신선사상과 같은 것이라고 보는 것입니다. 또, 중국에서도 도교가 태산(泰山)을 성지(聖地)로 삼은 것이나 도교의 인물 또는 신산(神山)에 동이계통이 많이 나오는 것도 이런 사실의 내증이 아닌가 생각되는 것입니다. 이런 예로 보더라도 도교는 우리의 사상 바탕 속에 있었기 때문에 중국에서 다시 도교가 우리에게 들어와도 하등 새

로울 것이 없어서 따로 더 떠들지 않고 그저 본래 있던 것을 중국의
것과 구별하여 국선이라고 하지 않았나 생각합니다.

　다음은 불교를 어떻게 받아들였느냐는 문제입니다. 고구려 같은
나라는 대륙과 가까워서 새로운 문화의 물결이 쉴새 없이 밀려와 그
것을 소화시킬 여유가 없이 받아들이기에만 바빴던 느낌이 있습니다.
신라는 한쪽에 치우쳐 있어서 삼국 중 가장 후진국이었으나, 그래도
자기의 문화를 세우고 있었기 때문에, 처음 신라에 불교가 들어왔을
때는 고유신앙과의 사이에 충돌이 있었습니다. 이차돈(異次頓)의 순
교 이후에야 비로소 홍통(弘通)하게 되었다는 것이 그 사실을 말해
줍니다. 그 뒤, 신라에는 여러 가지 종파가 들어왔지만, 신라의 불교
는 화엄종(華嚴宗)으로서 개화되었다 해도 과언은 아닐 것입니다. 원
효(元曉)를 어느 종파에 넣느냐 하는 것은 상당히 문제되는 일이지만
어쨌든 원효와 의상(義湘)을 해동화엄종(海東華嚴宗)의 초조(初祖)로
병칭하는 것으로 보거나 두 사람이 입당유학(入唐留學)을 뜻하고 떠
날 때의 당나라가 화엄종의 성시였다는 점에서 — 화엄종은 중국에서
전개된 종파입니다 — 우리는 화엄사상을 신라불교의 개화로 보고자
하는 것입니다. 의상은 지엄(智儼)의 종통을 받아 환국하였고, 지엄
의 뒤를 이은 현수법장(賢首法藏)이 그 저서를 인편에 의상에게 보내
어 질정(叱正)을 바란 서한은 그가 얼마나 의상을 존경했느냐 하는
정성이 문자에 배어 있습니다. 원효는 의상과 같이 입당도중 노숙하
다가 어둠 속에서 들판에 괸 물을 마시고 아침에 깨 보니 그것은 해
골에 담긴 물이었습니다. 그는 구토하려다가 문득 크게 깨달은 바 있
어 그대로 돌아오고 말았다 합니다만, 어쨌든 원효는 불교의 모든 종
파사상을 한 솥에 끓였고, 대승불교(大乘佛敎)를 대중불교로 발전시
켰을 뿐 아니라 국선불교로 토착불교 또는 민족불교를 이루었던 것입
니다. 그런데, 이 화엄사상은 일종의 범신론(汎神論)입니다. 이 사상
이 신라 민족이 가지고 있는 화려한 감성과 샤머니즘의 만신사상(萬

神思想)과 결합하기에 용이한 소지가 있는 것입니다. 화랑도라든지 석굴암이라든지 통일신라 전후 국민정신과 미술문화는 결국 불교를 통해 세련된 고유사상 곧 민족사상과 융합된 불교정신의 소산이었습니다. 다시 말하면, 신라 사상은 국선불교·화랑불교·호국불교를 낳았고, 충(忠)·효(孝)·신(信)·애(愛)·용(勇)을 근간으로 하는 유·불·선 혼용의 국민도(國民道)를 이루었던 것입니다. 이것은 신라의 우리 선민의 슬기롭고 어질고 아름답고 미덥고 용감한 바탕이 외래사상의 그러한 점과 어울려 별개의 맛을 이루었던 것이라 할 수 있습니다.

유교의 조선(祖先)숭배도 샤머니즘의 조선숭배와 붙어서 더욱 강세가 되었고, 기독교의 신앙심리도 무식한 부녀자에게는 샤머니즘과 동격으로 받아졌던 것은 지금도 헤아려 볼 수가 있는 것입니다.

4. 한국 사상의 특질

한국 사상의 특질이 무엇이냐 하는 데로 우리의 생각을 약간 멈추어 보기로 하겠습니다. 이 문제는 여러 가지 사상의 전개사와 여러 사상가의 저술을 분석하여 도출할 성질의 것입니다만, 일반적으로 들 수 있는 점은 우리 민족이 항용 생각하는 바와 같이 감각에나 정서에만 치우친 민족이 아닌 매우 사색적이고 사변적(思辨的)인 소질이 높은 민족이란 점입니다. 우리는 실학(實學)의 가치를 재래유학의 부문위학성(浮文僞學性) 곧 현실일탈(現實逸脫)이라든지 공리공론(空理空論)에 반립(反立)하는 면에서 인정하게 됩니다. 그러나, 그 공격의 대상이 된 도학이나 성리학(性理學)이 도리어 실학과 같은 과학논리의 생성의 바탕이 되었다고 볼 수가 있는 것입니다. 도대체 철학이 또는 논리적 사고가 발달되지 않은 곳에 과학의 발달이 더디다는 것을 우리가 인정한다면 성리학의 이기설(理氣說)이나 사칠논쟁(四七論爭)은 공리공론임에는 틀림없으나, 그처럼 여러 학자가 오랜 세월을 두고 같은 문제를 가지고 그만큼 끈덕지게 파헤쳤다는 것은 놀라운 사실일 뿐 아니라, 실학자들의 논리의 기초가 또한 여기 있었다는 것을 지적할 수가 있는 것입니다. 이 성리학논쟁은 상당히 높이 평가할 수 있는 철학논쟁이라고 보겠습니다.

또 하나의 한국 사상의 특질은 모든 대립된 것을 한 솥에 넣고 끓여서 별다른 하나의 체계를 창출해 낸다는 절충(折衝)과 융섭(融攝), 수용과 환원의 성격이 농후하다는 점입니다. 원효의 화쟁사상(和諍思想)이나, 지눌(知訥)의 정혜쌍수사상(定慧雙修思想), 휴정(休靜)의 선교융섭사상(禪敎融攝思想) 등이 모두 다 그 좋은 예입니다. 최수운(崔水雲)의 사상 같은 것도 유·불·도를 하나의 솥에 넣어 끓여서 새로 만들어 낸 것입니다. 그의 사상은 3교를 융합했다고 일컬어지면서도 유·불·도가 합쳐서 천도(天道)가 된 것이 아니고 천도의 일부가 나뉘어진 것이 유·불·도라고 해석했습니다. 당시 천주교의 자극을 받아 그를 섭취하고 도리어 그의 도를 서학(西學)에 반립하는 동학(東學)으로 설정한 것 같은 것도 이 환원성이 두드러진 표현인 것입니다. 최수운의 사상에 강력한 영향을 준 것은 그의 가학(家學)인 유학이요, 그의 선조인 최고운(崔孤雲)의 선행(仙行)과 원효의 민족불교사상이었습니다.

우리는 단군신화와 원효사상과 수운사상을 비교해 보면 그 현격한 시대의 차에도 불구하고 한국 사상으로서의 어떤 공통된 사고형식을 찾을 수 있습니다. 나는 이에 대한 비교를 시론(試論)한 바 있습니다만, 우리 민족 최고(最古)의 신화인 단군신화와 신라시대의 원효사상과 조선말의 수운사상의 사고방식에 완전히 부합되는 점이 있는 데는 놀란 바 있습니다.

끝으로 나는 한국 사상의 모색을 위하여 먼저 한국 사상이란 따로 없다거나, 있어도 하잘것없는 남의 모방에 불과하다는 견해를 파쇄 (破碎)해야 한다고 강조하고자 합니다. 한국 사상이 어떻게 있느냐 하는 우리의 관심은 한국 사상의 좋은 점과 나쁜 점을 있는 그대로 찾아보려는 것이지, 시원찮은 것을 과장하거나 좋은 것을 엄폐하는 일이 아니기 때문입니다. 그러므로, 이러한 선입견을 깨뜨리기 위해 서 우리의 모화주의학자(慕華主義學者)와 일본의 어용학자와 유물사 관을 신봉하던 학자의 한국 사상에 대한 사고와 주장을 재수정해야 한다는 것입니다.

　우리는 이러한 관점으로 우리의 역사부터 새로 바꿔 써야겠다고 생각하는 것입니다.

— 1963, 《사상계》(思想界) 3월호

고전(古典)의 가치

어느 민족의 문화이든 신흥의 단계에서는 고전에 대한 탐구가 성행되는 것은 주지의 사실이다. 이 땅에서도 해방 후 민족문화의 수립이란 거대한 과제 앞에 고전의 가치에 대한 새로운 비판이 요청되고, 그 연구의 중요성이 제기된 것은 당연하다 할 수 있으니, 이와 같은 의미에서 우리 이화(梨花)의 고전에 대한 관심과 열의도 쉽사리 간취(看取)할 수 있으며, 동시에 높이 평가할 성질의 것이다.

고전은 쉽게 말하면 고대서적(古代書籍)의 뜻이나, 고전적 가치라고 말할 때는 서적 이외의 유물에까지 통칭되는 것이 보통이다. 다시 말하면, 고전적이란 말은 다만 현대적이란 말의 대어(對語)에 그치는 것이 아니요, 현대와 미래에서 새로 낳아질 문화가 준거할 수 있는 모범적이란 뜻을 함께 포함하고 있다고 한다. 그러므로, 옛날 것이라고 해서 모두 고전이 될 수는 없다고 하는 것은 오랜 역사를 지나오면서도 제문화의 고전적 형태를 세우지 못한 종족도 있기 때문일 것이다. 그러므로, 고전이란 어떠한 연대적 간격을 둔 그 민족성의 표현에서 시작되어 그 시대의 역사적 사실이 여실히 발로될 뿐 아니라, 형식적으로도 완성된 모범적으로 순미(純美)한 걸작이어야 한다고 할 수 있다.

문학으로 볼 때 조선에도 고전은 있다. 그러나, 그 수가 얼마 되지

288

않으니, 가장 오래된 것으로서 《삼국유사》(三國遺事)를 들 수 있다
면, 향가(鄕歌)・고려가요(高麗歌謠)・조선의 시조(時調)와 가사(歌
辭) 또는 여러 가지의 소설은 우리의 고유 정신과 습속(習俗)이 표현
된 주요한 고대작품이므로 우리의 고전이라 할 수 있다. 우리가 좀더
그 시야를 넓힌다면 중국의 고전인 《시경》(詩經)도 우리 문학전통에
서 뺄 수 없는 고전이 되었다는 사실을 잊을 수는 없을 줄 안다. 이
와 같이 《시경》을 조선문학의 한 고전으로 삼을 수 있다는 것은 서
구문학의 고전이 희랍에 돌아가듯이 동양문학의 고전은 중국・인도
에 그 근원의 태반이 있기 때문이라 할 것이다. 《시경》이 문학고전
으로서 가진 바 윤리성과 시대성과 국민성의 순미한 표현을 여기에
두어 줄 참조하면,

　　　葛之覃兮 施于中谷 維葉莫莫
　　　是刈是濩 爲絺爲綌 服之無斁

　이것은 연하고도 부드러운 산수의 자연미와 더불어 주공단(周公旦)
때에, 다시 말하면 주나라가 왕성할 때의 다스림을 표현한 것이니 주
나라 문화가 황하(黃河) 부근에서 양자강(揚子江) 남쪽으로 흐르는 모
양을 상징한 것이다. 장려(壯麗)한 중에 묘취(妙趣)를 띠고, 고아한
속에 유운(幽韻)을 붙이어 그때 사람의 시가(詩歌)의 건축적 신기(神
技)를 나타낸 것으로, 이 《시경》을 통하지 않고는 느낄 수 없는 것이
다. 동시에 이와 같은 노래는 현대의 시문학에도 좋은 영양소가 되고
양식이 될 수 있으니, 《시경》의 고전적 가치가 여기 있으며, 또한
고전에 대한 우리의 노력도 이와 같은 시정신의 파악에 있는 것이다.
그러므로, 고전을 새로운 각도에서 다시 관찰하고 검토하고 비판해
서 더 새로운 것을 창조해야 할 것이다. 우리가 이와 같이 모든 고전
을 새로 해석하고 검토하고 비판하는 경우에, 그것을 해석・검토・

비판하는 새로운 방법이 없다면, 우리는 다만 역사의 봉건주의와 한 갓 부질없는 회고주의에 전락하고 말 것이다. 그러므로, 우리 문화영역에서 어느 방면으로든지 고전에 대한 관심의 앙양과 그 재비판이 요청되는 것은 오늘날에 처해 있는 우리의 역사적 심정의 발로이기 때문에 오직 당연한 추세라고 할 것이나, 고전의 가치는 언제나 다만 새로운 비판과 섭취에 대한 태도에 있다는 것을 전제로 할 때만 빛이 있다는 것을 인식해야 할 것이다. 거기에만 비로소 고전의 영원히 새로운 가치가 있고, 또 새로운 가치가 부여되는 것인 줄 안다. 그 비판과 섭취의 방법은 시대적 현실 위에 각자의 개성이 조화될 수 있으면 그뿐이니, 이는 일률적 방법의 강요는 애초부터 있을 수 없다 할 것이다. 그러나, 고전의 정당한 계승은 어느 때나 소소(昭昭)할 수 있다고 보아 타당하지 않으면 안 된다.

민족운동사에 나타난 보전(普專)
― 고대(高大) 관계인사의 활약 비사(祕史)

1. 3·1 운동과 보전

제1차 세계대전이 발발한 1914년부터 대규모 민족운동의 기운은 태동하고 있었다.

이러한 대사를 미리 주획(籌畫)한 이는 천도교(天道敎) 3세 교주 의암(義庵) 손병희(孫秉熙) 선생이었다. 손병희 선생은 만사를 무릅쓰고 일생을 도(圖)하는 결사정신(決死挺身)의 근기(根氣)를 양성하기 위하여, 천도교 백만 교도에게 이른바 '이신환천'(以身換天)의 공부로 사(死)의 연습을 시켰으며, 전국 37개 대교구에 불시용(不時用)으로 제반준비를 비밀히 진행하였던 것이다.

또 1917년 겨울에 제주도 사람 김시학(金時學)이 임규(林圭, 강사)·신익희(申翼熙, 강사) 등을 방문하고, 현하의 정세로 보아 덕국(德國 : 독일)이 승승하니 왜적이 멸망할 기운은 박두하였고, 이런 전란의 종국에는 세계가 개조될 것인즉 우리 나라의 광복할 호기회는 정히 이때라 하고, 국내 국외의 유지인사(有志人士) 만여 명이 연서하여 비밀히 덕국 수뇌부에 독립을 청원하는 것이 긴요하다고 하여 이에 찬동하고 서명운동 전개방법에 대하여 수차 회의를 거듭한 끝에 송진우〔宋鎭禹, 추대교우(推載校友)〕, 김윤식(金允植) 양인에게 상의하여 사회측에 이상재(李商在)·윤치호(尹致昊)·송진우(宋鎭禹), 사환계(仕宦界)에 윤용구(尹用求)·한규설(韓圭卨)·박영효(朴泳孝)·김윤식·한상룡(韓相龍), 종교계에 야소교(耶蘇敎)·천도교·유교 각계를 총망라하자는 의견이 일치되었으나, 오고가고 토의하는 사이에 그 해가 지나고 1918년에는 독일의 패망으로 이 계획은 오산(誤算)되었고 수포화되었다.

그러나 이 두 가지 움직임이 곧 그대로 3·1운동 기획의 바탕에 연결되었던 것이다.

1918년 11월 미국 대통령 '윌슨'이 중국에 대하여 세계평화회의 대표파견을 권고하고자 보낸 '크레인'이 상해에 도착한 바 있었는데, 중국인사 천여 명이 칼톤 카페에서 그 환영회를 개최하였을 때 여운형(呂運亨)도 참석하여 '크레인'의 강연을 듣고 감동하여 산회(散會) 후 그를 방문하고, 조선인도 피압박민족이므로 이 기회에 대표를 파견하여 각국의 동정을 얻어 조선문제를 해결하고 싶다고 말하여, 이에 대한 후원을 아끼지 않겠다는 '크레인'의 쾌락을 얻은 바 있었다. 여운형은 돌아와 영문으로 된 '독립청원서'(獨立請願書) 2통을 작성하여 중국 파견대표 고문으로 파리(巴里)에 갈 '미르나드'에게 부탁하여 조선대표의 참석이 불가능할 경우에는 그 1통을 세계평화회의에, 1통은 미국 대통령에게 제출해 줄 것을 의뢰하였다.

이 독립청원서는 장덕수(張德秀, 교수)·신석우(申錫雨)·조동호(趙東祜)와 협의하여 재상해 '신한청년당'(新韓靑年黨) 총무 여운형 명의로 서명했던 것이다. 상기 4인은 세계평화회의에 호응하여 거족적 독립운동에 불을 지르기로 계획하고, 파리강화회의 대표로는 당시 북경(北京)에 있던 김규식(金奎植)을 초치(招致)하여 파견하기로 하여, 김규식은 1919년 1월, 곧 3·1운동이 터지기 전에 파리로 떠났고,

292

여운형은 만주(滿洲), 아령(俄領)으로, 장덕수는 일본과 국내로 잠입하였다.

　이보다 앞서 중국의 신해혁명(辛亥革命, 1911)에 참가하였다가 탈출하여 상해에 와 있던 구한국 군인출신 신규식(申圭植)은 동제사(同濟社)라는 광복운동의 중심기구를 조직하고 있었는바, 장덕수는 1919년 1월 16, 7일경 당시 광동지방(廣東地方)에 여행중에 있던 신규식으로부터 동경(東京)운동은 2월 초순, 서울운동은 3월 초순에 실행하기로 되었으니, 곧 동경과 서울로 가서 그 운동상황을 통신하라는 편지와 여비 백 달러를 받아 가지고 동월 27, 8일경 상해(上海)를 출발하여 2월 3일에 동경에 도착하였던 것이다.

　신규식의 편지에는 조용은[趙鏞殷, 소앙(素昻)]이 이미 동경에 파견되었으니, 도착하는 대로 그와 만나라는 지령이었다. 이로써 보면, 조소앙은 동년 1월 16, 7일경 이전에 동경에 잠입한 것을 알 수 있고, 동경유학생 독립선언과 서울의 3·1 거사예정은 이미 상해에 통신된 것을 알 수 있다.

　천도교의 중진 권동진(權東鎭)과 오세창(吳世昌)은 1918년 12월경부터 자주 회합하여 세계의 정세를 논하던 중, 민족자결주의의 대세와 화란(波瀾)·체코슬로바키아 등의 민족운동에 자극되어 독립운동의 호기라 보고 동년 12월 하순 양인은 최린(崔麟, 강사)과 회합하여 소견을 개진하여 완전합의, 그 실행방법을 연구하는 한편, 1919년 1월 15, 6일경 손병희를 방문하고 이 기획을 토로하여 그 동의를 얻음으로써 천도교의 방침이 일정(一定)되고, 3·1운동 계책이 단(端)을 열게 되었다. 동경유학생 독립선언운동이 송계백(宋繼白)에 의하여 오세창에게 알려졌고, 최린(천도교)·한용운(불교)·박희도(朴熙道, 기독교) 등 각 종교의 중견지도자에 의하여 따로 태동하고 있었던 것이다.

　최린은 기독교를 비롯한 각계와의 연계교섭에 적당한 인물로서,

신망과 기량이 있는 동지로 최남선·송진우·현상윤(玄相允, 총장) 등을 2월 상순경 자택으로 초치하여 독립운동 방향을 밀의하였고, 수일 후 송진우가에 모여 모의한 결과 손병희를 비롯한 천도교·기독교·불교·구한국 고관과 명사 중에 중요한 인물을 택하여 민족대표로 정하고, 그 명의로써 독립선언을 발포하기로 하였던 것이다.

그러나, 송진우가 교섭한 박영효, 최린이 교섭한 한규설, 최남선이 교섭한 김윤식, 한용운이 교섭한 곽종석(郭鍾錫), 신익희가 교섭한 윤치호는 모두 태도가 모호하여 대답이 요령부득이 아니면 소극적이었기 때문에 이들 인사의 추대포섭공작을 포기하고, 적극적 참여의욕을 보인 종교계와 학생계로써 운동의 중핵을 삼게 되었던 것이다.

기독교와의 연결은 정주(定州)에 있는 이승훈(李昇薰)을 통해서 착수되었다. 1919년 2월 10일경 오산학교(五山學校) 학생 김도태(金道泰)가 당시 서울에 와 있는 것을 알고, 현상윤은 이승훈에게 상의할 일이 있으니 지급상경(至急上京)하란 편지를 김도태에게 휴행(攜行)시켜 정주로 가게 했다.

그때 이승훈이 평북(平北) 선천(宣川)에서 개최중인 사경회(査經會)에 참석하고 있었기 때문에, 당시 오산학교 교사이던 박현환(朴賢煥)이 그 편지를 가지고 선천으로 가서 전하여 이승훈은 2월 12일 상경하여 계동(桂洞) 김성수(金性洙, 교주·교장) 별장에서 송진우·신익희 등과 만나 국권회복운동의 기획을 듣고, 조국독립을 희망하는 것은 교도일반의 뜻이므로 기독교 각파의 영수들과 함께 참가하겠다 하고, 당일 선천으로 내려가게 되어, 이로써 천도교와 기독교의 제휴가 단서를 열게 되었다.

이승훈과의 연락을 맡은 것은 최남선이었으나, 이승훈에게 김도태를 보내어 상경하게 한 사람은 현상윤이다. 이승훈은 정주 오산학교의 설립자, 김도태는 그 학생이었고, 현상윤은 정주 출신이다. 최린은 당시 천도교 경영의 보성중학교장(普成中學校長), 송진우는 중앙

중학교(中央中學校)의 교장이었다. 최, 송, 현은 모두 동경유학생 출신이요 교육계의 중진이었으므로 3·1운동의 중핵은 학생운동의 연장이라 할 수 있다.

선천(宣川)에 돌아온 이승훈은 당시 사경회에 참석중인 이명룡(李明龍), 유여대(劉如大), 김병조(金秉祚), 양전백(梁甸伯) 등을 양전백 댁에서 초치하여 서울회담의 내용을 말하여 찬동을 얻고, 평양으로 가서 길선주(吉善宙), 신홍식(申洪植), 손정도(孫貞道) 3인과 회합, 그 찬동을 얻은 다음 2월 17일 다시 상경하여 송진우와 만났던 것이다. 그러나, 송진우의 열성이 전만 못한 것 같고, 또 교섭의 본인인 최남선은 이회(而會)하지 못하므로 의심을 내던 중 20일에 수창동(需昌洞)에서 기독교 청년회 간사 박희도와 회합하여 운동계획을 말하고 찬동할 것을 권유하였던바, 박희도는 기독교 중심으로 청년학생단을 조직하여 운동을 개시하기로 협의결정했기 때문에 찬동할 수 없다고 거절하였다.

오화영(吳華英), 정춘수(鄭春洙), 오기선(吳基善), 신홍식(申洪植) 등과 회동하고 동지의 모집과 운동방법을 협의한 끝에 함태영(咸台永) 주소에서 이갑성(李甲成)·안세환(安世桓)·오상근(吳尙根)·현미(玄楣) 등 동지를 모았다. 2월 21일에 최남선·이승훈을 왕방(往訪)하고 함께 최린을 방문하였다. 최린은 독립운동이 조선민족 전체에 관한 문제인즉, 기독교측에서만 거사한다는 것은 불가하니 천도교측과 합작하자고 역설하므로, 이승훈은 동지들과 협의한 후 결정하겠다 하고 만일 기독교 목사 등 중요직원이 서명하면 그 가족의 생활이 문제되는 터인즉 돈 삼천 원이 필요한데 그 판출(辦出) 방법이 막연하다고 하였다. 최린은 이의 염출(捻出)을 승낙하고 손병희에게 말하였던바, 손병희는 천도교 금융관장(金融觀長) 노헌용(盧憲容)에게 명하여 금 오천 원을 최린을 통하여 이승훈에게 수교(手交)하였던 것이다.

이승훈은 박희도, 오기선, 안세환, 오화영, 신홍식, 함태영, 김세환, 현미 등과 만나 동일한 목적을 가진 운동을 개별적으로 행한다는 것은 불통일을 외부에 표명하는 것이므로 대단히 졸렬한 것임을 지적하고 합동을 역설한 결과, 박희도는 이를 청년학생측 대표인 강기덕(康基德, 보전 재학생), 김원벽(金元璧, 연전)에게 물어 찬동을 얻어 2월 23일 이승훈에게 통고하고, 이승훈·함태영은 2월 24일 합동운동 승낙을 최린에게 정식으로 통고함으로써 천도교와 기독교의 제휴가 비로소 완전성립되었다.

이에 앞서 2월 10일경 최린은 불교측의 한용운에게 운동계획을 말하여 참가 쾌락을 받고, 한용운은 백용성(白龍城)에게 말하여 불교측 가입이 성취되었던 것이다.

기독교측에서 획책했던 청년학생 중심의 거사계획은 다음과 같았다. 1919년 1월 23, 4일경 중앙기독교청년회 간사 박희도는 동회 회원부 위원인 연희전문학생 김원벽과 만나 청년회원 모집을 협의하고, 중등과정 이상의 재학생과 청년유위(靑年有爲)의 인사를 모집하여, 기독교 청년학생의 단결을 공고히 하는 방법으로 시내 각전문학교 졸업생 급 재학생의 대표적 인물을 모으기로 하고, 26일경 박희도의 이름으로 보전졸업생 주익(朱翼), 연전학생이던 윤화정(尹和鼎), 연전학생 김원벽, 보전의 강기덕, 전수학교(專修學校)의 윤자영(尹滋英), 세브란스 의전(醫專)의 이용설(李容卨), 공업전문의 주종의(朱鍾宜), 경성의전(京城醫專)의 김형기(金炯璣) 등 8명을 관수동(觀水洞) 대관원(大觀園)에 초대하여 연회를 열고 입회를 권유한바, 연후 주익이 일어나, "대전의 결과 세계지도에 변동이 오게 되었다. 신문의 보도에 의하면 종래의 식민지이던 것이 독립하기도 하고, 타국의 판도 안에 있던 민족으로 새로운 독립국가가 될 것도 수개를 산하게 되었다. 우리 조선도 이번 강화회의에 문제가 될 모양이니, 이때에 우리 동포가 일제히 일어나 운동을 일으키면 성공할지도 모르는 정세이다. 목하의 기회는 운동에 절호한 시기라고 생각하는데, 제군의 의견은 어떠냐."고 말함으로써 각자 의견을 토로한 끝에 박희도를 비롯한 일동이 찬동하였다. 동경에서도 유학생이 독립선언운동을 기획하고 있다니까, 우리들 국내에 있는 청년학생들도 선언서를 발표하여 일반여론을 환기하고 세계의 여론에 호소하고자 의논이 무르익었으나, 오직 김원벽만이 독립은 찬성이나 지금 독립선언을 한다는 것은 냉정히 생각해 본다면 목하의 상태는 독립을 한다고 하더라도 완전한 국가로서의 체면을 지키기 어렵다고 생각하니 고려할 시간을 달라 하여 이론(異論)을 넣었기 때문에 결정을 보지 못하고 산회하였다.

김원벽은 당시 학생간에 큰 세력을 가지고 있어서, 만일 그가 찬동하지 않으면 운동상 큰 영향과 지장이 있기 때문에 당야(當夜) 대관원회합에 모였던 사람들은 그의 집에 모여서 찬동을 재촉하였다. 김원벽은 스스로 숙고할 뿐 아니라, 외인 선교사에 대해서도 독립의 가부를 물은 끝에 배일(排日) 선교사로 선천 신성학교장(信聖學校長)으로 있던 매퀸을 찾아가 운동의 가부를 들었던바, 매퀸으로부터 "조선은 아직 독립의 자격은 없지만 모든 일은 실행하지 않으면 안된다. 다만 고려한다는 것만으로는 아무 일도 성취될 수 없을 것이다."라는 의미의 답을 듣고 "운동을 실행하라. 실행은 최후의 해결자"라는 뜻으로 해석하여 상경 즉시 찬의를 표하게 되었다. 1월 3, 4일경 거사 준비는 쾌속도로 진행되었으니, 김원벽은 이 뜻을 연희전문학교 학생청년회장 이병주(李秉周)에게 알리고 이병주는 이를 전원 40명에 알려서 찬동을 얻었다.

대관원에 모였던 사람은 각자 그 학교내와 중등과정 생도를 권유하여 학생측을 결속하였고, 주익은 2월 20일경 독립선언서를 기초하여 각학교에 배포하려고 인쇄에 부치려던 참인데, 2월 23일 이승훈과 박희도의 교섭이 성립되었기 때문에, 김원벽은 그 선언서 원고를 승동(勝洞) 예배당에서 소각하였던 것이다. 이와 같이 천도교·기독교·불교와 청년학생측의 완전합동이 성립되자 독립선언서에 서명할 민족대표의 전형이 시작되었다.

이 33인의 선정기준은 연치(年齒)와 명망과 역량의 비중을 종합한 듯하다. 실제 거사준비에 참획하여 중요한 일을 한 인사는 민족대표에 열(列)하지 않은 이가 많으니, 연소하거나 이 민족대표의 피검 후 제 2 진을 맡기 위하여 남거나, 직접행동을 회피한 인사들이 여기에 빠진 것이다.

그러나, 6월 말까지 검거된 전국의 주동인물 355인 중 그 해 8월 이른바 내란죄로 고등법원에 송치(送致)된 48명은 전기한 민족대표 중 32인〔33인 중 김병조는 망명, 양한묵(梁漢默)은 옥사〕과 그 이외의 참획인사 16인을 합친 인사였다. 그러므로, 이를 기미운동(己未運動) 48인이라 부른다. 민족대표 이외의 주요인물 16인의 명단은 다음과 같다.

송진우·현상윤(총장)·최남선·함태영·강기덕(재학생)·김원벽·박인호(朴寅浩)·노헌용·김홍규·김도태·임규(강사)·안세환·이경섭(李景燮)·김세환·정노식(鄭魯湜)·김지환(金智煥).

독립선언서 서명자 중 재경인사 20여 인은 2월 28일 밤 재동(齋洞) 손병희 댁에서 최종 회합을 열고 3월 1일 오후 2시를 기하여 파고다 공원에서 독립선언서를 낭독하고 일제히 시위운동을 펴기로 했다. 이 날밤 강기덕(보전대표)·김원벽·한위건(韓偉健) 등 학생대표자들은 승동교회에 모여 이갑성으로부터 받은 선언서 1,500장을 학생들에게 나누어주었고, 3월 1일 오후 2시 파고다 공원에 집합하여 시위운동에 앞장설 것을 지시하였다.

독립선언 발포는 처음 계획에는 고종황제 인산날인 3월 3일에 하기로 하고 33인을 뽑았으나, 그 날 거사는 고종황제께 불경이라 하여 피하고 3월 2일은 일요일이어서 기독교 측이 반대하여 이 날 3월 1일로 앞당겨서 거사한 것이다.

일설에는 독립선언문 인쇄배포 후 너무 여러 날이 되면 일본 관헌들이 알게 되어 3월 2일 야반(夜半)에 예비검속이 시작될 우려가 있으므로 갑자기 당겨서 거행했다고도 한다. 2월 28일에 선언문이 배포되었고, 당시 왜경에서도 이를 동일(同日) 야반에 입수하였다는 기록이 있으니까, 예정보다 이틀을 당겨서 거행한 데는 이러한 정세통찰(情勢洞察)도 작용했을 것이 틀림없다. 독립선언이 인쇄배포될 때까지 일본 관헌이 눈치채지 못하게 된 데는 당시 왜경의 악질 민완형사 신철(申哲)이 2월 20일경 최린의 설복을 받아 이를 상부에 보고하지 않고 신의주에 출장을 갔기 때문이다. 신철은 신의주에서 체포되어 돌아오는 차중에서 청산가리를 마시고 자살함으로써 3·1운동의 획책정보(劃策情報)를 혼자 지닌 채 조국에 처음이요 마지막인 공헌을 했던 것이다. 3·1 거의(擧義)는 신철의 민족적 양심을 깨우쳤고, 신철은 3·1운동을 가능하게 한 숨은 공로자가 되었던 것이다.

민족대표들은 3월 1일 아침 돌연 예정을 변경하여 인사동(仁寺洞) 명월관(明月館) 지점 태화관(太和館)에 모여 독립선언의 축배를 들기로 하였다. 학생을 비롯한 시민의 열광적인 흥분은 당초의 계획인 비폭력시위를 불가능하게 할 우려가 있으므로 혼란을 피하기 위함이었다. 민족대표 33인 중 29명(길선주·유여대·김병조·정춘수는 불참)은 태화관에 모여 독립선언서 100매를 탁상에 펴놓고 오는 이의 열람에 공(供)하였다. 2시 정각이 되자 한용운이 기립하여 독립선언서를 낭독하고 일동 대한독립만세를 삼창한 다음 축배를 들었다. 명월관 주인 안순환(安淳煥)을 시켜 왜총독부(倭總督府) 경무총감부(警務總監部)에 전화를 걸고, 조선민족의 독립을 선언한 민족대표 일동이 지금 인사동 명월관 지점에서 축하연을 열고 있다고 통고하였다.

이 날 같은 시각인 오후 2시에 파고다 공원에는 중등 이상 각 학교

학생 4, 5천 명이 집합하였으니, 김원벽·강기덕 등의 지휘로 회집 (會集)한 것이다. 단상 정면에는 10년 만에 태극기가 자태를 나타내어 펄럭이고 있어 군중의 감격은 절정에 닿았었다. 이때 한 장의 종이를 접어 들고 단상에 뛰어올라 감격에 넘치는 성조(聲調)로 독립선언서를 낭독하는 사람이 있었다. 경신학교(徹新學校) 졸업생 정재용 (鄭在鎔)이었다. 감격의 흐느낌 속에 독립선언서의 낭독이 끝날 무렵 어디선가 대한독립만세가 우뢰와 같이 터져 나왔고, 학생들의 모자는 공중으로 올라갔다. 처음에는 학생들만 모였던 군중들이 어느새 서울 시민과 지방에서 인산(因山) 참례차 상경한 사람들로 입추의 여지가 없게 되었다. 공원 문을 쏟아져 나온 수만의 군중들은 두 갈래로 나뉘어졌다.

한 갈래는 종로(鐘路)를 지나 덕수궁(德壽宮) 앞에 이르러 만세를 부르면서 대한문(大漢門) 안으로 들어가 삼국궁(三鞠窮)의 예를 행하고 다시 대한문 앞에 나와 독립연설을 하였고, 다른 한 갈래는 광교 (廣橋)를 지나 남대문 정차장(停車場) 광장을 거쳐 의주통(義州通)으로 꺾여 프랑스 영사관으로 향하였다.

여기서 또 한 갈래는 대한문으로 다시 와서 미국 영사관에 이르렀을 때, 미국 영사가 문을 열고 나와 환영하며 동의를 표하였다. 각국 영사관을 일순하며 독립선포의 주지(主旨)를 설명한 뒤 시위행진은 다시 종로에 모이어 연설회를 열었던 것이다.

3·1운동 당시에는 이 민족적 대거사를 바르게 보도할 신문이 없었다. 왜정(倭政)의 기관지 매일신보(每日申報)가 있을 따름이었다 (동아일보도 조선일보도 3·1운동의 피의 항거의 보람으로 창간된 민간지였다). 이때 3·1운동과 함께 발간된 신문이 있었으니 '독립신문'이 그것이다.

이 독립신문은 윤익선(尹益善, 당시 보전교장)이 사장이 되어 서재필(徐載弼)의 독립신문 이름을 이어서 3월 1일에 발행한 것이다. 천도쿄 경영 인쇄소 보성사(普成社)에서 독립선언서에 뒤이어 박아 낸 것이다. 이 독립신문은 3월 1일치 첫 호를 내고 윤익선이 일본 경찰에 붙들리어 가게 되어 발행이 정지된 것을 오일철(吳一澈, 재학생)·방정환(方定煥, 재학생)·이태운(李泰運, 재학생) 등이 등사판으로 3주일을 계속하다가 피검되었고 석방되어 다시 계속 발행하였는바, 국외소식은 무선장치를 가진 선교사에게서 알아 오고, 국내소식은 학생들이 릴레이식으로 전해다가 실었던 것이다.

이상으로써 3·1운동과 보전 관계인사 활동의 개요를 약술하였다.

민족대표 33인 중 손병희(교주)는 명실공히 3·1운동의 총수로 노령(露領)에 모인 국민의회(國民議會)가 조각한 임시정부 명단에 대통령으로 추대될 정도였다. 33인의 1인인 최린은 3·1운동의 본질적 참모장으로 천도교 내의 권동진, 오세창과 기독교의 이승훈, 불교의 한용운, 교육계의 소장(少壯) 송진우, 현상윤으로 더불어 기획의 중핵에 우이(牛耳)를 잡았던 것이다.

기미 48인에 열(列)한 보전관계인사는 현상윤(총장)·송진우(추대교우) 외에 독립선언서 및 일본 정부에 제출한 문안의 일역 또는 일문기초를 받았던 임규와 학생대표 강기덕이 있었다.

이 밖에 3·1운동의 외곽에서 이를 돕고 참획한 김성수(교주·교장)와 독립신문 사장 윤익선(교장)과 독립신문을 등사판으로 속간한 오일철·방정환·이태운 등 재학생과 대관원 학생간담회에서 학생궐기를 처음 제의발언하고 그 독립선언서를 기초했던 주익(졸업생)은 모두 3·1운동 비사에서 빼놓을 수 없는 존재이다.

주익(11회 법과)은 금년 4월 23일에 소집된 국민대회 — 이 대회에서 이동휘(李東輝)를 집정관(執政官) 총재로 한 경성정부(京城政府)가 조각되었다 — 의 13도 대표의 1인이요 뒤에 신간회(新幹會)운동에도 활약하였다. 재학생 대표 강기덕(12회 법과)은 뒤에 신간회 해소 당시 해소위원장이었다. 오일철(12회 법과)은 오세창의 2남, 모교 서무과

장으로 장년 봉직하다가 6·25 때 납치되었다. 방정환·이태운은 오일철·강기덕의 동기동창으로 졸업하지 않았다. 방정환은 손병희의 사위이다. 한국소년운동의 선구자로 개벽사(開闢社)를 통한 잡지발달사에도 공헌한 분이다.

  ※ 3.1운동과 교우관계는 우선 현저한 분만 들었고, 3.1운동 문헌과 교우명부의 세밀한 대조는 아직 못해 보았으므로 누락인사는 후일 보충할 수밖에 없다.

2. 임시정부(臨時政府)와 보전(普專)

3·1 독립선언을 발포했으니 정부를 조직해야 한다는 것은 당연한 귀결로서 중론(衆論)이 일치하는 바 있다. 그러나, 운동 즉후의 내외의 연락관계가 충분하지 않아 임시정부는 노령(露領)과 서울과 상해에서 잇달아서 따로 조직되었고, 그 정통문제와 임시정부의 주소지에 대해서 한때 이론이 있었으나 다행히 세 곳 정부각원(政府閣員) 명단이 대동소이하였고, 국외재주인물 중심으로 짜져서 임시정부를 국외에 둔다는 원칙과 경성정부의 조각을 정통으로 한다는 것으로 이론이 종합되었던 것이다.

3월 17일 만주와 노령에 있던 지사들이 회동하여 '대한민국의회'(大韓民國議會)를 조직하고 21일에는 대통령(大統領) 손병희(孫秉熙, 교주), 부통령(副統領) 박영효(朴泳孝), 국무총리(國務總理) 이승만(李承晩), 내무총장(內務總長) 안창호(安昌浩), 강화대사(講和大使) 김규식(金奎植) 등을 각원으로 한 정부수립을 선언했다.

이 무렵 서울에서는 3·1운동중 연락사무소로 만들었던 독립단체본부가 이동휘(李東輝)를 집정관총재(執政官總裁)로 한 임시정부를 조직하였다.

그 각원명부와 임시정부 헌법원문을 휴대한 강대현(姜大鉉)이 4월 8일에 상해에 도착함으로써 분의(紛議)가 일어났던 것이다. 경성정부 조직일자는 미상이나, 강대현이 오기 전 사전연락차 이봉수(李鳳洙)가 3월 하순에 상해에 왔던 것을 보면 경성정부는 3월 하순에 조직된 것 같다. 경성정부의 제1차 각원은 알려지지 않았으나 상해의 동향을 참작하여 개각한 제2차 각원 명단과 경성정부를 정통으로 계승한 상해정부의 제1차 내각 명단과 대동소이했을 듯하다. 경성정부의 제2차 내각 명단은 다음과 같다.

- 집정관(執政官) 총재 : 이승만,　 · 국무총리 총장 : 이동휘
- 내무부 총장 : 이동녕(李東寧)　 · 외무부 총장 : 박용만(朴容萬)
- 군무부 총장 : 노백린(盧伯麟)　 · 재무부 총장 : 이시영(李始榮)
- 법무부 총장 : 신규식(申圭植)　 · 학무부 총장 : 김규식(金奎植)
- 교통부 총장 : 문창범(文昌範)　 · 노동부 총장 : 안창호(安昌浩)
- 참모부 총장 : 유동설(柳東說)
- 참모부 차장 : 이세영(李世永) · 한남수(韓南洙)
- 평정관(評政官) :
  조필구(趙弼九) · 박은식(朴殷植) · 현상건(玄尙健) · 손진형(孫晉衡)
  신채호(申采浩) · 정량필(鄭良弼) · 현　미(玄　楣) · 손정도(孫貞道)
  정현식(鄭鉉軾) · 김진용(金晋鏞) · 조성환(曺成煥) · 이규풍(李奎豐)
  박경종(朴景鍾) · 박찬익(朴贊翊) · 이범윤(李範允) · 이규갑(李奎甲)
  윤　해(尹　解)
- 파리강화회의(巴里講和會議) 대표 :
  이승만 · 민찬호(閔瓚鎬) · 안창호 · 박용만 · 이동휘 · 김규식 · 노백린.

우리가 알 수 있는 것은 1차내각의 수반인 집정관이 이동휘이었던 것이, 2차내각에는 이승만으로 바뀐 것과 교통부 총장이 신석우(申錫雨)에서 문창범으로 바뀐 것과, 내무부 총장 안창호가 노동국 총판(勞働局總辦 — 뒤에 노동부총장으로 고침)으로 바뀌어졌다는 사실이다. 이

는 1차내각 명단이 상해에 보내져서 그 여론을 들은 뒤 수정된 것이 분명하다.

4월 10일에는 상해정부(上海政府)가 조직되었다. 이 각원 명단은 다음과 같다.

- 국무총리 이승만　　• 국무원비서장(國務院祕書長) 조소앙(趙素昻)
- 내무총장 안창호,　　　　차장 신익희(申翼熙)
- 외무총장 김규식,　　　　차장 현미
- 재무총장 최재형(崔在亨),　차장 이춘점(李春塾, 교우)
- 교통총장 신석우,　　　　차장 선우혁(鮮于爀)
- 군무총장 이동휘,　　　　차장 조성환
- 법무총장 이시영,　　　　차장 남형우(南亨佑, 교감)

이 명단의 안창호·신석우·이춘점은 경역(京域) 임시정부의 그 자리에 있었다는 부주(附注)가 민족운동연감(民族運動年鑑) — 상해교민단 문서를 일본영사관이 압수편찬한 것 — 에 실려 있다.

이상 세 곳의 임시정부를 조직한 모체는 다음과 같다.

먼저 노령정부를 수립한 모체인 '국민의회'는 약식이나마 선거로써 만주와 노령의 대의원을 선출한 것이었다. 당시 노령재주한국인 독립운동은 이동휘·문창범 등이 영도하고 있었고, 이 국민의회의 핵심에는 윤해(尹海, 교우)와 김립(金立, 교우)이 참획하고 있었다.

윤해는 노령정부의 파리강화회의 파견대표로 고창일(高昌一)과 함께 파리에 가서 활약했고, 뒤에 상해 임시정부 재건문제를 논의한 국민대표자회의에서　안창호(의장)와　김동삼(金東三, 부의장; 중립파) 등의 개조파(임정개조 계속)가 탈퇴한 뒤를 이어　창조파(임정불인 창조)의 거두로 의장[부의장은 신숙(申肅)]이 되었던 것이다.

김립은 노령지도자인 이동휘가 상해정부 국무총리로 취임하자 국무원비서장 사무국장이 되었고, 뒤에 이동휘가 레닌 정부에서 얻어

온 돈 40만 루블 처리분규로 암살되었다.

레닌 정부에 임시정부 국무총리 이동휘가 심복부하 한형권(韓馨權)을 보내어 2백만 루블 원조를 약속 받고 먼저 60만 루블을 가지고 20만 루블은 노령에 맡겨 두고 40만 루블을 치타에서 김립에게 수교(手交)하였는데, 그 돈의 용처가 분명하지 않다는 것이다. 이 소련원조금 분규는, 임시정부 이름으로 차관(借款)으로 얻어 온 돈이라고도 하고, 이동휘는 이 돈이 임시정부에 온 것이 아니고 국제공산당이 고려공산당(高麗共産黨) — 이동휘 영도의 상해공산당(上海共産黨) — 자금으로 온 것이라 하여 임시정부에는 한푼도 들여놓지 않았기 때문에 시비가 발단된 것이다.

이들은 이증림(李增林, 이동휘 동향인; 동경유학생)을 통하여 일본의 한국인 사회운동과 대삼영(大杉榮)에게 3만 원이 갔고 국내공작금으로 장덕수(張德秀) · 최팔용(崔八鏞) 등에게 약 8만 원과 전기(前記) 국민대표회의 비용으로 20만 원이 사용된 것이 알려졌으므로, 용처 불명(用處不明)이 약 10만원 정도인바, 김립이 40만 원 금액을 이동휘와 공모하여 사용(私用)했다 해서 반대파에 암살되었으나, 그는 이동휘의 비서장으로서 공개 못할 처지에 있었던 것이어서 자세한 내용은 알 수 없다. 어쨌든 이 40만 원이 고려공산당(상해파)의 운동자금으로 사용된 것은 사실이다.

경성정부의 모체는 제1차 내각은 독립단(獨立團) 본부이고, 4월 23일 개각한 명단의 선출 모체는 동일 경성에서 소집된〔일설에는 인천 만국공원(萬國公園)이라고도 함〕국민대회에 출석한 13도 대표들이다. 그 대표명단은 다음과 같다.

이만식(李晩植) · 이용규(李容珪) · 강　훈(康　勳) · 최현구(崔鉉九)
이동수(李東秀) · 유　식(柳　植) · 김명선(金明善) · 기　식(寄　寔)
김　탁(金　鐸) · 박한영(朴漢永) · 이(임) 종욱(李(林) 鍾郁)

유 근(柳 瑾)·주익(朱翼, 교우)·김현준(金顯峻)·박장호(朴章浩)
송지헌(宋之憲)·강지형(姜芝馨)·홍성욱(洪性郁)·정담교(鄭潭教)
이용준(李容俊)·이동욱(李東旭)·장 사(張 梭)·박 탁(朴 鐸)

이 명단은《민족운동연감》에 의거한 것으로, 상당한 오자가 있는
듯하다. 확증이 없으므로 정정하지 못한다. 이 국민대회의 정부조직
사건으로 수형(受刑)한 인사는 김옥결(金玉玦)·장채극(張彩極)·이
철(李鐵)·김은국(金恩國)이 3년형, 안상덕(安商德)·한성오(韓聖五)
2년, 이헌교(李憲教) 1년반, 김규(金圭)·이민태(李敏台)·이용규 10
개월이었다. 홍면희(洪冕熹)(震)·장영목(張永穆)·장진형(張晋衡)·
한남수(韓南洙)·이규갑은 해외로 망명, 이중업(李中業)은 탈피하여
체포되지 않았다.
상해 임시의정원(臨時議政院)의 제1회 회의는 1919년 4월 10일에
열렸다. 창립 당시의 의원은 제서(諸書)가 같지 않으나 임시정부 급
상해교민단(上海僑民團) 문서를 압수하여 상해 일본총영사관이 편찬
한《조선민족운동연감》에 의하면 다음 29명이다.

현미·손정도·신익희(교우)·조성환·이 광(李光)·이광수(李光洙)
최근우(崔謹愚)·백남칠(白南七)·조소앙·김대지(金大地)·남형우
(교우)·이회영(李會榮)·이시영·이동녕·조완구(趙琬九)·신채호
(申采浩)·김 철(金徹)·선우혁·한진교(韓鎭教)·진희창(秦熙昌)
신 철(申鐵)·이한근(李漢根)·신석우·조동진(趙東珍)·조동호(趙東
祜)·여운형(呂運亨)·여운홍(呂運弘)·현창운(玄彰運)·김동삼

이 초대 의정원(議政院)은 간부로 의장 이동녕, 부의장 손정도, 서
기(書記) 이광수·백남칠을 선출하고, 국호 급 관제를 결의한 다음,
전기(前記) 상해정부의 각원을 선거하고 임시헌장(臨時憲章)을 의정
하였던 것이다〔의정원의사록(議政院議事錄)〕.
4월 11일에는 의정원법을 제정하고, 의원의 선거를 국내 8도와 노

령, 중국령, 미국령 등 11지방에 분구한 지방선거회에서 투표선출하였다. 전게한 제1차 의정원은 지방별선거제전에 참석한 인사들이요, 이 초대 지방별 대의원 명단은 기록이 각기 달라서 미상(未詳)하다. ①《한국독립운동사》(339면)에는 53명, ②《조선민족운동연감》(6면)에는 34명, ③《고등경찰요사》(高等警察要史, 87면)에는 창립 당시란 부기 아래 29명으로 되어 있다. ①은 가장 후기 것이요, ②에는 몇 인사가 누구의 후임이란 주가 들어 있는 것을 보면 창립 당시의 것이 아님을 알 수 있고, 또 평안도(平安道)가 빠진 10지방만이 있다. ③에는 함경도(咸鏡道) 인사가 강원도(江原道)로 되고 강원도·전라도(全羅道)가 빠진 대신에 평북과 평남을 별립(別立)시켰으며, 미·노령을 한데 묶어 9지방으로 나누었다.

이제 ②와 ③을 합쳐 11지방별로 명단을 배열하면 다음과 같다.

- 경기도(京畿道)
  조완구·오의선(吳義善)·이기룡(李起龍)·신석우·최창식(崔昌植) 신익희·정대호(鄭大鎬)·최근우(정의 후임)
- 충청도(忠淸道)
  홍면희(진)·신정(申檉)(규식)·이명교(李命敎)·유치근(兪致根) 이규갑·조동호·오익표(吳翼杓, 사직(辭職))
- 황해도(黃海道)
  김보연(金甫淵)·이치준(李致晙)·손두환(孫斗煥)·김석황(金錫璜, 孫의 후임)
- 경상도(慶尙道)
  김창숙(金昌淑)·유경환(柳璟煥)·김정묵(金正默)·백남규(白南奎)·윤현진(尹顯振, 사직)·김갑(金甲)·김동형(金東瀅)
- 전라도(全羅道)
  김철·나용균(羅容均)·한남수(韓南洙)·장병준(張炳俊)
- 강원도(江原道)

　　이필규(李駜珪)·송세호(宋世浩)·김성근
　· 평안도(平安道)
　　손정도·김현식(金鉉軾)·이희경(李喜儆)·김병조(金秉祚)·이원익
　　(李元益)·이광수·고일청(高一淸, 이광수의 후임)
　· 함경도(咸鏡道)
　　이춘점·임봉채(林鳳采, 사직)·강태동(姜泰東, 사직)·홍도(洪濤)
　　장도정(張道政)·한위건(韓偉健)
　· 노령(露領) : 조성환　　· 중령(中領) : 황공호(黃公浩)
　· 미령(美領) : 정인과(鄭仁果)·황진남(黃鎭南)

　　4월 11일에는 4월 8일 선포한 관제를 개정하여 집정관을 폐하고
교통총장 신석우를 문창범으로 바꾸었다.
　　4월 13일에는 임시정부의 차장제를 폐지하고 위원제(委員制)를 두
어 다음과 같이 각위원을 선출하였다.

　· 국무위원
　　조완구·조용은(趙鏞殷)·조동호·이춘점(교우)
　· 내무위원
　　신익희(교우)·윤현진·서병호(徐丙浩)·한위건·조동진·김구(金
　　九)·최근우·김대지·임승업(林承業)
　· 외무위원
　　현미·여운형·백남칠·이광수·장건상(張健相)
　· 법무위원
　　김응섭(金應燮)·한기악(韓基岳, 교우)
　· 재무위원
　　김철·최완(崔浣)·김홍권(金弘權)·서성권(徐成權)·송세호·구영
　　필(具榮佖)·한남수
　· 군무위원
　　조성환·김영선(金榮璿)·신철·박숭병(朴崇秉)·김충일(金忠一),

- 교통위원

선우혁·양선명(梁瑄明)·신국권(申國權)·이범교·고한(高漢)·윤원삼(尹愿三)·이규정(李奎禎)·김갑·손진형·이봉수(李鳳洙)·임현(林鉉).

4월 23일 제 2 회 임시의정원회의 출석의원 70석 중 고대교우(高大校友)는 신익희·남형우·한기악·이춘점 4인이었다〔신익희(내무), 남형우(법무), 이춘점(재무)은 4월 13일 각 차장직을 사임했다. 차장제가 폐지되었기 때문이다〕.

5월 10일의 제 4 회 의회에서는 법무총장 이시영이 사임하고 남형우가 그 후임이 되었고, 이춘점은 의정원 세칙 제정위원 3명 중 1인이 되었다.

7월 7일 제 5 회 의정원회의에서는 법무총장 남형우가 사임하였고, 8일에는 상임위원회(常任委員會) 구성에 있어 신익희는 외무위원장(내무위원 겸임), 이춘점은 징계위원장(懲戒委員長)이 되었다. 11일에는 이춘점이 국제연맹(國際聯盟) 제출안작성 특별위원 5명 중 1인으로 피선되었고, 14일에는 신익희가 신정의 후임으로 의정원 부의장에 당선되었다.

동년 8월에는 차장제를 부활하여 신익희가 법무차장을 거쳐 법무총장이 되고 이춘점은 군무차장이 되었다. 11월 14일에는 김립(교우)이 최창식의 후임으로 국무원 비서장이 되고 국무원 서무국장(庶務局長)을 겸임하였다.

이와 같이 상해 임시의정원을 바탕으로 하여 대한민국 임시정부는 상해정부가 정통이 되었으나, 이 상해정부 수립 직후인 4월 15일에는 노령 대표 원세훈(元世勳)이 노령에 있는 국민의회와 상해정부의 의정원을 병합하여 정부의 위치를 노령에 정할 것을 제의해 와서 분의가 일어났던 것이다.

노령정부의 주장은 지리적으로나 교포의 수로나 노령과 만주가 독립운동의 중심무대이니 정부를 노령에 두어야 한다는 것이었다.

앞서 말한 바와 같이 임시정부 초기의 노령, 서울, 상해의 삼파 분열은 대외활동에 큰 지장이 있었기 때문에 국내, 미주, 중령, 노령의 교포를 대표하여 상해에 모인 인사들은 서로들 지역의 의견을 절충하는 데 힘을 썼다. 그 결과 법통은 서울 정부를 계승하고 위치는 당분간 상해에 둔다고 다음과 같이 결의함으로써 내외에 일치된 의사로 대한민국 임시정부를 세웠던 것이다.

첫째, 상해와 노령에서 설립한 정부를 해소하고 오직 국내에서 13도 대표가 세운 서울 정부를 계승한다(국내의 13도 대표가 민족 전체의 대표임을 인정한 것이다).

둘째, 정부의 위치는 당분간 상해에 둔다.

셋째, 상해에서 설립한 정부가 실시한 행정도 유효임을 인정한다.

이러한 결의는 전술한바, 의정원과 국무원 선거에 합법적 절차와 취지가 반영되었음을 보았다. 임시정부의 위치가 상해로 결정된 것은 국내에는 편토(片土)도 발붙일 것이 없고 만주나 노령 시베리아는 한교(韓僑)의 최다(最多)한 지역이지만 왜군 주둔의 충(衝)에 당하기 때문에 안전한 지대가 아니요, 미주는 안전하긴 해도 본국과 너무 원격(遠隔)하여 적당하지 않으니, 우리 독립운동의 책원지(策源地) 요 동양 교통의 요지일 뿐 아니라 외국조계(外國租界)가 많은 국제도시로서 비교적 안전한 점에서 상해는 다른 곳에 비하여 뛰어나기 때문이었다.

그러나, 노령파와 상해파의 대립은 그 사상적 배경인 공산주의와 민족주의의 대립을 겹쳐서 후일 분규의 소지로 지계(持繼)되었다. 임정 중기의 개조파(계속파)와 창조파(건설파)의 대립은 결과적으로 이 양대 흐름의 상쟁이라 할 수 있다.

정토고향론 (淨土故鄕論)

정토는 불교도들의 이상의 세계이다. 그러나, 이 광명무량(光明無量), 수명무량(壽命無量)의 상적광토(常寂光土)가 이상의 세계인가, 존래(存來)의 세계인가에 대해서는 정토문(淨土門)과 성도문(聖道門)을 막론하고 이상과 존래의 세계는 혼연합일(混然合一)하여 우리의 가슴에 깃들이지 않아서는 안 될 것이다. 이상으로서 당연히 있어야 할 세계는 우리의 감각에 비추지 않을지라도 어디에든지 반드시 존재하지 않을 수가 없다. 서방십만억일토(西方十萬億日土)를 지난 곳에 우리의 희망이 있고, 우리가 사는 예토(穢土)에도 극락은 있으리라. 우리가 정토의 존재를 부정할 수 없음은 물론의 사실이니, 나아가 이 제목의 본의인 정토가 어째서 고향인가를 밝혀보기로 하자.

떠나온 곳이 고향인데 돌아갈 곳이 어째서 고향인가. 돌아가는 것은 곧 돌아오는 것이 아니라 돌아가는 귀자(歸字)를 돌아오는 데도 쓰는 것이요, 부처 앞에 귀의하는 것은 부처가 곧 자기 마음이니, 청정한 본연의 자태로 자심(自心)에 돌아옴이다. 스스로 마음을 바로잡음이 부처가 되고 그 마음이 곧 극락이 되는 것이다. 그러면, 우리의 돌아갈 곳은 떠나온 곳이 아니면 안 된다. 그러면, 여기서 우리는 각기 불성(佛性) 지님을 인정하는 이상 구경(究竟)의 목적인 이 정토가 인인개개(人人個個)의 본자구족(本自具足)한 마음이니, 같은 마음이

어찌 같은 고향이 되지 않을 수 있으랴. 정토는 우리의 마음의 고향
이요 항상 가고 싶은 나라가 아닌가. 같은 전생의 인(因)으로 우리가
인신(人身)을 받아 또한 같이 극락을 염원하는 것이니, 전생에서 벌
써 우리는 같은 고향 사람이었고, 이제 다시 극락에 가면 모든 동향
인이 마음 속에 그리는 고향에 돌아간 것이다. 돌아가는 우리의 고향
은 벌써 우리가 날 때부터 가야만 할, 가고 싶어하던 고향이요, 그것
은 곧 우리의 바른 고향으로 돌아오는 것이니, 고향을 찾고 고향을
그리워하는 정 속에도 동향인의 따뜻한 마음을 느낄 수 있는 것이다.

우리가 한결같이 고운 마음을 먹는데 어디가 고향이 아니 되리요,
더구나 칠보장엄(七寶莊嚴)한 상적광(常寂光)의 나라를 염원하는 데
있어서야 또 무엇으로써 고향인이 아님을 증명할 수 있을 것인가. 원
력보수(願力報酬)의 세계에 우리의 광명이 있고 광명이 있는 곳에 우
리의 고향은 있는 것이다. 제 2 의 고향이라 할 수 있는 동시에 우리
는 벌써 본래의 고향 정토를 가진 것이다. 고향은 무엇이뇨, 그것은
따뜻한 어머니의 자애의 품과 같은 곳이어야 하고, 다시 고향은 무엇
이뇨, 우리가 돌아가야 할 곳이니, 떠나온 곳과 돌아갈 곳이 다 고향
이 되는 것이요, 그리워하는 곳과 사랑하는 곳이 다 고향이 아니 될
수 있으랴.

고향에도 가장 큰 고향, 벌써 우리는 차별경계를 떠난 곳에 깃들인
나라 자성미타초정토(自性彌陀嶕淨土)보다도 선도의 서방적정무위락
(西方寂靜無爲樂) 필경소요이유무(畢竟逍遙離有無)가 못내 고마운 말
씀이니, 있다고 믿는 곳에 행복이 오고, 없다 해도 행복할 그것은 자
연한 감정의 발로인 것이다. 만상이 적멸하는 곳에 정토는 장엄되는
것이니, 우리의 열반할 곳은 우리의 고향이어야 한다. 고향을 그리워
하지 않을 이 어디 있으리요, 다 고향을 그리워할 것이요, 고향이 없
을 이 뉘 있으리요, 다 있을 것이니, 자타를 떠나서 혼연(渾然)한 경
지 일념으로 집지명호(執持名號)하여 한 고향과 한 마음이 되고 마침

내 정토로 돌아가면 동향인을 만난 것이 될 것이다. 그러나, 마침내 우리의 가야 할 고향, 갈 수 있는 고향을 못 가고 말 동향인은 얼마나 되랴. 그러나, 못 갈망정 같은 고향을 가진 데에서 상하귀천이 어디 있으리요, 모두 다 한 고향 사람인 것만은 틀림이 없다.

동학(東學)의 사상사적 의의
— 동학혁명 67주년에 즈음하여

우리 사상사에 있어 한국적 사상의 전형을 세운 사람은 수운(水雲) 최제우(崔濟愚, 1824~1864)다. 멀리는 중국·인도사상을 섭취집성(攝取集成)하여 우리 고유사상에 환원시키고, 가까이는 천주교 수입에 자극되어 민족주체사상을 발양하고 난정(亂政) 때문에 도탄(塗炭)에 빠진 시대를 자각하여 구국제민(救國濟民)의 사회적 의의를 강조한 그의 사상은 시천사상(侍天思想)·동학사상·인내천사상(人乃天思想)으로 요약(要略)된다. 이 가장 한국적이요 근대적인, 다시 말하면 민족적이요 민중적인 사상을 제창한 최제우는 한국 종교사의 거인 원효(元曉)와 마찬가지로 신라(新羅)의 서울 경주(慶州)에서 출생하였다. 1860년 그는 고금무비(古今無比)의 대도를 깨쳤다 하고 《동경대전》(東經大全)이란 책을 지었으니, 그의 학파요 그를 신봉하는 교도들에 전하여 수립된 천도교의 경전이다. 여기에 나타난 그의 개교(開敎)의 취의(趣意)는 국정은 문란하고 인심은 불안한데 기독교가 수입되어 민생을 상하는 바 많음을 개탄하고 이를 구제하기 위함이었다. 그 교의의 강령은 대개 다음과 같다.

유교는 명절(名節)에 구니(拘泥)하여 현묘(玄妙)의 역(域)을 모르고, 불교는 적멸(寂滅)하여 인륜을 끊고, 도교는 자연에 유적(悠適)

하여 치평(治平)의 술(術)을 모르니, 이 3교의 단소(短所)를 버리고 장점을 취하지 않으면 안된다 하였다. 그는 학자의 아들로 천질(天質)이 총명하였으나 일찍이 고아가 되어 빈곤한 속에 전전하는 동안 절간에서 공부하고 사색에 침잠하여 기도 백여일에 천도(天道)를 크게 깨달았던 것이라 한다. 그 수행기간에 천주교도 박해가 일어나고, 이로 말미암아 그 순교정신은 그의 정진을 자극함이 컸었다. 그들 이 방인의 순교가 오직 천주의 신앙에서 옴을 알았고, 그 천주의 도는 비단 서구인에게만 주어진 것이 아닐 것이요 한국인도 그 명만 받으면 위력을 발휘할 수 있을 것이라 믿고, 조국 문화를 서인(西人)이 침입하여 독점하는 것을 근심하여 만인에게 희생의 정신을 발양하고자 염원한 결과 37세에 그는 정신중(精神中)에 영묘한 세계를 열고 천주의 마음을 회득(會得)하였다는 것이다. 그는 한국에 나서 한국에서 천명을 받았다. 그러므로, 그의 천도는 학적으로는 동학이 아닐 수 없으며, 한국에서 천명을 받은 것은 한국에서 그 도를 펴기 위함이라 하였다. 여기에 그 사상이 천주교의 영향을 받으면서 당시 포교된 천주교에 대립되었음을 알 수 있다. 그가 개오(開悟)한 사상은 천주에 대해서 무리하게 구원을 구하지 않는 신앙태도였다. 자연감화로써 천주와 동화하는 신인관계와 그 감화·동화는 차례 있는 수행에 의하는 것이다. 그는 말하기를 그가 찾은 천도는 유·불·선에서 유래한 것이 아니요, 유·불·선이야말로 천도의 일부분이라 하였다.

그의 포교는 이웃 사람으로부터 시작되어 퍼져 갔으며, 주문을 읽히고 민간신앙을 이끌어 병을 고치고 많은 이적을 남겼으며, 신도가 많으매 당국의 주의를 받게 되고, 따라서 그의 비밀포교는 그 주문 속에 천주가 나오므로 서학 천주교도와 혼동하게 되었다. 그리하여, 그는 관청에 잡히어 1864년 3월 10일 대구에서 단두형(斷頭刑)을 받고 말았다. 천명을 받아 동방의 구세주를 자임한 그가 서학의 '크리스트'처럼 안여(晏如)히 취형(就刑)했을 것은 물론, 사형은 오히려 그

의 자랑이 되었으리라고 말하는 일이 있다. 그의 사후 그의 유교(遺
敎)는 충분히 종교화되어 현재는 12, 3이나 되는 종파를 이루었으나
그 정통은 천도교다.

인내천은 두 가지 면으로 해설한다. 첫째, 하늘 마음이 사람 마음
이란 데서 인간지상주의(人間至上主義)를 고조함이다. 인간은 우주에
있어 최고의 지위를 점하고 가장 구체적 성격과 소질을 가진 것이므
로 인간 이상의 위(位), 신의 우상(偶像)을 설할 수 없다. 인간성은
우주의 본성의 구체적 표현이라는 것과, 둘째, 내 마음은 네 마음이
란 말에서 인간평등주의를 주장함이다. 인간과 사회 제도와의 사이
에는 인간 이외의 신적 우상·특권적 우상을 가설할 수 없으니, 다만
인간성 자연에 기인한 새 제도와 윤리를 건설할 것이라는 것이다. 그
러므로, 인내천주의는 개성의 완전해방과 사회생활의 완전해방이라
할 수 있고, 따라서 그 구극이상은 지상천국 건설의 현세주의 종교인
것이다. 그들은 지상천국의 건설에 삼대개벽(三大開闢)을 전제한다.
첫째, 미신·우상·편견·이기 등 개성의 해악, 정신적 질병의 퇴치
인 정신개벽, 둘째, 민족은 전 인류 사회의 집단적 단위이므로 지상
천국의 건설은 과정상의 민족생활에서부터 개선된다 하여 민족개벽
(해방), 셋째, 개성과 민족의 해방은 인류평화·상호부조의 사회개벽
에 이른다. 사회개벽은 곧 최제우가 말하는 지상천국의 완성이다. 이
와 같은 교지를 가진 천도교는 3세 교주 손병희(孫秉熙, 1861~1921)
에 의하면, 그 교조 최제우의 학설 "내 마음은 네 마음이요 하늘 마
음은 곧 사람 마음"이란 말을 인내천주의라고 하였다. 천도교는 그
인내천주의 실현을 위하여 사회민중운동의 선구가 되었다. 그 교도
의 대다교(大多敎)가 피지배계급이었기 때문에 그들은 한말의 문란
(紊亂)한 정부를 뒤집으려 혁명군을 일으켜 관군을 도처에서 무찌르
고 민중의 호응이 굉장하였다. 이것이 동학란이었으며, 이 운동은 결
국 실패했으나, 문화사상 실로 중대한 의의를 지닌다. 또, 그 교리의

출발이 한국에서 받은 천명이므로 한국 민족의식이 강렬하기 때문에 우리 역사상 잊지 못할 3·1혁명의 주도적 지위도 이 천도교였고 그 중심인물이 교주 손병희였음은 다만 우연한 일이 아닐 것이다. 최제우는 한국 사상사상(思想史上) 최대의 인물이라 할 것이니, 그 사상은 이 민족 정신문화 수천년래 주체를 발양한 것이기 때문이다. 이 민족을 위한 바른 사상의 싹을 지니고 있기 때문이며, 그 당시 현실에 직접 연결된 살아 있는 사상이기 때문이다.

그러므로, 동학의 연구는 현대 한국 사상 연구에 중요한 과제가 된다. 천도교는 비종교라고도 하고 사상단체라고 말하는 이도 있다. 그러나, 이에 대한 그들의 대답은 이러하다. 종교는 인간생활의 전체요 감정생활의 비현실적 자태의 일부면(一部面)만이 아니므로, 모든 문화를 혁신하는 운동이 그 시대의 종교운동이라고…….

따라서, '예수'·'불타'(佛陀)·'마호메트' 등 고대의 신종교의 창도자는 그 당시의 문화혁명가요, 종교를 창조하기 위한 창조가 아니라 당시의 제반생활을 혁신하고 구원하기 위해서 일으킨 운동이 곧 종교가 되었다고…….

한국 불교의 종파(宗派) 변천
── 주로 그 법맥(法脈)과 종파 분합(分合)에 대하여

　　한국 불교의 종파 변천에 대하여 알고 싶어하는 이가 많으므로 여기 그 개요를 약술하고자 한다.

　　한국에 불교가 처음 들어온 것은 고구려(高句麗) 소수림왕(小獸林王) 2년(서기 372) 6월에 전진왕(前秦王) 부견(符堅)이 승(僧) 순도(順道)와 불상경권(佛像經卷)을 고구려에 보내 옴으로써 비롯되었다. 그러나, 이것은 국가간의 외교를 매개로 홍통(弘通)하기 시작한 첫 기록이요, 소수의 신도는 그 전에 이미 있었으리라는 것이 불교사학자들의 통설이다. 백제(百濟)는 고구려보다 12년 늦어 침류왕(枕流王) 원년(서기 384년)에 호승(胡僧) 마라난타(摩羅難陀)의 내조(內朝)로부터 비롯되고, 신라(新羅)는 그보다 33년 늦게 눌지왕(訥祗王) 원년(서기 417년)에 사문(沙門) 묵호자(墨胡子)가 고구려에서 신라에 옴으로부터 시작되었다.

　　그러므로, 한국 불교는 소수림왕대를 그 효시로 치면 약 1,590년이 된다. 그러나, 한국 불교의 첫 개화는 신라 불교였다. 그 이전의 고구려·백제의 불교는 단편적인 것밖에 증험(證驗)할 길이 없으므로, 우리 불교사의 고구(考究)는 자연 신라시대에서부터 살필 수밖에 없게 되었다.

신라 불교가 국법으로 홍통된 것은 법흥왕(法興王) 15년(서기 528) 의 일이다. 그 뒤로 수많은 고승 석덕(碩德)이 배출하여 신라의 역사 를 찬란한 불교의 역사로 만들었다.

우리 문화의 고전은 신라에서 이루어졌고, 신라의 문화는 불교를 떠나서 말할 수 없게 되었다. 진흥왕대(眞興王代)에 양(梁)나라에 가 서 구법(求法)한 각덕(覺德)과 명관(明觀), 그 뒤를 이어 북학(北學) 한 시속오계(時俗五戒)로 유명한 원광법사(圓光法師), 입당구법(入唐 求法)차 떠났다가 도중에서 돌아와 해동종(海東宗)을 세운 원효(元 曉)의 원융불교(圓融佛敎), 당에 유학하고 돌아온 자장(慈藏)의 계율 종(戒律宗), 당의 화엄(華嚴) 이조(二祖) 지엄(智儼)에게 배우고 돌아 오며 지엄의 고족현수(高足賢首)로 하여금 〈수현기〉(搜玄記)를 보내 고 서(書)를 기(寄)하여 질정(叱正)을 구하게 한(《삼국유사》소재)의 상(義湘)과 빈빈(彬彬)한 호문십성(湖門十聖), 이들이 모두 다 신라 불교를 빼어나게 한 이들이다.

신라 불교는 무열왕대(武烈王朝)부터 헌덕왕대(憲德王代)까지 약 150년간에 먼저 교종(敎宗)이 열립(列立)하여 일대성관(一大盛觀)을 이루었으니, 무열왕시에 보덕화상(普德和尙)이 개종(開宗)한 열반종 (涅槃宗), 선덕왕시(善德王時) 자장율사(慈藏律師)의 계율종, 문무왕 시(文武王時)의 원효와 신문왕시(神文王時) 의상의 화엄종(華嚴宗), 경덕왕시(景德王時) 진표율사(眞表律師)의 법상종(法相宗)에 법성종 (法性宗)을 가하여 오교(五敎)가 열리고 이 밖에 명랑(明朗)의 신인 종(神印宗), 혜통(惠通)의 총지종(摠持宗) 두 밀교(密敎)와 소승(小 乘), 정토, 섭론(攝論), 지론(地論)의 제종(諸宗)이 일어났으나, 전 기(前記)한 오종(五宗)을 제한 후기(後記)의 육종(六宗)은 점차 쇠퇴 했으므로 오종이라 하면 곧 신라 불교의 교종오종(敎宗五宗)인 열반 종·율종(律宗)·화엄종·법상종·법성종을 가리키는 말이 된다. 이 오종을 오교라 하여 선종구산(禪宗九山)과 병칭하여 신라 불교를 오교구산(五教九山) 시대라 한다.

이와 같이 교종이 번성한 데 비하여 교외별전(教外別傳)의 선지(禪旨)는 훨씬 늦게 퍼졌다. 선덕왕 때 승 법랑(法朗)이 당태종시(唐太宗時)에 서학(西學)하여 중국선(中國禪)의 사조(四祖) 도신(道信)의 필요를 얻었다 하나 귀국연대가 미상하므로 그 뒤 선덕왕 5년에 입당하여 강서(江西) 개원사(開元寺)에 이르러 마조(馬祖)의 고제(高弟) 서당지장(西堂智藏)에게서 전법(傳法)을 받아 온 도의국사(道義國師) 〔초호(初號) 명적(明寂)〕를 해동선(海東禪)의 비롯으로 삼는다.

서당이 도의를 보고 "誠可以傳法非斯人而誰"아 하고 명적을 도의로 개호(改號)해 주었다 하며 백장회해(百丈懷海)에게 나아가 보이니 "江西禪脈 摠歸東國之僧"이라 하였다.

헌덕왕 13년(서기 821)에 귀국하였으나 교종의 전성(全盛)으로 선을 신봉하는 이 없어 불우히 은거하다가 법인(法印)을 염거(廉居)에게 전하고 입적(入寂)하였다. 도의와 동시대인으로 역시 서당의 법을 받아 온 이에 홍척국사(洪陟國師)가 있다. 귀국은 도의가 먼저 했으나 개산홍종(開山弘宗)은 홍척이 도의보다 앞섰으니 그는 실상산(實相山)의 개조(開祖)다, 실상산은 신라 선종구산문 중 최초에 열린 자다. 도의의 법을 받은 염거는 체징(體澄)에게 전하고 체징이 가지산(迦智山)을 개산(開山)하였으므로, 도의는 가지산의 개산조로 일컬어진다.

홍척 이후 고승이 배출하여 흥덕왕조(興德王朝)부터 나말(羅末)에 이르기까지 약 130여 년 간에 선의 구산(九山)이 성립되었으니, 이제 구산을 성립 차례로 열기하면 다음과 같다. 실상산·동리산(桐裡山)·도굴산(闍崛山)·성주산(聖住山)·가지산·희양산(曦陽山)·사자산(獅子山)·봉림산(鳳林山)·수미산(須彌山)이 그것이다.

이 구산은 모두 선종임에는 틀림없으므로 구산을 통칭하여 선적종(禪寂宗)이라 하며, 이 선종은 인도의 석가모니불(釋迦牟尼佛)로부터

28대조사에 해당되는 달마조사(達磨祖師)가 양무제시(梁武帝時)에 중국에 와서 연 것이기 때문에, 이 조사선(祖師禪)의 초조(初祖) 달마의 이름을 따서 달마종구산(達磨宗九山)이라고도 불렀다. 또, 신라선의 구산은 모두가 달마로부터 6대 조사인 조계산(曹溪山) 혜능(慧能)의 법손(法孫)에 해당하므로 조계종(曹溪宗)이라고도 한다. 그 뒤 고려시대에 이르러 대각국사(大覺國師)가 천태종(天台宗)을 수입함으로부터 이 구산문을 특히 조계종이라 부르게 되었으니, 이때부터 천태종을 가하여 단일 조계종이던 선종은 이종(二宗)에 나뉘어지게 되었다.

신라선 구산의 법맥과 그 뒤의 중요한 법계(法系)의 전래를 살펴보면, 해동선의 종풍생성(宗風生成)의 바탕을 찾을 수 있을 것이다.

조사선의 초조(初祖) 달마에서 혜가(慧可)・승찬(僧璨)을 거쳐 사조(四祖) 도신(道信)에게서 법랑(法朗)이 법을 받았다 하나 자세한 것은 모를 뿐 아니라, 이때는 중국에 있어서도 선의 분파가 아직 일어나지 않았을 초창기였다. 도신 다음 오조(五祖) 홍인(弘忍) 아래 혜능의 남종(南宗-조계종)과 신수(神秀)의 북종(北宗)이 갈라졌는데, 전게한 신라선의 팔산(八山)은 육조 혜능하(慧能下) 남악(南岳)을 거쳐 마조(馬祖)에 이른 강서선법맥(江西禪法脈)을 받아 왔으니, 도의(道義-가지산)・홍척(洪陟-실상산)・혜철(惠哲-동리산)의 스승 서당(西堂)과 범일(梵日-도굴산)의 스승 염곡(鹽谷), 무염(無染-성주산)의 스승 마곡(麻谷), 철감(哲鑑-사자산)의 스승 남천(南泉), 현욱(玄昱-봉림산)의 스승 백암(百岩)과, 혜소(慧炤-희양산)의 스승 창주(滄洲)는 다 마조의 고제(高弟)들이다.

또, 신라 구산의 일(一)인 수미산을 개산한 이엄(利儼)은 육조 혜능하의 고제로서, 동문의 마조와는 별파를 이룬 청원(靑源)으로부터 석두(石頭)・약산(藥山)・운암(雲岩)・동산(洞山)・조산(曹山)의 순으로 상승되어 성립된 조계종계로서 동산의 고제인 운거(雲居)의 법을 받아 왔다. 이로써 보면 신라선은 법랑의 달마선(達磨禪), 혜능의 조계선(曹溪禪), 마조의 강서선(江西禪), 운거의 조동선(曹洞禪)이 들어왔을 뿐 도신 하의 법융(法融)·지엄(智儼)의 우두종(牛頭宗)도, 홍인 하 신수(神秀)의 북종(北宗)도 들어오지 않았고, 혜능하의 사회(社會)의 하택종(荷澤宗)도 들어오지 않았다. 오직 달마종 – 황매종(黃梅宗) – 조계종 – 남악종 – 강서종의 법계를 이은 강서선 8산과 조계종 – 청원종(靑原宗) – 석두종의 법계를 이은 조동선 1산만이 들어왔으니, 조사선(祖師禪)의 정전(正傳) 조계종 곧 남종의 적전(嫡傳)만이 8대 1의 비율로 들어온 것이다.

그 뒤 이 성관(盛觀)을 보이던 구산도 점차 쇠퇴해 가다가 고려 숙종대(肅宗代)에 대각국사가 천태종을 수입하면서부터 선은 다시 활기를 띠게 되었으니, 천태종은 본래 교종이지만 천태종 승려는 중국에서도 선사호(禪師號)를 가지므로 우리 나라에서도 천태종은 선종 노릇을 한 것이다. 이때에 이르러 조계 구산을 조계종이라 하고 천태종을 넣어 선도 2종이 되었다. 이때를 오교양종(五敎兩宗) 시대라 부른다.

그 뒤 보조국사(普照國師)가 선교융섭(禪敎融攝) 정혜쌍수(定慧双修)의 종지(宗旨)를 창도하여 선종을 중흥하였으니 해동선의 포괄적 종풍(宗風)이 이에 이르러 세워졌다. 그의 종풍은 혜능하 '남악 – 마조'계와 '청원 – 석두'계를 아울러 이은 '천왕(天王) – 용담(龍潭) – 덕산(德山) – 설봉(雪峰)'의 일파인 '현묘(玄沙) – 지장(地藏) – 법안(法眼) – 천태(天台) – 영명(永明)'계의 법안종(法眼宗)의 종풍과 통하는 바 있다. 충혜왕(忠惠王) 대에 이르러 가지산의 적사(嫡嗣) 태고(太古) 보우국사(普愚國師)가 중국의 석옥청공화상(石屋淸珙和尙)으로부터 임제종(臨濟宗)의 정전(正傳)을 받아 와서 구산문을 통합하여 일종을 만들었으니 그때까지는 다만 천태종과 구별하기 위하여 조계종이라 불렀을 뿐 구산이 따로 나누어져 있었던 것을 태고국사가 상주(上奏)하여 마침내 구산합일이 성립된 것이다. 다음이 그 상소(上疏)의 일절이다.

今九山禪流 各負其門 以爲彼劣我優 鬪鬪滋甚 近日益以道門 持矛盾
作藩籬 由是像和敗正 噫 禪是一門而人自鬪多門 烏在其本師平等無我
之道 列祖格外淸歇之風 先王護法安邦之意也 此時之弊也.

　태고의 스승 석옥청공(石屋淸珙)은 마조의 적전(嫡傳)이 백장하의
황벽－임제－홍화(興化)－남원(南院)－풍혈(風穴)－수산(首山)－분양
(汾陽)－자명(慈明)－양기(楊岐)－백운(白雲)－오조(五祖)－원오(圓
悟)－호구(虎丘)－응암(應庵)－밀암(密庵)－파암(破庵)－무준(無準)－
설암(雪庵)－급암(及庵)을 거쳐 내려온 적전이다. 이로써 해동선의
종풍이 임제종의 정전을 받음으로써 그 이전의 종풍의 추세를 짐작할
수 있게 한다. 또, 나옹화상(懶翁和尙)은 급암의 고제 평산처림화상
(平山處林和尙)에게서 법을 받아 왔다.
　천태종이 개종 당시 구산에서 그 승려를 선발하였고, 태고국사가
구산을 통합함으로부터 오늘의 조계 단일종의 기초가 잡혔다 할 수
있다. 우리 나라 승려는 태고의 법손 아님이 없게 되었다.
　이제, 우리 선의 종풍을 찾기 위하여 먼저 중국에서 받아 온 선의
종맥분포도를 약기(略記)하면 다음과 같다(〈표 A〉 참조).
　조선시대의 불교는 정부의 배불정책(排佛政策)으로 말미암아 선교
양종으로 감종(減宗)되었으니, 처음에는 조계종·천태종 외에 총지종
·남산종(南山宗)을 합하여 총남종(總南宗)이라 해서 이를 선종에 넣
어 선삼종(禪三宗)을 만들었다가, 세종 6년에 이 셋을 합하여 선종
하나를 만들고, 교문은 화엄종·도문종(道門宗)을 합하여 화엄종이라
하고 중도종(中道宗)·신인종(神印宗)을 합하여 중신종(中神宗)이라
해서 자은종(慈恩宗)·시흥종(始興宗)과 함께 교사종(敎四宗)이던 것
을 역시 세종 6년에 단일교종으로 합하니 이때부터 한국 불교는 선

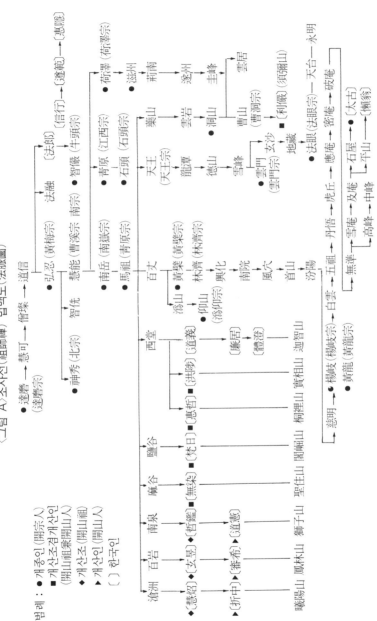

〈그림 A〉조사선(祖師禪) 법맥도(法脈圖)

범례 : ●개종인(開宗人)
　　　　◆개산조겸개산인(開山祖兼開山人)
　　　　◆개산조(開山祖)
　　　　▲개산인(開山人)
　　　　〔〕한국인

〈표 B〉한국 불교 종파 변천도

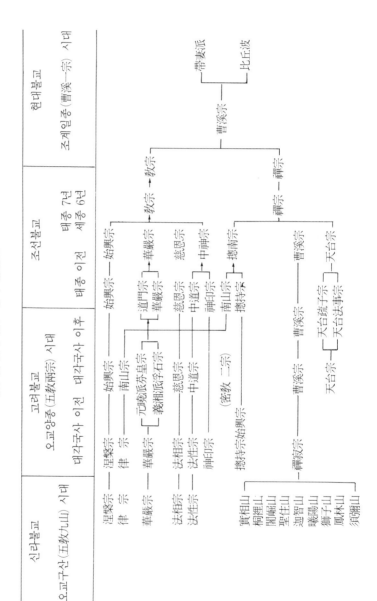

신라불교
오교구산(五敎九山) 시대

고려불교
오교양종(五敎兩宗) 시대
대각국사 이전　대각국사 이후

조선불교
태종 이전　태종 7년 세종 6년

현대불교
조계종(曹溪宗) 시대　조계일종(曹溪一宗) 시대

교양종으로 내려오게 되었다. 모든 교는 교종에 포섭되고 모든 선맥이 선종 속에 싸이게 된 것이다.

한일합방 이듬해 1911년 6월 3일에 사찰령(寺刹令)이 공포되고, 31본산(本山)이 성립되어 군소사찰을 각기 말사(末寺)로 배정하게 되었는바, 그 뒤 전국 31본산이 통합하여 총본산 건립운동을 일으켜 그 인가를 얻어 선교융섭 단일종을 이루어 조계종이라 부르게 되었다. 이에 한국 불교는 선을 주로 하여 모든 자(自), 타(他), 현(顯), 밀(密)의 제교를 종(從)으로 한 단일종이 된 것이다.

이상으로써 한국 불교는 오교구산에서 오교양종으로, 다시 선교이종에서 조계일종으로 이렇게 변해 왔다. 이제 한국 불교 종파적 변천을 일괄 도시하면 〈표 B〉와 같다.

— 1963. 5. 25, 《고대신문》(高大新聞)

선(禪)의 예비지식

1. 선의 입로(入路)

나더러 선을 말하라면 나는 무엇을 말해야 좋을지 모른다. 절름발이 언어가 완전히 대변자 되기에는 불완전한 것임은 내가 어찌 새삼스레 구설(口舌)을 놀리랴. 그러나, 한 포기 꽃이 가없는 시공에 자리를 갖출 때 이 꽃은 곧 우주라, 나타난 것을 두고 다시 우주가 있겠는가. 불완전과 완전이 다른 것이 아니니 불완전 속에 완전을 파악하는 것, 상대적인 것에서 절대를 보는 것 이것이 선일러라. 우주를 파악하는 것은 이를 방하(放下)하는 것이며 이에 침투하는 것은 곧 이를 초탈함이다. 선은 알고 모름이 아니니 이는 지척이 천리다.

가로되 선은 종교라 하고, 또 이르되 선은 철학이라 하고, 또 이르되 선은 예술이라 하더라. 다 옳은 말이긴 하나, 맞은 답이라 할 수도 없으니 철학과 종교와 예술을 초월하고 일초(一草), 일목(一木), 일동(一動), 일정(一靜) 물물두두(物物頭頭)에 아름다운 위의(威儀)를 갖춘 것이 선이라. 나더러 굳이 선을 말하라면 선이란 종교에서 형식적 의례를 빼고 철학에서 윤리적 사유를 제하고 예술에서 기교를 버린 것이라 하는 수밖에 없다. 균정(均整), 상칭(相稱), 조화, 논리를 떠나 부조화의 조화, 비논리의 논리, 무목적이합목적(無目的而合目

的)인 멋의 나라 그것이 선의 세계이기도 하다. 생명의 실상에 바로 거래(去來)한다. 시(詩)의 원천에 소요(逍遙)한다. 신의 전당에 만취한다. 생명 그대로의 발로이다. 생명을 문자화할 때 시가 되기도 한다. 선을 언어로 표현할 때 화두가 되기도 한다. 시나 화두가 다 생명에 접하게 하는 도구가 될 뿐이다. 언어는 불완전한 것이나 인인각자(人人各自)가 본자구족(本自具足)한 완전이 이 불완전을 포용한다. 우주의 실체를 투득(透得)하는 것 이것이 선의 구극이다. 선에서는 이것을 일물(一物)이라고도 하고 일심(一心)이라고도 한다. 나의 마음 이것이 곧 일물이며 일심이며 우주인 것이니 이것이 진상(眞相)을 알 때 그것이 견성(見性)이며 나아가 바로 성불(成佛)이 된다. 실체와 현상과 작용이 따로 있는 것이 아니다. 상즉상입(相卽相入)하는 것이다. 선은 마침내 유물론도 유심론도 아니다. 일원론도 이원론도 아니다. 사람은 누구든지 신이 될 수 없으나 부처는 될 수 있다. "너 자신을 알라." 소크라테스의 말이다. 나 자신의 실상(實相)을 깊이 감지할 때 그것이 우주의 실상을 감지하는 것이며 견성이 되는 것이다. 부처가 되는 것이다. 선에는 인과(因果)와 윤회(輪廻)도 이차적인 것이다. 부처가 되기 위하여 부처〔석가(釋迦)〕에 집착하지 않는다. 부처에 귀의(歸依)하기 때문에 부처를 모멸한다. 모순된 논리다. 그러나, 모순을 두고 선은 있을 곳이 없다. 천상천하(天上天下)에 유아독존(唯我獨尊)이라 부르짖었다는 석가를 내가 봤으면 한 몽둥이에 죽여 개를 줬으리라 한 통쾌한 선사도 있었다. 맹랑한 종교다. 사람마다 스스로 알 수 있는 일상에 숨은 진리이매 부처가 범부와 다를 것이 없기 때문이니 불조출세(佛祖出世)가 무풍기랑(無風起浪)이요, 불타 사십구 년 설법이 마침내 아무 소득도 없이 빈 손으로 돌아가는 것이라, 선에서는 다음과 같은 아름다운 시로 이 진리를 표현했다.

千尺絲綸直下垂　一波纔動萬波隨
夜靜水寒魚不食　滿船空載月明歸

선이 바로 시이기도 하다. 선의 논리에 눈떠 올 때 미소하리라. 미소밖에 선을 긍정할 길이 없다. 이것이 회심의 미소이니 영산회상(靈山會上)에서 불타의 염화(拈花)에 가엽(迦葉)이 미소했을 때 이심전심, 불타의 심법(心法)의 등(燈)은 이 찰나에 가엽의 하아트 속에 밝히 켜진 것이다.

인위적 꾸밈을 가하지 않은 본래의 면목, 이것은 중생과 부처와 다름이 없다. 그러나, 부처는 이를 본 사람이요 중생은 무명(無明) 구름 속에 싸인 본래 면목을 볼 수 없어 미계(迷界)에 방황하는 것이니 본래 면목 이것이 불성(佛性)이며, 이것이 '참의 나'요, 우주인 것이니 한없는 떼구름을 거둘 때에 조촐한 밝은 달이 나타나는 것이며 흐린 거울을 닦으매 비로소 영통(靈通)하며 우주가 비치는 것이다. 비치는 것이 아니라 거울이 곧 우주인 것이다. 조촐한 달이 나타날 때 이것이 오(悟)의 찰나이다. 반야(般若 : 초월적 지혜)의 달은 밀운(密雲)에 싸인 것이니 우주의 진상은 상대적인 인지로써 알 수 없음이라, 구름 속에 싸인 절대의 지 반야를 불러일으킬 때 비로소 우주가 확연(廓然)한 것이다. 무명 구름이 달을 가리매 중생은 갈 길을 잃고 방황하는 것이다. 이 반야지(般若智)를 찾는 데는 세간(世間)과 논리, 지성에 반항한다. 역코스로 나아간다. 구름을 걷는 것이 선의 공부다. 그러나, 이 번뇌(煩惱)의 구름을 두고 무명을 닦을 행주가 없으니 일념 회광(回光)한 곳에 번뇌와 보리(菩提 : 覺)가 따로 있는 것이 아니다. 그러므로, 안심입명(安心立命)은 심상다반(尋常茶飯)이다. 모든 것에 집착할 땐 이를 일체 방하(放下)해야 한다. 초탈하면 다시 방하할 것이 없으니 일동일정(一動一靜)이 무비선(無非禪)이 된다. 그러므로 전미개오(轉迷開悟)는 일념에 삼백육십 도를 회전하는 것이 된다. 그것은 바로 영원한 찰나다. 선에는 삼세(三世)가 따로 없다. 시공이 따로 없다. 인과도 따로 없다. 모든 것이 일여(一如)한 지경에서 홀연히 적(寂)을 관(觀)하면 이것이 개오다. 그러나, 오계

(悟界)가 공간적 별천지에 있는 것이 아니다. 미계(迷界)가 바로 오계(梧界)이다. 지옥이 바로 극락이요 이 예토(穢土)가 바로 정토(淨土)인 것이다. 이 어찌 여반장이 아니리요. 개오(改悟), 그것은 임운등등(任運騰騰) 유유자적(悠悠自適)이다. 내 이제 말한 것이 선과는 벌써 천만리 달아난 것이니 모든 것을 망각하라. 스스로 점두미소(點頭微笑)할 때까지 침묵하라. 진실한 긍정은 일념에 있도다.

부처가 무엇임을 알려면 저 푸른 바위를 찾아 묻는 것이 나을지도 모른다. 열어제친 서창(西窓), 흰구름이 나타났다 사라졌다.

2. 선의 어의

선은 범어(梵語) Dhyāna의 음역이니 선나(禪那)라고도 한다. 정려(靜慮), 사유수(思惟修), 정정(正定), 공덕총림(功德叢林), 기악(棄惡)이라 역하나니 삼매즉정〔三昧(Samādhi) 卽定〕과 동의의 말이다. 마음을 고요히 하여 한 곳에 모두고 이를 흩어지지 않게 하여 적정한 곳에 정지시켜 이에 전념하는 것이다. 일체의 이론, 즉 분별적 사유를 떠난 직관이 있을 뿐 선은 학문, 지식이 아니요, 바로 실재(實在)에 투철(透徹)하는 것으로 구극을 삼는다.

3. 선의 종지(宗旨)

달마오성론(達磨悟性論)에 "直指人心 見性成佛 敎外別傳 不立文字"라는 말이 있으니 이것이 곧 선의 종지(宗旨)를 설진(說盡)한 것이다. 즉, 성인과 범부가 조금도 다름없으니 다만 마음 하나를 밝히면 범부가 곧 불타가 되는 것이다. 이심전심이나 청정한 심성이 무명(無明)으로 좇아 일어난 객진번뇌(客塵煩惱)에 싸였으므로 일체의 망상

외경(妄想外境)을 버리고 바로 마음을 구명(究明)하면 곧 성불이 되는 것이니 일념에 회광반조(廻光返照)하면 자성(自性), 즉 불성을 볼 수 있다. 이를 견성(見性)이라 하고, 견성이 곧 개오(開悟)이니 계제(階梯)를 밟지 않고 불지(佛地)에 득입(得入)할 수 있는 것이다. 오직 일심을 밝히는 것이니 경전이 필요 없어 문자를 여의고 원관산유색(遠觀山有色)하고 근청수무성(近聽水無聲)하는 사이에 불법을 들으며 일초(一草) 일목(一木) 앵음연어(鶯吟燕語)가 경전 아님이 없으며 우주 일체의 서(書)가 다 경전이 된다. 문자언어는 불구(不具)로서 완전히 실체를 표현할 수는 없다. 다만 마음으로 내성반찰(內省反察)할 뿐이다. 문자언어는 다 달을 가리키는 손가락에 불과한 것이니 손가락을 들면 달을 보란 뜻이요, 손가락을 보란 뜻은 아니다. 허무적멸(虛無寂滅)하고 직실불허(直實不虛)한 본래무일물(本來無一物)의 경지, 이것을 선에서는 달과 거울에 비하여 말하나니 "鏡水塵風不到時 應現無瑕照天地"니 "垢盡明現"이니 "無限野雲風捲一輪孤月照天心"이니 하는 것이 모두 이를 뜻함이다. 이 청정 영영불매(靈靈不昧)한 본성이 무명으로 인하여 막혀 중생은 방황하여 업(業)을 지으며 업을 지음으로 더욱 무명 구름은 두터워지나니 이 번뇌 티끌(구름)이 그 본래 공(空)함을 일념에 회광(回光)하면 뚜렷한 불지(佛智 - 달) 빛나는 것이다.

"我有一卷經不因紙墨成 展開無一字常放大光明"이라는 글이 있다. 이 일권경은 사람마다 가진 것이나 사람이 이를 스스로 보지 못함이니, 이 일권경을 보게 하는 것은 오직 스스로 보게 할 뿐이다. 그러므로, 선종을 자력종(自力宗)이라 한다. '如魚飮水 冷暖自知'라는 것이다. 다만 어떤 방편을 써서 미인(迷人)으로 하여금 이 자성(自性), 즉 일권경을 보게 하는 것을 이심전심이라 하나니 일권경은 우주에 편만(遍滿)한 것이므로 사람마다 가진 것이 다 같을 뿐이다. 곧 바꿔 말하면 일권경은 마음이다. 마음이 없는 이 뉘 있으랴. 그 용(用)이

다름은 번뇌망상(煩惱妄想)에 시달려 본성을 잊기 때문이다. 오(悟)의 경지에는 일체가 같고 자타가 융즉(融卽)하는 것이다. 그러므로, 선의 종지는 한 말로 자기가 원래 부처임을 깨닫는 것이니, 이 미계의 모든 고(苦)가 무명으로 좇아 일고 거기에 시달리기 때문임을 알며 이 번뇌가 환화(幻化) 같음을 알아 자성이 본시 청정적연(淸淨寂然)함을 정관체득(靜觀體得)하려는 데 있다.

4. 선의 유래

선도 마찬가지로 대승불교(大乘佛敎)의 하나이다. 그러나, 선은 부처님, 즉 석가모니불의 견명성오도(見明星悟道)하던 찰나에 본 심(心) 그대로요, 모든 언어문자를 통한 교설(敎說)은 이 심법(心法)을 부연 해설한 것이니 언어문자는 역시 불완전한 것이므로 부처님의 참의 오계(悟界)는 이심전심(以心傳心), 즉 내성조고(內省照顧)하여 체득오입(體得悟入)하는 수밖에 없으니 불타일체교(佛陀一切敎)란 것이 지명심(只明心)이라 문자가 필요하지 않고 바로 뜻을 깨달으면 그만이라는 것이다.

이 선종의 유래는 영산회상(靈山會上)에서 비롯하나니, "世尊一日 在靈鷲山 說法于百萬大衆 時梵王獻金波羅華 世尊衆前拈花瞬目時 大衆不會其意 摩訶迦葉 在座中而破顔微笑 世尊曰 吾有正法眼藏(智) 涅槃妙心(理) 付摩訶迦葉"이라 하여 이때부터 세존이 깨친 우주의 진리는 염화와 순목으로써 이심전심 가엽에게 전해진 것이니, 이것은 불심이요 세존이 아난(阿難)에게 전하신 교법은 불어(佛語)인 것이다. 명(明)의 우익지욱(蕅益智旭)이 "禪是佛心 敎是佛語 律是佛行"이란 유명한 말을 했다. 가엽으로부터 세세상속하여 28대에 이르러 보리달마 지나(支那)로 오시매 중국의 초조(初祖)가 되시니 소림굴(少

林幅)에서 9년 면벽(面壁)하신 다음 혜문선사(慧文禪師)께서 이 전등
(傳燈)을 받아 등등상속(燈燈相續) 29대 석옥청공선사(石屋淸珙禪師)
에 이르고 다시 고려 태고보우국사(太古普愚國師) 의발(衣鉢)을 받아
오시매 비로소 해동에 참의 선종이 빛나게 되신 것이다. 그동안 때와
곳과 사람을 따라 여러 종파가 나타나게 되고 각자 특색을 이루어 본
바닥 인도보다 선은 중국에 이르러 개화한 것이다. 이 각종 종파의
법계 특색은 '선파종풍'(禪派宗風)으로 미루고 여기서는 해동선사(海
東禪史)를 약설하고 아울러 불조종맥(佛祖宗脈)을 부기하려 한다.

1) 해동선사(海東禪史)

한국에 불교가 처음 들어온 것은 고구려 소수림왕(小獸林王) 2년,
지금으로부터 1,570년 전이니 전진왕(前秦王) 부견(符堅)이 승(僧)
순도(順道)와 불상과 불경을 고구려에 보냄으로써 비롯되나, 이것은
처음 국가의 외교를 매개로 널리 퍼지기 시작한 것이요, 소수의 신도
는 그 전에 이미 있었으리라는 것이 일반 한국 불교사학자의 정견(定
見)이다. 백제는 고구려보다 13년을 늦어 침류왕(枕流王) 원년에 호
승(胡僧) 마라난타(摩羅難陀)의 내조(來朝)로부터 비롯되고, 신라는
제19대 눌지왕시(訥祇王時)에 사문(沙門) 묵호자(墨胡子)가 고구려
로부터 신라에 이름으로부터 시작되었다. 신라가 삼국을 통일하매
불교도 전성을 극하여 고승 대덕(大德)이 배출되었으니, 교종은 열립
(列立)하여 열반(涅槃), 율(律), 화엄(華嚴), 법상(法相), 법성(法
性)〔이상 현교(顯敎)〕, 신인(神印), 총지(總持)(이상 밀교)가 소승
(小乘), 정토(淨土), 섭론지(攝論地), 논종(論宗)에 나누어지게 되었
으나, 초오종(初五宗)을 제하고 후육종(後六宗)은 쇠퇴하였으니 오종
을 오교(五敎)라고도 한다.

해동선의 비롯은 신라 선덕왕시(善德王時) 승 법랑(法朗)으로 삼을

수도 있으나 법랑은 당태종시(唐太宗時)에 서학(西學)하여 지나 사조(四祖) 도신(道信)의 심요(心要)를 전한 듯해도 그 귀국연대가 미상하므로 그 다음에 선을 수입한 도의국사(道義國師)로서 해동선의 비롯을 삼는다. 도의국사는 법명이 명적(明寂)이었으니 선덕왕(宣德王) 5년(서기 748)에 입당(入唐)하여 강서(江西) 개원사(開元寺)에 이르러 마조도일(馬祖道一)의 고제(高弟) 서당지장선사(西堂智藏禪師)에게서 전법(傳法)을 수(受)하고 법호(法號) 명적을 도의로 개명하여 주심을 받았으며, 백장회해(百丈懷海)께 나아가 뵈오니 '江西禪脈總歸海東之僧'이라고 격찬하셨다. 선덕왕 13년(서기 821)에 귀국하였으나 교(敎)의 융성으로 선(禪)을 신봉하는 이 없어 불우히 은거하시다가 법인(法印)을 제자 염거(廉居)에게 전하시고 입적하셨다. 도의와 동시인으로 역시 서당(西堂)의 법을 받은 이에 홍척국사(洪陟國師)가 계시니 도의가 먼저 귀국하셨으므로 도의로써 해동선의 비롯을 삼는 것이나, 개산홍종(開山弘宗)은 홍척이 도의보다 앞섰다 한다. 홍척 이후 선종에도 고승이 배출되어 흥덕왕조(興德王朝)부터 신라 말에 이르기까지 약 130여 년 간에 선의 구산(九山)이 성립되었으니 교의 오종〔전기(前記) 오교〕과 함께 신라 불교를 오교구산(五敎九山)이라 한다. 이 구산이 선종임에는 틀림 없으므로 선적종(禪寂宗), 달마종(達磨宗)이라고도 하며 모두 지나육조조계(支那六祖曹溪) 혜능선사(慧能禪師)의 법손에 해당하므로 조계종(曹溪宗)이라고도 한다.

이제 선종 구산의 법계와 성립 차례를 약기하면 〈그림 1〉과 같다.

이와 같이 구산은 팔조(八祖) 마조 문하의 방전(傍傳)이나 수미산(須彌山)만이 조동종(曹洞宗)이다. 고려초(光宗時) 원공국사(圓空國師)는 희양산파(曦陽山派)로서 영명(永明) 연수선사(延壽禪師)의 심인(心印)을 얻어 법안종(法眼宗)을 열었으며 봉림산(鳳林山) 원종대사(元宗大師) 도광(道光)도 조동종 불두희천(不頭希遷)의 손(孫) 대동(大同)에게 참(參)하는 등 종파의 구별이 없이 총괄적으로 조계선의

334

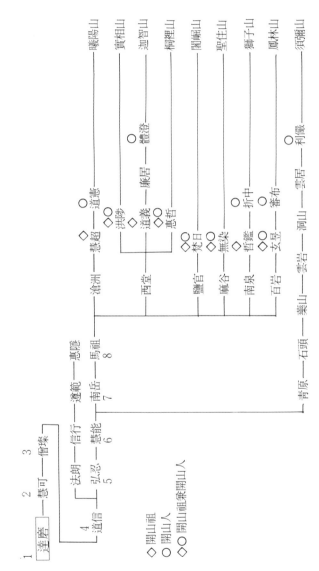

〈그림 1〉

진작(振作)에 힘써 왔다. 그 뒤 점차 구산문은 쇠퇴해 가다가 고려 숙종(肅宗) 2년에 재래 선적종이 구산문에 당시 대각국사(大覺國師)가 수입한 천태종(天台宗)을 넣어 선이 재흥(再興)되었으니 전기(前記) 교의 5종과 함께 이제 선의 2종(조계구산 - 천태)을 합하여 이를 '5교 양종'시대라 한다. 그 뒤 해동선의 중흥조(中興祖) 보조국사(普照國師)가 선교융섭(禪敎融攝) 정혜쌍수(定慧雙修)의 종지를 창도하여 종풍을 회복하였으며, 충혜왕대(忠惠王代)의 가지산파(迦智山派) 적사(嫡嗣) 태고(太古) 보우국사(普愚國師)는 선의 구산문을 통일하여 조계 1종을 만들었으니, 한국 승려는 태고의 법손이 아닌 이가 없다. 조선에 들어 정부의 배불정책(排佛政策)으로 불교는 전부 선교 양종으로 감종(減宗)되었으니 조계종, 천태종 외에 선종인 총지종, 남산종(南山宗)을 합하여 총남종(總南宗)이라 해서 선삼종(禪三宗)이던 것을 세종(世宗) 6년에 3종을 합하여 선종(禪宗)이라 하고 교종은 화엄도문(華嚴道門)을 합하여 화엄종이라 하고 중도(中道) 신인종(神印宗)을 중신종(中神宗)이라 해서 자은〔慈恩 : 법상(法相)〕종, 시흥〔始興 : 열반(涅槃)〕종과 함께 교의 4종이던 것을 역시 세종 6년 단일교종으로 합하니 이때부터 불교는 선교 양종으로 내려오게 되었던 것이다. 지금 한국 불교는 선교가 떠날 수 없는 상호 영향으로 독특한 종풍을 길러 온 것이다. 수년래에 전국 31본산(本山)이 통일되어 총본산을 건립하고 이의 인가를 맡아 선교양종을 융섭(融攝)하여 단일선종 조조계종(曹曹溪宗)이라 부르게 되었으니 이제는 한국 불교는 선을 주로 교를 종으로 하는 단일종이 된 것이다. 태고 보우국사를 종조(宗祖)로 삼고 총본산 사명(寺名)도 태고사(太古寺)로 부르게 된 것이다. 초대 종정(宗正)에 방한암(方漢岩) 대선사(大禪師)가 취임하게 되셨으니 이제 한국선(韓國禪)의 부흥과 함께 선의 민중화에 많은 기대를 가지게 된다.

해동의 선은 정치적 대세에 좇은 선교양종의 결과인지 보조국사소설(所說)의 영향인지 알 수 없으나 하여간 정혜쌍수의 독특한 종지를 가진 것만은 사실이다. 조계종도 역시 전문선원(專門禪院)과 전문강원(專門講院)이 병립되어 있음은 태고사법을 참조하면 알 수 있다. 선교(禪敎)는 잘 조화되어 한 새로운 조계종을 이루게 된 것인데, 한암 종정도《보조법어찬집》(普照法語纂集) 중간서(重刊序)에, "或曰, 西來密旨非關文字今使心學者記言逐句以助無明可乎余曰但執六言而不如實參究則雖閱盡大藏猶爲魔魅若本色八言下知歸豁開正眼則街談燕語善說法要沒我祖師直截警毒耶" 하신 것을 보면 역시 보조선사의 소설(所說)에 찬동하심을 미루어 알 수 있다. 한국 불교는 오교구산에서 오교 양종으로 선교 이종에서 조계 일종으로 이렇게 변해 왔다.

5. 선의 종류

선이란 원래 궁극의 자리에서는 분별이 없다. 그러나 때와 곳과 근기(根機)를 따라 여러 가지 형태로 나누게 되었으니 대별하면 선이란 것은 둘로 나눌 수 있다. 즉선[卽禪 : 상도선(常道禪)]과 산선[散禪 : 선외선(禪外禪)]인 것이다. 전자를 다시 대분하여 외도선(外道禪), 소승선(小乘禪), 대승선(大乘禪), 최상승선(最上乘禪)으로 나눌 수 있으니 상도선(常道禪)은 의적(意的)으로 선에 종사하여 참구선리(參究禪理)하는 것이요, 교선(敎禪)은 선을 식(識)을 전문으로 하지 않는 이가 언동에 선리(禪理)를 나타내는 것 말함이니 왕양명(王陽明)이 역적 진호(震豪)를 칠세 포화상교(砲火相交)의 사이에서 종용(從容)히 강학(講學)을 계속한 것이라든지 모든 충의절사가 임사(臨死)의 자리에서 태연자약한 것이 이 또한 선 아니면서 곧 선인 것이다. 그러므로, 선에서는 의식적 무의식적을 나눌 수 없으니 그들이 어찌 평소의 수양이 없이 생사에 초연할 수 있겠는가. 선은 원래 하나이니 아무리 선을 하겠다 마음먹어도 마침내 생사를 초탈하지 못하는 사람이 있는 반면에 선을 하지 않으면서 능히 선의 구극인 생사에 초탈한 이도 있으니 후자가 더 참의 선을 했음은 더 말할 필요가 없다. 선은 다시 인도선과 중국선으로 나눌 수 있으니 이를 약설하면 아래와 같다.

1) 인도선

(1) 의리선(義理禪)

① 외도선은 '나'밖에 신 또는 천(天)을 인정하고 이 세계를 염악(厭惡)하여 신의 세계에 이르고자 하는 염수(念修)요

② 범부신(凡夫神)은 인과의 도리를 믿으나 아직 진실한 불리(佛理)에 미치지 못한 수행을 이름이요

③ 소승선은 아공법유(我空法有)의 구사명(俱舍論) 그대로 무아로써 궁극을 삼는 것인데 사선팔정(四禪八定)이라 해서 초선(初禪), 이선(二禪), 삼선(三禪), 사선(四禪), 공무변처정(空無邊處定), 식무변처정(識無邊處定), 무소유처정(無所有處定), 비상비비상처정(非想非非想處定)이 있으니 멸진정(滅盡定)으로서 최고의 자리를 삼는다.

(2) 여래선(如來禪)

여래선은 대승선이니 '悟我法二空 所顯眞理而修者'가 그것이니 무아뿐 아니라 내지(乃至) 일체의 외계 일체 법공(法空)의 묘체를 오득(悟得)하는 것으로 구극목적을 삼는 것이니 그 최고의 경지를 금강정(金剛定)이라 한다.

2) 중국선 : 최상승선(如來上上禪, 如來淸淨禪, 祖師禪)

이 최상승선은 인도의 여래선에 중국적 풍격(風格)을 가하여 발달된 즉 노유선(老儒禪)의 사이에 일어난 삼교교섭(三敎交涉)의 결과로 이루어진 가장 높은 선이니 여래선의 28조(祖)로 서천(西天)에서 중국에 오신 달마로서 이 조사선의 초조를 삼는 것이다. "若頓悟自心本

來淸淨 元無煩惱 無漏智性 本自具足 與佛無殊 依此而修者"로서 자기가 본래 부처라는 마음 아래서 수행오입(修行悟入)하는 선이다. 달마문하선(達磨門下禪)이라고도 한다. 이 종지(宗指)는 '선의 종지'를 참조하면 좋겠다. 無相不說不斷煩惱一心一如〔규봉종밀(圭峰宗密) '선원제전집도서(禪源諸詮集都序)' 참조〕

중국 재래의 선은 심재(心齋) 좌망(坐忘) 망기(忘己) 제물(齊物) 복초(復初) 전진(全眞)이다.

6. 선의 종맥

조사선은 인도의 선지(禪旨)에서 중국적 특색을 가미하여 비약한 것으로 달마에서 혜가(慧可) 승찬(僧璨) 도신까지는 종맥이 갈리지 않았으나, 사조 도신 아래 홍인(弘忍)과 법융〔法融 - 우두종(牛頭宗)〕에 나누어지고 홍인 아래 혜능(慧能) 지신〔智侁 - 남종(南宗)〕과 신수〔神秀 - 북종(北宗)〕에 나누어지고 혜능 아래 남악(南岳) 청원〔靑原 - 석두종(石頭宗)〕 신회〔神會 - 하택종(荷澤宗)〕가 나누어지고 남악 밑 마조 문하에 백장과 천왕(천태종)이 나누어지고 백장 아래 황벽(黃檗)과 위산(潙山), 황벽 및 자명(慈明) 문하에 양기(楊岐)와 황룡(黃龍), 천왕(天王) 및 설봉(雪峯) 문하에 현사(玄師)와 운문(雲門) 등이 그 중요한 자이다. 이제 중국선의 종맥을 도시하면 〈그림 2〉와 같다. 이렇게 무수히 지맥(支脈)이 뻗었으니 요컨댄 그것은 때와 곳이 인격의 차이로 말미암은 것이니 그러므로 각종파에는 따로이 특색을 갖추게 된 것이니 이를 종풍(宗風)이라 한다.

〈그림 2〉

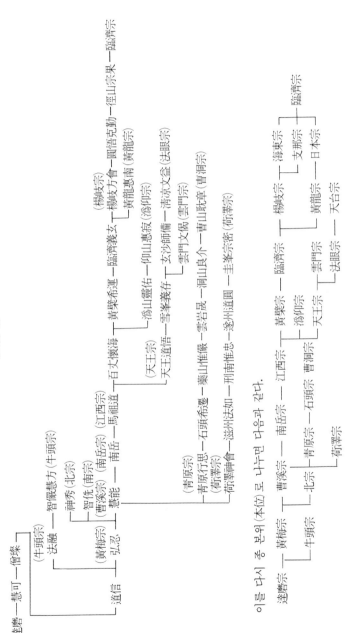

 이를 다시 종 본위(本位)로 나누면 다음과 같다.

達磨宗 ─ 黃梅宗 ─ 曹溪宗 ─┬─ 南嶽宗 ─ 江西宗 ─┬─ 黃蘗宗 ─┬─ 臨濟宗 ─┬─ 楊岐宗
　　　　　　　　　　　　　│　　　　　　　　│　　　　　│
　　　　　　　　　　　　　│　　　　　　　　│　　　　　└─ 潙仰宗
　　　　　　　　　　　　　│　　　　　　　　│
　　　　　　　　　　　　　│　　　　　　　　└─ 天王宗 ─┬─ 雲門宗
　　　　　　　　　　　　　│　　　　　　　　　　　　　└─ 法眼宗
　　　　　　　　　　　　　│
　　　　　　　　　　　　　├─ 北宗 ─ 靑原宗 ─ 石頭宗 ─ 曹洞宗
　　　　　　　　　　　　　│
　　　　　　　　　　　　　└─ 牛頭宗　　　　　└─ 荷澤宗

7. 선의 종풍

상기와 같이 불교는 선과 교에서 갈라져서 선은 교에서 멀어 갈수록 순수한 선이 되는 것이다. 불교는 어느 종파를 물론하고 선이 없는 곳은 없다. 부처님이 경을 설하실 때는 반드시 먼저 정(定)에 드신 것이며 염불삼매(念佛三昧) 관불삼매(觀佛三昧) 법화삼매(法華三昧) 무상삼매(無相三昧)가 모두 선인 것이다. 그러나, 중국선은 오로지 이 선으로 종시일관하는 것이다. 교를 전혀 떠나는 것이다. 즉 일체의 교종은 교법문자경(敎法文字經)을 주로 선이 종이 되는 것이요, 선종은 오직 선밖에 없으니 방편으로써 언어문자를 빌 뿐이다.

달마에서 5조(祖) 홍인(弘忍)까지는 별 파란이 없었으나, 5조 하에 혜능 신수 두 고족(高足)이 갈리게 되었으니 전자를 남종이라 하고 후자는 북종이라 하는데, 북종은 점차 쇠미(衰微)하고 남종은 전성(全盛)을 극하여 그 뒤 5종으로 갈라진 것이다. 남북 종풍의 상위는 한말로 남돈종(南頓宗) 북점종(北漸宗)이라 할 수 있으나 그것은 다음 두 글에서 찰지(察知)할 수 있을 것이다.

身是菩提樹 心如明鏡臺 時時勤拂拭 莫使惹塵埃
　　　　　　　　　　　　　　　　　　　—신수

菩提本無樹 明鏡亦非治 本來無一物 何處惹塵埃
　　　　　　　　　　　　　　　　　　　—혜능

이와 같이 양인의 견해가 달랐으나 오조에서 의발(衣鉢)을 받은 이는 혜능이므로 그를 육조라 부른다. 육조 조계종 아래 5종이 분파되었으니 임제, 위앙(潙仰), 조동, 운문, 법안종이 그것이다. 이 5종이 돈종(頓宗)임에는 다름없으나 그 종풍에는 많은 차이가 있다. 천목중

봉(天目中峰)은 이 5종의 종풍을 간단히 평하여 임제종은 통쾌, 위앙종은 근엄, 조동종은 세밀, 운문종은 고고, 법안종은 상명(詳明)이라 하여 각기 그 특색을 활살(活殺), 창화(唱和), 묵조(默照), 문자(文字), 교상(敎相)이라고 했다.

가장 순수의 선은 임제종의 통쾌로서 교종을 전혀 떠난 것이요 상명한 법안종은 그만큼 교종에 가까운 것이다. 그러므로 선의 묘미를 잃었다고 할 수 있다. 그러나, 이 종풍의 차이란 조사의 인격과 태도의 차이에 불과하다. 5종 중 위앙종이 제일 먼저 없어지고 다음으로 법안종, 운문종 이렇게 쇠미해진 다음 마지막으로 임제종과 조동종이 남아 많은 다툼을 해 왔다. 남종 혜능하에 동종(東宗 - 江西馬祖下)과 서종(西宗 - 西方石頭下)이 대립되어 있으나, 지금은 서종 조동종은 일본에서 가장 성하여 임제종과 대립되어 있으나 중국이나 한국은 팔구할이 다 동종 임제계통에 속한다. 임제종은 유마풍(維摩風), 운문종은 노장풍(老莊風), 법안종은 기신풍(起信風)이란 학자도 있으니 적절한 평이라 할 수 있다.

규봉종밀(圭峰宗密)은 이 지나선(支那禪)을 유(有), 공(空), 성(性) 삼종(三宗)에 나누었으니 북종 신수는 현실의 유는 일체가 망(妄)이니 이를 시시(時時)로 부지런히 닦아 망념을 버리고 견성하자는 것이요, 서종 석두는 사조(四祖)하 법융의 우두선(牛頭禪)과 같이 현실은 공이니 '一切皆無凡聖爲幻'하여 본래의 자리에 안주하자는 것이며, 동종 마조는 이상(理想)의 성(性)에 입장을 두고 일체는 다 이 성(性)의 나타난 것이니 정성에 맡겨 조작인위를 가하지 말자는 것이다. 신수는 '본원에 돌아가자'는 것이요, 석두는 '본래 그대로 두자'는 것이요, 마조는 '있는 그대로'라고 할 수 있다. 이 유·공·성 3종을 종밀(宗密)은 식망수심종(息妄修心宗) — 북수남신(北秀南侁), 민절무기종(泯絕無寄宗) — 석두우두(石頭牛頭), 직현심성종(直顯心性宗)이라고 이름지었다. 그는 다시 교를 3종으로 나누었으니 선의 3종에 관련시킨 것이다. '密意依性 說相敎〔유식종(惟識宗)〕, '密意破相顯性敎'〔삼론종(三論宗)〕, '顯示眞心卽性敎'(화엄종)가 그것이다.

그 다음으로 임제선 해동종의 종풍을 대략 이야기하고자 한다.

한국의 선풍은 해동선사를 참조하면 그만이니, 즉 이 선의 5종을 포섭한 조계종이라는 종명을 지은 것이 아주 적절하다고 생각한다. 그러나 결국 종풍은 5종을 조화한 것이라 할 수 있다. 신라시대의 선풍은 지금 알 수 없으나, 구산문의 개산조(開山祖)가 다 지나의 조계정전(曹溪正傳) 선사에게서 격찬을 받았으니 그것이 조계선의 정통임에는 틀림없다. 그러나, 일본의 영서(榮西)가 선을 처음 수입했을 때 교종의 전성으로 말미암아 태밀종(台密禪)을 부르짖지 않을 수 없었던 것과 마찬가지로 라대(羅代)의 선도 결국 교적 특색을 가졌으리라고 봐도 과히 틀리지는 않을 줄 안다. 나대 이엄(利儼)의 조동선과 려대(麗代)의 원공국사(圓空國師)의 법안선, 원종대사(元宗大師)의 석두선 수입이 역시 해동선에 적지 않은 영향을 끼쳤을 것이다. 또, 보조국사는 원사단경근우서장(遠師壇經近友書狀)이라 하여 동종정전(東宗正傳)을 숭상하고 그의 저서에는 '永明延壽 圭峰宗密'이 많이 인례(引例)된 것을 보면 또한 포용적 견해를 가졌던 것을 알 수 있다.

남종은 엄밀히 말하자면 돈오돈수(頓悟頓修)라 이를 수 있으나 보조국사는 돈오점수(頓悟漸修)를 부르짖으셨으니 여기에는 같은 남종인 북방 하택신회(荷澤神會)의 돈점양오(頓漸兩悟) 절충설의 힘이 컸다고 본다. 라대의 원효, 의상조사를 비롯으로 화엄종의 성관(盛觀)을 보였으니 화엄의 오조요, 하택선의 계승자인 규봉의 소설(所說)이 해동선, 특히 보조선에 많은 역할을 했으리라고 믿어진다. 사실은 수도생활에서 보면 돈오점수가 이상적이나 돈종의 입장에서 보면 돈오돈수가 아니므로 좀 불만이 아닐 수 없다. 그러나, 보조선사도 수심결(修心訣) 등에서 사람의 근기(根機)를 따라서 말했으니, 습기(習氣) 엷고 혜안(慧眼) 밝은 이는 돈오돈수도 불가능함은 아니나, 사람

의 근기가 같지 않음으로 행리(行李)를 한결같이 할 수 없다 했으니,
돈오점수에 중심을 뒀을 뿐 돈오돈수를 인정했음은 다시 말할 것도
없다. 대혜선사(大慧禪師)나 종밀선사가 다 오후점수(悟後漸修)를 주
장했으니 요컨댄 오수(悟修)가 둘 아님을 알면 그뿐이니 오 없는 수
는 수가 아니며 수 없는 오는 오가 아닌 것이다. 그러므로 해동의 선
은 오수(悟修)가 둘 아니요, 선교(禪敎)가 둘 아니요, 자력타력(自力
他力)이 둘 아닌 한 독특의 선종을 이룬 것이다. 다시 말하면, 이 5
종(宗)의 어디에도 속하지 않고 그 장점을 취하여 살활 근엄 상명을
겸한 선종이니 5종이 나누어진 것을 섭취하여. 나누어지기 전 조계종
으로 돌아간 것이다. 이것이 곧 일종 복고요, 선의 부흥이며, 분석에
서 다시 통일인 것이다. 그러나, 이어 분별이 없었으니 어찌 다시 통
일이 있으며, 선에는 고금이 없으니 신구가 있으랴.

8. 선의 계제(階梯)

엄밀히 말하자면 선은 계제가 없다. 즉심성불(卽心成佛)이다. 범성
불이(凡聖不二)로 일넘에 범부가 불지(佛地)에 소요(逍遙)하는 것이
다. 그러나, 이를 분석하여 수도의 차제(次第)를 보인 것이 있으니 십
우도(十牛圖)가 그것이다. 마음(佛)을 소에 비(譬)하여 범부가 불이
되기까지를 열에 나눈 것이니 이는 송(宋)나라 곽암선사(廓庵禪師)의
소작(所作)으로 선에 드는 이의 일별(一瞥)할 필요 있는 것이다. 이
를 약설하고자 한다. 송(頌)은 곽암선사의 것이니 이를 인용한다.

1) 심우(尋牛)

자기 본래의 불성 있음을 모르고 다른 곳에 이를 찾아 헤매는 것을
소 잃은 사람이 소 찾아 헤매는 것에 비한 것이다.

茫茫撥草去追尋 水濶山遙路更深 力盡神疲無處覓 但聞楓樹晚蟬吟

2) 견적(見跡)

찾아 다닌 보람 있어 겨우 소의 자취를 발견한 것을 이름이니 선에 발을 들여놓고 경을 읽고 교를 지켜 자기의 본심이 이런 것인가 하고 눈떠 오는 것을 말한 것이다.

水邊林下跡遍多 芳草難披見也麼 縱是深山更深處 遼天鼻孔怎藏他

3) 견우(見牛)

이때까지 모든 곳으로 찾아 다니던 소를 자기 집 뒤에서 보는 것과 마찬가지로 부처의 빛을 자기에게서 찾은 것을 말함이다.

黃鶯枝上一聲聲 日暖風和岸柳靑 只此更無廻避處 森森頭角畵難成

4) 득우(得牛)

넓고 넓은 풀밭에 맘대로 뛰던 소를 찾긴 찾았으나 방초(芳草)가 그리워 달아나려 하여 잡히지 않음과 같이 자기 본래 부처임을 깨달았으나 다겁(多劫)에 쌓은 망상이 덮쳐와 육진(六塵)의 경(境)에 연연(戀戀)한 정을 일으키게 하는 것을 이름이다.

竭盡精神獲得渠 心强力壯卒難除 有纔時到高原上 又入煙雲深處居

5) 목우(牧牛)

겨우 소를 붙잡아 이를 꼭 잡고 길들이는 것이니 즉 오후수행(悟後修行)을 이름이다. 마침내는 애쓰지 않아도 소는 절로 따라오는 것이다.

鞭索時時不難身 恐伊縱步入埃塵 相將牧得純和也 覊鎖無拘自逐人

6) 기우귀가(騎牛歸家)

소를 길들인 보람 있어 이를 타고 피리를 불며 집으로 돌아오는 것과 같으니, 번뇌보리(煩惱菩提)가 둘 아닌 곳에서 유유자적(悠悠自適)하는 것이다.

騎牛迤邐欲還家 羌笛聲聲送晚霞 一拍一歌無限意 知音何必鼓脣牙

7) 망우존인(忘牛存人)

소를 타고 집으로 들어오매 이미 타고 온 소도 잊어버릴 안한무사(安閑無事)한 경지를 이름이다.

騎牛已得到家山 牛也空兮人也閑 紅日掛竿猶作夢 鞭索空頓草堂間

8) 인우구망(人牛俱忘)

소도 자기도 다 잊어버린 경지이니 자타(自他)가 없고 벽천공해(碧天空海) 조그만 티끌도 없는 진여(眞如)의 법계를 이름이다.

鞭策人牛盡屬空 碧天遼闊信難通 紅爐焰上爭容書 到此方能合祖宗

9) 반본환원(返本還源)

깨치고 보니 깨친 것 아님과 같아 본래 성불(成佛)임을 아는 자리다. 소를 잃은 것도 아니며 찾은 것도 아님을 깨친 것 미즉오(迷卽悟)를 이름이다.

返本還源已費功 爭如直下若盲聾 庵中覓庵前物 水自茫茫花自紅

10) 입전수우(入鄽垂牛)

깨친 다음이라 중생을 건지기 위하여 자비의 손을 진경(塵境)에 드리우는 것이니 입산수도하여 오후출속(悟後出俗)이다. 전구위(前九

位)는 자리(自利)의 경지요, 여기서 이타(利他)에 이르는 것이니, 선의 구극목적이 여기 있으며 모든 불법수행이 여기서 같아진다. 여기는 자리는 이타가 된다.

露胸洗足入廛來 抹土塗灰笑滿顋 不用神仙眞祕訣 直敎枯木放花開

중국 재래의 일종선(一種禪)인 심제(心齊) · 좌망(坐忘) · 망기(忘己) · 재물(齋物) · 복초(複初) · 전진(全眞)과 함께 생각하면 재미있는 일이다.

9. 선의 방법

불교의 근본의(根本義)는 무아(無我)에서 출발한다. 그러므로, 공문(空門)을 투철(透徹)하여 '眞空妙有卽一如'의 경지에 이르는 것이 불교의 구극목적이다. 이 공문을 투철하는 데는 선을 떠날 수 없다. 선은 어느 종파에 없는 곳이 없으며 부처님이 경을 설하실 때는 반드시 정(定)에 드신 다음에 이를 설하신 것이다.

선은 곧 정신을 통일하는 것이다. 정신을 통일하여 자아를 망각하고, 자아를 망각하여 모든 대립을 해탈하며 동시에 제법(諸法), 즉 모든 환화모순(幻化矛盾)을 있는 그대로 두는 것이며, 이를 관조하는 것이다. 불교에 계정혜(戒定慧) 삼학(三學)이란 것이 있으니 계를 지킴은 마음을 산란시키지 않으려 함이며, 정을 통하여 혜가 나타나며 혜가 곧 계가 되는 것이니, 이 삼자는 따로 생각할 수 없는 것이다. 이제 선정(禪定)의 방법을 약설하면 이를 단좌(端坐)와 공안(公案)으로 나눌 수 있다.

1) 단좌(端坐)

결가부좌(結跏趺坐)와 반가부좌(半跏趺坐)로 나눈다. 결가부좌는 먼저 오른쪽 발을 왼쪽 넓적다리에 얹고 다음 왼쪽 발목을 오른쪽 넓적다리에 얹은 다음 그 위에 오른손을 손바닥이 위로 오도록 얹고 다시 왼손을 그 위에 그와 같이 얹은 다음 허리를 펴고 귀와 어깨가 일선, 코와 배꼽이 일선이 되게 한 다음 하복부(丹田)에 힘을 주며 호흡을 복식으로 하여 눈은 반합반개(半合半開)로 심신을 고르게 하고 비식(鼻息)을 부드럽게 하여 안주부동(安住不動)한 다음 말하는 화두를 들어 자기 본심이 무엇인가 캐는 것이다. 이와 같이 숙련되어 곧 화두를 걸어 외경(外境)의 망상을 버릴 수 있으면 새삼스레 단좌하지 않아도 좋고, 행주좌와(行住坐臥)가 모조리 선이 되는 것이나 앉아도 오히려 망념(妄念)이 침노하는 것이니, 이와 같이 되기에는 많은 공부(工夫)를 요한다. 반가부좌는 발이 저리든가 또는 결가부좌가 불능한 이가 하는 것이다. 오른쪽 발을 왼쪽에 얹은 다음 왼발을 오른쪽 다리 밑으로 넣는 것이다. 다른 것은 다 결가부좌와 같다.

2) 공안(화두)

이는 견성오도의 방편으로 옛 조사(祖師)의 문답을 항시 사색하여 그 말의 본의를 깨치기 위한 공부니 깨치는 그때가 바로 견성인 것이다. 1,700칙공안(則公案)이 있으나 어느 것 하나를 깨쳐도 마찬가지 경지에 이른다. 선의 사색은 일체의 논리적 분석적 사색이 아니요, 바로 생명에 스며드는 직관적인 것으로 분별이 곧 망상이 된다. 선은 다분히 현대의 철학보다는 예술과 거리를 가까이 한다. 이 화두 외에 아무것도 생각지 않겠다는 것도 망상이며 생각는 것도 망상이며, 이를 후회하는 것도 또한 망상이며 후회를 후회하는 것도 망상이다. 화두를 분석하여 이론으로 캐는 것도 망상이니 언구(言句)에 집(執)하면 진의(眞義)는 천만 리 달아나는 것이므로 다만 자기가 찾는 한마디 화두를 들고 오직 그에게 무엇인가만 일심으로 생각는 것이다. 이리하여 날이 오래고 달이 깊으면 꽉 막힌 곳에서 불현듯이 광명이 올 때 그것을 개오(開悟)라 한다. 막힐 때가 와야 한다. 완전히 자기는 어쩔 수 없는 경지에서 불퇴전(不退轉)하는 것보다도 백척간두진일보(百尺竿頭進一步)하는 것 현애(懸崖)에서 철수하는 것 여기에 이르러야 한다. 이론으로 아는 것은 선이 아니다. 그것은 분별이다. 알려면 몰라지는 것이므로 알려는 마음을 다 버려야 한다. 이것이 화두를 가지는 데 첫째 요건이다.

화두는 육조 이후 임제가풍(臨濟家風)이다. 조동종에는 화두를 들지 않는다. 이를 묵조선(默照禪)이라 한다. 그러나 그 구극은 다 같은 삼매(三昧)의 경지다. 화두를 들지 않아도 마음을 한곳으로 모을 수 있는 것은 상근(上根)이다. 그러나, 번뇌 두터워 마음이 흩어질 땐 이 화두라는 방편을 들어야 한다. 그렇지 않으면 무기(無記)에 떨어진다. 동시에 화두의 나타난 언어문구에는 진의가 없음을 알아야 한다. 그 뒤에 숨은 참뜻을 느끼는 것이 이 선이다. 화두는, 아니 모든 불법은 나룻배와 같은 것이다. 나루만 건너면 이를 버리고 목적지를 가야 한다. 이제 참고로 가장 많이 드는 화두출처(話頭出處)를 몇 개 들까 한다.

화두는 곧 문답이다. 그 연원은 달마와 혜가(慧可)의 문답에 있다. 다음 이를 들면,

걸안(乞安) — 혜가.　　　　장심래(將心來) — 달마.
覓心了不可得 — 혜.　　　　外息諸緣內心無喘可以入道 — 달.
了了明明 — 혜.　　　　安心了 — 달.

육조혜능 남옥(南獄)에게 물어 가로되 "甚麼物 伊麼來", 答曰 "設

使一物卽不中"이라 하고 다시 일승(一僧)이 조주(趙州)에게 물어 가로되 "世尊云蠢動含靈皆有佛性狗子還有佛性也無", 州答 "無"라 했으니 여기서 즉 무자화두(無字話頭)가 나온 것이니 '佛云蠢動含靈皆有佛性 趙州因甚道無' 이것이 무자화두다. 다 불성이 있다는데 왜 조주가 개에게 불성이 없다 했나. 이것을 구명하는 것이다. 이것은 물론 우리가 말하는 그런 유무의 무는 아니다. 그러면 뭔가, 그것은 스스로 깨달을 일일 뿐이다.

是甚麽話頭

六祖云 "吾有一物上拄天下拄地 明如日黑似漆 常在動用中 動用中收不得者是甚麽"(이게 뭐뇨)

栢樹子話頭

僧問趙州 "如何是祖師(達磨)西來意" 州云 "庭前栢樹子"
→"祖師西來意因甚道栢樹子" 洞山和尚答曰 "麻三斤"

乾屎橛話頭

僧問雲門和尚 "如何是佛" 門云 "乾屎橛"(똥막대기, 淨木)

萬法歸一話頭

趙州和尚示衆云 "萬法歸一 一歸何處"

이같이 먼저 정좌(靜坐) 마음을 한 곳에 집중시키고 무슨 화두든지 골라 항시 하나만 생각하면 십우도(十牛圖)의 차제(次第)가 절로 있는 것이다.

10. 선의 생활

선의 수행자를 운수(雲水)라 한다. 행운유수(行雲流水)라는 뜻이
다. 집이 없으므로 가는 곳이 다 집이 된다. 수하석상(樹下石上)이
운수의 집이다. 절에 가면 큰방이라는 데에는 청산(靑山)과 백운(白
雲)이라는 좌석이 따로 있다. 손님 중은 이 백운이라는 자리에 앉는
다. 주인은 청산이요, 손은 구름인 것이다. 언제 갈지 모르는 구름인
것이다. 선의 생활은 풍류의 생활이기도 하다. 그러나 부화(浮華)한
풍류가 아니요 인생과 우주를 찾는 진실한 풍류다. 누덕누덕 기운 파
납(破衲)을 깨끗이 빨아 입고 굵직한 주장자(拄杖子)를 짚고 작은 다
리를 건너고 굽이진 석경(石徑)을 돌아가는 운수를 보면 그야말로 구
름과 물같이 맑으며 고요하여 물외(物外)를 벗어난 도인같이 보이는
것이다. 도를 깨치지 못해도 벌써 도인이 다 된 것이다. 《채근담》
(菜根譚)에는 "松潤邊携杖獨行 立處雲生破衲 竹窓下枕書高臥 覺時
月浸寒氈"이라는 글이 있다. 이것이 선의 생활이다. 한 바리 밥이면
족하고 애욕과 물욕을 버리고 산이 있고 물이 있으면 그는 그만인 것
이다. 바랑을 지고 구름처럼 흘러가면 아무데나 청산이 있는 것이다.
어느 집 어느 절이든 하룻밤 자고 가면 그만인 것이다. 선방(禪房)에
찾아가면 합장배례밖에 아무 다른 인사가 없이 같이 밥먹고 잠자고
일하고 참선하고 갈 때는 아무 간다온다는 말도 없이 표연히 물처럼
흘러가는 것이다. 선의 생활이란 이렇게 아름답고 참되다. 그러나 내
가 다시 한숨 짓지 않을 수 없나니 지금 이런 선객(禪客)이 몇이나
되는가, 선공부(禪工夫)에 속비고 선적 멋만 피우는 이, 또는 선승으
로서 자가(自家)의 본색을 모르는 일, 나는 너무도 많이 본다. 이제
내 옛 조사의 유유자적하던 경지를 그분네의 시로써 여기 참고에 바
치고자 한다. 이것이 곧 참의 선의 생활이다.

春秋冬夏好時節　　熱向溪邊寒向火
開截白雲夜半結　　困來寒臥白雲樓
　　　　　　　　　　　— 太古白雲庵歌 一節

花落花開鳥不到　　白雲時復訪門前
誰識主人日用事　　長年不夢塵間緣
寂沈境中伴寂滅　　緣蘿松上清風月

雲山吟, 山中自樂歌, 白雲庵歌 …… 太古
寅轉物庵, 漁夫詞 …………………… 眞覺
百衲歌, 山居 ………………………… 懶翁
遊神勤, 贈懶翁侍者覺牛號野雲, 擬曦陽山居 山中味 江上 …… 涵虛

11. 선의 취미

　나는 지금 성불(成佛)을 이차적으로 미룬 고고의 풍아선(風雅禪)의
경지에서 소요한다. 나를 잊고 내지 모든 것을 잊는다. 이는 취미로
서의 선이니 방우선(放牛禪)이라 이름짓는다. 그러므로, 선하는 이는
웃을지도 모른다. 그러나, 선하지 않는 선인 방우선은 훌륭히 선취
(禪趣)를 맛보되 참 선하는 이가 집착망단(執著妄斷)하여 선이 오히
려 무엇임을 매각(昧却)하는 이에 비하면 훨씬 높은 세계며 나은 선
이다. 여기는 성불이 없다. 없으면서 있는, 무목적이면서 합목적인
것이다. 심우(尋牛) 견적(見跡) 견우(見牛) 득우(得牛)의 차제가 없
다. 내지 십우(十牛)의 차제를 도시 가르지 못한다. 이미 실우(失牛)
가 아니매 심우가 있을 리 없으니 '放牛而牧牛'다.

　마음을 잃지 않았을진댄 어찌 잃을 줄을 알 것인가. 찾지도 않으며 잡
지도 않으며 기르지도 않나니 이것이 다 허망한 일일세. 높고 가없는
하늘, 이 우주, 풀밭에 누워 피리를 부나니 소는 한가히 풀을 뜯는다.

내 소를 본 적 없으며 또한 사랑ㅎ지 않으되 소는 나를 따르고 따로 소 있는 곳을 만들지 않았으나 해가 짐에 소는 집으로 돌아오는 것이니 내가 소인 것인가 소가 나인 것인가. 나도 소도 필경 공한 것, 공하다 생각하니 눈물도 흐르는 것, 아름다운 이 집착을 무엇 때문에 구태여 버릴 것인가. 집하는 그것도 다 공한 것, 나는 다시 웃노라. 진실로 중생은 무얼 방하(放下)해야 하는가.

이는 내 방우행(放牛行)의 일절이다. 이 선이야 다분히 시적이요 현대적이다. 그러나, 선에 어찌 고금이 있을 것인가. 시적이니 이는 시가 아니랴, 그러므로 선이 아니라고 누가 말하랴. 때와 곳을 가리지 않는다. 그러나 사실 시선일미(詩禪一味)의 세계는 모든 일미의 세계다. 선이 언어로 나타날 때가 바로 시다. 시가 언어를 여읠 때 선이다. 요즘 현대 인텔리들은 선을 진부하다 말고 친히 체험해 보라. 예술, 종교, 철학 등 모든 것이 논아지 않은 이곳에서 그대들은 무수한 실사회의 보패(寶貝)로운 이익을 얻으리라. 처세법이 좋다, 일하는 데 좋다, 어디든지 가만히 앉아 먼 산을 바라보고 바람 소리를 듣는 것이나 책을 읽으나 곧 무아의 삼매에 들 수 있다. 생명이 초개(草芥)와 같아진다. 삼엄(森嚴)한 기백이 언동에 흐른다. 요새 젊은이는 나부터 종교에 매력을 못 느낀다. 그런 이는 이 종교 아닌 종교, 철학 아닌 철학, 시 아닌 시를 맛보라. 와일드가 《옥중기》(獄中記)에서 예수를 마침내 시인을 만들었다. 이 선의 세계에서 그대들은 부처님이 또한 얼마나 큰 시인이라는 것을 알리라. 한번 단좌(端坐)하면 천병만마(千兵萬馬)가 와도 꼼짝않을 담력을 배양한다. 생사의 초탈 그것은 생사에 집하지 않는 것이다. 아름다운 예술을 느끼고 깊은 철학이 있고 경건한 종교를 우러르고 선은 무엇이든 우리가 달라는 것을 준다. 그러나 이렇게 하나만을 취할 때 선은 완전할 수 없다. 통히 하나로 확연한 선이어야만 한다. 소박하고 비합리적이고 풍류며 아려(雅麗) 침착(沈著) 화합(和合) 통쾌(痛快)한 선, 선의 취미는 스스로 느껴 보지 않으면 남의 말로 알 수 있는 것이 아니다.

선을 함으로써 비로소 내가 참으로 우주인 것을 알 수 있다. 내가 장미와 같고 모란과 같고 개와 같고 모든 것이 같은 불이(不二)의 생활을 알 수 있다. 아니, 느낄 수 있다. 모래알 하나에 숨은 영겁의 시공, 우주가 바로 내 여기에 자리를 갖출 때 불현듯 갖춘 것이다. 주객의 입장이 없다. 시를 쓸 때 내가 시를 쓰는가 시가 나를 쓰는가를 알 수 있으면 이는 선의 경지는 아니다.

멋의 연구

'멋'의 연구
― 한국적 미의식의 구조를 위하여

1. 머리말

'멋'이란 말이 '미적인 것'의 한 특수한 형상(形相)으로서 한국 민족의 예술적 생활의 표현 목표와 이념, 또는 미가치(美價値)의 한 표준을 의미하고 있는 것은 누구나 아는 일이다. '멋'은 오랜 세월을 두고 우리 민족의 미적 체험 속에 체득되고 제작과 행위에서 수련(修練)되어 왔기 때문에 '멋'에 대한 취미성(趣味性)과 감수성(感受性)은 우리 민족의 민중생활 일반에 보편화되어 있다. 그러나 이렇게 '멋'이라는 특수한 미에 대한 감수성과 취미가 한국적 미의식(美意識)의 중요한 특성을 이루고 있으면서도 미적 개념으로서의 '멋'의 본질 내용은 지극히 불분명하고, 더구나 그것의 한국적 미의식 구조상의 위치와 관계 내지 의미에 대한 이론적 반성(反省)과 고구(考究)는 일찍이 있어 본 적이 없다. 그러므로 한국적 미의식의 구조를 밝힘으로써 '멋'의 위치를 찾고, 아울러 미적 범주(範疇)로서 '멋'의 내용과 나아가서는 생활이념(生活理念)으로서의 멋의 지향(志向)을 밝혀 보려는 것이 본고가 의도하는 바 주제이다.

2. 한국적 미의식의 의의

한국적 미의식의 구조를 밝힌다는 것은 결코 쉬운 일이 아니다. '한국적 미의식'이란 말은 '미의식의 한국적 양상'이란 뜻인데, 이 '한국적'이라는 개성(個性) 또는 한계의식(限界意識)의 해명은 먼저 미의식의 보편성 내지 일반적 양상(樣相)을 바탕으로 하지 않으면 안 될 것이기 때문이다.

그러나, 이러한 미의식의 일반문제 — 미란 무엇인가, 미는 어떤 것에서 느끼는 어떠한 느낌인가, 미는 어떻게 체득되고 창조되는가 하는 문제들은 미학상의 근본문제여서 그 문제 자체만으로도 방대한 과제를 줄 뿐 아니라, 그러한 지나친 추상적 이론이 전개하는 난삽(難澁)하고 완만(緩慢)한 추구는, 그렇지 않아도 막연하고 종잡을 수 없는 우리 미의식의 바탕을 밝히는 데 도리어 혼선과 마이너스를 가져올 우려조차 있는 것이다. 그러므로, 나는 우리 민족이면 누구나 느끼면서도 이렇다고 꼬집어서 말할 수는 없는 우리의 미의식을 분석하고 재구성함으로써 그 구조를 살펴보고자 한다. 다시 말하면, 한국적 미의식의 바탕과 윤곽과 내용을 알아보자는 것이다.

미의 욕구와 의식 또는 미적 체험은 인간이 생래로 구유(具有)한 본능적인 것이기 때문에 이 점에 있어서만은 미는 초시간적이요 초공간적인 인류통성(人類通性)으로서의 보편원리이다. 다시 말하면, 자연미든 예술미든 그것을 향수(享受)하고 완상(翫賞)하고 욕구하고 창조하는 의식의 바탕과 미감(美感)의 움직임은 결과적으로 동일원리의 것이라 할 수 있다. 마치 성의 쾌감과 연애의 미감이 인류 일반의 통성으로 생리적(生理的)이요 심리적(心理的)인 기초 위에 이루어진 보편한 원리인 것과 같이, 미의식과 미감도 이 근원적인 바탕을 떠나는 것은 아니다.

그러나 이러한 미의 욕구와 미의 의식 또는 미적 체험은 개인에 따라 다르고 시대에 따라 변하기 때문에 미가 개인적이요 시대적이라는 것도 명백한 사실이다. 그러므로, 미라는 것은 그 자체로서는 보편타당성을 요청하고 있는 가치표준이지만, 의식하는 양상과 방법과 감도(感度)에 있어서는 개인에 따라 가지각색이어서 보편적인 일치를 본다는 것은 사실상 불가능한 것이다. 그러나 이와 같은 미의식 또는 미적 체험의 개인적 상위성(相違性)은 주로 미적 대상에 대한 감도의 차 — 곧 민감(敏感)에서 불감(不感)에 이르는 여러 가지 개인적 차에서 유래하는 것이 아니면, 미적 대상에 대한 호오(好惡)의 차 — 곧 취향과 습성에서 오는 여러 가지 개인적 차에 연유하는 것이 보통이다. 그러므로 이 감도의 차와 호오의 차에도 불구하고 미감과 미의식은 그것을 긍정하는 그 자체에 있어서는 동일성을 지니게 된다. 다시 말하면, 이떤 것을 미로서 느끼든지 그 미감 자체는 일종의 정신적 쾌감이란 점에서 공통한 것이란 말이다.

감정과 취미의 상대성(相對性)은 동일인이 동일물에 대해서도 전후의 관계에 따라 한결같지 않고 선행(先行)의 심적 상황에 의하여 후속(後屬)하는 감정상태가 제약되기로 마련이다. 그러므로 본질상의 문제로서 미의식은 선험적(先驗的) 보편성을 지니지만, 사실상의 문제로서의 미의식은 경험적(經驗的) 특수성에 매이게 된다. 이와 같이 미의식이 선험적 보편성과 경험적 상위성을 매개(媒介)로 하여 생성의 계기로 삼는다는 사실에서 우리는 다음과 같은 중요한 시사를 받을 수 있다.

첫째, 미는 변화와 상위가 있음으로써 지역과 시대와 개인을 한하여서의 관찰이 성립되지만, 그러나 미는 이러한 변화하고 상위하는 차별상(差別相)만에 멈추는 것이 아니고, 그것은 불변하고 상통하는 보편상(普遍相)을 가진 하나의 가치라는 점이다. 변하는 것은 미의

'실'(實)이요 '현상'이며, 변하지 않는 것은 미의 '이'(理)요 '바탕'인 것이다. 만일 미가 단지 변화와 상위의 차별상만을 지니는 것이라면 그것은 하나의 사상(事相), 하나의 사건에 지나지 않을 것이요 가치표준이 될 수는 없을 것이다. 다시 말하면, '어떤 것이 우리의 미냐' 하는 문제는 우리의 작품이나 유물로써 실증(實證)할 수가 있지만, 그러나 '이런 것이 우리의 미다'라는 판단의 뒤에는 우리의 미의식 곧 우리의 미가치표준(美價値標準)이 없이는 불가능하다는 것이다. '우리의 미'라는 말은 '남들의 미'에 대한 우리의 미라는 차별상을 바탕으로 하는 동시에 '우리들과 남들이 함께 좋아하는 미'라는 뜻의 보편성도 들어 있는 것이다.

둘째, 미의식은 개인을 통하여 구현(具現)되지만, 그것은 미의식의 보편성의 한 양상이란 사실이다. 경험과학의 하나로서의 과학적 미학은 이러한 미의 보편성을 부정하고 있으나, 만일 여러 가지 다른 모습으로 나타난 미적 현상의 근저(根底)에 아무런 보편성도 없다면 관광이라든지 예술은 그 존재마저 부정되지 않으면 안 된다. 자연미든 예술미든 간에 미는 곳과 때와 사람에 따라 여러 가지로 변화하고 상위한데도 불구하고, 관광이라든지 예술이 그대로 존속한다는 것은 거기에 미의식의 보편성이 전제되지 않고는 불가능한 것이다. 금강산이나 베니스 같은 이름 있는 풍광(風光)이 어느 때 어느 나라의 어떤 사람에게도 한결같이 아름다운 풍경(風景)으로 느껴지는 것은 무슨 때문인가. 훌륭한 고전 예술 작품들의 경우도 마찬가지다. 크거나 작거나 간에 높든지 낮든지 간에 관광과 예술은 미의 개인적 상위성에 근거하는 것이 아니고 미의 보편성 위에 서는 것이다. 이런 뜻에서 미의 근본질(根本質)은 구경(究竟)에 보편성와 공통성을 일단 승인하지 않을 수 없는 것이다.

갑(甲)이 미라고 보는 사물에 대하여 을(乙)은 미가 아니라고 하니 보편성이 없는 것이 아니냐고 주장한다면 이는 천박한 견해다. 어떤 사물에 대하여 미라고 긍정하든지 미 아니라고 부정하든지 간에 그 판단의 이면에는 그 판단을 내리는 기준 또는 규범으로서의 미의식을 지니고 있다고 보지 않으면 안 된다. 자기의 미의식과 합치될 때 미라고 판단하는 것이고, 자기의 미의식과 어긋날 때 미가 아니라는 판단이 내려지는 것이기 때문이다. 미에 대한 긍정이든 부정이든 간에 그 판단은 각자에게 선험적으로 갖추어진 일종의 미의식을 프리서포우즈하고 있다. 다시 말하면, 부정의 근저에는 긍정이 전제되지 않으면 안 된다. '이것은 미가 아니다'라고 부정하는 판단 뒤에는 '저것이 미이다'라는 긍정이 뒷받침되어 있다는 말이다. 우상(偶像)은 항상 우상을 지적하는 자의 손가락 위에 올라앉았듯이 자기의 우상이 없으면 다른 우상을 부정할 수 없는 것과 마찬가지로, 미의식이 없이는 '이것은 미가 아니다'라는 부정의 판단을 내릴 수가 없는 것이다. 이와 같이, 미의식의 보편성은 개인적 상위성을 넘어서 공통으로 존재하는—통일의 원리이기 때문에, 단순한 경험적 사실상의 상위만으로는 미의식의 보편성과 객관성은 부정되지 않는다. 경험적 사실로서의 개인적 상위만 주장하고 선험적인 보편적인 것을 허(許)하지 않는다면, 미학은 물론 논리학도 윤리학도 도저히 성립할 수 없는 것이다. 또 모든 사람에게 같은 정도로 예외없이 한결같이 승인되는 보편적 가치란 사실상 존재하지 않는 것이다.

셋째, 미의식은 개인의 경험적 사실을 통하여 구현(具現)되는 만큼 그 개인이 생활하고 있는 풍토와 역사와 사회집단의 영향을 받게 된다는 것은 자명한 일이다. 다시 말하면, 어떤 곳, 어떤 때, 어떤 것에서 미를 느끼느냐 하는 이 미의식의 경험적 생성현상(生成現象)은 곧 미의 풍토적 양식, 사회적 기호(취향), 역사적 이념을 고구(考究)하는 민족미학 성립의 근거와 계기를 준다. 다시 말하면, 미의식에 있어 보편성의 바탕은 개인적 상위를 뛰어넘은 공통성 곧 동일취향성을 생성시킨다. 이 미의식의 동일취향성은 바꿔 말하면 미의식의 집

362

단적 개성으로서 다른 집단의 동일취향성에 대한 개성적 공통성이다. 미의식의 집단적 개성은 주로 음식·복식·건축·공예·가악·무용 같은 생활문화·생활예술 면에서 현저한 공통의식 곧 동일취향성을 드러낸다. 특히 그 전형적인 예로서 민요를 들 수 있을 것이다. 민요에 대한 미의식은 각 지방이나 각 민족이 상이하여 천차만별이지만, 제 지방과 제 민족의 민요에 대한 미감과 애착은 다른 지방 다른 민족이 향수하는 미감과는 비교할 수 없으리만큼 강렬한 무엇이 있는 것이다. 이는 민요가 그 지방, 그 민족집단이 그 향토에 살면서 오랫동안 공동으로 발견하고 창작해 낸 가장 쾌적한 가락이기 때문이다. 다시 말하면, 미에 대한 그 집단의 공동의식이 성취한 개성미이기 때문이다. 우리 민요는 영남(嶺南)·호남(湖南)·근기(近畿)·영동(嶺東)·관서(關西) 등이 각기 따로 지방적 개성을 이루고 있지만, 그것들은 같은 한국 민요로서 한국 민족 전체에게 어필하는 것이다.

우리가 민족적 미의식을 다루기 전에 미리 밝혀 두지 않으면 안 될 것은 개인적 개성과 집단적 개성 ― 민족적 개성의 관계에 대한 문제이다.

문화나 예술에 있어 개인의 개성은 보편성 또는 세계성에 통해 있으므로, 민족의 구성원으로서의 개개인의 개성은 민족적 개성이 아니라 도리어 인류적 개성이요, 이러한 인류적 개성으로서의 개개인의 개성을 총합한 것은 민족적 개성의 바탕은 되어도 그것이 곧 민족적 개성은 아니다. 개개인의 개성은 집단적 개성을 형성하지만, 집단적 개성은 개개인의 개성을 그대로 총합한 것이 아니고, 그 개개인의 개성이 공동으로 형성한 개별의 개성이기 때문에, 집단적 개성은 개개인의 개성과 같은 크기의 개성이요, 개개인의 개성의 총합보다는 훨씬 작은 개성인 것이다. 여기서 크다 작다 하는 것은 그 내포(內包)를 말하는 것으로서, 이를 바꿔 말한다면 집단개성이 될수록, 외연(外延)이 커지면 커질수록 개개인의 개성의 화(和)보다는 내포가 줄어든다는 말이다. 집단적 개성은 그 구성원의 개성들이 지닌 바 동일취향의 공통인자(共通因子)로 생성된 별개의 개성이기 때문에, 개개인의 개성과는 다른, 개개인의 개성에는 희귀(稀貴)하거나 없는 새로운 개성을 낳기도 하는 것이다.

그러므로, 한국적 미의식은 한국인 개개인의 미의식의 총화(總和)로서 인류의 보편적 미의식의 바탕 위에 구조(構造)된 집단적 개성으로서의, 한국적 특징으로서의 미의식을 뜻한다. 이것은 민족의식을 강조하는 개인이 사멸해 가도 민족의 미의식 속에 무한히 연속 체득되어 계승하는 것이다.

3. 가치판단의 한국적 개념

가치란 것은 사람이 요구하는 사물의 성질을 가리키는 말이다. 그러므로, 그것을 요구하는 사람의 일정한 태도 또는 의식이 그 요구와 관계되는 대상의 성질에서 찾은 판단인 것이다. 따라서, 가치는 승인(承認)과 거부(拒否)와 추구(追求)와 회피(回避) 등의 평가작용을 동반하게 된다. 이와 같이, 가치는 의식이라는 주체와 대상이라는 객체 사이의 관계에서 생성되는 판단과 평가작용이지만, 그 의식과 대상을 매개하는 것은 혹종의 요구 그 자체인 것이다. 다시 말하면, 생리적이든 심리적이든 감정적이든 의지적이든 간에 또는 실용적이건 잉여적(剩餘的)이건 사회적이건 시대적이건 간에 그 요구의 조건과 대상의 조건의 일치 또는 괴리와 그 정도의 다과에 따라 가치의 유무와 고하가 결정되는 것이다.

인간의 요구가 무수한 만큼 그 요구들을 충족시키는 가치도 무수하다. 이러한 인간의 수많은 요구를 크게 나누어 진·선·미의 세 가지 절대가치(絕對價值)를 설정하는 것은, 이미 낡은 것이긴 해도 저명한 분류형식임은 사실이다. 그러나 이 진·선·미는 모두가 이상정신가치(理想精神價値)요, 성가치(性價値)·경제가치와 같은 자연물질가치(自然物質價値), 곧 동물로서의 인간에게는 오히려 더 근본적인 중대한 가치는 제외되어 있다. 또 가치론적인 진·선·미의 삼분요소를 심리학적인 지(知)·정(情)·의(意)의 삼분요소와 서로 배합(配合)하는 것도 반드시 타당한 것만은 아니다. 진·선·미에 신성가치(神聖價値), 곧 성(聖)을 더 했거나(빈델반트) 혹은 이론적 가치·미적 가치·신비적 가치·윤리적 가치·에로틱 가치·신성가치로 더 세분했다(리케르트) 해도 인생의 가치 전체를 설진(說盡)할 수는 없는 것이다. 다시 말하면, 인간의 근본적 요구를 분별하기 이전의 요구는 오직 '생명'이란 이름이 있을 뿐이요, 따라서 그 근본적 요구 총체를 포섭(包攝)하는 가치는 실로 '생활' 하나밖에 없는 것이다. 여기에 가치관념(價値觀念)의 통화(統化)와 분화(分化)의 계기가 있다.

가치관념의 통화 — 곧 가치관념이 분화되기 이전의 가치판단의 기준 또는 분화된 뒤의 모든 가치판단에 공통된 표현은 무엇인가. 우리말은 이것을 '좋다'와 '됐다'라는 두 가지 말로 표현한다.

'좋다'와 '됐다'는 인간의 요구에 부응(副應)하는 모든 가치에 통용되는 말이다. 따라서, 그것은 절대가치라는 진·선·미의 한국적 표현인 '참되다'·'착하다'·'아름답다'의 세 가지 가치 어디에도 통용되는 말이다. '좋은 논문'·'좋은 사람'·'좋은 시'라는 말은 각기 학술적 가치·도덕적 가치·예술적 가치를 평가하는 말로서, 그것은 진실한 논문, 선량한 사람, 아름다운 시를 뜻한다. 뿐만 아니라, 우리는 논리 간명한 글을 선필(善筆) 또는 미문(美文)이라 하고, 선량한 행위를 미덕(美德) 또는 진심(眞心)이라 하며, 아름다운 예술을 진실(眞實) 또는 순정(純正)이라 해서 진·선·미를 혼용하고 있다. 참되고 착하고 아름답다는 것은 곧 다름 아닌 가치판단에서 좋다는 느낌의 공통된 표현이자 분화된 가치대상에 대한 평가작용의 구극(究極)에 발하는 제 나름의 찬탄(讚嘆)인 것이다.

　이와 같은 사실에서 우리는 한국의 가치관념이 진·선·미의 합일을 지향하고 있음을 알 수 있다. 다시 말하면, 도덕적 가치는 아름답고 참된 것을, 학술적 가치는 착하고 아름다운 것을, 예술적 가치는 참되고 착한 것을 바탕으로서 희구(希求)한다는 말이다. 이것은 하나의 전인(全人)의 이상이기도 하다.

　그러면 이 '좋다'와 '됐다'라는 말이 내포한 관념내용, 또는 그 말들에 표상(表象)된 의미는 무엇인가.

　'좋다'라는 말에는 대략 다섯 가지 뜻이 있다.

　　① 오관(五官)을 통하여 상쾌하고 흡족한 느낌을 줄 만하다.
　　② 아름답고 품위가 있다.
　　③ 어느 표준에 맞아 마음에 들다.
　　④ 목적한 기대에 어그러짐이 없다.
　　⑤ 태도나 상태가 거칠거나 흐리지 아니하고 정답거나 맑다.
　　⑥ 운수 따위가 순조롭다.

　　　　　　　　　　　　　　　　　　　　　　　── 한글학회 《큰사전》

　특히 풀이 ③과 ④는 이 '좋다'라는 말이 가치관념을 나타내는 말이라는 명백한 증거가 된다. 표준에 맞아 마음에 든다는 것이나 목적한 기대에 어그러짐이 없다는 것은 곧 가치기준에의 부합(符合)을 뜻하기 때문이다. 또, 풀이 ①과 ⑥은 이 '좋다'라는 말이 모든 가치관념에 통용되는 평가기준임을 밝혀 준다. 오관(五官)을 통한 상쾌하고 흡족한 느낌이나 운수 따위가 순조롭다는 것은 전자가 자기 내부의 평가요 후자가 외부에서 저절로 되는 평가라는 차는 있어도, 그것이 평가기준에의 부합이란 점에서는 양자가 일치한다. 다시 말하면, '보기 좋다'·'듣기 좋다'·'먹기 좋다'는 것은 물론 '운수가 좋다'는 것도 결국 '뜻대로 된다'는 말, '여의(如意)하다'는 뜻이기 때문이다. 더구나 풀이 ②와 ⑤는 이 '좋다'라는 말이 가치통화관념(價値統化觀念)의 표현으로서 그 기준이 미의식이 핵심(核心)이 되거나 미적 가치관을 통한 평가의 표현임을 보여 준다. 아름답고 품위 있는 것, 거칠거나 흐리지 않고 정답고 맑은 것에서 좋다는 것을 느끼는 것은 '좋다'라는 말이 내포하는 관념이 아름답고 품위 있고 곱고 맑고 정답고 진실하다는 뜻인 줄 알게 한다. 실제로도 우리 고어(古語)에는 '좋다'는 말이 이와 같은 다의(多義)로 사용된 것을 볼 수 있다.

> 됴홀 호(好)　　　　(訓蒙字會 下 P. 31)
>
> 됴홀 션(善)　　　　(　〃　下 P. 31)
>
> 됴홀 슉(淑)　　　　(　〃　下 P. 31)
>
> 녀름됴홀 풍(豐)　　(　〃　下 P. 19)
>
> 됴홀 미(美)　　　　(類合 上　P. 26)
>
> 됴홀 호(好)　　　　(　〃　上　P. 26)
>
> 됴홀 의(懿)　　　　(　〃　下　P. 30)
>
> 됴홀 길(吉)　　　　(　〃　下　P. 57)
>
> 됴홀 가(佳)　　　　(　〃　下　P. 61)
>
> 面美曰 捺翅朝動　(鷄林類事)

이 '좋다'는 말의 어원이 무엇인가를 우리는 알지 못한다. 다만 그 원형이 '둏다'라는 것과 그 어의(語義)가 앞에 인용한 바와 같이 好·善·淑·豐·美·吉·佳 등의 뜻으로 쓰였다는 것을 알 수 있어서, 그것이 우리의 가치관념이 아직 분화되기 이전의 공용어였다는 것을 알 수 있다.

그러나, 우리가 현재 쓰고 있는 '좋다'라는 말의 어의 또는 그 표상하는 개념은 짐작할 수가 있다. 그것은 '좋다'의 반대말을 분석하여 유추(類推)하는 역구성의 방법을 통해서 가능하다. '좋다'의 반대말엔

'좋지 않다'가 있으나 그것은 소극적인 부정일 뿐 아니라, '않다'라는 부정사를 받는 '좋지'의 개념은 의연히 불분명하다. 그러므로, '좋지 않다'보다 적극적 부정인 '궂다'와 '나쁘다'의 어원을 살핌으로써 '좋다'라는 적극적 긍정판단의 내용을 짐작할 수밖에 없다. '좋다'라는 말의 이 두 가지 반대말은 지금도 살아 있는 말이지만, '궂다'는 말은 이미 드물게 쓰이고 '나쁘다'가 더 많이 쓰이는 것으로 보아서 전자가 더 오래 된 말인 줄 알 수 있다. 이 밖에도 지금은 폐어(廢語)가 되었지만 고어에는 '머즐다'와 '모딜다'가 있었다.

災징禍ᅘᆼᄂ 머즐씨라 (月印釋譜 第一 p. 49)

됴홀 일 지순 因緣으로 後生애 됴ᄒᆞᆫ 몸 ᄃᆞ외오 머즌 일 지순 因緣으로 後生애 머즌 몸 ᄃᆞ외야 (月印釋譜 第二 p. 16)

惡은 모딜 씨라 (月印釋譜 第一 p. 16)

歌利王ᄋᆞᆫ…無道ᄒᆞᆫ ᄀᆞ장 모딘 님그미라〔極惡君〕(金剛經 p. 80)

'궂다'는 ① '날씨가 궂다' ② '심술궂다' ③ '얄궂다' ④ '궂은 일'들이 현재에도 쓰이는 말인데, ①은 '불순(不順)하다'는 뜻이고 ②는 '짐짓 악의(惡意)스럽다'는 뜻이며 ③은 '이상하다'의 뜻이며 ④는 '험한 일 또는 흉사(兇事)'를 가리킨다. 이로써 보면 '궂다'라는 말은 불순(不順)·악의(惡意)·불길(不吉)·부조화(不調和)·비정상(非正常)의 뜻임을 알 수 있다. 이 '궂다'라는 말이 '좋다'라는 말의 반대말로 쓰인 예도 고전에 있다.

됴ᄒᆞ매 구주미 뎌를 브트실 ᄲᅮ니언뎡〔美惡自彼〕(圓覺經諺解 上 一五 二 p. 61)

됴ᄒᆞᆫ 일란 내게 보내오 구즌 일란 ᄂᆞ미게 주ᄂᆞ니〔好事歸己 惡事施於 人〕(金剛經 二一三)

惡道ᄂᆞᆫ 세 구즌 길히니 (阿]彌陀經 十一)

'나쁘다'는 좋지 않다는 말의 적극적 표현으로 현재 가장 많이 쓰이고 있거니와, 그 어원(語源)은 '낮브다'에 있으니 '낮다'는 뜻에서 온 말이다.

나쁘다〔惡〕	낮브다
미쁘다〔信〕	믿브다
바쁘다〔忙〕	밭브다
기쁘다〔喜〕	깄브다
가쁘다〔憊〕	갖브다
고프다〔飢〕	곯브다
슬프다〔悲〕	슳브다
아프다〔痛〕	앓브다1)

위의 예에서 보인 바와 같이 '나쁘다'의 원형은 '낮브다'이다. "어간이나 어근에 '브'가 붙어서 타사(他詞)로 바뀌거나 뜻만이 변한 것은 그 어간이나 어근의 원형을 밝히어 적지 아니한다"고 〈맞춤법 통일안〉은 제 17 항에서 밝히고 있다. 이와 같이, '나쁘다'는 '낮다'는 어근에서 온 말이지만, 뜻이 변했기 때문에 그것을 밝히어 적을 필요가 없으므로 그냥 발음되는 대로만 적는다는 것이다. 그러므로 이 항은 '나쁘다'의 원의(原義)가 '낮다'의 뜻임을 밝혀주고 있다.

이 '나쁘다'라는 말은 '착하지 않다'·'참되지 않다'·'아름답지 않다'는 뜻으로 통용할 뿐 아니라, '밥이 나쁘다'라고 하는 경우에서는 '양이 차지 않는다'·'부족하다'라는 뜻으로도 쓰인다. 그러므로 '나쁘다'라는 말의 어의는 정도가 낮고 모자란다는 뜻이 된다.

서상(敍上)한 바로써 우리는 '좋다'의 어의개념이 '궂다'·'나쁘다'의

---

1) 〈맞춤법 통일안〉, p.31.

반대말로서 순리(順理)·정상(正常)·조화(調和)와 고도의 성취감 또는 충족감으로 이루어진 평가작용임을 알 수 있다. 이와 같이, '좋다'라는 말이 통화가치관념(統化價値觀念)으로서 또는 진·선·미의 가치평가에 함께 통용되는 것은 비단 우리말로서만 그런 것이 아니요, 한문의 '선'(善), 일어의 '良イ'나 영어의 'good', 불어의 'bon'이 다 그렇다. 이것은 공통된 언어의식의 말미암은 바 세계 통유(通有)의 관념현상이라 할 수 있다. 그러나, 그 통화가치관념의 기조(基調) 또는 표현을 미적 가치관의 주축(主軸) 위에 세우는 것은 우리말에서 더 확연하고 강세인 것이 사실이다. 우리말에서 '미'(美) 곧 아름답다는 말의 반대말—부정적 표현은 '더럽다'인데, 이 더럽다는 말은 도덕적 가치 또는 학술적 가치의 부정어(否定語)인 '몹쓸다'와 '가짜다'보다도 더 강력한 모욕적(侮辱的) 부정사(不定詞)로서 '도덕적 가치'·'학술적 가치'의 평가에 적용된다.

'아름답다'와 '더럽다'로써 미적 가치뿐 아니라, 모든 가치의 최고와 최하를 표현하는 것은 우리 민족의 가치관념에 미의식이 기조를 이루고 있다는 증좌(證左)가 된다.

'좋다'라는 말과 거의 같은 경우에 쓰이는 말로 '됐다'가 있다. '됐다'의 원형은 '되다'요, '됐다'는 '되다'의 과거형 '되었다'의 약어(略語)이다. '되다'의 고어는 '드빙다'이니 '드빙 — 드외 — 도외 — 되'의 순으로 음전(音轉)된 것이다.

山의 草木이 軍馬ㅣ 드빙니이다 〔山上草木化爲兵衆〕 (龍飛御天歌 九十八章)

가비야본 소리 드외느니라 〔爲輕音〕 (訓民正音 P. 12)

쟝이 도외미 쏘혼 됴ᄒᆞ니라 〔爲醬亦好〕 (教荒提要 十)

病이 되엿거늘 (三綱行實·王氏經死)

370

‘드빗다 — 되다’의 그 원의는 미상이나, 이 말이 성취(成就) 또는 부응(副應)의 뜻임은 명백하다.

‘되다’

① 물건이 다 만들어지다. 일정한 형태가 이루어지다.
② 일이 끝나서 성공하다.
③ 어떠한 때가 돌아오다.

— 한글학회 《큰사전》

그러므로 이 ‘됐다’의 반대말 ‘안 됐다’는 ‘좋다’의 반대말 ‘나쁘다’와 같이 쓰이는 것이다. 안 됐다는 것은 ‘불성’(不成)의 뜻으로, 나쁘다의 ‘부족’(不足)과 상통한다. 또 ‘안 됐다’와 비슷한 말인 ‘못 됐다’는 ‘되지 못하다’ 또는 ‘잘못되다’는 뜻으로서 ‘악하다’의 뜻으로 전(轉)하기도 한다. 또, ‘덜 됐다’라는 말은 ‘설익었다’·‘겉멋이다’라는 말과 같이 미숙하다는 뜻으로, 인품·학문·예술의 평가에 통용하는 말이다. 이와 같이, ‘됐다’라는 말은 성취감(成就感)·부합감(符合感)의 표현으로서 ‘좋다’에 통하면서도, ‘됐다’의 완결형인 ‘다 됐다’라는 말은 모욕감·타락감·절망감을 표현하는 말이다. ‘세상 다 됐다’라는 말은 말세의 탄(嘆)이요, ‘그 예술도 다 됐다’ 하면 더 바랄 것 없는 끝장이란 뜻이 된다. 성취와 성숙을, 조화와 균정(均整)을 높은 가치 기준으로 설정하면서도 완전성취감·규격성·완벽성을 경계하는 곳에 우리 미의식의 특질이 있는 것이다. 덜 되고 안 되고 못된 것은 성숙을 위한, 되기 위한 노력으로 극복해야 하지만, 지나친 규격의 형식과 완결된 내용과 충만(充滿)·진부(陳腐)의 타성(墮性)은 거부한다는 말이다. 여기에 우리의 미이념(美理念) 또는 심미의식(審美意識)의 허극성(虛隙性)·불균정성(不均整性)·비상칭성(非相稱性)·가변성(可變性)·율동성(律動性)의 바탕이 있는 것이다. 다시 말하면, 빈틈없는 결구(結構)·정제(整齊)·조화(調和)의 바탕 위에 기술의 구경(究竟)으로서 얻은 기술의 초탈(超脫)은 항상 인공으로는 거의 불가능한 허극과 왜곡의 새로운 창의로써 타개된다는 말이다. 덜 되거나 안 되거나 못되지 않고, 되었으면서 항상 다 되지 않은 것 ─ 이것이 우리의 가치관념의 이상이요 가치관념의 기준임을 엿볼 수 있는 것이다.

'좋다'와 '됐다'라는 통화가치관념은 참되다(眞), 착하다(善), 아름답다(美)라는 세 가지 가치관념으로 분화되었다. 그러나, 이 세 가치개념(價値槪念) 중에 가장 먼저 성립된 것은 '아름다움'의 개념이요, '참됨'과 '착함'의 개념은 훨씬 후세에 성립된 것이다. 왜 그러냐 하면, '아름답다'는 말은 우리 고전에 진작부터 보이는 데 비해서, '참되다'거나 '착하다'는 의연(依然)히 '됴타'(좋다)라고 쓰였고, 오늘 우리가 쓰는 뜻의 '참되다'와 '착하다'는 말은 눈에 잘 띄지 않기 때문이다. '참답다'는 말의 어근(語根) '참'은 진작부터 눈에 띄지만 '착하다'는 '착'도 '착함'도 잘 보이지 않는다.

아롭다온 일후믈 사ᄅᆞ미 밋디 몯ᄒᆞ느니 〔美名人不及〕 (杜諺 二十一 p. 23)

아롭다올 언(彦) (類合 下 p. 5)

아릿다올 교(嬌) (類合 下 p. 31)

眞礫〔춤갈〕 (農事直說 p. 5)

生眞油〔늘춤기름〕 (牛疫方 p. 13)

'참되다'는 '眞'의 뜻인 '참'과 동사 '되다'와의 합성어로서 '참답다'고도 한다. '眞實로'(진실로〔誠〕 ─ 杜諺 九 p. 8) 또는 '꾸밈 없는'(ᄭᅮ몸 업슨〔질(質)〕 ─ 三家解 二 p. 61)의 뜻으로 비롯된 말이다. 오늘 우리가 쓰고 있는 '참되다'라는 말은 '진실(眞實)하다'·'옳다'〔是〕·'바르다'〔正〕의 뜻이다. '참되다'의 반대말은 '가짜다'〔假〕·'그르다'〔非〕·'틀렸다'〔誤〕요 '조작이다'〔造作〕·'얼간이다'〔半鹽〕·'설익었다'〔未熟〕

라는 말도 쓴다. '착하다'라는 말은 물론 선(善)의 뜻이지만, 우리 민족은 선의 기준을 어디에 두었는가 하는 문제는 흥미로운 일이 아닐 수 없다. 이것 역시 그 반대말에서 유추할 수밖에 없다.

선(善)의 반대말 악(惡)은 '몹쓸다'와 '못됐다'이다. '몹쓸다'의 어원은 '못쓰다' 곧 쓰지 못할 것〔無用〕, 써서는 안 될 것을 뜻한다. '몹쓸다'는 '몹ᄡᅳ다 — 몹슬다'로 전음(轉音) 전의(轉義)된 것이다. '쓰다'〔用〕는 원형이 'ᄡᅳ다'요, '~ᄡᅳ'→'ㅂ쓰'형 음전(音轉)은 ᄡᆞᆯ〔米〕에 관한 어휘에서 그 예를 찾을 수 있다.

날로 ᄡᅮ메 편안킈 ᄒᆞ고자 ᄒᆞᇙ ᄯᆞ라미니라〔便於日用矣〕(訓民正音 序文)
니ᄡᆞ리 동오로셔 오놋다〔粳稻來東吳〕(杜詩諺解 卷五 十一)
ᄎᆞᄡᆞᆯ나〔糯〕(訓蒙字會 上 p. 12)

갱미(粳米)는 현행어로는 입쌀, 나미(糯米)는 찹쌀이다. 이는 ᄡᆞᆯ의 'ㅂ'이 윗 음절에 올라붙는 것으로서, 특히 찹쌀에서는 찹ᄡᆞᆯ의 찰의 ㄹ이 탈락되고 대신 ㅂ이 올라붙는 것이다. 경상도 일부 방언에 쌀을 살이라고 발음하는 것은 ᄡᆞᆯ의 된비읍 발음이 'ㅆ'과 같은 완전한 된소리는 아니었던 증거가 된다. 몹슬다(몹쓸다)에서는 '몯ᄡᅳᆯ다'의 '모'의 'ㄷ'이 탈락된 것이다.

米曰 漢菩薩(鷄林類事)

한보살(漢菩薩)은 흰ᄡᆞᆯ 곧 흰쌀〔白米〕의 표음(表音)이다. ᄡᆞᆯ을 '菩薩'이라고 표기한 것은 ᄡᆞᆯ의 음가(音價)를 아는 데에 암시 깊은 바가 있는 것 같다.

'못됐다'는 잘못되었다는 말이니, 이로써 보면 착하다는 개념은 좋은 사람 곧 쓸 만한 사람으로 그 가치기준이 윤리적 또는 사회적 실용에 놓여 있을 뿐 아니라, 잘될 사람으로서 복선화음사상(福善禍淫

思想)이 바닥에 깔려 있음을 알 수 있다.

　필자는 이 논고에서 우리의 가치관 또는 미의식에 관계되는 중요한 단어들을 분석하여, 그 단어들이 내포한 개념내용과 그 어원 및 어의전성(語義轉成)의 계기를 살펴보는 방법을 시도하였다. 의미론에서는 각 단어는 그것이 실제로 사용될 경우에 그 주의(主意 : Hauptsinn)와 이 주의에 어떠한 특징을 가미하여 생긴 부의(副意 : Nebensinn)와 이 밖에 감정가치(感情價値)를 띠고 나타난다고 하거니와, 필자가 앞에서 시도한 방법도 이와 같은 것이다.

　마지막으로 아름다움 곧 우리가 생각하는 미가치 ─ 그 개념의 골자내용(骨子內容)이 무엇인가 하는 문제가 남는다. 우리말에 미를 나타내는 일반적인 형용사로는 '아름답다'와 '곱다' 두 가지가 있다. 이 두 가지의 어의(語義)를 아우르면 우리 미의식의 핵심을 알 수 있을 것이다.

　'아름답다'의 반대말은 '더럽다'요, '칙칙하다'와 '숭하다'가 또한 아름다움의 반대말로 쓰인다. '더럽다'의 반대는 '깨끗하다', '칙칙하다'의 반대는 '맑다', '숭하다'의 반대는 '예쁘다'이다. 그러므로, 우리가 생각하는 아름다움이란 말은 먼저 '깨끗하고, 밝고, 예쁜 것'이다. 또, '곱다'의 반대말은 '거칠다'요, '밉다'와 '투박하다'도 같이 쓰인다. '거칠다'의 반대는 '매끈하다'요, '밉다'의 반대는 '사랑스럽다'요, '투박하다'의 반대는 '날씬하다'이다. 이로써 '매끈하고, 사랑스럽고, 날씬한 것'이 또한 우리 미의 이상(理想)임을 엿볼 수 있을 것이다. 다시 말하면, 우리말에 표상(表象)된 미의 내용은 깨끗하고 밝고 예쁘며 매끈하고 사랑스럽고 날씬한 것이라 할 수 있다.

　그러면, 아름답다는 말 그 자체는 무슨 뜻인가. 이 어원을 캐 보는 것은 한국적 미의식의 구명에 도움이 될 것이다. 이 '아름다움'의 어원에 대해서 고(故) 고유섭(高裕燮) 씨는 '아름'은 '안다'의 변화인 동명사(動名詞)로서 미의 이해작용을 표상하고, '다움'은 형명사(形名

詞)로서 '격'(格), 즉 가치를 말한다 해서 '사람다움'이란 말이 인간적 가치, 즉 인격을 말하듯이 '아름다움'은 지(知)의 정상(正相), 지적 가치를 말하는 것이라 하였다. '아름다움'은 '알음'〔知〕이 추상적 형식 논리에 그침과 달라서 종합적 생활감정의 이해작용에 근저(根柢)를 둔 것을 뜻한다 하여 실로 철학적 오의(奧義)가 심원한 언표(言表)라 아니 할 수 없다고 그 어원가치(語源價値)를 자랑하였다. 2)

다시 말하면, '아름다움'의 어원을 알음〔知〕과 다움〔如〕의 합성어로 보아 지적 가치 또는 '숙지성(熟知性)의 감정'과 비슷한 뜻으로 해석하였다. 미라는 것은 감정적(感情的)인 것도 아니요, 의지적(意志的)인 것도 아니요, 이지적(理智的)인 것도 아니고, 마땅히 예지적(叡智的)이라 할 것이라는 씨의 소설(所說) 3)에는 필자도 동의하는 바이지만, 아름다움의 '아름'을 知〔알음〕로 보는 것은 미를 예지적으로 해석하여 '지격적'(知格的)이라 하는 씨의 지론을 위해서는 우합(偶合)의 묘미가 있겠으나 어원고증으로서는 무리가 있다.

고유섭 씨는 이 논문의 후주(後註)에서는 아름다움을 '지격'(知格)이라는 뜻으로 본 자신의 설이 오해라 하여 아름다움의 어원적 고찰은 다시 해야 할 것이라고 하였다. 그와 같은 자설(自說)의 보류는 그의 학우 안용백(安龍伯) 씨의 주의(注意)에 의하여 자설의 오해가 지적되었기 때문임을 밝히고, 아름다움의 '아름'은 '知'의 뜻이 아니라, '實'의 뜻이라는 안 씨의 지적을 아울러 밝혔으나 그 설에 동의를 표하지는 않았고, '아름다움'의 어원적 의미로서는 자설이 오해였지만, 미를 예지적 또는 지격적이라 보는 자신의 지론은 확고불변한 것이라 하였다. 그러나, 씨로 하여금 자설을 한때의 오해로 돌려 보류하게 한 그 지적(指摘)이라는 아름〔實〕설(說)도 마찬가지로 근거가 없는 것이다. 무엇 때문에 고유섭 씨가 이 설을 받아들여 자설을 가

---

2) 고유섭, "우리의 미술과 공예," 《동아일보》 1934. 10. 11~20.
3) 고유섭, 전게논문 註 2, 《조선미술문화사논총》 p. 57.

벼이 보류했는지를 알 수가 없다.

'實'의 고어는 '여름'이요 그것은 '열'〔開〕의 명사형이다. '아람'은 '열 매'〔實〕라는 말의 범칭이 아니라 '알밤'이란 말로서 밤이나 도토리가 무르익어 떨어지는 것을 가리키는 말이다.[4] 감이나 배 같은 열매에 는 아람이란 말을 쓰지 않는다. 설사 '아람'이 '열매'라는 뜻이 있다고 하더라도 '열매답다'는 것은 말이 안 된다. 혹은 전의(轉義)하여 '아 람'을 '알맹이'의 뜻으로 봐서 '알맹이답다'·'實답다'의 뜻으로 파악한 다면 뜻은 통할 수 있으나 아무래도 견강(牽强)의 혐(嫌)은 면할 수 없다.

아름다움의 어원은 '알음〔知〕다움'도 아니요, '아람〔實〕다움'도 아니 다. 현행어 지(知)·실(實)보다는 더 오랜 어원을 거슬러 올라가야 한다. 아름다움이란 말의 고어원형(古語原形)은 '아롬다옴'이다.

世世로 絲綸 ᄀ옴 아로미 아롬다오몰 알오져 홀뎬〔欲知世掌絲綸美〕
(杜諺 卷六, 四)
美·佳 아롬다올(石峯千字 一三)

이 아롬다옴의 아롬은 '사'(私)의 고훈(古訓)이다.

아롬ㅅ(私) (類合 下 p. 4)
아롬ᄋ로뻐(以私) (內訓 二 p. 20)
늘근 사롬들히 아롬도이 우니라〔私泣百歲翁〕(杜諺 四 p. 20)
그윗 것과 아롮거시 제여곰 짜해 브터셔〔公私各地着〕(杜諺 七 p. 36)

---

4) 果는 여르미오(月印釋譜 第 一, 一二).
　百步에 여름 쏘샤〔射果百步〕(龍歌 六十三章).
　아람 = 밤이나 상수리 따위가 저절로 충분히 익은 상태.
　알밤 = ① 송이에서 빼어난 밤 ② = 아람(한글학회 《큰사전》).

女家亦婚書乙曾只通報爲旀　私音丁定約爲遣〔女己報婚書及有私約〕
(明律 卷六, 二)

민(民)의 통훈(通訓) 빅셩(百姓)도 아룸이지만, 이는 사민(私民)의 뜻이므로 '私'의 훈 '아룸'에서 온 것이 분명하다.

이런 아룹믄 불휘 없슨 남기매〔如此之民如無根之木〕(正俗諺解 冊一)

아룹다옴의 다옴은 답〔如〕이니 꽃답다, 사나이답다 등의 현행어에 그대로 살아 있는 말로서 같다는 뜻의 말이다. 그러므로, 아름다움의 원의는 '私好'의 뜻으로 제 마음과 같다, 제 마음에 어울린다는 뜻이 된다.[5]

다시 말하면, 아름다움은 제 미의식에 맞는 제 가치기준에 부합하는 것이란 말로서, 대상이(또는 대상에서) '저' 곧 '各自＝私'와 같을 때(또는 발견할 때) 느끼는 감정이란 말이 된다. 미적 체험이 개성적 판단과 그 상위성을 우리말은 어원 자체로서 이미 애초부터 인식했다고 할 수 있다. 이야말로 미의 본질의 근본적인 문제를 밝힌 철학적 깊이를 가진 어원이라고 하겠다.

우리말에 현재 사용되고 있는 미가치(美價値)를 표현하는 어휘는 대개 네 가지 계열이 있다. '아름다움'계・'미(美)'계・'고움'계・'멋'계가 그것이다. 이제, 이러한 미가치 표현어휘의 우리말에 있어서의 사용빈도를 살펴보면 〈표 1〉과 같다(문교부의 "우리 말수 사용의 잦기 조사" 제1편, 1956.12 참조).

이 조사에 나타난 빈도순위는 조사 총어휘 56,069 어휘의 전체의 순위를 낸 것이기 때문에, 빈도 수가 같은 어휘일지라도 순위에 많은 차가 있는 것은 그 어휘들의 가나다 순 배열에 기인한다. 그러므로

5) 이에 대해서는 양주동 씨도 필자와 같은 견해를 보여주었다(《朝鮮古歌硏究》, p.111).

〈표 1〉

조사어휘 총수		56,069 어휘	
계 열	단 어	빈 도	빈 도 순 위
아름다움 계	아름다움 아름답다 아릿답다	18 566 12	8,034 418 10,576
美 계	美 美 感 美 觀 美 觀 的 美 麗 美麗하다 美的(관형사) 美 하 다	91 1 4 1 3 3 3 4	2,326 40,325 19,877 23,234 23,235 23,247 19,884 19,887
고움 계	곱 다 곱다란히 곱다랗다	289 1 3	1,007 35,788 22,157
멋 계	멋 멋갈없다 멋대가리 멋대로 멋대리 멋들다 멋멋하다 멋모르다 멋없다 멋장이 멋적다 멋지다	32 1 2 3 1 1 3 3 3 8 3 3	5,242 40,106 28,518 23,064 40,107 40,108 23,065 23,066 40,100 13,166 23,067 23,068

378

같은 빈도의 어휘를 동순위(同順位)로 한다면 실제의 빈도순위는 이
보다 높아진다는 것을 알아야 한다. 이제, 이 조사표에 의하여 우리
말 미가치 표현어(미남·미인 등 어휘는 제외하고 근본적인 것만)의 유
계빈도(類計頻度)와 그것의 총 빈도순위에의 해당순위를 찾아보면(역
시 가나다순)〈표 2〉와 같다.

　이와 같이 미가치를 총체적으로 표현하는 말의 유별누계(類別累計)
는 1,016의 빈도를 보임으로써 총 조사어휘 56,069어 중에 233위를
차지하는 고율(高率)을 나타내고 있다.

　참고삼아 착하다〔善〕와 참되다〔眞〕계의 어휘빈도를 살펴보면〈표
3〉과 같다.

　이로써 아름다움〔美〕계 어의 빈도가 1,016으로 가장 많고, 참〔眞〕
계 어의 빈도가 842로 그 다음, 착함〔善〕계 어의 빈도가 137로 가장
낮음을 알 수 있다. 이 '진·선·미'계 어 총계 1,995의 빈도에서 미
계의 빈도 1,016은 전체의 50%를 초과하고 있다. 이것은 한국의 가
치관에 미의식이 바탕이 되어 있다고 전제한 필자의 견해를 확정하는
것이 아닐 수 없다.

〈표 2〉

단 어 계 열	유 계 빈 도	해 당 순 위
아름다움系	596	399
美　　系	114	1,944
고　움　系	243	986
멋　　系	63	3,133
	총계　　1,016	233 위

〈표 3〉

단어별 빈 도		계별 빈도	해당 순위
착하다	91		
善	37	137	1,679 위
善하다	9		
참〔名〕	89		
참〔副〕	380		
참다랗다	9		
참 답 다	28		
참 되 다	53		
진(眞)	12		
진실(眞實)	36		
진실되다	2		
진 실 로	85		
진 실 성	7	842	280 위
진실하다	43		
진정(眞正)	31		
진정하다	67		

4. 한국적 미의 범주

우리말에는 미를 표상하는 어휘로 '아름다움'과 '고움'과 '멋'의 세 가지가 있다. 전장(前章)에서 고찰한 미가치 표현어 네 가지 중 미계 (美系) 어휘들은 '미'자(字)를 우리말로 훈독할 때 '아름다울 미'라고 하므로, 이 '미'자가 든 말들은 아름다움 계에 포섭될 성질의 것이다. 그러므로 이 '아름다움'과 '고움' 및 '멋'의 세 가지 말이 지니고 있는 개념을 분석하고 그것들 상호간의 관계를 구명하고, 그것의 미의식 구조상의 위치를 설정함으로써 우리는 미의 한국적 범주(範疇)를 추상(抽象)할 수 있을 것이다.

필자는 전장에서 '아름다움'의 개념내용을 분석하여 그것이 깨끗하고, 밝고, 예쁘며, 매끈하고, 사랑스럽고, 날씬한 것에서 느끼는 가치임을 지적하였다. 이것은 이미 한국의 미의식의 한 고유한 성향을 단적으로 드러내고 있어 '고움'이라든지 '멋'의 근본 바탕이 되어 있다. '아름다움'은 '고움'과 '멋'의 바탕으로서 한국적 미의식을 대표하는 말이 된다. 다시 말하면, '아름다움'이란 말은 한국적 미개념의 표상인 동시에 미개념의 보편적 원리에 통용되는 말이다. 영어의 beauty나 불어의 beauté를 한국어로 번역할 수 있는 말은 '아름다움'이란 말뿐이요, '고움'이라든지, '멋'으로써 그것에 대치할 수는 없다. 이는 곧 '고움'이라든지 '멋'이 '아름다움'보다 더 특수적이요, 한국적인 개념이기 때문이다. 바꿔 말하면, '고움'과 '멋'은 '아름다움'의 한 부분 또는 그 일면이 고조된 것으로서 그 개념내용 그대로는 번역되지 않는 말이다. 물론 '고움'과 '멋'은 외국에도 그 비슷한 것이 있을 수 있다. 그러나, 그것은 우리가 말하는 '고움'과 '멋' 그것과 완전 일치되는 것은 아니기 때문이다. 한국적 미의식의 특질로서의 아름다움의 내용은 곧 이 '고움'과 '멋'의 번역 불가능성을 밑받침으로 하는 것이기 때문이라고 말할 수도 있다.

　현재 우리가 느끼는 '아름다움'의 개념 곧 미의식의 내용은 종래보다 상당히 확대되어 있다. 외래의 미가치 기준의 수용과 우리의 미의식 자체의 시대적 변용으로 인하여 깨끗하고, 밝고, 예쁘고, 날씬한 것은 물론 그 반대인 칙칙하고, 어둡고, 무디고, 일그러진 것도 아름다움의 내용으로 들어와 있다는 말이다. 이것은 정통미(正統美)인 우아미(優雅美) 뿐 아니라 추악한 것까지도 미의 내용으로 받아들인 근대미(近代美)의 영향을 받은 것이 확실하다. 근대적 교육을 받지 않은 계층에서는 어느 누구도 둔탁(鈍濁)하고 암울(暗鬱)한 것에서 미의식을 느끼지 못한다. 그러므로, 한국 고유의 미의식으로서 '아름다움'은 밝고 날씬한 것, 곧 우아미 또는 협의의 미, 근본미를 정통이상(正統理想)으로 삼고 있음은 의심할 여지가 없는 것이다. 그러면, 한국의 미의식 또는 미가치는 이러한 밝고, 예쁘고, 사랑스럽고, 날씬한 우아미에만 잡혀 있느냐 하면 그렇지는 않다.

　'고움'이야말로 한국적 미의식 곧 '아름다움'의 정통(正統) 면을 대표하는 자이다. 고움은 아름다움의 협의(狹義)로서 아름다움의 개념보다 소규모의 구체적 개념이다. 역사적으로도 고움이란 말은 아름다움이란 말과 동시에 사용되었고, 그것은 현행어의 미려(美麗)와 같은 뜻으로 쓰였던 것이다.

　　아름다온 일후믈 사르미 밋디 몯ᄒᆞᄂᆞ니〔美名人不及〕 (杜詩諺解 二十一 p. 23)
　　거우루ᄂᆞᆫ 고ᄋᆞ며 골업스며 됴ᄒᆞ며 구주믈 너루 골히ᄂᆞ니 (圓覺經諺解 上之二 p. 13)
　　고온 사ᄅᆞᆷ〔美人〕 (內訓 二 p. 20)
　　艶염은 고울씨라 (楞嚴經諺解 五 p. 57)
　　妍 고을 연 (訓蒙字會 下 p. 33)

382

이 '고움'은 미려(美麗)의 뜻을 가진 말로는 아마 '아름다움'보다 먼저 생긴 말인 듯하다. '고운'의 원형(原形)은 '고ᄫᆞᆫ'이요, 연대적으로 오래된 문헌에 나타난 미려의 뜻은 '아름다온'보다 '고ᄫᆞᆫ'으로 되어 있기 때문이다.

누네 고ᄫᆞᆫ 것 보고져 ᄒᆞ면 제 머군 ᄠᅳ드로 고ᄫᆞᆫ 거시 ᄃᆞ외야 븨며 (月印釋譜 一 p. 32)
妙ᄬᆞᆯ화ᅘᅡᆼᄂᆞᆫ 곱고 빗날씨라 (月印釋譜 八 p. 11)
졈고 고ᄫᆞ니로 여듧 각시를 ᄀᆞᆯᄒᆡᆯ샤 (月印釋譜 八 p. 91)

이제 곱다는 말의 의미를 알기 위하여 먼저 그 용례 몇 가지를 살펴보기로 한다.

① 살결이 곱다.
② 마음씨가 곱다.
③ 솜씨가 곱다.

를 예로 들어 보자.
한글학회의 《큰사전》에는 '곱다'를,

① 눈으로 보거나 귀로 들어서 아름다운 느낌이 생기다.
② 마음이 순하다.

라고 주석해서, 아름다움과 동의어로 썼을 뿐 '곱다'는 말의 독자(獨自)의 뜻은 분명하지 않다. 다만, ②의 '마음이 순하다'만이 '곱다'라는 말의 일면을 밝히고 있을 따름이다. 살결이 곱다는 것은 매끄럽고 보드랍다는 말이니, 여기서 '곱다'는 말은 '거츨다〔荒〕·딱딱하다'의 반대말임을 알 수 있다. 마음씨가 곱다는 것은 온아하고 유순한 것이요, 솜씨가 곱다는 것은 치밀하고 세련되었다는 뜻이니, 이런 용례로써 보면 '곱다'라는 말은 사물의 질이 윤택(潤澤)·유순(柔順)·온아 (溫雅)·치밀(緻密)·세련(洗鍊)된 것을 지칭(指稱)하는 것으로서, 황잡(荒雜)·열악(劣惡)·냉혹(冷酷)·허소(虛疎)·조야(粗野)의 반 대어로 통용되는 말임을 알 수 있다. '곱다'라는 말의 이러한 개념내 용은 곧 '아름다움'이란 말이 지니는 개념내용인 깨끗하고, 밝고, 예 쁘며, 매끈하고, 사랑스럽고, 날씬한 인상을 주는 어감이다. 그러면 서도 아름답다는 어감보다는 더 소규모요, 더 정적인 어감을 준다. 그러나, '곱다'라는 어감은 '아름답다'에 비해서 소규모요 정적(靜的) 이면서도 더 구체적이요, 형태적인 어감이다. 다시 말하면, '아름답 다'는 형용사로서 관념의 진폭이 '곱다'에 비해서 크다는 말이다. '아 름답다'라는 형용사로서보다도 '아름다움'이라는 추상명사의 어근으로 서의 의의가 더 크다. '고움'이란 명사도 마찬가지로 '곱다'에서 온 것 이지만 그 어감은 형용명사이다. 왜 그러냐 하면, '곱다'라는 형용사 는 구체적으로 예를 들어 설명할 수가 있을 뿐 아니라, 그 원칙의 반 대되는 것에 '곱다'라는 말을 붙일 수가 없는 데 대해서, '아름답다'라 는 형용사는 구체적 설명이 어렵고 그 주관적 용례의 반대에서도 미 감을 느끼고, 동시에 아름답다는 말을 쓸 수가 있기 때문이다. '곱다' 라는 표현은 윤택·온아·치밀·세련에만 통용될 뿐 삭막·비장·소 탈·소박한 미에는 아름답다는 말을 쓸 수 있어도 곱다라는 표현을 쓸 수는 없기 때문이다.

'살결이 곱다'와 '얼굴이 아름답다'·'마음씨가 곱다'와 '정신이 아름 답다'·'솜씨가 곱다'와 '재주가 아름답다'는 말은 각기 동질의 것이면 서 그 관념내용의 범위와 어감은 반드시 일치하지 않을 뿐 아니라, 반대의 경우도 아름다움으로 성립한다. 살결이 곱고 마음씨가 곱고 솜씨가 고운 것은 얼굴과 정신과 재주의 아름다움을 이루는 하나의 기본조건이지만 필수조건은 아니다. 다시 말하면, 살결이 곱지 않아 도 얼굴은 아름다울 수 있고, 마음씨가 억세어도 정신이 아름다울 수 있으며, 솜씨가 중후(重厚)해도 재주는 아름다울 수가 있기 때문이다. 이로써 우리가 아름다움과 고움이 항용(恒用) 생각하는 것처럼 동의어는 아니라는 것을 알 수 있다.

이러한 '고움'의 정상미(正常美) 또는 규격성으로서의 아려미(雅麗美)를 뛰어넘은 변형미(變形美) 또는 초규격성의 풍류미(風流美)가 멋이다. '멋'은 한국 미의식이 그 본래의 정상성(正常性)을 데포르메(déformer)해서 체득한 또 하나의 고유미이다. 그러므로, '고움'의 개념이 세계 일반의 우아미에 통하는 것으로서 다른 민족의 미의식과 근사치를 찾기가 쉬운 데 비해서 '멋'은 좀더 한국적인 것으로서 번역할 수 없는, 한국 사람만이 공통으로 느끼는 미가치인 것이다. 따라서 한국적 미의식의 구명은 이 '멋'의 특질을 찾는 것으로 시종할 수밖에 없는 것이다. '멋'을 외국어로써 번역할 수 없다는 것은 다른 나라 말에 '멋'과 같은 말이 없기 때문이요, 말이 없다는 것은 사고와 생활체험에 그것의 독자적인 발달이 없었다는 것을 의미한다. 그러나, '멋'이 내포하고 있는 개념과 상통하는 일면은 다른 민족에게도 있다. 뿐만 아니라, 보편한 미의식의 선험성은 우리의 '멋'을 다른 민족도 이해하고 공감할 수 있는 기틀이 되어 있기 때문에, 우리의 멋이 우리만의 느끼고 다른 민족에게 아주 통하지 않는 것이라고 생각할 수는 없다. 다만, 다른 민족은 우리의 '멋'과 꼭 같은 것을 창조하고 행동하고 향수하고 생활하지는 못하는 것이 다를 뿐이다. 우리의 멋과 비슷한 일면은 외국에도 있다. 유머나 율동성 같은 것 말이다. 그러나, 따지고 보면 유머에도 영·불이나 중·일은 서로 다른 제 나름의 개성이 있는 것이다. 율동의 조격(調格)도 각기 개성이 있다.

우리는 외국 사람의 행동과 예술에서 우리의 멋을 느낄 때가 있다. 그러나, 그것은 행동하고 창작하는 그 사람 자신에게는 그것이 우리의 멋으로서가 아니라, 그들의 기술의, 정신의 어느 일면이 무르익은 표현이 빚어내는 감동에 지나지 않는다. 이것을 우리의 미의식으로 받아들일 때에 우리가 멋으로 느끼는 것이다. 이와 같은 사실은 우리의 멋이 하나의 미의식에 그치는 것이 아니라 생활의 이념으로까지 승화되었다는 증좌(證左)라 할 수 있다. 풍류(風流)와 낙천(樂天)에서만이 아니라, 신의(信義)와 비장(悲壯)에서도 '멋'은 느껴지기 때문이다. 멋지게 사는 것은 풍류와 낙천에 있고, 비수(悲愁)와 우민(憂悶)으로 일생을 보내는 것을 멋지게 살았다고는 하지 않지만, 멋지게 죽는다는 것은 풍류낙천 외에도 숭고비장한 최후를 마치는 것을 멋지게 죽었다라고 하는 것을 보면, 멋은 그 근원이 정신미에 있음을 알 수 있다.

이상으로써 한국적 미의식의 기본구조 또는 가치관념으로서의 아름다움과 멋의 관계에 대하여 살펴봄으로써 한국의 미의 범주를 설정해 보았다. 보편미 또는 정상미로서의 '고움'과 특수미 또는 변형미로서의 '멋'을 포괄하는 것이 '아름다움'의 개념임을 보았다. 한국적 개성미로서의 '멋'의 개념의 분석은 후장으로 미루고, 여기서는 좀더 우리 미의식의 미의 범주 내부에서의 분화된 가치관념에 대하여 고찰하기로 한다. 미의식의 성찰(省察)은 대체로 형태미와 구성미와 표현미와 정신미의 네 가지로 나눌 수 있다 형태미는 '맵시'란 말로, 구성미는 '태깔(태ㅅ갈)'이란 말로, 표현미는 '결'이란 말로, 그리고 정신미는 '멋'이란 말로 나타나 있다.

맵시라는 말은 일반적으로 잘 다듬어진 모습이란 뜻으로 쓰인다. '맵시 있다'·'맵시가 아름답다'·'맵시가 좋다' 등과 같은 이 맵시를 평가하는 말로서는 '날씬하다'와 '수수하다'의 두 가지가 있다. 한글학회 《중사전》에는 이 날씬하다를 "'늘씬하다'의 작은말"이라고 풀이했고 '늘씬하다'는 "몸이 가늘게 축 늘어지다"라고 풀이되어 있다. '날씬하다'가 '늘씬하다'에서 온 말이긴 하나, 그 어의는 많이 변했으니 이 주석(註釋)은 타당하지 않은 것이다. 다시 말하면, '늘씬하다'는 손마디가 늘씬하다거나 키가 늘씬하다는 식으로 늘어진 모양 곧 '꾀죄하다'의 반대말이지만, '날씬하다'는 말은 몽똥하고 꾀죄죄하지 않다는 말이면서 벌써 멋없이 싱겁게 늘어지거나 버성그른 것은 아니고 청초하고 세련된 모습을 표현하는 말로 바뀐 것이다. 날렵하고 호리호리한 여인의 가다듬은 옷맵시라든지 갸름하고 매끈하게 빠진 고려자기의 병모가지 같은 것이야말로 '날씬하다'의 어의표현에 적절한 예가 되기 때문이다.

또, '수수하다'에 대해서도 한글학회《중사전》은 "① 옷차림새나 태도가 그저 무던하다. ② 물건의 품질이 썩 좋지도 아니하고 흉하지도 아니하다."라고 풀이되어 있다. 이와 같이 '수수하다'는 좋지도 나쁘지도 않다는 뜻에서 '별다른 꾸밈이 없고 흠도 없다'는 뜻으로 다시 '소박(素朴)·평순(平順)'의 뜻으로 왔다. 야하거나 아기자기하지는 않아도 담박하고 은은한 맛 — '날씬하다'의 대어(對語)이다. 이조백자의 형태미가 이 '수수하다'의 대표 예(例)다. 이 '날씬하다'와 '수수하다'는 맵시 곧 형태미에 대한 평가로서 현재 가장 많이 사용되는 대표어인 동시에 유행어이기도 하다.

'태ㅅ갈'은 구성미를 뜻하는 말이다. '태'는 '態'에서 '갈'은 '갈래' 〔派〕 또는 '결'〔質〕의 어근에서 온 말이니 '태ㅅ갈'은 형태의 바탕으로서의 작용 곧 흐름을 뜻한다. 이 '태ㅅ갈'을 평가하는 말에도 두 가지가 있다. '맵짜다'와 '구수하다'가 그것이다. 이 두 가지 말은 모두 다 미각적 표현이다.

'맵짜다'는 맵고 짜다는 말의 전의어(轉義語)로서 음식솜씨·바느질솜씨는 물론, 기술·예술·학술상의 모든 기법이 빈구석이 없고 야무지고 결곡한 것을 지칭하는 말로서, '싱겁다'·'버성그르다'의 반대말이다. '싱겁다'도 본래는 소금 기운이 없다는 뜻에서, '맛이 없다'·'솜씨가 모자란다'·'사람이 못나다'란 뜻으로 전성된 말이다.

'구수하다'는 '고소하다'에서 온 말 — 보리차·숭늉 맛같이 별로 두드러진 맛은 없으면서 완미(玩味)할수록 은은한 맛이 살아 나오는 소박하고 심후(深厚)한 맛을 가리키는 말이다. 달거나 맵거나 짜거나 시그럽거나 하지 않고 깨소금처럼 고소하지도 않은 이 구수한 맛은 '쓴 맛'·'신 맛'·'매운 맛'·'짠 맛'이 조금씩 다 들어 있는 별반(別般) 의 맛이라 할 수 있다. 화술이 구수하다, 인품이 구수하다는 투로 쓰이는 이 말의 반대말은 '야무지다'·'반지르하다'·'바라지다'이니, '구수하다'는 말은 허술한 듯하면서 깊이가 있고, 투박한 듯하면서 운치가 있고, 꾸밈이 없으면서 은근히 풍기는 맛이다. 맵짜다가 정치(精緻)한 것이라면 구수하다는 소탈한 것, 위트가 '맵짜다'에 통한다면 유머는 '구수하다'에 통하는 것이다.

'결'은 표현미를 나타내는 말로서, 살결·나뭇결·바람결·물결의 결과 같이 기(氣)·질(質)·세(勢)·흐름을 뜻하는 말이다. 이 결을 나타내는 말에도 대표적인 것이 두 가지가 있다. '산뜻하다'와 '은근하다'가 그것이다. '산뜻하다'는 신선하고 밝다는 뜻에서 청신(淸新)·경쾌(輕快)·광윤(光潤)의 뜻으로 전성된 말로서, 그 반대말은 '칙칙하다'와 '어둡다'이다. '은근하다'는 다정하고 세심하다는 어감에서 온아·함축·유현·미묘의 뜻으로 변성된 말로서, 그 반대말은 '호들갑스럽다'와 '내어발리다'이다.

멋은 형태미와 구성미와 표현미의 평가에도 통용되는 것으로서 그것은 정신미의 한 양상인 것이다. 형태미에 있어서도 날씬한 것이나 수수한 것이나 다 '멋지다'로 표현될 수 있다. 그러나, '날씬하다'와 '수수하다'가 그대로 다 '멋있다'가 되는 것은 아니다. 구성미에 있어서도 '맵짜다'와 '구수하다'가 멋지다가 될 수 있으며, 표현미에서도 '산뜻하다'와 '은근하다'가 다 멋지다는 평가를 얻을 수 있으나, 어느 것이나 다 그대로 멋진 것은 아니다. 이로써 보면 멋지다는 것은 이러한 날씬하거나 수수한 것, 맵짜거나 구수한 것 또는 산뜻하다와 은근하다의 속에 내재하면서 그것을 뛰어넘은 고차적인 정신미요, 그 멋은 일반적이면서 특수한 성격의 미란 것을 알 수 있다. 그래서, 우리는 멋을 정신미의 표현이라 이름지어 모든 미의 안에 깃들여 있는 초월미로 보려는 것이다.

멋을 평가하는 데도 두 가지 말이 있다. '살았다'와 '멋지다'가 그것이다. 살았다는 것은 기운생동(氣韻生動)으로서 모든 예술에 공용되는 찬사이니 인공(人工)이 자연의 혈맥을 통했다는 말이다. 산 것은 나타난 형태·기법·흐름이요, 살게 한 것은 창작자 곧 라이프 기버(Life giver)이다. '생동한다'는 것은 멋의 기본조건이다.

'멋지다'는 모든 미의 초월적 변형미로서, 이 말을 좀 야비하게 사용할 때는 '시큰둥하다' 또는 '한물 넘었다'로 표현된다. '시큰둥하다'는 시다(酸)의 멋진 표현이요, 시다는 말은 절정을 넘은 미각의 뜻이다. 성(性)의 쾌감도 시다는 말의 하나인 '새큰하다'로 표현된다. 술과 김치의 발효는 물론, 모든 무르익은 것은 시큰한 것이다. '한물 넘었다'도 마찬가지다. 생선이 약간 변했을 때, 김치가 시어졌을 때 한물 넘었다고 한다.

'시큰둥하다'와 '한물 넘었다'는 다 같이 비정상의 뜻이었다. 따라서, '멋지다'라는 말에는 수련(修鍊)과 습숙(習熟)을 바탕으로 한, 통속(通俗)하면서 탈속(脫俗)하는 비규격성의 자연한 데포르마시옹의 뜻이 깃들여 있음을 알 수 있다.

앞에서 고찰한 바로써 우리의 미의식의 내부의 분화된 평가기준은 양면성이 두드러져 있고 그 중간성이 용인되지 않음을 볼 수 있다. '날씬하다'와 '수수하다', 곧 세련미와 소박미라든지 '맵짜다'와 '구수하다'의 결구미(結構美)와 허극미(虛隙美), '산뜻하다'와 '은근하다'의 경청미(輕淸美)와 전중미(典重美)는 어느 것도 그 중간을 표현하는 말은 없다. 그런데, 이 양면기준성을 지양(止揚)·융합(融合)하는 것이 바로 멋의 초월미이다. 다시 말하면, 날씬하면서 수수할 때, 맵짜면서 구수할 때, 산뜻하면서 은근할 때, 살았으면서 한물 넘어갔을 때(죽으려 할 때) 멋이 성립된다는 말이다.

이와 같은 사실에서 우리는 '날씬하다'와 '맵짜다'와 '산뜻하다'가 아름다움의 외면적 성격으로서 '맛'의 세계에 통해 있고 아직 멋의 경지(境地)에는 못 이른 것과, '수수하다'와 '구수하다'와 '은근하다'가 아름다움의 내면적 성격으로서 그것이 들어가서 멋이 성립된다는 것을 알 수 있다. 그러므로, 멋의 생성의 계기자(契機者)는 오히려 후자의 계열에 놓여 있음을 간파할 수 있다. 다시 말하면, 멋은 단순한 세련(洗練)과, 치밀(緻密)과 청신(淸新)의 규격만으로는 성립되지 않고 그것들의 일단 변환(變換)의 묘(妙)에서 찾아지는 것이기 때문이다.

그러나, 멋은 이와 같이 정신미의 양상이지만 멋은 근본적으로 형식작용이다. 정신미로서의 멋의 현현(顯現)은 제작 또는 행위의 형식화(形式化) 상태에 매여 있기 때문에, 이 형식작용을 떠나서는 멋은 의미가 없을 뿐 아니라 문제가 되지 않는다.

다시 말하면, 멋은 먼저 형식상의 격식을 바탕으로 한다. 즉, 격에 맞지 않으면 안된다. 그러나 격식에 맞는다는 것만으로 멋이 성립되는 것은 아니다. 우리는 격식에는 빈틈없이 맞으면서도 멋이 없는 예술과 행위를 얼마든지 볼 수 있기 때문이다. 이런 뜻에서 본다면, 멋은 격식에 맞으면서도 격식을 뛰어넘을 때, 바꿔 말하면 격이 맞는 변격(變格), 변격이면서 격에 제대로 맞을 때 거기서 멋을 느낀다는 말이다. 그러므로, 우리는 이것을 초격미(超格美)라고 부르는 것이다. 다시 말하면, 이는 '변격이합격'(變格而合格)이요 '격에 들어가서 다시 격에서 나오는 격'이라 할 수 있다.

5. 한국적 미의식과 멋

'멋'이 한국적 미가치의 대표적 특질이 될 수 있느냐 하는 문제는 멋이란 과연 한국에만 있느냐, 세계 통유(通有)의 것이냐 하는 문제와 밀접히 관련된다. 만일 그것이 세계 통유의 것이라면 한국적 미의 특질이란 이름에 값하지 못할 것이요, 만일 한국에만 있고 세계 어느 나라 사람도 아주 느낄 수가 없는 것이라면 그것은 미라고 할 수조차 없을 것이다.

만근(輓近) 십수년래 몇몇 인사에 의하여 멋에 대한 논의가 있었거니와, 그 논의가 대개는 멋의 성격에 대한 단편적인 열거였고, 주로이 멋이란 것이 한국 특유의 것이냐 아니냐 하는 문제에 논점이 집중되었다.

신석초(申石艸) 씨는 "멋설(說)"이란 일문(一文)의 벽두에서 "우리는 멋지다 혹은 멋이 있다고 말한다. 이 어휘는 특이한 것이다. 지나에서 말하는 풍류라든지 낙취(樂趣)라는 것에 근사는 하지만 스스로 의미가 다르다"[6]고 해서 멋을 한국 예술문화의 특징으로 보려는 태도를 보여주었고, 이희승(李熙昇) 씨는 〈멋〉이란 수필 첫머리에서 "우리 문화의 특징으로서 가장 현저한 것이 무엇이냐고 묻는 친구가 있기에 나는 '멋'이라고 대답한 일이 있다"[7]고 하여 신석초 씨와 같은 입지(立地)를 보여 주었다.

이에 대하여, 조윤제(趙潤濟) 씨는 "멋이라는 말"에서 이희승씨의 견해를 반박(反駁)하고, 멋은 세계 사람이 제각기 가지고 있는 것으로서 결코 한국 사람만이 독점할 것이 아니요, 따라서 한국의 예술문화의 특질이 멋이라고 하는 것은 말이 안 된다[8]고 해서, 멋이 한국

---

6) 신석초, "멋 說,"《문장》 1941년 3월호.
7) 이희승, 〈멋〉,《현대문학》 1956년 3월호.

문화나 예술의 특징이 될 수 없다는 견해를 보여 주었고, 조용만(趙容萬) 씨는 앞의 이·조 두 사람의 논쟁을 읽고 별도로 "멋이라는 것"의 결미에서 "멋은 그러므로 우리 나라 사람만이 느끼고 이해할 수 있는 것이지, 외국 사람으로서는 도저히 이해할 수도 없고 느낄 수도 없는 것이다"[9] 라 하여 멋을 한국 문화의 특질로 보았다.

이와 같이 조윤제 씨 한 분만 제하고 다른 세분은 모두 멋을 한국 특유의 것으로 보고 있다. 그러나 조윤제 씨도 그 뒤에 발표한 글에서는 "한국 사람만이 멋을 가지는 것은 아니고 중국 사람 일본 사람도 또한 서양 사람도 '멋'을 가지고 있다. 그러나 멋은 다 멋이지마는 그들의 멋과 우리 나라 사람의 멋의 내용과는 조금 다른 데가 있는 것 같다"[10]고 해서 전설(前說)을 완화하여 멋의 한국적 독자성을 승인하였다. 그러므로, 멋이 한국미의 특질이 되느냐 안 되느냐의 문제는 된다는 결론으로 귀일된 셈이다.

전게한 사씨(四氏)의 견해를 검토해 보면, 신석초 씨와 조윤제 씨의 견해가 그 바탕에서 접근되어 있고, 이희승 씨와 조용만 씨의 견해가 그 입지에서 상통되어 있음을 볼 수 있다. 신석초 씨는 멋이 중국의 풍류나 낙취와 근사하지만 스스로 의미가 다르다 하여 멋의 독자성의 발현에 더 적극적인 데 비해서, 조윤제 씨는 멋은 모든 민족에게 다 있지만 한국인의 멋은 그것들과 좀 다르다 해서 멋의 보편성에 치중한 논조임을 엿볼 수 있다. 또, 이희승 씨는 멋을 "중국의 '풍류'보다는 해학미가 더하고, 서양의 '유머'에 비하면 풍류적인 격이 높다"(전게 〈 멋 〉)라고 하여, 은연중 멋이란 말과 유비(類比)되는 근사개념이 다른 민족에게도 있음을 승인한 데 비해서, 조용만 씨는 멋은 "우리 나라 사람만이 느끼고 이해할 수 있지, 외국 사람은 도저히

8) 조윤제, "멋이라는 말,"《자유문학》1958년 11월호.
9) 조용만, "멋이라는 것,"《고대신문》1959. 2. 18.
10) 조윤제, "한국인의 멋,"《한국의 발견》(1962. 12).

이해할 수도 느낄 수도 없다"[11] 해서 멋의 한국적 독특성 일방에 기울어졌음을 알 수 있다. 앞의 사씨(四氏)의 견해는 결과적으로 신석초 씨와 이희승 씨의 입지가 상통하고, 조윤제 씨는 멋의 독자성 부정 쪽으로, 조용만 씨는 멋의 독자성 긍정 쪽으로 양극이 대립하게 된다.

앞의 네 분의 견해가 근본태도에 있어서 이렇게 각양각색인 것은, 멋이란 말이 지니고 있는 일반적 의미와 특수적 의미를 혼동하거나 그 어느 한쪽에만 국집(局執)되어 있기 때문이다. 조윤제 씨는 전자에, 조용만씨는 후자에 치우쳐 집착하는 입지임을 알 것이다.

멋의 일반적 의미라는 것은 멋과 유사한 외국의 미개념과 상통할 수 있는 면을 말한다. 바꾸어 말하면, 중국의 풍류나 서양의 유머 같은 것을 우리말로 번역할 때 '멋'이 가장 근사치가 가까운 개념이란 말이다. 이 말을 다시 뒤집으면, 풍류나 유머는 멋의 일속성(一屬性)으로서 멋의 일면이긴 하지만, 그것이 멋이란 개념의 전부이거나 부분적으로나마도 완전부합되는 개념은 아니기 때문에, 어떤 의미에서 본다면 멋이란 말의 일반적 의미는 한국의 독자적 미는 아니게 된다. 그러나 한국의 멋이 외국 사람에게 얼마간이나마 이해되고 공감되는 계기는 바로 이 멋의 일반적 의미를 통해서만 가능한 것이다. 자기에게 있는 것으로 자기와 상통하는 바탕에서 자기대로 느끼는 것이 미의 보편한 원리라면, 이 멋의 일반적 의미는 일단 승인되지 않으면 안 된다.

이 멋의 일반적 의미 때문에 조윤제 씨는 "영국 사람이 모닝코트에 실크햇을 쓰고 스틱을 흔들고 다니는 것도 그들의 '멋'이요, 인도 사람이 머리에 흰 수건을 두껍게 휘휘 감고 다니는 것도 그들의 '멋'이며, 요사이 거리에 미국 군인들이 조그만 군모를 머리 위에 삐뚤름하

---

11) 조용만, 전게 논문.

게 붙이고 다니는 것도 그들의 '멋'일 것이다"12)라고 해서, 멋이 결코 한국 사람만이 독점할 것이 아니라고 주장하였다.

그러나 이러한 예는 각 민족의 복식풍속(服飾風俗)이요 그것이 곧 멋은 아니다. 한국인이 한복을 입고 갓을 쓰면 다 멋이 될 수 있는 가. 설령 그러한 복식에 멋을 부리는 풍속과 기질은 민족마다 다 있을 것이지만, 그것은 dandyism이나 foppery나 taste일 것이요, 우리의 멋의 개념과 완전일치되는 것은 아닐 것이다. 그러한 행위를 우리말로 번역할 때 우리가 멋이라는 용어에 유사관념(類似觀念)을 발견하기 때문이며, 조윤제 씨가 지적한 그런 각 민족의 풍습을 '멋'이라고 표현하는 것부터가 한국적 미의식으로서의 멋의 선험성 또는 선입견으로 보기 때문인 것이다.

멋의 특수적 의미라는 것도 물론 한국만이 가진 미의식 또는 미가치로서의 멋의 의미이다. 이 특수적 의미로서의 멋이란 말은 어떤 외국말로도 번역될 수 없는 언어개념이다. 일반적 의미로서의 멋은 멋의 일부면(一部面) 또는 한 속성으로서 타민족에 유사한 것이 있을 때 또는 타민족의 미가치로서 우리의 멋과 통할 때 멋이란 말로써 그 표현에 대체할 수 있을 때 쓰는 말이지만, 이 특수적 의미로서의 멋은 멋의 일부면 또는 일속성(一屬性)만으로는 안 되고 멋이라는 우리말이 지닌 특징적 내용 전체가 합쳐서 이루어진 별반의 개념인 것이다. 이러한 전체로서의 멋이란 개념을 번역할 수 있는 외국어는 어디에도 없는 것이다. 멋이란 말을 번역할 수 없다는 것도 어느 외국어에도 멋과 꼭 같은 개념을 표현하는 말이 없다는 뜻이 되고, 그것은 그들의 생활감정이나 문화의식의 바탕에 이러한 방면의 발달이 되어 있지 않다는 증거가 된다. 어떠한 현상이 있다면 그것을 표현할 적당한 언어가 발달되기로 마련이기 때문이다. 이 점이 멋이라는 말의 한

---

12) 조윤제, "멋이라는 말,"《자유문학》1958년 11월호.

국적 독자성의 근거가 되는 것이다.

서구의 humour나 fun·satire·wit·pun 같은 것은 우리 말의 '농'(弄)·'우스개'·'익살'·'재치'·'쾌사'·'재담' 따위로 번역될 수 있고, 그것은 동양의 해학(諧謔)·풍자(諷刺)·골계(滑稽)·야유(揶揄)·경책(警策)의 마음바탕과 유사한 개념으로서, 아주 번역불가능한 현격(懸隔)한 관념내용은 아닌 것이다. dandyism이나 foppery나 taste도 마찬가지이다. 그것은 맵시·취미 따위로 번역될 수도 있다. 그러나 멋은 이러한 humour·satire·wit·fun 이나 dandy·foppery·taste 같은 것의 어떠한 것으로도 번역할 수는 없다. 그것들은 멋의 한 속성으로서 부분적으로 유사개념이긴 해도 멋의 전체로서의 일반개념을 대변할 수는 없는 것이다.

다시 말하면, 멋이란 말 자체의 어원부터가 어떤 말의 '어감적(語感的) 왜곡'에서 비롯되었거니와, 멋은 전기(前記)한 여러 가지 개념을 통합하여 그것을 속성으로 하면서도 그것을 뛰어넘은 개념으로서 별반의 내용을 지닌 하나의 이념으로 승화된 것이다.

멋이란 관념내용이 지닌 바 여러 가지 성격을 분석하면 그 개개의 요소와 상통되는 것은 어느 나라에도 있을 수 있으나, 그것들이 종합된 의미로서 별반의 전체 관념내용은 다른 나라에는 없는 성싶다. 이런 뜻에서 본다면 '멋'이 한국 특유의 미의식 내지 미가치 또는 미이념이 되는 것은 혹 종개념(種概念)의 종합으로 변형하여 이루어진 새로운 특수의 전체라는 점에 있고, 외국에는 이와 동일한 종합적 의미의 미이념이 발달되지 않았기 때문이라 할 수 있다.

그러므로, 일반적 의미에서의 '멋'은 한국 특수(特殊)의 것이지만, 부분적 의미로서의 '멋'은 세계 일반의 미의식이라 할 수 있는 것이다.

'멋'이란 말의 어원이 '맛'에 있다는 것은 이미 통설이 되어 있다. 그러나 '멋'이란 말의 의미내용과 그것의 '맛'과의 관계에 대해서는 반드시 일치되는 것이 아니고 대략 두 가지 견해로 나뉘어 있다.

'멋'은 '맛'이란 말과 같은 말로서 음상(音相)의 대립이 있을 뿐이라 하여 멋과 맛을 동의어로 보는 조윤제 씨 견해[13]가 그 한 갈래요, 맛은 주로 감각적인 뜻을 가지고 있고 '멋'은 주로 감성적인 의미를 가지고 있다고 하고, 이 두 말은 음상이나 의미의 뉘앙스의 차에만 그치는 것이 아니라, 피차간 다른 개념을 가지기에 이르렀다고 보는 이희승 씨 견해[14]가 그 다른 한 갈래이다.

이 두 가지 견해는 '멋'이란 말이 '맛'에서 발생되었다는 전제에 있어서는 공통된다. 다만, 이 두 어휘가 동의의 것으로 어감만 다른 것이냐 별개의 개념으로 변전(變轉)된 것이냐에 있어서만 대립되어 있다. 우리는 이 문제에 대해서 일단 두 가지 견해가 다 타당하다는 것을 승인하지 않을 수 없다. 왜 그러냐 하면, '멋'이란 말은 애초에는 '맛'이란 말뜻을 좀 다른 어감으로 표현하기 위하여 발음적인 왜형(歪形)으로 시작되었던 것이 차츰 특이한 관념형태로 바뀌어 원의(原義)와는 별반(別般)의 의미를 가지게 되었다고 보기 때문이다. 그러므로 멋과 맛이 같다는 조윤제 씨 견해는 주로 '멋'이란 말의 발생초기의 의미에 관점이 놓였고, '멋'과 '맛'은 다른 개념이라는 이희승 씨 견해는 '멋'이란 말이 '맛'으로부터 파생되어 별반의 뜻으로 전성(轉成)된 뒤의 어의에 관점을 두었다는 것을 알 수 있기 때문이다. '멋'과 '맛'의 이러한 관계, 곧 파생과 전성은 점진적인 변천으로서 본래는 같은 뜻의 가까운 어감의 차이로 비롯되어 마침내 동떨어진 의미의 별다른 개념을 형성하기에 이른 것이니, 이러한 사실은 사서(辭書)의 주석에도 반영되어 있다.

기일(奇一, J. S Gale)의 《한영자전》(A Korean-English Dictionary)을 보면,

---

13) 조윤제, "멋이라는 말,"《자유문학》1958년 11월호.
14) 이희승, "다시 멋에 대하여,"《자유문학》1959년 2월호.

멋—taste ; flavor : interest, See 맛

이라 주석했고, '맛'이란 말을 찾아보면,

맛〔味〕— taste ; flavor : interest,

라고 해서, '멋'의 경우와 동일한 주석을 했을 뿐 아니라, '멋'의 주석에서는 '맛'을 보라고 명백히 밝혀놓았다.

그러나 최근판인 민중서관(民衆書館) 편《포켓 한영사전》(*Minjung-sugwan's Pocket Korean-English Dictionary*)을 보면 '멋'의 해석은 맛의 개념과는 아주 다른 독자의 개념이 성립되었음을 볼 수 있다.

멋 ① 방탕한 기상 dandyism ; foppery ; smartness ; stylishness.
② 풍치 taste ; charm ; elegance.
③ 이유·원인 reason ; cause ; ground.

라고 주석하고, 이와 다른 멋이란 단어 또 하나를 따로 세워서,

멋·고집 willfullness ; waywardness ; selfishness.

라고 주하고 있다.

게일의《한영자전》은 1891년판, 민중서관의《포켓 한영사전》은 1958년판이니 그 사이에는 70년이란 세월이 가로놓였음을 알 수 있다. 이로써 우리는 1890년대의 '멋'이란 말은 오늘에 있어서보다는 아직 '맛'이란 말에 가까웠으리라는 것과, 오늘 우리가 쓰고 있는 '멋'이란 개념과 같이 확대되고 독자의 뜻을 지니게 된 것은 훨씬 뒤의 일이요, 그다지 오래 된 것은 아닌 줄 안다. 우리는 아직 이 멋이란 말의 가장 오랜 용례가 어느 때쯤의 것인가를 모르고 있다. 가장 가까운 연대의 조선소설에도 이 '멋'이란 말은 잘 보이지 않을 정도로 문

자상에 기재된 용례가 결핍하다. 그러면서도 이것이 일반 민중어로 실제생활에 폭넓게 사용되는 점으로 봐서는 그 근원이 만근 수십년 정도의 역사만을 가진 생경한 단어는 아니라는 것을 느끼게 된다.

'멋'이라는 말이 '맛'이라는 말에서 나오게 된 데는 두 가지 중요한 계기가 있다. 그 첫째 계기는 우리말 성음의 특징으로서의 밝은홀소리〔양성모음〕와 어둔홀소리〔음성모음〕가 지니는 어감의 차이와 그 법칙이다. 다시 말하면, 양성모음 ㅏㅗ가 붙는 말은 부드럽고 흐리고 휘청거리는 어감을 준다는 사실이다. 이제, 그 몇 가지 예를 들어 보면 〈표 4〉와 같다.

〈표 4〉의 여러 예에서 보는 바와 같이 '맛있다'는 말은 미각적으로도 고소하고 삼삼하고 새큼하고 짭잘한 어감을 우리에게 준다. 다시 말하면, 구수하고 슴슴하고 시큰둥하고 쭙쯸한 맛은 맛이긴 해도 맛

〈표 4〉

파랗다	퍼렇다
노랗다	누렇다
까맣다	꺼멓다
하얗다	허옇다
동그랗다	둥그렇다
날씬하다	늘씬하다
촐랑거리다	출렁거리다
낭창거리다	능청거리다
달랑대다	덜렁대다
담방대다	덤벙대다
고소하다	구수하다
새콤하다	시큼하다
삼삼하다	슴슴하다
다랍다	더럽다
아버지	어머니
오빠	누나
맛	멋

있다는 가치표준에는 반드시 맞는 것이 아닌 별반(別般)의 맛인 것이다. '촐랑거리다'·'낭창거리다'·'달랑거리다'·'담방대다'·'날씬하다'는 말은 어감적으로 밝고 가벼운 것이어서 맛에 가깝지, '멋지다'는 어감을 주지는 않는다. 이보다는 역시 '출렁거리다'·'능청거리다'·'덜렁대다'·'덤벙대다'와 '늘씬하다'가 더 멋스러운 어감이요, 멋의 내용에 부합하는 어감적 표현이다. 다시 말하면, 멋은 깜찍하다든지 야무지다든지 맵짜다든지 되바라진 것에서 느끼는 것이 아니고, 오히려 그 반대인 소탈(疎脫)의 변격이 들어갔을 때 이루어지는 느낌이란 말이다. 멋은 맛으로서도 격외의 미(味)인 것이다. 이런 뜻에서 본다면 멋은 맛에서 나온 말이나 맛과 완전히 같은 말이 아니요, 그것은 조윤제 씨가 지적한 바 음상의 대립만 있는 것이 아니라, 의미의 대립까지를 보이는 말임을 알 것이다.

바꿔 말하면 '맛'과 '멋'의 음상의 대립은 어감의 차이를 통한 의미의 대립을 발생 당초부터 지녔던 것이라 보지 않을 수 없다. 그 음상, 그 어감으로는 표현되지 않는 관념이 생김으로써 멋이란 말이 맛에서 파생했고, 그 파생은 애초부터 반립적(反立的) 파생이었던 것이다. 다시 말하면, 멋이란 말은 맛이란 말의 개념에는 없는 반대적 성격에서 만들어진 것으로서 맛과는 다른 개념의 말로 전성된 것이다. '점잖다'는 말이 '젊지 않다'(非少)는 말에서 왔지만 뜻이 달라진 것과 같다. 그러나 '점잖다'는 말은 '어른답다'는 뜻으로서 '젊지 않다'의 '어리지 않다'는 뜻과 상통하여 대립되는 개념의 말은 아니지만, '멋'이란 말은 '맛'에서 나왔으나, '맛'이란 말이 지닌 개념과는 어감이나 성격이나 개념이 대립된 말인 것이다. 이것은 곧 멋이란 말이 맛에서 파생해서 전성했으면서도 맛이라는 말이 지닌 어감과는 다른, 맛이란 말로써는 표현되지 않는 어감의 표현이란 뜻이 된다.

또 하나 '멋'이란 말이 '맛'에서 발생된 계기는 우리 민족어가 지닌 바 미의식은 미각적 표현으로써 그 바탕을 삼고 있다는 사실이다.

맛있다는 말은 미각 곧 음식 먹는 맛에만 쓰인 것이 아니고 미감의 표현에 널리 쓰이는 것은 아직도 일상회화에서 흔히 듣는 사실이다. '이야기가 맛이 있다'든지 '그 그림은 볼수록 맛이 난다'든지 '그 음악은 들을 때마다 새 맛이 난다'는 식으로 항용 쓰고 있기 때문에, 이런 경우의 맛이란 말은 벌써 감각적인 뜻이 아니라 감성적인 의미를 가지고 있다는 것을 알 수 있다. 그러므로 이희승 씨가 지적한 바 '맛'은 주로 감각적인 뜻을 가지고 있고 '멋'은 주로 감성적인 의미를 가지고 있다는 명확한 단언은 그대로 승인될 수는 없는 것이다. 우리는 오히려 맛이란 말의 이 같은 미각과 미감의 양의(兩義)가 공존·공용되는 데서 '멋'의 어원으로서 '맛'의 내용개념과 '맛'의 '멋'에의 변성의 가능성을 파악 인지할 수 있는 것이다.

미각으로서의 '맛'이 기호·취미·미감과 통하는 예는, 취미란 자체가 맛 味자로 되었고 アヂ(味)가 그렇고 taste가 또한 맛(味)과 취미 두 가지의 뜻을 가진 것을 보면, 우리만의 특유한 현상은 아닌 줄을 알 수 있다. 그러나 기술 또는 예술미의 평가에 미각적 표현을 많이 사용하는 예는 우리말이 좀더 잦은 줄 안다.

첫째, '솜씨가 맵짜다'·'인품이 맵짜다'의 '맵짜다'는 결곡하고 야무지게 세련된 것을 가리키는 말로서 싱겁고 버성그른 것의 반대말인데, 이것은 맵고 짜다에서 온 말이다.

둘째, '구수하다'는 '고소하다'에서 온 말로, 참기름이나 깨소금처럼 짙지 않고 보리차나 숭늉처럼 담담하고 소박한 맛이다. 솜씨와 인품 또는 작품평가에 쓰이는 말이다.

이 밖에도 '짭잘하다'·'시큰둥하다'·'달콤하다'와 '산뜻하다'·'은근하다'·'슴슴하다'·'텁텁하다'가 다 미각과 관련된 말로서 미의식의 평가용어이다.

우리가 '맛'이란 말에서 느끼는 어감과 의미는 역시 미각(味覺)과 미감(美感)의 두 가지이고, 전자 즉 맛이라는 미감은 미 가운데도 특

히 우아(優雅)·전아(典雅)·고아(古雅)·아려(雅麗)·아담(雅淡)·
담백(淡白)·고담(枯淡) 같은 미에서 맛을 느끼고 맛이 있다고 느끼
지, 화려(華麗)·유려(流麗)·풍류(風流)·호방(豪放)·경쾌(輕快)·
청상(淸爽) 같은 미에서는 멋을 느낄 수는 있어도 그런 것을 '맛있
다'라고 표현하지는 않는다. '맛'의 미는 곧 '아(雅)'의 미요, 맛의 미
는 고요하고 깊을수록 상급이다.

그러나 '멋'은 이와 정(正)히 반대이다. 멋이라는 미감은 풍류·화
려·호방·뇌락(磊落)·경쾌·율동·초탈의 미에서 느끼는 것이요,
그런 세계를 멋있다고 한다. 아담·전아·규제·중후한 맛의 세계에
서는 느낄 수 없는 맛이 멋이다. '멋'의 미는 곧 '유'(流)의 미요, 멋
의 미는 빈틈없는 흥청거림이 상급이다.

동양에 있어서 미의 2대 전형(典型)을 들자면 우리는 풍아(風雅)와
풍류(風流)를 들 수 있으리라 본다. '풍아'는 곧 앞에서 말한 바 '맛의
세계'요, '풍류'는 곧 '멋의 세계'이다. 시로써 예를 든다면, 두보(杜
甫)·왕유(王維)·육유(陸游) 같은 시인은 풍아의 세계를 지향하던
시인들이요, 이백(李白)·백낙천(白樂天)·소동파(蘇東坡) 같은 시인
은 풍류의 세계에 노닐던 시인들이다. 정지상(鄭知常)·이규보(李奎
報)·황진이(黃眞伊)·정송강(鄭松江) 같은 시인은 멋의 세계에 거닐
던 시인들이다. 일본의 하이꾸〔俳句〕 같은 것은 풍아의 세계로서 그
미적 이념인 사비〔寂·鋪〕는 애초에 풍류일 수가 없었고, 오히려 와
까〔和歌〕의 바탕이 된 '모노노 아와레'〔物の あはれ〕가 가냘프긴 해도
풍류의 일면을 지니고 있어 유려한 멋에 값한다 하겠다.

다음으로 우리는 '멋'의 개념의 본질을 파악하기 위하여 '멋'이란 말
이 표상하는 의미의 다양성을 추구하여 그 용례를 검토해 보고자 한
다.

'멋'이란 말은 명사다. 이 추상명사 '멋'에서 파생된 말은 현재 사용
되는 것으로 15종이 있다. 이 15종을 분류하면 다음과 같다.

```
      ┌ 멋장이
      │ 멋없다
      │ 멋거리없다
      │ 멋대가리없다
      │ 멋적다
      │
      │ 멋모르다
      │ 멋내다
  멋 ─┤ 멋부리다
      │ 멋지기다
      │ 멋까리다
      │
      │ 멋있다
      │ 멋들다
      │ 멋지다
      │ 멋떨어지다
      └ 멋대로
```

앞의 용례를 살펴보면, 이 15종 어휘들은 모두 멋이란 말에 다른 말을 붙인 복합어인바, 이제 이것을 분류해 보면 다음과 같다.

A. 복합형태별 분류

1. 멋 + 조사형　　　　　1종 (멋대로)

2. 멋 + 접미사형　　　　2종 (멋장이 · 멋지다)

3. 멋 + 형용사형　　　　3종 (멋없다 · 멋적다 · 멋있다)

4. 멋 + 명사 + 형용사　　2종 (멋거리없다 · 멋대가리없다)

5. 멋 + 동사형　　　　　7종 (멋모르다 · 멋내다 · 멋부리다 · 멋지기다
　　　　　　　　　　　　　　· 멋까리다 · 멋들다 · 멋떨어지다)

B. 품사별 분류

1. 명사　2종 (멋장이 · 멋대로)

    2. 형용사　9종 (멋없다 · 멋거리없다 · 멋대가리없다 · 멋적다 · 멋모르다
　　　　　　　　　　· 멋있다 · 멋들다 · 멋지다 · 멋떨어지다)
    3. 동사　4종 (멋내다 · 멋부리다 · 멋지기다 · 멋까리다)

　이로써 보면 '멋'이란 말에 복합된 말의 품사가 그 복합어의 품사
를 대체로 결정하고 있으나, '멋들다'와 '멋떨어지다'만이 예외이다.
'멋들다'의 '들다'와 '멋모르다'의 '모르다'는 동사이지만 '멋들다' · '멋모
르다'는 형용사요, '멋떨어지다'의 '떨어지다'는 동사이지만 '멋떨어지
다'는 형용사이다.

　이 멋에 관한 15종의 어휘 중 '멋장이' · '멋지다' · '멋대로'를 제외한
12종은 다 '멋'이라는 명사에 형용사 또는 동사를 붙여서 만든 말들이
다. 멋이라는 체언에 동사나 형용사의 용어를 붙이되 그 체언 밑에
오는 조사〔토씨〕 '이'나 '을'을 약한 것임을 알 수 있다.

　'멋없다'는 '멋이 없다'에서, '멋적다'는 '멋이 적다'에서, '멋있다' ·
'멋들다' · '멋떨어지다'는 각기 '멋이 있다' · '멋이 들다' · '멋이 떨어지
다'에서 온 형용사요, '멋모르다'는 '멋을 모르다'에서, '멋내다'는 '멋
을 내다'에서, '멋부리다' · '멋지기다' · '멋까리다'는 각기 '멋을 부리다'
· '멋을 지기다' · '멋을 까리다'에서 온 동사이다.

　또, '멋장이'의 '장이'는 '바람장이' · '양복장이' · '난장이〔矮小人〕' ·
'땜장이' 등에서 보는 바와 같이 사람의 성질 · 모양 · 습관 · 직업 같은
것을 가리키어 낮게 말하는 접미사요, '멋지다'의 '지다'도 '살지다' ·
'기름지다'와 같이 명사 아래 붙어서 그렇게 되어 있는 상태를 나타내
는 접미사며, '멋대로'의 '대로'는 '그 모양과 같이'라는 뜻의 조사이
다. 이와 같은 '명사 + 장이' · '명사 + 지다'와 '명사 + 대로' 형의 어
휘는 그 유례를 들기에 번거로울 지경이다.

　어쨌든, 멋이라는 말이 들어간 '멋'계 어휘의 어원출처는 이와 같은
형식으로 되어 있지만, 이 복합변성한 말들은 단순히 두 가지 말의

합성에만 멈추지 않고 '이'나 '을'이 줄기 전과는 어감적으로나 의미적으로 별다른 뉘앙스를 가지게 되었다.

이제, 이 낱말들의 의미를 분석함으로써 이들 어휘의 공분모인 '멋'이 표현하는 뜻을 찾아보고자 한다.

1) 멋장이

멋장이는 멋을 지닌 사람, 멋이 질린 사람이란 뜻으로, 멋을 내고 멋을 부리는 사람을 가리키는 말이다. '～장이'란 말은 대개 비하(卑下)하는 말이니, '난장이'·'뚜장이'·'미장이'가 다 그렇지만, '멋장이'는 '멋'이라는 말이 지닌 뉘앙스 때문에 비칭(卑稱)보다는 애칭(愛稱)으로 들린다. 다시 말하면, 멋장이란 말에서 풍기는 멋이란 어감은 비하(卑下)보다는 찬사(讚辭)요 암울(暗鬱)이 아니라 명쾌(明快)며, 혐오(嫌惡)가 아니라 친근(親近)의 정이 들어 있는 말이다. 그러나, '멋장이'란 말은 '～장이'의 어감 때문에 역시 '멋있는 사람'·'멋진 사나이'라는 말에 비해서 격이 조금 낮고 좀더 통속적으로 들리는 게 사실이다.

2) 멋없다 · 멋거리없다 · 멋대가리없다

'멋없다'는 '멋이 없다'가 줄어서 된 말이지만, 그 어의는 대개 '싱겁다'는 뜻으로 쓰인다. 멋없는 사람은 싱거운 사람이란 뜻이요, 싱겁다는 것은 소금 기운이 모자라는 것 곧 간이 맞지 않는다는 말이니 '멋없다'는 말이 뜻하는 '멋'은 '맛' 곧 '재미'라고 할 수 있다. 멋이 없다는 것은 재미가 없어서 싱겁다는 뜻이다. 그러므로, '멋없다'에서 표상된 '멋'의 의미는 맛 → 재미 → 취미 → 멋의 순으로 변성된 느낌임을 알 수 있다.

'멋거리없다'는 '멋갈없다'고도 하는 것으로, 지금은 드물게 쓰이는 말이다. '멋거리'는 멋이 든, 멋이 질린 '짓거리'란 뜻이니, 멋있는 사람을 '멋거리 있는 사람' 또는 줄여서 그냥 '꺼리가 있는 사람'이라고도 한다. '멋거리'는 '멋'보다도 어감이 힘차고 의미도 '기백'(氣魄)의 뜻과 비슷하게 쓰인다.

'멋대가리없다'의 '멋대가리'는 '멋'의 낮은 말이다. '맛'이란 말의 낮은 말도 '맛대가리'라 한다. '아무 맛대가리도 없다'는, 음식 맛을 평가하는 데도 쓰고 예술작품의 평가에도 쓰인다. '아무 맛짜가리도 없다'라는 같은 의미의 방언〔경상도〕도 있다. 아무튼 이 말에 표상된 멋의 어감도 맛과 상통되는 미각적 표현이다.

3) 멋 적 다

'멋적다'는 '멋이 적다'는 뜻에서 온 말인데, 하는 짓이나 모양이 격에 맞지 않는다는 말이다. 멋적다는 말은 '어색하다'는 말로 쓰인다.

"그 자리에 있으려니 어쩐지 멋적더라" 하는 경우의 멋적더라는 뜻은 어색하더라는 뜻으로서, 그 자리에 어울리지 않고 격에 맞지 않는다는 느낌이다. 그러므로 '멋적다'는 말에 표상된 '멋'은 '어울림' 곧 '조화'라고 하겠다.

4) 멋모르다

'멋모르다'는 '멋을 모른다'는 말인데, 이 '멋모르다'는 '영문도 모르고'·'내용도 모르고'·'덩달아'·'어리둥절' 또는 '어리석다'의 뜻으로 쓰인다. 그러므로 멋을 모르는 것이 어리석다는 뜻으로 쓰이는 것으로 봐서는, 그 반대말인 '멋을 안다'는 것은 어찌 된 영문도 알고 내용도 알고 분위기도 알고 제 격식도 아는, 말하자면 명쾌하고 똑똑하고 지적이며 격에 맞는다는 뜻이 된다.

5) 멋내다·멋부리다

'멋내다'는 '멋을 낸다'는 뜻의 동사인바, 멋을 낸다는 경우의 멋은 대개 겉치장의 뜻이 있다. 주로 복식 또는 다른 장식에 맵시를 내는 것을 '멋내다'라고 한다. 이 말에서 우리는 '멋'의 어의의 장식적 일면을 찾을 수 있다.

'멋부리다'는 '멋을 부린다'는 뜻의 동사인데, 이 경우의 '～부린다'는 '재주부린다'·'꾀부린다'에서 보는 바와 같이 솜씨 곧 기예(技藝)의 면에서 멋을 나타낸다는 뜻이 된다. 이로써 멋의 기교적 성격을 알 수 있다. '멋내다'가 멋의 정적·장식적 표현이라면, '멋부리다'는 멋의 동적·작위적 표현이라 할 수 있다. 다시 말하면, 만들어 놓은 것에서 느끼는 멋은 멋을 낸다고 하고, 동작하는 예술 또는 만드는 기술의 작위에 입신(入神)의 묘기를 내는 것을 멋부린다고 한다. 복식·공예·건축 또는 미술에서의 멋의 표현은 멋낸다고 하고, 무용·음악·연예에서의 멋의 표현은 멋부린다고 한다. 목수 그 밖의 모든 기술의 숙달에서 오는 묘기―꼭 필요한 것도 아니면서 흥취로 짓거리하는―도 멋부린다고 한다. 이 두 가지 말에서 느끼는 어감은 공통된 것이지만, 그 멋이란 말에 붙은 '내다'와 '부리다'의 어의의 차가 작용하는 것이다. '내다'는 표출의 뜻으로, '나타내다'의 '내다'요, '부리다'는 사역 또는 '재주피우다'의 뜻으로 '재주부리다'의 '부리다'인 것이다. 전자의 정적·소극적 피동성과 후자의 동적·적극적 능동성의 차가 이 '멋내다'와 '멋부리다'의 어감의 차를 가져온 것이다. 지금은 이 두 말이 혼용되고 있지만 그 원의(原義)는 이상에 지적한 바대로이다.

6) 멋지기다 · 멋까리다

'멋지기다'와 '멋까리다'는 영남 방언에 현행하는 말이다. '멋지기다'의 '지기다'의 어원은 불명(不明)하나 그것이 '부리다'와 비슷한 행동적인 어의를 가진 것만은 알 수 있다. '멋지기다'는 말은 주로 언동에 멋을 부리는 것을 멋지긴다고 한다.

'멋까리다'의 '까리다'는 '깔기다'의 사투리요, '깔기다'는 몸 안에 든 것을 바깥으로 내어 쏘는 것을 말한다. 예를 들면 '똥을 갈기다' · '알을 깔기다'와 같다. 배설과 같은 뜻의 비어이기 때문에, 이 '멋까리다'도 '멋내다' · '멋부리다'보다는 비속한 말이다. 멋까린다는 말은 주로 익살부리는 것, 쾌사 피우는 것 같은 지나친 과장 · 허식 또는 격에 맞지 않는 멋스러움을 남발하는 것을 멋까린다고 한다.

7) 멋들다 · 멋있다

'멋들다'는 '멋'이 들어 있다는 형용사로서 '들다'라는 동사 때문에 자못 동적인 어감을 가진다. 동작 또는 표현에 멋이 들었다는 것은 그 기교가 능숙하여 규격성의 바탕을 마스터하고, 그 이상의 어떤 격 또는 경지를 체득하기 시작했다는 뜻이다. '멋들다'라는 말은 바로 멋의 평가에 있어 긍정의 제일관문(第一關門)이다.

'멋있다'는 '멋이 있다'의 축략(縮略), 발음도 '머싰다'(머시 있다)로 연음이 된다. 만일 애초부터 '멋있다'라는 말로 이루어진 것이라면 그 발음을 응당 '머딨다'(먿있다)로 절음(絶音)되었을 것이다. '멋있다'는 멋이 이미 들어가 있는 상태이다. '멋들다'가 멋의 편린(片鱗)의 '번득임'에 대한 발견임에 비하여 '멋있다'는 멋의 편재(遍在)의 인정이다. '멋들다'가 입묘(入廟)의 경(境)이라면 '멋있다'는 생동의 경이라 할 수 있다.

8) 멋지다 · 멋떨어지다

'멋지다'의 '지다'는 완숙한 상태를 표현하는 접미사이다. '멋지다'는 멋을 표현하는 형용사로서는 대표적인 것이다. '멋지다'는 '멋들다'·'멋있다'를 거쳐 올라선 한층 고도의 상태이기 때문에, '멋들다'·'멋있다'가 멋의 인정과 발견에 많이 쓰이는 데 비해서 '멋지다'는 그러한 정도에 대한 찬탄인 것이다.

'멋떨어지다'는 멋이 떨어진 것, 곧 멋을 뛰어넘은 멋이라는 뜻이니, 이는 초월미요, 초절(超絶)의 멋이요, 최고의 멋, 입신의 경, 유유자적의 경에 대한 경이의 찬사. 이 '멋떨어지다'라는 말은 '멋들어지다'라고 표기되고 대개의 사전에도 이렇게 나타나 있지만, 그 발음은 역시 '멋떨어지다'로 하는 것이 보통이다. 뿐만 아니라, 그 뜻으로 보아도 멋들어진다는 것은 말이 어색하다. 그대로 풀이하면 멋이 들게 된다는 뜻이 된다. 이미 '멋들다'라는 말이 있는데 그보다 상급의 말에 '멋이 들어진다'라는 멋없는 말이 있다는 것은 멋적게 들리지 않을 수 없다. '떨어지다'라는 말이 이 경우와 마찬가지로 완전상부(完全相符) 또는 어떤 초절된 것 혹은 최고의 찬사로 쓰이는 것은 다른 말에서도 그 예를 찾을 수 있다.

상대되는 두 가지가 서로 남고 모자람이 없게 딱 맞아서 해결되는 것을 '맞아떨어진다' 하는 것이라든지, 예언이나 점 같은 것이 아주 맞을 때 '신떨어지게 맞는다(신은 神)' 하는 것은 이 '멋떨어지다'의 '떨어지다'와 같은 용례인 것이다. 어의로도 '멋떨어지다'가 멋을 표현하는 최고도의 형용사로서 아주 맞아떨어지는 것이다.

9) 멋대로

'멋대로'라는 말은 '멋 그것대로'라는 뜻이지만, '멋대로'라는 말의 어의는 '마음대로'·'하고 싶은 대로' 또는 '흥나는 대로'의 뜻으로 쓰인다. 흔히 '신(神)대로, 멋대로'라고 붙여서 쓰기도 한다. 다시 말하면, '멋대로'라는 말의 어형이 가리키는 멋은 멋 일반의 넓은 뜻으로 보이지만, '멋대로'라는 말이 쓰이는 어의는 주로 앞에서 지적한 바와 같은 국한된 뜻으로 쓰인다. 다시 말하면, '멋대로'라는 말이 표상하는 의미는 멋의 자유성 곧 비규격성 내지 반형식성·방종성이라고 하겠다.

이상으로써 우리는 미적 범주로서의 '멋'의 개념내용을 찾고, 그 체계를 구조(構造)하는 바탕의 준비로서 '멋'이란 말의 파생어들의 의미와 어감을 검토 분석하였다. 이제, 이상에서 검토한 바를 총정리한다면 다음과 같은 결론을 도출할 수 있을 것이다.

첫째, '멋'이란 말은 '맛'이란 말의 의미와 어감이 변형된 말이다. 맛은 미각의 뜻에서 재미란 뜻으로, 흥취란 뜻으로 바뀌어 '멋'이란 뜻에 이르렀다. 그 관계를 도시하면 〈그림 1〉과 같다.

둘째, '멋'의 바탕은 재미·흥미·흥취에 있다. 재미나 흥미가 없으면 멋이 없고 싱겁다.

〈그림 1〉

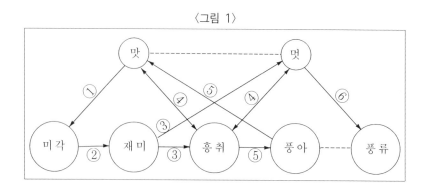

셋째, '멋'의 바탕은 조화에 있다. 때의 자리에 어울리어 조화를 얻지 못하면 멋이 적고 어색하다.

넷째, '멋'의 바탕은 분별에 있다. 규격과 사리에 통달하지 않으면 멋으로 모르고 어리석다.

다섯째, '멋'은 치장과 솜씨와 행동의 변화·숙달·세련의 뜻이 있다. 내부의 멋을 표현화하는 것을 '멋낸다'·'멋부린다'·'멋지긴다'·'멋까린다'라고 하거니와, 멋을 까리는 것이 가장 저급이고, 멋지기는 것이 좀 더 낮고, 멋부리는 것이 좀 더 높고, 멋내는 것이 가장 높다. 그러나 멋을 표현화하는 동사로서의 이 네 단어는 모두 다 멋의 평가에 있어서 부정적(否定的) 면이 강하다. 멋을 내고, 부리고, 지기고, 깔기는 것은 아무래도 인위(人爲)와 조작(造作)과 고의(故意)와 난잡(亂雜)의 성격이 드러나기 때문이다. 이로써 보면, 멋은 내부에서 자연히 유로(流露)되는 것이 상승(上乘)이요, 인위적인 멋, 부자연한 멋은 낮게 보는 것을 알 수 있다.

여섯째, 멋의 단계와 그 평가의 표현은 '멋들었다' → '멋있다' → '멋지다' → '멋떨어지다'의 순으로 상승한다. 멋을 평가하는 이 네 가지 형용사는 비록 고저의 차는 있으나마 모두 다 긍정적인 것이다. 그것은 어느 것이나 다 어감으로 볼 때 수련으로 체득된 자연입도(自然入道)의 것이기 때문이다.

일곱째, '멋'의 구경(究竟)은 자유방종이 격에 맞는 열락(悅樂)이다. '멋대로'는 '마음대로·홍대로·신대로'라는 뜻이니 비규격·반형식의 일거수일투족이 모두 다 격이 되고 형식이 되는 경지다. 이러한 경지는 수련을 통해서만 체득되는 흥취와 조화와 분별이요, 그것을 뛰어넘어 자연한 법도를 이루는 경지다. 여기 이르면 멋을 내고 부리지 않아도 멋은 들게 되어 있게 되고 마침내 떨어지게 되는 것이다. 멋은 멋이 떨어진 멋없는 멋이 최고 경지니, 그것은 멋대로 해서 격에 맞는 무애자재(無碍自在)의 경지란 말이다.

410

이로써 우리는 '멋'의 어원과 '멋'의 파생어의 의미와 어감의 검토를 통하여 멋의 개념을 추상하고, 한국적 미의식으로서 멋의 해명에 관한 기초적인 제문제에 매듭을 지었다. 대상적 규정으로서의 멋의 전제(前提)를 위하여 예술적 이념으로서의 멋의 이론을 위하여 미적 범주로서의 멋의 내용을 고구(考究)하는 문제가 남아 있다.

6. 미적 범주로서 멋

나는 앞에서 우리말의 중요한 미적 빈사(賓辭)의 의미를 분석하여 한국의 미의식의 구조를 복원함으로써 '아름다움'과 '고움'과 '멋'의 관계 및 그 개념내용을 밝혀 보았고, 특히 한국적 미의식의 전형으로서의 멋의 어원 내지 그 파생어의 일반적 어의를 분석함으로써 '멋'이란 말의 생성의 차제(次第)와 그 개념내용의 기초를 찾아 보았다. 그러나, 그것은 '멋'의 의미 또는 그 개념내용의 윤곽을 파악하고 이해하는 바탕과 방향을 제시하긴 하지만, 그것만으로는 멋의 미적 개념을 명확히 했다고 할 수는 없는 것이다.

'멋'은 한국 예술의 모든 분야에 있어서 중심개념이요, 이상개념으로서 구경적(究竟的)인 지도적 기능을 발휘하는 미적 범주이다. 미적 범주로서의 '멋'은 일종의 술어적 의미로 변형되고 특수화된다. 미적 범주로서의 멋의 개념의 구극의 의미가 멋이란 말의 일반 어의(語義)와 아주 달라지거나 충돌되는 것은 아니지만, 그 일반적 어의보다는 어원적 의미가 많이 전화(轉化)되고 확대(擴大)되고 또 한정(限定)된 것이 사실이다.

뿐만 아니라, 미적 범주로서의 멋의 연구는 단지 어의의 연구만으로는 불가능하다. 그것은 역사적으로, 명료한 형태로서 특정의 예술 세계를 그 배경으로 지니거나, 아니면 예술세계의 기반으로서 자연

발생한 것이기 때문이다. 그러므로 우리는 멋의 미적 범주로서의 연구를 그 일반적 어의의 문제에서 출발시켜 '멋'이란 말의 정상적 의미를 끊임없이 고려하면서 그와 관련된 테두리 안에 멋의 미적 범주로서의 속성 — 그 제성격(諸性格)을 고찰할 수가 있다.

이와 같은 멋의 미적 내용과 그 미학적 구조에 대한 이론적 연구는 우리 학계에는 너무 결핍(缺乏)되어 있다. 사실 멋이란 우리 민족이 수천년래 생활 속에서 체득하고 행위와 제작에서 수련해 온 것이면서도 이론적 고구(考究)는 시론(詩論)이고 화론(畵論)이고 간에 예술론으로서 다루어진 적이 일찍이 없었다. 하기는 앞에서 지적한 바와 같이, 멋이란 우리가 수천년래 느껴 오긴 했어도, 이것이 하나의 독자적인 미가치로서 미적 범주를 이룬 것은 그다지 오랜 역사가 아니기 때문에, 멋의 개념내용은 그저 느껴서 알 따름이요, 너무 막연해서 구체적으로 꼬집어 내놓을 수가 없는 것이다. 그러므로, 근래 몇몇 학자에 의하여 제기된 '멋' 문제의 논의도 항상 그저 감상문(感想文) 정도로 스쳐 가는 지극히 단편적이고 피상적인 점에서는 거의 공통한 것을 볼 수 있거니와, 그러한 중요 원인은 무엇보다도 이 문제가 이른바 사천년래 처음 개척되는 학구적 처녀지란 점도 있지만, 그것을 논하는 학자들이 이를 너무 소홀히 다루고 전체적 구조를 통찰(洞察) 하려 들지 않았기 때문에 피상적(皮相的)이 될 수밖에 없고 단편적 (斷片的)일 수밖에 없었던 것이다. 그 피상적이고 단편적인 것조차 논자에 따라 가지각색이어서 일치점이 발견되는 것은 극히 부분적인 것이다.

이때까지 멋을 논의한 제가(諸家)의 견해의 공통한 오류(誤謬)는 다음의 몇 가지라 할 수 있다.

첫째, '아름다움'과 '고움'과 '멋'을 혼동하고 있다. 멋은 확실히 아름다움의 일양상(一樣相)이지만, 모든 아름다움이 멋은 아니고 단순한 고움도 멋은 아니다. 멋의 독자성을 강조하는 조용만 씨의 견해도 이러한 혐(嫌)이 농후(濃厚)하다. 씨가 문학에 있어서의 멋의 실례로 인용한 목은(牧隱) 이색(李穡)의 시조

> 백설(白雪)이 자자진 골에 구름이 머흐레라.
> 반가운 매화(梅花)는 어느 골에 피었는고.
> 석양(夕陽)에 홀로 서 있어 갈 곳 몰라 하노라.

는 씨의 말대로 서양(西洋)의 되지 않은 시가(詩歌)가 추종할 바 아닌 '아름다운 시경(詩境) 높은 격조(格調)'를 보여 주고 있긴 하다.[15] 그러나 여기에 멋은 나타나 있지 않다. 오히려 여말의 충신으로서의 작자의 몸둘 곳 없는 슬픔이 멋보다 앞서 온다. 슬픔이 멋의 내용이 안 된다는 것은 아니다. 그러나, 이 높은 격조의 외로움과 슬픔은 멋이라기보다는 기품(氣品) 있는 애수(哀愁)이다. 다시 말하면, 멋으로서의 변형이 의도되지 않았다. "이 시조를 읽고 어깻바람 나고 신나는 것을 느끼지 않을 수 있을까"라고 씨는 반문했지만,[16] 이 시조에는 신나는 멋은 없다. 목은에게서 멋을 찾으려면 차라리 다음과 같은 그의 일화(逸話)에서 찾을 수 있을 것이다.

조선의 태종(太宗)이 옛정으로 목은을 만나려 했을 때 목은은 흔연(欣然)히 응했다. 그러나, 목은이 입궐했을 때 태종은 옥좌(玉座)에 앉아 있었다. 그 때 목은은 노부(老夫)가 몸둘 곳이 없구나 하고 되돌아서서 나오고 말았다는 것이다. 옛정으로 만날 수는 있지만 신하의 예로써 절을 할 수는 없었기 때문이다. 목은의 이 행동은 굽히지 않는 절개를 볼 수 있어서 제왕 앞에 맞선 기개에 멋을 느낄 수 있다. 이 행동이 멋이 되는 것은 그 스토리 자체의 사건구성에 이미 평범하지 않은 변격(變格)의 파란(波瀾)이 동반되었기 때문이다. 또,

---

15) 조용만, "멋이라는 것,"《고대신문》1959. 2. 18.
16) 조용만, 전게 논문.

씨가 예로 든《춘향전》의 어사출도 대목도 그것이 고난 끝에 변격으로 그런 장면이 벌어진 것은 소설로서는 멋진 얘기지만, 이도령이 썼다는 "金樽美酒千人血 玉盤佳肴萬姓膏 燭淚落時民淚落 歌聲高處怨聲高"라는 시는 독립된 시로서는 결코 멋있는 시는 아닌 것이다. 비분강개한 사회시이긴 하다. 이와 같이 우리적인 아름다움이나 고움을 또는 힘과 꿈과 슬픔을 모두 멋이라고 한다면, 멋을 우리는 어떻게 구별하고 가려서 파악할 것인가.

둘째, 멋을 우리의 생활풍속에 대한 애정, 익숙한 감정과 혼동하는 경향이 있다. 조윤제 씨의 견해도 이와 같은 혐이 있다. 씨는 이 글에서 "한국의 멋은…조금 어긋난 데에 있는 것 같다. …조금 어긋나고 조금 비뚤어지고 비정확적(非正確的)인 것, 이것이 한국인의 생활에는 퍽 중요한 한국인의 멋이라 하는 것인데…"라고 해서, 멋의 미의 본질적인 일면을 설파하긴 했으나, 씨가 예로 든 우리의 의상이나 가옥구조 또는 실내장식의 그 어느 것도 우리에게 익숙한 맛으로서 실례이지, 그것 그대로의 전체가 멋의 특징적 성격이 될 수 없을 뿐 아니라, 씨가 제시한 '멋'의 원리적 면을 보여주는 예도 되지 못한다. 또 들놀이·정자(亭子)놀이나 선술집 예도 마찬가지다.[17] 그것들은 멋의 바탕은 될 수 있으나 멋으로서의 형태미의 예는 되지 않는다. 한국 재래의 습속(習俗)이라 해서 그대로 다 멋이 되는 것은 아니다. 멋은 습속 안의 어느 특정된 종류에 있는 것이 아니요, 모든 습속, 아니 아니 생활의 모든 면에 편재할 수 있는 것이다. 그러면서도 모든 습속이 멋이 될 수 없는 것은 '멋'이란 본디 어느 사상(事相)의 그 자체가 아니요, 그것의 존재하는 형식 특히 표현의 스타일과 격조(格調)이기 때문이다.

물론 멋은 전통적 미이다. 그러므로, 그것은 역사적인 미요 집단

17) 조윤제, "한국인의 멋,"《한국의 발견》(1962.12).

적 기호(嗜好)의 것이어서 습속과의 사이에는 매우 가까운 점이 많다. 그러나 조윤제 씨가 멋의 예로서 든 들놀이·정자놀이나 선술집은 그 자체가 한국적인 풍취를 지니고 있고 한국인에게 어울리고 사랑받는 풍속이지만, 그 들놀이·정자놀이나 선술집에 모인 사람들의 언동이 무미건조하거나 파탄(破綻)되어서 멋없고 멋적고 멋모르게 되어 있다면, 그것은 결코 멋의 예가 될 수 없는 것이다. 그러므로, 들놀이·정자놀이·선술집 그 자체는 멋이 아니다. 그것의 존재형식 여하에 따라 멋일 수도 있고 멋 아닐 수도 있기 때문이다.

셋째, 아직도 멋과 맛을 혼동하고 있는 경향이다. '멋'은 '맛'에서 환골탈태(換骨奪胎)한 말이기 때문에 '맛'과의 구별이 확연하지 않은 점이 있어서, 관자(觀者)에 따라서는 멋으로 볼 수도 있고 맛이라 할 수도 있는 경우가 있기는 하다. 그러나 우리가 근본적으로 알아 두지 않으면 안 될 것은 멋과 맛과의 기본관계이다. 멋은 맛을 바탕으로 하고 그것을 다시 뛰어넘는 것이기 때문에 멋에는 일반적인 맛이 있을 뿐 아니라, '특수한 맛'(멋)이 있다. 그러나 맛은 이와는 달라서 그것은 맛 그대로의 세계이다. 바꿔 말하면, 멋은 어느 것이나 맛을 동반하지만, 맛은 반드시 다 멋이 되는 것은 아니라는 말이다. 물론 맛에도 여러 가지 독특한 맛이 있지만, 멋은 그 여러 가지 맛에는 없는 별반의 맛으로 이루어진 것이기 때문이다.

앞서 인용한 바 조용만 씨가 목은 이색의 시조 〈백설이 자자진 골에…〉를 멋이라고 한 것도 멋을 아름다움 또는 고움과 혼동했기 때문이지만, 더 근본적으로 생각하면 맛과 멋의 혼동에서 비롯된 것임을 알 수 있다. 전장에서 이미 논술한 바와 같이 전아(典雅)·고아(古雅)·아담(雅淡)·아려(雅麗)는 멋보다는 오히려 맛의 세계요, 맛에 가까운 것이기 때문이다.

조윤제 씨가 강조한 바 "멋은 물론 화려하고 풍성한 맛은 없어도 단아하고 섬세하여 아름다와서 좋다"[18]고 한 것도 역시 멋을 아름다

움과 고움으로 더불어 동일시하고 멋과 맛을 혼동한 증거가 된다. 그
러나 멋은 그 단아하고 섬세한 것에 변격이 들어가야 이루어지는 것
이지, 단아하고 섬세한 그것만으로는 멋이 되지 않는다. 우리는 여기
서 이 맛과 멋의 본질을 비교함에 있어서 맛은 고전적이요 멋은 낭만
적이라는 특색을 들 수도 있다. 이렇게 멋의 본질이 오히려 풍성하고
거드럭거리고 흥청거리는 성질인데도, 씨가 멋은 화려하고 풍성한
맛은 없어도 단아하고 섬세하여 아름다워서 좋다고 한 것은, 멋의 성
격보다는 맛의 개념을 설명함에 더 적합하다고 보겠다. 물론 멋에도
적막미(寂寞美)·단순미(單純美)·청초미(淸楚美) 같은 것이 없는 것
은 아니다. 그러나 적어도 단아라든지 규격이라든지 섬세라든지 정
상이라는 어감만으로는 멋의 뉘앙스가 우러나지 않는 것이 사실이요,
그것은 오히려 멋의 반대개념이라 할 수 있다.

정병욱(鄭炳昱) 씨는 "우리 문학의 전통과 인습"이라는 글에서 멋을
논하여,

> 이같이 '멋'은 조화를 기저로 하면서 원상(原狀)이 약간 '데포롬'되었을
> 때에 느껴지는 일종의 미의식을 뜻함이다. 바꾸어 말하면, '멋'이란 결
> 코 평범하고 정상적인 상태에서 느껴지는 것이 아니라, 정상적인 상태
> 에서 약간 벗어나되 그것이 전체적인 조화를 해하지 않을 때에 느껴지
> 는 것이고, 그것이 극치의 경지에 이르렀을 때에 우리는 그런 상태를
> 일컬어 '깜찍하다'고 한다. 따라서, 이 '깜찍함'은 곧 '멋'의 극치를 이
> 룬다 할 것이다. 그런데 이 깜찍하다는 뜻은 소규모의 것이 대규모의
> 것을 교묘하게 재현시켰을 때에 이루어지는 개념이다.

라고 해서 멋을 데포르마시옹의 미의식이라 하여 그 본질적인 핵심을
찔렀으나, 멋의 극치를 '깜찍하다'고 한 것이라든지, 그 '깜찍하다'는

---

18) 조윤제, 전게논문.

416

뜻이 소규모의 것이 대규모의 것을 교묘하게 재현시켰을 때 이루어지는 개념이라 한 것은[19] 역시 맛과 멋을 혼동한 것이라 하지 않을 수 없다.

왜 그러냐 하면, 멋의 극치는 '멋떨어지다'요 '깜찍하다'가 아니다. 깜찍하다는 뜻은 '당돌하다'·'빈틈없다'·'맵짜다'와 비슷한 어감을 가진 것으로, 아이들이 죄를 저지르고도 조금도 티없이 감추는 것 같은 것을 깜찍하다고 한다. 이러한 어감과 일반 용례로 보면 '깜찍하다'는 말은 정상적인, 빈틈없는 야무지고 맵짠 규격성(規格性)이 느껴져서, 우리는 이 '깜찍하다'에서 데포르마시옹의 반대 어감을 느끼는 것이다. 멋을 데포르마시옹의 미의식이라 하고, 그 멋의 극치를 '깜찍하다'라고 하는 것은 아무래도 모순된 표현 같다.

깜찍하다는 뜻은 씨의 말대로 소규모의 것을 교묘하게 구현시킬 때 이루어지는 개념임은 사실이다. 그러나, 이것은 '깜찍하다'가 이루어지는 계기요, '멋'이 이루어지는 계기는 아니다. 멋은 '깜찍하다'와 같은 소규모화의 교묘한 재현(再現)이 아니라, 오히려 '허술하다'와 통하는 대규모화의 교묘한 변형(變形)인 것이다. 멋은 맛보다는 큰 맛이기 때문이다. 또, 멋이란 것은 씨의 말대로 평범하고 정상적인 것에서 느껴지는 것이 아니지만, 정상적인 상태에서 약간 벗어나되 그것이 전체적인 조화를 해하지 않을 때에 느껴지는 것이라는 그런 소극적인 것이 아니고, 정상상태를 벗어나서 조화를 깨뜨려서 오히려 새로운 조화를 이룩하는 적극적인 것이다. 어쨌든, 정병욱 씨는 멋의 전제는 정곡(正鵠)을 맞춰 놓고 그 결론은 오착(誤錯)을 범했다. 또, 데포르마시옹을 우리 문화의 주체성과 동일시한 것이라든지, 데포르마시옹으로서의 멋의 현상이 곧 우리 문화의 후진성의 축적이 낳은 하나의 방법상의 특징이라고 본 것은[20] 모두 속단(速斷)으

19) 정병욱, "우리 문학의 전통과 인습,"《국문학산고》(國文學散藁), p. 35.
20) 정병욱, 전게 논문,《국문학산고》, p. 36.

로서 수긍할 수 없는 입론이다.

　정병욱 씨는 우리 문화의 주체성＝멋＝데포르마시옹의 미의식이라는 일련의 공식을 설정했기 때문에 '멋의 극치'를 '깜찍하다'라고 하고, 그것을 대규모의 교묘한 소규모화의 재현 또는 데포르마시옹의 방법을 빌린 정상(正常)에의 육박(肉薄)이라 주장하게 되었으나, 육박이란 단어는 강력하긴 해도 아직도 미급(未及)이라는 어감이 있다. 원효(元曉)·의상(義湘)의 불교사상이나 퇴계(退溪)·율곡(栗谷)의 유학사상이나, 세종대왕(世宗大王)·다산(茶山)의 과학사상을 예로 들어 보더라도, 그것은 모두 외국 것을 받아들여 정상적으로 소화하여 집대성(集大成)함으로써 외국의 그것을 뛰어넘어 능가(凌駕)한 것이지, 데포르마시옹으로 대규모를 소규모로 재현하거나 정상적인 것에 육박한 것은 아니다. 멋은 우리 예술문화 또는 가치관의 이념으로 분명히 한국적 독자성을 가졌지만, '멋'이 곧 우리 문화의 주체성과 동의어는 아닌 것이다.

　이와 같이, 멋은 맛과 구별되는 특수한 의미의 세계를 이루었으나, 그 발생의 의미는 상통한 것이어서 양자가 전혀 무관한 것일 수는 없다. 이 두 가지를 혼동하는 견해가 있는 반면에, 이 두 가지를 빙탄불상용(氷炭不相容)의 것으로 격절(隔絶)시키는 이도 있다. 신석초(申石艸) 씨의 견해가 이런 입지에 서 있다. 씨는 "멋說" 첫머리에서 다음과 같이 논단하고 있다.

　　멋은 사치성 또는 유기(遊技)의 산물이기 때문에, 맛과 같이 무슨 공리성과 목적을 가지고 있는 것은 아니다. 21)

　멋이 사치성과 유희성의 일면이 있는 것은 사실이다. 그러나, 그것은 그냥 사치성·유희성이라고 불러 던지기에는 너무나 소홀한 진

---

21) 신석초, "멋 說,"《문장》1941년 3월호.

실과 격도 지니고 있는 것이다. 만일 멋이 한갓 사치성과 유희성에만 멈추고 빠진다면, 그것은 부화(浮華)하고 허랑(虛浪)한 저급의 짓거리가 되고 말 것이다. 또, '맛'이란 것은 멋에 비하면 온건하고 깊은 맛이 있지만, 그것도 반드시 공리성과 목적성의 것만은 아니다. 맛에도 고차적이요 순수한 것은 성격이 다르다 뿐이지 제 나름의 사치성과 유희성이 깃들이는 것이다. 그러므로, 이렇게 멋과 맛을 극단으로 대립시키는 것은 씨가 맛을 한갓 맛〔眂〕 곧 미각의 의미로만 파악했다는 혐을 지적하지 않을 수 없는 것이다.

7. 멋의 미적 내용

이제, 멋의 미적 내용에 대한 기본적인 개념 또는 구체적인 성격을 추출(抽出)하여 미적 범주로서의 멋의 본바탕을 살펴보기로 한다. 멋의 미적 내용의 고찰에 대하여 우리는 세 가지 각도에서 고구(考究)할 수 있다. 그 세 갈래의 관점은 곧 (1) 형태미로서의 멋, (2) 표현미로서의 멋, (3) 정신미로서의 멋이 그것이다.

1) 멋의 미적 내용(一)

형태미로서 멋은 멋의 일반적 존재형식 곧 멋은 어떻게 있는가 하는 문제, 다시 말하면 '멋'의 나타난 상태에 대한 관점이요, 거기서 추상된 개념이다. 그러므로 이것은 전장에서 분석한 멋의 파생어 중 주로 형용사로 된 일군(一群), 곧 '멋들다'·'멋있다'·'멋지다'·'멋떨어지다'들에 해당하는 개념은 어떠한 형태의 것을 가리키는가 하는 문제이다.

멋의 형태적 특질로서 가장 기본적인 것은 '비정제성'(非整除性)이다. 다시 말하면, 미술에 있어서나 음악에 있어서나 문학에 있어서 멋의 형태는 그 규구(規矩)가 산수적으로 완전 제할(除割)되지 않는다는 점이다. 이는 앞에서 이미 누차 지적한 바와 같이, 멋이란 본디 정상·정규적인 것만으로는 안 되기 때문에 변환의 묘가 들어야 하는 것이다. 그러므로, 멋의 형태의 바탕에는 '비상칭성(非相稱性)'·'불균정성(不均整性)'이 깔려 있는 것이다.

이 멋의 비정제성을 고유섭(高裕燮) 씨는 '상상력·구성력의 풍부'란 이름 아래 우리 문화의 창조성의 제 1 례로 열거하였는바, 씨는 이것을 특히 일본·지나 등의 조형미술과 비교하여 그 구체적 예를 들어 다음과 같이 말하였다.

> 일본·지나의 건축 각부의 세부비례가 완수(完數)로서 제할(除割)되지만, 조선의 그것은 제할이 잘 되지 아니하는 일면이 있다는 것이다. 같은 방구형(方矩形) 평면의 건물이라도 일본·지나의 건물은 그 절반만 실측하면 나머지 절반은 실측ㅎ지 아니하고서도 해답이 나오지만 조선의 건물은 그렇지 않다는 것이다.[22]

이러한 비정제성은 음악·문학 특히 시가의 형식에도 현저(顯著)하다. 우리 음악이 아악(雅樂)과 민악(民樂) 할 것 없이 무반음(無半音) 5음계가 기초로 되어 있는 것은, 우주와 인간의 조화와 질서를 말하려는 음악사상의 소치라 하겠거니와, 이 5음계의 무반음 진행의 정규·정상을 깨뜨리는 것은 반음계(半音階)의 사용이다. 이 반음계의 사용은 교화음악(敎化音樂)으로서의 불건전, 또는 감상적(感傷的)·육감적(肉感的)이라는 이름으로 혐오되고 기피되었으나, 그것이 멋스러운 율격임에는 틀림없다.

우리 음악의 유반음(有半音) 음악에 대하여 계정식(桂貞植) 박사는

---

22) 고유섭, "조선미술문화의 몇낱 성격,"《조선미술문화사논총》, p. 120.

"오음계의 소고"란 논문에서 다음과 같이 말하였다.

> 조선 음악에도 가령 '육자배기' 같은 남도(南道) 노래에서 유반음 오음
> 계를 분명히 찾을 수 있다. 이 유반음 음악을 남조선에서 찾을 수 있
> 고, 서북조선에서는 찾을 수 없다는 것이 또한 우리의 흥미를 끌어 내
> 는 점이다.
> 중국 음악에서는 유반음 진행의 곡, 즉 서양의 단조(短調) 같은 기분
> 을 현출(現出)한 악곡은 듣지 못하였다. 남조선에 유반음 오음계로 된
> 곡이 존재한 것과 일본에 역시 도회음악의 태반이 유반음 음악이라는
> 것은 지리적으로 근접한 관계를 가진 양자의 교통, 죽 문화의 교류를
> 말하고 있다. 그것이 아악보다도 속악(俗樂)에 있어서 더욱 더 현저하
> 고 아악에 있어서는 원시적 건전미가 잠재한 무반음 오음계가 사용되어
> 있는 것도 역시 동일한 사정이다. 23)

우리는 가야금의 산조(散調)에서 멋을 느낀다. 산조란 문자 그대로
순정조(純正調)는 아니다. 그러므로, 거문고의 종장(宗匠)들은 산조
는 가야금으로나 탈 게라 하여, 거문고로 산조를 타는 것을 꾸짖고
거부하였던 것이다. 24) 이런 점에서도 우리는 멋의 상궤일탈성(常軌
逸脫性)과 통속성(通俗性)의 일면을 엿볼 수가 있는 것이다.

이 비정제성은 시가의 형식에 있어서도 정형시의 파괴를 가져왔
다. 우리 시가는 원시가무(原始歌舞)에서 민요에 이르는 선이 주로
정형률로 되어 있고, 작가계급의 성립 이후 완성된 시가 장르는 대체
의 윤곽·골격과 특정의 일부분을 남기고 곧 비정형화하였다. 다시

---

23) 계정식, "오음계의 소고,"《조선일보》1940. 6. 21.
24) 이혜구(李惠求) 씨는 "시나위와 사뇌(詞腦)에 관한 연구"(《국어국문학》8편)
에서 '가야금 산조'를 시나위라고 하는데, 백낙준(白樂俊)이 거문고 산조 비난
이유로 거문고는 정악(正樂)이 타는 악기지 산조를 거문고로 타는 것은 거문
고를 망신시킨다고 해서, 시나위는 정악하는 사람이 기휘(忌諱)한다는 것을
설명하였다.

말하면, 정형시의 형식적 고정성은 이내 융통자재(融通自在)로 신축되어 자유시적 경향을 띠었다는 말이다. 신라의 사뇌가(詞腦歌)도 사구체(四句體)·팔구체·십구체가 있고, 십구체 사뇌가 완성 뒤에도 정형시적 요소는 그 낙구(落句) 첫머리의 감탄사 '아으' 정도다. 고려의 경기하여가(景幾何如歌)의 '~위~景幾何如〔긔 어떠하니잇고〕'라든지, 시조 종장 초두의 '三字不加減'의 법칙을 제외하면, 우리 시가의 정형시는 엄격한 형식적 제약이랄 것이 없다. 나는 우리 시가의 이러한 비정형성 또는 형식적 자유성을 이 멋의 형태로서의 비정제성에 연유하는 것으로 본다. 다시 말하면, 규격의 제약·구속 속에 멋은 없기 때문에 변환이 불가피하고, 그 흥청거리는 흐름의 표현을 위해서 자수율(字數律)의 가감(加減)은 자연한 추세였던 것이다. 우리 시가에 있어서 대표적인 정형시인 시조는 3장 6구 45자의 음수율로써 정형시의 규격을 삼고 있으나, 그 많은 고시조(古時調) 중에 이 음수율에 완전히 맞는 것은 실상 몇 편이 되지 않을 뿐 아니라, 시조형식 완성 후 얼마 되지 않아 엇시조(旕時調)·사설시조(辭設時調)의 발생을 보게 되었던 것이다. 시조형식의 완성은 여말선초(麗末鮮初)라는 것이 통설인데, 성종(成宗)~선조(宣祖)년간에 이미 엇시조·사설시조가 있었던 것은 다음의 김인후(金麟厚, 1510~1560)와 정철(鄭澈, 1536~1593)의 작품으로써 알 수 있다. 또, 그것이 평시조보다 멋스러운 가락임도 물론이다.

　　靑山도 절로절로 綠水라도 절로절로
　　山 절로절로 水 절로절로 山水間에 나도 절로
　　그중에 절로절로 자란 몸이니 늙기도 절로절로 하리라.
　　　　　　　　　　　　　　　　　　　— 김인후·엇시조

　　한 盞 먹세그녀. 또 한 盞 먹세그녀. 곳 것거 算노코 無盡無盡 먹세그녀.

이 몸이 죽은 후면 지게 우혜 거적 더퍼 줄이여 메여 가나, 流蘇寶帳에
萬人이 울어 예나, 어욱새 속새 덥개나모 白楊 속에 가기곳 가면, 누른
해 흰달 가는 비 굴근 눈 소소리바람 불 제, 뉘 한 盞 먹자 할고.
하물며 무덤 우혜 잰납이 파람 불 제야 뉘우친들 어떠리.

— 정철 · 사설시조

이와 같이 '멋'은 정상 · 정규를 일단 벗어나 규구(規矩)에 맞아떨
어지지 않는 데서 비롯되지만, 그 비정제성이 마침내 무중심 · 무통
일에 떨어질 때 '멋'은 파괴된다. 다시 말하면, 멋의 비정제성은 막연
한 산만(散漫) 그것은 아니다. 가변(可變) · 가동(可動)의 다양성을
지니면서도 항상 제대로의 중심과 통일을 가지는 것이 '멋'의 본질이
기 때문이다.

멋의 형태미로서 제 2 의 특질은 '다양성'이다. 다양성은 단조(單
調) · 평판(平板) · 무미(無味)에서 탈출과 미묘한 변화에의 의욕의 표
현이므로 그것은 비정제성과 표리(表裏)의 관계에 있다. 바꿔 말하
면, 이 다양성은 비정제성의 바탕이요 그 속성이기도 하다.

이러한 다양성의 특질이 입체적으로 응용되었을 때, 예컨대 '窓살'의 구
성같이 매우 환상적인 구성을 얻는 것이다. 일본 건축의 '도꼬노마'〔床
ノ間〕의 '차다나'〔茶棚〕 등에서 볼 수 있는 '지가이다나'〔違棚〕와 같은
구성이니, 조선의 모든 공예적인 작품 내지 건축 급(及) 세부장식에 허
다(許多)히 응용되어 있는 일면이다. 불국사(佛國寺)의 건축평면 내지
그 석제(石梯), 다보탑(多寶塔), 고려만월대(高麗萬月臺) 궁전평면,
각 사찰 건물에서 볼 수 있는 창호 영자(欞子)의 규모 등이 모두 이 다
양성의 알기 쉬운 예들이다.

라고 고유섭 씨는 설명하고 있다. 25)

---

25) 고유섭, "조선미술문화의 몇낱 성격,"《조선미술문화사논총》, p. 120.

고유섭 씨는 이것은 "우리말로 소위 '그 멋이란 것이 부려져 있는 작품'들이다"라 하고, "멋이란 것은 행동을 통하여 나타나는 다양성의 발휘"라고 하였다. 씨는 '멋'의 어원이 혹 막[眊]에 있었을는지는 모르지만, 의미로서는 인간의 '탯가락'의 형용사로 쓰임이 본의였던 듯하다고 하였다.[26] '멋'의 어원이 '맛'에 있었느냐에 대해서는 반신반의하였을 뿐 좌단(左袒)하지는 않았지만, 멋을 '행동을 통하여 나타나는 다양성의 발휘'라고 한 것은 멋의 본질의 근본적 일면을 잘 도파(道破)하였다고 하겠다. 그러나 이 다양성의 해설이 멋의 전체를 대변하지는 못한다. 고도한 멋에서는 이 다양성의 극복 또는 초월로 단순화가 성취되어야 하기 때문이다.

이 '멋의 다양성'을 이희승(李熙昇) 씨는 '홍청거림'이라 이름짓고, 그 홍청거림 때문에 통일을 깨뜨리고 균제(均齊)를 벗어나서 책의 '사이즈'가 백 가지로 다르고, 일본의 '다다미'나 '쇼오지'[障子]에 비하여 우리 건축의 간살이나 창호가 각양각색이요 삼차불일(參差不一)이요 무질서라 하여, 고유섭 씨가 지적한 바와 같은 뜻을 언급하였다.[27]

이 다양성은 물론 '홍청거림'의 일종이긴 하다. 그러나 홍청거림이 곧 다양성은 아니요, 홍청거림은 다양성 이외의 또 그 이상의 격이 있는 것이다. 홍청거림에는 율동과 농짓거리와 호사(豪奢)와 발산(發散) 등 여러 가지 어감이 어울려 있기 때문이다. 다양성은 이러한 홍청거리는 정신의 소산인 일면도 있지만, 있는 소재 그대로를 살려 생명에 적응한 새로운 창조를 함으로써 이 다양성이 생겨나기도 한다. 우리 건축의 간살이 삼차불일한 것은 재목의 크기와 생긴 모양에 맞추어서 집을 짓는 것이 원인이 되기도 한다는 말이다. 말하자면, 무조작·무기교의 자연한 인공으로써 멋을 삼는 것이니, 이러한 경

---

26) 고유섭, 전게 논문.
27) 이희승, "다시 '멋'에 대하여,"《자유문학》 1959년 2월호.

424

우의 다양성에서는 오히려 멋의 소박미(素朴美) 또는 아졸미(雅拙美)
의 일면을 보게 되는 것이다.

멋의 형태미로서 제3의 특질은 '율동성'이다. '멋'이란 원래 생동
태(生動態)의 미요, 만들어진 다음에 보는 것이 아니다. 만들어 가는
과정의 변화에서 보는 미이다. 다시 말하면, 멋은 존재상태의 미가
아니요, 운동상태의 미라는 말이다. 그러므로, 멋은 형상이나 가락
이나 마음에 있어서 한 움직임에서 다음 움직임으로 이어 가고 넘어
가는 과정에 나타난다. 가동적인 정지태(靜止態), 멈추려는 움직임이
연속되는 가동적 경향상태가 멋의 형태미의 본질이다.

멋의 형태로서의 율동성은 근본적으로 이 가동성(可動性)의 경향형
의 표현이거니와, 이와 같은 경향상태의 형태미는 동양예술 전반의
특색이기도 하다. 멋의 형태미로서의 비정제성과 다양성도 결국은
이 율동성과 표리의 관계에 있고, 어느 의미에서는 이 율동성이 더
근원적이라 할 수도 있다. 다시 말하면, 멋이란 곧 정신의 율동미이
기 때문이다. 그러므로, '흥청거린다'는 동사가 '멋부린다'는 말로 더
불어 가장 가까운 어감이 있는 것이다. '흥청거림'은 비정지(非靜止)
·무응결(無凝結)·무규격(無規格)·반기교(反技巧)·무목적(無目的)
·비실용(非實用)이라는 어감을 우리에게 주고 있다. 이 어감들은 곧
'멋'이란 개념내용의 가장 중요한 중핵(中核)이 된다. 그러므로, 멋의
율동성은 규격과 공식에 매이지 않고 변화가 자재하다.

멋의 율동성에 대하여 신석초 씨는 다음과 같이 말하였다.

정지의 상태보다는 동작의 상태에 멋이 있지만, 그러나 과도히 움직이
지 않는 율동의 상태에서라야만 더 멋을 느낀다. 말하자면, 직립한 자
세의 수목보다는 표풍(飄風)에 흔들리는 수목의 가지가 멋이 있고, 그
보다도 춘풍에 나부끼는 수유(垂柳)가 더 멋이 있다. 그러므로 '綠楊이
千萬絲ㄴ들 가는 춘풍 매어 두며…' 하는 것은 가장 미감을 주는 한 시
조의 시작으로 되는 것이다.[28]

이와 같이, 멋의 형태미는 정지태(靜止態)보다 가동태(可動態)를, 그리고 격동성(激動性)보다는 미동성(微動性)에 있거니와, 동중(動中)의 잠깐 정지 곧 단절이 한층 높은 멋을 자아낸다. 빠르던 가락이 문득 뚝 그치고 잠깐 쉴 때 끊어진 여운(餘韻)에 아직 새로운 소리는 이어지기 전, 그 침묵이 몽환적(夢幻的)인 멋을 준다. 백낙천(白樂天)이 〈비파행〉(琵琶行)에서 이른바 "此時無聲勝有聲"의 경지가 곧 이것이다. 이것은 이 멋의 율동성이란 원래 분방무절제(奔放無節制)한 움직임이 아니고 생동과 절제의 조화미(調和美)이기 때문이다. 이 멋의 율동에 대하여 신석초(申石艸) 씨는 다음과 같은 멋있는 표현을 하였다.

> 가야금은 멋을 느끼게 한다. 가야금은 산조에 더욱 멋이 있다. 중머리에서 곡조가 완만(緩慢)하고 활달(闊達)하게 흐르다가 잠간 동안 정지하며 선만 그윽히 율동하여 여운을 남겨 놓는 대목이 멋을 느끼게 한다. 또는 잦은머리에서 곡조가 한창 빈색(頻索)하게 분쇄하여질 때 음조가 더욱더욱 세고(細高), 색(索)하여지고, 음자(音子)가 거의 무성(無聲)의 상태에서 연결되어 가는 몽환적인 경열(景悅)이 또한 멋을 느끼게 한다. …조선의 고전무용은 다른 무용형식에서 볼 수 없는 특수한 그 격에 의하여 사람을 이끈다. 워낙 무용이라는 것은 동작하는 상태이고 또 그것은 직접 우리를 매료하는 인간의 육체를 사용하는 것이기 때문에 멋을 내는 데는 무비(無比)한 것이다. 그런데, 조선 무용은 전아하고 절제 있는 율동에 의하여 다른 멋이 있다. 조선 무용의 주요한 일특징은 그 어깨에 있다. 어깨의 후절(後節)에 있다. 유연히 선회하면서 어깨를 잠간 올리고 미동의 상태로 흔드는 포우즈는 도저(到底)히 번역할 수 없는 순수한 멋이다.[29]

---

28) 신석초, "멋說,"《문장》1941년 3월호.
29) 신석초, "멋說,"《문장》1941년 3월호.

나는 일찍이 한성준(韓成俊)의 춤을 한 번 본 적이 있거니와, 검은 배경의 무대에 나와서 직립해 있던 한성준의 어깨가 문득 한 번 으쓱 하고 미동했을 때 굉연(轟然)한 율동을 보았던 것이다. 이윽고 그 팔이 서서히 퍼져서 원을 그릴 때 그 텅 빈 무대가 하나 가득해지는 것을 보고 놀란 기억이 있다. 이것이야말로 경이였고 지상의 멋이었다. 이와 같이, 멋의 율동은 미동(微動)과 단속(斷續)과 적정(寂靜)으로 유현(幽玄)한 경계에 몰입하는 것이다.

멋의 형태로서 제 4 의 특질은 '곡선성'(曲線性)이다. 이 '곡선성'은 멋의 형태로서는 가장 일반적인 것이니, 그것은 앞의 '율동성'의 표현이요, '다양성'과 '비정제성'의 표현이기도 하다. 멋을 시각적 형태로부터 거슬러 올라간다면 우리는 이 곡선성을 멋의 형태로서 최초에 다뤄야 할 것이다. 그러나, 여기서 말하는 곡선성을 앞의 '율동성'이 반드시 청각에 국한한 것이 아니듯이 반드시 시각에 국한한 것이 아니다. 곡선성은 율동성으로 더불어 정신의 바탕을 같이 하면서도 이 두 가지를 다 열거하는 것은 율동성이 반복의 움직임에서 보는 데 비해서 곡선성은 전개해 가는 움직임에서 보는 어감이 있기 때문이다.

한국의 예술을 선(線)의 예술이라고 하는 것은 정곡(正鵠)을 얻은 견해요, 또 그런만큼 이것은 통설이 된 지 오래다. 한국의 역사를 가늘게 이어 온 선의 역사라고도 하거니와, 한국의 선은 선 중에도 곡선이다. 이 곡선미가 가장 두드러지게 나타나는 것은 우리 무용의 미이다. 우리 무용의 특성은 동작이 곡선적인데, 어깨와 손끝과 허리께와 발끝의 미묘한 움직임의 흐름은 비상히 세련된 곡선이요, 그것은 한 움직임에서 다른 움직임에로의 연결과 전개를 위한 가동적 정지태의 무한환상(無限幻想)의 열락(悅樂)이다. 만일 직선적인 기본동작을 훈련한 발레리나가 우리 춤을 춘다면 거기에 멋을 느낄 수 있을 것인가. 아마 우리는 멋적어서 차마 보아낼 수가 없을 것이다. 음악가가 소리를 '엮고', '휘이고', '흥청거리'는 것도 멋의 곡선성(曲線性)의 발현이다.

이 곡선미는 비단 무용과 음악에서뿐만 아니라 우리의 공예품이나 회화에도 현저히 나타나 있다. 곡선 중에도 현란한 곡선이 아닌 직선의 미묘한 변화로 휘어져 넘는 은은한 곡선과 반월형의 호선(弧線)이 아마도 대표적인 것일 것이다. 직선의 각을 반원으로 약간 죽이는 것은 우리 목공예품에서 흔히 목도(目睹)하는 바이다. 우리 건축의 지붕과 부연 뺀 추녀의 날아갈 듯한 선, 장롱과 즙기류의 가구에서, 소반·기명(器皿) 등 일상의 도구에서 우리가 찾아 내는 곡선미, 그것의 가장 일반적인 형태는 반월형의 호선이다. 또는 그것의 중복이다. 그 전형은 저고리의 깃과 소매 끝, 버선의 코와 뒤꿈치, 태극선(太極扇) 그림의 청(靑)·홍(紅)·황(黃)이 서로 물린 머리 모양일 것이다. 이것들은 같은 유형이요, 특히 저고리 깃과 버선코와 태극선 그림 대가리는 완전히 같은 모양이다. 뿐만 아니라, 부엌의 식칼이나 화로의 인두도 고형(古形)은 이 모양과 같다. 이 호선의 미를 좋아하는 것은 유독 우리 민족만이 아니요 일반 성향이긴 하다. 그러나 그것이 예술에서 현저한 기호와 이상형태가 된 것은 우리 민족의 미의식의 경향이라 할 수 있다.

이와 같이, 멋의 형태미는 직선보다는 항상 곡선에 있으나 과도하게 곡절(曲折)된 형상에는 멋이 없다. 이것이 우리의 곡선미 의식(曲線美意識)이 직선의 완만하고 미묘한 변화로 이루어지는 저고리 깃이나 버선코의 선과 지붕과 추녀의 선에서 보이는 그러한 곡선을 낳은 줄 알 것이다.

멋의 율동성이 생동과 절제의 조화이듯이 이 곡선성도 직선과의 조화로써 이루어진다. 우리 미에서 직선미의 대표를 든다면 '아자창(亞字窓) 살'의 다양한 변화를 들지 않을 수 없을 것이다. 이것은 직선미의 극치라 할 수 있다. 그 기묘한 변화에 의하여, 우리는 그것을 직선으로서가 아니라 곡선미의 환상으로 착각할 정도로 환상적이다.

428

다시 말하면, 그 직선의 다양한 변화는 어느덧 곡선성의 바탕에 통하게 된다.

이상으로써 우리는 멋의 형태미의 특질로 '비정제성'·'다양성'·'율동성'·'곡선성'의 네 가지를 들어서 고찰해 보았다. 우리는 이 네 가지가 짜내는 공동의 무드가 생동하는 흥취와 절제 있는 방종 ― 곧 생동과 절제의 해조(諧調)라는 것을 알 수 있다. 다시 말하면, 비정제성은 상칭(相稱)과 균정(均整)의 반대개념이지만, 그것을 회피하는 것이 아니고, 오히려 그것을 바탕으로 하여 그것을 뛰어넘음으로써 일반 변환의 격을 이루는 것이다. 다양성도 마찬가지다. 다채(多彩)와 혼란(混亂)에 빠지지 않고 도리어 단순과 통일을 가져오며, 율동성은 절제와 단절로 부화(浮華)와 경조(輕躁)를 지양하고 보다 고차적인 유현한 율동에 이른다. 곡선성은 직선과 완만을 바탕으로 하여 건조(乾燥)와 무미(無味)를 전환하는 것이다. 이런 뜻에서 본다면, 멋의 형태미의 근본원리는 비정제성이요, 그것은 생동하는 흥취를 위한 초규격적 변환정신의 표현형태인 것이다.

여기서 우리가 잠깐 생각해 볼 것은, '멋'이 왜 곡선으로 나타나는가 하는 문제의 바탕, 다시 말하면 우리의 예술은 왜 선의 예술이냐 하는 문제이다. 이것은 바로 앞에서 지적한 바와 같이 우리의 예술은 흐름과 율동, 곧 멋을 특색으로 하기 때문이다. 이러한 가동적인 미는 그 수법으로서 색(色)을 요구하지 않고 선(線)을 요구하게 된다.

색은 운동의 미를 나타내는 것이 아니고 존재의 미를 나타내는 자이다. 색도 물론 선으로써 사용될 수 있지만, 색선은 굵어지면 면에 가깝게 되고, 면에 접근하면 색선의 기능을 나타내기보다는 면이 되려고 한다. 그러므로, 색이 자신을 만족하게 표현하자면 선이 아니라 면이 됨으로써만 가능하다. 다시 말하면, 색은 면으로 되어서 존재의 상태를 나타내는 데는 편리하지만, 자유와 변화를 특질로 하는 선의 기능을 대신할 수는 없고, 가동적인 경향상태를 나타내는 데는 불편

할 것이다. 그러므로, 이러한 가동의 미를 지향하는 우리 예술이 색보다 선을 요구하는 것은 당연하다. 선은 형체를 나타내는 경우에도 색과 같이 정지적(靜止的)으로 나타내지 않고 형체를 가동적(可動的) 상태에서 표현한다. 다시 말하면, 선은 사람의 시각에 결합하기보다는 운동감각에 결합하는 것이다. 선은 변이하기 쉽고 항상 움직이고 있기 때문에, 선으로 표현된 것은 그 형체도 또한 가동적이 되는 것이다. 우리 예술에 있어서의 선의 의의는 가동적 형태미에 대한 지향의 바탕에서 설명될 성질의 것이다.

2) 멋의 미적 내용(二)

표현미로서의 '멋'은 멋의 일반적인 발현작용 곧 '멋'은 어떤 방법으로 나타나는가 하는 문제, 다시 말하면 '멋'을 나타나게 하는 구성력 또는 표현방법에 대한 원리이다. 그러므로, 이것은 전장에서 분석한 멋의 파생어 중 주로 동사로 된 일군(一群), 곧 '멋내다'·'멋부리다'·'멋지기다'·'멋까리다'들에 해당하는 개념이요, 그것은 어떠한 것을 가리키는가 하는 문제이다. 멋의 표현적 특질로서 가장 기본적인 것은 '초규격성'이다. 이것은 앞에서 예거(例擧)한 '비정제성'(非整除性)과 표리가 되는 것으로서 멋의 표현은 규격을 마스터하여 그것을 뛰어넘어야 한다는 것이다. 다시 말하면, 격에 들어가 다시 격을 나오는 것, 격을 나와서 새로운 격을 낳아야 하는 것이다. 그러므로, 멋의 표현의 바탕에는 '비정식성'·'초기교성'이 깔려 있는 것이다.

멋의 이러한 '비규격성'은 '원숙성'(圓熟性)과 '왜형성'(歪形性)과 '완롱성'(玩弄性)을 속성으로 하고, 또 그것들을 바탕으로 해서 이루어진 표현원리이다. 첫째, 멋을 체득하고 그것을 표현하기 위해서는 먼저 기법의 원숙이 있어야 한다. 이미 있는 기법의 모든 규격에 습숙(習熟)하여 그것을 뛰어넘기 위한 수련이 있어야 한다는 말이다. 다시 말하면, 멋은 작위(作爲)하는 것이 아니요 자연유로(自然流露)되는 것이며, 멋이 자연유로되자면 피나는 수련에서 오는 기법의 원숙이 없이는 불가능한 것이다. 그러므로 이 원숙성은 인공의 구극에 체득한 자연의 기법과 그 규격이란 뜻이다. 무슨 기술이든지 원숙하여 입도(入道)의 경에 이르면 멋은 자연 발현되기로 마련이다. 목수고 이발사고 간에 구두닦이에 이르기까지 모든 기술이 다 그렇고, 유도(柔道)고 검도(劍道)고 당수(唐手)고 간에 기법을 닦아서 도에 들어 눈을 뜨면 일거수·일투족이 법에 맞을 뿐 아니라, 재래의 법을 넘어선 자득(自得)의 멋을 지니는 법이다. 이런 의미에서 본다면 멋은 내고 부리는 것이 아니라, 절로 내어지고 부려지는 것이요, 안에서 풍기고 우러나는 것이라 하겠다. 그러므로, 미숙한 사람이 작위(作爲)하여 부리는 멋은 멋이 아니라 과장(誇張)과 속기(俗氣)에 떨어지고 마는 것이 보통이다. 부리는 것을 의식할 때, 곧 멋을 작위할 때 참멋은 달아나고 마는 것이다. '멋장이'라는 말이 바로 멋을 내는 사람, 멋을 부리는 사람이란 어감이 있다. 이와 같이, 멋의 표현원리로서의 초규격성은 원숙성을 바탕으로 할 뿐 아니라, 이것은 또 비조작의 자연유로로서 인공과 자연의 원융(圓融)이라는 뜻의 해설로 되는 것이다.

그러나, 이 원숙성은 원숙하여 도리어 아졸미(雅拙美)에 도달하기도 한다. 이것이 바로 대오(大悟)하고 보니 대오하기 전과 같더라는 소식(消息)이다. 늙으면 도리어 아이와 같아진다는 얘기다. 그러므로, 멋은 원숙을 발판으로 하면서도 그 원숙에서 오는 능란(能爛)함의 무난(無難)을 뛰어넘지 않으면 안 된다. 그러므로 원숙은 초규격의 바탕이지만 초규격이 곧 원숙은 아닌 것이다. 추사(秋史)의 글씨가 이러한 문제의 좋은 예가 될 수 있다.

둘째, 멋의 표현은 '왜형성'(歪形性) 곧 데포르마시옹이다. 정상적인 상태 또는 정규의 형식에서 벗어져 나가서 약간의 왜곡이 형성될 때 멋이 나온다. 그러므로 이 '왜형성'은 정상적인 것에서는 못 느끼는 별반(別般)의 맛 또는 고차(高次)의 멋을 창조하기 위한 것이요, 정병욱 씨가 지적한 바와 같은 "데포르마시옹의 방법을 빌려서 정상 적인 것으로 육박하여 가기 위함"은 아닌 것이다.[30] 정상적인 것을 데포르메하는 것은 정상 이상(以上)을 지향하는 것이기 때문이다. 이런 의미에서 본다면, 멋이란 것은 "정상적인 것을 데포르메해서 정상 이상의 맛을 내는 것"이라고 풀이할 수도 있다. 멋의 전체의 구조와 의미에 대해서는 부합(符合)과 오착(誤錯)을 지니고 있으면서도, 그러나 멋의 본질을 데포르마시옹의 미의식이라고 지적한 것은 정병욱 씨가 옳게 본 점이다.

이 왜형성은 변환·기발·해학·추상의 정신적 기조를 띠고 있다. 전립(戰笠)이나 초립(草笠)을 비스듬히 또는 빼뚜름하게 쓰는 것을 비롯해서, 멋을 부린다는 것은 정상의 규격을 잘 다듬어 놓고도 어딘가 한구석에 짐짓 왜형의 변화를 둔다. 예를 들면, 목조공예 특히 문갑(文匣)의 열쇠구멍은 원형의 한가운데 두지 않고 반드시 반경상단(半徑上端)의 한쪽에 약간 비스듬히 뚫는 것이 멋이다. 장롱이나 가께수리(倭櫃) 같은 것도 아주 소박·단순하게 꾸며 놓고 문득 그 발에 가서 미묘한 왜형(歪形)의 문양(紋樣)을 각(刻)하는 것이 또한 멋이다.

멋 표현의 셋째 특질은 '완롱성'(玩弄性)이다. 이 '완롱성'은 원숙에서 나오는 '잉여성'(剩餘性), 왜형에서 오는 '해학성'(諧謔性)이 그 바탕이 된다. 다시 말하면, 여유와 유희의 기분에서 우러나는 표현원리다.

음악에 있어서 기술의 원숙은 농으로써 멋을 표현한다. 가락이 소리를 구성지게 휘이고 꺾고 흔드는 것에서 우리가 멋을 느끼거니와 그것이 바로 농(弄)이다. 기악도 마찬가지니, 현악기의 농현(弄絃),

관악기의 신들린 도취의 가락은 거의 다 이 입신의 완농에서 이루어
지는 것이다. 이것은 바로 진실 그것이 유열(愉悅)하는 경지의 표현
이요, 순순한 직접적인 정감의 미묘한 현현(顯現)이다.

무용에 있어서도 마찬가지다. 어깨와 손끝의 선의 미묘한 율동이
바로 이 그윽한 완롱성의 발로이다. 이 완롱성은 앞에 열거한 원숙의
왜형으로 더불어 초규격성의 바탕이요 또 속성이니, 검무(劍舞)하는
여자가 남(藍)빛 쾌자(快子)를 입고 홍전립(紅戰笠)을 삐뚜름히 쓰고
수술 달린 은장도를 두르며 돌아가는 맵시에서 우리가 멋을 느끼는
것은, 그 의상의 왜형과 동작의 완농에서 얻는 느낌이다. 만일 그 여
자가 단순한 여장에 은장도를 들었다거나 전립을 쓰되 정직하게 쓰고
아무 동작도 없이 직립의 자세를 취한다 하면 멋은 깨뜨려질 것이요,
우리는 거기서 아무런 멋도 느끼지 못할 것이다. 마찬가지로, 정직한
전복(戰服) 차림의 직립한 여인을 그린 그림에서도 우리는 멋을 느끼
지 못한다. 멋은 가동의 형태, 선의 미, 왜형·완농의 포우즈에서 느
껴지는 미감이 기본이기 때문이다.

이희승 씨는 '멋'을 외국말로는 번역할 수 없는 것이라 하여, 우리
말의 멋과 일치되는 개념을 가진 어휘가 외국어에 없는 것으로서, 멋
이 한국 문화 내지 예술의 특질이라는 반증(反證)으로 삼았거니와,
그 일례로 든 다음 문장은 곧 이어 왜형·완농성의 호례(好例)가 되
는 것이다.

> 버선코가 뾰족하게 솟아오른 것이라든지, 보드럽고 긴 옷고름이 바람에
> 포르르 날리는 것을 dandy하다고는 할 수 없을 것이요, 어깨를 으쓱거
> 리고 엉덩춤을 추는 모양을 foppish하다고 표현할 도리가 없을 것이다.
> 귓대가 너무 긴 고려자기 물주전자나, 추녀가 벌쭉 위로 잦혀진 한국식
> 건물을 smart하다고 할 수 있을는지 알 수 없으나, 역시 어색한 표현이
> 아닌가 한다.

쾌자 벙거지에 두 칼을 양손에 갈라 쥐고 춤을 추다가, 가랑이를 쳐들면서 물레바퀴 돌아가듯 하는 모양이라든지, 굿중이나 농악패의 머리에 쓴 벙거지 고작에서 3·4발이나 넘는 상모(꼬꼬마)가 소용돌이를 치며 돌아가는 모양을 stylish하다고 하여서야 어디 격에 어울리는 표현이라 하겠는가. charm이나 elegance 같은 말은 더구나 '멋'과는 어의상 거리가 상당히 있는 말들이다.[31]

특히 방점 친 부분이 이 완롱성의 표현이다. 여기서 이희승 씨가 부적당하다고 본 dandy나 foppish나 smart나 stylish는 멋지다는 개념을 나타내는 데 완전 적합하진 않다 하더라도, 멋이라는 말이 없는 영어에서는 또 그대로 멋의 역어로 사용될 수 있는 것이기도 하다. 그러나, 이들 경우의 '멋지다'의 개념은 왜형·완롱성이 두드러져 있으므로 차라리 interest(흥미·감흥·재미·호기심·취미), humour(해학·골계), fun〔희롱(戲弄)·익살·흥취·재미〕에 가까운 어감이다.

이 완롱성이 우리 문학에 나타난 예는 인용에 번거로울 지경이다. 이는 우리 민족의 유머 민족으로서의 지위를 말해 주는 것으로서, 우리 민족이 해학·풍자·재담·익살·쾌사를 얼마나 좋아하는가를 증명해 주는 것이며, 따라서 멋의 미의식에 이 완롱성이 차지하는 비중을 말해주는 것이라 할 수 있다.

《토끼전》·《장끼전》·《흥부전》·《심청전》·《장화홍련전》 같은 설화를 소재로 한 소설, 박연암(朴燕岩)의 한문소설과 《춘향전》에 나타난 인물이나 사건에 대한 과장된 흥취의 묘사, 마구 주워섬기는 익살조 사설이라든지, 산대도감(山臺都監) 같은 가면극 각본에서부터 떡타령·새타령에 이르기까지, 또 경기하여가(景幾何如歌)나 별곡·가사에서부터 시조의 만횡(蔓橫)·언롱(言弄)·농(弄)에 이르기까지

---

31) 이희승, "다시 '멋'에 대하여,"《자유문학》1959년 3월호.

434

그 예는 허다하다.

이 완롱성이야말로 멋의 흥청거림의 표현이다. 이와 같이, 이 완롱성은 멋의 표현원리의 중요한 자의 하나이긴 하지만, 이 완롱성은 또 멋을 타락시킬 위험한 요소를 가장 많이 내포하고 있는 것이다. 이것이 만일 조화와 절제의 격을 잃으면 그것은 다양다채한 기교적 발작(發作)으로 떨어져 일종의 농짓거리에 떨어지고 만다. 다시 말하면, 멋이 허랑성(虛浪性)과 부화성(浮華性)으로 통하는 계기가 여기 있고, 또 그렇게 오인되는 까닭이 여기 있는 것이다. 고유섭 씨는 "상상성과 구성성이 진실미를 못 얻었을 때, 예술적 승화를 못 얻을 제 한 편으로 '군짓'이 잘 나오고〔기야(箕野) 이방운(李芳運)의 산수에 그 일례가 있다〕, 한편으로 '거들먹거들먹하는' 부화성이 나오게 된다"고 하였다.[32] 그가 말하는 '군짓'과 '거들먹거림'이라고 하는 것이 바로 내가 말하는 '멋지기다'와 '멋까리다'인 것이다.

3) 멋의 미적 내용(三)

멋의 정신적 특질로서 가장 기본적인 것은 '무사실성'이다. 순수한 미적 충동이란 본래 실용성의 것이 아니다. 다만 이 본래 실용성 또는 공리성과는 무관한 미적 충동이 생활과 결부됨으로써 생활예술이 발생했을 따름이다. 그릇에 그림무늬를 넣지 않아도 그릇이 음식을 담는 본래의 효용에는 아무 지장도 없으며, 칼자루에 조각하지 않았다 해서 칼이 칼로서의 효용성이 소멸되는 것은 아니다. 말하자면, 사람이 가지고 있는 미적 본능 곧 장식본능·유희본능이 그러한 생활도구에 회문(繪紋)이나 조각을 장식하게 된 것이다. 인류사회학적 방법에 의한 미학론자들은 예술의 발생을 한결같이 실생활의 필요 때문이라는 공리성을 주장하지만, 노동의 편리와 전쟁의 고무라는 필요

---

32) 고유섭, "조선미술문화의 몇낱 성격,"《조선미술문화사논총》, p. 20.

때문에 원시의 노래가 발생했다는 것은 주종전도(主從顚倒)의 견해가 아닐 수 없다. 왜 그런가?

　노래를 부르면 노동의 괴로움을 잊게 되고, 노래를 부르면 투쟁의 용기가 배가된다는 것은, 사람이 생래(生來)로 노래를 즐긴다는 사실 위에 기초한다. 만일 사람이 노래를 즐기지 않는다면, 노동과 전쟁에 노래가 이용되지 않을 것이요, 노래가 발생되지도 않았을 것이기에 말이다. 그러므로, 모든 예술이란 실용 때문에 생겨났다고 하기에는 너무나 여잉적(餘剩的)이요, 유희라고 하기에는 그 창조의 고심이 참담하기까지 한 것이다. 여기서 여잉적이라고 하는 것은 '비실용성'과 '발산성' 또는 '소비성'의 뜻이 있다. 그러므로, 멋의 정신의 바탕에는 '사치성'(奢侈性)과 '소창성'(消暢性)이 깔려 있는 것이다.

　멋의 '무실용성'은 그것이 우리가 실제 생명을 유지하는 데 있어 반드시 긴요한 것이 아니요, 또 생활의 실리·실용과도 무관하기 때문이다. 금수(禽獸)는 기갈(飢渴)을 느끼지 않으면 먹지 않고 기갈이 충족되면 음식(飮食)하는 행위를 중지하지만, 사람은 배가 부른 때에도 먹거지를 하고, 게다가 먹고 마시는 그 자체를 향락하고 장식한다. 음식뿐 아니다, 의복과 용모와 태도를 꾸미는 것이 또한 반드시 실용에만 그 의의가 있는 것이 아니니, 예술이란 것이 본디 이와 같은 관념의 소산이요, 멋이 또한 실용성이 없는 필요 이상(以上)의 것이다. 실용성이 없고 필요 이상의 것은 사치와 일락(逸樂)의 면이 있는 것이다.

　멋의 이 '무실용성'을 이희승 씨는 '필요 이상'이라 이름지어, '흥청거림'으로 더불어 '멋'의 2대 요소로 삼고 다음과 같이 말하였다. 33)

　　멋은 실용적이 아니다. 다른 민족에게서 볼 수 없는 우리 고유한 의복의 고름은 옷자락을 잡아매기 위하여 생겼을 뿐 터이나, 필요 이상으로

---

33) 이희승, "다시 '멋'에 다하여," 《자유문학》 1959년 2월호.

무작정 길어서 걸음을 걸을 때나 바람이 불 적마다 거추장스럽기가 한이 없지마는, 펄렁거리며 나부끼는 그 곡선의 비상(飛翔)이야말로 괴로움을 이기고도 남음이 있는 쾌락을 주었기 때문에 생긴 것일 것이다. 술띠도 댕기도 마찬가지 이유일 것이다. 고려자기 물주전자의 귓대가 종작없이 길어서, 물을 따르려면 뚜껑을 덮은 아가리로 물이 넘을 지경이니 실용에는 불편하기 짝이 없을 것이다.

긴 옷은 서양의 이브닝 드레스 같은 것에도 예가 있지만, 옷에 붙인 긴 옷고름은 우리 특유의 것이요, 이 긴 옷고름이 유장(悠長)한 한국의 멋을 나타내는 것이 사실이며, 그것이 필요 이상으로 길어졌던 것도 사실이다. 그러므로, 한때 생활개선 운동에 이 비실용적인 긴 고름을 제거하여 단추를 달거나 고름을 짧게 자르던 시기가 있었던 것이다. 이 옷고름은 물론 손쉬운 하나의 예에 불과한 것이요, 우리가 이 앞에서 고찰한 멋의 형태와 그 형식작용의 제성격이 모두 다이 비실용성에서 우러난 것이다.

그러나, 멋의 무실용성은 무르익은 기술행위와 정신적 열락 그것을 위해서는 자연한 효용이 있는 합실용성(合實用性)이 있다. 재목에 못을 박는 목수의 망치질 사이에 들어가는, 까닭 없고 필요 없는 곳을 딱딱 두드리는 헛망치질의 멋이라든지, 이발사가 머리 깎을 때 간간이 허공에 들고 짤깍거리는 가위 소리 같은 것은 기술의 습숙(習熟)에서 오는 멋인 동시에, 호흡과 장단을 맞추어 그 기술행위의 진행을 조정해 주는 효용이 있을 뿐 아니라, 이러한 멋의 무용한, 필요 이상의 사치가 빚어 내는 유열(愉悅)은 정신의 울적(鬱寂)을 소창(消暢)하는 데는 최상의 효용이 있는 것이다. 이것이 미의 미를 위한 미적 실용성이다. 멋은 무엇보다도 정신의 여유상태에서 또는 잉여(剩餘)된 정력의 소창작용의 소산이다. 정신적인 기갈 곧 고민(苦悶)과 갈구(渴求)에는 멋이 존재할 수가 없는 것이다. 갈등이든지 몽상이든지 빈곤이든지 부유라든지 이런 것은 멋의 경지에서는 소멸되고 오직 여유와 열락만으로 충만하다. 이런 의미에서 멋은 일종의 초탈미라 할 수 있다.

멋의 정신의 제2의 요소는 '화동성'(和同性)이다. '비실용성'이 '초규격성'·'비정제성'으로 더불어 표리가 되듯이, 이 '화동성'은 '원숙성'과 '다양성'으로 더불어 표리가 된다. 멋에는 규각(圭角)과 갈등(葛藤)과 고절(孤絶)이 없다. 조화와 질서와 흥취의 세계이다. 그러므로, 멋의 화동성은 '고고성'(孤高性)과 '통속성'(通俗性)의 양면을 동시에 지닌다. 화광동진(和光同塵)의 이상 — 중속(衆俗)과 더불어 화락(和樂)하되 그 더러움에는 물들지 않고, 고아(高雅)의 경지에 거닐어도 고절의 생각에는 빠지지 않는다. 그러므로, 멋에서는 매운 지조의 도사림과 주착없는 허랑(虛浪)이 동시에 지양된다.

멋의 정신의 제3의 요소는 '중절성'(中節性)이다. 멋은 필요 이상의 비실용성의 것이므로 사치성이 있다고 했으나 그것은 직접 사치의 상태는 아니요, 사치 그것만이 되어서는 멋은 깨어진다. 진실한 멋에는 높은 교양과 고매(高邁)한 사상이 뒷받침되어야 하고 수련과 절제가 따라야 한다. 인간은 감정의 동물이고 멋도 다분히 감정적인 것이지만, 멋의 감정은 감정의 방종과 그에의 탐닉(耽溺)이 아니고, 그 감정은 지적인 절제에 의하여 영도(領導)되지 않으면 안 된다. 이 점에 대한 신석초 씨의 견해는 자못 정곡을 얻고 있다. 그는 말하기를 "절제 없이는 인간은 모든 질서를 상실한다. 따라서, 멋도 수중(守中)하지 않으면 비천한 것으로밖에는 되지 않는다. 과도한 사치는 일가를 멸망하게 하고, 영화(榮華)의 극치와 문약성(文弱性)은 도를 넘으면 국가를 파멸로 이끈다"고 하였다.[34] 조화와 질서를 본질로 하는 멋이 이러한 절제를 요구하는 것은 자못 당연하다. 더구나 흥취의 감

---

34) 신석초, "멋 說,"《문장》1941년 3월호.

정을 바탕으로 하는 멋이 조화를 위해서는 절제를 불가결로 하지 않을 수 없는 것이다.

또, 신석초 씨는 멋의 사치성의 절제에 대하여 그 방법으로 중용의 도를 지적하였다.[35] 중용은 중화(中和)를 근원으로 하는바, 중은 희노애락이 아직 발하지 않는 것을 말하는 것이고, 화는 그것이 발하여 모두 절(節)에 맞는 것을 의미한다.[36]

중용은 균형과 조화요, 따라서 균정과 안정의 어감으로서 멋의 본질인 비정제성과 왜형성으로 더불어 모순되는 듯 하지만, 중용의 균형은 시중(時中)이므로 다양성의 조화와 비정제성의 변조로 더불어 상충되지 않는다. 다시 말하면, 멋의 중절성은 왜형성을 통한 율동성 곧 변조의 절도를 말하는 것이다. 멋은 정감의 상태나 제작의 형태에 따라 다양하게 표현된 것이므로, 중절 곧 중화의 법칙은 시중을 잡아야 절도에 맞고 조화를 얻을 것이다. 시중을 잡는다는 것은 때와 곳과 그 작위를 일치시키는 일이다. 이것을 총괄하여 말한다면 격에 맞게 하는 일이라고 바꿔 말할 수도 있다. 멋은 마침내 하나의 격이요, 항상 그 자체의 절도를 맞춤으로써 새로운 격이 되는 것이니, 이 격이 깨어지면 멋이 깨어지는 것이다. 격에 맞지 않는 것을 '멋없다'·'멋적다'고 한다. 과도한 것은, 곧 절차를 벗어난 것은 광적(狂的)이 아니면 범속(凡俗)이 된다. 모자라는 것은, 곧 절차에 맞지 않는 것은 주착없는 것, 흘게빠진 것이 된다.

그러나 멋의 중절성은 왜형성을 통한 절도이기 때문에, 광적인 것이나 흘게빠진 듯한 곳에서도 그대로의 절도만 맞으면 멋이 성립된다. 중용의 중은 수학적 의미의 절반이 아니요, 한쪽에 치우쳐서도 중용을 성취할 수는 있는 것이다. 마치 저울대에 담은 무게에 따라 추의 놓이는 자리가 옮겨져야 하는 것과 같다.

---

35) 신석초, 전게 논문.
36) "喜怒哀樂之未發 謂之中 發而中節 謂之和." —《중용》.

멋은 아(雅)도 아니고 속(俗)도 아니다. 고아하다고 하기에는 통속적인 일면이 있고, 범속하다고 하기에는 법열(法悅)이 있어서, 실로 아속(雅俗)에 넘나들며 그 어느 쪽에도 떨어지지 않는 미묘한 줄타기와 같은 경지, 그 가느다란 선 위에 멋의 대도(大道)가 있다. 뿐만 아니라, 멋은 모든 면에서 고정불변의 것이 아니요, 이것이 멋이라든지 이런 것만이 멋이라고 고착시킬 수가 없고, 그 반대의 경우에서도 홀연히 멋이 성립할 수 있다.

멋의 정신의 제4의 요소는 '낙천성'이다. 앞에서 서술한 바 멋의 정신미로서의 비실용성·화동성 및 중절성의 해명으로서 멋이 하나의 생활철학의 이념으로 상승되고 있음을 보아 왔다.

멋의 구경(究竟)의 마음자리는 낙천성이다. 이 낙천성은 조화와 절도를, 성실과 유락(愉樂)을 바탕으로 하고, 유유자적하는 자연의 생활, 고고불기(孤高不羈)하는 자재의 경지를 말한다. 이 낙천의 경지는 멋의 유열(愉悅)을 외부에서 찾지 않고 그것을 내부에서 즐기는 낙도(樂道)의 경지요, 번화(繁華)의 상태에서 멋을 찾지 않고 한적(閑寂)의 상태에서 멋의 진수를 맛보는 경지라 할 수 있다. 근조선(近朝鮮)의 문학에 보이는 처사도(處士道)를 근간으로 한 은일사상(隱逸思想)의 소극적 반항, 귀고수졸(歸故守拙)의 소우사상(消憂思想)또한 이 멋의 경지이다.[37]

이러한 정신미로서의 멋의 내용을 고구한 점에서 신석초 씨는 단편적이긴 하나마 경청할 만한 견해를 보여 주었다. 앞에 인용한 멋의 사치성(이는 이희승 씨도 지적한 것이지만)과 다음 인용할 멋의 내재성(內在性)에 대해서 더욱 그러하다.

> 멋은 영화의 상태와 외재하는 유락성(愉樂性)에만 있는 것이 아니고, 차라리 은둔(隱遁)과 한적(閑寂)에, 자연에 접한 생활에, 초탈한 그

---

37) 신석초, "멋 說."

정신에야말로 진수(眞粹) 한 멋이 있는 것을 안다. 우유자적(優遊自適) 하여 안빈하며 낙도하고 음풍영월(吟風詠月) 한다는 말은 고준(孤峻) 한 일종의 사치성을 형성한다. 여사(如斯) 한 상태는 그 불기성(不羈性) 에 의하여, 안일성에 의하여, 자유성에 의하여 십분 즐길 수가 있다. 즉 이러한 상태는 자연히 풍류와 혹종(或種) 의 내적인 낙취(樂趣) 를 낳는 것인데, 그 풍류와 낙취는 필경 특이한 일정감(一情感) 의 상태를 내재 시키는 것이며, 그 정감이 다시 외부에 멋으로 현현된다. 그리고, 이 외현한 멋은 감수성 기타의 과정에 의하여 다시 내적인 멋을 낳는다. 물론 초속(超俗) 한 정신의 세계는 지속하기가 어렵다. 인간은 본성으 로 고독을 싫어한다. 또 초극의 세계는 한계를 넘으면 결국 무인의 경 이다. 그러므로, 우리는 비범한 수양과 적응성을 갖지 않고는 그 경지 에 들어갈 수가 없다. 그러나, 혹은 탁발(卓拔) 한 자기훈련의 힘과 절 대한 자부심과 일종의 긍지로써 거기에 안주할 수도 있다. 38)

그러나 멋이 이러한 세계에 안주하게 되면 그것은 허무와 고절과 의 경지가 되기 쉽고, 허무와 고절 또는 자긍(自矜)・자락(自樂) 의 경지에서는 멋의 화동성(和同性) 이 소멸될 것이다. 격에 들어서 격을 나오고 속과 같이 하면서 속을 뛰어넘는 멋의 본질은, 외재적으로나 내재적으로나 함께 유열의 세계이지, 속과 절연한 체념과 애상의 세 계는 아닌 것이다.

멋의 낙천성은 명랑성을 바탕으로 한다. 멋에는 위험과 절박이 없 다. 일분의 유한(悠閑) 이 항상 그것을 멋으로 전환한다. 멋에는 음예 (陰翳) 와 우수가 없다. 일말의 흥청거림이 항상 그것을 걷어 버린다. 멋에는 태초에 율동이 있었고 근대의 심연이 무연(無緣) 하였다. 철학 은 노장(老莊) 이 다 말했고, 윤리는 공맹(孔孟) 이 다 말했으며, 인세 의 무상은 석씨(釋氏) 가 다 말했고, 우리의 신앙은 화조월석(花朝月 夕) 에 가무상오(歌舞相娛) 하는 멋의 종교였다.

---

38) 졸고, "한국예술의 원형,"《예술조선》1948년 제 1 집.

앞에서 지적한 바와 같이 멋이 지닌 바 허랑(虛浪)·부화성(浮華性) 또는 퇴당(頹唐)·섬약성(纖弱性)의 가능성은 많은 폐해를 끼치기도 하였지만, 이것은 멋이 타락된 까닭이요, 멋이 우리 예술문화의 순수성 또는 미학적 가치 내지 생활의 이념을 끌어올린 것은 틀림없는 사실이다.

8. 맺음말

이상으로써 우리는 가치판단의 한국적 개념과 한국적 미의식의 구조를 살핌으로써 한국적 미의식으로서의 멋의 어원 및 그 파생어의 의미를 분석 검토하여 멋의 일반개념 내용을 밝힌 다음, 미적 범주로서의 멋의 의의와 멋의 미적 내용을 고찰하였다. 멋의 미적 내용은 세 갈래로 나누었으니, 첫째, 멋의 형태 곧 멋이 현현(顯現)하는 상황에 대한 특질과, 둘째, 멋의 표현 곧 멋의 형식작용의 특질과, 셋째, 멋의 정신 곧 멋의 이념내용의 특질을 살펴보았다.

첫째, 멋의 형태는 이를테면 멋의 현상이요, 둘째, 멋의 표현은 멋의 작용이며, 셋째, 멋의 정신은 곧 멋의 본질이다. 우리는 여기서 멋의 현상이 멋의 작용의 결과란 것과, 멋의 작용이 멋의 본질의 형식화임을 알았고, 동시에 멋의 본질은 멋의 현상을 떠나서 파악될 수 없음을 보았다. 다시 말하면, 멋이란 명사의 관념내용은 '멋지다' 등의 형용사들과 '멋내다' 등의 동사에서 추상된 개념이란 말이다. 그 관계를 도시하면 〈그림 2〉와 같다.

특히 마지막 대목인 '멋의 미적 내용'(三)에서 멋의 정신, 미의 이념내용을 고찰함으로써 우리는 미적 범주로서의 멋이 어느덧 생활일반의 이념으로 미적 범주를 뛰어넘은 더 고차의 범주화하고 있음을 보았다.

이에 이르러 멋은 이미 도의 경지임을 알 것이다. 다시 말하면, 미적

442

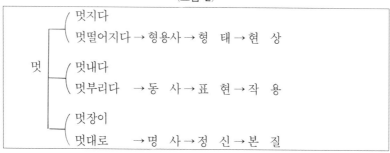

〈그림 2〉

가치의 하나인 멋은 특수미로서 도리어 진(眞)의 가치, 미(美)의 가치를 종합하고 넘어서 성(聖)의 가치에 도달한 것을 알 수 있다. 미로 들어가 미를 벗어나는 '멋'은 미 이상 곧 선이미(善而美)·진이미(眞而美)이면서 또한 그대로 미의 범주인 셈이다.

끝으로 나는 이 멋이 우리 민족의 역사상에 발현된 전통에 약간 언급하고 각필(擱筆)하려 한다.

멋은 이 논고의 서두에서 밝힌 바대로 민족미의식(民族美意識)의 집단적·역사적 동일취향성에 말미암은 것으로, 원시 이래 지금에 관류하는 하나의 전통이다. 그것의 이념으로서의 성립은 통일신라 전후이니 화랑도(花郎道)가 그것이다. 화랑제도는 말하자면 국시(國是)를 예술정신에 두었던 것이다. 국중(國中)에서 선발된 미모의 소년들은 가무(歌舞)와 검술(劍術)을 익히고 사교와 풍류와 규격을 알아 국정에 관여하고 장성하여 국가 경영의 중재(重材)가 된다. 산수에 유오(遊娛)하고 민정을 시찰하여 인재를 천거하는 그들은 경세가(經世家)인 동시에 심미가(審美家)요 예술가인 동시에 무사였던 것이다. 이 화랑도가 하나의 국민도(國民道)였던 것은 주지의 사실이거니와, 이 국민도인 화랑도는 풍류도(風流道) 또는 풍월도(風月道)·현묘지도(玄妙之道)라 불렀던 것이다.

崔致遠鸞郎碑序曰 國有玄妙之道 曰 風流 實乃包含三敎 接化群生 且
如入則孝 出則忠於國 魯司寇之旨也 處無爲之事 行不言之敎 周柱史之
宗也 諸惡莫作 衆善奉行 竺乾太子之化也[39]

　(최치원의 〈난랑비서〉에 말하기를, 나라에 현묘한 도가 있으니 이르되
풍류라. 실은 삼교(三敎)를 포함하여 군생(群生)을 접화(接化)함이니,
들어서는 집에 효를 다하고 나가서는 나라에 충성되라 함은 노사구(魯
司寇 : 공자)의 뜻이요, 무위한 일에 처하여 말없는 교를 행함은 주주사
(周柱史 : 노자)의 종(宗)이요, 모든 악을 짓지 말고 모든 선을 받들어
행하라 함은 축건태자(竺乾太子 : 석가)의 교화이다.

　유·불·선 삼교를 포함하였다거나 공자·노자·석가의 종지 한
마디씩을 넣은 것은 그다지 주의할 것이 못 된다. 이 비문 첫머리에
있는 '國有玄妙之道'란 것과 그것은 '풍류'라 한다는 것이 주목할 점
이다. 이 '풍류'라는 것이 곧 '멋'이다. 멋이란 말은 조선 이후에 생겼
지만, 멋의 내용은 이 풍류도의 내용에서부터 연원한다는 말이다. 멋
을 모른다는 것과 풍류를 모른다는 것은 같은 말이다. 지금도 음악을
풍류(風流)라 하고, 시 짓는 것을 풍월(風月) 짓는다고 하거니와, 이
풍류·풍월은 곧 자연과의 조화의 미를 누리는 생활이라 할 수 있다.
이와 같이, 우리의 멋은 신라 이래의 오랜 전통이지만, 그러나 멋이
예술에서 가장 발현(發顯)되고 꽃핀 것은 조선시대이다. 시조와 판소
리에서 특히 두드러졌다고 할 수 있다. 그리고, 멋이란 말이 성립된
것은 아무래도 조선 말엽 만근(輓近) 백년 이래의 일이요, 이것이 단
편적으로나마 논의된 것은 24, 5년래의 일이다.

　　　　　　　　　　　　　　　— 1964. 6, 《한국인과 문학사상》

---

39) 각훈(覺訓), 《해동고승전》(海東高僧傳).

芝薰 趙東卓 先生 年譜

1920. 12. 3. 경북 영양군(英陽郡) 일월면(日月面) 주곡동(注谷洞)에서 부 조헌영(趙憲泳, 제헌 및 2대 국회의원, 6·25 때 납북됨) 모 유노미 (柳魯尾)의 3남 1녀 가운데 차남으로 출생.

1925.~1928. 조부 조인석(趙寅錫)으로부터 한문 수학(修學), 영양보통학교 에 다님.

1929. 처음 동요를 지음. 메테를링크의 〈파랑새〉, 배리의 〈피터팬〉, 와일 드의 〈행복한 왕자〉 등을 읽음.

1931. 형 세림(世林 ; 東振)과 '꽃탑'회 조직. 마을 소년 중심의 문집 〈꽃 탑〉 꾸며냄.

1934. 와세다대학 통신강의록 공부함.

1935. 시 습작에 손을 댐.

1936. 첫 상경(上京), 오일도(吳一島)의 시원사(詩苑社)에서 머무름. 인사 동에서 고서점(古書店) '일월서방'(日月書房)을 열다. 조선어학회에 관계함. 보들레르·와일드·도스토예프스키·플로베르 읽음. 〈살로 메〉를 번역함. 초기 작품 〈춘일〉(春日)·〈부시〉(浮屍) 등을 씀. "된 소리에 대한 일 고찰" 발표함.

1938. 한용운(韓龍雲)·홍로작(洪露雀) 선생 찾아봄.

1939. 《문장》(文章) 3호에 〈고풍의상〉(古風衣裳) 추천받음. 동인지 《백 지》(白紙) 발간함〔그 1집에 〈계산표〉(計算表), 〈귀곡지〉(鬼哭誌) 발표함〕. 〈승무〉(僧舞) 추천받음(12월).

1940. 〈봉황수〉(鳳凰愁) 추천받음(2월). 김위남(金渭男 ; 蘭姬)과 결혼함.

1941. 혜화전문학교 졸업(3월). 오대산 월정사(月精寺) 불교강원(佛教講院) 외전강사(外典講師) 취임(4월). 상경(12월).

1942. 조선어학회 〈큰사전〉 편찬원(3월). 조선어학회 사건으로 검거되어 심문받음(10월). 경주를 다녀옴. 목월(木月)과 처음 교유.

1943. 낙향함(9월).

1945. 조선문화건설협의회 회원(8월). 한글학회 〈국어교본〉 편찬원(10월). 명륜전문학교 강사(10월). 진단학회 〈국사교본〉 편찬원(11월).

1946. 경기여고 교사(2월). 전국문필가협회 중앙위원(3월). 청년문학가협회 고전문학부장(4월). 박두진(朴斗鎭)·박목월(朴木月)과의 3인 공저《청록집》(青鹿集) 간행. 서울 여자의전(女子醫專) 교수(9월).

1947. 전국문화단체총연합회 창립위원(2월). 동국대 강사(4월).

1948. 고려대학교 문과대학 교수(10월).

1949. 한국문학가협회 창립위원(10월).

1950. 문총구국대(文總救國隊) 기획위원장(7월). 종군(從軍)하여 평양에 다녀옴(10월).

1951. 종군문인단(從軍文人團) 부단장(5월).

1952. 제2시집《풀잎 단장(斷章)》간행.

1953. 시론집《시의 원리》간행.

1956. 제3시집《조지훈 시선》간행. 자유문학상 수상.

1958. 한용운(韓龍雲) 전집 간행위원회를 만해(萬海)의 지기 및 후학들과 함께 구성함. 수상집(隨想集)《창에 기대어》간행.

1959. 민권수호국민총연맹 중앙위원. 공명선거 전국위원회 중앙위원. 시론집《시의 원리》개정판 간행. 제4시집《역사 앞에서》간행. 수상집《시와 인생》간행. 번역서《채근담》(菜根譚) 간행.

1960. 한국교수협회 중앙위원. 세종대왕 기념사업회 이사. 3·1독립선언 기념비건립위원회 이사. 고려대아세아문제연구소 평의원.

1961. 세계문화 자유회의 한국본부 창립위원. 벨기에의 크노케에서 열린 국제시인회의에 한국대표로 참가. 한국 휴머니스트회 평의원.

1962. 고려대 한국고전국역위원장.《지조론》(志操論) 간행.

1963. 고려대 민족문화연구소 초대 소장. 《한국문화사대계》(韓國文化史大系) 제 6 권 기획. 《한국민족운동사》 집필.

1964. 동국대 동국역경원 위원. 수상집 《돌의 미학》 간행. 《한국문화사대계》 제 1 권 〈민족·국가사〉 간행. 제 5 시집 《여운》(餘韻) 간행. 《한국문화사서설》(韓國文化史序說) 간행.

1965. 성균관대 대동문화연구원(大東文化硏究院) 편찬위원.

1966. 민족문화추진위원회 편집위원.

1967. 한국시인협회 회장. 한국 신시 60년 기념사업회 회장.

1968. 5월 17일 새벽 5시 40분 기관지 확장으로 영면(永眠). 경기도 양주군 마석리(磨石里) 송라산(松羅山)에 묻힘.

1972. 남산에 '조지훈 시비'가 세워짐.

1973. 《조지훈 전집》(全 7권)을 일지사(一志社)에서 펴냄.

1978. 《조지훈 연구》(金宗吉 등)가 고려대학교 출판부에서 나옴.

1982. 향리(鄕里)에 '지훈 조동탁 시비'를 세움.

가 족 사 항

미망인 김위남(金渭男) 여사(88세)

장남 광열(光烈, 미국 체류)　　　　　자부 고부숙(高富淑)

차남 학열(學烈)　　　　　　　　　　자부 이명선(李明善)

장녀 혜경(惠璟)　　　　　　　　　　사위 김승교(金承敎)

삼남 태열(兌烈, 주 스페인 대사)　　자부 김혜경(金惠卿)

趙芝薰 전집 8

한국학 연구

1996년 10월 15일 발행
2010년 4월 5일 2쇄

著　者 : 趙　芝　薰
發行人 : 趙　相　浩

發行處 : (주) 나 남

4 1 3 - 7 5 6

경기도 파주시 교하읍 출판도시 518-4

전화 : (031) 955-4600 (代),　FAX : (031) 955-4555

등록 : 제 1-71호 (79. 5. 12)

http://www.nanam.net

post@nanam.net

ISBN 978-89-300-3448-7

책값은 뒤표지에 있습니다.